俞天白
——著

生命在路上

旅途杂记

文汇出版社

题记

生命就是一种经历，人生如逆旅，都意味着在路上。这是踏踏实实的腿脚行走之路，也是琐琐碎碎的日常生活之路，更是坎坎坷坷的与命运抗争之路，就看你准备获取什么。当我陷于生活烦恼或者工作困顿的时刻，总是拿旅途艰辛一词勉励抚慰自己，以至形成了这样的理念：生命就是在路上。如今垂垂老矣，拥有足够的资格，确定这是对生命最恰当的概括。我很少有真正概念上的旅行，无非都是因公因私的所谓"出门"或"出差"，零零碎碎的。其路线，仅国内统计，相对完整的有六条，差不多涵盖了除西藏和台湾以外的整个中国：黑龙江的顺流漂行，长江大小三峡的溯行，沿长城的河西走廊寻踪行，从珠江三角洲到海南岛腹地的穿梭行，西南边陲的环行，新疆塔克拉玛干大沙漠边沿行……最典型的，是河西走廊之行。都说，不到大西北不知中国的宽广，不到河西走廊不知中国的多元。我先到大西北，到过西端的伊犁，南端的喀什，而后走通了河西走廊，可以说我用双腿丈量了祖国的广度与深度。巧的是，1997年8月4日，我从长城东端"老龙头"开始，断断续续地经明长城、秦长城到达长城西端堪称"老龙"之"尾"的嘉峪关，再到敦煌，验证了河西走廊是如何实现多元的，正是8月月尾。正当我来到这个世界整整一个甲子，在一个不经意间，以如此完美的方式，理解了作为华夏之子所存在的环境，以及如何才能体现生命的价值。这不是上苍刻意帮我确定"生命在路上"的原理，还能做什么解释？日本动漫大师宫崎骏在《千与千寻》中说："我不知将去何方，但我已经在路上。"这是指那种不确定结果的努力，在路上才有希望，才能理解生命价值何在，却是确定无疑的。今天，我借助整理旅途上的所见所闻，审察现实，追溯历史，再次肯定，生而为人，生命总是意味着凭借对客观世界的认知、互动、融洽而展示存在，其中，难免要不断肯定、否定，否定、肯定。最雄辩的验证就是在路上。正如黑格尔在《美学》中所说，"凡是始终都是肯定的东西，就会始终都没有生命。生命是向否定以及否定的痛苦前进的，只有通过消除对立和矛盾，生命才变成它本身是肯定的"。肯定与否定的转换及其包容艺术，包括文学创作的艺术活动尤其如此。如果只求温饱，满足肉欲，古人早已定义：行尸走肉。这与"人"字无缘。

只要持这一生活取向，都是展示生命"在路上"的"一种经历"；意识到这一点，不论人生还是文化艺术，生命之树才能常青。

关于所记时间，从1982年到2009年，之所以截取这一时间段，一是我自幼养成的写日记习惯中止于"文革"。到20世纪70年代末才恢复，但也只是用最简单的句子，记录生活要事以备忘。到江西，住在南昌梅岭"共大"总校三个月，协助出版社采写该校校史，为此，到过革命根据地井冈山茅坪、茨坪、黄洋界及庐山等，赣水之滨留下了我不少足迹；而后以文学杂志的编辑和作家身份，到长沙、广州等地都是如此；直到1982年，才开始有了以"旅途杂记"为名的记录。其间，我到过欧洲，从地中海到波罗的海……但都没有在此书中留迹，因为我首次出国，是以中国作家代表团成员的身份，到意大利参加蒙德罗国际文学奖活动，而后，又应日本经济新闻社的邀请，访问日本。当时出国是一件很新鲜的事，都及时写了观感发表于报刊，与读者共享，然后收录于我的散文随笔集中。包括我到德国探亲时在欧洲的游历。至于到俄罗斯、美国旅行，虽然有记录，但都是旅行社组团，所见所闻都是批量的、出自规定的版本，不值得增加此书的篇幅。收录于此的，主要是参加作家笔会、编辑组稿、记者采访、文化与经济研讨等自由度都比较大的文化活动中，所为、所见、所闻、所思、所游、所交往，按出行时间顺序排列。巧的是，我们国家这三十多年变动之巨，幅度之大、震荡之烈、对社会影响之深，完全值得载入史册，一些景物，今天我们所见，和我所记的完全两种气象了，像新疆的高昌古城，我见到的，是羊群在残垣断壁间随意拉屎撒尿的地方；又像潮州韩江上的广济桥，是中国四大古桥之一，我所见的，只是在废旧的桥墩上用水泥堆砌出原有的形式，帮人想象国内唯一的集梁桥、浮桥、拱桥于一体的建筑是什么样子，今天不仅恢复了原貌，也竭尽了当代的奢华；通过堪称社会精英的这些作家、教授、专家的认识、思考活动，展示于人，存录于世，其价值更是无可替代；同样，也因这三十多年巨变中同质化所造成的弊端，给我们提供思考的空间。至于终止于2009年，不是我在这一条"生命"之"路"上没有继续"走"，而是1992年开始我用电脑写作，使用的是五笔字型，虽不存在"握笔忘字"的烦恼，但毕竟是在机械上敲键盘的事，日久天长，逐渐形成以握笔为累，以携带笔记本电脑为麻烦，让"旧病"复发，日记虽记，笔杆虽用，却只用以备忘，不想详细记录了。当然，最重要的，我所定义的"生命在路上"，意味着山明水秀，桃红柳绿，鸟兽共生，四季变化，东西各异，南北不同。这种异质变换所激发出来的活力，经过这些年以除旧更新之名的同质化巨变，消磨了我急于记录的激情。收录在最后的到广东潮汕和承德东陵两次出行，即选自日记，都是发生过历史风云的地方，却简约的寥寥数行，就可见这种变成了"强弩之末"的惰性到了什么程度。

关于所到的地点，目录所列，只表示出行的路线，以歇息住宿处为标志。未标出者不意味着未曾到。比如，从漠河沿黑龙江漂流到达黑河，经过乌苏里、呼玛、珍宝岛……均未标出。标出者也未必游览，只是一宿之缘，如新疆的乌苏和湘西的大庸市等地。

关于景点，我所到的，对于多数朋友都不陌生。但一百个人眼中就有一百个哈姆雷特，自然景观、人文景观，同样如此。我写的，只能是我眼中的那个时间点的景物。比如，扬州的瘦西湖，借西湖以展其美，可以理解，但何以用"瘦"状之？我以我"眼"纠正了历代引用汪沆之诗而得名的错误，找回"瘦"的真正原因。但是，我相信，读者从我眼中这一个"哈姆雷特"身上，更多的是感受到岁月的温度。岁月温度，总是体现在人的身上，体现在种种细节之中。我关注的，始终是"风物"而非景物。置于前者的"风"，是民风，是世态，"物"才是景物，而且都是当时的，为此特别注意细节上的特点，包括林木、庄稼、建筑，耕作方式，甚至河水的颜色。到边远如新疆、黑龙江等少数民族聚居处，必争取进入家庭内看看其摆设与风俗。更注意比较沿途之风尚。从西安到华山之行的途中，像我这样的大活人，竟被人转让图利，连续三次，而且是包括我在内的整车旅客！在四川乐山，我却受到大佛脚下不知名朋友的一再热情帮助。又如，国际都市香港，面对其城市格局，忍不住要去追寻中国传统文化的痕迹，隔着维多利亚港湾的那些观感，我相信那属于我独有。

涉及的人物，一类是同行旅伴，一类是途中接触到的，从当年左翼成员、新中国成立后曾担任国家文化领导工作的陈荒煤，到主动辞职的文化部原部长王蒙，再到秦兆阳、茹志鹃、李子云、王西彦、钱谷融、潘旭澜、哈华、白桦、黄宗英、宗璞、邓友梅、李国文、孟伟哉、柳溪、陆文夫、路遥、戴厚英、张贤亮、古华、刘心武、北岛、王安忆、叶辛、苏叔阳、何建明、张抗抗、叶文玲、范小青……记下了他们或和他们相关的一些言行，吉光片羽，或褒或贬，均因人因事而发。不论健在还是作古，均未经本人审核，但不管如何，我相信，我当场所记所议，符合这些朋友的一贯思想风貌，或者说我是在印证这些朋友一贯持有的思想风貌。所以我愿意承担责任。

"庐山烟雨浙江潮，未至千般恨不消。到得还来别无事，庐山烟雨浙江潮。"这是苏轼临终前总结自己人生体验的诗作，参透了禅悟，注满了哲理。我不及其万一，但回望我这一条生命之路，时代、社会提供给我足够的条件，让我游历了不少地方，直至看山仍是山，看水仍是水，最大的价值，也就是沿途的风景。今天，白首忘机,不嫌粗鄙,整理成书,希望告诉读者的,与这位居士大诗人的人生感悟相同。

借此,向曾经与我同行的所有旅伴问候!

借此,衷心致谢旅途中热情接待、竭诚帮助过我的所有朋友!

借此,衷心感谢上海文化发展基金将此作列入2022年重点扶持作品予以资助!

目录

一 泛舟东南湖海到黑龙江漂流　　1

1982年·浙江桐庐、排岭、杭州 / 1

1982年·北京 / 8

1982年·青岛、烟台、蓬莱、威海、济南 / 13

1983年·义乌 / 20

1983年·杭州、绍兴 / 24

1983年·义乌 / 28

1983年·苏州 / 32

1983年·徐州、曲阜、泰山南天门 / 34

1983年·哈尔滨、加格达奇、漠河、黑河、五大连池 / 39

二 火焰山、伊犁河和塔克拉玛干大沙漠　　62

1983年·乌鲁木齐、吐鲁番、石河子、乌苏、果子沟、伊犁 / 62

1984年·北京 / 81

1984年·兰州、乌鲁木齐、焉耆、新和、三岔口、喀什、泽普、六六团、库尔勒、北京 / 85

1985年·芜湖 / 105

1985年·富春江发电厂、白沙镇、天目山 / 110

三　溯长江大小三峡而拥抱巴山蜀水　　115

1985年·长江申五轮、武汉 / 115
1985年·武汉、奉节、巫山、万县、达县、重庆、成都、乐山、峨眉山 / 119
1985年·东阳、义乌 / 140
1985年·广州、深圳、蛇口、珠海 / 145
1986年·北京 / 149
1986年·义乌 / 151
1986年·成都 / 155
1986年·厦门、泉州、石狮 / 157
1986年·厦门、泉州、福州 / 163
1987年·北京 / 166

四　经珠江三角洲，穿越五指山　　169

1987年·广州、海口、通什、三亚、兴隆 / 169
1988年·北京 / 186

五　滇池、洱海、瑞丽江和"热海"　　190

1988年·昆明、大理、保山、芒市、瑞丽、腾冲 / 190
1989年·广州、肇庆、从化、深圳 / 214
1989年·北京 / 218
1989年·金华、白沙镇 / 220
1989年·江苏金坛、扬州、丁蜀镇 / 223
1990年·北京 / 226
1990年·北京 / 228

六　华山天下雄，不及华山天下险　　232

1990年·舟山群岛 / 232

1990年·上海青浦淀山湖 / 235

1991年·上海松江 / 237

1991年·义乌 / 239

1991年·杭州、萧山、五泄 / 240

1991年·安徽马鞍山 / 241

1991年·西安、华山金锁关、北京 / 243

1992年·浙江东阳 / 253

1992年·长沙、张家界、大庸 / 254

1993年·义乌 / 259

1994年·天目山 / 261

1994年·金华 / 261

1995年·威海 / 263

1996年·苏州西山 / 265

1996年·北京 / 266

七　从"老龙头"经河西走廊到敦煌　　270

1997年·烟台、荣成"天尽头"、大鱼岛 / 270

1997年·北戴河、北京 / 272

1997年·银川、中卫、张掖、敦煌、德令哈、鲁沙尔镇、西宁、兰州 / 277

1998年·吉林吉化、长白山 / 291

1999年·常州 / 296

1999年·北京、新加坡、曼谷、芭堤雅、香港 / 297

八　江山易改，不废韩江万古流　309

1999年·义乌 / 309

2001年·常熟 / 311

2001年·杭州 / 312

2001年·江西龙虎山 / 313

2002年·宜兴 / 315

2002年·嵊泗列岛 / 316

2003年·哈尔滨 / 317

2004年·安徽六安 / 320

2005年·四川广安、重庆 / 321

2008年·广东汕头、潮州 / 323

2009年·兴隆雾灵山创作基地 / 326

一 泛舟东南湖海 到黑龙江漂流

1982年·浙江桐庐、排岭、杭州

四月二十六日,星期一 今来桐庐,为《萌芽》首届文学奖发奖。宿于县招待所。原打算在杭州游览几天,因哈华要从北京赶来,只能把此计划延于新安江归来之后。

游览县城和桐君山。登此山也,富春江、分水江交叉处澄碧如湖,富春江远处,青山依水而行,消失于烟霞中,颇有玩味。桐庐县城除此外别无可游。

傅星说我"始终处于紧张之中,连品味胜利喜悦的时间都没有"。好句子。如果说小说发表出来就是胜利(成功)的话,我写了一百多万字,确实没有时间去品味过"胜利"的喜悦,满脑子思考的只有下一部。比如,这两天我脑子里装的,"Keep one's distance" "保持距离"或"保持疏远"。《不是基督,也不是犹大》这部中篇是值得写的。

生活太紧张了,到此来放松几天。回归自然,是傅星的思想情趣,恐怕也是当今多数年轻人的生活向往。获第一届《萌芽》文学奖者,除蒋丽萍外,都来了。由我与郑成义陪同,与年轻人相处的机会,是不应该错过的。

四月二十七日,星期二 今天来富春江发电站。上午游瑶琳仙境。

岩洞离桐庐县城三十余华里,车行三刻钟。据说这是中国第一岩洞,应不谬。规模确实大,且富丽堂皇。与广东肇庆的七星岩相比壮丽得多了,以"仙境"喻,有想象力。我的体会是,人生和生活,犹如到此识别"仙境"。要观察力,更要想象力。面对石灰岩所溶解的结晶体,什么倒开莲花、倒挂天鹅、狮象迎仙、金猴吃桃、八仙、观音……都是人们结合神话传说与文学作品的附会。在此,都以仙女斗恶龙的故事作为线索串成整体。一组,一景,一个主题。人与人之间,难道不也是如此？艺术创作也如此，要拓宽生活面，要善于观察，要有想象力。一个艺术家，一件艺术品，可以让人们结合自己的生活经验，做多种解读，方为佳作。此洞历经两亿七千万年，这个天文数字，使人感到人生之短促，个体生命之渺小。傅星说，看看这些，使人心情开朗，无须计较个人得失。信然！

　　游览此景，想到正在写的《不是基督，也不是犹大》，似乎有更多东西需要补充。比如，人对人的认知，犹如对"仙境"中各种碳酸钙的凝结物。社会上千万年积习，使人善于用假面示人，而将真相掩盖起来，正如水滴石"长"，历经亿万年的滴水而凝成这些形象，扑朔迷离，无法辨别真假。在此产生这些联想，说明生活矿藏是丰富多彩的，只要会思索，不论从生活的任何角度、任何意义去观察，都会发现你所需要的素材。

　　洞中出来，乘轮渡从桐庐桐君山下出发，溯富春江而上，一小时后，水越来越浅，船速随之放慢。在驾驶台前，需一员工用"耍水杆"（船工语，其实是红白相间的测水杆）在其前探测江水的深浅，可谓走一步看一步，别开生面。

　　晚上，由张锋副厂长介绍富春江发电厂的情况，这才知道，煤、油、核均称"消耗性能源"，水、电称"再生能源"；还了解到发电厂初创的情况，这里本来是原始森林，有土匪出没。经常发生"恶性事故"，死伤人员。如今，创造的价值却相当可观，运转十三年，发了九十亿度电，上缴利润在华东所占比重相当大。但每发一度电，都要付一厘水库维修费给当地，目的是取得电的效率。每年发电五亿三百万度，建火电厂的话，要烧掉四十万吨煤炭。但担任这个系统（新安江）调峰、调频、事故需用（即华东电网中某家有事故停工由这里补上。因水电开机、停机方便）等方面，比九亿三千万千瓦更有价值。至于综合的经济效益，如农业灌溉、航运（水位稳定了，不结冰）、养鱼、调节海潮等之外，对于杭州这些大城市，不仅能够防洪，淡水的供应，也有了保障……其价值是无可取代的。

四月二十八日，星期三　今天去七里泷严子陵钓台游览。

　　钓台，临富春江之山陵峻岩，其状如"台"，以此状严子陵以钓归隐，可谓神来之笔。巍巍悬崖之下，原是江水湍急的险滩，被行船者视为畏途，现在被水淹没了。包括临水所建的严先生祠和牌楼。乘富春江水库上之游轮，到达码头二十分钟。此处说不上雄伟，无法与黄山、庐山相比，可贵的是文化内涵。"台"上筑有两亭，分东亭与西亭。在亭中西望，酷似欣赏长江三峡，山势东来，莽莽苍苍；极目东眺，一片汪洋，岚影山色，都落在雾霭里，自有一番宽广的、深不可测的气概，从"可爱严子陵,可惜汉光武;子陵有钓台,光武无寸土"的诗句,想到严先生与大汉光武帝的交往所包含的人生启悟。离亭,沿石级而下,严先生祠堂了无痕迹,仅立石碑两块,刻有重修严先生祠堂记的文字。假如原祠不被水淹,此景会更灵秀。如今有石工在重修祠堂。"云山苍苍,江水泱泱,先生之风,山高水长。"自幼景仰的严子陵先生及其钓台,总算亲临其境了,不能不算是人生快事。

据说,建造此水利枢纽,组织工作极难做,新安江两岸移民数十万。有的老人见水涨一步,移一段;再涨,再移……生于斯,长于斯,故土难离啊!一些干部,却赚了钱,发了财。因为原地主富农的房产,早已经被征为公用,国家的补偿费,却落进了他们的腰包。这些,都是陪伴我们游览的高成义告诉我的,他家是移民到江西而后迁回的。亲身经历,感慨多多。

四月二十九日,星期四 一早,即乘长途汽车奔向白沙。车在浙西公路上疾驰。车窗外,白杨、农舍、田畴,皆一闪而过,远处的山峦、村庄、湖面……邻座旅客中有一对父子,面对车窗外一闪而过的景物,父亲在指点儿子:离得近,退得快;离得远,退得慢。艺术创作何尝不是如此?时空距离,往往成了决定艺术作品成败的重要条件。

白沙镇建德县城。宿浙西旅行社。安顿后,即去游白沙大桥。大桥的特色,就是三百多只石狮,蹲于两侧桥栏上,一如卢沟桥。新安江水清如碧。此江源自黄山,原名清溪,李白的"清溪清我心",写的就是它。果然清冽入心!旅社用的就是这溪水,却彻骨的冷。它在水库贮藏久了,变冷了。

四月三十日,星期五 上午游霞栖洞。洞穴在白沙东南三十里左右。正在开发,有紫霞洞、灵泉洞、清风洞三洞。上为紫霞洞,有气魄,只是结构松散,如流浪体的长篇小说;中为清风洞,却紧凑精巧,像一部结构严谨、布局精巧的中篇小说;下为灵泉洞,长长的阴河在其间流淌,教人想到一部长卷的开头。三洞都远比瑶琳逊色。对石灰岩的结晶体之状物取名,比瑶琳更为牵强,而且多以瑶池会、童子拜观音、女娲补天这些故事状之,几个洞连着一看,大同小异,缺乏想象力。还是因为无人经营之故。如果以佛经故事来演绎,或能耳目一新,但都已成定局,无法更改了。

发电厂梁厂长向我们介绍发电厂建立经过及其贡献后,带我们参观大坝及发电机组。伟哉,大坝!与富春江相比,又是一番景象。那个纤巧,这个粗犷;那个平展,这个高昂。水面,在大坝上不能尽览其貌,就因为山峡间都是水,所见峰峦,因此都变成了小岛,竟有千余,所以,此水库也称千岛湖。此景给了我一个启示:长不高大,终为水没!不怪水位太高,怪自己不向上。大自然如此,人生亦然!

五月一日,星期六　我们从白沙乘客轮,经过无数小岛——原来的山峦的峰巅,向排岭进发,见证了"千岛湖"名之不虚。湖水清澈透碧,别处所无。排岭原是盗匪出没之地,如今已成淳安县城,替代了已被淹没在水底的淳安城。海瑞曾在此任县令,可惜所有遗迹均被沉于水底。航程两小时,到达排岭镇。淳安县委办公室负责人是老郑同乡、同学,县旅游局的负责人,希望我们为它多多宣传,热情地把我们安顿在县政府招待所,一人一间,条件颇佳。游览日程要我们自己安排,他们将尽可能提供方便。

　　黄昏到街上闲逛,夜市很热闹。有两大特色:未见手挽手的恋人,也不见戴眼镜的。可见此地的文化水平。书店进书却不少,《萌芽》月进二百本,《赌》(是我的儿童长篇小说《夜老虎打赌》初版),别处已经脱销,此地却有出售。

　　漫步小镇小街,我以小县城的薄暮为题,请同游者概括。傅答:"疲劳了一天的人们在嗑香瓜子。"未见小山城的特色。骆云:"疲劳了一天的人们,在小街当中悠闲地散步,一边嗑香瓜子。"也不尽如人意,但我也未必见得高明,没有说。

五月二日,星期日　修改《不是基督,也不是犹大》,万字。

　　晚上看越剧《白奶奶醉酒》。小山城电影院有小山城的文化取向。居然看这么"土"的东西,却给傅星嘲笑了一番。到了乡土,不看土,看什么?

　　读吴广宏和彭见明小说的修改稿,不满意。还需要下功夫。

五月三日,星期一　上海电视台的祁鸣、谢其规及王建华等一行三人到达,来拍摄我们《萌芽》首次发奖活动的新闻纪录片。

　　对于当地管理部门,当然不愿错过这一借光宣传的机会,被看成了一件大事。晚上,县委副书记、办公室主任,旅游局、文化局领导,新安江开发公司及招待所负责人一起,向我们介绍此地情况。可以概括四点:绿水青山,青山绿水;海瑞祠;方腊庙;朱熹讲学堂。海、方、朱,清官、强盗、学者,三种代表集于一县,却统统抵挡不住现代化的冲击,被淘汰得差不多了。此地在三国后建立县治,现为浙江四个旅游景点之一(其他分别为杭州西湖、新安江、普陀)。境内有十个风景点待开发:排岭山城,三十一平方公里,一万四千余人;"铜桥铁井小金山";蜜山上有蜜泉,三个和尚没水喝的故事源出于此,现存三个和尚的立式坟茔。本来林木茂密,有大樟树,20世纪60年代被毁;羡山和海拔八百五十米的赋溪石林,断断续续约三公里,张岛即隐居于此;还有"茶园石",很特别,在坑里一如软塑料,可以用刀镂刻,一出坑,即坚化成石,进贡的牌楼、石匾,均产于此;"千岛湖"中的小岛,共计一千零七十八个;还有白马洞,进去须走八小时,乳洞极大,全县有十七个;有蓝玉石林、玳瑁石林等,西山石林是精华,比云南路南彝族自治县的石林为优。

五月四日,星期二 今同上海电视台祁鸣等三人,由旅游局、新安江开发公司所派的专人陪同,去外金家林场、炮台山、劳山、蜜山四岛采访。

外金家林场生产咖啡汽酒、香精及柑橘,薰衣草从意大利引进成功,是一大成绩。炮台山原是"茶园石"产地,可惜均被湖水所淹,昔日景象不可复见。到劳山林场吃了一顿中饭即匆匆离去。留在我印象中的,是一个林木幼小的荒山(荒岛)。有古迹可寻的是蜜山。是三个和尚没水喝故事的发源地。仅一人管辖,三百六十五天独守孤岛,精神可嘉,这是一个人物,可惜未及详谈。同劳山上的青年林业工人一样,都只作为拍电视纪录片的陪衬人物存在。

彭见明的小说《哦嗬,哦嗬》今寄回编辑部,附一信。

五月五日,星期三 今天原定去赋溪公社西岭大队的石林采访,船到赋溪,公社社长急煎煎地赶到码头来告知:渔业社已经围网,组织不易,请大家先去观看。我们立即返航。徒劳往返,难免对此地安排发了些微词。

不过,很快证明,这三小时往返是值得的。渔业社捕捞大队网捕场面之壮观,别处无法见识。赶到时,第一网已经围好,用大可覆盖篮球场的网兜抓捕,一网就是六万斤,都是白鲢和花鲢。正在等我们来观看。第二网午后一时开始,约五十个身强力壮的渔民齐心合力,猛拉"谷斗网"。这是从水底往水面"起底"的拉网。其精彩,颇难用笔墨形容。密密麻麻的入网之鱼,随着大网逐渐上升,活动水域逐渐收拢,被挤压而寻找逃生之路的情景,太壮观了,乱成一团,却层次分明:先跃起一两条;接着,离水面最近的那几十尾,惶惶然地沿着网兜寻找突围之路,不时蹦跳着;网兜离水面越近,跳跃而起的越多,跳跃得越来越高,一条,两条,三条……瞬间,便是雪白的一片。沙沙沙,是鱼鳞闪光,也是水花的飞溅;哗啦哗啦,若急雨打水,如水之鼎沸。于是,人欢,鱼跃;水中惊慌,岸上欣喜,上下一片沸腾。这一网,捕获了八万斤!最大的一条花鲢鱼达三十余斤,一般的也有五六斤。

午饭自然在渔业社的捕获大队吃了。全部是鱼鲜,有清炖、红烧,有鱼头鱼尾,也有鱼块和鱼羹。吃得如此痛快,是生平第一次。饭后,到龙山游览。因雨,未登山。

　　桂未明和赵咏梅到达。晚饭时,我被祁鸣及缪国庆等灌得酩酊大醉,也是生平第一次,都是自己夸海口说从来不醉惹的祸。

五月六日,星期四　　今去赋溪公社品岭大队游览石林。一整天。
　　我没有到过云南等地的任何石林,无可参照,只从这一类景观,应以多姿多彩的形状给人想象的空间等审美要求出发,觉得这儿并不具备,有石笋之"林",却稀疏而平平,沿途也没有诱人驻足的风光,往返一天恐非合算。淳安之旅游资源,应在人工湖中开掘,不应远离湖中小岛而到边远求景。晚上,在招待所拍摄获奖作者创作活动的电视纪录。

五月七日,星期五　　今天随电视台记者去龙山小岛拍摄此次发奖活动的外景。顺便参观了罐头厂,其余时间修改《不是基督,也不是犹大》,八千余字。
　　祁鸣、谢其规一行三人及桂未明、赵咏梅去排岭及新安江,然后,分别去杭州及桐庐。游览基本告一段落。这里太枯燥了。我们打算12号离开。

五月八日,星期六　　去新安江开发公司听取渔业队的介绍。与上次观看捕鱼时听到的大同小异。因获奖作者去黄山游览的时间提前,其他方面情况的了解只好取消。能够深入采访,写个以开发公司经理为主人公的小说倒是有价值的。再看看各方面的情况,然后决定是否安排一个相对集中的时间来住几天。
　　收霞麟母子的信。可可期中考试成绩尚佳,自觉有提高。他希望我早点回去。什么时间返程,包括顺道去杭州的安排,分别去信告诉霞麟及张廷竹。

五月九日,星期日　　读完吴广宏的《梅花天宝》,大有进展,可以签发了。傅星的《大地的……》颇有基础,语言比他前几篇都好。但结构需要调整,他很想改成中篇。
　　已是初夏季节,越想越觉得应早点返沪,抓可可的学业。

五月十日,星期一　　上午到砚台厂参观。接待者颇热心。可惜,和这里的风景一样,都是原始状态,未加刻意经营。傍晚散步时,顺便游览了铁井。这古物是从淳安老城迁过来的。"铜桥铁井小金山,石峡书院活龙山",这五件是淳安的骄傲,都被湖水所淹,只能看这类抢救出来易地展览的"半"复制品了。

傅星看了我的《不是基督》,所提意见与我感觉相同。讨论到深夜。

五月十一日,星期二　天闷热,已如盛夏。今寻访县文化局。看镇压矿工碑。得知曹阳去北京参加青年文学刊物会议,要我早一点回编辑部。决定明晨离开此地。

五月十二日,星期三　今天告别排岭镇,同去年夏天离开广州一样,又是大雨倾盆。排岭到杭州的长途汽车需要七个多小时,够呛! 蒋焕孙及冯洁来汽车站接我,由冯洁陪我到省军区第二招待所住下。这家招待所的邵均林、杜金祥是业余作者。杜当晚即送稿子来给我看,向冯洁也提了要求。她明天去上海。

傅星他们明后天要来游览杭州。我到省文联联系他们七人的住宿问题。经过群英路,顺便去了张廷竹家。扑空,却在文联见到了他。由他介绍认识了张望(省作协秘书长)、李秉宏(《江南》杂志办公室主任)、骆寒超(《江南》编辑,文学评论家)、鲍宗元(《东海》编辑,义乌老乡)及郑秉谦,受到他们的热情接待。

张廷竹邀我去中海西餐馆用晚餐。谈到晚上九点多。他刚去过上海,为了修改他的几个中篇小说,已经听取了哈华的意见。他也发现编辑部内较乱。我更想早一点回去。

五月十三日,星期四　想不到下了一整天雨。我曾经说,我与杭州无缘,信然!

晨,去灵隐寺。这时候还是阴天,到大雄宝殿下雨了。我立即将游览重点改在西湖。"山色空蒙雨亦奇",这雨来得太巧了,而捕捉这一"奇"景的最佳角度,应该在湖上。总算领略了。游览了玉泉、岳坟后,我独自撑着伞,沿着西湖的白堤,欣赏西湖雨景。确有一番"空蒙"混沌的韵味。西泠印社、平湖秋月等景点,都被雨洗涤得"冷"气逼人了。

午餐,到"楼外楼"领略这一江南名店的风味。午后,张廷竹又陪我到九溪十八涧和六和塔,边游边聊他的家世。这才知道,他的家人涉及国共两党许多上层人士。我鼓励他写成长篇。他要与我合作。客气而已,我也没有这许多精力。他盛意邀我去奎元馆吃蛤蟆鳝面。这也是杭州的百年老店,具有地方风味。果然。边吃边和他聊到八点多才分别。对杭州文化界的情况也有了一个轮廓。他有才华,前途未可限量。

五月十四日,星期五　在杭州还有半天时间逗留,老天帮忙,放晴了。给了我"补课"的机会,去游了柳浪闻莺、花港观鱼,并步行苏堤,细察六桥桥墩上石雕之区分,寻找柳堤中的春晓,然后到"楼外楼"前,乘游轮到湖心亭并三潭印月,到花港,再到虎跑。

花港观鱼,确实美。牡丹亭下的丛丛牡丹,教我动心。不是花,而是其肥硕的、一丛丛绿色布局。浮到水面汲水的鱼群,潋潋滟滟的一片,翕动着的鱼唇,像红色的繁星,相当动人而耐读。虎跑的茶,入嘴是醇的,是我有生以来喝过的最美味的茶。其余,均未留下多少印象。不错,西湖的晴天是清秀的,但我更喜欢昨天朦胧烟雨中的水光山色。

没有时间多体验,凭着游兴所获得的感受,觉得西湖的水,湖滨的林木和山色,没有想象中那么美。"欲把西湖比西子"云云,都是文人吹出来的。

1982年·北京

七月十五日,星期四　应《当代》之邀,昨晚乘22次快车躺式,卧铺,来北京改稿。

天奇热,好在有空调。天亮时分到达山东滕县。第一次来北国,所见都新鲜。都是平原,村落、房子家家有土墙圈着,即百姓口中的院子,也是一些文章中引以为喻的"土围子"。地里的庄稼是高粱和玉米,水稻极少见。树木都是白杨、杨柳,比南国单调得多了。过泰州才见山峦。列车广播介绍泰山,可惜天低云垂,雾蒙蒙的,看不清楚。一心想看看黄河,过济南那一刻我只顾了看书,忽略了。德州的鸡(烧鸡),两元一只,甚抢手,算是此行程中唯一引人注目的土特产,但也比赴穗途中单调。此外,平原还是平原,直到北京。

北京给我的第一印象,与上海一样,不像到广州那样,仿佛到了异国。

章仲锷来车站接我,直接到中国文学界久仰的朝内大街166号人民文学出版社。正逢编辑部开会,孟伟哉、龙世辉、冯夏熊都在。章仲锷给我一一介绍后,孟伟哉把我带到他的办公室,谈他对《不是基督,也不是犹大》的看法。认为角度新、取材新,文笔细腻。不足之处是在后面,应提升潘然这个人物的追求,增加作品的亮度。他说不改也可以,提出三个方案:第一是不改;第二是加强;第三是层层写透。章仲锷认为不要大改,稿子已发给美术编辑去画插图。取回以后,可以尽我力量加强后半部分及"阿姨"这个人物的思想面貌,要自然,如无把握,即不改或少

第一次到北京。章仲锷（右）到北京站接我（此合影十七年后摄于新加坡）

改。最好在文中加小标题，改一个题目。

晚饭是在章仲锷家吃的。他与高桦热情地款待了我。其间接二连三地来客，有《芙蓉镇》的作者古华，《花鸟鱼市》的作者，也有徐伟敏（他已调到了《文汇报》）……

北京是凉快的，奔走之后，竟未出汗。宿于出版社大院内的招待所，房内住三人，条件不算太好，但可以将就，不方便之处是无浴室。

七月十六日，星期五 今天上午，龙世辉约我谈稿子。

龙先生是极有水平而又非常热情的老编辑，不愧是《林海雪原》的发现者与扶持者。他的意见极坦率，认为这稿子是不要大改的，一字不改也可以，要改，也只是防止被人攻击。他说，有些稿子不是文章本身有什么不足，而是为了能够"出笼"而修改的。他只提了两点批评性意见。都有价值，可以修改。

王建国来访，他是上海人。留他一起吃中饭。下午三点以后，章仲锷才将稿子从美编那里取回来。原定去拜访四年未见的刘心武，只好取消，通读原稿。

黄昏，到王府井大街观光。果然是首都，长安街和其他街道均与上海不同，清洁，庄严，宏伟，自有首都的气质。

七月十七日，星期六 改写《不是基督，也不是犹大》的结尾部分，并与仲锷研究题目的修改方案。

黄昏，到前门观光。前门者，正阳门之箭楼也。彩绘承尘，雕梁画栋，十分壮观。可能是第一次见到之故，似乎比天安门更雄伟。天安门，人民大会堂，革命历史博物馆，甚至天安门广场，在电影及其他传媒中见得多了，身临其境，视觉上反而缺乏一种新奇的冲击力。其中，人民英雄纪念碑除外。在我感觉中，纪念碑比其他建筑物都雄伟，有一种高山仰止的肃穆感。

从前门往北,通过天安门、端门,到午门前转向劳动人民文化宫,沿护城河到东华门乘公共汽车到北池子,再回出版社,共两个多小时。多亏晚上八点左右天才黑。

这两个小时,已经对北京中心城区大致上有了清晰的轮廓。至于故宫,需要安排一份完整的时间去细细游览。

七月十八日,星期日 改了一整天稿。晚上,应仲锷邀请,与古华一起到他家吃饺子。到底是北方人,高桦包的饺子比我在上海吃到的任何一次都好。

告别章家,古华带我到郑万隆家坐了一会儿。那是典型的北京四合院,古老,未加任何改动,尽显岁月沧桑,让我难以忘怀:郑万隆这么年轻,住在北京风味十足、余韵不减当年的地方民居中,多么有情趣!今天早上,我曾经去出版社南边的"前拐棒胡同"遛了一圈,寻找北京市井风情,可惜看到的都是外在的形象,古华和郑万隆帮我补上了。

七月十九日,星期一 改了一天稿子。下午抽休息空当,到"东四"转了一圈。现代化的马路、商店、民居,没有增长多少见识。我喜欢的是北京故都风貌。

黄昏,去北海公园。急步登上了万寿山。与苏州园林有共同之处,但为了显示皇家御园豪华的富贵气,压住了山水林木亭榭楼阁应有的幽雅。这种富贵气,应是北京的基调——如果要找城市基调的话。别的景点(北海)我也不想去了。

七月二十日,星期二 小说稿改成,题目改为《屏》。修改是值得的,阿桑的思想脉络清晰了,结尾也扎实得多了。下午,将稿子交给章仲锷。

曾就读江浦中学的杨匡汲,一接触就知是来自书香门第的女孩子。没料到她的二哥杨匡满北大毕业后,分配到这里工作。得知我来此,不忘他妹妹和我的师生情,非常热情地送来一张票子,要我到北京体育场看第三届国际足球邀请赛的开幕式。我不懂足球,在上海未必会关注。但来到帝都,对于发生在这里的一切都感兴趣,何况是这样一份情。可惜,我没有关注过上海同样的赛事会是怎么样,除了知道了北京队以零比一负于南斯拉夫铁路工人队之外,什么印象也没有留下。

七月二十一日,星期三 上午到故宫游览。奢华,愚蠢。当然不是指建筑艺术,那是无与伦比的。养心殿皇帝歇息之处的那副联句,概括了一切:"惟以一人治天下；岂为天下奉一人。"庄严神圣的宫宇，和穷奢极欲私生活的遗留，就这么圈在高高的城墙之内。面对这些，总觉得它离我们的生活并不遥远。这种"气派"今天还从这儿往外扩散，维系着九百六十万平方公里内的每一个人。不说别处，午门前就有两家照相馆，别出心裁地制作了古装的武士或美女的手足、衣饰的画板，或站立，或行走，或骑射，请顾客头戴雉盔或金冠，站于其后，将脸面"配"上这些饰物变成古人，拍摄成照片。另一边，停着一辆三菱小轿车，专供顾客留影时做道具。一边是对古代的迷恋，一边是对现代物质生活的向往。就这样强拉硬凑在这个紫禁城内！这难道不是我们当代社会生活的浓缩版？

故宫太大了。整整三个小时，只能走马观花地浏览一遍，但感受到这一点足够了。

中午，王建与王祥夫来访。相约明天下午一起去游颐和园。

下午，我去《十月》编辑部，见到了姬梦武及其他几位编辑。我将刚刚起草的一部中篇构思告诉他们，都觉得新颖，望我早日写出来。告别后，游览了天桥与天坛。时间已晚，天坛只能欣赏雄伟的外表。百姓的丰衣足食，是统治者驾驭百姓的基础。要不，祈求什么上苍？为苍生祈求，也是为自己权力的稳固祈求。可惜，这道理却不是所有统治者都懂的。

《屏》稿仲锷已读，压缩了阿桑被音乐学院录取部分，同时精简了"题记"。

七月二十二日，星期四 上午，游览景山公园。站在山顶亭中俯瞰紫禁城，一片橘黄的皇胄之家，都已成历史陈迹。如此苦心经营宫殿，也不过像崇祯那样，终结在东麓原属"镇山"的槐树上。古槐已无，另植一棵以替代。但历史教训汲取了多少？

午后，王祥夫、王建一起陪我去颐和园。此皇家园林，远不如我在电影里看到的那样秀丽华贵。大概它是以杭州西湖为蓝本，汲取江南园林的设计手法而建成的，看得多，腻了；也可能他俩对这座园林历史背景以及景观艺术设计等方面，了解不是很多，无法深入景物深处去"游览"、去体验，从这座"皇家园林博物馆"中获取更多。只能把他俩的一番盛情和这个历史陈迹融合在了一起。这也足够了。

七月二十三日，星期五 一早，赶旅游车去八达岭游览。八达岭是军都山的一个山口，层峦叠嶂，地处被列为"天下九塞"之一、"太行八陉"之八的居庸关的前哨，是长城上这个重要关隘的一部分，和西端的嘉峪关一样被称为"天下雄关"。图片上看得不少，现场却比想象要宏伟、壮观得多。站在烽火台上，看蜿蜒而去的长城，不禁感慨万千：历史就是一场接一场的厮杀，攻与守，这种宏伟壮观，说明其惨烈程度，何止是孟姜女寻夫途中悲悲切切地诉说，更多的是白刃相交的血与火！君王为了驱动万千生灵，做如此惨烈的牺牲，将巩固某姓的王权和特殊利益，演绎为某种信仰，装饰出一派神圣，也成了必然。或许，这是因为我先到了故宫看了那些内幕，才生发出这些感慨的。

离八达岭，经居庸关，得知此关名称的来历，感慨更多！为修建这一关隘，秦始皇"徙居庸徒于此"，就是把囚犯、民夫、士卒强征迁徙居住于此而名"居庸"的！第一印象与八达岭迥异。想象不到，拿那么雄伟的八达岭长城做"前哨"的这个要塞，就是这样一个弹丸之地！可见，生活中真正致命的要害，都是隐而不露的，因外貌而怠慢，确会误事上当！

接着游十三陵水库。给我印象并不好，太干涸，简直不像水库，给了我以后不想再来的失望。继之是游长陵与定陵。长陵最可观的是凌恩殿，重檐大厦完全用楠木柱子构成。当中四根直径竟达一点七米，两人合抱也不能交手。朱棣埋葬处尚未开掘。宝陵即地下宫殿，早已看过电影介绍，身临其境，唯感慨而已。

到此，总算看到了帝王的生，帝王的死；帝王的治，帝王的守。是极其系统的，可以说是读了一遍中国封建史，体验了一番中华民族生存发展的艰辛。这些地方，如果发掘出新的文物，我愿意再来看看。可惜，游人太多，杂乱不堪。多数是慕名而来，只想拍照留念，既不拍皇陵的雄伟景物，也不拍皇陵中的文物，竟然拍装饰物中的一些假花，还有长城烽火台一角遍地的大小便！我们的文明史是悠久的，但我们的人民仍然如此！在东方这块土地上，历史的脚步，似乎迈得特别慢。可叹！

七月二十四日，星期六　取到回沪的车票以后，即去前门大街与人民大会堂参观。

在前门大街遇雨，未到大栅栏即归。

下午，游览雍和宫。此寺保存如此完整，在经过十年"文革"的中国，实属罕见。金银铜铁锡制成的五百罗汉，高达十八米的檀木金刚，以及楠木镂花佛龛，此寺之"三绝"均无恙。

七月二十五日，星期日　天大雨，仍去北池子秦兆阳先生家拜访秦燕子，她与《萌芽》叶孝慎联系颇多，叶要我来看看她，并借助她获得秦老对杂志的支持。可惜，秦老去北戴河休养，未如愿。却见到燕子的哥哥秦万里。

昨晚,去章仲锷家告别,谈及秦老,说他近年来,乐于给人家书画。仲锷即取出一大叠字画,好几张是他的墨迹,多为抄录唐诗。其中一首是他套用《红楼梦》的,借以赞赏仲锷对编辑工作之痴迷:"读稿亿万言,常流欢喜泪。谁言编者痴,我解其中味。"真不错。可惜没有见到,不然,我也会向他索取的。

中午,乘13次京沪快车,结束了为时十天的借改稿而来的北京首旅。

1982年·青岛、烟台、蓬莱、威海、济南

八月八日,星期日 今伴送哈华,以及施惠群(《青年报》)、汤永宽(上海译文出版社)两位客人,去烟台参加《萌芽》笔会。先乘"长更"轮,到青岛转乘火车。

第一次乘海轮。航速很慢。一个半小时才出吴淞口。没有发现这两条江水交汇有什么可以注意的。长江口是中国江海交汇最大水域之一,很希望细细见识一下两种水色在此交汇的奇景,如此浩瀚,到底是逐步变混浊,还是像黄浦公园旁边苏州河和黄浦江的交汇,有一条清与浊的分界线?一定非常壮观。据说水下能见度为零,能见到表层就不错了。我全神贯注,历经六个小时,始终是黄澄澄的长江水。直到晚上,我在看大型纪录片《拼搏》时才出海。匆匆来到甲板上,什么江水海水都是茫茫一色,唯见远方灯火团团者数处,乃近海客轮也。

巧遇复旦大学陆士清教授。他正在撰选上海作家辞典。他期望着较明显个性的作品问世。

行前,收到《三家村》校样,携之旅途中校读。

八月九日,星期一 无风浪,船行平稳。晨四时许起床,甚凉。甲板上凭栏伫立者甚众,等待日出也。惜东方天际云层颇厚。到五点一刻,方见灿灿一块,从云缝中露出,然后像在积蓄力量似的,突然一腾跃而离海面。据说,无云见红日跃出海面的机会是很少的。

船在海上航行,仍无大浪。旅伴皆以未见风浪为憾。说明平时都不满足于平静、平淡,真的来了风浪,却无不惶惶然叫苦不迭,这就是人性。

出了长江口,离开了交汇水域,水便呈绿色,继而成深蓝,此刻却如苏州河之污水,其实是阳光的直射,水又深邃之故也。船舷浪花似雪,最漂亮的,不是白沫溅于水波之上,而是白色的、成团的泡沫泛于水波之下,如碎玉乱琼之含于水晶体中,碧如玉,晶似珠,清若泉。仿佛以此告诉我们,这水绝非苏州河之水。我陪同哈华三位到二舱,立于船舷,四顾茫茫,无边无涯,久视之,世上尘俗尽释,唯见自然之

宏丽。

　　下午四点二十分，到青岛码头。在船上登记的新兴旅行社有车来接我们，仅二十分钟的距离，竟要收五角一张的车票。是三人铺房，住宿费每天四元，尚可以，只是卫浴间尚未装修好，无卫浴享受，却按全套设施收费。大概旅游者太多，奇货可居吧。

　　安顿好，我即去买明天赴烟台的车票。这是个山城，火车站给我朦胧的印象，没有想象那么美丽。大概未到精华之处吧？

八月十日，星期二　　晨，乘旅馆班车赶往火车站。候车时看到栈桥及海滩上游泳的男男女女。这是介绍青岛城市特色的镜头，可入青岛城徽。大海正在涨潮，且是早上，泳者已经不少，可以想见午后的盛况了。

　　我们乘的是慢车，需七个多小时。也不知道是否有快车，购买时只有这一班到烟台。下榻于海滨的一个别墅群，生活条件很好，依山临海，气候宜人，环境极清静。不足之处是照明条件太差，晚上伏案工作需要毅力。

八月十一日，星期三　　晨曦初露，四点三刻，即起床到阳台等候日出。海天相接处云雾迷蒙。没有风，海面上水波不兴，只有涟漪。一些社员在海滩上拖晒新采的海带，飘来一阵阵带咸味的海藻味。五点十五分，忽见海面那端的云雾下一片淡红，继而是粉红，接着云雾中显现出一圈红日的轮廓，海面有了倒影。倒影的变幻极迷人：粉红，变成了金红；金色的长柱，笔直地躺在水光中，被涟漪赋予了无限生命力，光柱与云雾中的那轮滚圆的红日，构成了一个倒立的感叹号，这根碎金跃动的金色柱子，越来越短，越来越红，不断扩散，扩散……转瞬融进了水天相接处，融成了天地一色！

　　红日在海平线上穿云破雾，一腾跃之间，抓住了整个天地！太壮观了，壮观得令人感动。这是所向无敌、当之无愧的力的展示；透过薄云淡雾，借助海平面，教一团火球化成一支水光激滟的光柱，再借其光波融化天地万物于怀中，何尝不是一种更为恒久的软实力？

　　总算在这个清晨，让我见识到了。

　　上午，由施惠群介绍当前青年的思想状况。中午下海游泳，自幼生长在义乌江边，整个夏天浸泡在江水里，引发中耳炎而损坏了听觉，从此下水游泳成了禁忌，只是坐在一边看，不意碰到了李志伟。他江浦中学毕业，我是他的班主任，现在上海戏剧学院工作。是应邀参加电影各种流派的研讨会来的,带来了好几部值得一看的录像。今晚放《巴顿上尉》,要我去看。可惜我们今晚已应文化局之邀,去看"过路片",是联邦德国的《失业的自由》和墨西哥的《托拉姆》,十时半方归。

八月十二日,星期四　晨,再看日出,仍有云。

今听汤永宽介绍当今外国文学状况,一整天。晚上聚餐,款待施、汤两位不顾旅途劳顿来上课。冯洁请来了《东海》杂志的袁敏,是作为作者参加笔会来的。

八月十三日,星期五　草《不带介绍信的漫游》并校读《三家村》。阅冯洁的两个短篇及赵长天、田抒强稿。对冯洁稿,刘冬冠和傅星有不同看法,晚上一起和冯洁交流。

黄昏,哈华请我和顾绍文、傅星、刘冬冠等去芝罘宾馆聚餐。哈华请的是远道而来的施惠群、汤永宽两位,我们沾了光。

台风来了。海又是一种模样,它愤怒了。惊涛拍岸,接待站前海堤上,坑坑洼洼的都是海水。这是大海的本色吧?我们五人自芝罘宾馆步行归来,迎着海风,听着涛声,望着海天相接处的一团团灯火——那是来此港湾避风的各种船只,舒畅极了。

八月十四日,星期六　大海咆哮了一天,数丈高的白浪,把种在海水中的海带都卷到海岸边来了。一些渔民斗风踏浪在捡拾。一见海涛猛扑过来,赶紧逃离,然后乘浪涛回流的瞬间,再扑过去。跟失去了理性的海浪周旋的情景,让我想到了海明威的《老人与海》。不同样是较量吗?人是不能被打败的!

读完魏继新、朱立德等人稿子,并提出意见请他们去修改。为克服松散现象,使大家意识到此次来烟台的使命,晚餐后,分组集中,鼓气加压力,情绪高昂可喜。

曹阳、施惠群乘火车经济南返沪。将《三家村》的校样及给孙美远的附信,请曹阳带到济南航空挂号投寄。可可今去天山中学报到,结果如何,颇挂念。

八月十五日,星期日　天放晴,风平息了,大海安静了,像个少女。海滩上的泥沙,平坦了,结实了。对泳者重新释放它特有的那份诱惑力。我已经见识过它不失粗暴的豪迈,此刻更具魅力了。至少给我的感觉就是如此。我终于下了海。

大海安静得像少女，释放出特有的魅力，哈华（前排左一）和我们都被诱惑了

　　我游到泳场东部的礁石上，见几个机关干部在铲海蛎；有个戴白帽的卫生员模样的在翻沙土，抓小螃蟹。指甲大小的，油煎后居然成为美味。我是第一次接近礁石，竟是这种模样，说它像岩石，不如说它是经够了风雨侵蚀的古木，密密的纹路，褚黑色的躯体，其间突出几块花岗岩（在岩浆冷却后嵌进的），活似木材上的节疤。

　　读邱国珍、钟铁头、黄河等作者的稿子。前面两篇把握较大，黄河的设想很好，可惜缺乏细节，概念化了。

八月十六日，星期一　　大海消瘦了，蔚蓝，显出了那种虚弱的瘦，仿佛被这场风暴消耗太多。沙滩扩大了，人们在捡取被大浪卷到岸边来的水草，都已经成干，可能用作柴火吧？

　　审读朱幼棣的《塞外》和张世俊的《草原》，均有修改基础。

　　晚上去烟台山宾馆，原想看《正午》和《雁南飞》的录像，结果放映的计划改变而扑空，与冬冠、傅星、徐平芬步行而归。

　　这儿渔民告诉我们，农历六月十三日，小海螺集中交配，像七夕会，趁机采集，可以事半功倍，一抓就是数百斤，过了这日子，海螺又分散如常。年年如此。这太神奇了！可惜我们来晚了，但五到八月都是交配季节，我们到海滩上观察，确有紧紧吸在一起如情侣的。有渔女在礁石间捕拾。见我们好奇，就找了一对，拆开，介绍如何区别公母，主要是看螺壳棱角的锐度。至于是否也有"七夕会"，她笑而未答。自然界之奇，不可思议，如果小海螺真有七夕聚合，却被渔民视作杀戮图利的丰收节，那太残忍了！我相信人类贪婪。就是为了对付人类这种贪婪吧，听说小海螺的交配就有多种方式，有这种上岸互吸实现体内受精的，也有在海水中依靠水流传送精子卵子而实现体外繁殖的。

　　但愿它们的相亲相爱不限于一夕，但愿都是相聚在海水中！

八月十七日，星期二　大海一旦消瘦，对面的崆峒岛与水面交接处，显现出白惨惨的一条，像骨骼。这是因为附近的岛屿升高了，清晰了，沙滩也伸延开去，显得宽广了，白晃晃的一大片。下午三时许，在海湾泳场看西边的海面，水的颜色有几条竟是绿的！

大海的表情太丰富了。

八月十八日，星期三　上午，找烟台地区的一些作者谈稿。肯定梅元的《天使》，否定了林经嘉的《哈某，你是英雄吗？你是狗熊吗？》。

烟台某中学教师李祺是哈华的老战友，今晚，邀请哈华去聚会。哈华把我与徐平芬两人带去了。同席者有以《政治连长》名噪一时的林雨和中学教师王雷。全部是海味，鱼鲜、海螺、蛤蜊之类，最难得的是"天鹅蛋"。我以为是飞禽类的天鹅，其实是海蚌中的一种，外壳形如天鹅蛋，半拳大，色黑，圆形，剖其肉而啖之，极鲜美。

八月十九日，星期四　大概海味"发"的吧，今天气喘了。

否定了朱立德的修改稿，并请魏继新赶写一篇。读到谭力的中篇《动作的诗篇》颇见功力，作品浑然天成，可以算此次笔会的上品，十分兴奋。拟请哈华审定后，作为十月小说专号的打头稿。将原定谭力的《山林的杂音》和杨显惠的《野马滩》抽下。

收霞麟信，可可报到未出问题，乃释念。

八月二十日，星期五　打长途电话到编辑部，更改第十期要目。以《动作的诗篇》打头，题目改为《黄果兰，更娇艳的黄果兰》。

审读魏继新的《果果》和陈希的《梦中的太阳》。后者需重写，但不知有无把握。

八月二十一日，星期六　上午，李志伟邀我去芝罘宾馆看录像《莫斯科不相信眼泪》。

章仲锷将《屏》的校样寄给林雨，请他转给我。我即派人去取。深夜校毕。

八月二十二日，星期日　今去蓬莱游览。久负盛名的这个仙境代名词，亲临其境才知道我们误读了《长恨歌》中的"忽闻海上有仙山，山在虚无缥缈间"。它不是岛屿,是蓬莱县城东北的一个山丘。蓬莱仙阁就在其上,面对渤海与长岛。古称丹崖山,由海神娘娘庙扩建而成,有"江北第一阁"之称。除海神庙外,由上清宫、观澜亭、卧碑亭及蓬莱阁等组成。始建于北宋嘉祐六年(1601),历代有修葺,却没有重建,算是真品。主楼蓬莱阁,与湖南岳阳楼、江西滕王阁、武汉黄鹤楼并称为"中国四大名楼",属中国十大历史文化名楼之一。登楼观海,其势雄伟,最壮观的是看海市蜃楼。我们来得不是时候,这一海上奇观出现在春夏之交,即便应季,出现的概率也不大,要数年才会有一次。

其实,这里最有价值的是与蓬莱阁相连的水城,是当年戚继光练水兵防御倭寇之处。也称"备寇城",是国内现存较完整的古代海防建筑,属国家级文物保护单位。可惜游人太多,正逢星期天,更是摩肩接踵,跟着讲解员匆匆忙忙的光听介绍,一个钟点便离开了,很多地方,包括水城下面的海滨都未涉足,更说不上细细观摩其雄姿,并深入领略其价值了。

蓬莱的传说,自秦皇求仙始,以八仙过海最具盛名。相传此处就是八仙过海的登舟出发地,洞宾阁尚在。苏轼曾到此任登州知府,仅五天,因见不到海市而离去。留有诗篇与碑石。值得一记的是明人的一副楹联:"海市蜃楼皆幻影,忠臣孝子即神仙。"还有镌于苏轼刻像处的一副楹联:"游客到此须饮酒,先生在上莫吟诗。"1964年8月,董必武来此却破了例,墨迹今挂于蓬莱阁,与叶剑英的一联并列。讲解员很不错,她那么年轻,讲解之自然熟练是我从未见过的。

八月二十三日,星期一　　晨,看日出,无云,较清晰。

笔会中感冒颇多,气候变化太大之故也。

定下魏继新、孙昌宇、浩岭各一篇。

八月二十四日,星期二　　读陈希、冯洁稿,均不满意。梅帅元的尚可。昨孙昌宇走,今陈希、梅帅元告别。笔会已近尾声。病毒性感冒在蔓延,作者、编辑情绪均不稳定。

八月二十五日,星期三　　哈华和作者谈创作中的问题。

下午,大组座谈,征求对《萌芽》的意见,颇热烈。

又来台风。风雨交加,大海巨浪滚滚如群马奔腾,拍岸的白浪高达数丈。站在海堤上,看回头浪与排浪相交所竖的水墙,壮观得教我很想化成一滴海水,融入其中,那一定非常痛快,惜不可能。

八月二十六日,星期四 编辑谭力的《黄果兰》并与田舒强交换对他小说的意见。

晚上,看京剧艺术片《白蛇传》。白蛇的故事,唐代即有笔记,宋元有了话本,到明代出现了戏剧并有了种种版本。白蛇也从狰狞之妖,逐渐成了充满人性之美的化身,神佛反而成了邪恶的代表,给人以如此强烈的情感冲击,在接受美学上很值得研究。

八月二十七日,星期五 今去栖霞县参观地主牟二黑子的庄园。庄园之大,超出了我的想象。但更让我兴奋的是见识了县城一个月两次的大集。胶东的富裕繁荣,于此可见。

晚上看话剧《红鼻子》。台风未止,看来活动计划都要取消了。

八月二十八日,星期六 编《黄果兰》。下午,到西山葡萄园及烟台葡萄酒酿造厂参观。我才知道葡萄有一百多个品种,不少名称十分优雅,有玫瑰香、美如清、北醇、李将军、田里汉、田里黑、雷司令、长相思、阁兰月、佳丽酿、蛇龙珠、梅鹿辄、贵人香、玛瑙红、龙眼等,以此酿酒,其味甚醇香,高档酒称为"玛瑙红",居然给了综合起来的酒一个雅称——解百纳白兰地,亩产万斤。给我们品尝的葡萄,是玫瑰香,紫色,确有一股玫瑰香味,还有白雅,青色的,有一股桂圆味。我生平没有吃过这么多葡萄。

大家被烟台几个作者向老哈告状的事弄得很不愉快。基础太差,却不自量力。奈何?

哈华、桂未明、赵咏梅今赴济南。我与冬冠也决定明天经济南返沪。青岛不想去了。

八月二十九日,星期日 今到威海游览。威海是中国第一个水师诞生地,是中日甲午战争爆发处,邓世昌英勇地牺牲在这里。我们乘海军舰艇登上刘公岛,这是威海市海上天然屏障,素有"东隅屏藩"和"不沉的战舰"之称,因其峰峦起伏,景色优美,民间赋予"海上仙山"和"世外桃源"的美誉。当年水师提督衙门尚在,今驻守着北海舰队之一部。想当年海军司令部设于此前线,毫无屏障,可见邓、丁(汝昌)现代战争观念之局限,当然,也可以理解为他们与水军接触之密切。

威海城市已经满眼"现代化",旧城固不可见,英国建筑也寥寥。收回威海卫纪念塔却立于市中心,时为民国二十年(1931)王正廷所书。令人惊叹者,是威海近郊孙家全大队之姚远生产队的渔民,其收入之高,居全国第一,家庭摆设,胜于湖南、四川的有些高级干部家庭。现代化的设施,除电冰箱、洗衣机之外,均应有尽有,孙家全这个小镇也宛如电视中所见美国的当代城镇,只是汽车不如它们多而已。

因决定与刘冬冠返沪,聚餐未竟,匆匆赶往火车站。徐平芬所托的帮我们买车票的朋友没有联系上,只能直接上车补票。车内旅客极其拥挤,经冬冠交涉,过了莱西,终于买到了两张卧铺,但时已二十三点。

八月三十日,星期一 晨八点,到达济南。先买好回上海的车票,是从青岛到上海的231次列车,下午五时二十七分发车,利用这一空当游济南。此地有三大历史名胜,但我读《老残游记》就知道了济南的美景在大明湖,所以非去不可。不错,这一由济南众多泉水汇合而成的市区湖泊,确有西子湖之秀丽,荷花、垂柳是其特色,"四面荷花三面柳",概括得好。可惜,千佛山山色太淡,无法印证"一城山色半城湖"。最为失望的是被称为"天下第一泉"的趵突泉,竟无泉水,昔日喷珠溅玉的泉池,除趵突泉有浅水外,均干涸见底,而且底部发白。慕名来观泉,泉却无泉供人观!李清照的漱玉泉,也只留泉名,她的旧居倒修葺一新,悬有郭沫若题的"一代词人"匾额,却没有开放。正如未见漱玉泉喷珠溅玉一样遗憾。想到千佛山恐怕也非原貌,引得历代文人前来凭吊、吟咏的历下亭、铁公祠、稼轩祠等景点,都兴味索然,决定回车站,找一家小饭店与冬冠对酌。

上车后,竟然在火车超员中又得卧铺!

1983年·义乌

二月十一日,星期五 返家过春节。南下的257次列车,不像原先估计那样拥挤不堪。上午十时发车,下午四时到达。哥哥、弟弟、侄子都骑自行车来接,能坐到这种"二等车",是以往返家没有的"待遇"。车站与城区相接,都面目全非了。

在可可眼里,什么都新鲜。当然也处处暴露出无知。他看到车窗外田野上的麦子、油菜都认为是菜,更分不清烧石灰的石灰岩和花岗岩。

见爸爸妈妈不像想象中那么衰老,稍觉欣慰。爸爸说,在以往噩梦般的境遇中,心情最恶劣的时刻,他总是借我跳出农门来宽解。不错,人是应该有精神支柱的。

夜叙家常。我的心情，比任何一次归来都愉快。

二月十二日，星期六 新屋建成多年，最近才构筑了楼板。岂料老鼠成群，将我夫妇从梦中惊醒。霞麟说起她们病房曾经收治被老鼠咬伤的一病孩，吃奶糕时嘴边残渣没有擦拭干净，酣睡中被老鼠咬破了上唇，肿胀如斗。恐惧中挨到天亮。妈妈也为老鼠成灾烦恼，说蚊帐、竹篮、衣物都给咬破了，投了毒鼠药也不起作用。这倒是新闻！到底什么原因？她说不清楚，只说，人家都怪捕蛇的。她不懂，这跟蛇有什么关系？

我却一听就懂，并有深究的冲动。早饭间，向弟弟追踪了解，他告诉我，家乡近年来，捕蛇成了一门生财之道，西喻村有人因捕蛇发大财，造起了一幢三间两插厢的大房子！活蛇每市斤可售六角！养猪都没有这么高的回报。关键是胆子要大。捕蛇时，用一根零点八厘米铁丝制成的钩子，到荒郊野地或坟墓间的洞穴口去观察、寻觅其活动的痕迹，然后引出洞来，或用铁丝钩子夹出来，抓其七寸处，收进塑料袋或竹笼中。西喻村那位捕蛇的，本来是泥水工，他弃工捕蛇，技术之高，四乡闻名。他的经验是在天气闷热暴雨将到的时候，大蛇，小蛇；乌梢蛇，火辣蛇……什么蛇都出洞了。暴雨过后，蛇便不见了。弟弟绘声绘色地说了一个此人如何艺高人胆大的故事，听得我惊心动魄。在廿三里，发现了一条手臂粗的大蛇，无人敢近，就专程把他请去。晚上，他就躺在蛇洞口的岩石上等候。一听蛇行声响，即起而抓其七寸。蛇团团缠绕他的身体，并用芯子舔他，咬他双臂，皆不起作用，原来，他早用牛皮套套在双臂上了，最终蛇被活捉。至于收购蛇类的价格，按其毒性分等级。购者或取其胆，或浸药酒，或用其肉做蛇羹，销路颇佳。

出现鼠患，蛇被捕尽，是一个原因，还因为包产到户，分田单干，谷子一成熟即收割，老鼠来不及贮藏冬粮。不像集体化，谷子成熟多日无人问，任随鼠类从容搬运入洞。

蛇鼠故事教我浮想联翩。想到自然界的生态链，与被斥为迷信的因果报应，分明是对应的；更因"引蛇出洞"这个成语，从自然生态链，想到社会生态链。如果为了图利、争利，也变成了不择手段的鼠类，那就更可怕！

不敢想象！但愿是我的多虑。

下午，去探望仁让表舅舅。也见到了玖莲一家。阔别二十余年，音容都改了。三叔也老得变了形。都是可以写入文学作品中的人物！

今夜除夕。祭祖敬神,帮我重温了一次童年的生活。当然少不了到老周胡山扫墓,顺便去游览了凤凰水库。

爸爸告诉我,中国历史上三位"女皇"的对头都是义乌人,仿佛义乌人总是和"女皇"过不去。武则天碰到了骆宾王;慈禧太后对头是朱一新,江青则碰到了吴晗。我以义乌人耿直不阿的性格为骄傲。要补充一点,义乌人也是外族入侵者的对头,从宗泽到戚家军……

二月十三日,星期日　今天是大年初一。到妹妹家以拜年形式相聚。她忙于建造新屋,显得极消瘦。由南贤陪我们去游览香山寺及寺院后面的"仙人影"。

香山寺的地理位置,确有虎踞龙盘之势。它背后的寺山如游龙而来,右有龙山,左有虎山,极目可眺望数十里内的田园村舍。寺院早已残破不堪,山门、中殿、后殿均已颓毁,仅留前殿左右两间,成为砍柴佬歇脚行炊之处。颓毁起于人祸。寺后有一大坟茔,据说是楼姓祖坟。阴阳先生说,这是出皇帝的风水,却被寺院挡住了。楼氏后裔为此策划了一场烧寺庙、杀僧侣的大案。官司打到县衙,收取了被告贿赂的县官大人故意问:"坟前还是寺前?"原告老实,不知此问深藏奥妙,也不问"前"与"后"是地理位置,还是时间顺序,回答"寺前"。于是被驳回:"既然寺院在前,怎能控告其非?"烧寺杀僧侣之案就此了结,但传说版本甚多,这只是其中之一。西边的平顶山,称为"夫人山",山有白垩土,据说仙人在寺山上跌倒,打翻了豆腐担子,至今留有仙人影。意会也。与夫人山并列的这一座山,在这边看像笔架;到另一面看却如五指。于是有了笔架山与五指山两个名字。这一事例,颇含哲理,同一对象,不同的角度,便会呈现出完全不同的形象,随之做出不同的解释。

赌博公开摆摊,无人阻止。在旧中国,新年三天,县衙大门前也允许摆赌摊。

有人把承包到户的责任田出租,坐收租米,显然念歪了经。

二月十四日,星期一　去江湾井头山向舅舅拜年。

江湾镇是我的童年旧地,我整个少年记忆,都在这里。江湾镇已经和井头山村连接在一起了。小街却丝毫没有变化,仍然那么狭窄,有些房屋都明显倾斜了,不说繁华,连收录机之类体现时尚的电器音响都没有。仿佛处于刚刚苏醒时刻的那片宁静中。

变化最大者,是义乌江被拉直,面目全非!自然景色被破坏无遗,良田变成了河床,在沙滩上堆土成为瘦田!这是当年"改天换地"的"成果",却成了今天人们的笑谈。就因为这种简单化的、急功近利的管理方式仍未绝迹。如计划生育,育龄妇女,已生一两胎者当然要做结扎手术,但四十岁以下尽管幼子都快成年了,仍然要动手术,我嫂嫂就是一例,她就没有逃过这一刀。据说,动员不成便上门搬家具,名之为"罚金",完全无视宪法中公民财产不受侵犯的条例。这种弊端尽人皆知,可就是没有纠正。我不禁又想到鼠患的由来,想到了社会生态。不知改革能否触及这类弊端?

两位舅舅都不见老。二舅舅住进了新屋,四个子女都为自己的小家庭忙碌。我的大表弟宗业是萤石矿的技术员,但收入大不如做油漆匠和做泥水工的几个弟弟。多年未见面,聊的就是这些话题。未见大姨妈,甚为遗憾。她家在梅叶潭村,经常来兄弟家,一住就是三天五天。我上次来,她尚有床铺可宿,如今却腾不出巴掌大的地方安置她了。

给我的印象,就是农村经济改善了,人伦关系却不如以往那样有温度了。

下午三点即告别,绕道县城回万村。经塔下洲,去看了看新建的拦水坝和发电站再到城区。新建筑颇多,店家都关门休假。旧景象已不再。到文化馆访王国修,未遇。

二月十五日,星期二 今到新建的飞机场游览。

新机场建在王高畈东端,山口傅村南边。只见停机坪上停着十多架军用战斗机,未见其他。沿着山麓公路回来,特地到马库坞水库东端的堤坝上走走。1955年冬天,就是在这里,我和村民(当时是高级农业社社员)一起筑这道蓄水堤坝,见王国修气喘吁吁地来找我,告诉我《丁庄的旱》稿子失踪,问我是否留有底稿。忽忽二十八年了!

楼下村的表弟来拜年,在你来我往的应酬中,谈得较多的是当今社会风气。农村普遍存在谁有权力谁就有真理,谁能言善辩谁就受尊重的现象。我的弟弟两者兼有,所以办事效果较好,当了生产队长也没有胡来,只是不再吃父亲之冤案被压制时的那种亏而已。

不过,父亲却感觉到一点什么,担心什么。晚上,把我们兄弟三人喊到他的床前,嘱我们兄弟要团结互助,并担心他百年后,为一些遗物发生冲突,特地明确各人所属,即什么东西归谁所有,等等,说来好笑,无非几件旧家具而已。我们只能唯唯。

门上的春联,不知弟弟从哪儿抄来的,写的是"天助农民田家乐;政顺民意国泰安"。被爸爸改成为"天借农技争产量；国靠民主夺财源"。

二月十六日，星期三　雨。不便于寻访亲友，两位舅父和宗业、宗能、贤杉等表弟都来了，碧环姐夫也到了。整天陪客，等于开了一天座谈会，使我了解了许多农村现状。

农民仍然淳朴，可以说，淳朴得与当今市场经济格格不入。我弟媳的姐夫就是一例。这是一位具有相当文化知识的农民，担任过农业中学的教师，赶潮流下海经商，把瘦牛买进，饲养肥了卖出，赚了一些钱。看来挺能干的。去年，却把一头价值八百多元的黄牛，赊给了一名牛贩子。牛贩子来自安徽，素不相识，也没有任何交易凭据，就是凭从浙江省取到的一张出口许可证和牙行的一句口头保证，并拿别处"赊"来的四头牛做"证明"，表示他们都赊给我了，你怎么不放心？也不辨是真是假，就任他把牛牵走了。说来匪夷所思！至今一年了，音信全无。到安徽公安局去查问，跑了两次毫无结果。分明碰到了骗子，但他仍然相信，人家不会骗他的，一定会付款的。为什么？因为他在生活中从来没有被骗过！

这一回，肯定把他过去赚到的全部骗走了还不够！可叹！

1983年·杭州、绍兴

二月二十四日，星期四　今与洪波一起，乘49次列车来杭州参加浙江省青年文学创作会议。抵杭十一点，到省文联，被送到屏村招待所。安顿后即去游览保俶塔。阴雨天，烟笼雾罩的西湖，应该给我半遮半掩、云深不知处的空蒙之美的，却未获得，说明自然景色并非化学配方，湖光山色加上雨，未必就有空蒙的效果。

晚上，黄源、高光等文联及省团委领导来探望，接着《青春》杂志的邢熙坤、孙景生等同行，以及宁波地区的夏真夫妇、张廷竹、叶林、吴广宏等青年作者来叙旧。

二月二十五日，星期五　浙江省青创会开幕。会议由团省委陈再英主持。高光和谷斯范（省作协副主席）分别致辞。然后介绍从外省市专程来参加会议的浙江籍作家，如张抗抗、叶文玲、戈悟觉、鲁永兴等，除了张抗抗，其他都是第一次见面。

午后，与会作者分组讨论。省文联则分别请我们五人和谷斯范、郑秉谦、冀汸、华人秀等征求会议如何开好的意见，并安排我们发言次序。

晚上，看电视录像。均为进口的故事片，如《法国中尉的女人》及美国片《飞越疯人院》等。

南京《青春》等刊物的编辑活动能力极强，颇具竞争性。相比之下，我刊显得差了一些，分明背着青年文学杂志"老大"的包袱。

二月二十六日，星期六　今天方知团中央也派了两位干部来参加这次会议。

上午举行大会，由团省委领导和黄源讲话。但与会者只有三分之二。一些编辑部的编辑均在会后活动，约作者去谈稿子了。他们来参加这种会议，目的就是拿到稿子。

午后，与洪波一起拜访朱秋枫、《西湖》杂志社等。自从朱秋枫读了我的《丁庄的旱》给我写信至今，近三十年了。在那封热情洋溢的鼓励信中，他的姓名前冠之以"未见面的朋友"，终于相晤，比我原先想象的要年轻得多。

二月二十七日，星期日　今天大会发言。按此前排定的次序，上午是谷斯范、叶文玲、戈悟觉和我。下午是张抗抗、鲁永兴、冀汸和嘉兴地区的文化局长。

谷斯范要求作家有"赤子之心"；叶文玲希望像《金蔷薇》中的沙梅搜集金屑一般去积累生活素材；戈悟觉给我的启发是，作家的创作活动，就是要去"寻找我自己"；张抗抗对青年作家特点的分析，教人感到她认真思索精神之可贵。她认为当今青年有三个特点：创造性、批判性与不完善性。冀汸的记忆力惊人。从胡适所写的新诗，一直到今天的朦胧诗，都能背几首，条理之清楚，胜过一般的演说家。我讲的是如何从本乡本土出发写出个性来。因时近中午，其他内容略去了，只讲了二十分钟。

晚上放电影《张铁匠的罗曼史》与《城南旧事》。未去看。与《青年文学》杂志的李硕儒、牛志强，《丑小鸭》的刘存孝等探讨当今文学创作与办文学杂志中的问题，直到深夜。

二月二十八日，星期一　浙江的《江南》《东海》《西湖》三家刊物，约我们外地来的作家与编辑去"花港观鱼"茶楼座谈。

我的发言是如何提高文学素质，呼吁文学刊物如何远离商业化的污染，并预测今后三五年文学创作将出现暂时低潮。戈悟觉认为这预测是大胆的，沈虎根极赞赏，要我将此发言写出给《东海》发表。《西湖》马松年也邀我写一篇如何提高短篇小说质量的短文。

骆寒超、马松年通知我，今年五月底浙江文学研究会年会将在绍兴举行，把我列为受邀的外省四个作家中的一个，作为研究对象。其他三个是张抗抗、叶文玲、杨佩瑾。

不断接待作者来访。晚上,请新人文学社的曹布拉、李杭育、陈剑君等九位座谈,采取平等探讨的态度。他们觉得《萌芽》的确与《青春》不同,当即自愿为我们明天晚上举行的"答作者问"活动做通知。

三月一日,星期二 今天,大会主要是作者发言。有曹布拉、叶林、袁丽娟、沈潇潇等。沈潇潇的发言中,有一点颇有启发。一个冠军,赢了一起参赛的九个而夺魁,其中包含了九个人的价值。有哲理。可写个短篇小说。

午后,《浙江青年》杂志组织我们外地作家和编辑,去超山赏梅。

超山离杭州颇远,车行需一个多小时。据说,中国有五大古梅,这里占其二,有"唐梅"和"宋梅"各一而成了探梅胜地。前者,在"浮香阁"前的石墀下,是南宋一唐姓文人所植,"唐梅"两楷书,镌于坛边的石壁上,同一枝梅朵,有的从花蕊到花瓣均呈淡黄色;有的呈粉红色,花瓣下的花托,则是樱红色,与黄色的黑褐色不一样。从其树干和盛开的花朵上审视,树龄似乎没有这么悠久。至于同一枝上的两种不同颜色,叶文玲认为是开花期先后不一所致,戈悟觉不以为然,待考。可信者,是宋梅。主干根部枯裂,似老妪状,有几枝已枯,仅三五枝吐蕊展瓣,形态极其古朴。旁有一岩石,镌有"宋梅"两隶,对面建有"宋梅阁"。唐、宋二梅左侧的山上有石级。山不高,石阶呈"之"字形,曲折达十余,经三亭,可上"超峰阁"。有亭,有阁,当然也有梅,可俯瞰近山远水。可惜,天低云稠,无法远眺,阁之四周也太颓败肮脏,未能多加观赏。其余多处均有梅,但都没有盛开。时令未到,来得太早了,也因天冷多雨之故。

赏梅途中,与中国作协创联室的谢真子一谈,才知其父是谢挺宇,也算是老乡。

上山一身汗,下山也是一身汗。《浙江青年》借一茶室举行茶话会后方归。

晚上看故事片《雨后》和《如意》。

三月二日,星期三 大会安排颇松散。上午,洪波去美术学院访李其容,我给许锦根一信。下午,团中央程路和沙永跃召集几个青年刊物,座谈当今青年思想与文学刊物对年轻人的影响。和超山的茶话会一样,又是点名要我发言。我说了这么几点:我们《萌芽》在青年中的影响,举了张亦铮、梅帅元都要《萌芽》取名等例子,教我们感受到自己肩上的责任。至于如何引导当今青年思想之类教育功能的问题,观念旧了,我竭力淡化,只举晓剑的《压切面的姑娘》为例,如何在人物形象中,让读者感受青年如何认识自身的价值。

晚上,举行"答作者问",盛况空前!各青年刊物的编者、部分作家,如程路和戈悟觉等都参加了。由我主持,能答就答,有的请兄弟刊物回答。如李硕儒答如何理解形象鲜明与形象丰满等概念,牛志强答初学写作者应该注意的问题,等等。戈悟觉发了言,谈关于作家的生活积累。从晚六点半到十点方散。对此活动,热情的肯定与赞扬是一致的。程路说:"你们很会出点子,动脑筋,反映了你们的能力、气概与学识。一般编辑是做不到的。你们取得了很大的成功!"张行赞扬我们"有大家风度"。

三月三日,星期四 又是下雨。连着八天了。今天会议结束,上午由省委宣传部部长讲话,冗长无味,面面俱到,下面嗡嗡如雷,都不听,他却依然不慌不忙地念稿子。不停顿,也不压缩。

《江南》《东海》及作协,下午分别召集一些青年作者开座谈会。我与洪波冒雨去采购一些带回沪的食品。这次,看来又不能去游览北山区了。甚憾。

今晚大会举行文艺晚会,是舞会。我再访朱秋枫,和他谈了我的身世。

三月四日,星期五 大会邀请来参加会议的朋友,到绍兴游览。天公作美,居然多云转晴,直到我们回招待所才下起雨来。

绍兴自有绍兴的风貌,与义乌不同。老农戴的毡帽就有绍兴的独特风味。当然,主要区别还在于它是水乡,进进出出一支橹,而义乌是丘陵地带,来来回回两肩担。就是说,他们靠胳膊扩展天地,我们却依仗腿脚生存。于是,他们以脑子灵巧著称,"绍兴师爷"遍天下;而我们义乌有的是剽悍,宁折不弯成了一块招牌。相信这判断不会错。

先到咸亨酒店,喝一碗孔乙己曾经喝过的黄酒,吃一碟茴香豆。既然取名咸亨酒店,格局当然是鲁迅笔下的格局。只是觉得装潢和设备都新了一些,用品过于洁净了一些。时代毕竟不同了,酒客中,一定有鲁四爷和孔乙己的后代,那绝不可能是梳长辫子的。我们的到来并举起碗大呼小叫,在门口不断拍照,引来了不少看客。

鲁迅故居的门面极有气派,铭牌是郭沫若的手笔,这一大家门第建筑群,粉墙黛瓦,与江南建筑风格是一致的。珍贵的是,鲁迅曾住的房间和睡的铁梨木床,还有他的诞生处,都是原物原貌。"百草园"就在其后,竟然是那么荒荒的、没有多大趣味的一处荒野。矮土墙仍在,何首乌藤依然爬满了墙垣。一个给文学巨匠写得那么富有童趣的"乐园",原来是这样教人失望,或者说,这么一处令人失望的荒地,居然给写得那么有情趣,可见鲁迅毕竟是鲁迅。三味书屋在故居东头一百余米处,过小桥。其情其景,如我以往在绘画中所见。鲁迅曾用的课桌仍在,刻于桌右沿的"早"字安然无恙。横刻,上方"曰"字缺其中一横。在此,冀汸与他在百草园中及咸亨酒店前一样,给我拍照留念,教我备觉珍惜。

下午游东湖。很有气韵的这一处游览胜地,竟是人工开掘出来的,所以崖壁、岩洞、石桥、湖面如此巧妙结合。船到"陶公洞",我们都为有此壮观景色而大声欢呼起来。此洞深十八米,上有峭壁,四十七米高,如坐井观天;其余如"仙桃洞""龙洞"等,均有可观赏之处。此湖与箬篑山构成了一个人工大盆景,在内入口处的石门廊上,有一楹联可概括此景风貌:"此是山阴道上,如来西子湖头。"总体上,它比西子湖更精巧,更有引人入胜之处。可惜,是整了容的美人。

在绍兴,最壮观、最有文化内涵的,仍数大禹陵。大禹陵,古称禹穴,为大禹的安葬处。它位于会稽山西麓,前有禹池。门内有岣嵝碑,上镌岣嵝文,此碑全国仅两处,另一处在湖南。前层,层顶是双龙负剑,象征大禹治水之功绩,后层有大禹塑像,高达十米,左右对联是:"江淮河汉思明德;精一危微见道心。"

戈悟觉等朋友均恭拜之,感其忘我也。

大殿左侧,是"窆石亭",亭内置一巨石,如石夯,上有拳头粗的石穴,是安葬大禹时所用缒棺之物,原有四只,四角拴绳,使棺木徐徐下降,以免惊动大禹。其余三只不知何往。亭右侧有两块篆书石碑,分别刻"禹穴""石纽"。据说,石纽乃禹诞生地,在四川。其实,此处是衣冠冢,真冢在殿前,那儿有"大禹陵"巨碑。碑亭在1956年被大风刮倒,巨碑也刮断,此亭是1979年重建,石碑是续上的,余痕尚可辨。碑亭右侧有鼓乐亭(也叫咸若古亭),是祭祀大禹时奏乐的地方,八角重檐,全部用石块垒成,无一砖一瓦,有八百多年历史了。陵碑左侧五米处,又有石刻一处,上镌"禹穴",系指此山均是禹陵也。

此行收获很大,可惜没有时间去游王羲之修禊的兰亭。

1983年·义乌

三月十七日,星期四　父亲病危,今匆匆归里探视。临时买的火车票。春运高潮虽过,257次仍然一票难求,排了半个小时队,凭我的记者证总算买到,而且有座位。

四点到达义乌,宗业表弟来接我并送到家。哥哥想不到我会突然归来。他说爸爸这几天病情略有好转。尿路已通,唯耳鸣,眼花,食欲很差,下肢肿胀,可能是尿中毒所致。今天停止吊葡萄糖,以观察病变。到床前,父亲竟不认得我,得知是我,就生气,怪我不应该耽搁工作回来。哥哥谎说是路过,顺路来探望的。他才止怒。我即打电话将此情况告诉在家等候消息的霞麟,暂不来。

我父母新婚留影于上海

三月十八日，星期五 父亲病情似有好转。精神颇佳，中午吃了半碗米饭。阖家欣喜。扶他到门外晒太阳，也能走动。

趁这机会去前洪集市看看，分别访公社文教干事等领导和亲友，均扑空。归来，兄弟三人去发王山选择父亲的墓地，确定一处向阳地，视野开阔，可见塔下洲钓鱼矶之塔，坡度陡，不阻前方宽广的视野。然后登山顶远眺。

大姨母来了。她从南山脚下步行到北山山下，身体健朗是不言而喻的。晚上妹妹一家来，商量如何治疗父亲的病。南贤说，爸爸肺部有啰音，却拒绝用药，前几天，他对吊葡萄糖也不以为然，要求中止，连青霉素也不接受了，说他没有病，要自开处方服用中药。晚上情况又不如上午，问题仍然是无法排尿。

三月十九日，星期六 昨晚至今，父亲始终没有排尿。却拒绝再吊葡萄糖和注射青霉素，自己开了"五苓散"服用，未见效。

两位舅母来探视，留宿。

父亲将我少年时期的日记保存着，"文革"中毁弃不少，尚留一部分。重读之，幼稚之状可掬。对我正在构思的《惊蛰》有帮助。即起草，获千余字。

和南贤研究，认为父亲的病要拖一段时间了。我决定明天返沪，有情况再来。

四月十三日，星期三 昨晚一接电报，我偕霞麟即乘十点十分的179次列车回义乌。妈妈和妹妹接到前洪汽车站。天大雨，冒雨步行回家。终于见到了父亲最后一面！遗体置于床铺上，平和而安详，专等我们来似的！我扑过去，伸手抚摸他的前额，呼喊他……想起他教育我们的那一副神态，因我们有所悟而欣喜；因我们冥顽而焦急；为了让我们理解而索费神思……可以说，他前半生的心血，都花在了我们身上，而后在那一场场不白之冤中，借我作为精神支柱苦度余生，如今，正可以从我的事业中获得安慰，却走了！以他为原型的《吾也狂医生》出版，我一收到样书即寄给他，却毫无反馈。春节特地回来，只听妈妈说，他边读边哭，连着几个晚上！在我面前却不置一词，我也不知道该不该问他。想不到临终唯一遗嘱，就是要我们把这部小说安置于他的头侧，陪他进入天国！我才明白这一细节所包含的意义，确实不是语言所能表达！唯有更加悲恸地痛哭！双手继续抚摸着他的脸面、前额，冰冷，我却感到这是父爱极致的凝结，让这感觉多留一会儿作为永诀！

在这样的生活环境中，下面的一切，只能跟着沿袭的俗仪走了。入殓，送他上发王山……始终大雨如注。帮忙者皆左右邻居，两位年迈的舅父从江湾赶来送行。幸而十点以后，天由阴转晴，我站在墓地旁边看他们用三合土堆垒成墓，惘然伫立而已！

开始，我只想"跟着俗仪走"，没有想到"俗仪"会如此不可思议。除了道士念咒，还要女儿到池塘买水；送殡路上，女儿要走在前面，且不得回头张望；送到了墓地，家人接过担杖，除了儿子，都要立即离去，并不得走原路；墓穴筑成，入棺前，我们兄弟各人手持四炷香向父亲灵柩跪拜后，以规定三步之数，从墓穴跨过，每跨一步拜三拜，然后提着灯笼回家，同其他家人一样，必须走另外一条路，同样不得回头张望……此时此刻，一切均由人摆布，无暇说信与不信，更无心问何以要如此了。

四月十五日，星期五　大风雨。看来父亲是有福的，要是昨天也是这样的天气，坟墓修筑肯定要不尽如人意了。

今天和哥哥、弟弟一起整理父亲的书报杂志。他最珍重的是我的著述。被我丢失的一些书刊他都保存着，装了整整两木箱，嘱我侄子河鱼保存。其中有一张小字条，是春节回家时他写给我看的，没料到和这些书刊收在一起了。写的是这样几句感人肺腑的话：

我和你四十余年的父子之情，千言万语无从说起，总而言之，你这块料子不被早年逆境所埋没，足够使我含笑地下矣！回顾生前累及儿辈的坎坷身世，夫复何求！

蕴藏在他内心的万千苦痛与慰藉尽在其中了，能不唏嘘！

因雨不能出门，整理《惊蛰》，千余字。晚上弟弟陪同支部书记才才来访。才才甚为热情。我对他悉心照顾我父亲，由衷地表示感谢。的确，与先前那位对父亲虐待式的"管制"判若天壤。1958年，父亲被抓到水库工地上示众游斗，那位竟夺过父亲手中的长烟筒猛击他头部，致右眼青肿数日未消，还发出如此威胁："我们只要发一封信，马上可以叫你的老二回老家！"目的是榨油水。手法很独特，训斥虐待罢的晚上，他的母亲必定上门来，满脸堆笑，一副"自己人"的样子，来"借几个钱用用"，没有"借"到手的话，再批斗，再训斥，更残酷的批斗和更严厉的训斥。对于如此索贿，对于其他"黑五类"或许能奏效，父亲此生最痛恨这种人渣，毫不客气地拒绝，哪怕继续吃苦头。寒天喝冷水啊！今年春节我回乡来，卸了任的这个角色居然上门，还希望我会给他什么礼品，父亲却故意拿这样的话嘲弄：我老二是国家的人，不应该来探我这种亲，你去劝他回去。今天，因才才的探访，回忆这些，虽然余愤仍在，但觉得时代真的进步了。

四月十六日，星期六　雨没有停。取消去县文化馆访友的打算，继续整理《惊蛰》。

茂后村同宗纯修，与爸爸生前过从甚密，今天来访，谈到目前农村干部的情况。政策水平不高是其次，最大的问题是形成了家族统治体系，使权力集中于家族及其亲友的手中，形成垄断。茂后村"地富反坏右"等近十人，政府"摘帽"的通知早就下达，至今仍捏在他们手中不执行。原因是当年对这些人太过分，摘了帽，怎么面对？

从这些干部的素质来看，中国农村问题一时解决不了，"四化"的距离还相当远。

四月十七日，星期日　今天到县城访文化馆王国修和方竟成。王国修去佛堂镇，方竟成在家，略谈片刻即告辞，去楼下村探望小姨父龚永盛。他四子二女，除幼子外均已成家，并都住进了新屋，他老夫妻却留在了1949年前造的"新屋"里。这"新屋"是相对于祖上老屋的称呼，早已残旧不堪，仍以"新"名之，就因为至今没有构筑楼板。本来预备着的杉木，因他当年当过"保长"而被村里当权的搬走了。"帽子"给摘了仍不归还。

就是这样，说起了生活情况，和我们村子差不多。只是这里的支书成了老板。靠的还是那张早已凭家族体系所结成的网。故事大同小异。给我的印象就是：中国农村，如果不像包产到户，即分田到户式的来一次新的"解放"，这些顽固势力造成的弊端很难根治。

回家后，平天来，我们兄妹四个，商定了母亲今后生活安排。

四月十八日，星期一　天继续下雨。明天将返沪，冒雨去父亲墓前告别。并与哥哥一起在水泥的坟面上用黑漆写上"俞公不眉之墓"。父亲希望我们立块石碑,由我题写。这次回乡无法完成,以待来日。唯愿父亲在地下安宁。

1983年·苏州

五月二日,星期一 这次《萌芽》改稿活动定在苏州,住吴县第一招待所。我晚到了两天。离开苏州十六年了。乘公共汽车从火车站到道前街,一路观察。当年,为了编校《工人创作》杂志来往于沪苏之间,所住的道前街小旅馆,今天已无痕迹可寻了。

姜滇、耕夫、鲁书潮、雁宁等八位青年作者都在改稿。李其纲刚刚送走徐芳。

我与姜滇闲聊,了解南京文艺界许多人和事,和其他地区文艺界差不多。

五月三日,星期二 审读稿件。分别找晓宫、耕夫、高小勇等谈稿。晓宫因父亲病(脑出血)急于回去,但又像与常州一位演员有约,必须今天走。见稿子不成熟,接受了我的建议,留下来再改一天。高小勇却想家了,说他是第一次离家,看见墙上的印花纹饰,都会想起家里墙上的脚底印迹是那么亲切。叫我想起当年带学生下乡"学农"。当然有差别,比如高小勇,到我直接找他交流,他才亮出底牌:他和爱人分居两地,打算借这次笔会的机会,早点到他爱人那儿去。最后还是决定留下,把稿子改好,只希望我们给他单位开一份证明,说笔会延期,让他能去探几天亲即行。

遗憾的是,到目前为止,尚无重点稿。黄昏,和洪波到观音街散步,个体经营者摆的饮食摊,对顾客吸引力极大。来苏州多次,第一次见到这景象。摊头都集中于观音街与人民街街口的空地上,颇有秩序。玄妙观却与我十六年前所见差不多。

五月四日,星期三 看完了全部稿子。分别约鲁书潮、谢鲁渤、刘玉棠、范小天交换意见。刘玉棠的《临时工》是最后一篇审读,也是这一次笔会中最好的。范小天和范小青兄妹俩的均无修改基础。范小青因事回家去了,没有时间来此交谈。雁宁的两篇都不行,按他的要求,暂时不做交流,以免影响情绪。

晓宫改好稿,归去;李其纲也于晚上返沪。

中午,我们聚餐于松鹤楼,品尝苏式名菜。兴致都很高。

五月五日,星期四 范小青回来了,与我交换稿子的意见,然后和她一起构思一个短篇。与雁宁谈他的小说稿。须大改。从目前的情况看,此次笔会应该提前结束。

曹阳来,他认为这里房价太贵,要我们换招待所,得知要提前结束,作罢。

他仿佛是向我倾吐对《萌芽》前途的忧虑来的。针对老主编的固执,他举了几例:其一,是这一次评编辑职称。作为杂志负责人,竟拒绝参加,认为《萌芽》没有一个够得上副编审的!这分明是对他的否定,愤怒可想而知。其二,是月刊的改刊。背景是文学研究所要办一份理论杂志,未获市委和社联批准,研究所的负责人利用老战友的关系,把主意打到《萌芽》的身上,要把文学研究所晋升级别应该具备的理论文章,都拿到《萌芽》来发表。如果真的这样做,《萌芽》更加无法与兄弟刊物竞争了。其三,前不久还写了一份"《萌芽》任务及改刊"的文字,说要以《萌芽》为中心形成一个文学流派,以此担负起社会主义文艺复兴的历史使命。完全是宣言式的,打算在市杂志主编会议上散发。虽然说是"个人名义"写的,但未署上"个人"姓名,外人均以为是编辑部印发的。这一情况,不只对他曹阳,对郑成义、韩晓鹰都封锁了。

问题确实不小。是老人的固执,还是一种病态?是个人常识与才能问题,还是制度上的一些缺陷?两者关系又是如何?……正打算创作以青年文学编辑生活为主要内容的长篇小说《春泥》,应该如何写,更清楚了。

五月六日,星期五　昨大雨,今天下午转晴。决定后天结束笔会。打电话通知编辑部人员九日来苏州游览。我与曹阳九日晨返沪。

黄昏,到沧浪亭旧地重游,可惜关门了。到人民桥去看看,也是寻觅旧踪迹,十六年前,我来苏州校对《工人创作》之余,在这座桥的南端河岸上,看两派持械武斗,在桥上拉锯,如今,河窄了,当年我看武斗的河堤,已经建成了运输码头。物是人非了。

我获得一个相当强烈的感觉,当年苏州话,吴侬软语,有音乐般的旋律,清脆,温柔,酥软,甜润,平和,今天却变"硬"了,不太入耳了。洪波有同感。

五月七日,星期六　作者的稿子基本上都改好了,只有耕夫的写战俘稿尚须精简。趁此空当,曹阳去老家探望他的堂姐,洪波联系参观游览的车辆。我整理中篇小说《惊蛰》。

午后,范小青陪我与洪波到善家巷五号拜访陆文夫,请他明天下午来,与这几位作者见见面。他欣然允诺,毕竟是从《萌芽》起步登上中国文学殿堂的名作家。

五月八日，星期日　上午，整理《惊蛰》。下午，陆文夫来谈创作并聚餐。对于地方色彩的追求，他认为，应融化在人物的性格里，不能以描绘外在的景色为满足，即使有，也只能是极精练的几笔，"吊"读者胃口的几笔。此语颇有见地。

1983年·徐州、曲阜、泰山南天门

五月十四日，星期六　今应《钟山》杂志之邀，乘52次列车到徐州参加笔会。徐州文化局派车接我到徐州矿务局招待所。

《钟山》主编刘坪带蔡玉洗来探望。才知来自上海的还有戴厚英、王安忆、颜海平和薛海翔。王安忆已到达，徐州是她的半个故乡，忙于寻亲访友。应邀的还有安徽张锲，山西焦祖尧，东北程树榛，湖南古华、谭谈，北京陈建功、肖复兴等，均在途中。

五月十五日，星期日　这是等待报到的日子，可以安心地改《惊蛰》。傍晚，和刘坪等在招待所附近转了一圈，徐州地方风味颇浓厚，甚于济南，可用"粗犷"一词概括，人粗犷，马路两边的建筑物粗犷，街道旁出售的农副产品也粗犷。

黄昏，张锲到达。不是从合肥，而是从上海来。给我的第一印象是健谈，交际广，见识多。戴厚英立马给了他一个外号：交际树。不是"花"，而是"树"。这个普普通通的"树"字，其形象却从来没有此刻这样强烈的表现力！戴厚英毕竟是戴厚英！

五月十六日，星期一　肖复兴到达。王安忆也来报了到。但多数尚在途中。上午徐州文化局的李瑞林来一起商量活动日程。张锲最会出主意，也谈文学创作问题，颇热烈。

下午三时许，矿党委书记和办公室主任来招待所看望我们。

五月十七日，星期二　今天，由王安忆和李瑞林带领我们观光徐州市容。

先参观徐州博物馆。这里原是清乾隆行宫，以三物见长：一是银缕玉衣。由两千五百块玉片缀成，所用银丝，次于金缕，也很珍贵，曾去国外展出。二是汉画像石。即石片上的浮雕，出土于徐州附近，是名震中外的一大文物，有拓片去日本，画像雕刻粗犷，线条却十分流畅，造型生动，有一股古朴之气。三是书法碑石。刻有苏、黄、米和岳飞的书法。我们到达时，二人正在拓碑，有缘见识了这类文物得以流

传的技术操作。

　　再游博物馆对面的云龙山。我最感兴趣的就是此处。幼时读《放鹤亭记》，曾被苏轼文词所迷，知道这是一处可以体验"隐居之乐，虽南面之君未可与易"的地方。不过，这是需要时间来印证的，作为行色匆匆的游客，我们只能见识"彭城之山，冈岭四合，隐然如大环"的地理形势。至于处于核心地位的放鹤亭，是清时重建的。前有"饮鹤泉"，南有"招鹤亭"，除了印证对此"大环"有"适当其缺"的作用，却没有什么吸引我的意境，或许苏轼是"升高而望"才"得异境焉"。如果我有处于庙堂高处，有过揣摩"天意从来高难问"的"登高"经历，感觉也许不同。值得一记的，是其背后的昭亭寺，有石刻大佛，是公元五世纪的产物。据云，北魏兵围城数月，兵士利用闲暇时间为后人留下了这一文化遗迹。可惜，不少体积小的佛雕被日寇挖走了。此处有"三砖殿送三丈佛"之称。此外，山西北有石林。传说苏轼和"云龙山人"张君饮醉所卧之石即在此处。我们却无心寻踪。

　　从博物馆南行，是淮海战役纪念堂。陈列内容太丰富了，时间仓促，只能走马观花。其特色有二：一是占地面积大，绿化为徐州之冠；二是纪念碑，是亚洲第一高塔，建于凤凰山下，远处不惹人注意，走近巍峨壮观，如一幢十层大厦，背靠凤凰山，却有胜过凤凰山的雄伟气概。为饰"淮海战役纪念碑"题字，就花去黄金二百两。

五月十八日，星期三　　再次润一遍《惊蛰》，交刘坪。因明天开始下矿活动。下午徐州市文联刘、张两位同志来探望，并研究活动日程安排。颜海平、薛海翔到达。

　　晚上，到戴厚英房间闲聊。说到《萌芽》内部一些问题。

五月十九日，星期四　　今从徐矿招待所搬到庞庄煤矿招待所。

　　我们将在这里参观、深入矿厂几天。此矿在徐州西北，车行二十分钟，越过陇海铁路，经九里山采石场古黄河道才到达。不简单！九里山，古战场也，"九里山前作战场，牧童拾得旧刀枪；顺风吹动乌江水，好似虞姬别霸王"，写的就是这地方。我们所住之处，两座金字塔形的煤矸石山巍然屹立于其间，方知这里是矿区。厂房、办公楼、食堂、宿舍、招待所与别处无多大区别，未深入故也。给我印象最深的，是采石场和此处的气氛，就是无处不是灰土，采石场边，稀稀落落的树木叶子上，都堆积得白花花的，给人以燥热感。

　　矿党委书记（刘）、矿长（黄）、总工程师（顾）热情地与我们共进午餐。

午后三时许，返回招待所，由局总工程师、王书记介绍徐州煤矿情况。此矿蕴藏量较丰富，可开采两百年。下地深度是四百米。国外现在可深采两千米，我们却没有这样的技术设施。煤矸石是有用之材，可以提炼稀有金属，我们还没有这一提炼技术，只是用来造砖。日本向我们购买，却不愿卖给他们。此地的工伤比例为百万吨四人，比日本的百万吨零点四人高十倍！安全生产责任重大啊！

张锲说，我们来此举办文学讲座的消息，已经贴满了徐州城。惭愧！

五月二十日，星期五　今天下井，为了表示对我们安全的重视，有两位工程师亲自陪同。我们都穿上了矿工的工作服，戴上矿工安全帽，手提矿灯（也可以安装到安全帽上，但太重）。首先尝到的是坐罐笼下降的滋味。降到负一百七十五米（加上正三十米）深处才出笼走巷道。风很大，是从地面抽进来的，转到小巷道，处处设有风门，以挡风之直流。因气压变化，耳膜有堵塞感。步行七八里，才到开采现场。矿工真苦，空气差，路难走。为防脑袋撞到支撑在顶部的工字铁，不时要弯腰猫步行走。中采处是从英国进口的采煤机械，以油压伸缩支撑，借旋动齿轮掘进，建有自动喷水设备，以减轻尘垢。每分钟挖煤三十吨。由电动传送带（工人称为"溜子"）输送到地面。自中采现场返回，再行走一个小时左右的下坡道，才到另一个出口回到地面，前后历时三个多小时。

采煤工人劳动强度大，至今有三难：招工难，招生难（技术院校），招进来了的找对象难。工人都爱喝酒，这是一个原因，当然也为了去除潮湿。早晨下矿去，天黑上来，采煤八小时，加上附加时间四小时，可以说终日不见天日。

午后，由顾总工程师陪同我们参观地面设施。有收放笼罐的机房（钢缆每三个月更新，每天检查一次，如发现断裂的钢丝达到九根的，即作废），还有洗煤厂。

晚上，徐州市委书记和市长在淮海饭店设宴招待我们。张锲和王安忆为这次讲座开第一课，中途离席。

五月二十一日，星期六　今天没有参加活动，在招待所草《捕蛇者》。

肖复兴去局招待所讲课后即返京。

五月二十二日，星期日　今去碾庄游览。淮海战役前哨战所在地、决定了淮海战役结局的这个标志点，居然是个极不起眼的小村庄，离徐州东部二百里左右，是陇海铁路上的一个小站，坐落在运河之东的平原上。国民党第七兵团全军覆没，黄伯韬在此毙命，其指挥所尚存。解放军伤亡也达两万七千余名，村庄南门有条小河，解放军是用尸体填平了冲过去的。敌我双方在此死亡共六万人，据说尸体遍地，血液把冬小麦都淹没了。战后村民挖了十几亩地的大坑，才将尸体掩埋，地上的麦子，连续十年都疯长，至今不须施肥，麦穗长得都特别大而饱满。1956年，即战后七年，南京医学院来此发掘，寻找骨骼做教学用的标本，竟发现尚未完全腐烂的尸体，可见层层叠叠密封到了何种程度！现建有纪念塔，有刘少奇、刘伯承、陈毅的题词。纪念碑前有累累烈士坟冢，可惜，"文革"中，把其中刻有姓名的碑石都毁了！战争残酷，战后连这些姓名都包容不了的人性更残酷！其中，不少是刚刚投诚或被俘的"国军"士兵，经改编后掉转枪口的，牺牲了，在烈士名册中找不到他们姓名，而他们的家乡，却有一群"反动军人"的家属在代他们"还血债"，惨！

四时许，返徐州。庞庄矿今晚设宴欢送我们。

今晚，轮到我与戴厚英讲课。到了会场，我只讲了一刻钟，讲作家如何在寻找自我中展示作品的个性。有戴厚英在，我自然要拉她作为我文学观念的一个现成例证。立即将话题转到她身上，说她是一位很有个性的作家，请她现身说法。戴厚英爽然接过，一口气讲了两个多小时，极生动，不时博得听众的掌声。讲完，被留住签名，直到十点多方脱身。

五月二十三日，星期一　天雨。没有出去活动。上午，接待侯姝等青年作者。老刘等一行昨晚在庞庄矿宴饮，醉了，即在那里住宿，今天来徐州矿务局招待所。据说，昨晚薛海翔闹肚子，大概什么东西吃坏了，为此大家都没有睡好。

草《捕蛇者》，不顺利，很苦闷，甚至怀疑此作是否有写下去的价值。不想硬写。

焦祖尧今晚讲课。我和刘坪、蔡玉洗走访南京空军原文化部部长刘某，看看徐州居民家庭的内部。发现，家庭内部和市容一样，都是粗线条的，也可以说是粗犷的。刘坪说，如果家里弄得太精致，反而脱离群众。此论可以成立。回来后，大家对当今宣传之张海迪及家庭之结构，议论到深夜。

五月二十四日，星期二　上午座谈，与徐州的几位"与（驻）会作家"交流创作体会。对"现代派"问题展开争论。今晚矿局党委、市文联为我们设宴送行。

五月二十五日，星期三　今来曲阜。七点四十分，大客车从徐州矿务局招待所出发,下午一点四十分到达。先去孔庙观瞻,然后到孔府。孔庙那十多根镂空雕龙石柱,是我生平所见石雕中最壮观的艺术品。孔庙之气象,如故宫,仅将规模缩小而已,孔府亦然。

夜宿曲阜宾馆,条件极差,仿佛圣人脚下,没有什么人看得上眼,无法详记。

五月二十六日,星期四 今天告别曲阜,离开前,先去孔林。

此乃孔子之墓地。孔子世代家族均安葬于此。占地之大,叹为观止。古柏成林,杂草丛生。经过十年"文革",竟能保存,令我诧异。据说,走一圈十华里,与曲阜城一样大。也就是说,曲阜地域的一半,都是包括这孔林在内的孔府,古人比今人多,倘若要描绘,只能用"鬼比人多"之类大不恭词语来概括。

我们只瞻仰了孔墓,即赴泰安。在泰安文化局稍事休息,吃了中饭,便动身上山。由旅行车送到中天门,始步行登山。路旁,山势雄伟,但无黄山之险。因历代帝王登极祭天之处吧,沿途多题刻,成了一大特色。择喜爱者匆匆录之。

云步桥畔的石亭廊柱上,有两联,其一云:"风尘奔走历尽艰辛思跪乳;因果研究积成功德敢朝山。"其二云:"跋涉惊心到此浮云成梦幻;登高极目从此俗虑自消沉。"

过朝阳洞,有一首诗,长洲王大墒所题,诗云:"虬枝万千嵌高峰,稷稷清风峰影浓。勿是腰间森傲骨,当年不受大夫封。"

午后两点开始攀登,四点半到达南天门。不知是高山反应作祟,还是气候起了变化,天下雨了,真扫兴。下榻岱顶宾馆,宿最佳房间。气温下降甚多,要穿军用棉大衣方能御寒。雨越下越大,天地一片雨雾,无法外出。尽管在烟台看够了日出,但自从读了姚鼐的《登泰山记》以后,到此观赏日出,成为登泰山重要节目,缺此一项与未登泰山一样会成憾事。所以特别希望明天放晴。

五月二十七日,星期五 谢谢老天帮忙,放晴了。凌晨两点半,月光透过窗口晒到床上,我差一点叫起来。我的第一感觉,是泰山顶特别宁静。尤其是在云收雨霁明月当空的这一刻。于是,便按平时习惯起床写小说。不久传来左邻右舍的动静,戴厚英、王安忆、薛海翔他们都起来了,一起赶往玉皇顶,据说这是最佳观日出的地方。

整座泰山被云海拥戴着,云海上,峰峦间的山石、林木备觉清新,可惜没有黄山那样险峻磅礴。我们来晚了,这时候,玉皇顶上的殿宇东侧,殿宇高墙下的岩石上,以及探海石那边，均已经站满了游客，面对东方，在等待日出的那一刹那。我们选了一处，加入了静候群列。气温相当低，穿着军用棉大衣还觉得咽喉不适。云海那端，"海"天相接处，有一抹桃红，被一长条云层遮盖着，最浓最鲜艳的，却是云层尽处的那一抹，我们以为那必是日出之处，给了无限的期待。有人却认为云层太厚，无望地走了。四时五十四分，极红极亮的一点，突然出现了，如一蓬火星，跃入人们的心里，点燃了积聚的希望，在一片欢腾声里，迅速扩大，如眉，如炬……想不到，这轮红日是在离桃红最浓的北部五六米处，并无征兆的淡青色的云"海"天线相交处涌出的。日从海上出。大概那边就是黄海，先前所见的桃红，是光之折射吧？总之，以此作日出图，读者一定拒绝接受的。在造化面前，却是事实。五六分钟以后，整轮红日全部升起，但未见其腾跃状。据宾馆服务员说，像这样的日出景象，几个月也难以碰到。我们有眼福！我有资格这样说，到庐山、黄山、去青岛的轮船上及烟台等地数次观日出，以这次最为满意。

我们趁便游览了玉皇顶上的探海石、仙人桥等处，回宾馆早餐后，动身去碧云寺。因工作人员吃早餐去了，不能进，甚憾。

七点，动身下山，到中天门由东路下。经壶天阁、斗母宫等处到岱庙。为了赶时间，均未细细观赏。一点半发车，司机路不熟，到晚上十点才回徐州。

途中值得一记的，是微山湖给我的印象。经微山湖，太阳将沉入地平线，金红的一轮倒影在平静无波的水面上，备觉宁静。泊岸的渔船，搅不碎水中的落日，岸上鱼市买卖声，也打不破这儿的宁静。令人想起电影《铁道游击队》插曲"微山湖上静悄悄"的旋律，乃一大享受。到沛县七点多，饭店已经关门谢客。此地离煤矿虽远，但仍脏，据说地下都是煤。此城即将搬走。如果此说是真的，煤的代价也太大了。

1983年·哈尔滨、加格达奇、漠河、黑河、五大连池

六月十四、十五日，星期二、三 去哈尔滨参加《北疆》杂志组织的笔会。乘150次列车。昨晚八点半发车，凌晨，到南京，全国田径赛结束，上来了十几个运动员，闹醒了整车厢旅客。也好，让我早一点观察北国风光。从窗外投入眼帘的，已是徐州的田野，入夏了，麦子已经收割。车过塘沽，都是盐田；过唐山有了水稻。铁岭以外，景色与江南差不多，只是民居都是低矮的平顶房，据说，这种建构，便于寒冬保暖。植物除白杨——多数是杨树以外，也与江南相同。就是驴子是山东特产，过了山东，所见者都是马。

北京的方位从北变为南。这是我生平第一次。

15日十二点,到达哈尔滨,谢树、龚大章、钱晔等来车站接我。才知道,同被邀请的有天津的老作家柳溪,广州的韩笑、张歌、胡正言,军旅作家黎静夫妇、林予等不到十人,宿于北方大厦748室。与广州诗人韩笑同室。

龚大章已经把《氛围》编好,明天发稿,要我看看。我翻阅至午夜。

六月十六日,星期四 今日将《氛围》稿交龚大章。新任的出版局局长褚兴新来看望我们,安排明天行程。然后到附近市区游览,主要是到松花江百货大楼、松花江滨的斯大林公园和太阳岛。斯大林公园其实是江滨的绿化地,其漂亮堪称全国之冠,美在间隔一段距离即有一座石雕。太阳岛却没有想象中那样亮丽。

总的说,松花江之美,在于夏日的江滨沙滩,美在沙滩上集散的泳者缤纷的色彩和欢乐的动态。它与黄浦江、珠江不同之处在于斯;其迷人之处也在于斯。可惜,我们来得不是时候,天气还相当冷,而且下着雨,太阳岛上无太阳,美也不存在了。

我没有研究南、北方城市建筑不同的特点,也没有关注俄罗斯建筑和欧美建筑风格上的异同,只凭直觉,这个城市建筑、街道的风格"协调"程度,是我所到城市中最佳的。超过了古都北京和古城苏州等城市。不论是今是古,是洋是土,是南是北,协调就是美,这个城市可以做例证。

晚上,柳溪、韩笑、周航(《新苑》编辑)及《春风》的两位编辑一起闲聊当今中国文艺界的风气,然后,我单独去拜访义乌老乡龚大章。

六月十七日,星期五 今天,笔会成员乘卧铺赴加格达奇。自哈尔滨往北。雨。沿途所见是无边的草原。多数是沼泽地——草甸子及草原上的黄色小花,有蒲公英,有紫色的勿忘草,大多数不知名。树木多为白杨、大叶杨,正在飘絮,还有一种柏子树似的,柳溪说是楸树,还有如水杉的,钱晔说,那是糖槭树。也有松树,但与南方的不一样,就是俗称为美人松的长白松吧!发现了特别的站名,一个字:宋。在中国恐怕是独一无二的。

过大庆,油塔林立,颇壮观。

我们走在松嫩平原上。我才知道无花的草原娇嫩,有花的则已衰老,杂草多。

沿途所见村庄中的房子,多为干打垒。可惜没有机会进门去看看。

凌晨一点,到加格达奇。晚点三个多小时。被当地文联接到大兴安岭军区招待所。

六月十八日，星期六 加格达奇，鄂伦春语，指"有樟子松的地方"。不知从哪一年开始，每年旧历八月，鄂伦春人都会从黑龙江境内及周边纷纷赶来，有的要走几天几夜。这是不折不扣的民族盛会，燃起篝火，唱起歌，由该族头人讲话，互赠礼品，然后待来年再次聚会。年复一年，周而复始。因此，他们把这里称为鄂伦春之都。1964年，决定在此伐林搭帐篷，而后成了定居点。作为城镇的加格达奇，历史却很短，只有十八年，就实现了从帐篷、草棚到平房，再到钢筋水泥高楼的三级跳。正是这种发展速度，成了黑龙江省在内蒙古的飞地、黑龙江省的特区，也成了大兴安岭的中心。内蒙古打算争取回去，告到了中央，万里出面调解后，确定了这一既成事实。

我们登上城市后面的山峦俯瞰全景。展示在眼下的加格达奇十分迷人。据说，到阳春三四月，达子花开了，就更美。都开放在白雪上，蓝天、白雪、红花、绿林，极是艳丽。四周是平缓的山冈，甘河自西向东呈S形流过，使此地成为水草肥美、森林护卫的大盆地。被鄂伦春人视作圣地绝非偶然。甘河中鱼类很多，都是冷水鱼，有折鲤、细鳞、虫虫鱼（假鲤子）、鲫鱼、鲇鱼和狗鱼等。假鲤子嘴小，每条重达二到三斤，但味道没有真鲤鱼鲜美。鲫鱼特别大，长在草甸子里的也有二到三斤重的。狗鱼嘴尖，牙齿大，很灵敏，大的有十多斤重。近年少了。一位开发工人告诉我，离此百里有个"大泡子"（大草甸）四十里见方，其中鱼老（多）了，一个个挨着，每条几尺长，鱼头如人头大，熊瞎子随意捧着吃。人却无路可入。我们周边长满了榛子丛，叶子肥大，还有丁香，正开花。有达子香花，但不多，野草与江南类似，如艾草。也有黄花菜（上海人叫金针菜）。山冈上原有的松木均被伐光了，新栽的塔松一人多高，它们展示出一个更美的加格达奇。

这里的居民生活很有特色。每家有院子。院内，左右各有两间平房，围墙内外堆满了引火柴，都是锯木厂的边角料，每立方米五元。用以取暖的主要是煤，烧炕和火墙每户每冬需要三吨。一立方米引火柴足够了。院内植有白桦树，树皮是白的，乍看如霜雪。平房过去有小院，种着盆花，有君子兰、玉兰、月季、茉莉、柳桃、紫牡丹等，据说都是南方人运到这儿出售的。有的来自宁波、杭州。院中央，各家均立一旗杆似的细木柱，貌似电视之天线，但顶端绑的是一根塔松之枝，枯了，置一三角架，装一滑轮。此为灯笼杆，过春节时挂灯笼的。灯笼是自制的，用布、用绸、用塑料、用纸张，各随其意，尽你的才华与经济能力去装饰，高高升起，图的是好看。

花草名称之妙，有些玄。杜鹃，此地叫达子香花，也就是金达莱花。过去，听到朝鲜人爱这种花，但不知是怎样的。原来如此熟悉。

我们对这里军区副司令、地委书记及报社编辑做了采访。

晚九点多，乘火车继续北上。终点站是西林吉，接近漠河，即北极村了。

六月十九日，星期日　今晨出发去漠河。漠河是这次笔会的目的地，也是我们活动的"高潮"。我们要在这里住下，等候北极光的出现。眼下是这一自然奇观出现频率最高的季节，这儿也是最佳的观赏点。至于能否如愿，就看我们的造化了。

所乘的齐古列车，要穿越整个大兴安岭的腹地。海拔千余米，未见层峦叠嶂，只是平缓的岗峦，列车却穿越了七八个隧道，其中有三到五个，长达一公里。穿越了多处原始森林，但所见远不如想象那样"原始"，林木不仅不高大、苍劲，拥有岁月的沧桑感，而且甚为稀疏、凋零，如营养不良老妇的头发。主要因为土质瘠薄，气候寒冷，每年生长时间（主要指日照时间）只有三四个月，胸径长到海碗粗需要五六十年。有好多处和我家乡的红壤丘陵差不多。树木的品种极单一。主要是黑松——落叶松（阴坡）、樟子松（阳坡）、鱼鳞松和白桦。铁路两旁是大叶杨。灌木有"水备瓜""野圪垯"（学名"越载"，也称"都柿"，此地老乡称它为"红豆"）和达子香花，达子香色紫，花瓣略小。与江南杜鹃花同科，却不完全相同。樟子松分公母，占这里松树的20%。我们经过之森林，多未整理，枯树就在林子绿荫中"站杆"，即枯而不倒，林密处，松树、白桦，皆半腰折断或倒仆成弓状，因风而然，当地人称为"风蹶"。多数均呈无人管理状态，管理者仅偶尔来"踏查"一下。"踏查"，乃勘查之土语也。白桦不少，其姿、其色，都很美。和草原上的花朵一样，这种美，并不意味着草原之生命力，森林中的白桦树，就是森林退化的一种标志。它木质不如松，在自然竞争中，它却压过了松树。再进一步就是杂木了。

我们到西林吉下车。离漠河尚有十六里。在县委大院吃了中饭，由当地驻军政委、县长陪同，乘军用吉普车，颠簸四小时才到达。这是在森林深处崎岖小路上的颠簸，所见都是白桦树，白色的树干，绿色的树冠，在这样一片幽远的清雅包围中，不能不领悟，世界上还有这样的美！我们数次被吸引下车欣赏。离开西林吉不远处，却被沟谷中的达子香花诱惑了。那是一片几十米宽广的达子香花，密密麻麻地聚集在一起盛放。我与黎静进去细加观察，山土居然硬如水门汀！原来，冰雪尚未消融，有一清流从积雪中流过，水清如碧。一看就知道日照不足之故，然而，达子香花却按时令照样把艳丽送到人间，不由得肃然起敬。在老金沟关卡前，我们看到了另一面：伐木工在剥桦树皮，锯樟子松，都是当作柴火使用的。与我们同行的县长下车干预，但也只能是在客人面前有个交代而已。

老金沟有一条岔道，通胭脂沟金矿。胭脂沟是当今国内最大的金矿，是清末慈禧年代发现的。可惜前方在修桥，未能入内一观。

下午三点半，车过呼玛河；五时许，到达漠河。这就是中国的"北极"地，我们国家最北端的一个村落，又称"北极村"。是由稀稀落落一些民居，沿着一条宽宽的，不时随风扬尘的沙土路构建成的小村落，濒临黑龙江。我们就住在这样建筑的招待所里。

中苏边境呈现出一派宁静。据介绍，这里凌晨两点即出太阳，白天特别长。但我们仍旧按原来生活节奏起居。安顿好，即到黑龙江边观光。江岸上，遍植樟子松，野草中到处是黄色的野罂粟花，无枝叶，光光的一大朵，极美。黑龙江江水流速甚急，呈褐色或暗黑色，这不是水的颜色，而是江水清冽，透视到水下太厚的腐质土。却不明白，何以处处是大大小小的漩涡。江对面就是苏联，以主航道为国境线，起伏的山峦间设有边防哨所，可以看见对面山岩上的暗堡眼。这是我第一次直接看到异国真山真水。那是外兴安岭的山岩，森林修整得很整洁。据说，每年入秋，他们都要烧山，把野草烧去，让林木生长得更好。我方正好有两艘巡逻艇开过，波涛极大。江边垂钓者有三五人。

晚餐，黑龙江人民出版社请当地行政和驻军的领导吃饭。主要是当地特产、叫鲤子的鲤鱼。极鲜美，是我生平与千岛湖同样印象深刻的鱼宴。

所传不虚：晚上十点，仍如南方之落日时分，抬头向西北，一片落日光。

六月二十日，星期一　很想看看红日如何在凌晨两点左右升起。迷迷糊糊间，觉得屋外一片白亮，手表所示，正是日出时刻，开门一看，晨雾弥天，只好重新上床。

今乘快艇参观边防军营地。遥看对面山岗上苏联隐蔽的观察哨所，更清晰了。我方哨所离码头二公里，瞭望哨的岗楼二十八米高，面对苏联伊古纳斯伊诺林场，可见他们的军舰和悬挂在码头上的俄语标语："光荣归于苏联红军。"也可见他们的居民。我方哨兵随时记录他们军人和车辆等动态。据说，哪怕零下五十余摄氏度依然坚守岗位。我们上去了，摇摇晃晃的令人心悸，没有风尚且如此，且不说大风大雨了。哨所后面是草原，盛开黄色野罂粟花；草原连接大兴安岭群山，距离最近的是七星山，景色极美。

江边有村民捕鱼，所用的工具与方法，类似于江南用"倒须裙笼"诱捕，只是替代"倒须"竹笼的,是一只大瓷碗,诱饵是一块麦麸皮,加几块镇住瓷碗的鹅卵石,上蒙纱布,当中挖一小孔,沉置于流速较大的水底,到时候提取,一次可诱获三五条小鱼。也有捕鲤鱼的,鲤鱼是黑龙江特产,也叫鲤拐子、鲤子。早上,我们看见渔民网到一条,一人多高,七十余斤。像鲨鱼,嘴上有半尺多长的尖棱,无利齿,有须四五条,无鳞,其尾如鲨鱼。

午后,我们一行先分散活动,有人去码头游览,有人去钓鱼,有人去游泳。然后一起去七星山岗下边防部队的驻地参观。1982年5月,廖汉生曾到此地视察,题诗云:"男儿有志在四方,横刀跃马守北疆。风雪熊罴何所惧,为保四化铸铜墙。"

黑龙江每年十月(公历)即封冻。来年五一节前后解冻,谓之"开江"。一般是自下游开到上游。历时约半个月。有"文开"与"武开"之别。以冰块破裂漂移时的险情区分。破裂了的冰块一块块挤着,大的有五十余平方米,数尺厚,密密麻麻的,被上游解冻了的水流推动,漂着,撞着,或往下游移动,或往左右两岸扩展,到五月下旬都不化。有的因挤压受阻直立而起,如巨碑,如房屋,水流被它们分开,形成八字形的两股急流直湍;小的,在江心碰撞,叮当有声。最可怕的是"武开",是自上而下的开江,极少有,1971年发生过一次。四月下旬,上游先解冻,水流、冰块向还被封冻的下游冲撞而来,水位受阻而急遽上升,形成了洪涛。在兴安公社的古城岛,水位升到距离创水位历史纪录的1958年仅差半米!十二平方公里的古城岛被围困,多亏岛上大部分居民事先撤离到江对岸,少数退到了岛上的高处,仅两间房子那么大的地方,就挤了二十三人,还有不少牛、羊、猪等家畜。有部队救援,很艰苦,问题在于船只还都冻在冰块中。那洪涛,上面是水,下面是冰,非一般洪涛水患可比,其冷无比,最难对付,冻坏了四肢的战士至今留下残疾。这些,都是下午去访问四连时,部队领导介绍的。

我们留下了题词"笔墨刀枪齐颂北疆"。韩笑拟词,谢树书写,我们签名。

晚上,听公社书记介绍漠河历史沿革。

漠河,中国最北端的城镇,兴建于1871年,是胭脂沟金矿发现以后,作为水运码头使用的。那时,采金者多为俄罗斯人,每天开采的总量,可达二到三普特。光绪年间才把老毛子赶走。金矿随之衰落,漠河跟着凋零。当年,金矿淘金者,高达四千余人,均来自河北、山东。繁华到开设了多家妓院,有一个妓女,竟是从日本漂洋过海来的。衰落后留下的,多为冀、鲁籍矿工之后裔。不过,那一座漠河城,却被1958年那场百年未遇的洪水冲走了,包括清政府竖立的一块镌有"北极"两字的地标式石碑。当今所见,是1958年后重建的新城,均为木头房子,竖以整段原木涂上泥土做壁，外观上如干打垒，房顶用以挡风遮雨的都是木板，不见片瓦。在这里贵重的是水泥砖瓦，便宜的是木头。水泥一百五十元一包，红砖每块七角，就因为都要从兴安岭外运入之故。如今，居民百分之九十九点九是汉人，此外有蒙古族人。老毛子（俄罗斯人）、二毛子也不少。二毛子就是俄罗斯人与汉人的混血儿，大多数是俄罗斯姑娘嫁过来所生的后代。

此地气候每年无霜期仅九十天，日照两千四百四十一点八小时。平均气温是负6.3摄氏度，最低值是负51.3摄氏度，最高是36.7摄氏度。全公社两千三百八十平方公里，边境线一百七十六公里，却只有五百五十五户，两千四百二十四人。此地值得一记的风物与民俗有：

花草类，罂粟花以外，还有铃兰花，叶如初发的棕榈，花小、白色，留兰香型；马兰花，如水仙状，一支支花茎直立，少见叶子，紫色，形如兰花，叶瓣有浅色花纹；如我家乡，居民也采蒿草食用，他们称它为"柳蒿"，遍地都是。

野生禽兽类，有熊、狍子、狼、獐子、狐狸、马鹿（四不像）、野猪、貂等。飞禽有树鸡、乌鸡、飞龙、棒鸡，也有鸳鸯。

可以充饥的野果野菜类，有灯笼果（野玫瑰）、山丁子、臭李子、野葡萄、水葡萄、高粱果（秧棵较矮）、草莓；草本可吃的有蕨菜、黄花菜、黄芪、冬参、草参等；木耳有发白的"桦耳"，发黑的"柞耳"，一看就知是木耳生长于白桦树或柞树而得名。

民俗：林场工人称移动原木的起重机械为"架杆机"或"绞盘机"。林场的标语是："进山必戴安全帽，采伐先打安全道；树倒必须先喊山，伐区生产要隔道。"

六月二十一日，星期二　今去黑龙江江滨野餐。快艇载我们东向行驶，越过我驻军营地和瞭望哨，越过对岸的伊古纳斯伊诺村，到黑龙江大湾水流平缓处上岸。此地流速缓，鱼多，易"整"（东北人习惯把捕捉、抓取、鼓捣、侍弄，甚至建设、破坏之类的动词，都以"整"字表达），加之沙滩平整开阔之故。

军分区的杨政委和文化科的杨科长全程陪同，当地公社主任协助。部队派两名战士帮我们起火，公社主任和几位农民（业余渔民）一起，下水张网捕鱼。我们一行，有的用钓竿垂钓，有的在沙滩上寻找玛瑙石。大概韩笑和黎静都是身着军官服饰的军人，而且都上了年纪，隔江的苏军紧张起来了，两艘巡逻艇出现在江面上，下行，再蓦回上行，来往飞驶一阵之后，来了一艘行速极慢的，用望远镜观察我们。当地驻军和公社干部，对此最为敏感，告诉我们，这种戒备状态很少见。属他们的职能反应吧？

我和冬冠没有钓到鱼,撂下钓竿,和柳溪、周航、张歌、胡正言一样,在鹅卵石遍布的沙滩上拣取玛瑙。花了一个多小时,才获三五块红、白不同的。据说,这就是玉石中的璞石,经加工,即是珍贵的饰品。我联想到了那个常用的比喻:作家就像在沙滩上捡玛瑙,在生活中捡取闪光的那一颗,加工成艺术品。此时此地,给我的启发,则是同在这一方沙石滩上,我捡过的地方你来捡,同样有收获,或许比我所获更多、更精彩;当然,打满了你足迹的地方,我同样会有收获,可能比你更珍贵,即便被你细细地搜罗之处,仍旧留下许多意外。为什么?机遇是一个因素,但更多的是眼光,而眼光来自经验与学识。

多好的一条黑龙江,可惜给国境线分割成了两半,不仅无法充分利用与开发,而且总是用警觉的目光监视对方。我不禁有了孔子乐鱼的感慨,此江鱼儿之乐在于可以自由来往。它们无国家概念,也无由此带来的许多政治功利及相关的烦恼。我非鱼,不知鱼的喜与乐,此情此景,人不如鱼,却是毋庸置疑的。

公社主任给我们网到了两条鲤子,每条约十斤,还有一条大鲇鱼。天下起小雨,但不减我们的兴致,炊事员忙着收拾鱼,我们帮公社主任在河岸挖土架锅造"灶",七手八脚地煮熟,已是下午两点半了。到分食的那一刻,竟大雨倾盆!我碗里盛了一只鲇鱼头,饥肠辘辘的,边喝边往车里跑,雨滴打在碗里,溅得我一身一脸的,分不清是鱼汤还是雨水,双眼也火辣辣的!民族画报社的丛永泉端着碗往岸上避雨,不小心滑了下来,弄得一身泥。我们就这样和雨水搏斗着吃,吃完了鱼块吃白饭,饥饿使得白饭味美无比。谢树和杨政委他们却始终围着大锅,就着剩下的那些鱼汤,端着大碗喝烧酒。

雨不停地下着。林区谚语说,"十天九下,一天不下还拉拉"。"拉拉"者,小雨也。东北人称小雨为"拉拉雨",似下不下,咧咧拉拉的。大小兴安岭均如此。

明日是夏至。是北极光出现的时间节点。原定今晚举行文艺晚会,然后坐看白夜,欣赏北极光。却都给这场雨打破了。多亏昨晚我和冬冠、钱晔他们坐在窗口观看了白夜,至午夜零点,西天幕上依然一片落日光,如上海下午六点左右。如果天气好,将是多么壮丽的自然景观!来到这里,交通太不方便了。到西林吉,除军用车及公社车辆,走我们来时那条山路,穿过兴安岭森林以外,只有走黑龙江水路。但客轮半月才有一班。据了解,客轮十八日从呼玛开出,一星期以后才到漠河。即便不出意外,准时到达,也要二十五日才能离开这里了。即便回到西林吉乘去齐齐哈尔的列车,也是一天一班,是唯一的一班。自然,邮件流动也相应的慢,每周邮车来两次。如果决定走水路,利用等待的这几天时间,去看看上海来此插队的知青,考察一下当地居民的生活,倒是值得的。

六月二十二日,星期三 今天放晴了。大风,颇有寒意,如江南初春。据说,这是此地雨后几天常见的现象。

今天果真深入当地居民家庭去了。上午走访了两家,生活都相当优裕。住房的格局,老式的是一排朝南三间。东西两间为卧室,室内设两炕。老式的高,新式的低。当中一间是客堂。大院左右各有炉灶、碗橱等设施的厨房。大门一侧有一眼井,用手压水泵。有地窖。院侧有幢小屋,为贮藏室或鸡舍、马厩。我们访问的第一家,祖辈从山东闯关东来的。一个女儿,入赘的女婿是拖拉机手,每年收入一千五百元。本来"倒套子"——用爬犁拉木头,每人一年可赚千元,一次能"倒"三四根原木。还可以沿黑龙江经黑河放木材,一年两次,每次可获千元。房内陈设华丽,家具都是最新款式。窗台上置放鲜花"玻璃球",是一种瓜状圆叶的红花与吊兰。一副小康派头。他们从山东先到漠河(旧漠河)。女主人叙述1958年那场大水如何成灾的情景。她公公不信水会来得这么快,水位会这么高,不肯走,大家只好强拉了他走,什么东西也没有抢出来,只见房子一个旋转,咔啦一响,烟囱一倒,冒出一股烟(其实是烟灰),就不见了。这儿是重建的家园。土地被沙埋了,不如过去肥沃,过去一亩地种的麦子,足够一家五口一年口粮。如今产量低得多了。

他们的地板未上漆,白白的,洁净,但无光泽。说是经过油漆,不透气,容易腐烂。木板极厚,达一寸。造新房子的人家极多。因民用材供应价便宜,一立方米仅二十八元。如李家,三间,六十平方米,三十立方米木料足够了。

我们访问的另一家,住的是一种新格式房子。门朝西开,进门一小走廊,里面分四间,比老式的显得紧凑合理。这一家的收入高,置有二十英寸联邦德国进口的彩电。

学校情况差一些,国家所拨经费不足。教工工资仅够发九个月。小学加初中,是此地重点,九个班,十七名教师。比以往有进步。原来复式四个组,无法教学,只好改成识字班。初中毕业后,要到古莲念高中,距离一百零八里。要算近的,以往到呼玛,相距一千二百里,即便寄宿也嫌太远。教师渴望进修,如上海知青陆金福已经与此地女孩子结婚,不想回沪,唯一希望是去进修,每周十二堂,够艰苦的。林区资金比较充足,他们公社却不属林区,靠政府拨款满足不了需要。捡一点柴火也成问题。社员用爬犁拉木材搞副业,一天两次,可赚四十元,给学校拉柴火,一天只得六元。老师只得自己驾起爬犁去拉。

最有意思的是走访"夫妻旅社"的老板高宗贵老大爷。他原是公社管招待的人员,退休后夫妻俩以办旅社为生。有二十几张床铺,来客不多,每客每天两元五角,伙食不算,用饭每顿五角。收入缴税百分之十。今年七十二岁,极健朗,如五十多岁。他淘过金,他口语中的"筛金",就是淘金。历经了几个"朝代"。淘金包工每年得三十元。工人所淘之金,一半交国家,一半以国家所定之价折半卖给金矿。离开金矿时,都要搜身,为此,山口特设卡子。若要把金子带回家,只能走山林小道潜逃出金矿,再到嫩江出关。这就必须找一名向导,此地称为"拉路"。淘得多的,每天有数"个",每"个"值金矿价十二元。带走时,一般总在七八斤以上。交"拉路"的一斤。行程七八天,到嫩江分手。这是冒险,一般而言,危险有三:一是被金矿看守兵追捕,抓到后就被枪杀。二是碰到鄂伦春人,鄂伦春人中流行这样一句话:"打死一只狍子不值钱,打死个淘金者有金子。"遭遇时只能伏于林中等待时机,逃是逃不了的。鄂伦春人路熟,会抄小路追上来。三是遇到土匪。逃出去的和遇到这种危险的虽不时发生,冒险却始终没有中止。当然,也有另外偷带出来的办法。比如,请运送粮食的车老板捎带。当时,进矿道路极陡,两个轱辘上不去,卡子兵搜工人,不搜车老板。工人们就用金子贿赂车老板,请他们带到漠河乘船回关中。

淘金者,挖坑一丈二三大小,但不叫"坑",而叫"清"。忌讳被"坑"也。

当年,有几名国民党官员,曾发现偷带金子出来者猝死于江边,发生了争夺,被警察发现,结果每人各得一小部分外,其余均上交。官方以这一笔财富造了一幢亭式高楼,以匾题之"亏心楼",告诫世人不要贪心不足也。

今日是夏至,凌晨两点半即日出。晚上可见到北极光。无奈,天阴,未果,这些日子白等了,甚憾。但午夜以后仍可见落日光。

淘金故事,分明是另一种寻找沙滩上的红玛瑙,但含义更丰富,充满了诱惑、贯串着冒险精神,充分展示了人性。决定改写《春泥》的第一章,标题应为"淘金者的后代"。就是这样一个淘金者,由"拉路"帮助逃出关外的后代,如今以笔淘"金"。

六月二十三日,星期四　今日出发去黑河,开始顺流而下的黑龙江水上之行。

客轮来自黑河,费时一个星期,溯行到漠河。今天终点变起点,顺流而归。

上午十时左右登船,十一点半起航。是十九世纪涡轮机发动的大客轮,陈旧,苍老。和英国电影《尼罗河上的惨案》中所见的一样。有五六百床位。左右两个江南水乡的风车般的巨大红色涡轮,以木板为叶片,在船尾慢悠悠地旋转,驱动船体破浪前行。平静的江水,在左右舷泛起巨大的漩涡。

我觉得很新鲜,颇有求之不得的喜悦。真的,乘这样的交通工具观赏北疆两岸景物,是多么难得的机会。江水平静,也没有风。船行平稳,平稳得如履平地。左右两岸的山峦,缓缓地、从容不迫地迎上来,又很有礼貌地退下去。都被森林覆盖着。闻得到森林和草原的气息,听得到鸟兽的啼鸣,令人想起屠格涅夫和高尔基笔下的自然景色。

中苏边境同样宁静。客轮遵照竖在岸边的红白两色的航标灯,三点成一线(是航道,也是国境线)行进。我们都蜂拥到甲板上,恋恋不舍地与生活了差不多一星期的北极村告别。不久,苏联两艘巡逻汽艇便在客轮左侧出现了,紧紧跟随到十公里处,其中一艘上的一个军官,紧靠涡轮审视我们,许久许久才返航。北红未到,又有三艘略为小型的军用汽艇,前二后一,从客轮左右两侧分别驶过,军官的目光,始终没有离开甲板上我们这一行,当然,仍是我们这几位身着军官服饰的军旅作家,给他们制造了这一阵忙碌。这不是偶然的。漠河是黑龙江国境线上法定的中苏两国沟通会晤地点,如有情况,可以由当地双方驻军接触解决,需要接触的信号,是在瞭望台升起红旗,是否同意,也以升旗作复,或过江去,或要求过江来。为此,双方都设有会晤场所。在漠河码头下游一侧,有一幢小木屋,门前有白色木栅栏,宽门楼,小院子,木屋当中一间有十五六平方米,相对摆着两张双人沙发和两张单人沙发,沙发前置茶几。会晤时相对而坐,其身后各有一个小房间,摆设一长方桌和折叠椅数把,供会晤间隙各方商议对策。他们对我们活动始终保持高度警惕。据说,前天,苏方曾经升起红旗要求会晤,我方未予答复。大概还是黎静和韩笑所引发的。

下午两点半,到达北红。两个多小时,航行九十公里。还没有走出漠河公社,只是来到了此公社的一个大队。准备泊岸的汽笛一拉响,村中男女老少,都聚集到不成码头的码头上来了。之所以这样说,因为停泊处只是一片沙滩。有的骑自行车来,有的开拖拉机来,有的是甩开双腿赶来;有的是赶航班来的,有的是迎接归航的亲友来的,但多数是赶热闹来的。偏远的边境小屯,生活太单调了,半个月一班的客轮,成了他们最关心的一个"热点"。按我们凭栏观赏所见,村民中,相当多的是黄头发、高鼻梁、眼窝深陷、肤色白皙的"二毛子"或"三毛子",甚至是"老毛子"——归化中国的俄罗斯血统的老年男女。充分展示北疆边民的特色。等旅客一下船,他们便一窝蜂地涌上来,争先恐后扑向小卖部的小窗口,不为别的,就是购买饼干,每包四角五分,不用粮票,数量不限,尽其所能购买,尽其所能地抱下船去。船员也尽量满足他们,以致彼此都熟悉了。沿岸两千里,这样的屯子并不多。不少船员就是这些村民的家属。

停靠半小时,继续顺流下行。平缓的山峦连绵起伏,森林连接着森林。江水始终那样平静地缓缓流淌。空气里,不,是柔软的江风里,飘着一股淡淡的香味,据说是达子花叶子的香味,那是沁人心脾的森林的馨香。

船过北红,航标上显示的数字,已达七百三十八处,江面开阔,过了这里,两岸的青山嶙峋,出现了被称为"碇子"的峭壁,十分峻峭,气势壮观。

下午六点半左右,接近苏联加林达市。每隔百米,有一暗堡,是最近修建的。六点四十分,便到达加林达的江面上了。此城市有火车,装运木材的。村子建筑在山坡上,房子外形与我们相似,屋顶上都竖立着电视天线。整个气氛宁静安详,几个村民在江边钓鱼。一些陆军士兵,泡在江水里洗澡,有三四个身着黑色制服的水兵,站在艇上注视着我们。一群十三四岁的孩子,则站在山坡顶上白色房子前,向我们挥手。他们身边一根柱子上缀着一颗红五星。静谧得仿佛与杂乱、纷扰、匆忙绝缘。这似乎与他们的生活情调有关。

过了加林达,就是曾经发生过纷争的阿尔巴金纳,可惜未见其貌。

晚上七点十分,到达兴安镇。总算走出漠河公社,来到兴安公社境内了。比较多的是瓦房。我们上岸去溜达了一圈,觉得比北红开明得多,客轮泊岸的汽笛声,并没有搅乱村民宁静的生活。鲜有赶到码头来的闲杂人员,更无人上船抢购饼干。七点三刻,夕阳晒遍了群山,客轮起锚继续前行。江面更加深暗而平静,群山显得更翠绿,两岸也越发宁静而安详了。船行一刻钟,到达苏联的又一大城镇阿尔达金诺,我们称它为雅克萨。相隔二百多米江面处,就是古城岛,岛长约一公里,站在甲板上眺望,几乎与我们陆地相连。一百多年前,反沙皇掠夺的雅克沙之战就发生在这里。此刻,夕阳正坠向翠绿色地平线,江面、村舍、小岛,乃至我们脚下在江水上徐徐滑行的船只,都那样宁静。

八点十分,日落。夜幕徐徐拉开,明月如盘,江面上碎金万点。船行向碎金抖落处,行向远山隐隐迷蒙之中。带着寒意的夜风袭人,边境特有的魅力,却将我们吸引到前甲板来了。苏联两艘巡逻艇不时出现在我们眼前,又是前驱,又是打信号,显得很忙碌。杨学才科长告诉我,在一般情况下,他们不会采取行动,和我们的巡逻艇一样。他刚才看到前面的艇上,有几个兵士牵着警犬上岸去,可能发现了什么情况,在搜索自己边境内的问题。

这些略带冲突的状况,帮我减少了许多旅途寂寞。

九点二十五分,船到马伦。候船的乘客,担心不泊岸吧,在码头上燃起了一堆篝火。客轮拉响了汽笛,表示回应。这个小镇的酣梦,于是被打破。一泊岸,有十几个穿红着绿,相当都市化的姑娘,赶来看轮船;也有人涌上来打算购买什么。灯光所到处,我发现这是一片大林场的出口处,如山的原木堆积在岸边,达数百米之宽。

十点一刻,夜风刺骨,回舱就寝。

六月二十四日,星期五　凌晨一点,船泊开库康。码头工人刚装完原木。江面上起雾了,白茫茫地罩住了群山,隔断了江面视线中的航标灯,却传来林中小鸟的啼啭,其中有一种鸣声清丽,多节奏,颇像黄莺。同行者告诉我,这是牛奶鸟在啼叫,此鸟体小如山雀,择柳枝筑窝,窝形如牛卵,以一线悬之。就在这样的窝内繁衍生息,故名。

六点整,晨雾消去,江面特别明净,一种洗涤后的清新,扑面而来。船已经停泊五个小时,于是起航。过了开库康,江面辽阔,岛屿极多,岛上长满了胡柳,都如小树般高大茂密,同岸上的黑桦一样,紧挨江水生长,呈现出一种原始的美。

因小岛太多,以航道划分两国所属。

据说,自黑河以下,两岸没有山峦了。江水在平原中蜿蜒,那一定平淡无奇了。因此可否这样说:美是起伏?未必,美是自然。不过,那一定会有另一种美景。

船经过属塔河县的绥原站,村民们撑着舢板,向船上旅客卖鱼或与船员打交道,也是一景。经瓦拉干,无人下船,候船乘客仅三个,也停泊接纳,花去不到一分钟。

到依西肯处,江面辽阔,前有一大岛,属苏联。过了这里江面越来越开阔,山峦平缓了,遥远了,尤其是我方,几乎是平原。依西肯颇有现代城市风貌。在此吃中饭。买了都柿酒,同行者介绍,都柿小手指指节那么大,紫色,农历八月成熟,是森林的产物。没有森林,就没有都柿。有人误把它当成北国红豆。北国红豆也叫牙格达。

下午三点,到老卡。停泊后,即进入江面辽阔的"套子"。"套子"者,江心小岛甚多的水面也,港汊密布,展眼望,一如湖泊。小岛上除了胡杨,都是榆树,还有北芪和五味子,有一种说法:"要采五味子,就上榆树岛。"意谓榆树岛上的五味子最多、最靠谱。继续航行,就是邢家大坑(大浅滩)了。"邢家人坑罗锅(驼背)滩,迎门砬子（峭壁）冒烟山"，为黑龙江的四险，邢家大坑是其中之一。一到"套子"处，江面立显辽阔，岸上的航标灯相距百米即有一个。航道狭窄，仅容一船经过。我方是平滩，苏方是山冈，如果对面没有船只过来，苏方山冈标杆上升起一蓝色圆筒和一红色三角桶，蓝筒在上，红色三角桶顶端向上。我们前面有船，即升起圆球，暂时停泊，等待对方船只驶过。此刻我方拉响汽笛，苏方冈上升起可通行信号，客轮徐徐行进。滩浅水急，从水面上可见水不深。看来其"险"就是如此。历二十余分钟。经此大"坑"下行数分钟，即是苏联的契台尤耶夫集体农庄，然后是我们的欧浦镇，原公社机关驻地，1969年，因珍宝岛事件而迁离了边境。

　　下午六点二十分，到吴巴老岛。岛长约一公里，远离主航道，显然在我们一侧。本来嘛，岛上就只有一户叫"吴老八"的居民而得"吴巴老岛"之名的，居然在1969年引发那场轰动世界的国际纠纷，伤亡那么多军民。当时被苏方射穿的小屋尚在，已被修葺一新。高音喇叭没有保存。它与下游的三合镇只有一水之隔。岛上无林木，都种植庄稼。冬末，将拖拉机运上岛，封冻后开回村。种植是象征性的。

　　三合镇不大，它完全暴露在苏军面前，百余米外的江对岸，就是苏属的一个小岛，岛上林木葱茏。镇上有部队驻守，引人注目的，是一幢少见的二层楼房，楼门高耸，门楣上书写着"三合航道站"。但楼板、后面房屋砖瓦，前后门窗，均被农民拆除。据说，包产到户后农民把它扒了的。现仅存屋架子。只有右侧一排平房，为驻守部队使用。当然是整修过的。窗子用透明塑料替代被拆的玻璃。教我想到义乌老家凤凰水库旁边驻军换防后的景象。这里突现了政策多变，处理又粗糙的痕迹。

　　这个码头货运较多，我们的轮船停泊一小时。又下雨了，上了岸，却未能尽兴游览。起航后下行半个多小时，即到黑龙江四险中最险的一段航道"迎门砬子"了。有"迎门砬子鬼门关，十艘穿过九艘翻"之说。所谓"门"，是两座二十余米高的刀削斧砍般耸立的峭壁，如粗大的门柱，形状相似，高低相近，相对而立，相距五十余米，嶙峋的石缝间，都生长着落叶松和白桦树，葱茏可悦。其间还有一块巨岩，如关公坐像。景观颇能引发联想，可惜在苏方一侧。显然，"险"的不是"门"，而是这种隘口带来的汹涌的激流和大大小小的旋涡。所以也有人称为"遏门砬子"，"遏"者，阻止、禁止也，颇有提示之意。

　　因雨，无法观赏晚景。

六月二十五日，星期六　　凌晨三点一刻，天已大亮，到达新街基，离呼玛不远了。身兼货轮的这一客轮，装粮食至八点，才起锚继续航行。

新街基码头临水的空地上,绽放野芍药,花朵粉红的、白色的,极为艳丽。我们都上去采撷,我与冬冠还去江滩上捡玛瑙。此物此处尤其多。我捡到两颗拳头大的红玛瑙,却被身旁的孩子看得一文不值,说:"一分钱一斤收购的话,我们马上可以给你捡一百斤!"

船过新街基,山势又趋平缓。左岸的苏方有两个集体农庄,皆不知其名。十一点半,到达呼玛。这是漠河以下最大的城镇,是呼玛县委所在地。前面说到,黑龙江国境线上,漠河是法定的中苏两国沟通会晤的地点,呼玛则是双方会谈的所在地,"会晤"与"会谈"之差别,在于出席者级别有异,后者需要军分区政委,这仅次于外交途径的接触了。

呼玛河在此与黑龙江汇合,是大麻哈鱼溯江而上的终点。设码头仓储多处,有轮运站的专用楼房,其气派远比三合镇为大。清朝在此设置道台,日伪时期建立了县政府,今天,其旧址为人民武装部,建筑小巧而有风度。它对面,有一座烈士纪念塔。塔后是烈士蔺正祺之墓。蔺是新中国呼玛县第一任县委书记兼县长。他上任不久去三合剿匪。坐爬犁返程途中,遭被匪徒收买的鄂伦春人截击而牺牲。

呼玛街道宽广,均为水泥路。参天大叶杨植立于道路两边,杨花纷纷扬扬漫街飘舞,颇见情趣。正午时分,商店多关门歇息。我们所进几家,均显得特别整洁。这是我来东北所未见。集市贸易处生意兴隆。此地产鱼,鳇鱼、鲟鱼等,两元一斤,价格不低。鸡蛋两角一只,黄瓜每斤八角,红萝卜带叶的,要一角六分一斤。大概此地属九类地区,再加百分之五十五的边疆补贴,生活指数较高之故。

六点不到,船离呼玛。七点三刻,经龙头山。此地可算是黑龙江的一大奇观。在一片平畴的江岸上,陡地兀立起一座二百多米高的峭壁,竟是一条山脉的横断面,侧面看,是内斜,赭色的岩壁,不长一棵草木,下临平静的江水。峭壁上建有瞭望台。可惜,又是属于苏方一侧。船行一里许,才是我们的峻岩,高度相等,峭壁上长着一些林木。再下行四五百米,便是吴同镇。客轮在此停泊。

六月二十六日,星期日　晨六时,到石灰矿。在此抛锚停泊,是为了把装满石灰石的一只驳船带走。此矿是新开的,不知其名。下游二三公里处,便是大新屯。与上游不同,山势平缓,林木均为矮小的灌木,为山冈增添翠绿。屯子中的建筑,多为草房。瓦房,即是以原木为墙、木板代瓦的那种建筑少了。越近黑河,山势越显得平缓。因捎带着一驳船的石灰石,经白石砬子、张地营子、上马厂等地都没有停泊。

经上马厂下行不久,便到达黑河。对岸就是苏联远东第二大城市布拉戈维申斯克，我们叫海兰泡。呈现在我们眼前的是其近郊，一幢幢小木屋，如童话世界中的建筑物，分布于丘陵上的林木间。每幢至少有两间，均是达官贵人的别墅。二百余米高的电视接收塔，耸立在丘陵之上，不管是他们居民所需，还是向我们境内转播什么，都是在炫耀经济实力与生活水平。而我方什么也没有。更甚者，他们一艘客轮，气垫船一般，平底、白色，满载乘客，以巡逻艇的速度，从我们涡轮船边擦身而过。船上众多旅客站在甲板上，向我们招手致意，表示友好。我们站在19世纪涡轮甲板上，虽然高位俯视，却被羞辱了般感到脸红。

正午，到达黑河。这是我们这次"漂流"的终点。它是我们北方与苏联接壤的第一大城镇。果然与众不同，水泥建筑林立，乡村风味尽消。它与布拉戈维申斯克隔江遥望。可见对面江滩浴场上泳浴者的活动，该市东部船厂的吊塔。黑河地委宣传部和文联负责人及黑龙江人民出版社的老徐，来码头接我们到第二招待所住宿。三点，就宴请我们这一行还没有吃中饭的远方来客。

黑河与哈尔滨一样，俄罗斯风味极浓。建筑都是俄罗斯式的，街道宽广，参天大叶杨直立两旁，白雪似的杨花缀满了枝头，纷纷扬扬，如冬雪状随风飘舞，在行道上积聚成堆，如冬之积雪。窗玻璃装两层，窗户紧闭，依然有飞絮如不速之客光临，积于窗沿。居民举止安详，衣饰考究，毫无穷乡僻壤那种闭塞感，尤以年轻人为甚。可惜一住下，就觉得"金玉其外，败絮其中"，其落后触手可及。有洗漱设备而无水，有照明灯具而无电。就因为是星期天，我们只能到黑龙江边去濯涤四天三宿航程之风尘。最不方便的是没有开水喝，伙食一天也只能供应两顿。主人下午三点就设宴招待我们，主要原因在于斯。

饭后，和林予、冬冠到街上游览，因雨，未走远。

此地是边境口岸，在轮船码头检票处，查船票，还要检查边防证。因我们是集体，就参照到加格达奇乘列车办法，免了。不然，边防的风味，会因执行固有的那套"边检"程序而加浓。这就是集体行动带来的"便利"，也是一种"遗憾"。

六月二十七日，星期一　此地昼夜时间，与漠河显著不同。晚上九时许天昏黑，凌晨三点天就亮了。我们将在这个小城住三天，再去五大连池。

下午，原爱辉县，如今的黑河市志编写者之一的陈林山来介绍此地历史沿革。他是本地人，五十余年来没有离开，先当教师，后做工会工作（房地产），今年刚离休。黑河主要有鄂伦春族、达斡尔族及满族三个民族，更早还有女真族。因沙俄侵略，三藩之乱平定后，才注意北疆的开发，这是康熙二十二年（1683）以后的事。所以,到这里来的满族人,以八旗为主。都是镶红旗、正白旗的后代。本来没有汉族,因为派遣来辅助的有一部分绿营兵和水师营,都是从吉林沿黑龙江运军队、军粮来的。另有一些战争中"驿站"的工作人员,却属于"战犯子",都是云南战争中的俘虏和清朝社会的罪犯,被"充军"到这里来的。还有窦尔墩及其部下的后代。如今有他们的铁鞋遗留。到民国开展与俄罗斯通商贸易,汉人因此多起来,主要是山东、直隶人,达五万到八万人。聚集在太子门(江北),对黑龙江经济发展起了很大作用。苏联和民国都在此设立领事馆,只要办个护照,即可过江去做买卖。

因与苏联接壤,农业机械化程度较高。民国时,百姓称拖拉机为"火犁",脱粒机为"清粮机",是沙皇时代(白俄)运过来的。他们为此地奠定了机械化的基础。今天已经达到70%至80%。一般农户都较富裕。有的收入达六元一天,电视机普及率达40%,洗衣机、录音机都不是稀罕物。爱辉的粮食早已过关。不过,黑河地区的工业仍然不行,清末民初有了电业公司,兼营制材(木材加工)。民国后有"火磨"(粮食制粉),制革,制油,均逐渐发展起来,但基本上是自给自足,还无足够能力到江北去换机械。当然也有银行,主要是丘林银行和孔氏银行,分别是俄、德所办,从民国到伪满,经营的都是机械。

文化教育没有受到足够重视,主要因为生活动荡。庚子之役以后,受沙俄侵略,本地人逃到齐齐哈尔去。在伪满之前,有袁寿山、姚福生等更替,先后发生江东六十四屯及海兰泡事件,兵祸连年;伪满时期,日寇对当地人的镇压,比内地残酷得多,在学校中实行奴化教育,强制学日语,每个星期天被定为"日语日",师生全讲日语,不会说的也要学着说。周一早上为伪满国旗升扬日,升日本国旗,向日本天皇遥拜。每天晨会念"国民训",表示如何忠于天皇。仪式由日本人主持。所有机关头脑,县长等,开始是中国人,五六年以后,全部换成日本人,并不信任汉奸走狗,直至黑河省省长也换上了日本人。日本在关外抓了许多劳工,运到关内来修黑河的山洞、铁路,修成后全部给杀了。山洞可以进出汽车,据说有个少将将西岗作为据点驻守。他们给本地人发居民证,胜利后,在山洞内搜出几麻袋居民证,可见被坑之多。在三省府(属建设兵团,在海古奇公社)有万人坑。日本人还有向苏联境内挖地道的计划,未挖通就战败了。每年三月一日伪满建国节与天皇生日,均要到神社去举行仪式。神社的遗址尚在。在此社会背景下,解放战争期间,中央军残部组成的"胡子""钻山"者就特别多,名为"中央挺进军",集中于黑河,经两年才肃清。

在旧中国,此地比较繁荣,当时,到达此地的有两条铁路,一条到齐齐哈尔,一条到哈尔滨(后来都给苏军作为战利品拆走了,连道钉都不留一颗。1949年后重建,不久又为了支援朝鲜战争,大江封冻,架起铁轨,就可以运送物资而拆了)。因人口流动频繁,到江北经商的,去漠河淘金的,都将此作为交通枢纽。所以以"三多"出名:旅店多,饭店多,妓院多。商号起码有三百家。一入冬,筛金工人便到黑河来过日子。伪满时衰落了,因查禁严格,必须持通行证方能入境。通行证,当时称为"旅行证"(此地居民称"居民证",吉林叫"国民手账"),开具时管理极严。

对面布拉戈维申斯克意为"报喜城",即向沙皇报战争喜讯之城。苏方所称的阿穆尔河即黑龙江。对面的州即称阿穆尔州,相当于省。友好时,五一节、六一节、建军节,都派代表过江来参加庆祝,平时也经常交流文体活动。他们有十几万人,黑河有五六万人。参与者虽然只是一部分人,活动规模也不算小了。

此地最早称为瑷珲,后来改为爱辉。说来也巧,从今天开始,撤销爱辉县,建立黑河县,也是专区所在地。为此,我们特地到邮局要求打一个爱辉县的邮戳以留纪念,未获同意。真正失之交臂。

六月二十八日,星期二　天气很好。满街飞絮,杨花如雪,人行道上如积雪般堆积处甚多。因念诗句云"北国无时不飞雪",可作为一篇小说的标题。

上午,柳溪、黎静、韩笑到师范学校讲课。我留招待所读《瑷珲县志》,摘要如次:

库玛尔河自小兴安岭发源,流入黑龙江。距瑷珲县六百余里。此河向产东珠,前清时代,每值大婚之年,必先由乌拉总管派官兵到瑷饬工司备舟裹粮抵库玛尔河捕珠。霜降以前必返乌拉总管衙门销差。夏至日出最早为上午四时十分。日入最迟为下午七时四十四分。冬至日出最迟为上午七时四十一分,日入最早为下午四时一十六分。

此外,还有:"最暖不过数日,早晚仍用夹衣。至寒之期,重裘无温。坚冰在须,人皆白眉。""九月霜降即冰,不逾前后三日。""立冬必须封江。"开江的乡谚云:"二月清明,清明前开河;三月清明,清明后开河。""小满之交,始可耕地。八月即霜降,土地虽腴,不能再获;播种虽迟,生长甚速,七八月如霪雨辄成灾。""建造房屋,宜五六两月,墙基宜深厚,掘地五六尺始无冰。若不深厚,岁久必裂。冰解土松,压力重,抵抗力薄,墙日下陷,下陷故上裂,屋之全部因以倾倒。"

古迹有额雨儿龙的石神庙。夏令,石上生有青花,约一二寸,妇人若焚香取之作茶以饮,谓可获子。

下午，举行与青年读者见面会。我被请。柳溪谈了她的创作体会。我谈了三点：一是如何重视地域生活特色；二是读书；三是对现代派小说的态度。从表情上看，参与者多数是凑合场面，文学爱好者不多。

六月二十九日，星期三　今乘客轮走水路到爱辉游览。轮上多为黑龙江江上的观光者。

在此，总算看到海兰泡沿江的全貌。一江之隔，判若两个世界。他们将沙滩辟为浴场，早上八点半，沙滩上即有躺卧着阳光浴的青少年，三三两两，全身裸露。沿江绿树成荫，洋溢着一股恬适宁静的气氛。阿穆尔州州委大楼极壮观，面对江堤，气概若北京人民大会堂，四周高楼林立，洁净，整齐。其城东，为鄂伦春人所称的黄河，即精奇里江，宽度几乎与黑龙江相当，有支流三十余。17世纪，俄人波雅科和哈巴罗夫先后由此入侵我国。陪同我们的地区宣传部陈邦厚介绍，此江与黑龙江的汇合处，是黑龙江上、下游的分界点。因为黑龙江在此拐出了一个大湾，在湾上游，两岸称为江南、江北；在湾下游，两岸便称为江东、江西了。历史上的"江东六十四屯"，即是指精奇里江与黑龙江之东的六十四屯，《尼布楚条约》中为中俄共有，因《瑷珲条约》失之于俄。为此，我特别关注这里的景物。江面开阔，如湖泊然。我侧岛屿甚多，据说其中也有争议的，甚至有战略意义。

想到陈邦厚介绍当年江东六十四屯的百姓如何被驱赶，想到海兰泡的大屠杀，眼望江东大片膏腴得比这边产量多出一倍以上的土地、土地上的绿树蓝天，胸臆中不禁注满了强烈的民族耻辱感，离开了这水域，依然驱之不去。

经卡伦山及山下的卡伦山屯、五道沟，十时一刻到达爱辉。

在卡伦山屯对面，是苏联之格伦结满哨所，建于沙俄时期。爱辉对面有苏军驻地，对峙状态极其明显。我们客轮与苏联货轮交臂而过那一刻，双方招手致意的人却很多。

爱辉旧城瑷珲，在苏联境内，即苏联的快乐村。爱辉城给我的印象却极简陋，只有几幢房屋，前天起，县治被撤，被改为黑河市的爱辉公社了。内城毁于1900年那场战火，堪称文化古迹的魁星阁幸存，却在1946年被苏军所毁，如今所见是重建的，"魁星阁"三字是陈雷（黑龙江省委书记）所书。之所以恢复，因其西南侧是黑龙江将军府之所在地，今辟为爱辉历史纪念馆，一棵樟子松仍保留在纪念馆前，馆中资料甚丰，讲解者仍为陈邦厚。他曾编写过此地历史小册子，写过论文，所以讲得十分流畅而简练。

归途中,到西岗子大队坤河队访问。这是达斡尔族为主的屯子。共七十一户,达斡尔族四十二户,满族四户,蒙古族两户,汉族二十三户,成了接受特殊照顾的少数民族。有一次,政府发给他们九张自行车购买券,是专门供应少数民族的,登记时,两户汉族也登记了。经研究,结果这两户汉族保证派给,剩下七张,由十一户其他民族抓阄解决。还有,逢年过节,少数民族都有特别照顾的物资供应,汉族却不在其中,在这儿却平等分派。于是这屯子成了民族团结的先进单位,有名的文明屯。搞包产到户时他们却坚持集体,有养鹿场、木耳培植场,收入甚富,建有俱乐部,全屯仅三百五十八人,却有四百五十个座位的电影院,每周免费放映三四场。

支部书记介绍罢,带我们到村子里转了一圈,新建的房屋甚多,大队长家造得最新式,花了一万多元。村民生活普遍有所提高。参观闲聊中,才知支部书记叫山锁志,达斡尔族语中的"傲雷",汉语就是"山"的意思,应为"傲雷锁志"。姓"沃"的,变成姓"吴"的,于是,"吴、沃"同宗。

此地气候较漠河温暖。麦子只有一腿高,却已长穗;菜园里的南瓜已有五六叶,作为茎块植物的马铃薯有两三寸高,而大葱却开花结子了。荒芜之处的蓬蒿草高可没膝,空气里弥散着一股淡淡的蓬艾的清香。

此地语言值得一记的有:漂在江心的木头,一头沉在水底的,叫"吊死鬼"。往江中捞取漂浮的木材器具,然后用尼龙绳拴住,叫"铁甩子"。落叶松被称为"意气松",称小木船为"威虎",苏联的巡逻艇为"蝗虫"。漂散于水面的木材叫"散排"。"木克楞堆的房子",是指木头房子。"达玛林",是用俄语称呼女人。对那些抛下了儿女跟淘金汉子跑了的妇女,则特别喜欢用这个词来指称。

六月三十日,星期四 告别黑河,乘长途汽车来德都县的五大连池。

黑龙江自黑河以下(下游)两岸都是平原,自黑河南行,却属小兴安岭的余脉,呈现的都是丘陵。长满了柞树、桦树与榛子。不高大,呈灌木状,直至平原。

六点一刻从黑河发车,到孙吴县仅九点一刻。从此都是平原,属北大荒地域。沼泽地也多起来。五大连池是中国唯一的活火山群,就在这样的平原之上,属于火山,但它不是山,而是白河,即石龙河遭受火山喷发堰塞而成的五泓相连的湖泊。

我们在省财政招待所住下。这儿环境尚可。离药泉山极近,也可称为药泉。住宿条件颇好。晚上,到"园丁之家"观看科教片《五大连池》,以代讲解员之介绍。

七月一日,星期五 下雨了。原该借机休息的,我们却冒雨去攀登药泉山。按一般想象，火山口肯定被岁月改变成了一泓水池。其实是个盆地。盆地之沿口即是山。路滑，我们绕道从山南的盆地缺口进入。果然，展现在盆地当中的是一块荒地，四周长满了林木，多为柞树、榛树，胸径都有碗口粗，登上盆地沿口，可见疗养区全貌以及南泉、北泉。所谓药泉山就是统称吧？雨雾迷蒙，无法看得更远，所见也不清晰。二龙泉即在此"山"之东麓，两潭清泉汇合成溪，奔流注入一泓数十亩大小的大水塘。

出"盆"下"山"，沿途被扒开表面土层所埋的砂石，皆焦黑，如刚经烈火烧煅状，禁不住想到当年那一场场熔岩喷发，火浆施虐时翻江倒海的情景。整个山麓，皆火山灰土，黑如墨泥，如拌之灰炭然，同样可以想象当时烈焰奔腾，无所幸免的惨酷。最教人深感大自然威力者，莫如北泉之"龙石"，深黑色的岩浆岩，发着蓝光，如波如浪，凝结在大地上，汪洋恣肆，一望无垠，其流向均不相同，保持着当时烈焰熊熊的岩浆，如何以从容不迫、肆意横行的恐怖情状，在大地上汹涌，毁灭它想毁灭的，焚燹它想焚燹的。如今，却什么也没有发生一样，各种水泥状的熔岩间，长满了杂草，熔岩上，披起了青白色的苔藓，点缀着细小美丽的石花，都凭它们的所能，不屈地展示生命力。

原来，灾难的遗物，也可以展示其美以供人欣赏。

此地有谚云："南泉尿尿，北泉睡觉；翻花泉最有效，二龙泉瞎胡闹。"这是对此地几处矿泉疗效的总体评价。来此疗养者不少，他们都提着一只热水瓶，到南、北泉打水。矿泉水被接入自来水管，不断流注，供人任意取用。水龙头边也备有茶杯，随时取饮。招待所房内备有搪瓷杯，杯子内壁结着如茶垢般的黄色斑锈，都是泉水中的铁质。此水置杯中一日即变黄。因水中主要成分是碳酸，入口如汽水。温度是摄氏十度，颇凉，入肚却不觉得冷。此地正流行泻肚，谢树等人肚腹不适，虽与此水无关，但也不敢入口。

在北泉，处处可见病患者在用此水治病，有的饮用，有的浸泡。有头发脱落的姑娘，有患高血压的老人。或躺在熔岩上炙烫，或将落发的脑袋浸在盆水中。我们同室有位哈尔滨财政局的干部，五十多岁，来此治胃病，两个多月了，说无甚效果，可能天太冷，多阴雨之故。虽将信将疑，但经过二龙泉时，见不少人在用泉水洗眼睛，说可以明目，甚至可以让盲人重见光明，就忍不住仿效之。

疗养院的生活颇悠闲。有文娱活动室，下棋、扑克、乒乓、麻将……在这样优美的自然环境中，被吸引到野外去的，却是多数。追求实惠的，见此地的黄花菜多得遍地都是，就采撷之，成串挂在窗口晾着，带回去食用；寻求闲适雅致的，或到湖边垂钓,钓到的居然都是鲫鱼;或去采芍药花插瓶;或采来石花,以线束之,凌空倒挂于室内,石花居然照样不失其鲜艳与妩媚,日久不谢不萎。这是一种如宝石花般小叶的肉质叶植物,与宝石花一样,消解了地理上的南北差异,展示它们同等的生命力。

七月二日,星期六　今游览老黑山火山口。这是五大连池中最大的一个。在18世纪30年代曾经喷发。处于药泉的东北角。直径三百米,深一百四十多米。山口边林木茂密,山口下面,都是蜂窝般的火山熔液凝结物,还有被烈焰烤焦黑了的石块,其间,除了一些小葛藤与圆形小叶的小灌木以外,别无他物,我们下去,仿佛在沙石堆上向下滑行。我和冬冠、郭召庆滑行到了一半,虽然有劈沙小路,但颇难到达最深处,愈深愈成倒立的圆锥形,诱人去想象二百三十余年前那一次喷发终止的瞬间,火红的岩浆,没有喷突出去就凝结了,被烈焰烤焦了的砂石,却从四周滚落下来,终于留下了这一派景象。

　　我们重返"山"口,沿着"山"口行走,其景观之壮丽,极难想象:一面是倒锥形的由焦黑砂石组成之陡壁,另一面五六里宽的空间,是一片"石龙"——黑色岩浆凝成的凝结岩,犹如那天在南北泉处所见。当然,与刚刚乘车经由二池和三池间的那个小口情景相比,规模小得多了。那是真正岩浆凝成的天地!路两旁全部是黑色岩浆的凝结地带,有如石海,真的像"海":辽阔,波状起伏,有如犁过土地上的土垡,如柱,如碑,如坎,如陵;有的如水纹,有的如漩涡,有的如车辙,有的如麻花,有的如龙蛇,有的如牛马,有的如炊饼炉子,上尖下大,中空如竹,并由此出现了地下隧道,被辟为水帘洞和仙女宫的,就是其中有代表性的两个洞穴,有的……显然,热胀冷缩,岩浆奔腾向前的那一刻,变化无穷,表面凝结成岩壳了,却被下面仍在流动的熔浆撕碎了,冲破了,冲积成了如此凌乱的堆积物!人车行走于其上,气温骤增,犹如余热尚在喷发,乃凝结岩不吸收阳光之故也。此刻,从火山口的底部走上来,将这一切连成了一个整体,深感造物之无情!

　　可敬可佩的,是出现在这片焦黑中的那些绿色。岩缝中居然长出柞、桦等树木,高达丈许,很想用这点绿色覆盖焦土的样子。真的,在二百余年前经历浩劫的这片被称为"石龙"的遗址上,最值得赞美的是它们,尤其是柞树,多数都长在岩石上。当然,最初,随风而来的种子,都是落在石缝中由灰沙积成的那一点泥土上的,它发芽了,在无情的岩浆的凝结物间,顽强地扎下根须,努力引体向上吸取雨露阳光,一心想将所有焦土覆盖,还给世界一片生机盎然的翠绿!这种焦土之上、有夹缝就立足生存拼搏,绝对是以自己的意志,去抗拒不可抗拒的一种法则,世界上还有什么教我懂得什么是神圣?

这里的石龙向东北延伸,与没有一点绿色的火烧山——又一个火山口相连。那真是火烧山,焦石成堆,远望如缺了口的圆盆。可惜没有时间过去了。

晚上,串门闲聊,听柳溪谈京津文学界宗派之争。太复杂了,令人寒心。她不是一位普通的老作家,以往,多次接触一些大人物,她所知者,不是来源于文学界一般人士,而是从冯牧那个层次直到蒋子龙、冯骥才这些中青年作家。

七月三日,星期日 今天返哈尔滨,并转158次车返沪。车票是昨天定下的。

早晨六点半,告别五大连池。到北安上火车。经呼兰到哈尔滨,幸而没有下雨。

这一带都是平原,已不属小兴安岭,可喜者,看到了萧红的故乡呼兰,看到了她描写的呼兰河。呼兰河甚宽,江心岛屿大而多,河水混浊,想来是连日多雨之故。

到哈尔滨,出版社社长他们来接站,如此规模,据云要抓业务之故,但不能不令人感动。我们被安置于华侨饭店。我只吃了顿晚餐,就由冬冠、大章、召庆送我上车。不足之处,是未去中央大街等地一游,也没有到冬冠家去看看。希望有机会再来。

七月四日,星期一 三个星期前北上,到铁岭天亮,自此到哈尔滨沿途景物尽收眼底;今天南下,到铁岭天也亮了,可谓无缝对接,一直到山海关,沿途景物都袒露在我眼前。这几天黑龙江的经历,却教我不觉得新鲜了。只想一睹山海关的风采。可惜,车到山海关停留,被另一辆列车挡住了视线。只见长城从高峻的山陵上蜿蜒而去。此外可记者,是塘沽盐田,去时不见盐,今见田水边白如雪的盐的结晶,而远处已有平房似的幢幢"建筑物"。三角顶,用茅草覆盖着,乃堆积之盐也。到德州,天黑了,气温也升高了。

二　火焰山、伊犁河和塔克拉玛干大沙漠

1983年·乌鲁木齐、吐鲁番、石河子、乌苏、果子沟、伊犁

八月二十六日，星期五　今飞抵乌鲁木齐，开始大西北之行。

生平第一次乘飞机。以往一谈到乘用这一现代交通工具，总是提心吊胆，不是怕劫机，就是怕出事故。其疾速、方便而省时却无法否定。于是既向往，又恐惧。我就怀着这样的心情，乘坐这班国内最长距离的航班。到陕西路民航服务处乘班车到了机场，方知同行者除赵丽宏以外，还有王辛笛、黎焕颐、王也和陆萍，都是到石河子参加"绿风"诗会的诗人。一见这些旅伴，也就释然了。人心大概就是如此，总是借助伙伴互相壮胆的。

天雨。在机场托运行李、安全检查、候机，都觉得新鲜而复杂。乘的是伊尔62，苏制的，当今在国内算是最好的。有一百六十八名乘客，三分之一是外宾。都在我们后座。

算得上此行的第一感悟：系上安全带！

九点半起飞。略感不适，但很快适应了。可惜云遮雾罩，未能俯瞰上海城市面貌。此去行程三千五百公里，中途不停，高度为九千米。舷窗外，云雾在脚下飘游，此情景与庐山、黄山、泰山等处所见的没有多大区别。一小时后，才飞出云层，见到了舷窗下的景物，也不知是何处。距离太高，都是隐隐约约的。只觉越往西，越觉荒凉，沙漠，丘陵，光秃秃的丘陵，不见生命。到了雪山出现，才知到了祁连山和天山上空。飞行四个半小时，于下午二时半，到达乌市。午饭是在飞机上吃的。

乌鲁木齐给我的第一印象，就是荒凉，市容无光泽。到市中心区邮电大楼，才逐渐显露出城市风貌，但绝无哈尔滨那样有姿有色，对照而言，哈尔滨可说润泽生辉。

我是来组稿的。借"绿风"诗会的光，结识一些有潜力的青年作者。这是文学

编辑惯用的方法,事半功倍。石河子文联将我委托给《新疆文学》接待。他们将赵丽宏、黎焕颐等接到军区第一招待所,也只能安排四人。我就趁这个空当,去拜访姚念寅,请他陪同走访了《新疆日报》文艺部的张列。张列给《萌芽》投过小说稿。很热情。听她谈创作打算后,便跟她观光乌市市容。街道简陋,粗粝,商店也没有什么可以吸引我的,她能带我去走走看看的只有附近的人民公园。满园是穿天杨和杨树,低矮的是一种叫"白蜡树"的树木,椭圆形的叶子,豆荚似的果实悬满了枝头,风味独特。松树也与别处不同,叫宝塔松,针叶短小,向四周张开,如洗刷玻璃瓶的刷子,树皮细腻。据说,天池周边都是这种松树。

不同的气候,不同的地理环境,催生出不同的动植物,很正常。城市文明和经济发展,和沿海相比落差会如此之大,却太意外。总说中国幅员辽阔,疆域宽广,岂料,在几个小时之内,就如此具体、如此真切地感受到了!

这种感受只是开始。本来打算在老姚处打发这一晚,不料会如此不堪。此前,我总以为这位在解放日报社负责后勤管理工作,有权为职工分派住房的老革命,抛下妻子老母,单身来边疆支援新闻事业,组织上总会给他安排较舒适的生活条件,解决我这个不速之客一两晚的住宿问题,小菜一碟。最不济,新疆日报社这么大的单位,总有打发我一晚的路子。万万没有想到,他就住在报社资料室毗邻的一个房间里,看样子,本来是职工文化活动室,反正绝不是当居室使用的地方,他用一人高的木板,把搁着一张单人床的地方隔了开来当成卧室,床头摆一只木板箱当床边柜。隔板外间,摆一张单人写字桌,一只书橱,两把椅子,一只煤油炉子,就算接待、办公和生活的场所了,连洗漱的水斗也没有,刷牙洗脸就蹲在地上,墙角堆着西瓜,加上书报杂志,在这貌似两居室里显得非常凌乱。江浦中学老校长裴素珍来此探亲也是这样住,却从来没有对我说过如此不堪。我严重误判了!张列把我带回以后,他也没有对自己下属提任何要求与暗示,帮他解决我的住宿问题,等到她告辞,用西瓜当晚餐招待了我,才对我说,等会儿就在这里找个地方过一晚吧!

我不理解他找的是什么地方。就等着。这里与北京时差两小时。工作人员上午九点半到下午一点半,下午四点到八点,是上班时间。早晨八点日出,晚上八点日落,九点半左右天黑。天黑尽的时候,他才把我带到紧邻的资料室,拿出一只枕头一条毛毯,要我在桌子上睡一晚。其坦然的神情,一如还在当年居无定所的烽火岁月。太不可思议了,但一想到他在《解放日报》当权时,分配房子留给自己的是生活上极不方便的"空间零碎"——底楼一间,阁楼一间,我就不以为怪了。他的这种作风,正适应了今天大西北给我的感受!

八月二十七日,星期六 告别老姚,到了王辛笛、赵丽宏他们临时住宿处,由周涛和王小未把我们一起安排到军区招待所。

周涛年轻,精悍,热情,诗作颇有边疆特色,曾经出版一本诗集,另一个集子,已被列入我们"萌芽丛书",正在编辑。他介绍了他们创作组的情况,唯有杨钊与王小未较好。杨写散文。就是没有写小说的作者。

下午,和赵丽宏参观"新疆少数民族风俗展览",极有收获。毡房和人物,都按原来大小复制而成,所选内容,教我们对新疆有了一个总体认识。

八月二十八日,星期日 今天,我与王辛笛、赵丽宏三人乘172次列车去吐鲁番。

乌鲁木齐火车站,一如整个市容,其简陋程度,是我生平所未见,不说省城级,连县级的义乌站也不如。它坐落在荒凉的山陵上,展眼四望,不见一点绿色,心都发干。上了车,离乌市越远越不见绿。山体瘦削得只见骨骼,棱角突现,沟沟壑壑均呈赭褐色,野地上也如此,最多长一些俗称刺棵子的骆驼刺和蓬蒿。过柴窝铺,有一些毡房,忽见荒枯的野地里升起一阵灰尘,如云,如烟,随风飘散,原来是放牧的一群绵羊,它们不吃蒿草,而是啃吃长在刺棵子与蓬蒿根部那些微不可见的青草。也难怪,除了此处,都被无阻挡的大风刮得砂石裸露,唯有这些植物生长处,有一些围护状的泥土。有泥土即有青草。骆驼刺是沙漠、戈壁滩上的勇者,有沙柳处,必有骆驼刺;它们生长处,却未必有包括沙柳在内的其他植物。有一些不知名的草,开着黄花。甚为稀落。我想下去看看刺棵子是草本还是木本。车上的老汉说,它是草本,开白色的柳絮一般的小花,结了子,落于根部,冬天,枯了,春来了,草籽发芽,再生,年年岁岁,以此方式保护仅有的这一抔土。很有启发。越发想近距离地观察它了。到了吐鲁番部队营部才如愿以偿。确是草本,小圆叶,有利刺。

途经盐湖。盐湖,是站名,但确有盐湖。面积不大,水不多,湖边白如雪者,就是盐之结晶。盐湖过后,都是戈壁,连刺棵子都不见,一眼望去,都是灰褐色的干土,飞鸟的踪迹都不见。铁道线上的一些修路工人,只能坐在电线杆投下的那一线阴影里乘风凉。无处不缺水。绿,只能出现在一些山谷中,水沟边。有水才有绿。

早听说,吐鲁番是中国最热的地区。海拔负一百五十四米,是世界上最低的盆地。像一只碗盏,气流被四周的高地阻隔了。为了是否到此地来,王辛笛先生曾经反复犹豫。但初步印象并非如此不可接触。36171联队文化处的迟干事,早已派

二　火焰山、伊犁河和塔克拉玛干大沙漠

车子在车站出口处迎接我们。车行三刻钟，穿过一片绿色的田园，再经过一大片戈壁才到营地。这是独立师营地，前不久，才在戈壁中辟出，种上了绿树，打了百米深的水井。大概处于戈壁之中吧，气温确实比乌鲁木齐高得多，一下车，就汗流如注。午后，热愈甚。阳光灼人。据小迟说，戈壁地面达摄氏八十度，营地中都曾经达摄氏五十度。信然！所以，机关中午都不办公，到五点才上班。我们原定三点左右出发去葡萄沟，小迟五点钟才来，陪我们到他们的土窑洞去坐坐。避过高温时段，到吃了晚餐的八点左右再出发。

所谓窑洞，是在平地上用土砖垒成的拱形建筑，若洞穴然，而非陕北黄土高原上那样挖出来的山洞。拱形只是门面，建筑的上方是平的，正如此地维吾尔族造房子，从来不考虑天会下雨，因而得名。室外气温摄氏三十三度，房内阴凉得多，但必须关门闭户，才不致挥汗如雨。这里用水珍贵，有水渠从营房外流过，是老百姓的水，部队不能用。

晚饭后，我们由小迟陪同，乘小面包车去葡萄沟。土房沿坡而筑，沟下都是葡萄。正如文人描写的，此地的"葡萄满沟流"。是因为葡萄藤不是攀缘在架上的，而是沿地面蔓延爬行，如水之漫流。对面就是火焰山。山势如削，不长一棵草。最缺的是雨，最怕的也是雨。雨一下，山上的泥沙与雨水俱下，葡萄全部被淹没，然后烂在土下，"颗粒无收"，1981年就曾经遭此天灾。地上筑有晾葡萄干的土房子，平顶，方形，墙上镂满了各种形状的通风孔，颇美观。沿途二十公里皆如此。维吾尔族和回族男女老幼，身着民族服饰，依门而立，或沿公路（也是街道）而行，民族气氛极浓，水渠从家家门前通过，院内是葡萄架，肥大丰满的葡萄串挂在绿荫之下。据说，冬天一到，葡萄藤即埋入地下，开春以后，再挖出来请上架。这种与天争功的"耕耘"，教我对天，对人，都心怀敬畏。

小迟带我们去了外事办公室的葡萄园。在沟之北端。工作人员已经下班，经小迟疏通才请我们进门。主要是白葡萄，还有以形状命名的"马奶子葡萄"，味极甘美，无籽粒。我们每人只须付五角钱，放开肚子吃罢还允许用手绢包装，满载而归。

归途中，我们去木纳尔村游览了苏公塔。塔在礼拜寺内。清朝吐鲁番郡王额敏和卓，为报清廷之恩以及对真主的虔诚，出银七千两建成了这一礼拜寺，公元1778年，他死后第二年，其次子苏来曼再建成此塔。所以既称苏公塔，也称额敏塔，现为全国伊斯兰寺院内最高大华丽的塔。可惜天色已晚，只有一名管理人员阿布来斯出来接待我们，匆匆忙忙地只像报个到。接着到了吐鲁番宾馆。其建筑为阿

拉伯风格,特色鲜明。两旁平房前都是葡萄架,白葡萄与马奶子葡萄缀满了绿丛。不少外宾正聚集在葡萄架下,看维吾尔族少女弹唱跳舞。洋溢着一派浓郁的民族风情。据说,这些演奏人员,都是宾馆服务员。张贤亮来过这里,因服务不周,写文章骂过她们,不过从她们所出的这一个点子来看,情景交融,即建筑与歌舞是统一的,相称的,协调得浑然一体。不能不说是充分展示民族特色的经营方式,相对于那些以求洋来迎合西洋文化趣味者而言,应作为一个创举加以赞赏。

八月二十九日,星期一 确实异常热闷。不开电风扇无法入眠。凌晨略有一丝风,就觉清爽无比。吐鲁番,闷热之窝,我服了!

今去千佛洞和高昌遗址游览。千佛洞在火焰山。以"火焰"名山,确有道理,不仅仅指气温如火,泥土也是火红色的,如江南红壤,但没有红壤润泽,也没有植物,一片红;更绝的是,千百年来珍贵如油的雨水,把它镂刻出无数条沟壑,顺坡而下,呈现为倒枝状的散发线形,远望宛如火焰蹿腾,红色的土壤更使它传神,加上它在戈壁旁边,空气干燥,教人望之喘息。沿公路,进山处有被废弃的村落,有条小溪,水不多,略带黄色,不知其源何处。溯溪而上,尽是红壤山谷,也有岩石,与土壤一色。未见飞鸟,也无虫蛇。上行半小时许,峡谷中出现了一片绿洲,不足十亩。溪水从旁边流过,乃植有葡萄之田园。有土房一幢。其背后,山上围墙之内,即千佛洞。凭门票进去参观,一人一票,每票一角五分。依山挖有许多窑洞,装木门扇,编号共39。一位十岁左右的孩子为我们引路、开门。入内却大失所望,壁画色彩鲜艳,线条清晰。圆形拱顶上,皆是佛像,均残缺,不是被人挖去头颅、眼睛,便是剥落了其中某部分。大型塑像也倒扑了。据介绍,此情景已历时一千五百年。毁坏废弃的原因,是宗教冲突。当时高昌居民信的是佛教,千佛洞就相当于寺院的宗教处所,为后起的伊斯兰教所不容,在不断的矛盾、摩擦中被破坏了。到清末,这些遗物又被西方文化强盗偷走不少,有一些给破坏了。看了几处皆如此,有些洞内毁坏更厉害。有的用泥浆抹之。今天的保护措施,仅仅修了一些门面。无人讲解,也没有人经营。四周连卖水的也不见一个。外宾和港澳同胞来得不少,可赚钱之处却以收一角五分门票为满足! 置身其间,唯叹息而已。

从原路离开火焰山,向西北行,经火焰山公社机关所在地,即是高昌古城。此古城建于公元前二世纪,到公元十四世纪废弃,历时一千五百多年。周长五公里,城内的宫殿、寺院、住户、街道,虽然被岁月侵蚀风化,但仍可辨别。从这些迷宫般布局的断垣残壁上,可知当时皆用土筑,如干打垒,颇为壮观。可惜同样无人管理,任凭人们在其间耕作，放牧。我们看到，一群绵羊聚集在城垣的阴影里休息，屎尿随意。孩子们嬉戏就不在话下了。我们拍照时，他们会主动上前来合影。有人在维修，也不过是在宫殿废墟的某些残垣上，加几块土坯砖而已。远远说不上对古代文物那种专业性的"修旧如旧"的维护。

经吐鲁番旧城，驻足游览，照样没有旧城的踪迹和风貌，我们这些远道前来的访古者，只好去看集市贸易。去了两次，但都不是高峰时刻。一次是早晨，一次上火车之前。摊贩极多，棚户井然，分衣饰、百货用品、食品等几个大棚，内置作为摊头的板桌，摊主多为少数民族，维吾尔族、哈萨克族、回族等，几乎无汉族。其风情，与《阿里巴巴四十大盗》《金蔷薇》等电影中所见完全一样。叫卖都用维吾尔语。

原定乘143次列车回乌鲁木齐。万万没有料到，列车到此，不是晚点，而是提前二十多分钟就开走了。我们不能再拖累小迟和车辆，请他们先回11师，然后在车站知青办的鸿雁宾馆住下。三人包了一间四个铺位的房间，六元五角一天，倒也清静。我趁此机会走访了此地邮局，了解《萌芽》杂志的发行情况。没有见到报刊发行员，与值班者约定晚上到他家去。来新疆，至今未走进当地居民家庭，机会难得，尽管不是土生土长的，更非维吾尔、哈萨克等少数民族，但也算"深入""社会细胞"了。有庭院，院门拴着狼狗，院场上摆满了花盆，头顶上是葡萄架，成串的葡萄缀满了绿藤。因为是在职职工，室内陈设与上海一般职工家庭差不多。新婚，布置特别洁净。他介绍的情况颇有启发。《萌芽》是有潜力的，本来每期销售五十本，现在减到十本。不是卖不掉，而是近来这类文学杂志来得特别多，大多数是新办的，不太了解其价值。一个读者上门来，可能买两种杂志，但不可能一次买两本同样的杂志，只好采取多品种、少订数的办法以求多销。只要我们和他们保持联系，多让人了解杂志，他们可以扩大发行量。

八月三十日，星期二 凌晨二时半许，竟有查证件来的汉子将我们闹醒。前些日子上海整肃治安工作，原来两千公里以外的吐鲁番也不例外。

这个车站的地理位置，正与海平面相等，比11师只高出几米。气温却大有差别。昨晚凉快得多了，不盖棉被，就有寒意。

早上七点一刻，我们乘171次特快列车回乌鲁木齐。"绿风诗会"派车接站。我们三人和《延河》杂志的闻原一起，被接到了喀什驻乌鲁木齐办事处。不断有来自全国的诗人，经这个中转站去石河子，有专车。黎焕颐、王也等已经去了。王辛笛、公刘、赵丽宏今明两天走。办事处的负责人郭书玉，来自内地，招待十分周到热情,我打算在此多住几天。

《新疆文学》杂志的郭维东陪我到他们杂志社访刁铁英、吴连增(副主编)。谈到我们《萌芽》的编辑方针,他们恍然如解大惑,说以往他们总认为《萌芽》门槛高,有稿不敢投,现在明白了。教我决定在这里多找一些青年作者谈谈,多播种,多收获。

八月三十一日,星期三 决定不介入诗会的我,在此除多找青年作者谈谈以外,再走访邮局,了解杂志发行的情况。但打了几个钟点电话,几个有实力的作者均未联系到,有的去南疆,如军区话剧团的李栋;有的去上海,如《边塞》作者肖陈。到了乌鲁木齐邮局报刊发行处找丁玉麟,他们对《萌芽》的反映尚可,只是目前文学刊物太多,对付手段和吐鲁番邮局相同。再到自治区邮电管理局的邮件处,方知他们只管宣传,只希望我们在图书目录中加大宣传力度而已。

这几天的旅途经历,教我有了创作冲动。老姚的形象;在高昌古城见闻;一些支边知青的命运,都打动我,尤其那些来自上海的女知青。对此,郭书玉说了不少,她们的人生遭遇,与我高昌古城所见碰撞了,过去的城市,因为不能适应历史而废弃了,历史依然在延续。正如黑格尔《美学》中所说的,"生命是向否定以及否定的痛苦中前进的"。

九月一日,星期四 大清早,便赶到人民公园门口,乘昌吉的客运车充当的旅游车去天池游览。沿路都是一些枝叶没有光泽的树木。三小时后进入天山,山路两旁,沿溪生长的不是松树,也不是沙柳,而是榆树。溪水潺潺,水清如玉。但不冷。不是从天山博格达峰的积雪融化而来,而是天池的池水。

在新疆民情风俗展览会上,关于天池的介绍是这样的:"天池,又名瑶池。古代传说中西王母沐浴之所。它深居天山东段博格达峰下,海拔一千九百八十米,长三公里,宽一公里。最深处是一百零五米。"又是瑶池,又是西王母的,教人想象山灵秀,树翠绿,水清澈,博格达峰的积雪,在阳光下晶莹如白玉,旖旎秀美得就是仙境。到了现场,却大失所望。山是淡黄色的,长着秋草一般给牛羊啃吃的牧草,如茸,如毡,近看,很为牛羊能啃嚼这种草料而震惊。山阴长着一些塔松,远望,不由得想起脂肪性或神经性脱发者的头颅。天池之两侧有森林,见识过大兴安岭的我,觉得太一般了。池水澄清透碧,山林尽在倒影中;积着雪的博格达峰只露出尖尖一角,小气,缺乏庄严感,和西王母淋浴传说不相称。池面四点五平方公里,宛如大水库,在如此高海拔有这样湖泊,应该算是中国西部的胜景了。给我印象最深刻的,是放牧在池边的马、牛、羊,伴之维吾尔、哈萨克族牧者的毡包。放牧者骑在马背上,游走于牛马羊群中,这才是具有西域情趣的画面!有牧民利用它给游客提供一项服务:以马匹为道具,供游客骑坐以拍照,每次收费两角。还将毡包出租给外国游客住宿,包内铺有地毯,可卧可坐,设一小桌。简陋,但有地方情趣,肯定比住洋房吸引人,看来生意颇佳。有牧民在搬家,天冷了,往山下迁移。我特地访问了两个毡包,都是哈萨克族的。第一户,女人寡言,也可能是语言不通之故,我们进了包,她却依旧坐在门外缝毡毯,任我们自己看。见无法交流,就出来了。第二家,女主人端坐在火塘边喝奶茶,笑脸相迎。家庭设施有缝纫机,手摇的,有收音机、半导体,其他设备原始简陋。可惜女主人只会哈萨克语,她女儿却说得一口流利的汉语,而且乐于不厌其烦地向客人做介绍。她家七口人,二百只羊,私有的、集体的各一半。父亲放羊去了。现在是夏天,住毡房,冬天来了,迁到山下定居去。三四月间还有一次迁移,那是就水草丰富与否的变动。孩子们能够念书,但要到山下去寄宿。吃的是牛羊肉,也有米面之类的粮食供应。

周边山林间有疗养所,有茶室,都没有开门营业。池中有游艇,供游客在水面游览,一元、两元、三元,费用不等,这对于生长在内陆的游客是有吸引力的。也有卖烤羊肉串的,我买了两串尝尝,颇有风味。此地气候多变。在山上阴云密布,似有雨意,一下山,太阳就重新烤炙着荒漠、沙丘和原野了。

回喀什驻乌鲁木齐办事处之前,先到边防局办理到伊宁的边防证。于是,又见识了乌鲁木齐之原始"古朴",就是单位均无门牌号码。问路时,所答皆不说路名,而是"从这儿走,向左(或右)拐到那幢新楼就是",害得我从人民公园北门找到黄河路,再从黄河路找到新疆饭店附近,差不多兜了一圈回到住宿处了。一查乌市地图,这条横马路确实没有标出路名。打听了一下,似乎叫钱塘江路。

绿风诗会接待人员都回石河子了,只留下我一个。我打算后天赶过去。

九月二日,星期五　下雨了。这在新疆是少见的。雨量不小。下午,从内蒙古来的一位朋友说,十一点他经过吐鲁番,那儿也下了雨。可见雨区不小。中午雨停。

冒着低温和雨水,到公安局签证处签证了去伊宁的边防证。多亏了办事处的郭书玉帮我联系了一辆汽车代步,不然,在这种没有门牌号码的街道上,不知要走多少冤枉路。签证尚顺利。然后去新疆民情风俗展览馆找张婕,了解高昌古城和千佛洞衰落、废弃的原因有否文字记录。她不甚了了,却答应去查阅,把资料寄给我。

  郭书玉招待我共进午餐，谈他在喀什的生活。帮我大大认识了关于新疆的知青生活艰苦程度。在南疆兵团中的一些女知青或一般女性，往往被一些汽车司机带走。她们只要脱离苦境，只要有人带她，都会跟着走，因此被蹂躏上当的甚多。汽车司机借此作恶的事件屡见不鲜。但也有善良的，在塔里木，有条季节河，发水时，水溢出河床，戈壁滩上都是水，几公里宽。几个右派和劳教释放分子，用原木绑成木筏渡人，不收费。他们救上了一个女的，就是被司机污辱而跳河自杀的。她就为他们缝补衣物，摆茶水摊，用旅客所给的钱买茶叶。生活之苦，他们常在沙丘骆驼刺间套乌鸦吃。

九月三日，星期六 今来石河子。沿途所见，与向东去吐鲁番大不同。基本上不见戈壁，只是林木、绿野比江南江北稀少而已。到石河子，就完全像江南了，穿天杨夹道，翠绿丛掩映着一幢幢水泥建筑，不愧为戈壁中的明珠。

  总算顺利。我正在林荫大道上寻找第一招待所，恰逢参观回来的吴昌正他们。房间早就给我留着，三人一室，林希已入住，晚上来了巴鲁布。都是老友重逢。今晚，会议组织者有文艺演出，我们却在房内闲聊到深夜。

  遇到了来自吐鲁番地委宣传部的李遇春，他给我提供了一些关于吐鲁番文物的情况。高昌城的废弃，属于千古之谜。交河比高昌有价值，可惜我们没有去。据一般分析，一是毁于战争，二是河水改道。如今正在研究。除千佛洞和高昌古城，还有阿斯塔拉墓地。"阿斯塔拉"，维吾尔语，都会也。就在火焰山下，离千佛洞与高昌公路不远。可惜又错过了。已经发掘的古墓有一百余座、一千多件文物，均由文管所管理。

  下午，诗会开会，我未去，开始起草一个中篇。题未定。

九月四日，星期日 今随诗会朋友去南山牧场参观。

  先去挞子庙，参加哈萨克族的风俗野餐。挞子庙在石河子东面，车行三小时。进入天山牧场之前，一路上的山陵、平野，与其他地区不同。也是土黄色，生长的却是苔草和酥油草。河谷中的绿草、穿天杨均葱茏可悦。此山海拔颇高，峻岭起伏，林木森森，溪水潺潺，寒意袭来，单衣为薄，如果视野中没有远方天山顶上的皑皑积雪，会以为置身江南山水中。我们来到一个依山傍水的平缓沟谷，哈萨克族主人已经将一方方地毯铺好，请我们席地而坐，摆开油煎饼、面包片、乳酪和奶茶。黄色的奶酪,与上海所见相同,味咸;奶茶味如奶,茶味,也带咸。这只是一道点心,到附近山坡、溪水边游览以后才进正餐。每方毯上有四五样菜,鸡肉、番茄、羊肚炒芹菜、羊肝、奶油花生等,加一大盆羊肉和啤酒。诗人们席地食用间,林希带头唱起了《我们新疆好地方》,女诗人林子随之边唱边舞。虽不熟练,但兴致都给调动起来了,大家击掌而歌,由此邀请哈萨克族姑娘对舞,我既不会唱,也不会舞,只是大啖烤羊肉,大口喝啤酒,也与周围观赏者一样尽兴。此情此景,此味此韵,永生难忘!

饭后,乘车去二道子沟口,看哈萨克族青年小伙表演赛马和叼羊。二道子沟口是平缓山陵间的沟谷,长一公里,宽二百米左右,一条小溪在其间淙淙流淌。这一活动,一般只在节日或婚娶时才举行。为了我们,附近哈萨克族居民就当成了节日,身着鲜艳的民族服饰赶来,也当成节日来表演。赛马尚可观,真刀真枪的角逐;叼羊,就有点介绍性的"写意"了,区别在于"抢"羊是否真"抢"。真抢,是需要一只活羊做代价的,有可能把这只羊撕碎。至于少女飞马挥鞭抽打小伙子,可能没有选出一对真需要挥鞭抽打以表深情的姑娘和小伙,也只能装装样子,给我们这些远方来客提供一个想象空间而已。摔跤者未脱外衣;哈萨克族的歌舞,却无乐器伴奏。但也难为当地的主人了,用这样节日才有的大场面,让我们从味觉到视觉和听觉,全方位了解哈萨克族牧民的生活风貌也真不易。

晚上,由《文艺研究》杂志的闻山谈论文艺创作问题。

九月五日,星期一　今在旅舍接待作者,并审读来稿。上午来了两位,一位是工厂的车间主任,一位是幼儿园的保育员。都先送来稿子,约定时间再来听意见的。可惜,都是从概念出发在炮制小说。他们泡在生活中,关注的却不是人物形象,而是政治思想;他们搞创作,不是去发现生活,帮助人理解生活,而是在了解创作"行情",模仿某些印成了铅字的所谓文学作品,教育读者。分明是长期来接受文学工具论的结果。

下午,是《绿洲》编辑伊萍推荐的王巧云、王正、丰收等五位作者来座谈。我要求写出边疆特色,他们表示为难。认为石河子现代化了,且都市化了。他们囿于一城,无法对生活做比较。其实,如果把注意力放在人物的气质,及形成这些气质的生活环境上,还是可以发现其特色的。这就是作家的特殊能力。《萌芽》沙里淘金,淘的就是这样的人。

和以往一样,座谈会留下的是一大摞稿子。以后还可能源源不断地送来。

没有料到,乌鲁木齐签给我的边防通行证只有五天期限。九月二日签,七日失效。都怪那位签证人员字迹太草，签证处窗口太小，与工作人员距离太远。落笔之前无法详细沟通，落笔之后看不清文字之故。今天，要不是赵丽宏与旁人反复研究，还可能继续蒙在鼓里。这一来引出了许多问题。《昆仑》杂志的小李刚去过伊犁，说这种边防证根本不合格，必须在此补办手续。幸而这里的小说家许特生与我们一见如故，帮我们去奔走了半天，到石河子公安局办了补签手续。据说，近来查得紧，是因为正在打击刑事犯罪，防止他们外逃。还有一个问题，在这儿前不着城，后不着镇，没有直达伊犁的班车，从乌鲁木齐开往伊犁的交通，都是直达车，纵然停站，也无座位。要么返回乌鲁木齐，或向西到奎屯，才有到伊犁的班车。许特生又给我们联系车辆忙碌，明天晚上才会有结果。

同室的巴彦布、林希，以及刘祖慈、赵丽宏等对此地的接待者、会议的主持者颇有微词，主要是等级观念太浓。为此，提前告辞者不少。

九月六日，星期二　今访122农垦兵团。这是在沙包上开垦出来的绿洲。自石河子西行，经沙湾县城到团部，沿途景色，与华北平原差不多，所见沙漠，仅仅是荒凉一些的旷野而已。兵团在古尔班通古特大沙漠南部，临纳玛斯河，连队的名称，也因纳玛斯河的拐弯而被称为"大拐""小拐"。

迎接仪式很隆重。团部大门进口，几十块黑板上写满了诗歌；工作人员列队道路两旁欢迎。食堂门前，一排靠背椅上摆着一百多只新脸盆、新毛巾和肥皂，供来客洗涤风尘——此地黄尘特别大，然后到"下野地"的林荫下举行见面仪式。环境美极了，典型的林荫道，由穿天杨、榆树、白蜡树和沙枣等林木的枝叶交织成的"绿伞"间，高挑的穿天杨，迫得所有林木都往上窜去接受阳光，都单薄得瘦长瘦长的。林间空地的长条桌椅上摆满了西瓜、葡萄和苹果。葡萄架、苹果园就在道路两旁，满眼是累累的瓜果，红玉和黄焦苹果，大到半斤一只，树下落果满地。见面仪式开始，情况介绍（是名家）、相互致辞（千篇一律的套话），然后歌舞。有洋派的，有维吾尔族的。风靡了我们的却是后者。有一名身着维吾尔族衣裙皮肤黝黑的姑娘，叫阿基古丽，只有十六岁，唱得动人极了，歌喉圆润，令人陶醉，教人懂得什么叫余音绕梁。最动人的，是经过啤酒花园，回到食堂吃中饭的那一刻。宾主和汉、维吾尔民族互相从各自餐厅跑过来祝酒，林子突然问阿基古丽："你愿意当我的干女儿吗？"话音未落，就得到一声无比亲切的呼唤："妈妈！"阿基古丽一伸手摘下头上的小花帽，纵身戴到了林子头上；林子则毫不犹豫地摘下自己的金项链，戴在了阿基古丽的脖子上；阿基古丽似乎不足以表明自己的喜悦，急忙褪下了手指上备以送情人的所有戒指和手镯回赠。林子感动得泪流满面,我的双眼不禁也模糊了,所有的人也都被感动了。和去挞子庙一样,主宰了整个场面的,还是这位林子!从此刻开始,她携手阿基古丽参观,然后带到了第一招待所。

参观小拐沙包的情景,同样令人难忘。沙包如山,是大漠之风的杰作。是沙,但更像尘土,观之如丝绸,抓之如面粉,登之足迹下陷。登上沙包,累,是干累,没有一颗汗滴。远眺,一个个小沙包,其间只长不多的酥油草和沙枣树。也有耕地,种植着棉花和玉米,皆干枯矮小,只是展示一下人们征服自然的努力。西瓜却长得很大,单只大到重达二十多斤,我们吃到的,就是此地生产的,甜而沙,为雨水丰沛处所不及。

我们还参观了幼儿园与敬老院,一般,无可记。

九时,回食堂吃罢晚饭,才带着一身沙土返程。

九月七日,星期三　许特生竭尽其能,无法落实车辆,见我们不想再等待,就退而求其次,到车站去询问,才知有直达班车。8月20日刚开辟,难怪鲜为人知。

我们十一点到站,十二点发车。车速极慢,五点许,到达乌苏,街上的孩子刚午休罢上学去,便停车过夜了。实在无可奈何。

幸而,在车上碰到了北疆军区文工团的小赵,《昆仑》杂志的易少华有信给他,请他尽可能地提供帮助。他即陪同我们,入住北疆军区招待所,并受到文工团教导员李保民与作曲家雷振中等同志热烈欢迎与款待,观看他们的排练,如此盛情,超过了石河子。伊犁边防军属北疆军区,经李保民与边防军政治部副主任电话联系,顺利地落实了伊犁那边接待我们的事宜。以后行程将会比较顺利。

乌苏县城市容大不如石河子。汉人不少,只是环境荒凉。唯十字街口略有人气,相对热闹。树木稀少,沙尘依旧很大,这一点"热闹"掩盖不住整体的荒凉感。据说,再向西行还要荒凉,到地图上所标的那些站头,有一顿饭吃就算好的了。如此旅程,司机却要在明天途中再宿一晚。有什么办法呢,到了这里,除了水,时间、土地、精力,都不足贵了,一到乌鲁木齐,就感受到空间的距离感,也都大幅度地变得辽阔而粗犷了。

九月八日,星期四　继续西行。经精河县、五台、二台到了果子沟,属霍城县管辖。

传说毕竟是传说,行程证明,并不是越走越荒凉,却如一首诗,一部小说,有多大价值与收获,还得读一遍才知道。这首诗,这一部小说,到赛里木湖以及盘山公路西侧的高山峡谷才形成一个高潮,谱写出了最强音,然后戛然而止,将无穷无尽的余韵,延到下一个投宿点——果子沟。大概这就是西部边城伊犁,以其特有的表现方式诱惑远方来客的吧?

从乌苏出发,沿途均是旷野与不毛之荒山。从车窗望出去,迎着朝阳,旷野却出现了相当清晰的节奏感。此节奏,来自分明的层次:皑皑的雪山顶;嶙峋的山岭;倾斜而下,显得有些柔软的坡地,然后是旷野,淡淡的一层雾霭,从沟谷与旷野、山沟的连接处升起,由浓而淡,从低到高,蒸腾而上。虚虚实实,虚中有实,实中有虚,如幻如梦。在江南生长的我,也给这幅"米氏云山"图迷醉了。

再西行,是碱地。白花花的一片,远望如白雪。其间葱绿的一丛丛,乃刺棵子和酥油草。这种耐旱耐碱的植物,真值得赞美!

车辆沿着天山山脉西行,右窗外,是一望无垠的旷野,雨天,有泥沙自山上冲下,有好多处公路被阻隔,一座桥梁也被冲断了。因管理不善,未及时修复,只能绕道而行,而且减低了车速,五时许,才进入阿拉山口。

进入山口,碧绿如墨,烟波一片的赛里木湖,骤然扑入眼帘的情景,成为我此生最难以忘怀的记忆之一。或许一路上所见绿色太少,或许天气原因,这种绿,只能用"墨"字来形容,有一种叫"墨绿"的绿是不是这样,我没有研究,但在这一片绿色出现的一刹那,这个墨字,就是这样自然而然地跳入我的脑海。这个高山淡水湖只有四十四平方公里,不大,它就是以这种纯绿的天地之精粹摄人心魄。汽车司机仿佛理解我们的心情,在湖边停下,让我们下车尽情欣赏。我不由得直奔水边。白浪如雪,风若朔月(难怪这里的牧民都穿棉衣),水却不冷。掬而尝之,味甜。

上车,车沿着湖滨继续向西行驶。景色越发诱人了。右边是烟水苍茫,白鸥点点的赛里木湖;左边,是层次分明的一幅幅放牧图;峻岭上,铺着薄薄的积雪;其下是鹅黄的山峦和林木,皆塔松,墨绿的一片片,被人修整过一般的界限分明;再下面,就是黄中带绿的草地,说它"黄",如衰草,因为此地已入秋,又因为下面是戈壁滩,泥层不厚,草易枯萎。不过,在游子眼里,这一抹黄色却使色彩更丰富了,望之柔软,如少女之肌肤,赋予了质感与弹性。其间,搭着一些帐篷、毡篷,是维吾尔族和哈萨克族居住的,四周放牧着牛群和羊群,也有骆驼。牧者骑在马上,牧狗在他们身前身后跑来跑去,悠然自得一如仙境。有些帐篷正在拆除,可能就是这一抹淡黄,提示牧民,应该迁移到绿色的牧场去了。

过赛里木湖,经盘山公路,到了果子沟牧场招待所下榻,才知道,果子沟的"沟",已经丢在身后了——或许根本没有"沟"。

二 火焰山、伊犁河和塔克拉玛干大沙漠

同行者是维吾尔族农民，一家子，从乌苏来，到霍城去奔亲人的丧。非常质朴，介绍了不少维吾尔族的生活习惯和民间风俗。很想以此为题材写小说，题为"我们一路同行"。

过五台，沿途所见，有油菜，菜花正金黄。赛里木湖西边沟谷中，死马暴卒于溪水边竟无人理睬。石灰石是鹅卵石形的，一块块如白薯，大如头颅，以水化之即成灰，说明石灰岩不须开采，去溪畔捡之即可烧炼。昨日，在荒凉的奎屯，到克拉玛依公路的交叉处，汽车加油站就是那么几幢土坯房，一条公路伸向荒漠的原野，时有嘉陵牌摩托向北驶去，其他车辆也很多，据说，在克拉玛依工作的，每月工资、奖金可得五六百元，几十万元存款的不在少数。但仍然无人问津。那儿都是咸碱土，其荒凉于此可见：从此处运一卡车"甜土"（真是好名字！）才能种一棵树。

九月九日，星期五 七点二十分起身，四十分发车，十点半到达伊犁。

这是一座美丽的城市，位于伊犁河谷。未进城，就见路上上学、上班去的人流不绝。自行车之多宛如上海郊县。进入城区，和石河子迥然不同，石河子像搭积木而成，都是有棱有角的四方房子，枝枝节节都经过修剪，整齐，却遍布雕琢痕迹。伊犁却如生长在花丛中的一棵美人松，自然而丰满。虽是矮房子，但哪怕是残破的乱草杂树，街旁的小摊头，等等，都不是城市的累赘，在某种程度上，反而给人一种自由生长之美。街边渠水汩汩，行道树，除了青皮穿天杨高高瘦瘦地刺向蓝天，还有树冠如伞的白蜡树，亭亭交错，与地面的距离，都如刀削般的整齐，显然是行人碰撞而然。房子多为两层的俄罗斯建筑，不少是独院式的花园洋房，颇有哈尔滨的风情。所见女性，多为维吾尔、哈萨克族，衣饰华美，却比哈尔滨丰富多彩。这在我旅途中是少见的。与吐鲁番同一个族群，却比吐鲁番整洁、艳丽、润泽。大概因为气候、湿度等使环境灵秀之故，人杰地灵，或地灵人杰，不无道理。

军分区的吕太增干事把我们安置于伊犁宾馆。这是当年俄罗斯领事馆所在地。青皮穿天杨高大茂密，林木掩映中，散落着一幢幢欧式建筑，环境极其幽静。中央领导来此视察，都在这里下榻。三人一间，铺地毯，有卫生间，二十四小时供水。只收十五元一天。

最有特色的，是汉人街等处的"巴扎"（集市）。吃、穿、用的摊头，远远胜过了吐鲁番的"巴扎"。都是在场地小得连转身都困难的小街上搭棚，衣物挂在摊位前及左右，密密如麻，色彩之丰富艳丽，犹如行走万花丛中，目不暇接，在其间行走，需要撩开这些衣裙、花边才能迈步。摊位与摊位紧紧连接，只有摊主才辨得清悬挂着

的哪是他的商品,哪是人家的。售价都不贵,一双高筒皮靴,只需二十七元,有的是二十三元(国营商店女式高筒皮靴,打折的优惠价也要二十七点九元)。维吾尔族的小花帽,绣工精致,图案新颖活泼,每只开价只要三点五元。赵丽宏以三元买到手。可惜,汉服、西装,民族的极少。食品丰富,而且便宜,白菜仅四分钱一斤,小葱七分钱一公斤。瓜果满野,均比乌鲁木齐便宜。唯有羊肉,自由贸易处要卖三点六元一公斤。

郭从远来访,然后陪我们到民族歌舞团观看排演。演员正在休息,却特地为我们跳了几个哈萨克族组舞。这个团由十二个民族组成。为联系飞机票和明天的活动安排,他晚上又来了。飞机票很难买,下个星期三之前的都登记不到了,我们请他想办法争取下星期三走。

接着,王建刚带了弟弟和同事来访,介绍此地的情况,直到深夜。

九月十日,星期六 今去察布查尔锡伯族自治县游览。这是我们国家唯一的锡伯族自治县,地处伊犁河以南,与伊宁隔河相望。相距仅二三十公里,半个小时左右的汽车行程。因为紧邻苏联哈萨克斯坦,属外线禁地,颇难入境。经《伊犁河》编辑部请市委宣传部开具证明、出具边防证才能买到车票;到了伊犁桥头关卡,却必须由关卡负责人签了字才放行。太复杂了。我们三个从公共汽车上被请了下来,签了字,原来的车辆已经开走,只好另拦了一辆便车,才过桥进入县城。桥这头和那一头,都设关卡,签字却要到桥那一头去。多亏王建刚及其弟弟、还有弟弟的岳父一家子两端奔走,才避免扑空。

伊犁河,是中国唯一由东向西流淌的大河,总算亲临其境了,而且,风光旖旎的伊犁河清水湾就在这儿!河床宽广,桥梁跨度也不小,有七孔,但多为沙滩。西流五十公里,即入哈萨克斯坦。以新疆而言,已经算得上是泱泱乎大河了,水流湍急,带白眭色。据说鱼类甚丰,有鲤、鲫、鲟、白条等,近年来又有了鲢鱼。渔民曾经捕获,鳍都带有打了号码的铅片,可能是苏联放养的实验鱼。好不容易来到这里,我难以抑制地从沙滩上奔过去,掬一把河水,泼到自己脸面上,直接感受一下这条西流之边境河河水的温度,就是清凉。

察布查尔县城与别处一样,也是以十字街为中心的大结构。绿树成荫,街道两边都是"伊犁白杨",即青皮穿天杨。建筑甚为残旧。因以往中苏边境多事,曾经有战事发生即放弃的打算,故没有经营城市建设。近来中苏关系正常,变化将出现。

正逢县委机关干部劳动日。但仍安排宣传部两位部长蒲显楠、关伊梅与谢善智热情地接待我们,陪我们参观介绍。蒲是汉族,四川人,关伊梅是锡伯族人,应该叫她"关尔家·伊梅"。1973年,她被推荐到复旦大学学习政治经济学,三年后回来搞知青工作,现为宣传部副部长。虽然属于锡伯族自治县,县境内锡伯族却只有一万七千人。全疆也只有二万八千人,占全国八万三千余人的三分之一。低于维吾尔族和哈萨克族,与汉族就更没法相比了。之所以成为自治县,就因为它是唯一保持锡伯族语言的地区,四十岁以外的,一般都会讲。语言、文字和满族差不多,外貌也与满族相近,双颧高耸,扁耳,扁鼻,双眼细小,属于鲜卑族后代,1764年,被清王朝派遣来此屯垦戍边,从东北长途跋涉到这里,驱坐牛车整整一年。原打算三年后换防回原籍,但路途实在太遥远,就定居了下来。至今保持着善于骑射的生活习性,自幼玩习弓箭,逢年过节都以骑射取乐。他们的射箭全疆闻名,在一般家居内,都装有一根横梁,悬挂着一只专供婴儿睡觉的摇篮,保持东北"三怪"之风(三"怪"是指窗户纸糊外面,养了孩子吊起来,大姑娘们叼烟袋)。也保持不摆摊头、农副产品不上市买卖的习惯。姓氏有爱新觉罗(汉姓赵)、叶赫拉那(汉姓叶)和赫伊尔(汉姓赫)等,信奉喇嘛教。其文化保存完整之程度,北京故宫翻译文稿,必定来请他们去帮忙。县内高中毕业的共有五人,如今都在故宫从事翻译工作。

饭后,蒲、谢陪我们到锡伯族居民家庭参观,再到安鸿毅家稍坐。安鸿毅是美玉之侄,其姐是江苏电影制片厂的导演。大木橱有满族特色,红漆,绘以桃子、牡丹、兰花等图案,使我想起奶奶一代的家具。睡大炕,正如我在东北所见的。最后到射箭队看他们射箭。

回伊宁,郭从远设宴款待我们。

九月十一日,星期日　今天,深入到维吾尔族家庭内去看看他们是怎样过日子的。

一共走了三家。第一家是阿不力孜·吾桑。他是维吾尔族诗人。客厅里铺着地毯、挂着壁毯,摆着民族古老的木箱。当中置小方桌,西首壁毯下铺着一块红绸缝的软褥,长短大小如单人床,维吾尔语称为"拖尔",是专备给尊贵客人的座席。主客围桌而坐,圆桌上早已经摆着馕,大如盆。一叠三四个,水果糖,方块糖,饼干和蜂蜜。主人端上来的第一道也是茶,放方糖,亲手掰开馕下茶食用,然后是西瓜。

前来访客甚多。谈及维吾尔族中的"麦西来甫"时,创作室的莫明来了,他解释为带教育性的文化娱乐。平时批评人"没有教养",谓之"没有到麦西来甫去转一转";说"你要去受受教育",谓之"你去麦西来甫转一转"。可见,这是维吾尔族人民文化教育活动的一种形式,寓教于乐,甚至以玩笑形式开展,即是说,故意让人犯规,然后设法庭,组织起诉人、辩护人、审判员一本正经地举行审判。这类活动大都安排在收获季节之后的冬日里,轮流主持,多达每周一次。明天能够恭逢这一盛会,机会十分难得。

第二家,叫阿拉提·阿斯木。是伊犁财贸学校翻译班的学生,文学青年。这是典型的维吾尔族家庭。住在富裕巷,巷内几乎全部是维吾尔族,平檐的土坯房,大门内有空旷的庭院,植有蔬菜、果树,还有畜牧圈。街道并非柏油路,两旁是高大的伊犁白杨,所见土墙,都为迎接19日的库尔班节而粉刷一新,多为天蓝色,也有天蓝色框中刷以土黄色,当然也有白色。有的全部刷过;有的只刷门楣、门框。阿斯木家的院内,当中是菜园,萝卜长得葱茏翠绿,不露半分土,四周是苹果树,满枝累累果实。圈内的绵羊尚待宰杀。本来,他们每年只种一次蔬菜,如今学习汉族,一年种几熟(茬)。先种西红柿、辣椒,第二熟,因冬天天气干燥,光吃羊肉性热而种性寒的萝卜。此园约半亩,所种蔬菜供一家子一年吃不完。他和他岳母、妻子盛情款待了我们,只是食物上桌程序与阿不列孜家颠倒,先西瓜,后哈密瓜,然后上茶和馕,多了一道奶茶和四个炒羊肉。

晚上八点,告辞。由阿拉提陪同,到他邻家看了看。院场更大,尽植果树,葡萄。果树有桃、李、苹果。还有一种叫"红姑娘"的草本植物,大拇指大小,鸡心形,鲜红,剥之,内有一果,鲜红如番茄,光洁如玉,可以生吃。阿拉提说,这也是清火的果子,储存于冬天食用。此后,我们到公园,谒阿合买提江·卡斯米的纪念塔与陵墓。他是当年新疆的临时政府主席,1949年9月下旬,与民族军军长伊斯哈克伯克·木奴诺夫等一行,乘飞机到北京参加政协会议途中,遭遇空难。

今天虽未去观赏边境风光,收获也不少。

九月十二日,星期一　今去伊犁县红星公社伊宁大队参加维吾尔族的麦西来甫。算是深入到维吾尔族的民间乡俗中去了。麦西来甫在杏林树荫下举行,东南边是玉米地,东北是小林子,西北是耕地,西南是伊宁县城。

原定十一点开始,我们与《伊犁河》杂志的维吾尔文、哈萨克文版的编辑部朋友同行。由阿不列孜和朱马德力做翻译。来宾甚多,因交通不方便,延至午后两点钟才开始。几乎都是男的,而且都是头戴紫红绒帽的维吾尔族老人,穿条子大衣的几乎没有,衣着都是现代化了的,排列成行,面对面盘腿坐在树荫下的毡毯上,当中铺以白布,置放茶水、食品、苹果、饭餐。以当中乐队为中心。乐队是请来的,也有民歌手。开始前,弹唱《十二姆卡木》。活动由三四个人组成的主席团主持。场上有手持白木棍,棍子上饰以红绸的"伯希夏甫"(即纪律检查),不时以棍子指挥维持秩序。还选有法官、审判员、辩护人。

活动开始。一通《十二姆卡木》以后,有三人起诉,指控三人迟到,要求大家审判。于是,被告申辩,辩护人辩护,宣判……当然都是表演性的,以活报剧方式复制民族风习,逗引观众在欢笑中,宣教约定俗成的一些规矩,引导年轻人遵纪守法。接下来,有老人控告儿子不安分,总是夜游不归宿的;有控告偷羊贼的;有控告酗酒的;也有控告抽烟的……每次控告、审判以后,都按判决进行惩罚,在处罚中获取娱乐,从娱乐中接受教育。如对迟到者罚以唱歌,罚不肖子当众忏悔,对偷羊的则罚以弹唱,对酗酒的,却要他从一面盆水中叼出一枚五分硬币,吸烟者被灌了一壶清水……

在这一连串活动中,插以弹唱,均是民歌风味极浓的《十二姆卡木》。《十二姆卡木》有一百多首曲子,20世纪50年代之前,一直口头传授,近年来整理成曲谱,有歌唱民俗的,也有歌唱爱情的,比如,"我心中有个园丁,我为园丁劳动""对人有恩情,有人道的人,是世界是最宝贵的人",等等。

活动相当隆重,喝了茶水、吃了水果和中晚饭。晚餐是手抓饭,这是入疆以来第一次,也是我生平第一次。这些活动,教我感受到,维吾尔族是一个具有悠久文化传统的民族,和我们感情相当接近。多亏阿不列孜,没有他的翻译,我们都是瞽盲,只能跟着他们傻笑。阿不列孜是一位诗人,对维吾尔族的音乐颇有研究,汉语表达能力也很强。他在活动中,朗诵了用他们民族语言写的即兴诗,音韵之活泼明快,节奏乐感之流畅,深深地感染了我们,尽管我们听不懂这首诗歌所表达的意思。

这一天,王建华和他的同事宋峰武老师,却在为我们的飞机票奔走。初步定下15日的,还在争取14日的。此地是边城,飞机票之紧俏令人咋舌。这些朋友滚热的心教人感动,但也有不愉快的,自治区宣传部借此地开会,竟自作主张,把我们的房间换了,从楼上搬到了楼下;本来请他们借一辆车子,送我们明天去霍尔果斯的,也被借口婉拒了。从乌鲁木齐来此开会的郭友俊说了句概括这种世态的话:找官方,远远不如找你们的作者和读者能够解决问题。确实如此!

断电,也断水。黑咕隆咚中,艾克拜尔等朋友来访,坐了一房间,谈到十二点。

九月十三日,星期二 霍尔果斯去不成,行程一打破,今天不知该怎么办。直到下午五时,才明确明天可乘飞机返乌鲁木齐。不必改票,直接上飞机就得了。小地方,一通百通,把一切都简化了。当然,不碰巧,也会把极简单的事情复杂化。趁空走访了邮局报刊发行科,并为了买16日去兰州的卧铺票,给郭书玉发了一份电报。

艾克拜尔和阿拉提们来访。晚上,由他们陪同,到阿克拜尔家做客。这是个现代化的哈萨克族家庭,父亲是此地新华医院内科医生,五十岁,讲得一口流利的汉语。短暂的接触,很难看出哈萨克族与维吾尔族的区别,他们语言相通。女主人很能干。18日是库尔班节,现在已属节日期间,她拿出过节的糖果点心来款待我们。因为我们还要去军区招待所看望刚刚到达的晏明、高缨和阮章竞,匆匆告辞。

晏明三人,刚从霍尔果斯回来,太匆忙,什么收获也没有。未能上瞭望塔,林则徐的将军府也没有去。无异白跑了一趟,只留下连声感叹。

顾丁昆夫妇很热情,把我们请到他家,本打算借晚餐为我们饯行。但此时已是午夜,只能喝点酒谈谈而已。

返招待所,赶读阿拉提的中篇小说稿《阿不米提和他的兄弟们》,至凌晨三时。

九月十四日,星期三 昨晚下了雨,不小。飞机起飞时间必须等乌鲁木齐的消息了。

借等候间隙,我们由顾丁昆陪同,走访哈萨克族小说家吾拉孜汗。他写过十几个短篇小说,长篇小说《巨变》(第一部),用哈萨克文写的,是哈萨克族的第一部长篇小说,得到全国少数民族文学一等奖。他的外表极像牧民,1958年被打成民族主义分子,发配到塔里木农场劳动改造了七年,生活极为坎坷。匆匆一晤,颇受教益。

下午两点半,飞机照常起飞。顾丁昆、郭从远两位急匆匆送我们到机场。从赵丽宏旅行袋中搜出三把维吾尔族小刀,盘问了一番,经解释,并通过机场检查员老董介绍了我们的身份,才勉强让赵丽宏登机,刀具却仍然不准携带,只能交郭从远乘火车时捎带到上海。这是第一关。第二关,是登机旅客随身携带物品以及身上物件检查。检查员脸面铁板,如临大敌,把所有包裹都兜底儿翻,连风油精的小瓶子都要打开来看看、闻闻。检查后,被请入一间空房"隔离"起来。房子空间之狭窄,远非一人一座位。直到半个小时后才登机。

飞机算是"大"飞机,就是相对于二十个人的,也不过四十四座。一般想象不好受,但真的处于此境况,也将就了。只憾云雾弥天,景物皆无。自五点五十分到七点一刻,飞行一小时又二十五分,到乌鲁木齐机场降落。

仍在喀什驻乌鲁木齐办事处下榻,由郭书玉款待我们。

九月十五日,星期四 感到疲惫。接受赵丽宏建议,不去兰州,直接飞回上海。出来三个星期了,除了家,什么地方都缺乏吸引力了。即请郭书玉买了18日返沪飞机票。

趁空到《新疆文学》杂志访胡尔朴、都幸福等朋友。中午,由文乐然、肖陈、都幸福出面在鸿香园聚餐。得知《当代》启治兄也在此,于是把他也请来,十分热闹。

下午到二道桥商店转了转,并会见了《新疆青年》编辑部的矫健等朋友。

九月十六日,星期五 感冒。处理郭书玉、王巧云稿件,并去邮电局联系刊登广告事。

赵丽宏去北京。留下我一个,加上病,更想家了。

九月十七日,星期六 去展览馆张婕处取来有关高昌古城从衰落到废弃的资料。

肖陈来访,引出胡尔朴邀我到肖、胡几家去看看的经历。这是我第一次进入乌鲁木齐汉族家庭。胡尔朴夫妇皆上海支边青年,早已在此落户。他盛情留饭。文乐然也来了,海阔天空地谈他们在新疆的经历。新疆确是启发文思的地方,相信有大作品在他们手下诞生!

明天是库尔班节。商店中已有节日气氛。可惜没有机会深入到维吾尔族家庭中去了。据说,这个节日,在信仰伊斯兰教民族中,是极其隆重的。一般而言,城市庆祝三天,公社生产队,尤其是在那些偏僻的乡村,没有半个月是不会收场的。他们尽情地跳刀郎舞,此舞较古朴,在喀什一带尚保存。他们把先民们的狩猎活动全部化成了舞蹈语言,可以夜以继日地连续跳下去。以坚持到底者为荣。

新疆像它辽阔的地域和多彩的生活,拥有无限的文学灵感,我希望有机会再来。

1984年·北京

五月十一日,星期五 昨晚乘京沪线22次车来京。

北京十月文艺出版社编辑唐仲宣来车站接我,安顿于北宫文工团读书班。离天坛不远。单人间,缺乏旅社的设施,却有旅社所没有的宁静。

《春泥》文稿请唐仲宣带给母国政，约定下星期三交换意见。

五月十二日，星期六　今天重游天坛。前年来，祈年殿与皇穹宇都关闭，今天终于见到了中国传统建筑艺术的精湛。这是明清两代帝王祭祀皇天、祈五谷丰登之坛，追求宏伟、壮丽、精巧之尽心尽力，自不待言。尤其是祈年殿和皇穹宇的回音壁，可称叹为观止。中国的建筑艺术，是因皇权之需要而发生与发展的。和经历了相当长的神权统治的欧洲不同。毕竟需要更大的财力、人力去堆砌，正因为缺乏这种社会基础，欧美建筑技术今天才如此肆无忌惮横扫大江南北！如果能从中总结出教训，对建筑技术的发展一定有大裨益。

自天坛步行，经天桥大街而至前门大街之大栅栏，再到天安门广场，游览得比上次从容得多了。我仍感到北京的富贵气太重，景，是富贵气；物，是富贵气；物资供应，同样是富贵气，即是说市场商品，尤其食品供应不足，因照顾的对象太多之故也。

回招待所，应《人民教育》杂志之约，起草《两次速算比赛》。并给章仲锷及在鲁迅文学院的傅星打电话，约见面时间。

五月十三日，星期日　今去西单，绕开正在举行政协会议的人民大会堂，经新华门，游览电报大楼……所见的均是新气象，北京不缺庄严宏伟的地方，东、西长安街即是。

下午到章仲锷家盘桓半天。他评上了副编审，但未提任编辑部副主任，有点失落感，我也觉得不公。但他已经被文学编辑工作所迷，一心只想把《当代》办成月刊。

五月十四日，星期一　今天去文艺报社拜访吴泰昌、陈丹晨和孙武臣，此前总觉得此举会增加他们负担，惴惴然的。原来他们是如此热情！都知道我是《吾也狂医生》的作者，吴泰昌拉住我追问，为什么把这样一部有分量的小说送到河北出版。当年，我正承受《钟声》一书的压力，不敢与京沪出版社联系，有人乐于推荐，就给了。这情况我也不愿多说。好在恰巧有人来找他，就此转开话题，然后告别。

这次经验，打破了我蛰居般的生活，我想安排时间去拜访阎纲。

傅星本来约储福金下午一起来访的，不料被指导老师叶楠约去谈什么事了，储福金独个儿来了,向我详细介绍了他们在鲁迅文学院生活的情况。其间,郑万隆和陈晓敏由唐仲宣陪同,来"礼节性拜访"。郑万隆现任北京十月文艺出版社编辑室副主任,管长篇小说,可能也管《十月》长篇小说增刊。

五月十五日,星期二 今去香山游览。大概以往对这一具有山林特色的皇家园林想象得太美好,身临其境,颇觉失望。既看不出主峰香炉峰有什么"鬼见愁"的险峻,也欣赏不到江南园林之精巧与秀丽。或许,皇帝在此狩猎纳凉是适合的。其中一些重要景点,也都未经营,碧云寺有寺无僧;佛的塑像也很少。主要是中山纪念堂与中山衣冠冢。见心斋尚有特色,惜一池清水,却没有什么打点。最扫兴的是家具商店也设在其间。昭庙有气魄,却充当了招待所,不伦不类。其余不是没有修复,就是改作别用或过于单调,设有游览索道,却未开动。幸而尚有满山林木。素来美的就是"香山红叶",却又差在时令未到。如此这般,一些景点都不想去了,早早辞别。

晚上,傅星夫妇来访。这才知道王璨来京"探亲"已经一个星期,住在亲戚家,明天就要回上海。他谈了北京文艺界的一些情况,从一名外埠来鲁院的学员角度说的,无非都是一些传闻。夜已深,我把房间让给这一对久别的小夫妻。利用此处服务上的粗疏,悄悄找了一个空房间胡乱打发一晚。

五月十六日,星期三 母国政已将《春泥》稿看完,今天约我去出版社谈他的审读意见。评价颇高,认为杨思齐、瘦石、邱文达等人物形象丰满,构思严谨,读来轻松自如。瘦石的一些情节写得颇吸引人,但又是刻画人物之所需。只是翁素园参加苏元文学组活动、杨思齐参加路晓的沙龙,显得弱了一些。对于颜秋野的疾病复发似乎有些冷酷,与她整个为人不协调。他希望我考虑改一改,当然不改也可以,他打算月度就发稿,现已送副总编刘文审读,如无大异议,即先发稿,在校样上再修改。

结局令人兴奋。还需等待刘文副总编的终审,估计不会有问题。谈稿以后,还会见了出版社许多朋友,苏予、侯琪、黎平、姬梦武等,当然还有刘文副总编。

下午去教育部,访《人民教育》杂志的刘满江和倪振良,并在倪家吃晚饭。

五月十七日,星期四 以往,我总是走一路写一路,在泰山观日出前几分钟,也要写几行而在同行中相传,这几天刚完成《春泥》,在等待终审的间隙,强迫自己放松几天。分别到中国作家协会创联室及作家出版社拜访谢真子、龙世辉,均扑空。

五月十八日,星期五　原打算去拜访阎纲,因阎去西安,未果。到《当代》见到了何启治、章仲锷、朱盛昌、孟伟哉等,和章仲锷谈到《春泥》出版单行本的事,他建议我给作家出版社的龙世辉。他即打电话,龙世辉竟认为这部稿子是《十月》抢了他们的。于是再去电话做解释,他要我向十月文艺出版社取回稿子。我想,不妥,这要得罪人的,只能说让我去和《十月》商量,能否到作家出版社出单行本。我即去《十月》找唐仲宣,见了面却开不了口,只问刘文审阅进度,得知明天来出版社听取终审意见。于是,我再上门向龙世辉表示歉意,顺便到《文艺报》编辑部访吉敬东等朋友。

五月十九日,星期六　上午,听说教育部几位同志打算跟随南斯拉夫访问团去瞻仰毛主席纪念堂,我想趁机随行。可惜没有组织好,在天安门广场等了两个多小时,才知取门票的朋友走错了门,把时间耽搁了。因我与唐仲宣约定听取刘文对《春泥》的意见,不允许继续等待,便匆匆赶到了北京十月文艺出版社。

刘文对此作评价颇高。提了四条具体意见,都是小修小改的问题。他对母国政所提的颜秋野脑溢血太冷酷的意见持不同看法,认为不需要改。他还要我写一篇创作谈,和小说一起发表。他明确表示,《十月·长篇小说增刊》发表后,在他们出版社出版单行本。

碰到郑万隆。他极热情,要我放心,今年一定发书稿。

既然这次来京想办的事已经办好,我就定下大后天21次火车票离京。利用这三天时间,再把原稿润饰一次,尽量少留遗憾。

五月二十日,星期日　晨起披阅《春泥》。早餐后,匆匆到国务院传达室取来参观中南海的票子。高桦为了让我一睹当年帝王的生活区、当代中国政治中枢中的中枢,费了不少精神。我却匆匆的,都浮光掠影,主要到颐年堂中毛主席故居和软禁光绪的瀛台,便赶回继续披阅《春泥》,一天共润饰了八万多字。看来明后天会很累。

五月二十一日,星期一　一整天润饰《春泥》。雨。刘战英来电话,邀我今晚到中央保卫局礼堂观看歌剧《江姐》。我借口下雨婉辞。到晚上,雨止,我决定到鲁迅文学院看看。傅星、储福金陪我拜访了叶之蕃、赵本夫、高测海、聂鑫森、贺晓彤、魏继新等青年作家,邓刚、吕雷、唐栋,外出未遇。

五月二十二日,星期二　母国政和唐仲宣来取走改定的《春泥》稿子,并与母国政明确了出版单行本事宜。争取出大三十二开。对一些他希望修改之处,我谈了我的看法。至于书名是否要改,考虑后再决定。他们把我此行的差旅费都报销了。

午后,整理好行李,访心武,此地离他家五棵松不远。五年未见面,双方都没有什么变化,都非常兴奋。他目前在写长篇。谈及京沪情况,不禁感慨之甚。

1984年·兰州、乌鲁木齐、焉耆、新和、三岔口、喀什、泽普、六六团、库尔勒、北京

八月十二日,星期日　今与李其纲一起乘伊尔18来兰州。机上噪声甚大,气味也极难受。飞行整整四个小时。走出机舱步下舷梯才发觉,离这个内陆城市市区还有七十公里!沿途满眼荒凉,和乌鲁木齐近郊差不多。不同者,此地属喀斯特地貌,山峦呈黄褐色,草木不生。接近市区,才见绿色,不知是什么耐旱的草茎植物,而非树木,遥远处有一些绿意,仿佛在展示响应开发大西北号召的一点成绩。

兰州城市就是狭长的一条建筑带,在陇中,沿着黄河南岸铺展。南北皆山,有五泉山、白塔山等。难怪飞机场离它这么远。幸而,民航交通车所到达的兰州民航办事处,离当代文学研究会会址的兰州饭店较近。会议已于昨天开幕。潘旭澜教授与我们同机前来,在此碰到的有江曾培、骆寒超等朋友。晚上,随他们去西北师范学院看电影。

我们是借此会议组稿来的,目的地是新疆喀什。李其纲到民航办事处办理去乌鲁木齐的转机手续,要到三天以后的15日去才能订到22日的。看来最麻烦的,还是这件事。

八月十三日,星期一　今天为改签飞机票奔忙。

访《飞天》杂志编辑部。李禾向我们介绍了一些青年作者,然后访兰州军区的张行和卢振国,他们都为我俩的飞机票签座位事忙碌开了。

晚餐时,遇阎纲。数年神交,岂料在这儿见面。他握着我的手连声说,想不到你会来!然后热情地将我介绍给邻桌的天津作家吴宗蕙等朋友。

晚上,作者来访。至于文学研究会会议,只是去听了一下,主讲者说的是为什

么1949年后没有出现鲁迅、茅盾。属于只可意会、不可言传的话题,甚为乏味。

八月十四日,星期二 今天,随与会者去刘家峡水电站参观。

刘家峡水电站是中国第一座百万千瓦的水电站,自行设计,自行施工,兼有防洪、灌溉、防凌、养殖等综合利用功能。当然,处于西北高原崇山峻岭间,不可能有新安江水电站的宏伟与秀丽,湖面狭小,如若天池。炳灵寺石窟却值得一游。乘游轮上溯三个小时才到达。石窟在临夏回族自治州永盛县黄河北岸的峭壁上,西晋初年开凿,西秦建弘元年(420)完工,时称"唐述寺",是羌语"鬼窟"之意,几经更迭,到明永乐年间取藏语"十万弥勒佛洲"之音译,才有"炳灵寺"或"冰灵寺"之名。山石风化,有三峡的雄姿,山岩如剑如壁,直刺苍穹,而炳灵寺之大佛,据说可与乐山大佛比肩,只差是泥塑的。有佛洞一百六十多穴,可惜多数在整修,未能一一观瞻。

飞机票签座已无望,改乘火车也一票难求。走投无路间,青年作者季磊、邵振国等来访,建议明天乘火车,这一班列车员中有他们熟悉的人,上了车再想办法。

八月十五日,星期三 今天离开兰州。与阎纲、张炯、刘锡诚等告别。

张平和季磊送我们上火车。原来,张平的妹妹张莉,是243次列车的乘务员。上了车才知道为什么一票难求,硬卧全部给赴敦煌的一个旅游团集体包了。软卧则给两部分人士所占:一是铁道部老战士观光团,他们是离休干部,都是来自全国各地的司局长;一是日本名古屋的大学生,也是去敦煌,三十一人,仅有十一个卧铺位子,其余坐硬席。但毕竟是乘务员,张莉打算找机会,把我们安排在软卧车厢里。正在等待,忽听到在广播我的姓名。原来是《新疆铁道报》记者王瑾找我。她接受了张平的委托,一碰头,就问我们的座位是否落实。她说,她与我们同行。正在线上巡视的兰州铁路局局长李承斌就挂在末车车厢里,她准备采访他,了解此线铁路工人的情况,建议我俩一起去。

这是扩大视野的机会,求之不得!我俩欣然跟着她走。李局长五十岁还不到的样子,身材魁梧,反应机敏,热情地接受了王瑾的要求。正逢午餐时间,便带我们一起到餐车边吃边谈。他对铁路情况,以及该局的重要性,当然了如指掌,帮我正在酝酿中的一部长篇扩大了社会面,也有了人物的雏形。遗憾的是,餐后不多久,各段长都来向他汇报而中止。到武威,他便下车了。

有王瑾陪同,旅途不再寂寞。这位长年奔走于大西北铁道运输线上的女记者,了解的情况不比李局长少,而且无所禁忌,更接地气!除了介绍沿途所见,对工人艰苦的情况还能从总体上加以评介,帮我获得铁道运输中许多业务知识的同时,触及了西北铁道工人生活的纵深处。当然,既然成了局长的客人,一起进过餐,加上张莉的关照,我们的伙食也就可想而知,每顿三角钱,质量远远超过了同行的那些"老战士",和那批日本游客同等规格。

八月十六日,星期四 黎明,到达酒泉。上下客后,即继续西行。空气越发干燥。一号挂车内,进来了几位青海省民族业务的管理干部,烟瘾极大。我和王瑾只好转移到老干部车室内,继续听她介绍兰新线上工人的生活与事迹。居然让我很想写几个短篇小说,连题目都有了:《特殊天气》《骆驼刺》。

毕竟是大西北。王瑾介绍得越具体越生动,从身边的人物,到车窗外闪过的景物越是吸引我,仿佛寻求印证似的。虽然到过乌鲁木齐、吐鲁番和伊犁,但相对于大西北,都只能属于边陲,代表不了中国大西北的真正景物。如今在我眼前逐一展开,并非我所想象的那样荒凉。时有绿洲出现,即便荒凉,也不是我从乌鲁木齐到吐鲁番沿途所见那种单一的戈壁。都是一些丘陵,长有青草,玉门、疏勒河、玉柳园场……都如此。尤其是疏勒河畔的绿洲,宛如江南,水草丰茂,麦子正待收割。油菜花照样黄灿灿的一片片。辽阔,也多彩。

自武威到酒泉这一段,可能还会好一些。可惜沉于昨晚夜幕中。

王瑾说,兰新线最艰苦的线段,是邻近善鄯的"百里风口"。一向以"地上不长草,天上不飞鸟,风吹石头跑"状之。尤其是三月份,有一次,竟吹翻了一辆列车,而且是货车,铁轨都给吹扭曲了。铁道工人扳道,先要在扳道房旁边安上U字形铁管子,拴住自己,以免被风卷走。最厉害的是"十三间房"那一段。我们很想见识一下。可惜到达时已九点一刻,夜幕早就降落,通过窗玻璃,只见到一些模模糊糊的景物。此处是风口的中心,因出产咸碱,为了装卸货物而成了快车停靠的大站。朦胧夜色中,只见站台上堆着成垛的咸碱包。据说,这儿有一个可供年轻人运动的篮球场,竟然设在地平线下一米深处。

这条运输线上的天气、地形变化确实复杂。昨天午后,车过乌鞘岭,属高山气候,我感到了头涨、鼻塞,心跳达九十四/分。过了岭,竟变成了感冒,服了药才舒服一些。今晨对了对手表,慢了三分钟,所有旅客的手表都慢了三分钟!显然是经乌鞘岭所致,有磁场干扰。今天李其纲也感冒了。这种体验,乘飞机是无法获得的。

到柳园。去敦煌,在这儿转车。日本的学生、"老战士"都下车了。我们目送他们去那个世界级文化古迹,留个悬念,以待来年吧!

八月十七日,星期五 七点四十分,抵达乌鲁木齐。原定郭书玉来接我们的,岂料他把时间搞错了,以为明天到达。幸亏我们在站台上碰到了。原来,陈伯吹、洪汛涛及徐锦江三位昨日抵乌鲁木齐,借宿于此,今天他送他们去哈密上课。

经联系,决定今天在此休整一天,明天出发去喀什。上一次来疆的教训提示我们,不必费神去买飞机票,干脆选择乘长途汽车,趁机见识一下塔里木盆地和塔克拉玛干大沙漠的风光,真切、深入地感受一番大西北那种辽阔宽广感。反正有时间。

心一定即为南下做准备,并分别打电话,了解此地部分作者所思所写和所需。

八月十八日,星期六 上午九点半出发,开始南疆之旅。长途汽车沿着新兰铁路东南行,右边就是天山,也可以说,我们沿着天山东南山麓向东走。

车行一个多小时,又一次经柴窝铺到盐湖。盐湖就在小站后面。一如去年去吐鲁番途中所见。盐,雪白的一线,凝结在弯弯曲曲的湖水边沿,迎着太阳闪光。小站上都是土坯房。与盐湖之间空旷的野地上,长着一丛丛骆驼刺,其西北面的枝叶上挂满了垃圾,都是风沙送过来的塑料袋、面包纸和烟草的包装纸,荒凉,污秽,杂乱。

车辆中速前行。山,还是像焦炭一般的山。在这儿,松树都无法生长。汽车要在戈壁滩上穿行。经过达坂城就进入天山了。有一条溪流,不涸。沙石滩上长满了胡杨和沙枣,有一种不知名的植物,攀缘于胡杨上,开着柳絮似的白花。有一种骆驼草也开这种花。

北京时间下午一点,到托克逊。在这儿进中餐。这是南疆、北疆、东疆"三疆"交会点,但没有什么标志性的东西。从此南行,均穿行于天山之中,足足有一个小时,两侧山体如削壁,不见一棵草木。四点半,到库米什才有南疆风味。气温明显高于乌鲁木齐。下午六点一刻左右,出天山。又是戈壁。戈壁上长着骆驼刺,很想自成一副绿洲的模样,直到东曲。常有旋风卷起沙尘。笔直,随风而走,如列车奔腾,仿佛特地给我见识一下"荒漠孤烟直"是何种模样。过东曲,汽车油管出故障。一个多小时后行程才继续。

过了清水河,戈壁滩上遍布巨型鹅卵石。小者如羊,如鸡;大者若牛,若马。它们的光洁度,均如江南溪滩上的鹅卵石,此时此地,我却要用"小家碧玉"来形容以往所见的所有鹅卵石了。它们分布的格局,也帮我去想象洪荒年代,那一场场致"荒"之"洪",如何把蛮石从山岩上一块块掰下来,卷着、滚着、冲击着、砥砺着,将它打磨成这样的……

出戈壁,即进入了咸碱地。有苇塘,盛产编织苇席之芦苇。仿佛为人群聚居处做铺垫似的,随之进入焉耆。此刻,晚上九点零五分,如血的残阳落于大漠那端迷蒙的山岚上,景观之壮丽,令人神往。汽车便在这景色中进了停车场。今晚投宿于此。

夜宿焉耆,很使我亲切。这是我在小学历史课本上便结识了的西域古城,又称乌夷、阿耆尼、喀喇沙尔,文化上与印度较近,一向是"国小民贫,无纲纪法令",但与诗人李白、李商隐的祖上都有密切关系(记得郭沫若在《李白与杜甫》中曾经写到)。我们下榻处是标准的运输公司招待所,数百名旅客均在此歇脚。司机王师傅特别热情地安排并款待我们。借了作家这个名称的光,他将四人房给了我们俩。同样要用棉被,但我从来不曾看到过如此厚实的御寒物。我想,此地招待人员不是笨伯,这么厚实一定有这么厚实的原因。这些都不是问题,请王师傅提供一点游览的方便,倒是最要紧的。

八月十九日,星期日　果然,与乌鲁木齐大不同。随着夜色的深沉,气温很快下降,下降到以至觉得不可接受的阴凉,将这么厚的棉被盖上才能安然入眠。

遗憾的是,很想见识一下焉耆的期待,却落了空。不是因为我们乘的是客运班车而非旅游车,七点半便要趁晨光出发继续赶路,没有安排游览的计划,而是古城遗迹早就荡然无存了。王师傅的一句回答,就教我们顿觉恍然、释然。他说,你们想想,连楼兰的断垣残壁都不见,还轮得到焉耆的保护?

推理成立,且雄辩,我们相信王师傅。这是一位极开朗好动的中年汉子。原籍山东,随军入疆,1957年开始以汽车驾驶员为职业,一年前才开黄河牌柴油机客车。我脑子里装了不少边陲长途汽车司机负面印象,但他显然是一位"另类"。在油管出了故障的时候,急得满头大汗,但仍然说说笑笑的。朋友关照过的,要么忙得忘了,像煞丢三落四的马大哈,只要想到,必周到地尽其所能。我们已经见识了一回。郭书玉早就关照他好好照顾我们的,到焉耆等到客人都下车了他才想起来,在食宿上给了我们特殊照顾。

九点,到库尔勒。此城规模颇大。是乌鲁木齐到库尔勒列车的终点站。但我们只能随长途汽车到运输公司的汽车站才歇脚,离中心城区有相当距离,无缘见识库尔勒市容。

从这里开始,我们将沿着天山南麓,塔克拉玛干大沙漠的北缘行走。绿洲不时出现,翠绿来自胡杨、沙枣、骆驼刺和红柳。最多的是红柳,一丛丛,鲜红,如骆驼刺之开花。据说有梧桐,但没有看见。

一点三刻到轮台。轮台,又是出现在中国历史教科书中的古城!此地名,维吾尔语是"雕鹰"的意思。不过,对于我们,它倒不是因古西域都护府所在地而关注,却是经常出现在边塞诗中而熟知。这是陆游在"僵卧孤村不自哀"那一刻,仍然牵挂在心头的地方,可见这是有关国家民族安危的第一线,要多重要就有多重要;岑参则不止一次描绘了它的景象:"轮台九月风夜吼,一川碎石大如斗,随风满地石乱走。"多么雄伟壮阔。可惜,和焉耆、库尔勒一样,汽车停靠处离县城尚有一公里,连脚下沾一沾其土的机会都没有。车辆周围,多是维吾尔族的小商店。牛拉或马拉的大轱车,倒颇为古老,在一定程度上,让我们看到了古城的风貌。作为大漠地区,可能时令未到,没有出现"走石"之风,让我感受一下岑参笔下的那种性格。只在极其平淡的感觉中吃了一顿中饭。留下印象者,倒是旅伴中有位维吾尔族老汉,是虔诚的伊斯兰教徒,每天中午停车时,都要用大氅铺于街边或屋角,脱去鞋子面向西南向真主祈祷。这一刻,更虔诚了。

新疆时间下午五点,到达库车。恰逢巴扎,街上停满了驴车、板车,上撑各色遮阳篷。摊上出售的多数是当地农产品,买卖极其兴旺。维吾尔族民族风情极浓。司机告诉我们,今天市况不算旺,有时候,人、摊旺得车辆经过这一段路要两三个小时。

过库车,即将到达新河县处,是龟兹古城。龟兹,是中国古代西域数一数二的大国,又称丘慈、邱慈、丘兹,是丝绸之路新疆段的重镇,它拥有的石窟艺术,比敦煌莫高窟更加久远,被现代石窟艺术界称作"第二个敦煌莫高窟"。据说,遗迹尚存。我再次兴奋起来,很想去看看。不料,仍给司机一指就破。它的皇宫即在木扎提河之滨,抬头就能看到。遗址傍山,山临水,山势直立如壁,所见的只有湍急的河水。河对岸也是遗迹,却只有断垣两堵,与几幢民屋相邻。整个遗迹无人照顾,与高昌古城同样凄惨,真正一览无"遗"!不禁再一次刷新了去年来疆的"第一印象":冠之以"新"的这一疆域太辽阔了,即所谓地大物博,历史悠久,多得不足为奇了!凭此推想焉耆、轮台等地到而未游览,也就释然。

新和县名称现代化,却少见汉族同胞。今天是星期天,属于赶巴扎的日子,可惜我们投宿的时刻太晚,是晚上七点,都收摊了。摊头多是维吾尔族的,瓜果就是哈密瓜、葡萄之类，哈密瓜个儿很小；饮食摊上，所卖的都是面条和粉条。有驴马驾的车子，以木轱和板车为主。街上飘散着马粪味。所见的维吾尔族人与别处不同，都不戴草帽或任何遮阳的帽子。木轮车行走在公路上，搭车的人躲避烈日的方式也自成一式：一是俯扑在板车上，脸面朝下；二是借赶车人的阴影躺着；三是折几根枝叶茂密的穿天杨，插在木轱车车架上，制造出车上一片绿荫，不过，这都是属于男人对女人的照护之举。

两天行程中，见翻车者五：运柴油的载重车和山岩相撞，车翻了，驾驶室被毁。运粮的载重车翻在公路边，整个车身都扭曲了。一辆安全行驶了两万五千公里的汽车因追尾，横亘于道路当中。再一辆，是车头被另一辆车子撞瘪了。原因都是沿途景物太单调，汽车司机打瞌睡所致。尽管不知伤亡情况，李其纲却生怕这种灾难降落在我们身上，一见到戈壁滩，就特地坐到副驾位置，不时给司机送卷烟，说些闲话。

荒漠旅程还有一个特色，城镇之间距离太远，歇脚的旅店太少，一个不经心就会前不着村后不着店。所以，太阳还有几丈高，司机就停车了。歇站的口头"公告"千篇一律。他跳出驾驶室，车门一打开，对着一车子旅客高声宣布：明天，七点半，北京时间！

今晚，我们就在新和县县城投宿。当然，还是在县城边沿的小旅店。进了店门，灯光贼亮，蚊子扑面而来，床铺上却不见一顶蚊帐。我们不禁惊叫：这么多蚊子！王师傅说，这算什么？新疆蚊子最多的地方是北屯。一团团叮在树干上，像沙田柚！不过，你们放心，在这里灯一关蚊子就没有了。我们没有究问，他说的"这里"是指北屯还是这个新和县。反正上了床，电灯一关，果然没有听见嗡嗡蚊声，也不再撞上来骚扰了。

个性化"化"到如此，天地造化真的千姿百态，无穷无尽！

八月二十日，星期一　继续往西南前行。王师傅说，今天一整天都在沙漠和戈壁滩中走，是这次行程中最艰苦的一天。我却颇有求之不得的兴奋。不安的是王师傅昨晚上床以后，店家又安排进来两个旅客，一个鼾声如雷，一个连说梦话，害得他没有睡安稳。起身晚了，挨到八点才启程。当然，最令人担心的是行车的安全。

果然，自新和到喀哈玉尔滚的两个小时内，沿途都是茫茫沙漠，地平线水平如湖海，除了不多的骆驼刺和小量的红柳，寸草不生。到了喀哈玉尔滚，才有河水，河上有木扎排。河水既不像黄河水那般混浊，也不像长江水带点儿乳白或黑龙江的茶褐色，而是黑灰色，如黑土的泥浆状，正如这片沙漠。在此几十平方公里的沙漠上，都是一个个如馒头形坟墓的土墩，长着细小的野草，分布均匀，大小也差不多。——可见，河水、沙漠、戈壁，包括蚊子，有共性，也有个性。蚊子如新和；戈壁却有各种各样的脸面，各种各样不同的个性，都是砂砾，有的细碎，有的粗粝，如吐鲁番；有的不是砂砾，而是大大小小不同形状的鹅卵石，如库米什、清水河以南所见。

令人窒息的以荒漠为特色的新奇，让我们忘记了今天行程中的安全隐患。幸而这个世界总不时在提醒我们。尤其是连着两起车祸。一起是装货物的大型货车仰天翻在路边，司机没有受伤，忙着把一箱箱货物从车斗里搬出来。另一起是装西瓜的，六只轮子朝天，司机也没有受伤，一脸沮丧地在收拾破碎得满公路的残瓜。据说，都是为了赶时间，在晚上开车惹的祸。这对王师傅都是警钟。本来，他打算到阿克苏休息一个小时，补上一觉。到喀哈玉尔滚镇吃罢中饭，到达阿克苏十字街口，却在修下水道，车辆进不了长途汽车站，他只好硬着头皮，继续向前再走一百公里，到阿恰再休息。于是，他就双眼眯呀眯地往前开。看样子，连着给他抽卷烟也起不了作用了，我们只能祈求老天保佑了！

驰离阿克苏城区，即见阿克苏河，正涨水。水仍然是深灰色的黑土泥浆水。河面宽如黄浦江，水流湍急。建有大桥，此桥与喀哈玉尔滚桥是进南疆最大的两座桥梁。阿克苏主干河以外，还有许多支流，密如网。也是南疆少见的。汽车基本上沿着阿克苏河前行，一条长达七十公里的宽广的绿带，就因此伴随。

都说，阿克苏的大米好。为了尝此大米，司机老王特地在沙井停下，先请维吾尔族的旅客下车用午餐，再把汉族旅客拉到前面兵团的六口饭店。果然，名不虚传！米粒白而细，入口既有籼米的硬性，也有大米的黏性，教我们食欲大增。

司机老王确是热心人。陪我们用完餐，又帮一名陌生的妇女把五只装满了大米和西瓜的口袋搬上车。瞌睡都丢到九霄云外去了，有人催他躺下休息一会儿，他却说："热，热！还能坚持！"就这样，提心吊胆始终伴随着我们。

这儿，确实是远离我们生活风俗的地方，感情特别脆弱。北京时间下午五点到阿恰，是一个小镇。车辆开到林荫下休息的时候，碰到了北京民族学院美术油画系教师刘某、湖北进出口公司美术技术员文某，他们将去塔什库尔干采风，就特别感到亲切。

北京时间下午六点，行程继续，仍在不毛之山和不毛之地间飞驰。车辆左右，比喀哈玉尔滚前更显荒凉。一望平沙茫茫，骆驼刺也少见。过阿恰二十余公里处，

二　火焰山、伊犁河和塔克拉玛干大沙漠

在焦炭般光秃秃的山麓,竟然出现了成排的平檐房屋,其间有烟囱,直耸蓝天,乃一矿厂!周围不见一棵草木,分明是除了空气都需要从外面运进来的地方,探矿者居然探到了这里,采矿者也就跟着采到了这里。我忽然明白了,这样的地方为什么特别能够激发文思。展示在我面前的,不就是人与自然较量的聚焦点吗?这里,和江南那种撒下种子就待收获的耕作迥然不同,到处都是自然对人类生存的严峻挑战,其无情,其残酷,其迫切,任何人都不能稍有放松、懈怠、畏缩,放松、懈怠、畏缩,就是示弱,就是认负,就有被取消"球籍"的可能,只有接受挑战,始终采取进击的姿态,才是主宰这个世界的主人。一旦置身这个人的意志、智慧与自然力生死较量的前沿,就不存在旁观者,生存的辨别、思索,就这样汹涌而来。文思就是人与自然对抗中精神的升华,肇始于对生命、对美好生活的渴望和呼唤。

夜宿三岔口。这又是一个不见一点绿的小镇。几重秃山,几座危岩兀立于几幢土黄色的建筑物旁边,更衬出其孤单、偏僻与荒凉。留宿处有三,一处比一处荒凉,条件一处比一处差。挑选是没有意义的。

八月二十一日,星期二　这是来喀什四天旅程中最后半天。

北京时间七点半发车。到西光吃早餐。因紧邻小四海子水库,有鱼虾供应。按说,在新疆有水即有树,有水有树即有村镇。这里却是光秃秃的,不见草木,只有沙漠上的骆驼刺。山包也与别处不同,都是像馍的土包。唯一一家汉族食堂门可罗雀。维吾尔族占绝对地位,餐馆多,供应的花式也多。拉面、奶茶和馕配羊肉以外,还有大锅子红烧鱼。

北京时间十二点,到阿图什。这是南疆一大工业城市,王师傅说,这儿是赛福鼎的家乡。再走四十公里,就是我们此行的目的地喀什了。

喀什,是新疆境内,仅次于乌鲁木齐的大城市。是伊斯兰教跨越帕米尔高原的第一个立足点,也是全疆伊斯兰教的根据地。是汉代尤其是唐代以后统治者统辖南疆的重镇。是印度、巴基斯坦、中亚各国珠宝及各种商品的集散地。给我的第一印象,是沿公路的河水、渠水,竟是红色的,犹如稀薄的猪血!黄水、黑水、茶褐水之外,竟又见识了红水!进入喀什城区,扑面而来的市容,不如原先想象那样具有浓郁的阿拉伯气息。往来行人多为维吾尔族,用白纱罩头的男士和用紫褐色绒巾遮住脸面的妇女。其他色彩,远无伊犁那般强烈和鲜艳。街道狭窄,车辆不多。黄尘滚滚,街上的树木均被夺走了光泽。毛泽东挥手的巨大塑像,依旧竖立在人民公园门前的检阅台后面,据说是从西安运来的。

承载我们的长途汽车终于到达终点站。未见约定丝路杂志社的接站者,我们就找到喀什群众艺术馆去了。等了一会儿,才见陈青被一辆吉普车送来。原来,他们接到飞机场去了,而且探听到的到站时刻是新疆时间两点,我们却提前到达了。他们把我俩送到了笔会举办的所在单位——南疆军区部队驻地,离喀什十公里。

笔会是《新疆文学》杂志举办,已经开始。吴连增、胡尔朴和邀请的作者都来了。稍事休息,便去听西域史研究工作者李恺介绍丝路和喀什城市的历史。史料丰富,很有价值。

八月二十二日,星期三 这里时差和乌鲁木齐不同。七点,晨光尚不清朗。

上午,听中国社科院新疆分院语言文学研究所所长关于喀什和中亚文化的讲演。和昨天李恺讲的差不多。他侧重于文化,李恺侧重于丝绸之路。此前,对于中亚地区,在整个世界文化史上的地位以及喀什的历史,我都不甚了解,这些讲演对我起了入门的作用。

午后参观香妃墓、艾提尕尔大清真寺以及首饰、刺绣、乐器等工艺品工厂。香妃因与乾隆皇帝的宫闱秘闻而广为流传,其墓却是"阿巴火加"之墓地。安置着五十八名阿巴火加之宗族,以尊卑、男女、长幼之区别,陈列于清真寺似的圆柱形室内。此建筑墙体以黄、蓝等琉璃砖瓦砌成,颇为雄伟华贵。另一处,因新疆电影制片厂正在拍电影而未能入内。艾提尕尔大清真寺,大门立面设置完全打破了对称原则,早就引起我们的关注,身临其境,比我想象中雄伟得多了。15世纪以后,此地伊斯兰教的高层均葬于此。既是礼拜之处,也是培养宗教干部的学校。中亚地区有好几个国家,均派人来此学习。规模宏大,尤其在宣理堂内部及外面的两部分。据说,逢周五,尤其是库尔班节,礼拜者跪伏寺院内外,直至附近道路上。我们进入了宣理堂,地上铺着布和地毯,"门拜尔"是阿訇宣理之所,如轿子,铺着巴基斯坦总统赠送的毛毯。宣理时,阿訇坐其上,手持权杖启齿宣理。在那没有广播器材传播的时代,由两名下级阿訇,站在一边的高台上,通过他们布告万民。

艾提尕尔的南侧,是喀什一条街。两旁店铺及小摊紧密相接,如北京大栅栏。其北侧有一小街更显得兴隆,被称为"香港巴扎"。一入夜,维吾尔族男男女女川流不息,颇显阿拉伯风情。此刻,披着咖啡色面纱的妇女,不时交臂而过,教我得以近距离观察她们的装饰,此前,我总以为披头的是褐色羊毛巾,非也。

晚上,举行联欢晚会,由农三师文工团、喀什地区文工团演出。均以鲜明的民族风情使人着迷。在此工作的朋友却觉得变化太少。几十年甚至几百年来都是

《牧羊姑娘》调子的重复。对我来说,开开眼界,却足够了。

八月二十三日,星期四 今去参观穆罕默德·喀什噶里的墓葬。

墓葬在疏附县沙里瓦区名为"乌帕"的一座山上,离喀什约一百公里。是一片绿洲。旁有一座山,称为圣山。山上有泉水,十分清冽。有一座比艾提尕尔规模小得多的清真寺。寺南是坟山,山顶的大墓葬,据说就是《突厥语大词典》的作者喀什噶里的坟冢。山腰有十四棵青皮白杨,其中一棵最古老,枯死的树干中长出新的树木,夹以几枝沙枣,据说都是喀什噶里手植的。站在山上,可见一两公里外的一个小山丘,那就是当年来自中原的丝绸商人歇脚之处。如今出土的有新石器时代的工具。附近山上均有历史文物出土,还有一千四百多年以前庙宇的遗址,可知当时此地信奉的是佛教。那是在兴建喀什噶里的坟冢移去其他墓葬的时候,发现了佛洞。洞内有许多佛像,小者如拳,大者如钟。因为这里是噶什噶尔河谷,有多处泉水,使这块土地常绿,形成了多帕文化。

这里,被定为穆罕默德·喀什噶里生活之处与墓葬,对某些证据虽有争议,但作为游览的一个景点,却具有独特魅力。参观后,在沙以瓦区一处野地上午餐。大家席地而坐,区领导用瓜果招待,并有文工团表演舞蹈,和去年在伊犁参加麦西来甫同样富有情趣。

五时,回招待所,与陈青闲聊。对于这一景点,和另一处景点香妃墓一样,都存在一些争议。香妃名为买木热·艾孜姆,维吾尔语又称"依帕尔罕",译成汉语就是"香姑娘"。因为她在襁褓中,奶妈将沙香花插在摇篮边,其父闻到,连说好香好香,就此称为香妃。当年是作为人质去北京,乾隆欲纳为妃子,她不从,谋杀乾隆未成而被赐死,遗体被运回安葬于此。维吾尔族以《依帕尔罕》为题,编成传奇在流传、演唱,故事就是她如何行刺乾隆。

陈青还谈到了此地民间许多风俗,很有特色,最常见的是生日,往往不用公历、农历之类来确定。若问他们,能告诉你的只是这样一类语句,"我是麦子黄了的时候生的""我是割麦子时候生的"。陈青曾经碰到《新疆日报》一位编辑,说是"耍猴来了的日子出生的"。那一天河南来了耍猴班,正是春天,就在报社门口,于是成了他的生日,获得了一天生日假。不久,耍猴班再次出现在报社门口,于是他又得到了一天生日假。民族间虽然有摩擦,但确实是热情好客而又善良的民族。当然,社会治理上的问题和内地一样,免不了,何况是这种山高皇帝远的地方。

二十四日，星期五　今天上午报告会。在喀什地区行政区礼堂。我和李其纲、吴连增、胡尔朴、晓雪五人主讲。我谈关于文学创作是否需要"信息"的问题，指的是这种以独创性、帮人发现生活为生命的劳动，是绝对不能随着"行情"转的。

听说，塔什库尔干离此不远（注意，这里的空间距离绝不能拿内地来理解的，"不远"也要数百公里），这是通往巴基斯坦的口岸，值得一游。为此特地寻访塔什库尔干红其拉甫边防会晤站政委都天才，听说，半月前他来喀什，明天回边防站。我们以为搭得到顺风车，想不到他乘的是大卡车！不由得想到明天回乌鲁木齐的飞机票，也会成问题。

二十五日，星期六　上午，笔会未安排讨论或集体活动，趁空去参观恰斯古城。

恰斯，也叫迦师、迦莎。如果说，我们见到的喀什是颇具现代化的城市，那么，到了恰斯，就像一步跨进中世纪了。

真正是一步之隔！就在颇具现代建筑风貌的区政府大楼后面。从一条布满了厚厚尘土的道路一进入，一堵土城的遗迹，就横亘在几幢砖石建筑的楼房中间。这就是当年的疏勒城墙。前行百余米，有一条横道，横道内为皆平顶方正的干打垒民房，高高排列于土坡之上，这就是恰斯古城。环城小街，就是当年的护城河。街上都是尘土，起码有寸把厚。骡车在其间奔驰。临街的几乎都是生产刀具的铁铺子，纯粹手工操作，挥动铁锤，锤打置于铁砧上烧得通红的铁块。其工具，其动作，其情其境，与我幼时所在的江湾镇所见一般无二。不同者，他们磨刀石是用圆盘石头，打磨时，用皮带牵引。居民坐于家门前，孩子滚爬于地上，皆尘土满身。很难相信，这就是维吾尔族古老的圣地。供我们进出的，竟是当年皇帝出入的大城门。

意外的简陋，同样有简陋的吸引力。没有时间全境游览，由李恺引导，进入最具中古遗风的艾格来克其巷。巷狭数尺，弯弯曲曲地深入，房屋皆是泥壁，方顶，与别处不同的是用上海弄堂口那种"过家楼"方式，使房屋与房屋相连，让居民从房屋之间的门洞式"楼下"进出。据说，意大利那不勒斯的一些居民区也是这样的，可见这里与欧洲文化发展上的关系。我们选了较宽敞的一家进去做客。主人是汽车司机，笑面相迎，带着一些炫耀的口吻，用不很熟练的汉语，介绍他如何在改变现状。他在旧建筑物间用一万七千元钱建造了一幢两层房屋，有地窖，建筑之考究，教人眼红。家具尚未安放，只铺了几块大地毯，每块价格五百余元。在这里，汉语几乎不能通用。男女老少都只能用维吾尔语沟通。

此情此景，只觉得我们不仅进入了另一个世界，而且是另一个世纪的世界。

可惜，从全局审视，正是这种追求新生活的冲动，这一旧城旧貌没有得到充分保护。在另一处，有几米高的一堵土城，是西汉时期所建，1958年有数百米，被定为自治区重点文物，如今已经被当地农民挖掘得不可辨认了。

离开恰斯古城，我们先到艾提尕尔大清真寺前拍照留影，再到艾尼江热斯坦巷的巴扎——即有名的"香港街"游览。都是衣物，从边境进的货，价格均不贵。

去塔什库尔干的事，见陈青热心帮我们联系车辆，不由得不动心。那是像西藏一样海拔的高原，其气候被说得十分可怕，能否适应，特地去检查了身体，做了心电图，没有什么大问题，但仍然惴惴的。直到笔会结束，聚餐后转住到军分区招待所，仍不踏实。

八月二十六日，星期日 住宿条件太简陋，逢星期天只供应两顿饭。

李其纲病了，感冒。我抽空与晓蕾、胡尔朴再去喀什街逛巴扎，然后到人民公园、艾提尕尔，再到群众艺术馆找陈青，一起去办边防证的时候，听他介绍当地风情。

去塔什库尔干的事，今天经历了几次反复，终于折腾到泽普油田供应站的招待所来了。塔什库尔干的一名战士小张，在《喀什日报》学习，他热心地帮我们找到了运砖头去塔什库尔干招待所的车辆，还表示，只要《喀什日报》主任同意，他愿意陪我们去走一趟。我们找到了戴主任，征得她的同意，边防证也办好了，万事俱备，正在斟酌是否等李其纲感冒好了一起走，八一电影制片厂来拍电影了，要小张接待，而此刻，泽普油田正有一辆车子停在招待所广场上，说马上回油田。我突然想，时间宝贵，白等可惜，何不见缝插针，先和吴连增一起跟这辆车子到泽普油田看看，再去塔什库尔干呢？

我就这样改变了主意。李其纲不愿错过这机会，抱病参与。

在反复折腾中，我对陈青有了较多了解，不由得深怀敬意，记下这个人物。他1957年被错划为右派，发配去牧场放羊，生活艰苦异常，多亏一位段姓老伯的悉心照料。"摘帽"以后，段老伯没有得到子女的照料，无异于无家可归的孤老。他就把段老伯接到家里给他管家，支配他每个月的工资。此举引起他爱人的不满，为此夫妻失和，直至感情破裂，回了娘家。至今，他和段老伯相依为命，住在群众艺术馆四楼。

八月二十七日，星期一 今天来泽普。早上八点出发。到喀什军分区停车场才发现，晓蕾和胡尔朴他们已出发去塔什库尔干了。甚觉怅怅。

泽普是石油城。在喀什的东南,经疏勒、英吉沙、莎车,车行二百余公里才到达。沿途都是农田,收成显然不好,水稻长得稀稀落落的,向日葵只有饭碗口大,棉花秆高不及膝,河流颇多,沙丘也不少。

十时半到英吉沙,停车用中餐。这又是一个古老的小城,建过国。盛产大小钢刀,以其精美的造型、秀丽的纹饰和锋利的刀口,与保安族的保安腰刀、云南阿昌族的户撒刀,被列为中国少数民族的三大名刀。英吉沙也因此出名。停车处,维吾尔、汉点心店各占街道两边。最引人注目的当然是钢刀摊,有五六处之多。展示的刀具大小不等,光面的、羊皮套子的,三四元到十几元,价格不一。刀柄上都有闪闪发光的铜饰,所镶嵌的玛瑙五颜六色,润泽生辉,摊主用破布在使劲地擦着,仿佛以此告诉四方来客:货真价实,名不虚传。我很想买一把带回去留念,一想到去年赵丽宏在伊犁民航安检处的遭遇,只好作罢。

此地民风与喀什略异。有头戴羊皮圆筒帽子的,高可盈尺,黑色,帽顶镶白。穿的却是中山装,倒也别致。我们举起相机拍照,旁人便都挤进镜头中来。感冒未愈的李其纲在路边擤鼻涕,竟遭摊主人怒骂,据说此乃不吉利之举。

北京时间下午一点,到莎车。这也是一个出现在历史教科书中的地名,三千多年来,几度成为闻名遐迩的西域部落国,是古丝绸之路的要冲,军事驻守的重地。是中亚文化和西域文化融为一体的历史文化名城。据说,原有古城墙,是当年叶尔羌王国之首府。我特别想寻找两种文化交融的痕迹,可惜,我们所见的是新城,都是欧化的水泥建筑,中心一个大十字,与去年在山东所见的一些正在改造的旧城无多大差异。司机特地停车,请我们下车游览,所见的只有满街的瓜果摊,无甚特色。值得一记的是,莎车以后,有湖,更有沙,著名的叶尔羌河在莎车和泽普之间,宽一二里,河水泱泱,灰黑色,如库车的木扎提河。建有水泥大桥,跨度加上引桥有一公里。让我想到了黄河大桥。

离开英吉沙,到达莎车之前,要经过一大片沙漠。天阴,有微风,却卷起了一股股黄尘,雾蒙蒙的似轻微的土雨,远处的穿天杨如在纱笼中。我不禁想起了昨天陈青说的沙漠雪景,雪在飘着,但只在空中,离地数丈,便消失得不见踪影,沙漠上却有水迹,踩之咔啦咔啦地发响。沙漠,真是一个神秘莫测的世界!

北京时间两点半,到泽普油田基地。这是在荒凉的沙漠中建立起来的工业之城。黄尘下罗列着一排平顶的砖瓦房,无可奈何地在承受太阳的煎烤和风沙的袭击。枝叶无光的白杨树直立于道路两边,蔫蔫然,一副脆弱的身姿。能怪它吗,初建时,是运土(就是去伊犁时说的"甜土"吧)进来,在戈壁上面铺上三米才建成这座城市的!

我们被安置于第二招待所。条件尚可。天灰蒙蒙的,像飘着雨,是黄尘之"雨"。这里属昆仑山北麓,黄尘雨,是从塔克拉玛干大沙漠中送过来,受到帕米尔高原的阻挡而往下沉落的尘土。这是可以想象的。故无风,如果有风,感觉上会开朗一些的。

晚上八点,党委吴、赵二位书记登门探望我们,简单地介绍了此地的情况。我们提出去塔什库尔干的车辆及代买返乌鲁木齐飞机票的要求,均无法解决。

八月二十八日,星期二 今天由党委办的代海陪我们参观这个石油基地,并请此地行政和技术人员介绍情况。我发现,这儿戈壁上的鹅卵石几乎都是椭圆形、扁的,护卫水渠堤岸的均用它贴面。大小如拳,排列成行,如平列的鸡蛋,煞是好看。

给我印象最深的,是四区的帐篷村。此地有新住宅,但只分配给在此均有户口而且工龄十五年以上的夫妻职工。住在这些帐篷里的,都是配偶有一方户口迁不进来,无职业,要算"黑户口"的家庭,那些拖儿带女,随丈夫来这里创业的家属,精神可嘉,却要买黑市粮食过日子,生活颇为困苦。我们所见的,已经不是去年初创时的帐篷了。仍然简陋不堪,夏热,冬冷,春天风起时,沙尘滚滚,一百支的电灯光下,对面不见人影,风过后,可以从床铺上扫出一畚箕沙土来。得病是常事。新疆需要人手,可如此控制,实为一大弊端。接受访问的是一位司机的妻子,四川南充人,高中毕业,1979年来,可以当教师,或做适合她能力的其他工作,就是因为不能报进户口,待在帐篷里带孩子,养鸡养鱼。此地的学校却没有教师,教育质量极差。她丈夫每月收入全部买了黑市粮食。前些年,此地黑市大米是一元二角五一公斤,如今仍需八角五分一公斤。其他物价也昂贵。所以帐篷内都空空如也。此外,我们还访问了巴扎和此地商业区。

下午,请地质所所长、钻井队及三项工程(石油化工厂的)的负责人介绍情况。让我对石油探采情况有了基本了解。颇有收获。

依然为返乌鲁木齐的飞机票焦急。晚上,此地文学青年黄毅请我们到他家聚餐。发现此地民间风习,吃完饭以后喝米汤,据说,在喀什也是如此。

八月二十九日,星期三 今来柯克亚油田。

柯克亚,也叫库克牙、可克牙。现按地图所标书写。

北京时间十点二十分出发,经叶城而到达。此地已属昆仑山的小达坂,竟和天山一般荒凉。漠漠的尘雨，使烈日下的大地雾蒙蒙的。没有风，倍觉干燥。

午后，油田的戴书记和罗工程师，带我们到第一号井等现场参观，并进入钻井工人的生活区。颇开眼界。有创作冲动，涌现了《在季节河谷中》的构思。

八月三十日，星期四　今回泽普石油基地。返程途中，刻意从不同角度观察昆仑山余脉。虽然和天山一样寸草不生，但给我的气势，以世界屋脊名之，确实不谬，我们所走的新藏公路，却颠簸不堪。

下午，在招待所阅读《石油战报》，为我构思的这个小说充实内容。

陈青来长途电话，《当代》何启治要我到北京改稿。飞机票要在四号以后才有。塔什库尔干肯定去不成了。晚上，到代海家聚会，也是告别。

八月三十一日，星期五　今回喀什。早晨，泽普石油基地派一辆北京吉普送我，由代海和黄毅陪同。到英吉沙吃中饭。想趁机多看看此古城，能否发现来时未发现的古迹或景物。无奈，风貌同新和、阿克苏等地无多大区别，市区布局都是大十字，可谓一览无余，街上所见的除了各种刀具还是各种刀具。

住宿于喀什交际处。此处原是印度领事馆，建筑完全是印度风格。年久失修，再加管理不善，显得残破陈旧。服务员都是维吾尔族，粗犷型的，显得很整洁。电灯装的是四十八英寸的日光灯，却开不亮，拿一只十五支光的白炽灯泡代替，无法阅读书写。

飞机票事，陈青他们仍然力不从心。明天开始，票价上涨29%。我俩多花了五十八元，还不包括自乌鲁木齐到北京、上海的加价。群艺馆的老吕颇热心，为我们奔忙中做多种选择，如果实在不行，只好再乘长途汽车回去。到明天最后决定。

电复何启治：购到飞机票即赴京。

九月一日，星期六　等了一天，飞机票仍渺茫。我们当机立断，仍走老路返程。

长途汽车票却同样一票难求。下周一、二都已售完，幸而经段大叔努力，退到了三张明天的。座位不佳，在后座，只能将就了。下午五点左右，从交际处搬到运输招待所，即21日我们来喀什的下榻之处。条件较差，服务差，是头一条，我们要服务员上楼开房门，她却把整块钥匙板交给我们了事。

九月二日，星期日　今天动身返乌鲁木齐。规定北京时间八点，但到十点才发车。

求购车票千难万难,上了车才知还有七个座位是空的。我们即从后座调到了中座。

九辆黄河大卡客车是一组,集体行止。刚出发,就有两辆抛锚,我们这一辆汽车司机就要帮他们换轮胎、补内胎。原定今晚宿营于阿克苏,到了九点,天擦黑才赶到六六团。住宿的条件差极了,五人一间,电灯只有一只十五支光的白炽灯泡,蚊子极多。还因为碰到了上海人,攀上了"同乡"才住进的。上海的老知青,一见我们就诉苦:"调不回上海,给我们涨一级工资也好呀!"等等。

老路重走也有收获。了解到的旅途"风光"更多了。

其一,关于维吾尔族的风习。有一位老太太和儿子媳妇同行。在克西吃完中饭,儿子向她要六角钱买西瓜。未如愿,儿子便大吵大闹,差一点拨出腰刀相逼,并想跳车窗自杀。听得懂维吾尔语的朋友告诉我,反应如此激烈,不为别的,就是因为他已经有了老婆,当母亲的居然这样让他难堪!

其二,争座位是最常见的。有些人只买一张车票,却带了好几个孩子,一个矮个子竟带了四个!争座位成了必然。不过不会转化为维吾尔、汉两个民族的矛盾。有个维吾尔族老太太抢了汉族姑娘的座位,推推搡搡的,其他维吾尔族乘客不会上去帮忙,只是在一边看热闹,哄笑。

晚上,李其纲的右脚背被开水烫伤。屋漏偏逢连夜雨!

九月三日,星期二 我见过东海日出、黄海日出和泰山日出,今晨,又见到了塔克拉玛干的大漠日出。北京时间八点一刻,旭日在漠漠的烟尘雾霭中徐徐升起,其庄严,仿佛整个世界都屏住了呼吸,以一派敬畏的宁静恭候。与海上日出相比,这种出自敬畏的宁静是独有的,带着野性的神秘与荒凉的美。

吃早饭时,旅客与司机发生了口角。车到六六团,这是阿克苏以东五十公里处的一个小镇。估计原是军垦兵团机关所在地。狭长,东西走向,房屋沿公路铺展,约一公里跨度。东头有汉族食堂,也有维吾尔族食堂。西头的汉族食堂,白送给照顾了生意的司机一顿早餐;司机就因东头的食堂没有给他"烧香",竟然专等维吾尔族客人在东头维吾尔族食堂吃完了,才把汉族旅客送到西头去。民族习惯不同,一顿饭分成两地吃,并不奇怪,但为自己小利,要一车子旅客等待长达一个小时,就荒诞了。一位做税务工作的老干部模样的旅客,愤然站出来诘问,司机却报以肆意挖苦而与他斗起嘴来,就更不应该。司机的情绪很坏,坐在这么高速的黄河牌客运车上,心情可想而知。到了新和,新上来七名旅客,总算把空座位占满了,但一阵抢座位的骚动,给了我们又一次不安。

车到轮台,是北京时间晚上七点。我们很希望在此投宿,缓一口气,松一松神经。停车了。司机却叫大家下车吃晚饭,然后继续赶路,直奔库尔勒。到达已经接近午夜。长途客车夜行,算碰上了。明天到乌鲁木齐虽然有了保证,但这一天神经从早绷到晚的事实,却已无法改变。行路难,却没有料到会是这种难!

九月四日,星期三 今天总算回到乌鲁木齐,仿佛回到了家。神经放松了,相对而言,它与我们原来的生活习惯,接近得多了。

北京时间八点,在库尔勒发车。我们已经看清楚,家总是温暖的,所以不再把司机当大爷恳求了。只是这九个司机都不愿明说,怕开不到被指责。看得很清楚,为了取得回扣,他们到哪儿吃饭,都是定好的。服务员迎接司机如迎接财神,饮食款待以外,有时还给钱。今天到焉耆,已过九点,应该停车吃早饭的,却一直拉到了库米什,十二点才停车用餐。再行四十多公里,过甘沟,经吐鲁番戈壁,穿过绿色胡杨覆盖的沟谷,到达坂城才下午五点(新疆时间下午三点),按说只需两个小时,便可以到乌鲁木齐了。他们却停车叫大家吃晚饭,显然,这时候吃了这一顿,回家晚餐就可以省了。就这样,挨到北京时间二十点,才回乌鲁木齐。这一次返程,证明南下时的王师傅确是少数。

经吐鲁番戈壁(从托克逊到达坂城南部的天山山脉),我发现,这儿的戈壁是最典型最美丽的。一是焦黑色的沙砾极其匀称,不长一棵草;二是特别平坦,平坦得有柔和感;三是辽阔,竟有二十多公里公路在其间穿行,透过车窗眺望,线条平展,如大海然。有一位旅伴告诉我,达坂城和善鄯都是风口,经年累月受大风吹刮,自然形成了这副模样。真的,经过此处时,特别热,风也特别大。有旅伴特别补充介绍,达坂城的姑娘漂亮是出了名的,皮肤给这气候磨细了。这时候,我才想起《达坂城的姑娘》!这是大西北第一首用汉语译配的民歌,在海内外经唱不衰。"西瓜大又甜,达坂城的姑娘辫子长,两个眼睛真漂亮……"注意力立即集中到了姑娘的身上,可惜"盛名难副"。维吾尔族姑娘个个漂亮,尤其是眼睛,这不假,这儿的皮肤却特别黑,分明是风口生活所赐;"出了名"应属王洛宾的功劳。

这也算收获。其实,如果不去南疆,绕塔克拉玛干大沙漠北缘走一遍,我不会发现戈壁之美,也不敢肯定这里的戈壁是最典型的。阅历有了广度才有深度。认识沙漠如此,理解社会也如此,认识、发现生活的文学创作更是如此。

再次下榻喀什驻乌鲁木齐办事处招待所。郭书玉交给我章仲锷和万昌忠各一信。

九月五日，星期三　今日休整一天。

在这种边远之地，遇闭塞无助的事是免不了的。但直到今天，才明白我们在喀什买不到飞机票，到了这里住不到安静房间，都是为喀什地区的领导们"让路"。这是个庞大的干部代表团，到深圳以"参观"之名，大笔采购"洋货"。乘飞机来回。深圳的小轿车、电视机、录音机，还有吹香风的电风扇等现代生活用品，外销不出去，上海、广州等地区也不愿把外汇券送到这些边远地区来，让深圳去向中央提成。于是，深圳就请这些"财神爷"去，供他们吃住，开开眼界，过一把现代化生活的瘾，然后挥动笔杆子签字、大笔成交。

给我们买飞机票，郭书玉昨晚通宵排队。已拿到9号的，还在争取7号的。真难为他！

此次未能去昌忠所在的拜城看看，特给一函致歉。访姚念寅。

九月六日，星期四　凌晨，李其纲突发呕吐，早晨仍然恶心不止。十二点左右吃了一点西瓜，恶寒极严重。郭书玉请我们、都幸福和郁东今晚到他家聚会，李其纲去了，但坚持不了，到中医医院就诊，白血球大大超过正常值，再到二院透视，仍不明病因。我要到北京去，让他独个儿回上海，很不放心，但又别无他法。

本来说下午可以取到明天去北京的飞机票，未成功，来新疆的游客太多了。

九月七日，星期五　飞机票终于取到，是今天的伊尔62。郭书玉给我打长途电话到北京。朱盛昌即给我定下了住宿处，并请小姚等着我的到达。衔接紧凑。我带了二十多斤哈密瓜请他们尝尝新疆风味，抵京后，民航交通车正巧经过朝内大街人文社门口。很顺利。

今天是维吾尔族的库尔班节。上飞机之前，郭书玉特地陪我到铁路新村维吾尔族古丽家去看看。这是现代化了的维吾尔族家庭，从主人流畅的汉语，到家庭摆设，与汉族无异，唯一的民族特点是壁上有挂毯。主人极其热情，端上了大盆手抓羊肉，给我尝到了真正的维吾尔族民族风味。也听到了一些有关南疆可以编成相声的故事。那儿的维吾尔族是如何被看成了"财神爷"的，一时买不到飞机票，就说就买一架飞机给我们拖拖吧！喀什有一位维吾尔族的领导，跑到新疆饭店，不要住宿，只要买下这家饭店。经理说此店值一千万元，回答很爽快：行，我带来八百万，另外二百万，过两天送来。他们这些钱，都是出售土特产赚到的。

李其纲身体略好。我把他托付给郭书玉，他俩一起送我去机场。飞机舷窗外所见,与去年不同的是在大片沙漠中,发现许多白色的干涸的盐湖。

北京正逢阵雨,润湿的空气,翠绿的林木,教我精神一爽。

仍下榻于朝内大街人民文学出版社提供给作者改稿的招待所。

九月八日,星期六　朱盛昌与我交换《江南雪》的意见。都是技术性问题。估计三四天即可改好。下午即动笔,得万余字。

与浙江文艺出版社的青年作家曹布拉同住一室。杭州开会时和他一见,快两年了。他是来京请作者改稿,借住于此的;还有一位是福建师院的温老师,研究外国文学的,去沈阳路过北京。大学教师对于文学自有其侧重点,对中国当代文学的了解居然近于空白。一些见解,却是可取的,他认为一个作家一生"磨"出一个典型来就够了。为此,作家就该甘于寂寞,敢于反潮流。不错。

九月九日,星期日　改了一天稿子。傍晚,访高桦大姐。仲锷出差,原定明天返京,但今天给高桦的信中说要延期。不知能见面否?稿子改到一半了,我想早日回家。

九月十日,星期一　继续修改《江南雪》。又是为火车票烦恼。高桦给我订了17号的,太晚,我只好另托人订到了14日的。

今天是中秋节。到北京十月文艺出版社访母国政,他告诉我,长篇小说《愚人之门》(原题为《春泥》)要延至明年第一期发表。原因很使人意外:同期刊出的《女活佛》有三十余万字,加上我这一部近六十万字,全部是新五号,印刷厂拒绝排字,僵持到八月底,出版科为解决这一矛盾,竟自说自话地拿十多万字的一部小长篇换下了我的!

也罢,延后了可以排成五号字,阅读方便了,与《青春的证明》同期刊发也有好处。

九月十一日,星期二　稿子改成,题目是否要改,还需斟酌。暂以《大水冲洗龙王庙》或《漂来的店家》《儿子》为题,交朱盛昌审阅。

晚上去天安门广场看看庆祝新中国成立三十五周年的准备情况,然后逛王府井夜市。

九月十二日,星期三　先去《十月》编辑部访刘文、廖仲宣、苏予、张兴春等,然后到中国青年报社取来返沪火车票,是14日21次,颇顺利。

晚上。到北兵马司看国产片《悠悠故人情》,写彭德怀的。尚动人。

九月十三日,星期四 费了半天时间,将高桦给我订的13次火车票退掉。

傅星、储福金来访。他们说,中秋那天,刘兆林、李叔德他们很希望我去鲁迅文学院聚聚。可惜那天未做妥善安排。

晚上,分别拜访郑万隆以及刚刚返京的章仲锷。

九月十四日,星期五 今日乘21次车返沪。离京前,到《昆仑》访李大我以及解放军丛书的编辑吴振东,然后顺道访中国作家协会创联处谢真子和《文艺报》的吉敬东。

寻找《昆仑》地址的过程,让我领略了北京小巷的风光,自与上海等地不同,均是被挤得透不过气来的四合院。地址是库什茅屋胡同甲3号,教我绕了个大圈子。这些四合院整洁,却拥挤。宽宽的木板门,门楣上留有墨迹,皆当年桃符之类的残留,檐下几乎都悬挂着丝瓜藤,吸引我很想进去见识见识。

中午,应约访何启治,被留饭。遇精神科医生申力雯,诗歌爱好者,思维活跃,言辞犀利,应对敏捷并有文采。1964年,她考上了电影学院导演系,"文革"中转到了医学界。

北京生活粗犷的又几例,也是南方人来北京的不习惯之处:烧饼,是早餐食堂供应的主要食物,二两一只,加一两粥,如果不够,添半只不行,必须再买一只,只好半饱离去。馍馍也这样,只有二两一只的。可以改,却不改。南方人之所以不愿留此工作,这种细节是其中重要原因。又如电影票,大得像展览会的参观券,一张的用纸,可截成上海的四张。考虑到面积太小容易丢失吗?可是上海人怎么不会丢失呢?这些地方,都是可学而不愿学,大概是首都人的自傲吧?

1985年·芜湖

七月十八日,星期四 昨晚下过一点雨,天气凉快了许多。一大早乘公交夜宵车赶往北站,乘318次列车来芜湖市。软席,有空调,一节车厢只有四五名旅客。到马鞍山才上来十几个去黄山旅行的外宾。中午到达芜湖。下榻于铁山宾馆,是这里最好的住宿处。

芜湖市,阔别十二年了,我几乎想不起当年的情景了。那年,我是为上海文艺出版社采编《他们来自好八连》的报告文学,到无为县采访经过此地的。

晚上八点半,周嘉俊、程乃珊、老王他们三对夫妇乘江申轮到达。魏威、李其纲和徐芳,带了可可同船而至。看来,乘轮船溯江而上游三峡,是颇为舒适的选择。二十三日,上海文学奖的活动,程乃珊和李其纲本来打算赶回去的,此刻都改变了主意,要一路游览到底了,并要我也留下来。考虑到经费问题,我决定不下。孙文昌联系的豪华轮扬子江号每人要付八百元,而这里的杂志社从傻子瓜子老板那儿仅拿到七千元,平均每人只有一百八十元可花,差额太大。有待明天洽商。

七月十九日,星期五　日程安排较松,今天上午就是休息。

老王到我房间里发牢骚来了。听说这位以口无遮拦出名的老作家自命为"横自横",上海话,就是破罐子破摔的意思,刻意对自己口无遮拦做解释。果然健谈,一坐下就滔滔不绝。当然,文人在一起,主要谈文学。他却因我的多产而表现得口无遮拦,却难以掩饰"离经叛道"的"本性"。他说,他从我的文学创作实践中,发现生活对于文学创作活动并不是第一位的。他还举王安忆做例子,说她在挖矿,挖来挖去是她那两年的知青生活,但由于她对生活的理解比别人有深度,有差异,她把矿藏边沿上那些本来被人抛弃的零零碎碎,哪怕是硫黄之类,统统提炼了一遍,被提炼出了稀有金属。说我也是这样。还说,生活是第一位的观点,古希腊作家就提出来了。他十分留意我近年来的创作,以及文坛对我的评价,甚至书讯上介绍我的千把字的东西也仔细地看(我都不知道这些介绍)。他说,在上海没有机会交流,今天,在这种活动中,寻找一两个志趣相投的深入聊聊,也是一种收获。

看来,他上门来,发泄活动安排上的不满,只属于"开场白"式"托词"。

下午,作家企业家联谊会在一楼会议厅举行。傻子瓜子公司经理年广久和他儿子年强以外,芜湖市长、市委宣传部部长都参加了。会议由这里杂志的王主编主持。

年广久确是一个人物。瘦瘦的,一头微卷的长发,一口带着皖南口音的"普通话"。看不出这是一个幼年跟父亲沿门乞讨,至今仍然大字不识,却成就了名扬全国的"徽派炒货"品牌的企业家。在一些报纸杂志上展示的那一副"傻相",却是记者们为做文章招人注意而渲染的。他的眉眼、言行、举止,一点都不傻,处处表现出小商贩生涯中磨炼出来的灵敏与精明。他看见儿子从口袋里掏出来散发的是三五牌卷烟,立刻收藏起手里绿色的"大江牌",摸出三张十元人民币,去小卖部挟回三条三五牌,拆开分发到客人面前。说话也会慷慨激昂,显示出某种程度的夸张。教我想到,当年在剧场门口兜售炒货,为了吸引顾客,总要在称好斤两后再送上一把的,正是这样的人。有人却将这种竞争手段当"傻",可能"傻子瓜子"之名就这么来的。就凭这一点,以及转移到镇江去的"口不离瓜子"两个产品名称,都是企业里的一些干部望尘莫及的,足以显示他商业经营的才华。由他引发的经济市场化中出现的一些问题,竟引起了中央的关注,以致成为观察中国农村改革开放中民营经济发展的样本,看来都不是无缘无故的。

会议颇活跃。"横自横"先生的发言题为"文学家与企业家之关系",值得一记。他对瓜子打入国际市场的广告,提了两条建议:一条是"可以帮助戒烟,提神";另一条是"可以帮助孩子长牙,整齐坚固",因此可以生产、推广一种"小学生瓜子"。

晚上举行宴会。宴会后,豪华轮扬子江号导游小张来谈价钱,每人八百元,与这里能付出的一百八十元差距太大。洪波和王主编想了很多方案均不成功。据说,王主编有自己的盘算,年广久给的钱,他们要留一部分,用在六月份举行的《小说选刊》的会议上。我认为此说可信。与洪波他们商量后,决定既照顾王主编的计划,能争取都去三峡,要求小张,把这要求转告王主编,并提出两个方案,一是租用豪华轮,十五人,每人压到三百二十元;二是租用长江轮,三、四等舱也可以,每人费用压到二百元以下。

做出这一决定,已是午夜零点三刻。

七月二十日,星期六　上午到傻子瓜子公司及其工厂参观。

公司所属的这家工厂是老傻子年广久经营的,已合资。其子是傻子瓜子工厂。两厂不同性质、不同单位。"小傻子"举止海派,学说香港口音的普通话,加上皖南腔,有点滑稽。昨晚凌晨一点多钟,还把导游小姐从睡眠中闹醒,请她去喝酒。受到干涉才转移到宾馆会客室,一直谈到凌晨三点多。闹得与导游小姐同住的徐芳无法入眠。

傻子瓜子公司空间狭小。接待室捉襟见肘。就在这里听老傻子年广久及其代理人介绍情况。都很简短,还是昨天那些内容,如何与"打办"周旋,表现他顽强的生存能力与生存智慧。仍然令人感动,不过,今天因为他总是强调保证工人利益而不提他的"原罪",难免不是一种幼稚。到劳动现场去看一看,就会明白工人劳动强度与所得酬薪差距之大了。都是原始的手工操作,二十余个灶头,每灶两只头号大铁锅,一口管炒,一口管加料、拌料,由两个身强力壮的工人操作,火苗蹿起两米多高。每锅一天炒出两千余斤(西瓜子和葵花子),就是四十大包!灶头后面堆着麻袋装的生瓜子,六七米宽,三米多高,像山一般,两天以内就炒完了。我们没有看见炒作的场面,因为是淡季,从农村招来的季节工,都回去忙农事了。工人的工资每人每月仅五六十元,为了保证熟练工人的比例不降低,做了如此规定:淡季回村忙农活,付一半,按期回来的,可以取到另一半。我们也看到了工人住宿,仅能容膝的房间内只有几张床铺,而年广久在那儿筹建的新居,一套红木家具就是五千多元(现值一万多)。他说他有八个厂,每个厂都有他的房间。不说奢侈,但足以证明他生活上放荡的传说不是假的。看了这些,可以想象,他是用最原始的生产方式,即用工场、作坊等方式在创造剩余价值的。就是今天政策宣传之需要才捧出了他。当今像他这样的企业家不少,以最低的代价帮他们,也是帮社会度过资本积累阶段,应是我们的责任。从这个角度说,写写新闻报道还可以,作为文学作品,却要深入思考,慎重处理了。

接着,参观迎春瓜子工厂。国营的,厂房是租用渔业社的一块地皮盖的,每月租金一千二百元。设备较先进,但在保存瓜子的效果方面不如傻子瓜子。傻子厂的成品山一般堆在仓库内,过了黄梅天都不变质变味,迎春却正忙于返工加炒。都是搞有奖销售之积余(四十多万斤)。因为卫生检验之故,出口者,只允许生瓜子。国营的迎春,能够通过特殊渠道,熟的充作生的瓜子销往国外。私营的傻子却不能。尽管傻子也不尽如人意,但凭这一点,我们觉得帮他一把,好像就是催助期待着那个未来的诞生。

下午,文学创作交流。由王主编主持。如何着手,如何开展,均没有与我通气,我也不便参与。他们主要是请程乃珊、周嘉俊等三位讲演。

三峡游的方案已定。豪华轮"扬子江"号未成交,导游无法再压低价格。这一点经费,从武汉到奉节一段也不够。决定由长江轮包掉。全部三等舱。要乘二等舱的,上了船以后再解决。对此方案,当时没有人表示什么。吃晚饭时,老王的夫人扬子却拉住洪波,要一起去找年广久,帮助全体上"扬子江"号。说她今晚以特约记者身份采访他,已经约定。

七月二十一日,星期日　洪波凌晨三点才回来。为了去三峡的经费安排,他与这家杂志发生摩擦,弄得很僵,眼下即便有钞票,也乘不上豪华轮了。

清晨,导游小张忽然来电话告别。太意外了!洪波立即下楼去究问,才知小张是被这里某些人赶走的。她说,他们说,如果这次我和上海作家的生意谈成了,以后就断绝来往,甚至不准洪波去送她。她说,这里有些人根本不希望你们去三峡。

她说，他们从年家父子处拿到的钱不止这些，秋后，老年还要给他们三千元，他们省下来，到年终可获节约奖。她还说，这些情况，上海或武汉的春秋旅行社联系人都知道……

到这地步，我们都明白了。与我们合作的这家杂志，通过我们请来了这几位颇有影响的上海作家，可以向资助者交代了。证明他们真不希望我们去三峡。

早餐后，老王、扬子夫妇还待在房内，等年广久来确定乘"扬子江"号的事，听洪波一汇报，作为被邀请的客人，不方便表态，依照原定计划，去参观铁画工厂了。魏威建议我们应取消今晚的答谢宴会。气氛骤然紧张起来。我考虑到今后还要和他们打交道，不宜把脸皮撕破，应该谋求一个既不要脸红失和，又不失尊严的解决办法。所以，建议答谢宴会照旧，但要延至武汉归来以后；至于程乃珊等这几位邀请来的作家，由我们单独设宴表示感谢和敬意。洪波、魏威同意前者，对后者则还须斟酌。

此刻已是十点半，傻子公司杨会计来报销上海请来的作家的船票，这又牵涉了这位那位该不该报销的事，甚至说了一些对某些人的不恭之词。为了不致事件激化，同时商量如何处理去武汉的那笔余款，中午，我们上海来的一行集中起来，把扬子也请到。大家都认为，既然相处不欢，就不去武汉，马上回上海吧，何况上海还有活动要参加。至于这一笔余款，周嘉俊建议大家自己选择一个地方去生活，然后来报销。

最后，做出三点决定：不去武汉，退船票；明天返沪；余额安排务必合理。

事情弄到这地步，洪波一再检讨，以至于哭了。

大家正待散去，王主编与文联姜秘书长来了。我当即转达三点决定。程乃珊、扬子等偏在这一刻起身离开。他们感到事态严重，希望我们一起去武汉。我说不可能再改变了。话说到这地步，只得点明他们这儿有人赶走小张所造成的严重后果。他们不得不承认，事情已经难以挽回。表示，即刻将武汉的船票换成明天回上海的返程票。

但事情并没有结束。他们一走，孙文昌立即打电话下去通知服务台，今晚备两桌，由我们向这几位上海作家致歉。我们只请了王主编和姜秘书长，其他一概排除。他们听到这安排，觉得事态更严重了。便急急忙忙赶上楼来，表示双方关系不至于这么紧张，希望一起出面宴请云云。我不希望事态推向极端，同意了。答谢宴会由我代表《萌芽》讲话。表示这次活动"告一段落"。当然是"圆满成功"的。

应尽"地主"之责的这家杂志，却只来了几位工作人员，王主编怕我们这几个年轻人出言不逊,让他当众难堪而回避了,包括芜湖市委领导。小傻子年强依然海派十足,主动来了。年广久是来找扬子时被我们挽留下来的。宴会上互相祝酒,气氛一如既往。当然是在刻意掩盖彼此的裂痕。老王兴致不减,趁酒兴唱起了京戏《王佐断臂》;孙文昌向年强敬酒照样表现他三碗连喝的海量。宴会后,他们按照礼节,要我们在他们封面上印有《雪泥鸿爪》的留言册上题词。我没有注意老王他们写了些什么,可可却乖巧地趁机把手里的折扇递给了这位名气最大的老作家。他欣然命笔,在加盖印章前,特别叫我看看那几个篆书。果然!"横自横"早已经刻在了印章上!

我的题词是:"文学是愚人的事业,但愿我们都成为这种愚人。"我对此行的感慨,都在里面了。毕竟不是这位"横自横"先生,该糊涂时就糊涂,该愚钝的时候就愚钝吧!

还是小傻子小年通达潇洒,宴会后,很晚了,他独自上门来话别,说了这样几句情深意切的话:"没有想到会弄成这样!下次,我请你们来!"

明天回程,买不到软席票,为了赶回上海参加二十三日举行的首届"上海文学奖"授奖大会,我与程乃珊夫妇、李其纲夫妇五人决定坐硬席按时离开芜湖。周嘉俊、扬子夫妇带可可延后一天走。没有时间游览芜湖了。十二年前经过这里,放养的猪猡满街跑,这次来,不再看到这种情景,文明了。它给我的印象如此而已!

1985年·富春江发电厂、白沙镇、天目山

七月二十五日,星期四　今出发到千岛湖、天目山旅行。由上海作家协会组织,参加者均为首届上海文学奖获得者,王安忆、王小鹰、赵长天、许子东、沈善增、罗达成等十余人,还有上海各家传媒的记者。五点半在巨鹿路作协门口集合,乘大型旅游车。承包者还是春秋旅行社。又遇张小姐,导游姓孙,她是工作人员。

车速极慢,到华东师大接钱谷融先生就花了半小时。原定十二点到富阳吃中饭,却连杭州都没有到。三年前,首届"萌芽奖"就与傅星他们到过这一带,只是线路不同。经海门、临平、杭县,到杭州,处处装饰、扩张,处处要钱。我们都没有吃早餐,说定到枫泾吃的,但车子一停就有人来收费,弄得吃一碗馄饨都要狼吞虎咽的。经杭州到富阳已是一点多,一个个又饥又渴,到了饭店,又等了半个小时才上来菜饭。

午餐后,游览鹳山公园。此园因双郁亭小钓台出名。双郁,即郁华(曼陀)郁文(达夫)也。两公皆烈士,有郁华的血衣墓。有钓台,仍然是严子陵的。可见世

人对超凡脱俗者的敬仰。富春江在园畔流过,水清见底,凉爽如泉,景色可餐。

四时许,到桐庐。游桐君庙。三年前未见桐君塑像,今已端坐庙堂接受众生的香火了。桐庐县城与三年前相比,另有一番景色。当年摆渡,渡客与船家吵骂,声犹在耳:"你们个个只想着赚钱发财!"今天,责骂者不知有几多感慨?

五点,到富春江发电厂。旧地重游。仍住在这个招待所。双人房却变成了四人房了。晚上有电影,未去看。与罗达成、许子东、李其纲、傅星等聊天。从文学谈到体育、"第三者",再谈到文学。文学观念须更新,否则难以突破。要土,也要土得彻底。我想,这几年我可以总结之处,还是前些日子孙犁先生给我的信中所说的那句话,"按照自己的想法,写下去吧"!东施效颦,只会闹笑话。

七月二十六日,星期五 一大早,到昨天未游览的景点"补课"。

严子陵钓台码头,与三年前一般无二。岁月几乎没有留下任何痕迹,凌乱的几堆石头仍然凌乱,几间简陋的房子照旧简陋,简易公路还是简易。钓台的规模,却今非昔比了。牌楼建成了,严先生祠、严先生像、历代名家题刻的石碑长廊与亭榭,都已竣工。原址已沉入水底,祠庙与石碑都是蓄水前从原处拆迁上来的。严祠东首,"天下第十九泉"之邻,有几幢江南式建筑,现被干部疗养所占用。"先生之风,山高水长。"看来他们也想学严先生之"风"沾一分先生之"光",却不知如何才能"山高水长"。

石牌楼上,"严子陵先生钓台"七字,赵朴初手笔,看来所书者也非其人。

东西钓台均依旧,唯草木更为葱茏而已。

离开严子陵钓台,我们换乘游艇,溯江而上。这就是以往"十里扬帆",世人所称的"小三峡"。"有风七里,无风七十里",说明流速之湍急。我父亲曾经历。当然,都已经成为历史,如今一碧万顷,水平如镜。两岸山峦叠翠,颇多秀色。山势平缓无险,柔多于刚,却让游者不满足。过"子胥渡",已无多少痕迹。唯有岩上留刻,还有那位壮丽的船家舍身投水,让子胥放心离去的传说,几幢粉墙黛瓦的建筑和一条山路而已。

近梅城,因角度适当,天气又好,双塔相峙,看得颇为真切。此即被唐伯虎感叹"壮观也,双塔凌云"而名之的"双塔凌云"。东塔为夫,西塔为妇,相传,端阳那一天,双塔倒影于江水中,才得以与牛郎织女一样交合,俗称"夫妇相会"。塔顶有一棵桂圆树,翠绿葱茏。据说,不孕女子向她求子,有求必应。

十点半,艇泊梅城码头。很有沈从文笔下的边城风味。此地原是建德县治所在，20世纪50年代兴建富春江水电站，将下游居民迁移到此，发展的空间，却被背后的群山所限制，再迁到白沙镇。白沙镇就这样成了建德县的机关所在地，并因此而兴盛，成了一座新城，人称"小上海"。梅城，即严州。因城门五处，颇像梅花而又名梅城。20世纪初，废科举兴新学的时代大转折中，浙江省在此地兴办了一所新式中学，称严州学堂，将我父亲从数百里外吸引到此就读，与施蛰存等成为同窗，并卷入当时的学生运动。我很想寻找一些遗迹，如那所中学的方位之类。可是只见一条大街，新旧不一之建筑排列两边，显示出与当今江南城镇差不多的繁华。出售的，多是瓜果。当年颇多火腿，于今也看不到了。引人注目的是时装，同样引人注目的是少女，还有电影院大门上某"谋杀案"的电视录像片的巨幅广告……把寻踪父亲生活旧迹的念头冲刷得一干二净，当然，真要寻踪，也未必能够如愿。

白沙镇，或称建德、新安江风貌依旧。我们在建德旅馆吃中饭。本打算下榻于此，岂料房间被日本来宾所包，遂改到了浙西旅社。先去游览灵泉洞，等四点半足球赛以后，再办理入住手续。灵泉洞，原名灵栖洞，因发现第一洞下还有地下河而改名。入口处，需乘船而入，通向半山腰，就是清风洞，洞口由同济大学教师设计，像一家旅社。洞口冷风彻骨，人皆却步。顶上一洞没有去。

晚上，同行者皆离旅社去观球赛，我欢喜新安江之清澈，尽管三年前已经见识，但仍去旧地重游。可惜，本来奔腾湍急、生龙活虎的水流消失了，素有"走尽天涯路，难过白沙渡"的白沙渡，也因富春江的水坝而平缓了，所感受到的水温，不管是江水还是自来水，都是从水坝深处而来，皆彻骨之寒。旧迹难寻，怅然！

七月二十七日，星期六　今游羡山岛、密山岛和桂花岛。除了后者，三年前我都游览了，羡山岛多了一个《下次开船港》电影的布景，是此电影拍摄组拍摄之前，就与淳安市政府议定保留下来，作为招引游客的一个景点。唯一的牌楼，书以"故事港"及一挂在马车上的牛首而已，无甚可观者，因时间未值中秋节也！

原定在姥山坞用餐，因冰箱坏了，无法供应鱼鲜，只好长途远航到排岭的鱼味馆去。三年来，变化最大者，要算这个鱼味馆了。本来是两层旧式江南老建筑，如今改建成高层大厦，饰以琉璃瓦与飞檐，并附设旅馆。"鱼味馆"三字，由叶浅予题写。据说本来生意兴隆，去年发生了车祸，加上经营不善，与旅行社的关系也没有处理好，好久没有客人光顾了。这一次，导游请来经理等管理人员，与文汇、解放、新民晚报、上海电视台等传媒的记者见面以后，方才重视起来。

中午烈日如火，都不想再去游览密山岛，只想在排岭转转，在此吃了晚饭再回去。无奈，船是鱼味馆联系的，经理说晚上没有船，只能作罢。

我已经在密山岛登过山，不想再去。千岛湖上没有一个小岛会吸引游客回头品味的。除非改善经营，我所喜爱者，唯清澈澄净之湖水而已。

七月二十八日，星期日 今天来天目山。大家都不愉快。

事情肇始于昨晚，罗达成等对春秋旅行社的安排极为不满。到建德，导游说旅馆给日本人包了，其实好房间多得很；继而去姥山岛吃饭，电冰箱并没有坏。他们之所以要滑头，就是为了省几个钱，提高他们的利润额。因安排不善，王安忆、王小鹰等都想提前回去。我们当中，像她们这样想的不在少数。于是商定，如果导游还要借口这个那个理由而不住宾馆的话，要么回上海，要么我们自己去联系住宿处。赵长天将这些意见转告给导游孙某，孙某说，明天，他给去天目山的先头联系人打个电话，争取住宾馆。如果联系不到，立即电告。今晨已经复电，说没有问题。另外，原定经过杭州湾再到这里来的，结果，车子一离白沙镇，便直奔天目山，在公路上绕来绕去的，一点钟过后才到目的地。中饭没有了，入住的也不是宾馆，而是招待所！四个人一间，最好的二人一间，也只有两间，无浴室，甚至无电扇，连自来水能否供应都没有保证。这一安排，把我们对天目山极其美好的印象破坏殆尽！

王安忆、王小鹰、罗达成、周玉明吵着要回上海，罗达成拉我一起走。赵长天急得满头大汗，径自去宾馆联系。我们碰到的是和喀什地区同样的问题，房间已给省某部包了，再找了几个住宿点，都是招待所，有的需要登上一百八十级石阶才到的，上下用餐极不方便。与导游剑拔弩张，自在必然。这些矛盾，使中饭未安排而吃烂糊面之类，都被视作为了牟利而刻意为之，于是疑忌越重。虽然做了一些安抚工作而有了缓和，但游兴已经索然。晚上的舞会也没有多少人参加。

七月二十九日，星期一 今游天目山。俗语云，峨眉天下第一秀，庐山天下第一奇，黄山天下第一险，天目天下第一树。不无道理。

早晨七点，从禅源寺出发，拾级而上，到开山老殿吃中饭，然后到仙人顶。行程十五华里，海拔一千五百余米。给我印象最深的是原始林木。多为柳杉、金钱松，大者需五六人合抱，高达六七十米。如此之多，如此之大，如此之茂密、自然，别处所无。经历过大小兴安岭原始森林的我，也是头一次见识。

树之高大古老，便有高大古老的传说，而且极富哲理。稍加整理，便可成为一则优美的寓言。从狮子口上去，经张公舍和洗钵池，有大王树，极古老。郦道元游记中，曾提及此地之树，说树龄都有三四百年。郦道元生活于公元五世纪，这些树长到现在，也应该有两千年了。这是一棵柳杉，在宋朝就被称为千年树了，乾隆游江南到此，见其大，解下腰上的玉带双手合抱量之，始勉强围上，当即赞曰："此大树王也！"历来称树木之大，只说将军树，从来没有以大王名之的，而且出自帝王之"金口"，就这样传开，惊动遐迩，百姓均以为神。据说能治百病，不远千里赶来朝拜神佛的，也要到此来叩拜，并剥一些树皮回去食用。日久天长，树皮整圈被剥，终于枯死。1936年，西安事变前夕，曾有人到此游览，还看到了此树的绿叶。按此推算，也将近四十九年了。今天树木依然挺立。据导游说，要怪乾隆皇帝，何以封它为大王，以致落下这样的下场。这种介绍，颇含哲理，教人想到物极必反的道理。不少强人垮台，不是诅咒太多，而是极度赞颂，教他忘记了自己是一个人，而人，就有人之所短。只是这一哲理，在这里，却把中国人的愚昧掩盖了。

此外，还有野银杏树，世称活化石。其古老繁荣之状，令人思绪翩跹。可惜我不是植物学家，不然，到了这样的科学宝库，哪愿离去？

此地历来为浙西佛教中心。据说日本僧人来华取经，必到此地朝拜，当时的开山老殿极其鼎盛。今天虽无鼎盛的气象，古迹却不少，苦于赶路，无暇访古探胜，真的，对于我们，与其说来游览名胜，不如说来登山更合适，连最著名的"倒挂莲花"岩和"四面来风"亭都没有去。经过一些地方，明知是古迹，也没有留步。到开山老殿（店）用了午餐，不少人就不愿再攀登了。结果，继续行程的只有一半左右，其中包括我与傅星、李其纲、徐芳。我在他们面前，已深感衰老，可敬可佩的是钱谷融先生，六十八岁了，与《解放日报》的陈昭、上海师大的王纪人诸先生一起，居然也上了仙人顶！

我是浙江人，生活、工作圈子就在长江三角洲，四十余年来，今天才算征服了江浙两省的最高峰，站在仙人顶上，欣慰而自豪。

三 溯长江大小三峡而拥抱巴山蜀水

1985年·长江申五轮、武汉

八月九日,星期五 应《中国海员》杂志之约,今天乘申五轮溯长江而上,开始采访之旅。借此机会,我携带正在暑假期中的可可去见见世面。

申五轮政委许惠昌的外貌像学究。五十多岁,深度近视眼,矮个子,黑皮肤,一副憨厚相。他请客运部洪主任把我们父子俩安排于二等舱中最好的一间。对于"特约记者"之尊重,不亚于其他场合。因忙于开船,许政委安排明天上午给我介绍轮上的情况。

溯长江上行,我是首次,到武汉也是第一次。时近黄昏才起锚,未到吴淞,天已擦黑,除泊于黄浦江上货轮的灯火,两岸都黑茫茫的一片。

八月十日,星期六 夜半,睡梦中闻喧哗声并感知船已泊岸。到南通了,因疲倦,未起身。午后两点到南京,从长江大桥下通过,拍照者挤满了船首船尾,与步行通过大桥的情景相比,又是一番壮观景象。再溯行,除了马鞍山,两岸均平原,可以想象当年去无为县采访时景观,连岸水柳如云,落日残阳若血,颇迷人。八时半,一片灯火中到达芜湖。即三个多星期前来接周嘉俊、程乃珊他们之所在。自此上溯,对于我都属于新天地了。

按约定时间,聆听许政委介绍这次航班情况,晚上继续。政治工作不吃香了,从他的成绩与体会来看,人的思想工作是大有可为的。"以身作则,调查研究,不随便批评年轻人,这是我的工作原则。"确实如此。尤其是以身作则。许政委去年九月一日来此轮之前,船上吃喝、占小便宜之风盛行,如今秩序井然,风气很好,皆以身作则之故也。国家的党风民风要正,这是关键。我打算深挖,明天,拟请客运部洪主任谈谈。

八月十一日，星期日　清晨醒来，已到安庆。

安庆是历史名城。自三国起，屡见历史记载，因易守难攻而有"万里长江此封喉，吴楚分疆第一州"的盛誉。远的不说，太平天国战乱中，曾国藩屯兵于此；解放战争渡江南进，为战线之西端。这是不懂军事知识的人也可以看出来的：两岸丘陵夹峙，江面特别狭窄，流速却不急湍，有利于军事活动，也就成了兵家必争之关隘。

到餐厅吃早餐，见一塔兀然耸立于岸上。据介绍，这就是安庆迎江禅寺之振风塔，在建筑上颇有成就，历来有"过了安庆不说塔"之盛誉。就在眼前，不能不去看一看。只是码头到那儿需一刻钟，泊岸时间只有半小时，还不够路上来回，所以没有人想去。但我父子抵不住它的吸引。七点半，船一泊岸，立即上岸直奔而去。江岸上多为新建的商业大厦，毫无特色，特产辣酱满街，都置之不顾，暨入一条水泥砖铺筑的小街，街上民居都保持原貌，很像我童年生活的江湾镇，都是两层楼屋，以可卸除的木排न为门面（上海商家说的"打烊"，则称为"上排门"）。老太太随意把锅水从二楼窗口往街上泼。想来，当年兵卒即是借用这些房屋驻扎的。迎江禅寺巍然沿江铺筑于街头。

在长江沿岸，迎江禅寺之所以被列为著名古寺之一，一是历史悠久，建成于北宋开宝七年（974）；二是其人文内涵丰富，明光宗皇帝亲笔题赐"护国永昌禅寺"，清顺治七年（1650），改称敕建迎江禅寺，清光绪题匾"迎江寺"，时在光绪八年（1883）；三是建筑完备，寺内建有天王殿、大雄宝殿、毗卢殿，更有藏经楼和雄伟壮观、造型独特的振风塔。限于时间，放弃殿、楼，直奔振风塔。

振风塔耸立于大雄宝殿后面。雄伟古朴，名不虚传。建于明隆庆四年（1570），原名万佛塔，又名迎江寺塔，后取名振风塔，有"以振文风"之意。高十四丈，为砖石结构之重檐式建筑，八角，七层。塔门多变，内有一百六十八级台阶盘旋而上，外有石栏环卫，可以俯瞰长江景色和安庆市容。每层檐角悬挂铜铃，迎风叮当悦耳，所以也叫"风铃"，或叫"惊鸟铃"。除佛塔供信徒敬仰，还具有导航引渡的功能。为安徽重点保护文物。我父子急步攀登到最高层，俯瞰长江，心为之收缩，双腿随之颤抖。

从登岸到回船，一共花了二十五分钟。真正属于"闪电式"观光，颇有成就感。

此后，又是两岸平原。一点二十分到达小孤山。此乃长江一奇观。陆游曾经如此赞美它的独特："凡江中独山，如金山、焦山、落星之类，皆名天下，然峭拔秀丽皆不可与小孤比。"的确峭拔秀丽出众，南岸，山峦蜿蜒起伏，到江边刀劈也似的断裂,仿佛刻意让江水通过,在北岸兀立起一山峰,如巨型石笋,山石奇秀,翠木葱茏,颇似桂林之山色,也如黑龙江中的迎门碇子和龙头山江心峭壁。其西南侧,巨笋之半腰有楼阁,黑瓦白塔,重檐叠屋,飘然若仙境,面对这一景色,甲板上的旅客无不惊叹。

两点三刻,船到鄱阳湖口。两水交汇处,水呈两色,江、湖之水,截然不同,一黄一碧,如此分明,宛如两种物质。湖口镇的山色极佳,有亭榭楼阁,悬崖临水,气势雄伟。旅伴告诉我,那是石钟山。啊,古迹也!幼时读《石钟山记》,写的就是这里!这是苏学士留下的一份活教材,从"事不目见耳闻而臆断其有无,可乎"之问,到最终"叹郦元之简,而笑李渤之陋",这一声千古之"叹"与一声千古之"笑",无异于留给每一个治学者的警钟。想不到就这样不期而遇!可惜相距太远,未泊岸一游,颇觉可惜。

中午和晚上,39号服务员徐根林、客运部主任洪耀恩,45号服务员傅勇平等分别接受我的采访。洪耀恩是商科毕业,五十八岁了,他的能干,不在于他安排服务中的两大部:炊事组和服务组,而是船上唯一一个能用英语和外宾交流的干部。他一退休,竟无人继承此任。从他的留用,可见我们航运业人员配备方面问题的严重。对于一些人的看法,他与许政委不尽相同。如年轻人交朋友的事,举了不少例子。总的来说,此轮服务是相当好的。其间,我还召集了几位旅客代表座谈,充分印证了他们所介绍的。

八月十二日,星期一 清晨六点到武汉。逢泊位修理,在江心等了半个小时才上岸。

我们主意已定,不去三峡了。这一天,全部用于游览武汉的名胜古迹。

武汉,对于我们确有迷人的魅力。长江大桥巍然横跨于龟蛇两山之间,龟山的电视塔不亚于上海。新建的高层大厦林立,蛇山那座,据说就有三十三层,远远超过了上海的国际饭店,使旧有的海关大钟钟楼不显眼了。电视塔对面,透过薄雾,可见黄鹤楼的剪影。隔江的武昌,设计师大概是为了与它相峙而然的。征求了同船武汉朋友的意见,我们拟定了今天游览路线:先摆渡过江,到武昌游黄鹤楼以后,再到东湖。

过江的渡轮别有风味,是两层。座位一排排犹如电影院。有兜售耳扒、顶针箍之老妪,说一口流利的湖北话,当众推销,生意兴隆。这一点,有别于讲体面的上海。过江,到武昌大桥桥头堡乘电梯,沿引桥到黄鹤楼。此楼1981年开始重修,今年开放,门票一元。游者如潮。远看金碧辉煌,其特色,不是一座孤零零的塔楼,而是一个建筑群耸立于蛇山上。气势神韵,来自塔楼,但更因凭借其他楼阁而显示逼人之雄浑。门楼、黄鹤之装饰,塔楼的题词,楼阁之建筑、装饰、题写,均保持其古色。可惜来去匆匆,未及细细观赏。登楼,印象最深者,是俯瞰长江波涛及横跨其上之大桥。其秀丽之姿色,雄伟之气韵,非在联谊大厦上俯瞰上海之可比。历来称此为"天下绝景",实至名归!

到东湖已近中午。印象最深者,是东湖的水。清澈如许,远胜于杭州之西湖。清澈得如水晶般透明,清澈得如碧玉般纯净,映之于山色,尤其醉人。有少女前来兜揽生意,才知可以坐汽艇下湖游览,也有游艇。花五角钱能渡到对面磨山。我们选择了后者。花十七分钟始达彼岸,然后弃船,直奔磨山西侧的朱碑亭。此亭为纪念朱德在东湖题词而建造,是一座二层亭廊式建筑,在东湖,是能够俯瞰东湖全景,体会一览众山小的一个居高点,可算为节约游览时间的选择。至于听涛轩、行吟阁、水云乡及磨山上一些亭榭皆无特色可言。湖内有游泳池,可可极想下水,因未找到更衣处而作罢。

我们打算趸回,步过大桥去归元寺,不料大雨,雷电交加,避在武昌一侧的大桥桥头堡一个多小时,时间所剩不多,冒雨赶到归元寺,已近五点,离关门只有半小时。身子被淋湿,马路积水,一片汪洋,须涉水前行。但还是值得的。归元寺之建筑是古朴的,不是黄鹤楼那种复制品。藏经阁尤为典型。最令人流连忘返者,是五百罗汉,其雕塑之精美,人物各异之技艺,除苏州西园,无与伦比者。

赶回轮船已经晚六时半,很累,晚餐也未及吃,但觉得今天的收获很大。

晚上八点,准时起航。洪主任说,来了许多外宾,可能要我们换房间。最后,经他千方百计调度,让我们仍然住在205房。

八月十三日,星期二 早上被喇叭惊醒,已经到九江。顺水,真快。十点半即到安庆,抓时间上岸,补拍了几张振风塔的照片。

今采访服务员周兵、陶国平等。颇有收获。尤其是周兵。一个二十刚出头的大姑娘,为了一只蝈蝈,与旅客发生冲突,从吵嘴升级成打架,竟被管理者记了大过,由此扣发了三四百元奖金还不够,浮动工资也没有轮到她。她委屈,却无可奈何。我觉得管理部门对她的处理过分了。正如她说的,我有转变,但我的体会,绝不是什么处分的结果,我自有我的想法。我同意她的见解。

南京长江大桥的夜景,堪称一绝。我是指晚上十点二十分钟所展现的景色。

南北延伸的两行，皆成银白色，横贯于江面，长达数里，每一盏间距相同，上面一行与下面一行，作犬牙式交错。下面一行略异，微带绿色。这与武汉长江大桥不一样。昨天晚上开船前，我特地领略了一番武汉大桥特异的夜景。它上面公路路桥的路灯，呈橘黄色，间距较大，光点也大；下面一行，是铁路路桥，银白色，细密如珠，上下两行相映成趣，与眼前南京长江大桥的犬牙相交比较，自有一番神韵。

客轮泊岸，我们上岸观光。夜已阑，除了一些接客的汽车和兜揽生意的三轮拖车，还有几家日夜商店以外，无可观光游览者。

1985年·武汉、奉节、巫山、万县、达县、重庆、成都、乐山、峨眉山

八月十九日，星期一　今乘民航3514航班来武汉。

只隔了一个星期，就来继续长江上溯之行。仍然是上次有关航运系统的杂志组织的，与洪波同行。由海员工人文化宫的《海员文艺》杂志的杜治洪，安排我们下榻于长江航务局招待所。拟定从万县乘长途汽车去达县的行程以后，即去买好明天到万县的船票，二等舱，是江汉52号轮，旧了一点，却是先进单位，票价七十三元。杜治洪请他们编辑部曾经采访过此轮的万成平，明天早上陪我们上船。

傍晚，与洪波一起游览市容，并到江汉大街的郭锰泰酒家四楼用晚餐。对面不远处，即是汪伪国民政府旧址。倒是一处可以把酒临风，体会历史沧桑的所在。

早上，把写江申五号客轮的《在这样一个窗口》润饰了一遍，寄《文汇报》周嘉俊。原算定江申五号今日来武汉，请洪波去拍几张照片，不料它昨日已经返航，离开武汉了。只好写信给洪耀恩，说定我回沪后向他索取照片。

八月二十日，星期二　早上，万成平送我们上船后，才知此52号轮并非江汉51号，而是原来的34号。万成平没有门路，几经周折，最后由此船的客运部主任张定杰接待。

九点准时起航。服务质量比江申5号差得多了。设备也差，是1958年就该退休的老客轮，航位仅九百余，二等舱却比江申5号多，他们把原来的三等舱改成了二等舱，三等舱就此取消。我们被安置在增辟的二等舱，船右舷第十八号。乘客之少，令人意外，一半以上的座位都空着（四五等舱）；二等舱的，我俩以外共八人，但只有两名老外购了票，另外两男两女，名义上是公司派来检查工作的，但看得出来，真正来检查工作的只有一人，其他三个，显然是趁机揩油来的。还有两个，也不明

来历。当中的客舱均空无一客。伙食相当贵。包饭五元,三元一客是专为我们开的。只有一盆炒菜,一碗汤,与江申轮不可同日而语。服务员不在位,我们吃饭,她们也吃饭,面无笑影。

我们颇觉失望。张定杰主任虽然打了招呼,但他们也不过问——也许习以为常,不认为有什么问题。直到吃饭时我们流露了不满情绪,被同桌那位"检查员"和陪他们吃饭的厨房师傅听到了。这才急了,一再向我们致歉。

晚上,约张主任做采访式的交流。这才知道他是受招聘来的,三十八岁,还不到一年。上水旅客少,经济效益不好;下水较好一些。服务员责任心差,船旧,设备老化,均使他焦头烂额。他们武汉分公司因"五二〇"事件——即服务员骂了某市长,被《光明日报》刊登了文章批评,使他们手足无措。我们颇为同情。看到了改革时期企业中从业人员的艰难。他要不是年轻力壮,早就垮了。弄不好满一年就下去了。我很想为他的遭遇写点什么。他却不愿多说,顾虑重重的。我决定采访政委。因吃过冒牌记者之苦,领导上反对他们与记者直接接触,幸而这位政委还是愿意配合,给了我们许多资料。

从武汉起航,航行了一天都没有停靠码头。两岸始终平原连着平原,直到接近湖南的龙口与楼溪口才显示特色。楼溪口,这一集镇沿江造屋,全部是红瓦平房,是按照同一张设计图纸建筑的,唯大小不一,均建造于江堤上,连绵足有五公里!景色极美,虽与我们家乡大不同,但晚炊袅袅,颇能勾引起游子的乡思。

晚上七点,停泊湖南城陵矶市。此码头临近岳阳,岳阳楼的那个岳阳,对我颇有吸引力。可惜脱班延误,旅客上下一完即走,无暇登岸一睹风采,唯见灯火辉煌。上来四五百名旅客,杂以身背竹篓的农姑,开始展示湖南的地方风味了。

八月二十一日,星期三　　昨晚下了雨,甲板上都是水。气温明显下降。

两岸依然平原相接。逐一展现的川鄂风光,虽然出川顺水与入川溯行呈现出巨大差异,但站在甲板上,也能体会到李白的《渡荆门送别》中,"山随平野尽,江入大荒流"这一类名句宏阔变幻之神韵。

七点二十分,到了石首县。江面更显宽阔,大江在此一百八十度的大转弯,俯仰天地之自由感,是别处无法获得的。继续溯江上行,江面始终有一两千米的宽度。水依然是混浊的。午后一点半,到达沙市。这是三国时代诸葛亮三气周瑜之处,江畔,有《三国演义》中供诸葛亮施展军事才能的芦花荡。这里的芦苇,的确与别处不同,一人多高,密不透风,连绵几十里。是诸葛亮时代就是如此,还是小说作者见此景而生发，需要做深入的考察了。荆州在沙市西南十五华里，可惜无法一睹，唯见茫茫芦苇荡。

七时许，到湖北西南之煤炭城枝江（马家店），枝江大桥雄踞于大江之上，比武汉略逊一筹。船泊岸，这是此行程中的第三次。时间过短，未上岸观光。

晚上，阅读张主任提供的资料，并访邬政委。得知张主任是武汉航运公司第一批招聘来当客运主任、并且是第一个上船的年轻人。值得作为一个人物来描写。可惜，此船与江申五号相比，总觉得相差太多，以报告文学写需要慎重。报告小说倒可以一试。其价值是有改革现状的冲动，但要立定脚跟，不得不四面应酬八方讨好。他一心除弊却不得不与弊端妥协，世道之艰难在于此，人生之复杂也在于此。

今晚将达宜昌市，过葛洲坝。可惜都在夜幕中。

八月二十二日，星期四　昨晚十一点半到达宜昌市。在此停泊两个半小时。我已上床入寝，但毕竟是三峡之重地，仍然起来上岸游览。码头上，候船旅客都坐在江岸上，灯光下像一块块石头。码头小店尚未打烊，生意兴隆，都是饮食店。两只猪耳朵耸立于案板上以招徕顾客。电视机、电冰箱家家齐备。电视正在播放《射雕英雄传》。幺妹子在一边摆着小摊卖米粉。整个环境已具川鄂特色。

十二点五十分回舱。打算休息几个小时起来看葛洲坝的夜景。可惜，醒来时只觉船在移动，室外一片白光。急忙出门细看，原来是船上灯光光柱打在崖壁上，只见两岸山体高耸入云，不知何地。问旅客，才知不仅过了葛洲坝，荆门都在身后了！

是呀，此时已经四点半了！只能怀着一腔遗憾重新上床。但还是舍不得错过如许景色，少顷，重新起床。天已明，两岸山峦迎面而来，不久即到西陵峡之崆岭滩。诚如书上的介绍，西陵滩多，险峻惊人，崆岭滩的险象虽然因葛洲坝的建成而消失，但峻峭之山势，湍急之水流，仍可以想象其原貌。上一次，《中国海员》要我来采访滑坡之青滩，即离此不远。滑坡被清理的痕迹尚清晰，而且颇引人注目。至于其他景点，如牛肺、马蹄等，均模糊不能辨认。吃早饭时，广播告诉大家，已经到达"兵书宝剑峡"。我们到甲板张大双眼仰头注视，仍然看不出是什么形状。本来嘛，山石无情，草木自生，都是借助文人的笔，百姓的口，附会而成的。正如当年进入"瑶琳仙境"。到巫峡，幽深秀丽者多矣，但传神者，唯神女峰而已，其他十一峰，别的山区也可以找到。至于三峡的其他景物，也都难以寻觅。

印象最深的，却是秭归和巴东两座城市，尤以巴东迷人。

神话，传说，是自然风光的化妆师。从文字资料和旅伴中了解毕竟有限，要真正欣赏巴山蜀水的自然之美，还应该到小三峡去，尤其要到最初发现其美的那些地方去，如巫山县入口之大宁河那一段。据说，它熔大三峡优点于一炉。险有磨角滩，秀有巴雾峡，奇有龙门峡。我们买的是去万县的票子，要看的话，就应该在奉节上岸。奉节也称夔门，过了瞿塘峡就到了。这是三峡之首，其气势，堪称巴山蜀水之门户。两岸悬崖千丈，巍峨险峻，自幼就从《三国演义》中结识了的白帝城，就在其上。前为滟滪堆，可惜此堆已经被炸平，加上葛洲坝筑成而使水位升高，当年之气象已不复呈现。

客轮在奉节停泊。我们下面的行程还没完全决定，只想上岸看看白帝城。这是刘备托孤之处，更是李白流放途中的一个转折点，据说，安史之乱中涉罪的他，被赦免的诏书就是在这儿接到的，因此有了"朝辞白帝彩云间，千里江陵一日还"的轻舟出峡的名篇；杜甫曾经用这样的诗句描写其壮丽："白帝城中云出门，白帝城下雨倾盆；高江急峡雷霆斗，古木苍藤日月昏……"为此，白帝城被称为"诗城"。为了寻觅这些充满了人生命运兴替化为诗篇的痕迹，我们特地到文化局，希望获得帮助。文化局朋友说时间不够。还说，白帝城名气大，其实只有一座白帝庙，其中塑着刘备托孤的群像，都是近年新增的。一听是假古董，兴趣索然，寻找李、杜足迹的冲动也就烟消。倒回去游小三峡的选择，随之一槌定音。

先游览奉节古城。此地离重庆不远。附近主要景点和古迹，有夔门、白帝城、三峡之巅风景区、天坑地缝、龙桥河、夔州古象化石、黄金洞、古悬棺、长龙山等。因时间紧，我们只能在城内走走。老城门尚在。在它左右小街上漫步，均可见长江在眼前奔流。其实，小街者，乃古城墙也！脚底下所触及的街道，都是用古城墙的巨砖铺筑的，千百年来，已被磨损得坑坑洼洼的，街道边的围墙，就是当年之城堞，所有箭洞都被堵上了。砖石隐约可见。站在这样的地方，遥想当年的金戈铁马，别有一番感慨！

下榻于县武装部招待所。条件虽差，服务却十分热情。住宿费也便宜，伙食费尤其实惠，花两角四分，我俩竟吃到了九菜一汤！当然，菜是小盆菜，但很新鲜，以素为主。这对于在江轮上吃了几天的人来说，已与山珍海味无异了。

八月二十三日，星期五 今天游小三峡。昨晚拟定的路线，赶六点整的江渝112号轮，顺流倒回巫山县城，然后沿大宁河经大昌到巫溪，再乘长途汽车到万县。

在宜昌码头上,曾经结识十位武汉大学生物系学生。当时,这些生龙活虎的年轻人,刚从神农架旅行回来,不料在这里重逢并成了旅伴。

客轮准时起航。再次经过瞿塘峡,这次是自上而下,顺流观赏。与昨日逆流相比,速度不同,角度也不一样,便另有一番感触。险峻中,山河居然含着如此耐读的秀丽!

是的,山河耐读,耐看,只恨船行过快,经过这七公里之大峡,真正一闪而过!凡秀丽耐读者,都是瞬息之间的,不独此处为然。景色如此,人生更如此,世间万物都如此。造物的设计,仿佛就是一场恶作剧!

到了巫山县码头,抬眼一望,不少于一两百级石阶,从高高的喧嚣的市井间,天梯一般往江面垂挂下来,巍巍乎壮哉!还没有考虑是否攀登,便有小游艇泊到跳板旁边招呼我们上艇。一问,方知他们不去巫溪,只到大昌,每人五元四角。下午四五点钟返回。要去大昌的客轮很难找。武大的学生仿佛无法拒绝他们的介绍或者是"诱惑",都上艇了,我和洪波便下意识地跟了上去。

游艇很快驶入大宁河。果然,小三峡胜过大三峡。先过龙门峡,有九龙枝、银窝滩、熊猫山、磨角滩和乌龟滩等,大约三公里,这是第一峡,不太突出,夺目的是经乌龟滩后的第二峡:巴雾峡。此峡长达十公里,皆为石灰岩之陡壁,因水蚀而成多种形状的景观,如桐庐之瑶琳仙境,有"猴子捞月""马羽山""虎出""龙进""仙女依门""白蛇"等,山景则有仙桃峰、观音坐莲台等;第三峡为翠清峡,仍是石灰岩被水滴雕琢而成的作品,有"水帘洞""仙蕉林""摩崖佛像""天泉飞雨""绵羊崖"等。山景则有登天峰、马渡海、双音对屏等,到回音洞返航。

小三峡有二十公里,一峡转过又有一峡,一峡比一峡秀丽而雄奇,一崖接一崖,峡壁对峙,苍天一线,林木葱茏,真有进入仙境之感,以第三峡滴翠峡为顶峰。可以说,大三峡与之相比,其秀丽,莫如滴翠峡,我仰头观赏,唯恐错过一草一木,颈椎都酸痛了也不以为苦;其险峻,莫如磨角滩,船过此滩,要经过落差三米余的急流,轮机马力开足还不够,加上三名大汉撑篙的情景,不能不想到大诗人"噫吁嚱,危乎高哉,蜀道之难难于上青天"的千古感叹!可惜,一直"养在深闺人未识",1982年才被外界所知,而且只停留在对碳酸钙沉积物表层的附会上,俗不可耐,如浙江之岩洞,没有像大三峡那样,用神话传说、历史陈迹等赋予人文内涵,以及由此而来的神秘感。当然,它得益于偏僻。如古栈道上的石窟,留在悬崖峭壁上清晰可见,却没人去惊动它;滴翠峡内的山崖绿树丛中,也有群猴跳跃嬉戏,呈现一派原生状态,也有古栈道,虽没有瞿塘峡所见的那样形象具体,但因它们的存在,大大弥补了

"猿鸣三声泪沾裳"的不足。

我的结论是：要领略川蜀山水之秀丽险峻，就应该到小三峡来。

归航后，在双龙镇吃中饭。餐中，船家取出留言簿，要我题词。我接过来，随便翻翻前面游客所题，很巧，竟发现唐铁海他们今年五月来游的集体意见。我写的是："过去说，除却巫山不是云；今天应该说，除却滴翠不算峡。"

回巫山县，已是下午三点。不巧，上行的客轮刚刚开走。我们只好改乘巫山去万县的长江航运公司的小客轮。是私营的船只，条件较差，但明天下午可以到达万县。船在卸货。我们上去了，住的是四等舱——最好的。在等候开船的时候，看码头上，运煤车子卷起的黄尘扑面，将这小小县城之落后暴露无遗。装卸工全凭体力，肮脏，原始，如电影中上海之20世纪30年代，竟看不到一点机械设备。这是私营轮船公司的码头，除了上下客的石阶是新筑的以外，没有一处是新建的。看来年代相当悠久。

六点半起航。再见了，巫山！你以你的天梯般码头石阶，给了我巍巍乎壮哉的第一眼，仿佛天堂并不遥远，然而，上了天梯，给我的整体印象，却是落后而灰暗。美不在巫山。正如洪波说的，神女看见如此，和滴翠峡的猴子一样，也要"转移"了。

八月二十四日，星期六 此船与国营的航次不同，起航时刻，只是大致上约定，货物装卸是否完成，才是它行止的准则。六点半起航后，每逢小码头甚至无码头之沙岸，也会停泊，一如又在黑龙江上那艘老式涡轮上漂流，只是巴蜀有巴蜀之风味。昨晚，驶到瞿塘峡上行入口处，有个墟镇在南岸，黑灯瞎火的，也泊岸，上下旅客却不少。这大大有利于群众出行，是江汉、江渝等国营轮船公司所不愿做的。一位老太太，脚畔搁着一堆行李，凭栏而立，双手圈成喇叭状，冲着江对岸那一点忽明忽灭的灯火，高声呼唤着一个女人的名字，要她过江来接她。于是，对面茫茫夜色中，出现了或长或短的手电光柱，自山间飞速而下。这种世外才有的情景，清纯、动人得让我落泪。

还有一个好处。昨晚到奉节，船不开了，简易码头上，旅客如潮，拥立于堤坡的灯光下，都是肩挑箩筐，背捐竹筐的劳动群众，有到城里来买卖归去的村姑民妇，也有刚刚完工的老少民工，他们赶来乘此船，既是寻求一种交通工具，又是获取短暂休息的一处旅店。夜色中，底舱和我们二楼的走廊上，都被他们占领了，或就地躺卧，或依物而坐，或发轻微鼾声，或有甜甜梦呓，教我们不敢、也不愿移步。这种教人心酸的体验,是别处得不到的。

熹微的晨光中起航,行驶一个小时天才亮。在此船上无处洗涤,也无处吃饭。为了大众化,能省的都省了。两岸群山连绵,都平淡无奇。水流仍混浊,江面仅几十米宽。十一点一刻,到达云阳始有秀色。云阳有历史古迹,对岸即有张飞庙,金屋飞檐,极为壮观,照壁上,"江上清风"四字颇引人注目。再上溯,川东风情越来越浓。背篓极为普遍,黄桷树在村舍边高高擎起绿伞,欢迎我们这些外来客;房前屋后的芭蕉,也出现在我们眼帘,以巨大的叶片,来点缀独特的山乡野趣了。

四点,准时到达万县。好大的一座山城啊!——在长江上游,面对它,相信谁都会发出如此惊叹。它和沿江所见的山城一样,青墙瓦舍,鳞次栉比,高高低低,新陈不一,依山傍水,长长的一排,约有五六公里。钟楼以龙头姿态耸立于码头上。天梯一般,从其间悬挂下来的石阶,比巫县多得多了,一排一排的,宽的窄的,坦然伸向江中碧波,以此迎接四方来客,也吸引我急于通过它们融身其间。这是特别富有川蜀风情的市井,有三条平行马路,沿江修筑,自下逐级而上,仿佛这个城市就是这样"叠"出来的,沿街相接的店铺里,一定蕴藏着更多、更精彩的这种可以"折叠"的市井风情!

万县,我早就向往的川蜀名镇,总算亲临了。沿着"天梯",从码头到街上,气温升高了,却比巫山爽气,热而不闷。沿街出售自编藤竹器者较多。水果以散花梨为主,却不见西瓜。景物以万安桥头及通向"和平广场"的数百级石阶处最为雄伟。

我们先买好去达县的汽车票,是明晨六点半的。然后走访当地文联,文联负责人朱彻向我们介绍了几个作者,即把我们安顿于县政府招待所。

一切印象,都比巫山县城好得多。据朱彻介绍,此地之所以闻名于世,一是它历来都是川东门户,抗战中,沪、宁文人纷纷来川,有背景的挤入重庆,无背景的就在此落脚。当时此处大学就有十所左右,报社也有五家。抗战胜利以后回归,文化气氛却留在这里了。

晚餐后,与洪波一起观光市容。汗流如注,早归。浴后,青年作者刘国刚兄弟来,聊了他们的创作打算,即陪洪波去购买篾席和藤器。我却懒得走动了。

八月二十五日,星期日 今到达县。晨,六点半,到江城饭店门前乘车,是一辆破旧不堪的客车,乍见,真怕举足。坐这样的车子走了半天,才到梁平。城内都是柏油马路,一离城区,就都是简易公路了,尘土飞扬到这种程度:迎面来车,必须闭住眼,屏住气,低下头! 都是山路,有的海拔相当高,不见茂密的林木,梯田也不多见,多数是灌木和野草,稀稀落落地植着一些油桐树。看到这些,就难怪长江江水会那样混浊了。

司机的敬业精神也不敢恭维,一副随随便便的样子。在梁平,停车方便后,有四个旅客没有上车就开了走。出了城镇才发现丢了人。派人找回来一个,还有三个却不见影,只好将他们的行李拿到驾驶室,交给下一站的服务员转交。

到达县是下午两点一刻左右。未见接站者,洪波打了电话,谭力、雁宁来接我们到地委招待所住下,才知我们事先所发的电报送到文化局去了。周克芹、克非、陈之光、化石等都已经到达。看来,四川省作家协会、地委,都比较重视这次活动。

达县比万县繁华。地理位置上有其便利之处。洲河自东南穿过,经嘉陵江注入长江。通州桥横贯于其上,联系川东北。有铁路通重庆与陕西。新水泥建筑林立,电器商店特别多。茶水店却很少,完全没有咖啡冷饮店。这种家庭与职场之外的第三空间,是现代社会的一种标志,其缺失,可见其仍然闭塞,至少与沿海城市有相当距离。一入夜,连接通州桥的马路上,小商贩摊头却绵延数里,人流熙攘,不亚于上海南京路。商品多来自重庆与广州。女式时装并不比上海逊色。

会议要开一个星期。太长了。同时被邀请的有人民文学出版社的三个人,其中包括《当代》的白舒荣,还有《青年文学》的赵日升、耿仁秋。

八月二十六日,星期一 大会开幕。省作家协会负责人陈之光、周克芹,省文艺处处长邢秀田以及地委、县委均有领导参加。这是青年文学工作会议,重点是雁宁等四位地区冒尖的青年作家介绍创作情况。会议日程安排是讨论三天,休息一天,再讨论三天。我们决定第四天(二十九日)去重庆。具体行程,由雁宁和四川文艺出版社的林文洵等朋友安排。

八月二十七日,星期二 今天分组讨论,我与克非、陈之光一组。思想较沉闷。发言无可取。我的发言,还是强调文学的个性。在这里,我希望能够出现大巴山文学流派。我们《萌芽》杂志,不远万里赶到这里来"播种",看中的不就是四川盆地这种特有的社会环境与文化背景吗? 这样的地域,就应该有这样的文学作品。

晚上,观看印度故事片《金象奇缘》。

八月二十八日,星期三 上午继续分组讨论,下午,开始大会发言。有化石、克非、周克芹、魏继新及《当代》的白舒荣。《萌芽》杂志被安排在后天早上。我们明晚却要离开达县，我要求上去讲几句，主要是对周克芹的讲话表个态。他要求我们各文学刊物配合四川文学大军全面"进击"，这是正事，不表态哪行？

牛志强自北京来。他已调工人出版社文学编辑室任主任。他要我谈谈下一部长篇的构思。我谈了正在酝酿的两个题材：一是写上海风情的《三号门牌》（暂名），另一个是《汪家姐妹》。他甚感兴趣，要求两部都给他。

八月二十九日，星期四 今天休会。去真佛山游览。真佛山是此地最有名的风景区。在大巴山边缘七里峡山脉中段之福善乡莲花窝，原为关帝庙，清嘉庆年间仿佛寺改建，名"德化寺"，道光六年（1825）扩建后，更名为真佛山，成为集佛教、儒教、道教于一体的"三教圣地"。或许，我们此前没有见识过真正佛地，给我的印象，像一处传播道教的所在地。其真正价值，就在于地处偏远，"文革"之前的神、佛塑像得以完整保存，其中演绎"六道轮回"之群像，是我生平第一次见到。

得益于偏远而得以保存的，除了这种根植于中国民俗的宗教信仰设施，还有民风。比如登山石级两旁的松柏树树干上，胸围上下部分，皆拴有草叶、布条、绳子或线条，有的竟有上百条，新的压旧的，重重叠叠。不同于连心锁。克非告诉我，这是百姓到此求神治病时所为。拴上一根，即能将缠身的疾病拴在此处。还有抛红绫的。红绫两端结以石块，抛于空中，悬于树木上。出售黄表纸以及鞭炮的老人补充介绍说，这是治腰病的，凡腰酸者，用草或绳子系于比较直挺的树干上，疾病即愈云云。闭塞落后可见一斑。克非童心不泯，买了四串鞭炮燃放之。他说，不久前，他刚刚大学毕业的女儿罹患癌症夭折了。遭受如此巨大不幸，仍如此乐观，值得敬佩。

还有值得一记的，是山寺大门上一副对联，可做回文朗读。这是我与洪波的发现，奇在作者的本意未必是写回文。兹录如次："何处寻蓬岛琼台，只山水清奇，长留四时嘉景；即此是洞天福地，看云霞缥缈，涌出万朵莲花。"倒读的话，以最后四字先读，然后按原开头读下去，仍以最后四字结束。克非认为这是一大发现。

因晚上要离开此处，到此地王姓青年作者家看看，然后观看电影《太极神功》。

八月三十日，星期五 昨晚十点五十分，大会后勤组遣人把我们送到火车站，临时买票上了车，再去补卧铺票。没有硬卧，只得补了软卧，多花了十七元钱。车厢内空气混浊不堪，小空间内空气更差，弄得几个小时后都没有睡安稳。行路难，难于上青天，本是蜀中常态，险峻的山川考验人的意志，能化"难"为乐，最无奈的是这一类难！

  晨，五点二十分，雾城重庆，以闪烁的灯火迎接我们。与别处不同，灯火如星星，却在脚下。没有雾，只有闷热的早晨才有的那种带着暑气的清凉。

  张世俊早就等在旅客出站口了。他从阿坝地区的马尔康调到重庆出版社不多久，人事关系不熟，没有弄到车子，好在他联系的市第二招待所离车站不远。

  除了灯火在脚下，重庆给我另一新鲜感的，就是缆车。以汽车车厢为斗，里面的座位随山势装成了阶梯形，它载着我们，从火车站送到了两个路口。

  房间较舒适，每人每天十五元，有空调。我们即给《萌芽》编辑部打长途。没有什么特殊情况。张世俊要我们到文联去借一辆车游览重庆。我们婉拒，表示只要随便走走，领略领略如解放碑、朝天门等市容即可。直觉证实，山城之名不虚，马路如弓而不见一辆自行车，到处是各种机动车辆，包括摩托车，一看就知都是爬坡的行家。

  热，不亚于万县。我们到了校场口。游览了这个从历史中"熟悉"了的城区，就在这儿的"小洞天"饭店品尝四川特有的风味：火锅。它如上海的涮羊肉。加之以辣，是火辣，火锅以火油烧，烹调之物是牛肚、鳝背、腰片、脑花、鱼片和小葱、空心菜等，吃得热汗淋漓，涕泪齐流。本地吃客很多，小青年都赤膊上阵，看样子也被热和辣折磨着，然而被折磨得极其畅快，畅快得一副真味在口、乐在其中的样子。我不解。邻桌是一对青年情侣，问之，答曰，我们就是喜欢这样吃！另一对中年夫妇的回答却很实在：可以治感冒、治胃病。这倒是真的，我昨天有些感冒，此刻，热汗如注之下，鼻子通畅了，身子轻松了。付了钱，出了店，整个山城都变得亲和了，清新、舒适，和我生活旧地一样清新舒适。不过，要我再吃一次，对不起，我没有这种勇气。正如当年攀登黄山，一步一步硬是迈上了北海，风景迷人，却不想再去遭受那种折磨。除非到了冬令时节，可能会再来试试。

  晚上，我们到朝天门嘉陵江和长江汇合处，坐在天梯般的码头石阶上，欣赏山城夜景。隔江灯火如炽，隐隐倒映于江水中，蒙蒙地落于山岚的剪影里，疏而不淡、浓而不艳、明而不露的情景，是别处见不到的。不见波涛任性，也不闻流水聒噪，更不闻嘉陵江上纤夫低沉的号声，只感受水的变幻所带来的柔美。置身此情此景、此时此地，虽然是一只大火炉，然而值得来，正如吃火锅。

八月三十一日，星期六 旧闻"巴山夜雨"可以馈赠给天涯游子一份特殊情怀。昨晚果然大雨如注,半醒半梦中立即想到了"共话巴山夜雨时"的诗句,打算细细体验,却又迷糊过去了。早晨云收雨霁,气候宜人得如东海之滨,唯中午有点闷热。不禁又想到了昨夜那场雨,以及雨中感怀,并有了许多联想。江南"梅子黄时雨"是凝固般的沉闷,蜀地"巴山夜雨"却是流动中的思念;李清照的"梧桐更见细雨"是孤寂的哀愁,聂胜琼的"枕前泪共阶前雨,隔个窗儿滴到明",却是撕心裂肺的离恨。看来,不论是男是女,是"巴山雨"还是"之江雨",是"梧桐雨"还是"窗前雨",最能引发文人思绪,也最能表现文人思绪的,就是雨滴洒落时不同的境遇!这就是雨的情怀吧?

上午,去重庆出版社寄《萌芽》丛书。并拜访文艺室张主任。他负责我们这套《萌芽》丛书"的出版,平时和朱良仪联系。然后,为下一站去成都事,分别给《青年作家》杂志打长途电话,给尚在达县的林文洵发电报。费了差不多半天时间。

到人民宾馆前游览。此宾馆美轮美奂,金瓦,绿柱,形如北京天坛,两侧的回廊却像颐和园的长廊,大门前的石阶,教人想到的是南京中山陵的巍峨与庄严。估计是抗日战争时期"陪都"国民政府的所在地。重庆市政府就在它的对面。国际旅行社重庆分社也在这里。名为人民宾馆,因人民大会堂即在其内。

继而到长江大桥观光。自南京而上的几座长江大桥,我都见识了,到此自然不能错过。由两路路口拾级而下,山城之特色昭然。山岩、绿树中之旧有住宅、危楼,都临水构筑,教人想起已经消逝的那座山城,以及发生在山城的种种历史风云。大桥规模,自然因江面狭小跨度变窄而小得多了。"重庆长江大桥"是叶剑英的手笔。两端各有巨型雕塑二,各为一男一女,女的,代表春夏秋冬四个季节,粗看似半裸,细看却穿着背心。半遮半掩,欲放还收。越是含羞答答,越是抓人目光……我不知别人是怎么想的,在凝视中,春、夏、秋、冬的时令概念,却唤出了"子在川上曰:逝者如斯夫"的那一声吟唱!毛泽东在武汉迎风搏浪中,当脑子里呈现"风樯动,龟蛇静,起宏图"的时刻,不禁借用孔子的这一声感叹,叹出了从"静"到"动",从"动"到"静"世事更迭的常态,这也是现代中国的缩影!不说别的,武汉长江大桥于世纪初由鄂督张之洞开始筹建,历尽了艰辛,才在新中国建成,并以民族风格特浓的亭阁式耸立两端,标明它的民族属性。这可是蜗行龟步的中国!当然,这样的中国,改变并不容易,于是在东边下游的南京,为表示反击国际刁难而争一口气,高举起三面红旗,建起这座"争气桥",直到上游重庆,恭逢改革开放而有了春夏秋冬的"解放",尽管犹抱琵琶半遮面,但总算向着艺术跨出了一大步,以此宣告,这是一个正在巨变的中国,终于在三座大桥桥头堡上展示了这一时代的大趋势。其可贵处,不是由谁总设计,却是在不言中的"碰巧",是随着社会的价值取向的更替而出现的。

这不就是历史发展的规律吗?从本质上说,也属大自然的恩赐啊!

我俩步行过桥,再踅回来,往返费去差不多一个小时。未从桥头上城,到枇杷山,沿枇杷街前街回到两路口。山城之路,上坡下坡颇费力,累极。原定张世俊陪我们到枇杷山上看山城夜景,也作罢。

九月一日,星期日 今告别重庆赴成都。乘康福来有限公司的旅游车。豪华型的大型客车,高靠背,轻型,有空调。因身体不适,空调却教我不舒服。经璧山、荣昌、隆昌、内江、资中、资阳、简阳而到成都,基本上与成渝铁路平行。经过的都是平原与丘陵,只在过简阳以后有一段山路,车行平稳。沿途田园农舍和我家乡无大差别,甚至一些农具如肥桶(也称粪桶,用于装卸粪便,挑到田间施肥之木桶)也差不多,让我怀疑是沿海移民来此,或者此地移民到沿海的。隆昌市产藤器,多为藤椅,小街上的店铺,十之五六出售藤器。过内江县城之后,公路夹道绿荫,多为黄果树(类似榕树的树木)和秀竹。村舍四周均植翠竹,绿云般的一团团,景致美而雅,一看就知此地百姓深得"宁可食无肉,不可居无竹"的生活精髓。稻谷外,也和义乌一样,多种植甘蔗,因此,旱地上的庄稼显得高大茂密,还有一些形如芭蕉者,乃生姜也。农民在秋收秋种。收割用的稻桶,插于稻桶一侧以防谷粒飞出去的竹帘,挥动稻秆的脱粒法,乃至一把把稻草的扎法与撑伞式的晾晒法,均与我家乡一般无二;秋种多凭人力,用锄头翻地,让我看到了自己少年田间耕作的影子……无处不在强化我对东西两地百姓同源的猜测,很想下去做一番考察。

更让我吃惊的是过了内江之后。一处名为溪沙沿的墟镇,两河交汇处依山构筑的楼屋,粉墙黛瓦,直叫我感到时间倒流,把我拉回到江湾镇的生活中去了。不只是那种极富江南水乡的小镇格局,而是小街集市的风情:街头是木器、猪、羊、鸡、鸭等牲畜家禽的交易场所,街上店家,或卖杂货的,或卖食物的,或在门前摆木案卖茶水的……完全如经常闯进我梦境的少年生活旧地,或者说,都是不断呼唤我将它写进描绘浙中生活的小说里的场景。它把中国缩小了,也可以说把中国放大了,大就大在这种同一化的细节上。

沿公路,数次见沱江。此江不小。过资阳,小溪边的石崖上,有四个方洞,旁边长着一些草木,乃悬棺岩葬处。与三峡瞿塘峡所见相同。

"康福来"盈利极丰。手法与新疆所见相同。车至内江,时近中午一点,原该停车用餐，却偏要驶出城去，到城外供销社的一小小服务部吃。很落寞，只此一家，竹杠由他们敲。两元，只有一盆小葱炒肉片，肉片寥寥可数。汽车司机连同他带的三四个男女，却受店家盛情款待，大吃大嚼。在重庆，张世俊说乘此车可免费享受一顿中餐，完全是虚假广告。

到成都已是午夜。林文洵当然接不到我们，找到《青年作家》编辑部去肯定无人值班，只能投宿市文化局招待所。

九月二日，星期一 成都闹市区东风饭店一带，与上海无异。早晨上班时刻，自行车如潮，所见水泥建筑，不论商贸、文教、民居，都是分类按统一的图纸批量生产出来的，唯色彩比上海丰富。市民的衣饰，比重庆、上海都质朴。

《青年作家》编辑部离文化局招待所不远。我俩登门拜访，受到原主编张思勇及现主编的盛情接待，并帮我们安排这几天的活动日程，确定"出门第一难"——飞机票由他们帮我们解决。然后拜访《现代作家》编辑部。此杂志的编辑徐自力帮我们安排到军区第二招待所（即红星饭店）住宿。

下午，洪波去买赴峨眉山的汽车票，久久不归。我独自冒雨谒武侯祠。这是以人主做陪衬的祠庙，在中国是独一无二的。童年读杜诗"宰相祠堂何处寻，锦官城外柏森森"早已教我向往之，亲临现场却颇失望。有柏树而无森森之庄严与幽深，弥漫着一股宗教气氛。给我印象最深的只有三点：一是"三绝碑"，即裴度的文，柳公权的字，高绝的镌刻技巧。二是昭烈庙内左右两廊文臣武将塑像的更替史。最早的塑像成于康熙年间，道光二十九年（1849）成都的刘源，根据是否"纯臣"的标准加以调整，一增一减，使一些文臣武将倒了霉，被除了名，而一些人则走了运，跻身于此接受香火。如武将廊（右）张裔、向屯、李怀等，被王平、马忠、张嶷等取代。可见，清除"三种人"不是今日的创举。三是武侯祠静远堂前，那一副流传颇广的楹联，"能攻心则反侧自消，自古知兵非好战；不审势则宽严皆误，后来治蜀要深思"。给我印象之"深"，不只是此楹联的内容，而是到了这一现场，两相对照，仿佛是对这种清理行为的劝导。作者是赵藩，我没有考察此公的情况，只佩服其眼光与才情。

晚上，去探望小叶和小亮亮母女。谈及昌寿调动一事，她们厂不愿帮她转干，却欢迎昌寿到她们厂去。她已去信无锡，尚未见复。她的情绪尚佳。

九月三日，星期二 今去乐山游览。到南站，上了长途汽车后，有了蒙蒙细雨，并始终不停。经双流、新津、青龙场、眉山、夹江而达乐山那一刻,大雨倾盆!

是否直接去瞻仰大佛,还是先去文化局《涐水》编辑部访周纲,一时决定不下,在街上踯躅,遇到一位热心的指迷者,是乐山电影院的彭姓女士,她不认识周纲,却自告奋勇冒雨给我们带路去文化局。此地下午办公时间是三点,见周还没有来,就先到地区文化局的招待所,居然又碰到了一位年轻的服务员,主动带我们到周家去,但她只知周住在群众艺术馆楼上,却不知门号。正在这时,艺术馆的一位画家见我们来访,便主动接过这位服务员的"班",把我们带到了周家。遗憾的是周出差去了。这位画家便把我们安排到电影公司招待所里住了下来,并详细地绘制了一幅去参拜大佛的路线图。仿佛大佛佛光普照,身入异地他乡,如此接龙一般遇到一个个热心人相助,是此生唯一的一次。无法排除宗教信仰对于人品的提升与社会道德风尚的净化作用。

这时已近四点。雨继续淅淅沥沥地下。手头这一张指引图,却使我们怎么也坐不住了,立即去瞻仰大佛。

乐山大佛又叫凌云大佛,是中国最大的摩崖石刻造像,坐落在岷江、大渡河与青衣江三江汇合处(岷江东岸)凌云寺侧。我们到船码头乘游艇先到乌尤山。此山是公元前二世纪蜀守李冰,利用疏导大渡河开凿运河的泥土堆积而成的,居然成为"绿云一片飘不去"的一景,历来有"秀而不媚,幽而不闭"的美誉。时间紧迫,我们只能走马观花,上岸,游览,等等,仅仅花了十分钟。三刻钟内,即过索桥而达大佛所在的凌云山,先到博物馆——主要是麻浩崖墓(东汉时代的崖墓群),而后经听涛台、壁津楼,再经栈道而至大佛足下。伟哉,大佛,名不虚传!不仅仅是大佛之雄伟,高达七十一米,"佛是一座山,山是一尊佛",还有栈道及周边其他景观之秀丽,令人遥想栈道等开凿之艰巨,仅仅大佛,唐开元元年(713)开凿,贞元十九年(803)完成,就耗时九十年,历经三代人,耗费巨大。此情此景,我不得不再次确认,宗教对文化的传播与承传的巨大作用!

乐山是珍贵的,珍贵,不仅在于宗教文化价值,还在于李冰所凿的"离堆"巧夺天工的对自然生态的影响。可以说,乐山是科学与宗教的结晶!这里群众热心助人,民风淳朴敦厚,我敢于再次肯定,我所经历的地方应以此为最。

大雨仍然如注。衣裤鞋袜尽湿。但精神轻松愉快。

九月四日,星期三　雨止。我们动身去峨眉。

这里去峨眉报国寺,仅一个多小时车程。峨眉入口是一座牌楼,镌有郭沫若书写的"天下名山"四字。报国寺前,道路两旁尽是饮食和旅游用品的小摊贩。汽车站上车辆很多,但多为迎接下山游客的长途汽车。到接引殿有客运汽车,牌子上所挂的目的地与价格是七元。实际上无车可乘,只有到达接引殿的空调大卧车,海拔两千四百余米行程,需九元,还要等足十一人才发车。别无选择,只能等待,竟等了三个多小时。虽在雨后,沿途山色尚清晰,一个小时后,即被雨雾所淹没。四点左右到达接引殿。岂知赫赫有名的这一佛殿,却只有木屋一排,尺把高的铜佛一尊,佛堂不足十五平方米。峨眉山境内的这一寺院,始于宋代,千余年来虽然屡经毁颓,历经兴衰,名称也多次更迭,但也不至于荒芜得如此不堪。有道是"峨眉人吃峨眉,用峨眉,就是没有保养峨眉",信然!

上金顶尚有十二里山路,皆为石级。雨,仍在密密倾注。到了此地,哪肯下山?好在石阶宽阔平整。沿途太子坪、卧云庵等皆无古迹可访,唯有天门石尚存。却同接引殿一样教人失望。到金顶,大雾一片,仅见电视发射塔的施工场,地上砖石狼藉。气温极低,令人寒战不止,更不想多逗留了。

夜晚,投宿于电视台招待所。每人可借一件军用棉大衣御寒。住的是简易房内之统铺,六人一间,灯光昏暗,却各室光亮互照,人语相通,条件极差,早早就寝。遇北师大来的三位学生,是历史系的。他们要和我们结伴过九十九道拐,以防猴子攻击,都想早点下山去,唯愿明天天气好,到千佛顶和万佛顶能看到佛光、云海与日出。

九月五日,星期四 昨晚下了一夜雨,颇觉寒冷。来自四川的那些旅伴,不顾社会公德,打牌的,说笑的,闹到凌晨,哪能入睡?头脑昏昏沉沉的,不想再上万佛顶,与北师大的三位伙伴,一大早即归还军大衣下山去。一个多小时即到接引殿。过大乘寺,寺庙早已毁于火,无遗迹可寻。天放晴了,露出了峨眉景色,洗象池远景教我们一阵兴奋,以为可以一览峨眉的雄姿了。无奈,只片刻,便被蒙蒙雨雾重新吞噬,仿佛故意露一露峥嵘,吊我们的胃口。我们不想再"上当",毫不犹豫地继续往下走,四点,即过清音阁,原计划中的万年寺也不想睹其风采,直奔回报国寺的汽车站,投宿于西南交大招待所。

峨眉的古迹、庙宇,和三峡一样,一个毁于火,一个毁于水,诚为憾事。洗象寺、洪椿坪、清音阁是完整的,黑龙江栈道、清音阁也都相当秀丽。按吊我们"胃口"的那片刻所获的印象而言,峨眉的特点是凝重,浑厚,庄严,与佛教的宗教气氛一致;黄山险峻、峭丽、深邃,始终带着几分冷酷,峨眉之所以成为佛教名山的原因就在于此吧？

说到峨眉，人皆言及此地的"山神"峨眉猴向游客索食所引发的灾祸，即将身临其境，不由得心怀恐惧。据游览图所标，它们在洗象池以下，以及九十九道拐的路旁出没，到此都如《水浒》中旅客过景阳冈。北师大三人中，一个于接引殿借口体力不支，提前乘车"避险"而去了，所余二人，及上海电视大学四人，与我俩结伴而行。说真的，我既恐惧，希望不要碰到它们，却又憧憬遭遇，满足一下好奇心。果然，过了池象池，再下行一段山路，"山神"出现了。先是树枝发出阵阵摇晃，继而传来吱吱的叫声，顷刻间，便散兵一般出现在我们眼前，或攀悬于树上，或蹲坐于路旁，但不多，三五只。我们紧挨而行，一边走，一边将准备之蛋糕等食品，以交买路钱的心情，急匆匆地掷下。这一两分钟的体验是满足的。应该说，它们还是"通情达理"的，没有为难我们。或者说，时过中午，也非清晨，它们腹中不空，才如此温文尔雅。温饱是文明的基础，人兽皆然。

俗语云，上山容易下山难。一整天，从海拔三千零七十七米的峨眉顶下行到海拔五百多米的西南交大，旅程本来不短。加上为了平安过"猴关"，神经紧张，紧跟而行，山路奇陡，使人难以喘息，过九十九道拐以后，身子感觉特别累乏。去西南交大寻找住宿，又白走了不少弯路，双腿如灌铅，心情特别暴躁。如果都像乐山接龙式的遇到好心人，这些景点尽管不尽如人意，我的身心也不至于如此。

九月六日，星期五　晨，游报国寺。这是峨眉山第一座寺庙，山中第一大寺。始建于明万历年间，原名会宗堂，清初迁建于此。"报国寺"之名，是康熙取自佛经"四恩四报"中"报国主恩"之意，并御题"报国寺"匾额。峨眉是中国佛教四大发源地之一，尽管传说中的庙宇多毁于兵火，但我们仍希望有逃过劫难的。期待不虚。此寺之雄伟、古老，以及文物之珍贵，在中国不多见，寺院、林木，居然逃过"文革"而幸存，尤其是一尊制作于明嘉庆年间的瓷佛，高达数米，还有达摩的瓷像，均完好无损，也算是一大奇迹。

骚人墨客题咏山川秀色的诗词，却未曾读到。

由于双脚酸痛，行走不便，还因为迷恋于寺院的游览与观赏，竟耽误了赶班车，索性到峨眉县城一游。可惜，颇教我失望。现代化统一规格的水泥建筑，完全取代了旧城风貌。环境肮脏不堪。街上到处是出售电器的商店，流行歌曲强劲的节拍，从收录机中飞出，仿佛通过双耳，从身心内外，强制清洗游人对往昔的思念。教我再次想起"吃峨眉，用峨眉，就是不保养峨眉"之讽。

早早地离开峨眉山去眉山。十一点五十分出发,下午两点到达。此地因是"三苏"的故乡而令人向往。只要观瞻到以"一门父子三词客,千古文章四大家"的中国文坛奇迹的"三苏祠",就不虚此行了。它离车站不远,是苏氏故居改造而成的,塑有三苏像,殿堂、亭榭皆完好,看得出来,对于修整、保养都比较重视,而且内行。我在碑亭中第一次发现,中国的碑刻艺术竟会这样出神入化!刻入石头平面的文字,利用光线投射,视觉上竟是凸出的,笔力雄健,栩栩然如赋予了生命,让我心醉。其余,像苏轼的成名过程,家庭的教育,自身的努力,机遇的抓取,均给人以启迪。因为这是一个家族建筑群,房间太多,不少只有一些为了填补空间而设布置,但对于教育青年,启悟来者,显示中国传统文化之优秀,中国知识分子气节承传之必要而言,已经足够了!

五点,乘上赴成都的班车。八点到达,入住成都军区第二招待所。条件不理想,四人一室。但也够难为《现代作家》的徐自力和眉山文化馆的王旭敏等朋友了,没有他们的帮忙,未必这么顺利地找到歇脚处。

九月七日,星期六 去《青年作家》编辑部落实飞机票前,给曹阳去电话。他刚从宁波回来,要我尽快回沪,原因是人事变动,这几天可能就要确定。可惜订飞机票未能如愿,原定于10日的,因办事者不力,延到了12日。要改也难,只能如此。

所带的旅费告罄,向《青年作家》借四百元。

由林文洵陪同,访四川文艺出版社余平。他们正在传达宣传部文件,关于地区刊物的管理问题。其中有不能以书号出刊物的新规。这涉及《愚人之门》(即《春泥》)和《×地带》两部长篇的出版,京沪两家出版社出版的《十月》和《小说界》"长篇小说增刊",所用的都是书号。甚为牵挂。

下午休整。访《现代作家》及《成都晚报》的朱剑群和毛燕等朋友。不料,朱与《现代作家》副主编刘元工来访,扑空了。再到四川作家协会访陈之光,商谈明年我们来川办四川青年作家作品加工会的事,他们甚为欣喜。

九月八日,星期日 今带小亮亮游宝光寺。

宝光寺属佛教禅宗,始建于隋代,本名"大石寺",唐僖宗途经新都驻跸于此而赐名宝光寺。曾毁于火灾,今天所见是清代康熙年间重建的,是典型的"寺塔一体、塔踞中心"布局。与报国寺相比,其保存效果更显著,是成都地区历史悠久、规模宏大、收藏文物最为丰富的寺庙。概括起来有二:一是庙宇和佛像保护得同样完美无损。如五百罗汉，比苏州西园寺完好，比武汉归元寺更有艺术价值。慕名而来的游客甚多。置身罗汉堂，只有沉浸在艺术宝库的愉悦和惊异，而无其他宗教殿堂特有的那类庄严、神圣到拘谨的压抑感。二是保存了不少珍贵文物和宗教文化典藏。有竹禅大师独具一格、将金文与魏碑融成一体的华严经抄本和竹画——四种时态下竹之风采；唐寅、苏允明的字画保存得也极完善。之所以有此功绩，因为"文革"中有炮兵驻守在这里，阻止了红卫兵的野蛮冲击。

寺院宽广宏大，可游之处甚多，但给我印象最深的，是这里另外一绝，即楹联的通俗风趣，与别处庙宇相比，更接地气，对世人更具点化作用。比如，弥勒佛廊前那一副："开口便笑，笑古笑今凡事付之一笑；大肚能容，容天容地于人何所不容。"类似的，几乎到处相逢。举其要者，有七佛宝殿廊前的："三四尊真佛静观世变；十二位法躯闲看人忙"；"见机而作，作者七人，志同道同，大家息心静养；相与为善，善哉一体，先圣后圣，各自努力前行。"有大雄宝殿前廊的："世外人，法无定法，然后知非法法也；天下事，了犹未了，何妨以不了了之。"诸如此类，教我忘记了身处庄严佛地，而是置身于慈祥的长者间，在聆听从沧海桑田中获得的人生体验。亦庄亦谐，呼吸得到人间烟火；有悲有喜，触摸得到世态炎凉；或雅或俗，浅显中蕴含着无穷哲理。不止步细细咀嚼一番然后接受点化都难。

到了罗汉堂，游客都在数罗汉。几岁，数到那一尊，数者便拥有那一尊的性格与命运。随意选一尊开始数，于是欢笑声不绝于耳，自有与别处殿堂不同的气氛。我也忍不住仿效之，此缘落于善胜山尊者。我不解这尊罗汉所属，记之以待岁月来验证吧！

中午，在寺内素食食堂用餐，素饭，颇可口。

又是雨。桂湖未去，即归招待所，然后送小亮亮回家。会见了小亮亮的外公外婆，外公是在七年前来沪时见面的。显得年轻了。姚东宝出差未归。为昌寿调动的事，我请他爱人转达，他出差归来后即来找我。

九月九日，星期一　　早上，杨泽明处长派车子来接我们到成都军区，会见了军区文化部部长申万胜和副处长杨景民两位领导。商谈我们《萌芽》杂志和他们军区作者合作举办作品加工会的事。决定于明年四月前拟订活动方案寄给我们。谈妥，即应林文洵之约，去杜甫草堂与此处文学促进会负责人见面。

杜甫草堂正如其名：质朴无华。草堂以草亭为标志，碑文"少陵草堂"是康熙之子、雍正之弟所书，立于工部祠之左。"草亭"的质朴归真，代表了园内所有构筑，如工部祠及其他陈列室。一丛丛慈竹，一株株香樟，共同形成了这种内在气质，连湖中的荷莲，也接受了这种气质的自律似的，只一小团，聚在湖心，秀而不艳，绿而不肥，疏而不淡。

我们是由毛燕陪同去相聚的，有林文洵、贺星寒和周永严等。因我们晚到，其他朋友等不住或碰不见而告退了。还因为下午四时，《现代作家》副主编刘元工和编辑朱剑群要来访我，草草转了一圈便离开了。

刘元工、朱剑群准时到达，请我俩到锦江饭店对面的市美轩饭店吃风味小菜，与贺星寒他们在草堂前浣花园所吃差不多。川味小吃，无非是麻与辣，烹爆肉丁、鸡块，包括白斩鸡与白切门腔，都洒上了麻辣花椒粉，甜的，两店都一样，是名之为"蒸锅"的糊状羹。四川的啤酒，多是重庆出产的山城矿泉啤酒，在产地每瓶退瓶价是六角，到了这里不退瓶，一元二角，连一个小小县城出产的，也要一元一角一瓶。据说这是浮动价。价格可以制造。我们商业部门的领导，在改革中不知道懂不懂马克思主义的这个经济现象。好在四川小菜、麻脆面、抄手、赖（源鑫）汤圆已领教了。

晚上，姚东宝夫妇来访。毛燕带了成都电讯工程学院的研究生李袁，给我们送来毛衣以御寒，情意感人。

九月十日，星期一　到《青年作家》编辑部田子锰处取来返沪飞机票，是5404航班。起飞时间竟是十九时五十五分，到上海要午夜了。虽是波音707，也觉惘然。

顺便到四川展览馆参观四川风物展览。岂料，展览馆一到三楼几乎都给衣饰、电器的商贩占据了，仿佛达县通州桥头的那个市场搬到此地来了。真正的四川风物，仅占了四楼展览厅的一部分，也没有什么特色，面面俱到之故也。

再去春熙路北段。这是成都商业地方色彩较浓的街区，希望看看东宝说的能够卷成一指粗的篾席。热闹，繁华，真的不亚于上海城隍庙。但仍然抵挡不住现代商品的冲击，只是人流密集不让机动车通过而已，安徽之胡开文，上海的培罗蒙，北京的同仁堂中药店，均设有分店，只是熔为了一炉，难分彼此了。

晚上访林文洵，受到他一家热情款待。同时被邀请的有贺星寒、徐圣铭，后者是他们文学促进会的资助人，正承包一个单位在经营。因成都、重庆都发生了用工业酒精兑自来水充作白酒而毒死人案，我们不敢喝四川酒，他请我们喝的却是"绵竹白酒"，仍是四川的，但值得一尝。他特地炒了风味菜"夫妻肺片"——牛的内脏切成的肉片，无一点"肺"味的熟肉，加麻辣调料，风味独特。边吃边聊，直到九点半。公共汽车没有了，由贺、徐两位，用自行车送回饭店。半路上，总是给我挡酒的洪波呕吐了。

想不到雁宁和一位王姓作者，从达县来此办事，得知我们住在这里，已在会客室等候多时。好在这几天他们就住在这里。

九月十一日，星期三 在乐山，给我的印象是宗教文化的传播威力，那么，到了灌县，游览了都江堰，那就要补充一句，没有与大自然斗争的精神与努力，也就没有人类的文明，或者说，人类的文明，是与大自然较量的结果。

昨晚，在林文洵家与徐圣铭说定，雇一辆"玛士地"六人小卧车去灌县游都江堰和青城山，并由林文洵夫妇及贺星寒陪同，要我们在旅馆等候。结果等到九点多林文洵才来，说"玛士地"不接五十公里以外的生意，要去那么远的地方，只能租面包车。为此，只得乘长途汽车了，而且两地只能选其一，割舍青城山而去灌县。

我们乘公交车到西城长途汽车站，已十点四十分。一见这个停车场，我不禁倒吸了一口凉气！可以说，这是我此生见到过的最糟糕的停车场！在半个足球场那么大的空间，坑坑洼洼的，到处是乌黑色的烂泥潭，无一落脚的地方。入口处的泥泞就令人作呕。极其典型地勾勒出此地靠山吃山、靠水吃水，却绝对拒绝保养山水的现实。好多家运输公司的职工，国营的，私营的，一起挤在门口抢生意。我们选择了一辆大型软座面包车，每人一元八角，为了等满座，到十一点十分才开出，经过郫县到达灌县，已接近下午两点。沿途所见，与川东不同，村舍旁边不植慈竹，只见黄果树，多水稻，无甘蔗。灌县的水流清洌可鉴，街面及厕所却极脏。出了导江门，原该向前由离堆公园进入堰区，因内江江水急湍而来，又见一个个拦水坝拦于清流之上，情势规定我们必须沿江而上，由南桥，转内江边之灌口镇上山，经西门上炮台、斗犀台。站在这里，金刚堤、索桥及二王庙，均一览无余。一般而言，从这个视角，看不出这是一个灌溉工程来的，即便到了二王庙，看了李冰的"深淘滩低作堰"后仍然不甚了了，只有经由索桥，从外江闸回身到鱼嘴，而后下到宝瓶口，才会明白此工程的科学价值与李冰的伟大；才能想象出两千两百余年之前，岷山之水，由岷江而至此处对川东平原所起的影响。急水奔腾，但不加以约束与利用，其结果必定是旱则水枯，雨则成涝。有了这个水堰，无羁之水，多则分内、外江出川，少则引入内江，经宝瓶口去灌溉农田，以致将成都平原滋养成了"天府之国"。对于水所起的约束、利用、化害成益的作用，是一目了然的。

如此精致的引水设计，如此浩大的山河改造工程，在两千两百年以前完成，简直不可思议！在人与大自然的较量中，展示了人的智慧和力量，谱写了人类文明史上辉煌的篇章，后人将东岸玉垒山麓的"望帝祠"改为了缅怀、景仰李冰父子的二王庙以外，还为这条岷江的水，为离堆、凤栖窝、伏龙观等等留下了许多美丽的传说，完全在情理中。我们经由索桥走向下沙堰的堰堤，面对急水飞湍，那种快感，与其说是破迷的欢愉，不如说是一派自然景观给我的快感。此时此刻，高悬在二王庙中那块表达民心民意的匾额，在我心中，不由得重新突现而出了。

匾额上写的是这样四个大字："斯是不朽！"

这样的人、这样的壮举，不是不朽之人，不朽之举，不朽之功，还有什么配得上不朽？这才是"为天地立心，为生民立命"的具体体现，这才是天地之中真正美景！

相信，游览罢这一工程的所有朋友，观感一定和我相同。

到此，川蜀之行，应该到的我们都到了。匆匆的，都属走马观花，留下的悬念，太多太大了，如有机会，值得再来细细鉴赏。相信，成都西城汽车站停车场，再次展示在我眼前的那一刻，一定会教我发出如此赞叹：他们真是无愧于李冰的后人！

晚上，到昌寿家，向小叶和小亮亮母女告别。回招待所后，雁宁等几位作者来访。

昨天，为我回沪的时间发给霞麟的电报，竟退了回来。理由是"查无此人"。地址、姓名，无一差错，竟如此结果！一定是白天送去，她上班，邻居不知她姓名，只知道"可可妈妈"，就这么拒收了。真让我哭笑不得。要说无名英雄，我这位内人，应列榜首。这个事例非常典型。只能请林文洵再给我发一个，送到她的单位。

九月十二日，星期四 昨天午夜，大雷雨。招待所内所有电线电源全部中断。巨雷炸醒酣梦，我生平中不多见。

早上天放晴，雁宁和王敦贤约我们一起去找一个地方吃中饭，我也要料理行装，故未外出。岂料，到了约定时间，两人一个都没有来，却来了林文洵。他昨天去找陈之光联系送我们去机场的车辆，要我们再去落实一下。虽然洪波此前和军区杨泽明说定，由杨他们派车子送我们，但还是去四川作协，借向陈之光及《现代作家》杂志告别之意，确定车辆到底如何安排。《现代作家》一位副主编，趁机约我写创作谈。这种不是上门特约的事，于他，是礼貌，于我，也只能以礼貌应付之。

洪波没有游览武侯祠，午后，我特地陪他再去一次。仍然匆匆，我特别关注三绝碑（唐碑，在祠院右侧）的镌刻者乃鲁建。这是我上次未留意的。

回招待所,雁宁已在接待处等我们,才知他们中午失约的原因,是到印刷厂联系印刷事来不及了。他已经在市美轩另订了一桌,此刻是特地来接我们的。一起前来表示欢送者,除雁宁、王敦贤以外,还有《现代作家》的陈晓、《处女地》的王成功,以及徐圣铭和林文洵。仍然匆匆,因为约定杨泽明六点来接我们去机场,结果,杨的车子六点三刻才到,急煎煎地告别,急煎煎地上车,成为这次航班最后两名登机客!

四川之行,洪波总结出一条:要靠当地的朋友和单位,大都不顺利;靠自己去解决,一般都不难。的确如此!这以重庆作为一条分界线。

别了,天府之国!我急需回去,坐下来,认认真真地读点书,写点作品。

1985年 · 东阳、义乌

十一月十九日,星期二　因151次列车误点,我与郭俊纶先生在车站等了四个多小时。候车旅客人山人海。更意外的是,推推搡搡地好不容易挤了进去,才发现小唐买的车票,所标座号是空号!我自己倒没有什么,主要是对不住七十二岁高龄的郭老。只好找车长,沾了中国作家协会会员证的光,破例地让我们补了硬卧。

凌晨一点发车,八点许到义乌。误点太多,昨天接站、安顿之类的计划,都白费了。好在去东阳的长途汽车很多,我们果断地上了一辆软座的承包车,没有规定开车时刻,坐满就走。义乌离东阳十八公里,顷刻便到。找文化局,工作人员把我俩带到文化馆文物委员会处,由负责人王玉涛接待,甚热情,介绍了此处几个古建筑的概况,远比想象丰富。他们正在接待省文管会下来了解重修情况的干部,以确定拨款数额。百忙中,派了工作人员何慧兴,于下午专程陪同我们去卢宅参观。何慧兴虽是农民,对文物古迹却颇有研究。

古稀老翁郭老,一到他期待了二十余年的地方,如鱼得水,居然像小青年,无处不惊奇,也无处不亲切。在找文化局的路上,他见一条小弄内有一破门扇,便闯了进去。一交谈,果然是传家的旧建筑,三代了,雕刻甚精。走在吴宁镇东街上,见一旧门牌号楼,其建筑进数甚深,他立即惊呼起来:"这是达官贵人的旧居!"一问,果然!是明代魏忠贤后代的住宅!如今已经破落不堪,许多梁柱都朽枯了。

陪同这样一位中国古建筑专家,来到东阳这样一个泥木工之乡,加上何慧兴这样一位"土专家"介绍,一路上都是奇珍异宝!比如,经过叱驭桥,沿着陈宅路走,都是街心铺石板,两旁铺鹅卵石的市井街衢,在一般人眼里,无非都是江南小镇的常态,原来,处处皆是古物。此路上原有牌楼六座,一座接一座,皇皇然引入卢宅。

其古朴的气质,官宦之家的庄严,弥散了一路,但都曾遭"文革"损毁。衔接陈氏祖宅者为卢宅街。

到卢宅,八字台门前面的照墙处,成了碾米厂,残垣断壁尚存,都有文物价值,如古罗马宫殿的废墟。由一条照壁夹道的甬道,进入以肃雍堂为主体的中轴线建筑群,正在大修,仪门已拆。建筑披上了脚手架,遍地都是砖石木料。

主持者见我们来,皆来相见。负责施工的是卢氏后代卢华中,年纪很轻,他出示图纸配合讲解,可见这条中轴线以及在马蹄形的小溪之间的,都是这个古建筑群的一小部分。小溪东部还有一半,其间也有保存较为完好的厅堂,但多为民居,拆去盖成现代民居者颇多。分明乏人管理。因为涉及所有权问题,也不明确修缮以后派何用处。说是打算迁移调整进入马蹄形内,作为古建筑中心供人参观。但仅仅是一种设想。

这里汇聚了如此多明、清、民初各种建筑的代表风格,的确不多见。卢华中还带我们观看了树德堂等处。可惜,保护措施都没有跟上。比如,苏州文征明亲笔绘作的麒麟残留部分,就那样暴露在肃雍堂东侧的一座门墙上。

郭老边走边点评、赞叹,还不时对卢华中的介绍提出质疑,教我懂得了中国古建筑的一条发展线索:雕刻(主要是木雕),从简单的花草(明代),到鸟兽(清初),然后到人物(清末民初);建筑风格也随之从简到繁:一座明代建筑,梁、拱之间毫无雕刻装饰,仅有鹅卵石形赭色彩画;到了明末清初的树德堂,雕梁、斗拱、牛腿,皆镂空雕刻,人物也俗了,烦琐之风令人窒息。

我还懂得了,厅堂所铺的地砖,也因为官阶的高低而大有区别。五品以上,可以横排;五品以下,只能斜铺,而且不得用大砖。至于厅堂的开间,五品以上才可以五榀(即五开间);以下仅准三榀。有的为了装饰门面,虚张声威,也为了升官以后不必再扩展,像讲究节约的父母给孩子制作衣裤,三岁的以五六岁的身段裁剪,巧立名目,在规定的榀数左右隐藏一两榀,像肃雍堂,建筑时,按官阶只能有三榀,实际上左右各增筑了一榀"雪轩"以提高身份。

晚上,东阳文协主席卢熙斌邀我去聚餐,然后以文联名义,安排我与此地的文学作者见面,来了二十余位,畅谈文学,直到十点。

十一月二十日,星期三 郭俊纶先生是上海老城郭万丰船号的后代,上海市区仅存的较为完整的大型清代建筑"书隐楼"的主人,对修复上海豫园提供过不少建议,我因多次寻访"书隐楼"而与他结识。他得知我老家在义乌,便谈及东阳的古建筑，而有了这次实地考察之旅。这位自小生活在中国传统建筑中，而且一辈子从事建筑业的老先生，来到这个古建筑成堆的地方，兴奋得像小孩，或许是生活习惯吧，古稀高龄，精力居然超过了我。

昨晚从候车到乘火车，接下来又脚不停步地游走参观，中午没有休息，晚上却用半导体收音机收听广播，音量放得很大，收听他喜爱的民族音乐。因为，昨天在此地百货商店买到一套深蓝色的开襟薄绒衫裤（俗称卫生衣裤），这种早已经在上海淘汰的老产品，却使他如获至宝，以为此地还有他需要的东西，所以一早便起身去赶早市，然后去菜市场，将菜肉价格了解得一清二楚，回来继续考察东阳古代建筑。

今天主要目的地是怀鲁、巍山、白坦。洪铁城派来一辆面包车，由卢熙斌、张卫乔陪同。洪铁城是东阳建筑公司的副总经理，建筑学会成员，很有才华，写建筑论文以外，还写诗，是东阳文协副主席，很忙，无法分身陪同，但安排得也够周到的了。

到怀鲁之前，先到下石塘村。这里有一幢不为外人所知的民间大宅，无堂名，人称"千柱落地"。因这一幢住宅有一千根柱子而得名。有人实地清点、统计，其名不虚，实为九百九十九根。将整个村庄的居民全部安置在内了。到底有多少间？不知道，只知道有四十多户。须知，这一数字，是不能拿城市高层住宅的规模来想象其空间的，农户居屋，都是平摊开的，堆放各种农具，贮存粮草、种子、肥料，甚至饲养牲畜，都包罗其间。中轴线与横轴线几乎相等，构成了许多个井字形。更可贵的是厅堂、门窗，皆如卢宅之镂花雕饰，住户相连，全部姓王。基本上同一祖宗，源于对这位创业者的传说。创业者是一位磨豆腐的村妇，她从山沟沟嫁到这里，没有妆奁，只带了两只木榔头，靠自己双手用它创家立业。每天凌晨即起磨豆腐，让丈夫挑出去卖，数十年如一日，积成巨资，兴建了两幢大宅，一幢在东，为上石塘，此幢在下石塘，让儿孙住在同一顶屋檐下。建造之前，不说别的，请风水先生看风水，就花了三年。各幢之间的分割，相当科学，每三楹，即有马头墙隔开，防止万一有了回禄之灾而不致蔓延开来殃及全族。

这种具有鲜明中华民族勤劳勇敢精神的建筑，还展示在怀鲁的水阁厅。

水阁厅，建于七十三年以前，为民初建筑。门楣有石雕，青石来自义乌华溪。其牛腿、雀替、顶棚之雕饰，都具有民间格调。如斗拱上均雕月季花，雀替上是应该雕人物的，却雕了一棵青菜，等等。现在，此处设立初中实习班，其中一位老师的祖父，就是此房主人的亲家翁。此房主人是农民，有一次与亲家翁见面，亲家说："钱是你多，房是我好。"回答他的是："我要是造房子，一定比你造得好！"他立即筹资兴建。请北京最好的雕花工来，工资不计，时间不限，花了三年，才将花卉雕好。一只牛腿的透雕，一个雕花工就费了半年时间，不满意，必须重雕，就像那棵青菜。这是一处斗财斗气的产物。

在怀鲁吃中饭，东阳文联请的客。下午，由文化站工作人员陪同到巍山镇。

巍山镇都是清初建筑。陪同者太年轻，无法做详细、准确的介绍。到鼎丰堂、和政堂等，皆以木雕之美为其特色。多数为乾隆年间建筑，可惜，凡雕花人物皆被"文革"所毁，我们看到的，都是当时用黄泥封了才幸存的，至今还可见浅黄色的泥巴残留。这种劫后的珍宝，数量甚微。留有故事的，却是更楼。据说，初建是九级台阶，九，是皇家专有数字，如"九重天"指皇帝（"一封朝奏九重天"），这一"违制"之举，传到了紫禁城，皇上派人前来查究前夕消息走漏，厅堂主人急忙拆去一级，故现存为八级。

下午三点，到白坦镇。此镇以务本堂、福余堂而出名。务本堂，是光绪老师吴品衍的旧居，原留"务本堂"匾额，为林则徐题写，现存完整的仅一藻井。福余堂建在务本堂之前，至今三百多年。因时间已晚，一整天泡在古建筑中也腻了，介绍者与聆听者均草草。匆匆登狮子山，俯瞰全镇，所有古建筑均收眼底，福余堂的中轴线最为清晰。山上正在修建公园，为此处退休工人集资所为。"狮山公园"为此地名流严济慈先生所书。

回招待所已近黄昏。洪铁城来，带我们到他家小叙。如果说，写诗是他的业余爱好，那么，他的居家才算他本行的"杰作"。从建造到室内装潢，全都由他自己设计施工，三层上下，雅致而豪华。我只知道他自学成才，能文、能工、能商。到此，方知他各方面的才华，都是出类拔萃的。

十一月二十一日，星期四　昨晚，读完张卫乔的小说稿《山雀》。尚有基础。今天早上，趁他与卢熙斌来招待所送我的机会，和他交换了修改意见。

按计划，今天回义乌老家探望母亲、兄弟。东阳是故宫太和殿龙椅雕刻制作的地方，"中国泥木工的故乡"的美称，就是这样打亮的。行程再紧，也不应错过，起码要安排时间到东阳木雕厂去，见识一下其精湛的手艺。名不虚传！工艺之精令人叹服。由金浩经理陪同。他们要我和郭老题词。此时此地，我不由自主地将"艺苑瑰宝"四字从内心涌向笔端。

早上七点半许，义乌文化局金河清副局长就来接我。参观罢木雕厂，十一点回义乌。到县第二招待所办好住宿手续。中餐后，文联主席、书法家金鉴才和县行政科科长黄金山来访,接着,文化局局长王明轩将我接到文化馆和一些作者见面,我谈了关于生活,关于编辑的期待及如何利用业余时间等文学创作体会。会后,他们送我到万村,郭俊纶先生随往。

妈妈苍老了一些,变化最明显的是哥哥。既老且瘦。都因我侄女的病,痴呆如木雕,操心太多。弟弟们都忙于绞糖。妹妹和南贤均来相聚。不到两小时,文化局车子即来接我回招待所。未与妈妈多待一会儿,不觉惘然。决定春节期间带霞麟母子来住几天。

司机小沈很热情。开着伏尔加,很想借机让我多看看义乌的变化,特地绕道而到达第二招待所。所经过的,是火车站与城厢之间被称为"三里塘"的城郊,原是红壤小丘陵,如今都成为城区闹市的一部分。义乌县城城区变大了,不仅与火车站连成一片,也突破南门延展到了江边码头了。当局正在争取成为市级城市,为了使城区人口突破二十五万,允许农民大量迁入,只迁户口,不迁油粮关系。在农村真正体现出改革的成果来了,尽管城市改革存在这种那种问题。农民的生产力解放了,才智解放了,中国才算真正解放。就说东阳,在怀鲁镇,一名复员军人,用锰钢制造小小的土木工程用具而赚了几十万元,雇用了几十名工人,承包了一家工厂,与南亚商人联手,让产品销往海外。他的家里设施周全、豪华,自造自来水塔;东阳白坦镇,一位农民,用金银纸的边角料抽成丝出售而获利,造起了三层楼房。就说我生活了多年的万村,我们居屋后面,一个极不起眼的农民,利用废旧布料缝制鞋垫,赚的钱所建造的楼屋,为整个村子所注目……他们不搞投机,完全靠勤劳致富,用智慧改变穷困的命运,应该说,这是当今社会的主流。

十一月二十二日,星期五 今回上海。东阳之行,收获颇丰。陪同郭老考察游览的过程中,不仅接受了中国古建筑知识,对郭俊纶的人物性格也有了深入了解,完成了《古宅》的构思。我有把握写好这部以上海古建筑为题材的中篇小说了。

义乌文化局金河清局长一早就派人去买火车票,是208次,七点四十分发车。仍派小沈送我们到火车站。天下了雨,是久旱的甘霖。多亏家乡文化局的周到安排,不致让我们淋雨。不仅如此,他们还给我们俩报销了住宿费和回沪的车费。十分过意不去。

在火车站候车,邂逅义乌压铸件厂的王正汉和毛应有,他们去上海出差,正好同行,又多了一次了解义乌的机会。原以为这班车子旅客少一点,想不到仍然挤得喘不过气来。幸而到诸暨站便有了座位,让我安顿了郭老先生,免去了争取坐卧铺的麻烦。本来,打算春节带全家回来与妈妈多住几天的,此刻却有些害怕了。到春节再说吧!

1985年·广州、深圳、蛇口、珠海

十二月十二日,星期四　应《收获》《花城》《特区文学》三家文学杂志联合邀请,今天来珠江三角洲参加"都市文学笔会"。到中国改革开放的前沿来,就是为了帮我们拓展眼界,解放思想,他们的良苦用心,令人感动。

到虹桥机场,才知上海作家中一起被邀的,还有王安忆、王小鹰、程乃珊、赵长天、陈村等五人。

航班因机械故障,从两点延到晚上七点一刻。到广州,已经晚上九点多了。丘峰来白云机场迎接,下榻珠岛宾馆11号楼。这是一家具有南方园林特色的别墅式宾馆,由周总理命名,董必武题馆名,有"广东钓鱼台"之称。李小林、肖岱和范若丁都在。还有来自北京的邓友梅、中杰英、曾镇南、北岛等。我与陈村、范汉生同住一室。

十二月十三日,星期五　今去南湖游乐场游玩。游戏设施皆现代化,我首次经历,如摩天轮,仿佛接受心脏考验。程乃珊特地要同我坐在一起,说我胖,座位紧凑了,半空中甩出去的概率就小,安全。上海人的精明细致无处不在,我算领教了。

晚上,与肖岱、赵长天、王安忆到友谊商店以及西湖集市贸易市场逛街。前者,对于我也是刘姥姥初进大观园。去过上海的友谊商店,但不是开放年代,也远离港澳,无非进口的商品多了一些,也要使用外汇券。至于后者,与上海,甚至四川达县一样繁荣。

十二月十四日,星期六　今乘火车来深圳。三个多小时的路程。火车站附近,住家皆钢管封窗,很有点暴发户和盗贼一样多的味道。下榻荔枝宾馆,与丘峰一室。

晚上,接受主办这次笔会的三个文学杂志的联合宴请。

熊城来访。他说,深夜可看香港电视节目。但都是粤语与英语,太累了。

十二月十五日,星期日　上午,应邀参加作家见面会。由《收获》杂志肖岱主持,《花城》范若丁讲话,然后分组座谈。《花城》组为了文学地方特色发生争论。下午大组茶话会,范若丁要我说几句,遵命而发,无可记者。

会后，与程玮等到宾馆附近散步，程玮说，他去年来过这里，甚繁荣，现已不如去年。繁荣是相对的概念，我的直觉，却是没有什么东西激发我们的购买欲。

十二月十六日，星期一　今天游览深圳市。先去联检大楼、罗湖桥头及文锦渡口。

深圳河对面，即为英国租借的香港。深圳河，一条因当年"偷渡"而一度成为"热门"话题的边界线，原来只是三十多米宽的一条臭河沟！罗湖桥，在想象中，也是一个华丽庄严洋味浓郁的禁地，居然如此之简朴！

下午，参观五十四层联谊大厦。到顶层，可见香港的沙田区，即九龙之新区，高楼参差一片而已。然后参观渔村。商店内商品很多，但不便宜。

晚上去香蜜湖度假村。主要到夜总会消磨时间。现代派的音乐、劲歌，轰得我神经难以忍受。也有老虎机，第一次见到，想试试，但需要先用人民币去换筹码，正犹豫，北岛立即拿他的筹码当"学费"，教我怎么玩。想不到，这种属于赌徒押注的期待，是这位现代派青年诗人在这儿帮我体验的。"卑鄙是卑鄙者的通行证，高尚是高尚者的墓志铭"，他似乎无处不生活在这样的韵律里。

十二月十七日，星期二　今去沙头角中英街。

八十多年前，被称为"鹭鸶径"的这条古街，在这特殊的年代，因特殊的地理位置，出现了这么一种特殊繁荣，其吸引力，不仅是"购物天堂"，购买得到进口的时尚商品，价格也便宜，更在于它所展示的，是另外一个世界的风貌。通过我们一样线路的入境者甚众。古街不宽，南北走向，街心有中英界碑，对"华界"和"英（港）界"两个区域，做了明显的界隔。有值勤巡警。但购物者，皆可自由越"界"到英港界。商品多极了，同一种商品，各店价格相差极大。问之，答曰，进货渠道不同。也不清楚这"不同"里包含着多少商业奥秘。一般是买录音机之类新潮电器、电动刮胡须刀、俗称为蛤蟆眼镜的滤光眼镜、电子手表，以及化妆品和金银首饰。金银首饰，价格比内地便宜，但最倾心的是花式，都是港澳正在流行的，佩戴它，意味着时尚与流行。我关注的是可可的运动衣裤与录音机，其他均未顾及。结果，买录音机要懂行，须请人去买，不急于在此成交。但也花去了二百多港元。

十二月十八日，星期三　上午大会讨论。中杰英、曾镇南、陈村、李杭育等发言，范若丁又点了我名字，要我讲话，我基本上没有说什么。

邓友梅的发言甚精彩。他回避了中杰英、曾镇南对当前文学上的"蜗牛文学"

等说法,即兴发挥,其意虽是文学需要回归文学,而文学天地是宽广的这些眼下都在思考的大题目,但结合他的生活体验,颇见深度,对我颇有启发。

午后,来西丽湖度假村。本来是"西丽水库度假村",廖承志来此视察,按要求挥笔题村名,把"水库"一词改成了"湖",遂有此名,但使我感到新鲜的不是这个典故,而是"度假村",分明又是一种来自海外的时尚,别致、幽静,一幢幢小洋房建立于小山坡的松林中,面临原是水库的西丽湖,景色优美,血红的杜鹃开遍了房前屋后。

吴泰昌来。谈及为我的小说写序的事,要我决定长篇还是中篇,在近日告诉他。

晚上,深圳市委宣传部假座深圳湾大酒店宴请我们。每桌费用三百八十元,酒水有茅台。宴后一起到游乐场舞厅跳舞,是迪斯科,气氛热烈,不由得心动而参与,算是第一次下舞池。随意摆动,出了一身汗,浑身轻松,作为健身操,不失为一种可以多多参与的娱乐。

十二月十九日,星期四　今来蛇口市。

从西丽湖度假村来此,经深圳大学。应钟锦文(钟文)邀请,特地进去转了转,并与中文系部分师生见面座谈。被邀的,有孔捷生、北岛、王安忆、谭甫成、徐振亚、石涛、曾镇南和我,一共八人。到蛇口已经下午三点半。笔会的其他朋友去听蛇口市委关于此城市工业建设的介绍。我与北岛、曾镇南三人去逛市场。

宿于"海上世界"。此处是工业区,似比深圳整洁。可远眺对面香港元朗区的灯火。

十二月二十日,星期五　今来珠海市香州。须凭边境特殊通行证。

乘汽艇过伶仃洋。伶仃洋,我因文天祥的诗和它神交。珠江口外,这一喇叭形河口湾的波涛,与其他海面无异,没有任何漂泊伶仃感让我叹息。景物无言,唯人有情罢了。

在望海楼吃中饭。餐后,逛九洲城,乃购物旅游之胜地。继之游石景山庄。顾名思义,因其"南天一景"的石景闻名于世,处处有石雕,作为市徽的"海女神"就在这里。绿化相当好。有非常豪华的总统房。商品比蛇口少,价贵。本来打算下榻望海楼,但只有三人房,改为海景大酒店。十四楼,为豪华型,每间每天港币一百五十元,人民币为七十元。

下午,在九洲港乘游艇,去澳门附近洋面上观赏澳门市景。游艇慢速驶行,澳门近在咫尺,亚洲最大的赌场葡京大酒店触手可及,圆形屋顶上的赌具造型及顶端的皇冠,其细部历历可见。来回花去三小时。此处(九洲港)设海关,与深圳、罗湖桥性质相同。

　　仍在望海楼用晚餐,然后逛夜市。吸引人的,仍以外来商品、特别是录音机之类的新电器、化妆品和金银首饰为主。不少朋友是事先准备好到这里来购买的,和深圳、沙头角等地一路比较过来,目标明确,什么牌子,什么型号,什么花式,什么价格都了如指掌,事先已经买到手的,仍然要看,要比较。我却因为一些电器已经买了,内人从来不爱佩戴首饰而没有准备,惽惽然地跟着在一边观看,增长一些见识。

　　应《特区文学》李建国所请,为此杂志题词,我写的是:"文学可贵之处在于有鲜明的个性,文学刊物亦然。《特区文学》就应该在这个"特"字上下功夫,我愿与《特区文学》的朋友们一起努力。"

十二月二十一日,星期六　今离珠海。先去拱北游览。此处地理位置如沙头角,却没有商品,给我们看的是农民的新居。他们争取1990年达到澳门生活水平。然后驱车到中澳海关联检处转了一圈,就直接到九洲酒家。拱北领导与珠海政府假座此处请我们便宴。广州的吃,算是领略了,其精,其细,可谓无与伦比。

　　我们这群醉醺醺的"蝗虫",两点钟从珠海海关出发返广州。经中山,未下车,到五点三刻,离广州尚有一公里许,因修马路延搁颇久,七点三刻才到珠岛宾馆。因《花城》《家庭》两杂志要在白天鹅宾馆设宴款待我们。于是将原车开到了沙面。汽车司机不愿多延搁时间,又不愿进去一起吃饭,耽搁到九点钟方才开宴。再次领略"吃在广州"所概括的饮食文化之精致、独特。这一次,考究的是乳猪,味道之鲜美,珍贵的鱼虾,到我们的嘴里都没有什么味道了。宴罢,朱经理又请我们到二十八层楼喝咖啡,介绍这一家五星级宾馆最近是如何被世界高级宾馆组织吸收为会员的。回珠岛宾馆已近午夜。

　　我们住在2号楼,听说邓颖超来广州,就住这幢楼,房前小桥边有卫兵站岗。

十二月二十二日,星期日　到《花城》取来《木槿花又开了》。上午通读一遍,润饰了一些段落。下午与赵长天、陈村去逛广州市容。与五年前相比,人更多,更洋气了。

十二月二十三日，星期一　我们这一代人，到了广州，都会去瞻仰黄花岗七十二烈士陵墓，1981年，我经长沙来《花城》修改《危栏》，是第一次来穗，就特地安排时间来了。赵长天亦然，于是我陪他去"补课"。因要收拾行装，还要抽时间送《木槿花》稿去《花城》，只能匆匆去，匆匆回。到《花城》，《木槿花》责编谢望新给我看此稿的审稿单，有分歧，最后拟在"争鸣栏"中发出。我不表异议。

返沪所乘的还是5306，空客。误点。抵上海已近九点。

1986年·北京

一月五日，星期日　今乘14次特快列车赴京。

发车准时。读美籍华裔历史学家黄仁宇的《万历十五年》。

一月六日，星期一　上午十点抵京，王建国来接我，先到朝内大街《当代》编辑部。章仲锷、何启治、朱盛昌正与作家出版社争夺蒋子龙的一部长篇小说，并为第二期同时发表蒋子龙与柯云路的长篇问题，发生激烈争论。我到达时，又来了张锲和郑义等人，于是戏称为"诸侯会师"。然后把我带到体育馆北路之东升街人民文学出版社的招待所暂住。

何启治来访，告诉我，争取将《古宅》安排在第二期。

晚上，访章仲锷夫妇。仲锷表示他愿意做《古宅》责编，要我向朱盛昌打个招呼。

回招待所，王建国来，陪我访牛汉和龙世辉，他们都住在招待所同一幢楼上。属近邻。牛汉，这位闻名已久的诗人、"胡风集团骨干"，如今在《中国文学》杂志工作，外貌壮实、质朴，极热情。正在灯下伏案写作。初次见面，谈得不多，他要我给他们杂志写稿。

离开牛家，访龙世辉。他已经调到作家出版社，正在打麻将，谈吐间，不知何故，心灰意冷。我不愿扫他"麻"兴，报个到，即告辞。

一月七日，星期二　访母国政。谈《愚人之门》（即《春泥》）出单行本事，他认为就这样发书稿也可以。我坚持把小说中的"时晓仁"删去。原因是在《萌芽》内部有人对号入座，风助雨势，徒增矛盾。这种事，除了我宣泄了情绪，于整个《萌芽》的更新与发展，没有任何好处。谈及请张炯为此书写序的事，要征得张炯同意以后再决定。

回东升街,才知高桦已经为我定好总政第一招待所,但涉及招待所内某些矛盾,结果搬到了海运仓招待所,住后楼三楼,条件尚可。

　　夜访江达飞和何启治,反正都在同一幢楼。在何家遇申力雯。才知道,启治夫人健康状况不佳,她成了常来何家的保健医生。她跟我谈她正在构思的小说。

　　王建国读完《古宅》,认为是大手笔,不需要什么修改,已送何启治终审。

一月八日,星期三　下午,到人民文学出版社访赵水金,她与王建国、江达飞都是上海人。她的上海情结特别明显。她为《古宅》未写成长篇感到可惜。她要和我签一份《九号石库门》的合同,说这是帮我对付其他出版社的约稿者使用的一招。我答应了她。

　　晚上,章仲锷夫妇来访,仲锷仍希望我与朱盛昌沟通,由他来担任《古宅》的责编。他俩告辞后,我去访何启治,在立交桥上,却碰到了他与申力雯来访,即一起返招待所。谈到九时许离去。何启治还没有看完《古宅》。

一月九日,星期四　应约为金华文化报草成短稿一篇,寄给方竟成。

　　何启治读完《古宅》,与我交换看法。他认为此作有三大优点:一是概括力极强,二是主角人物形象鲜明,三是充分展示现实主义的生命力。只是开头有点沉闷,结尾还需要推敲。我认为,开头可以修改,结尾当然也可以商讨,却绝对不能大团圆。

　　下午访何镇邦。他正好在家。本来打算吃罢晚饭去拜访陆文夫,想不到把家门钥匙锁在卧室里,整个计划都打乱了。他儿子到妈妈单位取钥匙,一去四个小时,只好等着,到吃好晚饭已经十点半了。

　　回招待所,见何启治留条。稿子已经交给章仲锷,朱盛昌和秦兆阳不再看了,如果章仲锷与他的意见一致,就发稿了。

一月十日,星期五　访张炯,落实了他给《愚人之门》写评论的事。然后到十月文艺出版社,访刘文、侯琪、姬梦武、郑万隆和晏明等朋友。

　　下午王建国来,说章仲锷已经看过稿子,和他意见一致。

一月十一日,星期六　既然编辑意见明确,上午重写《古宅》开头部分。

中午去何启治家,和申力雯一起被留饭。对《古宅》的安排,因第二期刊发柯云路和蒋子龙长篇,延到第三期,甚怅惘。说定了中篇小说集发稿的时间,集子就以《古宅》名之。他说,下星期去和孟伟哉沟通以后拍板。

四点左右,到十月文艺出版社访母国政,廖宗宣应邀赶来相聚。

一月十二日,星期日 继续修改《古宅》开头部分。

下午到《文艺报》访吴泰昌。他要我介绍几个上海文学界的年轻人。我推荐了李其纲。

晚上,访章家。他将编第三期《当代》。《古宅》可能由他任责编。

一月十三日,星期一 上午,到人民文学出版社访孟伟哉和朱盛昌。他们为第二期《当代》的篇目安排煞费心机。柯云路也在。朱盛昌要柯云路的长篇删去一万字,柯不同意,却反过来建议这一期改长篇小说专号。朱盛昌接受不了,也狠不下心来坚持。僵着。

柯云路走后,我不禁感慨连声,认为作家不应该过多干预编辑的业务。作家、编辑的角度不一样,而各个作家都有自己的着眼点,未必能够从杂志的统筹安排来思考,听谁的?孟伟哉一听,立即要我把这些甘苦写成短文,化个名字,在这一期《当代》发表。还说,由你这位既是作家,又是文学编辑的行家来写,最合适。我笑了起来,说,这只能在编辑室内说说的,发表了要得罪很多朋友的呀。第二期的方案反正不能再改了,我关心的是《古宅》不再延期,就此打住。在这些方面,朱盛昌不如何启治干脆,所处地位不同之故也。

火车票订在明天21次,无法改为13次。下午到高桦家,她要我把《古宅》稿子给她。这要引起矛盾,我托词谢绝。

一月十四日,星期二 《古宅》改成,交何启治。

晚上,章仲锷夫妇来,随人民文学出版社的车子,送我到火车站。

此次来京共八天,忙于改稿,连王府井也没有时间去看看,可能以后会更忙。

1986年·义乌

二月六日,星期四 今偕霞麟母子返乡。乘到南昌的371次普快列车的加挂车厢。不拥挤,只是经常停下来"让路",经八小时才到达义乌。弟弟未收到我的信,没有来接。打电话与县行政科、文化局联系,都已经放年假。只能乘三轮卡绕柳村回万村,时已七点多,道路泥泞,天黑,停车处是在叫"乌龟背"的山丘上,教我们不辨东南西北,甚为狼狈。车费竟要六元,竹杠也只得随他敲了。

到家,才知哥哥于傍晚接到信,和侄子到火车站上去接了,两不碰头。

弟媳已经分娩,产一子,弟弟盼子的愿望终于实现,乃大喜事。

二月七日,星期五 到东阳访洪铁城,请他派车子将卢应斌接来,商定由他写东阳卢宅的报告文学。在洪家吃罢中饭即告辞。还是因为"歇年",司机不愿意接差,我选择了班车。到义乌,才发觉这是当年上城所走的旧路,如果重走一趟,一定有收获。于是,我选择了沿义乌县二中、少安亭、马村这一条老路步行回家。旧貌虽然换了新颜,但仍然找得到一些旧踪迹,勾起不少当年记忆,感慨良多!

到哥哥家用晚餐。谈及妈妈为了帮弟弟做生意过于劳碌,希望我劝她适可而止。但既是她闲不住的秉性,而且正需要照顾小孙女的生活,她不能视而不见,教我很难启齿。

二月八日,星期六 早上,到发洪山给父亲扫墓。然后到东溪村妹妹家。新屋已经造成,欣赏了她们的成就,趁便到东河镇"赶集"。当年,在我心目中,这是多大的一个集市呀,恍如县城,原来这么小,无非是多了一个集市场地的万村而已。

今天是旧历大年夜。新年气象不浓。中国的大变化,到底改变了千古沿袭的风俗习惯。或许,这只是我们家庭给我的感觉。

二月九日,星期日 今天是大年初一。从我有记忆开始,这一天第一件事,是到外婆家,然后依次到其他几家至亲拜年。外婆去世,舅舅健在,仍然如此,我们一家与哥哥、弟弟同行。因为修筑了公路,还因为都有了自行车代步,并可以在后面书包架上带人,使一家都有了这种"二等车"可坐,顺序也按公路走向做了调整。先到楼下村小姨妈家,再到井头山舅舅家,最后过义乌江,到南山脚下梅林的大姨妈家。都匆匆的,像赶任务。

最难以忘怀的是大姨妈。这位从小最疼我的长者,因中风而半身不遂,在一小间极简陋的平房内栖身。生活凄凉。我的表哥——她的独子是位鳏夫,照顾上有许多不便,而且他要去帮人制作糕点糊口,她的生活可想而知,出钱雇保姆吧,每天是一元,她负担不起。邻居虽能照应(今天早上洗脸、换衣裤,就是邻居帮她的),

但毕竟是邻居。二十多年未见面的这位表哥,一早就到井头山来了,直到我们到舅舅家拜了年,才同我们一起回来,其间大半天,大姨妈没有喝到一口水!我留给她五十元也只是杯水车薪。她个性倔强,却因包办婚姻,嫁错了男人,男人嗜赌,不务正业,婚后不久即逃巨额赌债,不知所终,让她守了一辈子活寡。她不幸生活在一个历史交替时代,封建思想在瓦解,新时代在萌动,她一生经历反映了中国妇女的命运,完全可以写一部长篇小说,书名就是《活寡》。

  此情此景,极为可叹。回家后,我们一家所谈的话题,就是她。妈妈把她的少年、青年的许多遭遇,都告诉了我,十分动人。其中不少是我在江湾小镇生活时,就知道的。

  按义乌风俗,大年初一,一般亲友不上门拜年,孩子到外婆家却可以例外,如今继续了这一例外的,不只是我们。所以,在井头山舅舅家碰到了我的所有表弟(除了梅林村那位贾家表哥,我们兄弟俩年龄最大),宗业、宗能、宗岁、宗灯、宗毕等,算一算,外婆门下,表兄弟姐妹一共二十五人。凡是做手艺的,如油漆、泥瓦、缝纫等,家庭经济情况都比大专毕业的宗业、宗能等优裕,四喇叭录音机放得震天响,故意炫富比阔似的。

  大舅父七十五了,健朗如昔。当年,他最大的安慰是我的表妹海玲,嫁到县城,抓取开放机会,做缝纫加工,竟盖起了两层楼房,成为两位数的万元户。

  我特地安排时间到江湾镇街上走走,没有什么变化。后湾塘和上街头造起了不少房子。我们曾经住的两间街面屋,过去办过邮政代办处,现在不知归何人所有,好像也是一处公共活动的地方,唯见青少年满室,没有进去详细了解。看样子,这个小镇经济发展不太好,不知何故。大姨妈所在的梅林村,依山傍水,"前有一片滩,后有一座山,做做不够买纸沙(供如厕用的草纸,极粗糙)"。穷有穷的原因,这个小镇不应该如此"没出息"。

二月十日,星期一 这是真正休闲的日子。可可要我帮他拍一张具有浓厚乡土气息背景的照片。我认为莫如与牛的合影了。耕耘、耕稼、耕读、耕种、耕者有其田……说到乡村、农事,甚至生存哲理,"一分耕耘,一分收获"等,都以这个"耕"字来展示,而耕,就是人与牛的合作。于是到处找牛。原以为这是易如反掌的事。这种农闲的日子,它们都是懒洋洋地躺在屋前屋后的晒场上,沐着太阳,反刍着。不料,不管黄牛水牛老牛牛犊,村前村后,一概不见影!我熟悉得不能再熟悉的一幅村景却依旧:村边香樟或枣树的大枝丫上,挂着大把枯黄的"糖头"——糖蔗顶端那一丛嫩叶子，收获的时候折下来，束成把，挂在枝丫上晾干，储存为冬季的牛饲料。没有牛，保存这些饲料干吗？于是向邻居打听。回答的都是："没有牛了呀，都卖了呀。"这就奇了。追问原因，原来，公社化的农村，农户早就没有这种属于生产资料的牲口了，包产到户以后，每户土地不多，几分几厘，虽是铺在山坡上的梯田，必须用牛，但为此养牛不上算，一到春耕秋种，便以人力代替畜力耕作，所以犁、耙、耖等牛拉的农具一应俱全，就是没有牛！都说，现代化，机械化了，事实上，倒退到接近刀耕火种的程度了。枣树、香樟树丫上挂的"糖头"，居然是充当柴火的！

土地抛荒，也就免不了，这分明是转换时期的乱象之一。都待理顺。类似现象颇多。比如，我们刚下火车，走投无路得被三轮卡敲竹杠的事，并非偶然。允许三轮卡经营以后，应该照常的国营班车，便"随心所欲"了，爱来就来，不爱来就不见影，农民无法靠它们出行。用电也是如此。黄昏后，应该用电的时候没有电；到了九十点钟，大家都上床睡觉了，却来了，于是许多本来开着等电的电灯，就这么一直亮到通宵，农民没有用到电，电费却比用了的都高！我到家那天，电灯就是九点钟才亮的。

今天是年初二，趁着都在家"歇年"，我安排在村子里寻访旧邻和新厅表舅舅。

先到祖钱老伯家，这是一位被抓了壮丁而见过世面的老农，新楼房造起了，水泥建筑，颇美观，主人也很满足。再去新厅访仁让表舅舅。喜遇表姨妈碧兰，她正带了女儿从宁波回来过年。不忘故土，话题很多。晚上，她姐弟来回访，亲戚相逢，尤其是我这种来自都市动笔杆子的，就把压抑的牢骚发出来，都是对当地基层干部而发的。可以概括为专横，自私，并不新鲜，只是比以往更放纵了。表舅妈（仁让妻子）从学校下放，要转为城镇户口，因为没有给干部送礼，至今找种种借口拖着不办；那些干部的农业户口却顶了下放人员，报了城镇户口；城里"黑人"（超生的孩子）甚多，为贯彻节育政策，弄得鸡犬不宁。当然，这些都是在新"政策"颁布之前，不久前公布的"新政策"，指的是，凡晚婚晚育者，头胎是女孩，允许再生一个。

二月十一日，星期二 今乘贵阳发出的152次列车回上海。

利用候车时间，到海玲表妹家看看。她家在西门外，就在楼家外婆"中大"附近。表妹夫叫陈仕学，从未见过面。今天与她公公一叙家世，才知是我祖母本家，与我父亲是表兄弟,我应该尊他为表叔。简短的交谈中,便断定陈仕学精明能干。他就靠海玲所学的一手剪裁技术大发其财,造起了四间一排的三层水泥建筑。底层会客与贮藏,二层用作居住,三层都是工场。落成不久,尚未装修。墙壁上挂满了贺仪与条对。

怕误车,匆匆来,匆匆告辞。幸而这班列车不拥挤,有座位。到诸暨旅客才多起来,到杭州,便拥挤得如上海的公共汽车了。最可喜者,是准点回到上海。

1986年·成都

五月二十六日,星期一 今天,乘5422航班来成都参加《小说选刊》举办的小说研讨会。适逢峨眉电影厂请傅星来改编《魔幻人生》,同机抵达。峨影责编苗月来接他,也接了我,并送我到会议所在地锦江宾馆。见到不少老朋友。与《小说界》魏心宏同住一室。

会议已经开了一天。听了朱厚泽录音及中国作协书记处书记昭华的讲话。

五月二十七日,星期二 晨,整理《活寡》。上午小组会,下午大组交流,由李国文主持。我谈编辑地位与作风、小说观念更新及编辑与作家的关系等问题。张曰凯要我做大会发言。照办后,李国文又要我整理成文,给《小说选刊》发表。

晚上没有会议活动安排。昌寿来访,谈他的工作现状。

五月二十八日,星期三 今去灌县以及青城山游览。在都江堰乘船,匆匆而过,与去年游览不同者,是从山上的正大门入堰的,设有俯瞰大堰的平台,但与玉舍相差无几。

到青城山,是去弥补去年的遗憾。集体行动,一路上和《收获》程永新谈创作,谈两家编辑部的事,一些景观皆未注意,其实也没有什么景观值得欣赏。到天师洞即止步。

晚上,观看川剧折子戏《柜中缘》《断桥》等,颇觉新鲜。

五月二十九日,星期四 上午,与会者去游览杜甫草堂与武侯祠,下午自由活动。我利用这完整的一天,整理《活寡》。晚上,四川省作家协会宴请我们。

五月三十日,星期五 今天,与会者赴峨眉游览。对此旧地,我无意重游,与我一起留下者，还有《小说界》的魏心宏、《当代》的周昌义、《柳泉》的徐学俭。后两位今天回去。住处搬动，电话又不通，逼我埋头整理《活寡》。

五月三十一日，星期六　《活寡》整理完成，共九万余字。收尾颇满意。

怀着轻松的心情，到昌寿家，带小亮亮游望江楼。昌寿夫妇随之也来。晚上，在他家盘桓到十点左右。

六月一日，星期日　草成《两间一卒谈》，根据此次大会发言整理而成，两千余字。

接受傅星与苗月邀请，到峨眉电影制片厂，聚于苗家，被邀者还有《黄河》杂志的老周等，餐后一起探访陆小雅夫妇。陆是《红衣少女》导演，因此剧成名。她对我的《古宅》感兴趣，但没有拍电影的具体打算。

回到峨影招待所，与曹阳通了电话。他告诉我，《萌芽》新的领导班子于两天前，即29日正式宣布，他此前所透露的信息没有变化，即由他任月刊主编。增刊分开，由谁主持没有宣布，划归文联以后再定。哈华打了报告，要去增刊任主编，是名誉的。曹阳还是要我帮他一把，担任副主编，希望我早一点回去。我将通话内容告诉傅星，他建议我接受副职，听曹的。我却自有想法，须慎重考虑。不管如何，都要早一点离川返沪。

留宿峨影招待所。

六月二日，星期一　原打算应中国文坛"四大名编"之一的崔道怡之约，给《人民文学》杂志写个短篇小说，因早晨耽于峨影招待所，不方便。下午三点左右，上了峨眉山游览的大队人马回来了，又不能动笔。只能读三毛的《撒哈拉的故事》。晚上，昌寿、小叶夫妇带小亮亮来访，都为我回上海的火车票操心。

六月三日，星期二　与会者一批批告辞了。昌寿、徐康、冯传德等分头为了我返沪的火车票奔忙，坐等反馈消息，无法外出，开始润饰《活寡》。是否请昌寿带我上184次列车去补票，明天早上最后确定。傍晚，到东风路口走走，人民商场的规模，给我的印象颇深刻，其他均无特色。购得三毛的《雨季不再来》。

晚上，顾绍文来串门，聊我的新作《活寡》。我决定将此稿给《收获》。

六月四日，星期三　晨，润《活寡》。上午，昌寿带我和傅星上了184次列车离蓉。

徐康、苗月来送别。此前,我也到四川作协向陈之光告别。

列车出剑门,沿嘉陵江东行,不断地穿过一个又一个山洞,可以想象,我是如何在高山峻岭纵深处,避开了登天之难的"蜀道",穿越教李白惊叹"危乎高哉"的诸多天险,从现代化的陆路,舍弃了少年郭沫若"初出夔门"时感受到的那许多新奇,告别了天府之国。到陕西阳平关,天才黑尽。沿途看到的景色太丰富了,可惜,不像那次在新兰铁路上西行,途中有西北路局李局长和铁道报记者王瑾的介绍,使所见景物不仅具有立体感,而且有岁月的温度,教我不急着形诸笔墨留待咀嚼都不行。

六月五日,星期四 今天一整天在东去的列车上,行驶于湖北和河南境内。湖北襄樊一带与家乡相近,河南土地平旷,皆在收割小麦。水稻不多见。过荆州见到了窑洞。到开封天黑了。有了这一次走马观花的经历,以后写到这些地方,心里踏实一些。

1986年·厦门、泉州、石狮

八月一日,星期五 今乘5539次航班来厦门,参加《收获》文学杂志组织的笔会。同行的,有李小林和祝鸿生夫妇、肖元敏、程永新。

这是上海到厦门航班开通以后的首航。"打前站"来的顾绍文到机场接我们。乘轮渡过海峡,到鼓浪屿,下榻日光岩下的海景疗养所。正如其名,临海湾,海水清如碧玉,近泊巨型货轮,远有小岛"漂浮"于云海间,立于阳台上,海景满目,海风扑面,阳台下,是高大的槟榔树和许多不知名的热带植物。正是居闲适、听琴声、观海潮的环境,生活设施却不尽如人意,用水如油,仅早、中、晚三次供应。李楚城、徐钤以及上海作协机关的一些工作人员也来此休假,住在鹭江出版社招待所,房间小,条件比我们更差。上海作协夏令营的作家住在190招待所,据说条件还要差,白天开灯,水电常断。

和广州、深圳差不多,厦门沿街商店都是进口的服装、电子手表之类,多为水货,价格并不便宜。李楚城介绍了一位熟人,陪我们去某店家购买手表,据说价格公道、质量保证。此店在一条小街上,手表搁在柜台上任人挑选,人很多,挑选不出满意的,便上街闲逛。不经意间到了观海园旅行村。本来,顾绍文让我们住在这里,因价格与作协夏令营过于悬殊,小林没有同意,此刻发现条件的确比海景好得多,决定争取明天搬过来。

晚餐后，去海滨游泳场游泳。大海、海浪、沙滩，此情此景，不由得教我这个被义乌江水泡坏了听觉的人动了心，也下水了。泳者多，海浪大，很痛快。想到了四年前在烟台游泳场的情景，海浪相同，下水者却不一样，烟台比这里显得纯朴，原生态的味道比较浓郁。大概这就是中国南北开放度不同的折射吧？

泳罢归来，与小林夫妇闲聊至深夜。

八月二日，星期六 昨晚，天闷热，到了后半夜，一点风都没有了。同室的顾绍文无法入眠而起身离床，我却一觉到天明。

八点，顾绍文与海景服务台交涉，海景不仅同意退房，而且主动与观海园旅行村联系，以六折优惠价让我们入住。午后即着手调整。

观海园在田尾路，与干部疗养所在一起，也都临海，我们住服务台后面2号楼，有空调，原价每床六十八元，优惠到二十元。只是服务费贵，每人每天十五元。他们与旅行村是两个系统，承包的，降价颇不易。经交涉，减去五元，为每人每天十元。据说，此处原为海防禁地，改革开放前，偷渡者都从此处的沙滩泅渡到金门。

搬离海景之前，我和祝鸿生两人去游览这个以"屿"名之的小岛，信步由之。小街纵横，坡度都很大，绿树成荫，十分整洁。规定不得行车，不论是机动车还是自行车，所以没有汽油味，空气清新，也不怕车辆撞人。住家多为独院式洋房，有称"专家庄"者，修剪之树，若桂树状，花朵满枝，清香扑鼻。此岛屿因琴声处处又称琴岛，是马思聪的家乡。验证似的，我们不时凝神聆听，却没有感受到，偶尔从商店中流出招徕顾客的流行歌曲，直觉录音机为代表的现代化在飞扬跋扈。——也许，优雅的琴声被淹没了。烈士纪念墓园中郑成功塑像用花岗石制作，以岛旁崖石为基，雄伟，有气魄。去年才落成，塑像模型尚置放在烈士园旁边，来不及处理。这里是林巧稚的故乡，辟有毓园，为林大夫纪念馆。立有汉白玉雕像与陈列馆。可惜闭馆休息，未能进入参观。

两个小时，除了日光岩，岛内主要景点都到了。

下午，去观海园旁边之海滩浴场游泳。风浪太大，且多岩石，祝鸿生腹部和脚底被划开。说明这不是游泳的地方，不能再来了。

黄昏，顾绍文把吴泰昌和陈愉庆两位从飞机场接来。陈愉庆来自大连，与其夫人合作，笔名"达理"。晚上，与吴泰昌聊到十二点以后。他肯定了《古宅》，准备写篇评论。

八月三日，星期日 今天，正待去登日光岩，出了门，抬头一看，岩上游客挤满了石阶，左右栏杆都岌岌可危的样子，怎能上下？遂取消，仍去体验小岛上的独特风情。

从旅行村大门往西走，到陈吉士墓。此墓为市级文物保护单位。陈为明末进士，原籍宁波，因协助郑成功收复台湾而留名史册。过隧道，为防空建筑，进入三一堂，正逢星期天，来礼拜祷告者甚众。教堂内和平信任之气氛，在社会上是感受不到的。

午后三时，去海滨游泳。到"国姓井"前面的海滩。陈愉庆毕竟在大连长大，善泳，姿势标准。吴泰昌却和他不会打西装领带一样，不知水性，穿着橘黄色的救生衣，端了个急救气垫，漫游于浅水处，但也算下水了。程永新到底年轻，学习游泳大有进步。我关心的是到了此地，应该去看看"国姓井"。闽南这些与"国姓爷"相关的井，都是郑成功部下为解决将士饮水困难而挖掘，福泽当地居民，而被敬称为"国姓井"，意为国姓爷所挖，饮水思源也。据说厦门和鼓浪屿共有六口，以鼓浪屿的俗称"三不正井"的"三拂净泉"为最，一种说法，是此井井底由三块不同形状的石头垒起来，一天早中晚泉水颜色不同，故称"三不正井"，泉水清碧甘冽，至今不枯；还有一种说法，此井是郑成功三次挖掘才出水，所以叫"三拂净泉"。可能我们所到处即是。但我不好意思转移大家游兴，到这儿来，关注的是当代新潮，是南国风光，访古似乎有点背时。反正井就是井！

盛毓安和唐代凌父女今乘航班到达。据说，盛是购物行家，他的经验是耐心细致地货比货、价比价。晚上谈到十点，祝鸿生忽发雅兴，要去音乐喷泉逛夜市。于是一起去。在海滨浴场的菽庄内，果然有舞池，池内却空无一人。年轻人都环坐四周，任凭音乐荡漾。细看，方知舞池边坐着的，双双对对竟没有一对异性恋人，偶入池作舞者，也是同性。其中，紧挨着坐的两位女孩子，分明希望有异性去邀请。我们这一行就催程永新上去。可是再三鼓动都没有成功，直到请客人明天起早的铃声响起，只有唐代凌五岁的女儿独个儿下了舞池。问程永新何以如此拘瑾，才知道，他是穿着短裤来的，下池陪女孩子跳舞，有失风度！——原来他是这样看重"绅士"风度，应当为这种海派风度鼓掌！

八月四日，星期一 今游览厦门市区和植物园。所谓市区，仅仅是通往植物园的中山路而已。据说，这条马路相当于上海的南京路，商店之集中与南京东路相仿。其建筑却如上海的金陵东路，都建有过街楼。就像到深圳必到中英街，都以为这里有"水货"，或者买得到便宜货，但都失望而退。

植物园规模相当大。以遍地岩石（自称岩石万块）为特色，而非植物。分成两个游览区域：登高与游湖。林木不多不要紧，我们希望观赏到热带植物，却未标明名称，无异于盲人走丛林，不免游兴索然，而且精力已消耗在逛中山路上，都累了，仅环湖随意转了半圈而已。

中午，于园内豪富海鲜馆用餐，十个人，花去二百元，值得。

今天确定返沪日程。飞机票、火车票都不易买到。为此，十一点左右，顾绍文访鹭江出版社及宾悦旅社，找朋友帮忙。

八月五日，星期二　一早，乘巴士来泉州。受到庄东贤和当地文化界朋友的盛情接待，游览了此地名胜清源山。此山如苏州的虎丘，海拔绝对高度仅四百米，但坡度险峻，多呈凌厉的气势，韩愈诵读之处，有老聃的坐像，刻于宋代，为道教石像之冠。有摩崖佛像与弘一法师墓。其中有一棵名为"天侣呈瑞"的大树，为楝树与重阳木合抱附生，属植物中稀有者。也有来自台湾的"莲雾树"……可观之景颇多。

园主人除伴游、讲解之外，并代庄东贤这些朋友款待中饭，其情其意甚为感人。

继之游开元寺。这是福建省内规模最大的佛教寺院，中国东南沿海重要的文物古迹，创始于唐初垂拱二年（686），时名莲花道场，开元二十六年（738）更改成现名。其中，开元石塔为同类建筑中的代表，五层，四十八米多高，全部用石构筑。泉州系石城，石屋、石道、石柱、石塔……此寺庙大雄宝殿供奉五方之五尊佛，建筑上，承力之雀替，为中国飞天与安琪儿相结合的二十四仙女，即以安琪儿的翅膀代替飞天仙女的飘带。另外，以关公为守护神，手不握青龙偃月刀，以示放下屠刀立地成佛之意。在建筑上，获得了"偷柱换梁"之名。最早名为"莲花道场"并非偶然，至今有传说行世，开白莲之古桑尚存。1925年被雷电击成三株，依然葱茏翠绿。

匆匆去参观了石雕工场。手工操作，打制工艺品，我直觉走进了中世纪的工场。

最后一个项目，也是来到泉州的重要项目，是拜访巴金先生的老同事盛先生。只知盛先生是原黎明大学教授。黎明前身是蔡元培、马叙伦倡议下成立的黎明高级中学，数年后停办，1984年在旧址上办起黎明职业大学。巴金先生与盛先生是同事，到底是在哪个时间段，我们没有深入探问。反正巴老念旧，特关照女儿女婿代他来此探望。小林和祝鸿生把我们都带去了，让我辈有此幸遇。盛先生盛情地宴请了我们。

晚上逛夜市,物品皆昂贵,开价令人咋舌,但可以还价。这就让我们摸不到底了,不是非常中意的不解囊。

八月六日,星期三　今来石狮。此为厦门经济特区小商品最多的一个城市,尤以服装为最。为我们这一次活动制造了一个高潮。

从泉州出发,过普江大桥。经生产"晋江假药"而闻名全国的晋江县,抵达临海之石狮镇。暂借华侨旅社歇脚,然后分头去街上各商品市场购物。

石狮为牛仔服装制造之城,以衣物品种繁多见长,像进了迷魂阵。我与顾绍文、祝鸿生结伙,漫步街市,满眼衣物,都是本地生产的。识货者,可以买到很多称心的服装,尤以女式服装为多。与沙头角中英街相似。漫天要价,落地还钱之风比泉州有过之而无不及。我有了经验,到了这种地方,既然占不了商人便宜,那就选自己中意的、非买不可的下单。既然欢喜,吃亏了,只要不是大亏,也就坦然。按此原则买了一些。

陈愉庆在服装市场迷了路,派人找了很久,最后是请三轮车送回华侨旅社的。

所购手表,是庄东贤派人送来的,各人均有所获。最便宜的是石英表,盛毓安买到的是一块大力士型的西铁城机械表,他如获至宝,兴奋无比,说明此物真有价值。

我本打算买一架208功能的夏普录音机,终因自己不识货,同行中也无人识货而作罢。

下午四点一刻启程回厦门,八点到达,展示各人的收获,一时成了热点。

八月七日,星期四　飞机票买到五张,明日返沪。利用这一段时间上街,对计划中未买到的物品再做一次努力。到过泉州、石狮,有了可比的参数,各人分头而走。

打算给可可买牛仔服装的我,跟着李小林、肖元敏、陈愉庆她们一起,也买到了一些满意的裤子,其中有巴拿马西装短裤,也有牛仔裤。

既然到了厦门,我们很想去"前线"看看。于是到了湖里之古炮台,见识了遍体是锈的古炮。多谢老天帮忙,海天清澈,用望远镜,可以遥望金门岛,当然,毕竟相距数十公里,只能是海平线间的一线陆地而已。集美、南普陀均未去。没有时间了。

《厦门日报》的武先生,为了飞机票于晚上来访,谈及晋江假药事,原来事出有因。所谓假药,只是冲服的饮料,如银耳冲饮剂之类。按规定,饮料不能报销,于是借用了卫生许可证上的编号改为了"药",在公费医疗者中大量推销。有领导曾对这种饮料表示赞赏,拍了他们手持这种饮料的照片。有人借用这发炮弹攻打他们,于是成了轰动全国视听的大案。

八月八日,星期五 我们均可按计划于今日离开厦门。李小林夫妇、肖元敏、程永新、吴泰昌乘飞机,我和陈愉庆、徐恒进、唐代凌父女等坐376次列车软卧。

利用逗留的时间,大清早去登日光岩,弥补此行的遗憾,独去独来。很值得。只有登此岩俯瞰,方知世人之所以称鼓浪屿为"海上花园"的由来。建筑、山陵、海滩、海浪、岛屿……从眼底向前一一铺开,心中不由呈现出苏轼笔下的那种意境:"绿槐高柳咽新蝉,薰风初入弦。碧纱窗下水沉烟,棋声惊昼眠。"当然,少不了那一句:"玉盆纤手弄清泉,琼珠碎却圆!"她置于这一片蓝如碧玉的海水中,太像一只玉盘了,将高高低低形状不一的建筑,或白色,或橘红,或灰黑……参差点缀于绿树丛中。赏心悦目景色不是此处独有,但以这样的距离,以这样高度所构成的视角,却是任何地方无法获得的。远洋货轮在周边游弋的动感,提醒你不是在观赏掌上盆景,而是切切实实地置身在海洋特有的自然景观之中。"漂浮在海上的花园"的赞叹,就这样出自肺腑! 此前,仰头遥望视为畏途,真的错了。其实,山路不高,也不陡,攀登并不费力,途中岩石上,不时可见游人题刻,有古有今,或雅或俗,倒也能消除疲劳。岩下,有郑成功纪念馆,可惜来得太早,尚未开门迎客。加上时间匆匆,多处景观可以游览的也未能涉足,有待以后再来"补"课了,包括对"三拂净泉"的寻访。

还有一点时间,打算再去鼓浪屿购物。接编辑部电报,要我与同样出差在外的郑成义于11日之前返沪。我已有把握成行,听说郑成义买不到火车票,还要在外耽搁几天。

上火车前,在候车室,方知同行的,还有魏竹兰和姚育明两位《上海文学》的编辑,她俩都带了女儿来此休假。是从我们这一群中退到票的。

八月九日,星期六 天很热。凌晨,电风扇不灵了,软卧内同样汗流浃背。本想看看沿途风光,但收获甚微。应该说,这与离家乡不远,缺乏关注的动力有关。

白天闲聊,无可记。晚上十一点,到义乌。总算到家乡了,禁不住下了车流连,绝不愿失去与这方故土亲密接触的机会似的。

来到镇邦兄的故乡,并坐观潮的感受是别处无法获得的

1986年·厦门、泉州、福州

十二月十日,星期三　今晨乘5539航班再次来厦门,参加中国作家协会召集的全国长篇小说座谈会。在上海机场检票处,邂逅同样赴会去的江曾培和周克芹。

到达厦门是上午八点四十分。中国作协创作研究室的郭小林来机场接我们,一起被接的是作家出版社的石湾,并被安排在会议所在地的白鹭宾馆同一房间。

何镇邦、张炯等北京文学评论家都来了。这里是镇邦兄的故乡,下午,他陪周克芹、江曾培他们去鼓浪屿游览,我疲惫,加上前不久刚去,未奉陪。

晚上,顾骧陪陈荒煤、昭华来房间里看望我们。我是第一次见到荒煤先生,七十四岁高龄,身体健康,思路敏捷如年轻人。他见到我说的第一句话,很教我感动:"你写了这么多小说,今天才见面,真抱歉!"

十二月十一日,星期四　早上起草发言稿《文化巨人的诞生与巨大的道德力量》。

上午,在厦门宾馆大厅举行开幕式。厦门市委宣传部派人参加,下午分组讨论,所谈泛泛,总的说,较拘谨保守,矛头居然对着一些年轻作家的文学探索,教人失望。

与我同一组的,有柳溪、杨佩瑾、蔡葵、何镇邦等。

晚上,福建省文联宴请我们与会者。

十二月十二日,星期五　继续起草发言稿。

遇《文艺报》朱晖,和他谈我的发言内容,他表示赞赏。他今天的大组发言颇有概括力,对当今长篇小说和作家队伍是不满的,他的观点与我吻合。同时在大组发言的有马云鹏、莫应丰、柳溪、张抗抗、杨佩瑾、蔡葵、宋遂良、周梅森等作家和文艺评论家。

晚上，厦门市委举行茶话会，市长出席并介绍厦门情况。

赴会路上，朱晖谈到我写的几部长篇小说，他都看了，各部题材不同，写法也不同，很不容易。他对《×地带》尤为欣赏，同龄人写同龄人，总是为自己说话，鸣不平，难免带着偏见，我却在同情中予以鞭挞。这就是我通过作品追求的道德力量吧？

十二月十三日，星期六 今天继续大会发言。秦树蓁、何镇邦、范永戈和我等。

我的发言，反响还算热烈。陈荒煤当即要去了我的发言稿。会后，宋遂良迎上前来，说他深受感动，表示，这些话只能由我来说，他甚至责问身边的朱晖，《文艺报》为什么不发表这样的文章？朱晖的回答是，俞天白的发言就是他组织的，还说，从中可以看到这位作家的一颗童心和作家的真诚、作家的良心。如今，丑恶的东西太多了，即便说了，能起多少作用很难说，但作为一个作家，发出了如此呼吁，尽管有些书生气，总算尽到自己的责任了。路上，蔡葵碰到我，说过去他读我写的小说，只看到我的一个方面，今天听了我的发言，才见我的全貌，才知有这样大的宏观气度，等等，颇受感动。

与张炯说定，请他为《文汇月刊》写作家通讯的事。

十二月十四日，星期日 上午，由中国社科院外国文学研究所刘若端以及张捷等，分别介绍英国和苏联当代文学的情况，颇精彩。

下午分成两组，分头到前线参观。我分在陆军组，在海军基地乘快艇去青屿岛。此岛在大担、二担至五担对面，靠近国际海运航线而具有重要战略意义，岛上驻有一连守卫战士。几十年来，把一个寸草不长的小岛，经营得郁郁葱葱，生机盎然。蒋方占领的三担岛清晰可见。通过潜望镜，可见守卫营旁边"三民主义统一中国"的大幅标语。上次《收获》笔会期间到湖里看金门，是同一个角度。

晚上，与人民文学出版社的赵水金、王宏谟、谢明清等谈我打算写的题材。

十二月十五日，星期一 由张捷继续介绍当代苏联文学，然后，陈荒煤做大会总结发言。他主要谈作家理解人的意义，反复强调"人是一个怪物"这一观点，对于中国当代文学的展望，却从"左"走向"右"表示忧虑。

午后到针织厂参观，再到南普陀游览，然后在湖里开发区的丽都酒家接受厦门市委的宴请。在针织厂购买服装耽搁的时间太多，既未能静心观瞻早就向往的闽南佛教圣地之一的南普陀寺，只知它在五老峰下，毗邻厦门大学，也未能游览市容，甚憾。

晚上,到陈荒煤房里取回我的大会发言稿,他对我的《当代文学的视角与视点》的校样提了一些意见。他认为,主要不是什么"渗透"(我认为未写好知识分子是因与其他阶层的人物没有相互渗透),而是对知识分子命运如何把握,从他们历史背景上去揭示的问题。他认为,只要从人物命运上去揭示,带有历史特征的事件,同样可以写成史诗。

十二月十六日,星期二　　今天与会者来泉州。下榻华侨大厦(国际旅行社)。

厦门,对我来说,向往的,除了鼓浪屿、南普陀寺,还有集美。当年,上海一师院同班同学王建立就是来自集美学村,他和集美给了我许多美好印象。途中,终于实现了到此一游的夙愿。行色匆匆,无法领略从学前教育一直到硕士、博士教育的人才培养体系的全貌,却对熔中西建筑于一炉,体现了闽南侨乡建筑风格的钟灵毓秀之地,有了一个大致印象。当然,少不了瞻仰陈嘉庚墓。此公精神可佩,坟墓却显得俗了一些。

泉州市委接待了我们。下午,旧地重游,三个景点,除了开元寺,有两处,是上次没有到的。一是伊斯兰教传播者"贤者"的"圣墓",一是清净寺。后者建筑之古老,在伊斯兰世界也不多见。在开元寺,弘一法师纪念馆和古船展览馆,都很值得参观。

晚上,应邀出席泉州市委的宴请。

十二月十七日,星期三　　今去晋江。先到陈棣,在丁氏宗祠内,由当地领导介绍陈棣历史沿革。这才知道,这里最早是回民集居地,他们自五代来此围海筑埭定居以来,出了不少人才。有"海内诗名齐十子"的丁雁水,近代著名机械工程、火炮技术科学家丁拱辰等。现为侨民聚居之地。合资经营的制鞋厂年产值近一亿。

接着到石狮。这一次是晋江市宣传部宴请后,专人陪我们前来的,边走边介绍,自然另有一番面貌。繁华变得具体了,每日来此采购者,竟达三万余人!我的采购也有明确目标了,主要是给可可买牛仔裤,但仍不如意。于四点匆匆回泉州。

晚上,观赏木偶戏。这种被西方称为"悬丝傀儡"的表演,是泉州传统艺术,够资格申请非物质文化遗产。剧场内设古朴的小戏台,台上有一幅题字,"内帘四美"。木偶戏班按规定只有四名演员,表演生、旦、北(净)、杂四种行当,故称"四美班"。此四字题于此,我的理解,可能是一种警世提示:帘内有四美,帘外呢?为木偶者绝非四人也。这样思考,天地就大了。演出的是《火焰山》。与别处不同,"悬丝"操纵者立于其上,以拉线摆布傀儡,加上幻灯布景,逼真程度,超过上海木偶剧团演出的《三打白骨精》。当然,那是我十多年以前在上海看的,今天绝不会再是那种水平了。

十二月十八日,星期四　今天来福州。坐了五个多小时的长途汽车,够呛。

途经惠安、莆田、仙游。经过惠安,很想见识一下"惠安女"。袒腹露肚,超越了现今女性开放度而存在,对地方风情一定有特别的体验,却没有在鼓浪屿见到的多,也没有地方特色的新发现。到福州梅峰宾馆,已近下午两点。来不及按原计划到古山游览,便改为到市中心观光。我未参加,休息半天。

晚上,福州市委宣传部宴请我们。此为部队宾馆,烹调平平,可贵者是当地文化领导的一番盛意。遗憾的是离市区太远,如困于一隅。

十二月十九日,星期五　与会者分头告别福州返程。我与江曾培四人的飞机票订于明天。上午去观光市容,在五一广场及东街口转了转,生活于上海的我们,兴趣都不高。

福建广播电台的吴苏生,和福建电视台文艺部的许刚两位朋友于晚上来访。吴苏生告诉我,我的《愚人之门》(即最初的《春泥》),被湖北人民广播电台文艺部的郑翔改编为广播连续剧,播出后评价甚佳,日前获全国性的"丹桂杯"奖。此前,我竟一无所知。

1987年·北京

四月十八日,星期六　晨,乘5017航班来北京。我以《上海九三》编委会负责人的身份,参加九三学社中央召集的座谈会。在虹桥机场候机厅遇宓正明、苏怀一和俞福堂等几位同被邀者。还有一位李宝善,是去北京参加同学会,并为孙立功的诉讼找中央领导。

航班准点到达,九三中央派车子接我们到远望楼宾馆住下。与俞福堂一室。

四月十九日,星期日　座谈会于上午开幕,由九三学社中央副主席张承佩致辞,统战部一局宋局长讲话,谈了几个问题:这次会议的背景,九三学社在反资产阶级自由化中的作用,思想建设与多党合作政治,等等。下午分两组讨论。我被分到第二组,有上海、天津、湖南、浙江等四个省市的与会者。发言者对宋局长的讲话评价颇高,据说,这样坦率地说出中共与民主党派关系的讲话不多;还说,这几年是民主党派的关键性时期。我没有关注这些问题,对"反资产阶级自由化"也持谨慎态度,故未发言。

晚上,到十月文艺出版社访母国政与吴光华。国政刚从四川访问归来,聊了北京文艺界最近发生的一些情况,均属茶余饭后的谈资。

四月二十日,星期一 上午,大会由《红专》杂志主编介绍此刊物的工作情况。然后小组讨论,依然热烈。当前,社会问题确实不少,知识分子的待遇也不太理想,话题俯拾即是。我发了言。主要谈当今九三学社面临的矛盾,要办好《红专》的话,必须解决五个关系:坚持四项基本原则与坚持九三学社自身努力的目标的关系,反对资产阶级自由化与坚持科学研究自由的关系,与共产党同步性与监督性的关系;稳定性与当代性的关系,严肃性与活泼性的关系。并希望更改《红专》这一刊名。

晚上访何镇邦。谈我正在写的长篇小说《大上海纵横录》。

四月二十一日,星期二 继续分组讨论。上午李宝善来向九三学社中央领导申诉,我与宓正明陪同。由执行局委员、秘书长赵伟之,研究室主任刁培德接待。为此花去整半天。

下午继续讨论。我发言,谈九三学社这份机关刊物思想建设的重要性,希望关注、分析中国知识分子的现状,并对这份刊物提了一些具体意见:拘谨,力不从心。联络部副部长牟小东对"力不从心"四字特别感兴趣。

中午申力雯来访。晚上访章仲锷、何启治。得知中篇小说集《古宅》已经发排。我与仲锷谈正在写的《大上海纵横录》,他很感兴趣,希望写得浓缩一些,可读性强一些。

四月二十二日,星期三 今天联组讨论。牟小东讲话,对我以"力不从心"来评价《红专》杂志表示赞同。宓正明再一次发言,表示应该正视知识分子思想深处的封建意识,以此加强社员的思想建设。应该一手抓反封建意识,一手抓反资产阶级自由化。

下午休会。傅星来访。对当今中国文坛颇觉悲观,很想远离这个"坛"。我有同感。他所在的鲁迅文学院,聚集着一批热情澎湃到可谓壮怀激烈的青年作家,他的情绪,显然是当今文化界思想情绪的折射。

《法律文学》编辑部陈仰民夫妇来,与宓正明一起谈李宝善事件,他希望我们尽快写成报告文学,不过,结案以后才能发表。

四月二十三日,星期四 今天会议闭幕。张承佩、郝诒纯等九三学社中央副主席参加闭幕式。上海九三学社倪正茂等三人大会发言,金开诚做总结。这几天经历,教我深深感觉到,求"稳"是九三学社的基调,"稳"到了离文艺界至少整整三年。大概这就是中国知识分子的软弱性吧!这五天会议,我的收获巨大:九三学社是中国知识分子的党派,到上层来,总算看到了、直接接触到了中国当代知识分子"精英"中的"精英"的思想动态和精神面貌。堪称可遇难求。

下午,到木樨地部长楼访荒煤先生。他已经将我的《活寡》读完,问我,将这么大的时代背景放到这个故事的背后去,出于何种考虑,有什么出发点。他要我把我以前发表的,自己认为满意的作品,都寄给他,以便做全面思考。

离开陈家,匆匆赶到三元里访何镇邦。刚到涿县参加"两报一刊"的约稿会回京的张炯,也应约前来。他将《作家通讯》所需的介绍《×地带》的文字写好了,三千余字,写得十分漂亮。于是,难题抛给了我,要我写出我创作这部长篇的思考了。

离开何家已经十点,因明天离京,趁便探访吴泰昌。他照样忙。刚去郑州评散文奖,明天将参加中宣部召集的会议,星期天去香港。他对我们未给他寄《萌芽》杂志颇觉不快,就此谈及《萌芽》内部一些情况,我怀疑有人向他散布负面信息,但他予以否认,转而谈对我作品的几篇评论稿处理情况,他说,宋先生写了一篇评我的《古宅》《活寡》等几部中篇的长文,主要谈文体、谈文化意识。这一类话题都是当今的大忌,在《文艺报》发不出去,这印证了张炯给我的那些信息,我表示理解。他已经和何镇邦商定,请何另写一篇,将宋文转到《当代文艺评论》杂志去。过了午夜方告辞。

四月二十四日,星期五 晨,草《大上海纵横录》。从远望楼宾馆搬到人民文学出版社招待所。本打算到鲁迅文学院看看傅星他们,被雨所阻。

抽暇到东升街向江达飞、章仲锷等告辞,从王建国处看到了《古宅》封面。不满意,要求另行设计。我请章仲锷写一篇序,他表示为难,作罢。

四　经珠江三角洲，穿越五指山

1987年·广州、海口、通什、三亚、兴隆

十二月九日，星期三　应《当代》杂志之邀，来广州参加笔会。

上午七点一刻的航班，被弥天大雾耽误了。到白云机场已是下午一点半。《当代》原是委托《花城》来接机的，自然扑空了。只好乘民航班车到市区，在民航办事处与李士非联系，他不知道《当代》来人住在何处。却碰到了汪一帆，他是去火车站取托运的书籍，顺便来了解机票出售情况的。他所乘的是《文汇报》驻广州记者站丁曦林的车子，我即随他来到东湖新村《文汇报》记者站，给王曼打电话才联系到钟缨，然后由钟带范若丁来，把我送到了曙前宾馆。

何启治、朱盛昌、汪兆骞都来了。被邀请的作家还有京夫、李小巴、焦祖尧、姜滇、张曼菱、邵振国、乔瑜、张聂尔、王朔、王海鸰、柯云路等近二十人。

住宿条件不理想。反正明天一早乘船去海口。

飞机在虹桥机场升空，俯瞰上海郊区，田间所挖鱼塘多而集中，宛如现代水粉画中的房屋玻璃窗。俯瞰广州郊区，土地集体分片，长条形的，淡褐色与深蓝色相间，比拼花地板更富色彩，更具有质感。

十二月十日，星期四　一早就去用"早茶"——广州早点。其丰富多彩，精致细巧，深入味髓，是又一次对"食在广州"的真切体验。来自山东的矫健，不禁发出如此感慨：人是不能穷困的，贫穷，没有钱，是很痛苦的！足以代表内地来广州观光者的心态。

七点三刻，小巴士载我们来沙头嘴。乘玫瑰轮去海口。船票颇紧俏，一律四等舱，通铺。从珠江驶离广州。珠江如同黄浦江，污染不堪。驶出黄埔港方才好一些。

这是除长江口以外，中国最宽广的江海交汇水域。景色比当年我经历的长江口更为丰富，更吸引人。因鸦片战争而名留青史的虎门小岛，就在这水域，真正久仰了。心怀瞻仰英雄的肃穆，张大了双眼搜寻，既是见识，也是向林则徐们致敬。首先投入眼帘的，是像长江口崇明、横沙岛之类的几座小岛，名为小虎、大虎，然后才是虎门。右舷，有名为太平村的一座千米宽的小岛，与虎门对峙，形成了一个隘口。鸦片战争期间构筑的碉堡式炮台，保存完好，遥望得到对准主航道的炮口。

出虎门，江面立现宽广，此时此刻，我才发现忘记了观察江海水色交汇线在何处，有什么区别。三点左右，江口变成了一片汪洋，说明我们已经进入广州湾。掐指一算，从广州沙头嘴出发，到目的地海口，需要二十六个小时，今晚将在玫瑰轮上度过。好在来自四川的乔瑜的诙谐，天津张曼菱处处需要骑士护卫的风波，王海鸽的善于辞令，当然，更有王朔不时语出惊人的调侃，才使这一相对封闭的旅途不寂寞。

十二月十一日，星期五　上午十一点半抵达海口。名列中国第二大岛的省会，给我的第一印象，就是一个小渔港！海南文联来接我们的车辆，早已等在码头上了。

一踏上海岛码头，就一步跨进了我从未体验过的热带气候。这是广州所没有的。气温不高，只有23摄氏度，道路两边的椰子树，却展示出一派特有的热带风光，仿佛刻意请远方来客加以确认。只有拳头大的椰果，挂在高高树梢，正在生长，街头却有棕色成熟椰子在出售，每只需一元一角到两角。分明随时都在生长，也随时都在收割；既是春播，又是秋获；既像夏长，也如秋熟。这种四季不分的热带地域显著特点，是广州满街的榕树所无法赐予的，尽管广州随风飘拂的榕树气根所营造的地方特色那么浓郁。

马路上很少见到汽车，客运与货运都稀罕，机动三轮车、自行车横行。落后之状，正如川东小镇。也和内地一样，满城都在建筑高楼大厦。其落后程度，进了门，更觉非同一般。供我们下榻的海口文联招待所，居然没有自来水和电灯！说得干脆些，根本没有电力供应系统！理发店这一类处所，门口都备有小型发电机。如果说，深圳、石狮以满街录音机播放洋气十足的流行歌曲，营造出了浓浓的时代气氛的话，海口，却以满街机动三轮车与小型发电机组成的交响曲，诉说它的落后与无奈。

中国各地对此地的期望，却呼之欲出；海口当地人，急于改变现状的心情与景象，也触目可及。刚住下，碰到了来自部队的一位作家雷锋（与英雄雷锋同名同姓),他在此为《人民文学》杂志采写报告文学,掌握资料甚丰。告诉我们,来自东北的大学生已达万余人,抱着满腔希望来,却不断地贬自己的值。开始,要求住宿二十元,降到十元、五元……最后与人合伙做生意去了。在街头巷尾,一见手握海南地图者,便知"同是天涯沦落人"。这种直接感受,确实随处可遇。我和姜滇出去随意走走,到了和平南路向一位年轻人问路,一听说我来自上海,便以为投资来的,立刻掏出三五牌卷烟来敬我,借此拉关系。

傍晚六点半,海南省筹备组组长许士杰前来探望我们。海南建省以来,我们是第一个来自全国各地的作家组成的访问团。他探望的对象,却等级分明,先和有一定级别的作家见面,如焦祖尧、王祖谟、李小巴、柯云路和我(凭杂志的副主编职务沾了光),当然,首先是何启治、朱盛昌等《当代》杂志领导。然后举行集体座谈,介绍海南省的资源、开发等方面的情况,概括起来,就是要打破越封闭越倒霉、越倒霉越封闭的恶性循环。各地来的人才与海南资源结合,可以形成相当的生产力,将海南岛建成全国最大的经济特区,用全新的视角打破传统的思维模式,来制订建设规划。至今,已经收到全国各地要求到此地来工作的六万多封信件,各行各业都有,六千余人已经到达。需要人才,可惜一时又无法消化。要做到与开发计划相适应,只能开发到哪里,需要到哪里。似乎是针对我们的见闻在做解释。说明我们一落地就接触到了此地的主要矛盾。

无法否定,我们见识到了即将成为"全国最大开发区"的"原始版"。

十二月十二日,星期六　　今天开始游览参观。

先到马鞍岭火山口。这是与黑龙江五大连池同一类型的景点。它最后一次喷发是在一万年前,熔岩形成比五大连池悠久。是当今世界上最完整的休眠火山口之一。四周分布着三十多座拔地而起的孤山,均是喷发时积于火山口的熔岩堆。其间有卧龙洞、仙女洞,纵横交错的七十二个地下溶洞群尚未开发。这不只是旅游资源,还是建筑材料的产地,深圳建筑行家发现,这里有些树材可以做隔音板,效果比水泥制作的更佳。我们所到的地方,岩浆凝结物均已经被植被覆盖,长满了灌木、杂草和龙眼、波罗蜜、洋桃等果树,也有凤凰杉,但不多。这里缺水,要打几十丈深才见清泉,过去评地主富农,以檐口蓄水缸作为财产多寡的标准,如有一百只缸,则为大地主;打满一缸水要花整整一天,水的价值于此可见。

总的印象,不如五大连池壮观。

中午,访琼山县政府,由县政府工作人员陪同到山羊餐馆用餐。颇有特色。此地的山羊与别处不同,名为"臃羊"。比山羊矮小,每日赶出去放养,吹哨归来,不喝水,饲养过程少见太阳,所以无膻味,其味特别鲜美。用餐的过程也别开生面。先吃"美果"——用芭蕉叶包成方形的糯米团之类的食物,内装以柳蓉为主调制而成的馅;再进"主食",吃涮羊肉。与京沪不同,颇有与火锅相结合的味道。使用钢炭小泥炉。汤是羊骨汤,加以大把羊肉、羊杂碎和大白菜,与其说吃羊肉,不如说在吃调料。惜无美酒。此地的白酒,味过于清淡,啤酒则太少,未能尽兴。

餐后,瞻仰海瑞墓。在海口市近郊,有海公陈列馆,可惜资料过于简单。墓道前竖有牌坊,其简洁程度,是我生平所未见,仿佛只用几根粗木料搭成。一个"旨"字下面,突出"粤东正气"四个红字;墓道两旁有石人石马石狮,皆古朴,尤其是石狮,很有玛雅文化遗物的风格。墓穴为窝头形,原墓毁于"文革",前不久重建。

返文联招待所,稍事休息后,去五贤祠游览。海口博物馆、苏公(东坡)祠等,均在其内。五公者,李德裕、赵鼎、胡铨、李光、李钢也。苏公不在其内,但命运相同。五贤祠内两副楹联,概括了他们的遭际:"只知有国不知有身任凭千般折磨益坚其志;先其所忧后其所乐但愿群才奋起不负斯楼。""唐宋君王非寡德;琼崖人士有奇缘。"被称为"海南第一楼",并以匾额标之。苏公祠则如眉山三苏祠,眉山突出苏氏父子之才,此地突出苏轼其人之功,即传播文化、为民求利之功,均有纪念价值。

园内植物品种很多,有鱼尾龟、南洋杉、凤凰木、鸡蛋花(乃木本之树也)、酒瓶槟榔、台湾相思等,颇值得观赏。

晚上,海口市委宴请我们。先由市委书记介绍海口情况,宴饮中有"山珍(蒙)海味",而后再去游览市容,与第一天不一样,颇见其发展繁荣的一面,但前进步履艰难,新中国成立近四十年了,居然水电均未解决。在市委会议室,书记介绍到一半,忽然断了电,自来水也没有了,仿佛是一种当场的展示、提醒与劝告。

十二月十三日,星期日　七点四十分启程,奔赴五指山的通什。

从海口出发游览海南岛,有东、西、中三条路线。东、西线均沿海,如环行,沿线均已开发,生活设施可能好一些;中线要经过包括五指山在内的山区,属五指山腹地,都是荒莽之地。我们怀着探险的心理,选择了中线。沿公路两旁,均植台湾相思树,橡树林成片,成为海南岛中部的主要特色。椰子、槟榔、香蕉却不多见。车到琼中县,属五指山北麓,为黎族自治区,在街上可见身着黎族服装之少女。停车片刻,便继续南行,进入通什地域。

通什处五指山中南部。最早叫"通什峒",黎族聚居地,"通什"是黎语发音,意为"山谷中连片的田地",此前是黎族、苗族自治州驻地,为了获得全面了解,我们先到自治州博物馆参观,黎、苗两民族生息繁衍在海南岛上历史悠久,从出土大量石器、陶罐来看,可追溯到新石器时代。至今尚有刀耕火种的遗风,即种植"山兰"——旱稻。

离开博物馆,到苗族村庄参观。所见生活甚为艰苦。我们所进的是黎族家庭,三户住的都是草屋,有一对新婚夫妇,在银行工作,住在不能挡风、仅能遮日避雨的草寮里。炊事用的是压缩煤气,有收录机,均以竹木为建材的梁、椽上,却挂满了蛛网。另两家务农,烧火塘,家徒四壁。据云,这是母系当家的民族,较父权更为闭塞。

我们见识到了原生态的海南岛。这是落后、闭塞,资源却很丰富的宝岛!

下午一点,到达通什。想不到,与我们路上所见完全不同,它正在从自治州改为县级市,处处水泥钢筋建筑拔地而起,博物馆、市府大厦、邮电大楼等均呈现深圳才有的那种气象。我们投宿的五指山宾馆,也是一个极其现代化的馆所,与这个新兴的城市同步,水电俱全,比海口市现代化程度高出许多。

晚上,州领导和文联领导宴请我们。主人请我们品尝用"山兰"(旱稻)酿的米酒,清醇得别有风味,正如此地的民风,给我们留下了深刻印象。宴会后,观赏宾馆业余文工团演出的民族歌舞,太一般,早退。

此地气温比海口略高,气候比海口宜人,终年如春。据说正因为气候好,近期所建造的新住宅都已经售出,购房者,多是从全国涌来的机构办事处。

途中,本可一睹五指山主峰的风采,无奈天气不帮忙,被云雾所罩。

十二月十四日,星期一 今天早上八点出发,来三亚市。

先由通什文联主席苏先生陪同,去参观保宁县毛岸区徒水河乡徒水村。这是苗族聚居的村落,房子都是公家盖的,保留着部分草寮。多位中央领导曾经到此视察。接待室内挂满了这类照片。他们的穿着,民族服饰仍不少,但多已现代化。主要种植橡胶和药材。我们深入到家庭中探访。这一家,种植益智、槟榔、胡椒共十亩,每亩收入一千元,艾草四亩,打猎所获除外,年收入相当可观。苏先生取过苗族鼓给我们观赏,兽皮制作,两头大,当中小,如哑铃。他请女主人现场演奏,被婉拒,原因居然是男人不在家,她不能应命。他们所守旧习,可见一斑;生活方式亦然,经济收入这么高,却仍然保持传统风俗:烧二块砖头架成的火塘而不用炉灶。

变化中的通什,行政机构正处在除旧迎新的清理中。不久前还有八十七个工作组,现在少得多了,转折中,他们都在努力保存自己的干部体系,据说,昨日宴请我们的,是区文化局的新头头,从海口来接收的。不久以后,矛盾冲突可能会相当多。

参观罢,才正式告别通什。驱车从五指山脉下行,直奔滨海的三亚市。都是下坡路。连绵不断的橡胶林、槟榔、椰树,夹有一种米麻黄的松树,如马尾松,又如穿天杨。上午十一点到达。近市区,沿途都是盐田。南方最大的盐田在海南,但离此还有一百多公里。榆林港为中国南方最大的军港。我们先到三亚市政府,借"报到"的方式,以求在游览中提供方便。和通什一样,政府各部门正在办理交接手续,等了差不多半个小时,除文联负责人出来表示欢迎以外,无后续举措,幸而,来了三亚市旅游局的张主任,他把我们安排于鹿回头宾馆。据说,他是这次活动的发起者,理应接待。

"鹿回头",好漂亮的名字,好大的空间,真是个好地方!缘于宾馆所在地点拥有一个美丽的传说。有一位青年赶鹿至此,面对大海那一瞬间,鹿突然迴身回头,变成了美女,并嫁给了他,在此成家立业,繁衍生息。为此,宾馆北部山顶立有一雕塑,鹿之右是一位美丽的姑娘;鹿之左是一位英俊的小伙。宾馆大堂中就置有这一复制品。

安顿好,即去观瞻市容。与近年来我所到的其他城市一样,给人最深刻的印象,是一种突然虚胖的繁荣。千篇一律的小商品街,服装之类琳琅满目,最嚣张的,也是电器商店,出售飞利浦等电视机,万宝电冰箱和一些进口卷烟,还有上海见不到的挂历(正赶上年底)。至于其他,则难掩一种后备空乏的虚弱与冷落。

下午三时去榆林港。要经过亚龙湾。说真的,我们想看的不是部队营房,而是这个亚龙湾。景色优美,海水深蓝,浪涛拍岸,使海湾如一弯银钩,几个遥望可及的小岛,都具有开发价值。当时国务院总理来视察,说过这样的话,它不是夏威夷,却胜过夏威夷。夏威夷的海滩长度是两公里,这里有七点五公里。于是去请霍英东,希望投放一百余万美元,合资开发成为国际游泳场。霍请专家来考察以后,却决定独资开发,投了二百余万美元。现在酒店的地基已经平整好了,将择日动工。海湾之北,是群山,林木葱茏,四季常青,花香不断。现为榆林军港,听说海军分区不愿出让。

榆林港,当年西沙之战,我军就从这里出发。港深十四米,可泊航空母舰。可惜我们还没有这样的军舰,现在港湾中停泊着的,最大的也只有两千五百吨的驱逐舰。正在演习，谢绝参观。我们改到大东海游泳场游泳。

晚餐由三亚市委设宴款待。市委书记忙于交接，匆匆出场，向大家敬了一杯酒，立即告辞。在这里，教我们、起码是我，对"吃在广州"做了修正，应该将"吃在广州"改为"吃在南方"更为准确，起码印证了南方人什么都敢吃之说不谬。第一道菜，居然是连皮带骨的一条海蛇！或许是第一次品尝，不习惯，不知其味鲜在何处，或许厨艺不到家，反正，我觉得不入味，不好吃，幸而有酒，都掩饰过去了。

十二月十五日，星期二　今晨赶海去。按习惯晨跑，穿越宾馆内的柳林，方知此地系三亚"政治性"最强的旅舍。如广州之珠岛宾馆，凡中央领导来三亚都在此下榻。都是隐于柳树林中的低层独立建筑。四面皆山，屏蔽效果自不待言，而且山林间都驻扎着军队！当然，也有例外的中央首长，则安置在榆林港海军招待所。

赶海处离此约两公里，要通过一片椰林，其中有黎、汉两个村寨。愈近海则愈荒凉。椰树叶子不肥，有焦黄叶，所结椰子也不多。原因在根部，地面上都是发掘痕迹，是寻找珊瑚石作为石灰出售，也算是一大资源。为此，白色的珊瑚碎石遍布。我于海浪拍岸的沙滩上捡拾贝壳、珊瑚石，所得不多，也不珍贵。然而尽兴。

上午，我们这一行安排游泳或逛街。因照相机电池昨日未买到，我选择了后者，看看是否有售，同时多观察市况市容。海鲜市场相当大，见识了昨晚宴会上的海蛇干。其他所获不多，大致印象，一般海货价格，与上海比较，贵贱不一，巨大的鳗鱼干，仅五元一斤，鱿鱼则昂贵到每斤四十元以上！椰子便宜，每只讨价六角。

午后去"天涯海角"游览。途经三亚湾。像亚龙湾，景色十分迷人，遥望海面可见东、西玳瑁岛。蓝色海水，白色沙滩，绿色的木麻黄，蔚蓝的天穹，层次清楚，色彩丰富，极目心舒，堪称佳色。司机特地将车开上了沙滩，沿海行驶，然后转入机场。

机场颇原始。三亚的三项交通设施，机场、港口、铁道，均为日本人修筑后留下的，至今未变动。机场跑道高低不平，只能供小飞机起飞，载客四十四，不敢满载。候机室窄小而简陋，如小乡镇上的一家小店。

经羊粮镇，见不少妇女装饰特别，汉服，均以黄色底缀以大朵红花之毛巾（枕巾）包头，问之，才知是回族妇女。原来，此地汉、黎、苗三民族以外，还有回族。据说，古时东南亚人遇海难，幸存者漂流到此定居，沿袭回族风俗，成为此岛的第四大民族。羊粮镇市场繁荣，街上多为鱼摊。与镇名相符，有羊，黑色，个子和山羊差不多。

小火车的铁道，沿海滨铺设，引导我们到了"天涯海角"。

可惜，又遭遇"盛名之下"！"天涯海角"作为汉语成语，本来是"天涯地角"，指偏僻或相距遥远的某地方，最初见于南北朝时期南陈（420—589）徐陵的《武皇帝作相时与岭南酋豪书》，至于为什么将"地"改成了"海"，此前我没有研究，但一到了这里，面对天与海平分秋色的地理态势，马上明白"海"字确实比"地"字到位、传神。至于何时何人所改，只要看看岩石上那些题写，就一目了然。不就是海临山、山临海的一处海岸尖角吗，在那封闭得只知争地权而不懂得何谓海权的中国，不管有意还是无心，借用出自历史典故中的成语，实现这种变更，太自然了。何况，苏东坡被贬到儋州所写的那些诗词中，多次写到了"海角"和"天涯"。最有代表性的是一则传说，他游览到昌化角岭，遇骤雨，避于岩下，为此，题写了"海角"两字，那是在昌江出海口，离此有一些距离。虽然他笔下这些"海角"还是"天涯"，都与此地无关，但出于这位对岭南文化积淀做出了巨大贡献的诗人之手，影响之大，就不言而喻了。可靠的是，真正出名是在清雍正年间所题的"天涯海角"这四个字，以及李德裕的诗。

到此地，我的感触，和曾经到过的一些著名景点差不多，相逢一见，总是失望，此景亦然。天之涯，海之角，想象中一定缥缈悠远如蓬莱仙境，云净气清，洁丽宁静，想不到，山不高，也不峻峭，名称就叫天涯山，山上有望海阁。金黄色的屋顶，小巧玲珑，山色翠绿，椰子、槟榔却不多见。到处是小摊贩，均出售海贝、珊瑚和椰子。椰子五角一只，海贝却不便宜。给海浪不时冲洗着的沙滩上，不仅是满滩凌乱的脚印，而且抛满了纸屑垃圾，卖海贝的女孩子追逐着游客。菱形岩石碑上，"天涯海角"四个描了红漆的书法，也没有图片介绍那样有气势，尤其是"海角"两字。"南天一柱"给我的感觉，也是如此。只有海水是蔚蓝的，辽阔的，浩渺无边的，让我体验到了一点真像到了天尽头的独特感受，隐隐约约地聆听到古人初见它的那一声惊呼，让我不敢像别处一样，嘲笑文人的吹嘘。

不管怎样，传统中那个"华夏"世界的尽头，总算走到了。

晚上，回鹿回头，举行文学创作讨论会。一开头就陷入理性与非理性之争。我们所处的是文学多元时代，自然成了文学创作普遍存在的问题。没有想到，在这里又遭遇了！

十二月十六日，星期三　原定今天上午去周边海岛和军港游览和参观，因舰艇未落实，改成去大东海游泳。此处海滩宽大，游泳区比鼓浪屿浅滩处宽阔。我下了水。总算与南海亲密接触，以至融在其中了。所谓"融"，其实是让大海玩了我一把。

我不是在海里玩水,而是让海水玩我。我把自己当成一只椰子壳,刚卷入大海,一个浪头便把我推回了沙滩,瞬间又把我带回了大海,还没有稳住身子,却又把我推回了沙滩,就是不断地把我自主能力摧毁了的一场折腾,教我体会到,丧失、或者说被剥夺了自我,也是一种享受,获得的是那种纯粹感受自然力的痛快。

午后,汪兆骞、范若丁、水运宪、姜滇、晓宫及其女友,一共六人去海口。前两人打前站,后三人因事先告辞回单位。我们送他们到长途汽车站。

送别后,我们去东瑁洲游览。东瑁洲,是昨天到"天涯海角"路上所见的"浮"于海上两岛之一。从三亚西首之渔村出海。乘机动民船。这种原始的游览船,设施极其粗糙。据说,是三亚旅游局承包于人的。四级风浪,船摇晃得厉害,可喜的是没有人晕船。一小时左右到达。北望,可见昨日所登的天涯山及望海阁,说明我们已到"天涯海角"之南。小岛上渔民都住简易房,家家户户都在晒鱼干,男男女女将刚刚捕获到的红皮鱼(石斑鱼的一种),从背部剖开,展平,晾晒于竹帘上,连五六岁的孩子也是一把手。

岛上有驻军。我们打算进入驻地参观,希望了解这些小岛更多情况,可惜事先未征得他们同意,尽管有旅游局长陪同,也被婉拒。只能在海滩上捡了一些贝壳而归。

此行,给我的印象,一如昨天到"天涯海角"。不去遗憾,去了更遗憾。国内多数旅游胜地都属"盛名之下",海南这一方正待开发的宝地,更是如此。

十二月十七日,星期四　今天离开鹿回头,告别三亚市。

三亚之行最值得怀念的,就是这个鹿回头。车辆驰离这片园林,情不自禁地一再回头向它以目告别。它塑像竖立处,应该在宾馆之南,那才是回头岭,因军事禁地被移到了北边山岭上了,这是昨天从东瑁州回来以后发现的。旅途中这种误差,恐非此处一例。

我们穿越中线南下,今从东线北归。一早出发,经陵水县,到万宁县的兴隆温泉宾馆下榻。陵水县系红色娘子军活动的区域。她们诞生于琼中,活动于陵水、万宁一带。因电影《红色娘子军》出名而发生何处是故乡之争,最后立塑像于琼中。电影却是在陵水之分界岭一带取景拍摄的。"分界岭",不仅为陵水与万宁两个县的区域之分,也是热带与亚热带的分界。据说,越岭前后,有明显的气候变化,有时,岭之南阳光灿烂,岭之阴则雨雾迷蒙。可惜,今天未得此佳遇,没有体验到大自然之神奇魔力。

沿途除木麻黄、橡胶、椰子外，还见到了胡椒，新植的，扶护之水泥桩尚存，近兴隆，沿太阳河有可可和咖啡树，胡椒也不少。有砍去橡胶树换植胡椒者。

兴隆农场，是20世纪50年代被印尼驱逐的归侨开发的。种植咖啡、可可、橡胶，经济效益较高，如今年薪达两千元以上。景色宜人，有温泉，我们所住的即为温泉宾馆。一幢幢水泥建筑参差绿树丛中，园中林木多数为我所初见，如榴梿果、锡兰橄榄、咖啡果、可可豆、蛇皮果、毛柿、山竹子（如橡皮树，果实可食用）、无花果（叶大如扇）、尖蜜拉（如桂树）、洋蒲桃（如橡子树）、攀枝花（即木棉花）、香兰草（藤科，香料）、白玉兰（如橡树，与上海地区的广玉兰不同）等。当然，仍有如杨柳树一般高大的米兰，如玉石般光润的鸡蛋花之类，完全是热带植物的大展览，教我这个只知长江三角洲椒粟、松柏的人大开眼界，即便是专业人员，仅凭一点热带植物学知识也是不够的，一不小心，就会鱼目混珠，将洋蒲桃、白玉兰当成橡树，将无花果看成大叶子的绣球花树。

稍事休息，即上街采购。此处出产咖啡，就是市面上销售的兴隆咖啡，在此仅九元一斤。还有椰子糖。满街是兜售椰子糖的少女少妇。我吃到了波萝蜜。味甜美，因初尝，白色浆液沾得手、唇难受不堪，很久才消去。这种经历当然是值得的。早上，在三亚街头看卖槟榔的街婆子，如何将一只槟榔切成六瓣，如何用槟榔叶子上的白色浆液用作黏合剂，粘成粽子状，每只（一瓣）一角，附加一片叶子。也有褐色干槟榔，计串出售。婆子边切边卖边嚼，教我忍不住也想尝尝，可惜缺乏勇气——切片太脏了，老婆子随时用抓了稀烂的槟榔之手抓取切开的槟榔，接过来送进嘴里，确是需要勇气的。如今，虽然不是同一品种，但总算将没有尝到槟榔的遗憾弥补了。

上街后，去植物研究所。由一位林姓技术员陪同，参观了植物园与试验园。所见植物均如宾馆内的，收获却不如宾馆。宾馆主持者，为了来自四面八方的宾客增长见识，每一种植物上都挂了牌子，介绍其名称。使整个环境和温泉一样受人欢迎。当然，不能责怪这家研究所，满足我们这些外来猎奇者，不是它应该承担的责任。

研究所的植物园和试验园，靠四大经济植物生存：咖啡、可可、胡椒和香草兰。我们的参观也按此步骤安排，包括炒焙咖啡的工场。咖啡被分为大颗、中颗、小颗。小颗高山所产，味香，但泡出太淡；大颗香味不如小颗，但味浓；他们制作的可乐咖啡，以大小两种咖啡豆掺杂制作。胡梅，却是密集试验。可可树结果有青、黄、红，以黄色为熟，均如热带植物，花开于茎上，枝干上挂满了可可果子。

最值得一提的是香草兰。藤本，插枝种植，结出豆荚，从豆荚中提炼香料，可制作香水等化妆品。国内久不生产，他们目前也是试验。因国内无价格，按国际价格出售，每公斤（香料）是三百八十四元人民币，亩产二十五公斤，每亩产值可达六七千元。他们只种了半亩，准备增加种植面积，预期向好。

温泉是此地的一大特色。我们下榻的宾馆，每个房间里都装有温泉浴的水龙头，终日供应。另有温泉游泳池。今天晚上我们一行到此游泳。泳池长度不到五十米，两侧设客房，租金较一般客房为高，入池却可免两元门票。不愿游泳者可进茶室。内部筑有上下两池，上池面积小，水温高达40余摄氏度，一般人无法下水；下池面积大，水温20余摄氏度，池深不到一米，泳者不畅，只供健身者泡浴，出水后可入咖啡室。室内光线都从天花板上的装饰成燕、蝶形的小射灯中来，昏昏然；沙发座，点矿烛，情调均来自这种灯光设计。三元一杯的椰奶，椰味、奶味均有。气候不热，却是冰奶，不敢多饮。

十二月十八日，星期五 告别兴隆，直奔文昌县，晨发午至。沿途椰林接壤。

文昌县是宋庆龄的故乡，久仰了。县委接待了我们，由县人大常委会主任介绍该县情况。这是侨乡，排球之乡，也是文化之乡，重视教育，散布在国内的各科文化人才达四十余万人。侨居境外的很多，而且历史悠久。华侨出入国境较普遍，有的到东南亚去了一趟，就带回来一百多万元，但多用于盖房子，而不是投入生产。热带经济作物十分丰富，仅椰子就有十一万亩，占海南椰子产量的三分之一，还有胡椒四万五千亩，菠萝十多万亩和十一万亩橡胶。百姓富裕，政府却相对穷困，有的竟发不出工资。民富官穷到了这种地步：民间有存款两亿多元，政府一年收入却只有一千余万元。原因主要是工农业不发展，财政收入颇低。国营企业年年亏本，需要政府补贴。

听罢介绍，由文联负责人陪同，到清澜镇，再出清澜港到东部椰村等地参观。坐机动民船渡过海峡，步行半小时，到达"百里椰林"。哗，所见均是椰树，要说热带海岛上的椰林风光，没有哪儿比这里更为典型的了。大家都急于到海滩上留影，当然，也忙不迭地品尝满眼的青椰子。吃完付钱，才知比三亚贵得多，每只八角！开始，以为我们太忘乎所以，误认为原产地一定便宜，没有问价就吃，于是给当成"葱头""斩"了。但深入一了解，并非如此，椰农不太乐意卖给人"青吃"，因为不能综合利用。这一解释当即获得证实。我们到了椰子综合加工作坊，看到整个加工过程。取出椰子肉，去除椰子外层软质上的附属物，留其棕丝一般的纤维，打包运出港外,作为沙发充填物(沙发里面的衬垫物,我们一直误以为是棕榈)销售,盈利更丰厚。椰壳则制作成工艺品——这里的椰壳雕刻确是一种特产,比别处便宜,出售的摊头都设在沙滩椰树林下,五花八门,品种极多。猪八戒储蓄罐,在兴隆每只四元,这里两元五角就可以成交。

可惜,我们没有在此住宿计划,午餐后即继续赶路。途经万泉河,系海南岛两大水系之一。因电影《红色娘子军》的那首插曲而风靡一时,其奔流气势,确比岛内其他江河为雄。经过琼海县城,停车稍做游览,参观了红色娘子军的石雕像和胡耀邦的题字,并到了杨善集的纪念亭,据说,杨善集就是洪常青的原型。

五点一刻,回海口文联招待所。经历了这一圈岛内游,我们发现,作为此岛省会的海口,比这几天所到的任何地方都落后,而且落后不止一点点,连五指山深处的通什都比不上,至少,通什没有停电,自来水的供应也正常。那都是等待开放、开发的地方啊。万物并育,共生共长。不断地消除共生共长中出现的差异,达到"万物并行而不悖,相得而益彰"的"并育",首先要打破各自封闭状态,这是连日来美不胜收的热带自然风光给我的最强烈感受。在社会发展方面,却出现这种反常,原因何在?非常值得研究。理由很多,封闭,岛内其中的一条,我们到达时与筹备组领导见面,不就是这几个人吗,而且都是作家,却那样讲究级别?在这里真要取得特区成效,能否从这些"小地方"开始"开放"呢?我期待着。

途中,和朱盛昌谈我正在写的《大上海纵横录》,他十分赞赏,也谈了他对这一题材的想法,颇有参考价值。

十二月十九日,星期六 又开始过晨鸡高唱、早起无灯的荒村野店级别的生活了。自来水故意表现自己的存在似的,白天没有一滴可用,半夜里却开始滴滴答答地漏水,水盆里漏,马桶里也漏,怎么也堵不住,就这样在鸡鸣水滴声中盼到天明。

今天上午,王祖谟、姚淑芝、陈冲、乔瑜等一行六人飞回北京。每天一个航班。我们的飞机票订在下午五点。差一次航班,就是差一整天时间。焦祖尧最急,他夫人在深圳西丽湖度假村等他。即便五点半准时起飞,准点到达广州,也无法当天赶到深圳了。打算换票,却无门路,在售票处白等了半天,到我们逛街回来,只见满脸的不高兴。

在招待所邂逅义乌老乡何昌正,他与浙江作家、企业家联谊会一行来此,今日出发去南方。他们走的路线和我们相反。事情就是这样,明明没有大收获,不走心不甘。幸而他带的是企业家,淘金梦鼓动着他们来到这个荒凉而又闭塞的中国第二大岛。荒凉、闭塞，正是他们的希望所在；也恰恰是海南岛的干部、民众殷切期盼的。

下午六点，我们到海口乘3816航班来广州。误点半小时。仍旧宿于曙前宾馆。令人懊丧的是回程飞机票、火车票均无着落。只有朱盛昌两人回北京的两张飞机票，日期是在26日。其他人均渺茫。汪兆骞和姜滇索性另辟蹊径，到深圳去，晚上八点多钟才回来。办事者不力，耽误大家的行期了。

十二月二十日，星期日 今天，在各方面打电话落实回程车旅票中度过。

我打电话给《文汇报》驻广州办事处丁曦林。下午他来找我，说已请舒大沅去想办法。舒大沅曾经参与花城出版社的筹建，并在花城杂志社工作。我写当今中国性解放的中篇小说《危栏》，最初责编就是他，年纪很轻，聪明能干，今年初离开了文学杂志编辑岗位，成为自由撰稿人，经常以"特约记者"身份，活跃于广州、深圳、珠海等地。人脉广，听说正打算下商海"冲浪"去，可能会有路子。舒大沅很快来了，依然那样热情、开朗、健谈，给我的信息不少，关于飞机票，却只提了一条建议：去机场等退票。这太冒险，只能等明天范汉生他们明确表示无望以后再说了。

送走舒大沅，我不敢傻等，继续多方联系。与家庭杂志社副主编林经嘉通电话，他这才知道我在广州，立即来访，机票事，一口答应想办法。答应得太轻易，显然不了解其难度。果然，晚上就有了答复，不管火车票还是飞机票都不易搞到。汪兆骞他们活动了一整天，到了深夜解决了。柯云路夫妇因家庭聚会，把飞机票的事托给了《家庭》，便搬到珠岛宾馆去了。只留下我独自悬于空中了。

其实，这次来广州，我并不打算马上离开，很想到一些单位深入了解南方的开放度。今天与舒大沅的短暂接触，强化了这一意愿。舒大沅活动天地大，接触面广，仅仅两个多小时的介绍，便教我感觉到写《大上海纵横录》需要这种城市文化的大视野。只因妈妈马上要来上海，我必须赶回去。只能先把他介绍的情况疏理一遍，以便有机会深入时作为指引。

对今天的广州，他颇为满意、自豪，认为羊城经济活跃，生活节奏加快了，赚钱的路子宽了，生活水平有了明显提高。于是，看不起上海人，认为上海大厦过时了，还是那种陈旧的大理石建筑，灰不溜丢的。这种环境，就是思想保守外现，晚上冷冷清清的，一到六七点钟就没有了夜市。但他十分钦佩上海的文化风尚，钦佩上海人的文化素质。他去听过一个音乐会，鸦雀无声，年龄层次不同，却都专心地在欣赏，从神态上看得出来，是真正听懂了的那种神游艺术天地的愉悦，这是一种精神境界,不是一般人所能具有,他在广州,从来没感受到这种城市化的气氛。到了这种场合,总是闹哄哄的。但他更看不起北京。北京人爱摆官架子,爱扯上大官,谁买你的账啊?反映了商品经济下,他对于官职的淡漠。上海与之相比,却更实惠。

关于深圳,他认为已经打下了当代经济发展的基础,关系都理顺了,商业化有了相当规模。他举北京人做对比,说明商业化城市气氛的差异:《春天变奏曲》的作者徐星来广州,对商业的繁荣颇反感,口袋里没有钱,简直无法生存。到深圳是骑自行车去的。舒大沅陪他吃饭喝酒,他一看酒价这么贵,心态越发不平了,喝完,跑到马路上对着一个行人大骂,你是什么东西,深圳算什么东西,差一点打架。那人冷漠地看了看他,走了。舒大沅资助了他几百元。徐星的牢骚大,其他北京哥儿的"叫劲"同样大:"这算啥熊地方,连找个打架的人也找不着!"舒大沅却对商业化的城市文化颇满意。

十二月二十一日,星期一 为飞机票的事,我与谢望新通了电话。他将尽快帮我解决。

王曼、杜渐坤、陈文彬等《花城》的朋友来探望,并请我们去吃火锅。同时被邀请的有京夫、小巴等。后来又来了朱盛昌、何启治、汪兆骞。

下午送朱盛昌、京夫等返京,然后去附近街头逛夜市。我所住的曙前宾馆地处广州市中心最繁华的东山口,具有典型意义。我发现与上海不同的几个特点:

一是营业时间长,百货公司晚九点才打烊,一般的商店也在这时候关门,其繁荣度,显然超过了上海。比如,店门贴有如此告示:"开煲狗肉,七彩火锅,营业时间,从十八时起到凌晨一时。"都给了我新鲜感,想到舒大沅的议论,上海确实灰不溜丢、陈旧而迟滞。

二是不少商店,根本不标明营业时间。开着就是在营业,市民也以此为常态。不像上海刻意开夜市给人看。真正的不夜城,原来体现在这些地方!

三是繁华不再集中在闹市区,而是分散于各个区、各个点上。这是商业活跃的重要标志之一。广州的活跃度,分明超过两年之前。

四是银行特别多。多为工商银行,仅东山百货大楼周围这个大叉马路两旁,就不少于五家,规模大小不一,业务兴隆,存取款居然要排长龙。其间,有金融技术开发中心之类的机构。银行多于米铺,正是香港的重要特色,说明广州踏踏实实地在"接轨"。

昨天，舒大沅介绍时说到，佛山经济繁荣到了每人平均收入六千余元的情况，已趋向于集体富裕，乡镇企业办得颇好，各种关系理得比较顺，即便无业者年收入也可达千元。这种情况产生于广州附近也就不奇怪了。这属于城市功能的辐射效应吧？

十二月二十二日，星期二　按舒大沅的介绍，我采访了两个单位：中南经济技术（开发）发展公司和《现代人报》。负责人分别是陈天生和原花城出版社之亦曾。

上午，我走访陈天生。正如他们公司的名称，从全国各地投奔来的高级工程技术人才就有五十余人，工程师，留学归来的，研究生毕业的……他们的创业精神，演绎出不少生动感人的故事，他引用了年轻人的一句话来概括："我们所做的，都要请人理解，那有什么意思呢？我们在做的，就是一般人不理解的事！"启发我思考的，还有他对当今经济发展、人才流动的趋势，以及对中国各地域的分析和评价。他说，广州人早已经不把上海人放在眼里了，不愿去上海、北京工作，连出差都懒得去。眼下上海人可能不服，但这种盲目骄傲，必将变为悲观，而且很快。不过，他幽默地说，你请上海人放心，广州人不可能拿上海人当对手，上海在广州人眼里的分量，已经很轻了，要资金，要技术，都不会想到上海，也不想赚上海人的钱，要吸收的，只是上海的人才、技术、设备，只希望技术人员南下。广州人的雄心，是向外扩展，除了海外，就是大西南和中原。

初次相见，简洁的表述，却教我这个上海人深感震惊。

送姜滇去机场以后，范汉生请我们三人到长江酒家吃饭。此酒家新开张，完全港式，并以此作为广告以招徕顾客。所用商业词语，就与其他酒家不同，"全日免茶"，意为营业时间内，对顾客供应茶水不收费；"食饭送糖水"，意为酒余饭后赠送一份赤豆甜羹，尽是小盆菜肴，价值不低；最高是一笼"荷叶酿豆腐"，内装一寸见方的十块豆腐加葱花，取价七元；小盆烧鹅，取价六元。服务员的服装也分为三种：一种大襟圆领褂子藏青裤，是端盘送菜者，属底层；一种藏青西装，是侍立于桌旁的服务员；另一种，丝绸旗袍，套粉红色棉针衫，为领班。菜肴名称特别，餐桌菜单上所列的"特别介绍"中，不仅仅是让我看不懂的菜肴，也是教我不曾见识的精细服务："羊城橙花骨""栗子灼鸡件煲""铁板黑椒牛仔粒""蜜丝香蕉拼京都骨"……还有"中山名产"中所列的"中山脆肉脘脯""翡翠炒脆脘球"……特别"为你制作"的有"凤城秘制蟹煲"；列于"燃手小菜港厨主理"的，有"家乡炒海珍""香蕉煎皮卷""鱼香茄子煲""枝竹羊腩煲"等。所谓"煲"，砂锅也。"铁板"，却真是一块铁板,制作如砚台,烧热,将所炒之菜倒入其内以保温。我们吃的仔鸡块炒什锦即如是。

舒大沅说,广州人很看重一顿中饭,许多生意都是在餐桌上谈成的。一些单位也聚在一起吃午餐,谈工作。也有喝早茶以代中餐的。算是亲身体会了。饭店和咖啡座一样,被称为家庭与职场以外的第三空间,它的发展,是市场经济发展的一种标志。

晚上,我去南方大厦一带转了转。感受更深。夜市之兴旺,上海难望其项背。第一次来穗,我只是拿黄浦江与珠江做比较,觉得一样宽。如今,珠江突然变窄了,是给珠江两岸的高楼"挤"窄了,其"内涵"却比黄浦江丰厚了。正如广州朋友说的,这两年广州经济发展之快,连广州人自己都感到吃惊。这些都在印证陈天生的描述和评价。要写好《大上海纵横录》,真需要到南方,尤其是广州这个城市来看一看。

下午,又去飞机场碰运气,依然失望而归。

十二月二十三日,星期三　早晨,范汉生来电话告诉我,机票已经订到,5336航班,今天下午三点二十分起飞。我不禁松了一口气。范汉生问我,如何安排这大半天时间?我说我打算去找陈天生再聊聊。他有些吃惊,说你去找他呀!我说怎么啦?他分明压着一肚子牢骚,碰到了宣泄机会,说此人信用不佳,借了《花城》五万元,说是用于办公司,结果住宾馆花光了,一年来,《花城》只收到二百元信息费。多亏他们属于某公司,某公司老总的爱人在《花城》当编辑,才勉强收回来的。啊?我也有点意外,但想到"我们做的,就是一般人不理解的事"这些言论,还是想再去了解一下。正待出发,何启治打来电话,说《当代》两位作者要请他吃早茶,并吃中饭,要是我乐意,就一起去。我想,只剩下这一点点时间了,应该尽量扩大接触面,这个机会比单独寻访陈天生更有价值,就爽然应邀。

原来,何启治所说的作者,就是《代理市长》的作者钱石昌(广州电视台)和欧伟雄(原广州文艺研究所副所长,现为广州文化中心酒店筹建处副主任),两人合作所写的反映南方经济开放的长篇小说《商界》,就发表在《当代》。他们把我俩接到了北方大厦的国泰宾馆酒楼,这一顿早茶吃到九点半才回宾馆,稍事休息,又来接我们去吃中饭。

钱石昌、欧伟雄风华正茂,他们正在做的,从文化跨向经济,都是时代转折中处于第一线的大事,都很新鲜,语言又那么生动,如警句,回宾馆追记,我都记不清这一句、那一句都是出于谁之口了,反正,所录这些语句,版权属于他们两位。

"我们身上都有铜臭。广州作家几乎没有专业的了,都去做生意了。研究所内四名多产的,最后留下一名所长。不是所长不想做生意,而是不能走。"

"比较而言,北方作家酸味太浓,愤怒太多。愤怒出诗人。但不能过度,太愤怒了,而且加上了酸味,是写不出好作品的。"

"上海之所以比广州落后,这种过于稳重的落后,不仅仅是宏观上的需要,以防中国改革翻船局面出现时,社会上不致失控,还因为上海资本主义基础太雄厚,开放得太急太宽,一下子无法控制。宏观上控制上海,是陈云的观点。上海人搞企业是很有办法的,上海企业家经验之丰富,是广州所不及的。"

"先要有一个资本积累的过程,广州人经营优于上海。先以经营积累资本,然后转入企业,深圳就处在这个过程中。从倒买倒卖转入企业,上轨道了。"

"积累资本的手段都是肮脏的,残酷的。就是所谓原罪吧。"

"在广州,一般个体户都看不起国营的,认为国营的铁饭碗端惯了,只怕闪失,丧失了冒险精神,也就没有出息了!"

"广州不卡人才,有大学毕业文凭的,都可以进来。对没有文凭的,也可以经人才公证处加以公证、鉴定后进来。公证处其实是个咨询处。"

"人是一个多棱体。在广州,商品经济越发展,人的多棱体就越明显。因为社会太复杂了。改革开放,也是对社会的整体的改变。"

"商品经济越发展,人情越淡漠。香港的人情是淡漠的,都是为了钱,但我们不能不与他们打交道。比较起来,我们见到的台湾人,人情味浓得多了。"

此前,我已经感觉到,上海陈旧了,上海人面对广州的压力,有躁动,有焦虑感。此行直接感受到了,并理解了这种压力和躁动的必然性,都比想象的具体而强烈。这些,都应该在《大上海纵横录》中体现出来。否则,这部小说缺乏更浓的时代气息和艺术冲击力。

此行不虚!可惜时间太仓促了。

接下来,一起吃中饭的,钱石昌换成了广州市文化假日酒家筹建处主任袁德波,欧伟雄的夫人也来了。仍在北方大厦国泰宾馆酒楼。如果说,早茶使我见识到了这家酒楼的气派,那么这顿中饭,却让我感受到了广州的开放度。真的,如果说,生意都是在餐桌上谈成的,那么开放度,也是在餐桌上展现的。就说啤酒。喝的是中国啤酒,是何启治老家制作的与联邦德国合资的低度啤酒(三度),教我开眼界的,是有广告女郎在席间给我们倒酒、介绍,女郎身着红色旗袍,其色彩正是啤酒罐的颜色,披以黄色绶带,上标中英文对照的"中国啤酒"等字样。无异将女郎化为了一罐啤酒,成了与顾客交流商品信息的活广告,成了利用价格规律的杠杆作用调节市场物资供求的手段。由此谈到,在广州,这类手段可说到了运用自如的地步。比如猪肉,广州供应充分,政府将补贴直接补贴到居民身上,凡有广州户口者,每人每年三十元,防止了市场投机行为。上海则仍旧沿袭老谱,把补贴贴到猪肉上去,其实是补贴到那些利用价格浮动赚钱的投机分子身上去了。又比如食糖供应。广州已不用票证,任其浮动,如今供应充分。最值得欣慰的是,这种商品经济的市场观念,已渗入到教育者思想中去了。据说,深圳大学已将经商作为校方对学生的一种要求。认为毕业证书不过是一张纸片,会投入市场经商,才是有实际能力的表现。另外,广州普遍出现了机关干部、知识分子"跳槽"现象。"跳槽"是促使人才思想活跃、涌现人才的一种好制度。人是不能固定在岗位、单位等某一个点上的。干几年,不适应,即可自行跳槽,社会活力就此产生。当然不限于"不行"的才跳,认为干别的,比这个更合适于自己的才能就跳,其积极作用更大,所以也肯定会成为人才流动的主要原因。这家酒楼的张经理,一位风韵犹存的中年女士,原是北京某机构的一位电脑工程师,见这家酒店经营不善,亏本,她一"跳"跳到这里来了,与香港老板合资,建立了新的管理制度,很快扭亏为盈。这是广州常见的现象。我们面前这位欧伟雄本人,不就是"跳槽"的一个例子吗?

可惜,临别匆匆,无法再展开详谈了。餐后,由欧伟雄夫妇送我回到曙前宾馆,再由花城出版社派车子来,由启治兄送我到白云机场。检票、安检均顺利,调度上却出了问题,一再误点,本来晚上八点三十分起飞的,一延再延,误到了十点五十分!令人十分失望。但这不是广州的过错,而是受全国牵制的结果。广州,连同珠江三角洲的繁荣,就像可以成为全国表率,但在一定程度上,仍然摆脱不了周围的牵制一样。

我要再说一句:不虚此行!谢谢南方,谢谢广州和花城出版社的朋友!

1988年·北京

五月二十日,星期五 为《大上海沉没》(即《大上海纵横录》)定稿,应约来北京。

人民文学出版社招待所在装修,主要是糊墙壁,给我勉强打发了一夜。因忙于应《十月》杂志之约赶写报告文学《上海:复苏中的金融中心》,只得与朱幼棣联系,望提供能够写作的落脚点。他叫我明天住到新华社的招待所去。

分别与何启治、朱盛昌通了电话。朱说，他将到苏联访问，已经将此稿处置权全盘委托何启治，由何拍板。他说不要急，有的是时间。

晚上，何启治来招待所，谈读稿的感想。他甚为兴奋。虽然到星期三才能全部读完。但按所读的这三百多页，他便可以肯定这是一部大作品，很有气势，具有史诗的品格，或者说，就是一部史诗！内容丰富，多数人物性格鲜明，不时引起他的共鸣，尤其是青年银行家裴鸿祥、老干部沙培民和知识分子权抱黎等。比他们杂志今年所发的几部长篇小说都有力度。正是这样的印象，他打算全文刊发，今年第六期、明年第一期连载。已与秦兆阳、朱盛昌通气，并获得两位的授权。我希望不要跨年度，在今年第五至第六期刊出。他表示可以考虑，等全文阅毕后决定。但必须向原定的责编王建国打个招呼，以免造成误会，如何措辞，则由我决定。这一结果，令人兴奋。

五月二十一日，星期六　今天一早就到王建国家打招呼。王建国表示理解，不过补充了一句：到头来，还是离不开他的。分明是指出单行本的事。

上午去《当代》访朱盛昌。他出国护照尚未落实。对《大上海沉没》一稿，他认为最早只能在第六期发一半，因第五期"中国潮"的征文篇目都排好了。不过，很多征文稿还没有到手，未知数颇高，这种调整是有可能的。他叫我放心。

中午搬到新华通讯社招待所。招待所铺位未落实，暂到朱幼棣午休的宿舍歇息。晚上到朱幼棣家，受到他夫妇热情款待，也听到了一些一般场合听不到的新闻。

五月二十二日，星期日　草成《上海：复苏中的金融中心》。开头部分是在再深入上海金融领域之前写的，甚苍白，须重写。

新华社招待所铺位落实，下午办好手续入住。同住的是一位长住"户"吴素群，北大中文系研究生，谢冕先生的高足。晚上，到三元里访何镇邦，十点方归。

五月二十三日，星期一　雨，未出门，整理《复苏中的金融中心》。

五月二十四日，星期二　整理《复苏》。傅星来访，谈及鲁院和北大师生生活。北大教授1949年前月薪一百大洋，警官是八元；今天，警官与教授收入相等。

五月二十五日，星期三　整理《复苏》。朱盛昌访苏延后。他要看看《大上海沉没》的稿子,27日再碰头。也就是说,我还要在北京等几天。

晚上,访张炯,了解了当今北京文艺界的一些动态。

五月二十六日,星期四 从这篇报告文学的构架与所要补充的内容来看,在京肯定赶不出来给《十月》了,索性回上海再说。

访《十月》张兴春和母国政,然后到王胜荣处盘桓了一天。在他那里碰到了符明等朋友。所谈话题不少,大都是在京见闻。

五月二十七日,星期五 到中国作家协会访谢真子等朋友。

下午,朱盛昌与何启治,并拉了王建国一起和我谈《大上海沉没》审读意见,一致肯定强于《夜与昼》(柯云路)、《商界》等长篇,人物形象鲜明,提出了问题,但不过分,对这个时代的判断,对长篇小说文学体裁的把握,都比较准确。在《当代》一般稿子都由他们决定,重要长篇小说却要请主编秦兆阳先生拍板。对这部小说,听了他俩汇报后,秦兆阳却不准备看了,只是要见我一面。具体时间由他们来安排。为了精益求精,他们也提了一些意见,要我修改,七月份交稿。发表的安排,初步拟订两个方案:一是调整原定的"中国潮"报告文学的发表计划,五、六两期连发;二是第六期先发大部分,余下的延到明年第一期。

晚上,和何启治同访申力雯。

五月二十八日,星期六 上午,何启治陪我拜访秦兆阳。秦先生住北池子,离故宫不远,单独一套四合院,据说是用他《在田野上前进》的稿费买的。我是第二次来。

他在南屋里接待我们。这是他的书房,左右前后,都是书籍笔墨纸张。以前只听说,这位《人民文学》老主编,为《现实主义:宽阔的道路》一文一度成了政治靶子的大作家,不多说话,感情内敛,此刻,一接触,这些传说便被一扫而光。他热情洋溢,从我来自上海,谈到了上海经济地位,谈到了我这部小说,再谈到他对当代中国文学的看法,如何正确对待汹涌而来的各种文学思潮。他为中国文学命运担心。谈到这里,他忽然提到《大上海沉没》这个书名,建议改换一个,"沉没"这类词汇用于今天的上海,会招来不应该有的非议,甚至会影响小说命运!

我颇感意外。我还为我获得"沉没"这个词而自鸣得意呢!我当即坦陈我以此为书名的思考,不是指上海这个大都市的没落,改革开放了,它只会崛起而不会没落的。如实倾吐我参加《当代》笔会的海南岛和广州之行的感慨,取此书名,是表示上海是在周围普遍崛起形势下,还自以为"老大"的"大上海"显得沉沦般的落后了。这是"大"上海的沉没,而非上海沉没。他当即接受了我的解释,不改。

他越谈越兴奋,仿佛积压在心头的许多话,终于获得了倾吐机会。他要我将今天的谈话写成文,供杂志发表。我说,这样的文章应该请秦老亲自撰写。他表示同意,但要等小说清样出来看了以后写。从我这部小说,谈谈当代的中国文学。

已经接近中午,秦老留饭,我婉拒,却想到了古华、莫应丰、陈忠实都得到过他的题幅,昨天申力雯家里就挂着他题的一幅,"笔下流情",笔锋古朴遒劲,词句也是自撰的,对一位女作家而言,没有比这四个字更恰切、更得体的赞美了。都如仲锷家所见。我即要求也送我一幅,他欣然接受,说要秋凉了再写。

我们告辞出来,何启治说,今天秦老书房里特别整洁,好像特地整理过的,他曾经先后陪张炜、柯云路等作家来拜访,秦老都没有这样热情兴奋,平时也很少见他这么兴奋。告别时热情留饭,更不曾见。我很受鼓舞。

还是想去拜访荒煤先生。电话仍然只闻铃声。为此也没有访章仲锷、高桦夫妇,不知他调到作家出版社任副总编以后情况如何。

五 滇池、洱海、瑞丽江和"热海"

1988年·昆明、大理、保山、芒市、瑞丽、腾冲

九月二十日,星期二 今乘4245航班来昆明。两千余公里,两小时四十分钟到达。是我到乌鲁木齐以外,历时最长的一次空旅。

到达昆明空港,方知吴善龙开给我的航空班次搞错了,加急电报到了《滇池》杂志刘延昌手里也枉然。幸亏我备有《滇池》杂志的电话号码,得以及时取得联系,民航班车所到的售票处,离《滇池》编辑部所在的红棉大楼也不远。

正逢云南艺术节,来自各州县、地区的民族文艺队成员有四万多名,还有数千名来自外省市、地区及国际来宾,昆明的宾旅馆、酒店、招待所都爆满了。我只能在红棉大楼住宿部暂时落脚。这是一个不是招待所的招待所,条件好坏都不论了。

昆明与广州市容迥然不同。质朴。虽然到处在盖水泥大厦,但均以民族翘角顶盖,橘红色的琉璃瓦为基本特色,连路灯的灯罩也是这种规格。满街是银桦和桉树,广州那种随风飘拂的气根撩拨行人的榕树,仿佛和它绝缘。

气温颇低,也许刚下了阵雨。晚上,汤世杰、周孜仁和刘延昌来访。都带来了令人欣慰的好消息。汤世杰一部长篇小说即将在《长篇小说》上发表;周孜仁评上了高级工程师,打算到深圳搞技术开发去,对文学创作的热情不如以往,我却认为,只要生活目标明确,干什么都能体现人生价值,没有必要在文学这一棵树上吊死,最理想的是将文学当作业余爱好,不搞创作也是情操的陶冶、精神世界的拓展。征求我此行的行程安排,他们都认为到昆明不到滇池,等于没有到昆明;到了云南,不到西双版纳或者德宏,等于没有到云南。如果两者选一的话,应该选择德宏,德宏比西双版纳更有游览价值。

他们的建议不无根据,我倾向于去德宏,走西线。来回十天,正是我这次南下组稿能够支配的时间。至于云南艺术节,既然碰到了,而且是开幕式,那就不应该

错过。

同室两位旅客,是江西新岭煤矿来云南采购木材的。因采写"共大"校史,我对江西比较了解,居然到云南采购木材,可见森林滥伐之严重。

九月二十一日,星期三　我正打算游览滇池,云南省青年联合会在昆明的委员,组织省青联委员和港澳台籍青年举行中秋联谊活动的主要项目,就是乘"孔雀公主号"游轮游览滇池。刘延昌是青联委员,他将他夫人的票让给了我,能以此方式游览滇池,而且和他们一起,有这样的"向导",算我造化了!

滇池也称昆明湖、昆明池,有"高原明珠"之称,五百多平方公里,周边景点如大观楼及天下第一长联等,都值得一游,需时一天。水不如太湖清澈,在篆塔码头登船,起锚时竟泛起柏油似的污水沉积物。海鸥点点,却赋予海的神韵。气温极低,只能待在舱内。舱内有文艺表演,有滇剧和傣族的舞蹈,云南特色浓郁,虽非一流,但不寂寞。

据说,此池最值得欣赏的,不是湖光,而是山色。山色首指西山龙门,属临水摩崖。游轮在其下经过,从游轮上观赏,得全景,更能感受其气势,无奈天不帮忙,云雾迷蒙,只能到码头泊船上岸。不料,船未靠近码头,接到通知,游湖时间减缩,不上岸了。原因是交通部部长来滇,为了"考察码头",临时征用了"孔雀公主号"。我们必须在下午两点半到达海埂公园泊岸离船。实在遗憾!不过,海埂公园,在昆明是仅次于石林的景观,也是天然游泳场,虽然时令已过,但以此补偿,倒也可以接受。

我们到白鱼口弃舟上岸。选在此地登园,是因为这里的疗养院值得一游,其建筑与昆明市内的建筑风格相同,翘角顶盖,橘红色的琉璃瓦;当年云南军阀唐绍仪的别墅就在这里,外墙全部用花岗岩砌成,与整个山林十分协调。

在游览途中,刘延昌和我谈他的创作计划,还碰到严亭亭。这位青年女作家也是青联委员,与她一起的是她的母亲和一位来自美国的阿姨。她对现实之不满,似属文人通病。谈及此次云南艺术节,她认为其意不在艺术,而是领导上借艺术活动赚钱。所谓"文艺搭台,经济唱戏",使艺术沾上铜臭,成了招徕中外商人的一种手段。

此处纯朴的民风尚存。黄昏,我去邮电大楼附近购买明天去石林游览的汽车票,十一元五角,缺一角,找遍口袋,就无法凑足。售票员说,明天早上乘车时给她吧!

晚上搬到四季春住宿。访金平黄金矿厂供销科员李红燕,想多了解一些边境供销员的内幕。这是一位娇小的女孩子，昨日在饭店吃饭时邂逅的，很直爽，闲聊中，我了解到一些闻所未闻的东西。十六岁那年，她高中辍学，离开重庆，跟舅父学做电子器材修理，遭舅母不容，她改学经商，贩卖卷烟，赚了一些钱，又跟其父之友、一家铜厂的职工学经营，她的父母都是教师，不同意她走这条路，她一气，跑到中越边境去找机会自杀，解放军却把她护送回到了昆明，然后去金矿厂搞供销，月薪二百元。她的经历可以写小说。

九月二十二日，星期四 一大早，赶七点的旅游车去石林。此景点在路南彝族自治县境内。须经呈贡、宜良三县县境。旅游车误点，路南段又修马路，十一点方到。

所谓石林，是熔岩以青灰石笋形状密集凝成的自然景观，来此报到的我，浮光掠影，无法对它做整体描述。它与浙江瑶琳仙境的区别，是一个在岩穴中，一个在地面上。在中国这种景点相当普遍，但是论气概之宏大，形象的多姿多彩，却很少有超过这里的，前人已经对它用雄、奇、险、秀、幽、奥、旷等七大特色融为一体做了概括，并给了它"世界喀斯特的精华""造型地貌天然博物馆"等桂冠。耸入云天的石柱构成的入口，就给了我一股迫人的气势。到了最负盛名的大石林、小石林、步哨山等核心景区转了一圈，不能不赞同前人对它的赞誉，大石林的剑锋池周围，七大特色的融合，可谓尽态极妍，叹为观止。不过，其形其状，也要视观赏者的想象力而定。另外，此地如此令人向往，还因为阿诗玛的神话传说，加上电影《阿诗玛》将神话传说形象化、广泛化了。当然，和其他旅游胜地一样，此地出售的纪念品，从背篓到男女马夹，无一不是这种神话传说的演化，一概绣上了"阿诗玛""阿黑"的字样。导游是一位姑娘，和阿诗玛一样是彝族撒尼人，全套民族服饰，使旅游者完全沉浸在这种文化氛围之中，无论男女，不论什么民族，不着这样的服饰与石林合影，仿佛就负了情，虚了此行。这不仅帮服饰出租者赚了钱，更是一种广泛而深入的传播。

几个核心景区转下来，颇累乏，却获得了不少喻世感受：站在石林丛里仰头看，这一座像狮，那一尊像虎；这儿像双鸟争食，那里是骆驼驭象；这一块像雄鹰，那一堆像驯犬……然而，攀缘到顶端往下一看，什么都不是，恍然间只有这样一个感悟：就是这些石头构成的只能在狭缝间寻找通道的环境，给了人无穷无尽的想象，才教人领会这个世界生存、发展的艰难；人们因这些成林的石笋生发出来的神话传说，优美，迷人，如醉如痴之中，同样包含着世态人性的无限险恶，无比艰辛！

闻名于世、慕名已久的云南石林，给我的这些启悟，或许会教我对世事多一些达观,从烦恼中解脱出来,超然物外,避免在狭窄的石林狭缝中兜圈子,不是煞费心机想当什么狮虎,就是把这些石狮石虎当真,俯首帖耳,唯命是从。不管怎样,都会丧失了自我。应当登高俯视,才会发现真正的自己,正确对待世界,对待人生。

  回昆明,累乏至极。晚九点,李红燕来找我。她帮我找好了房间。并告诉我,她接到父亲电报,明天回重庆过中秋,又谈及她的身世。拿她做模特写小说的冲动更强了,她去缅甸的经历尤其吸引我。这一创作动因,使我西去德宏的选择,最终落了槌。

九月二十三日,星期五 今天休整。崭新的环境,却无处不在吸引我。忍不住跑到青年路正义路等闹市区去了。颇显繁荣,其间,不乏趁此艺术节装点出来取悦国内外来宾的因素。但在我这个来自上海的客人眼里,真正想购买的东西,一件也没有。进了云南博物馆,除了云南各族生活风情介绍以外,几个展厅均未开放。

  午后,去购买后天去大理的旅游车票。相当困难。原因居然是要过中秋节!料不到,此地对这个节日会如此看重,放了假,旅游车不是减少就是停开。只好买了长途客运汽车票,座位也不佳。但别无选择。市内交通之拥挤,也不独上海为然。

九月二十四日,星期六 滇池之滨云遮雾罩中的西山龙门,在"孔雀公主号"上那一瞥,太教我难以忘怀。今晨抓住交通管制时间,去了却这个心愿。

  匆匆去,匆匆回。虽然走马观花,华亭寺这些景点却印象深刻。最难忘的是龙门之雄伟,悬崖上栈道之艰险,只要一涉足,"上接云霄,下临绝壁"的气势,心魄不由得不惊悸;摩崖上各种题刻不少,其中有一佚名联语,"举步艰危,要把脚跟立稳;置身霄汉,更宜心境放平",世上警言多多,却没有此时此刻、此地此景中阅读它更入心入骨了。不必去寻找种种美丽的神话传说,紧临"高原明珠"的万顷碧波,崖险水渺,连成一体,教人想到天地之宽广,山光云水的多彩,都在展示生命无穷的同时,也不要忘了步履之艰险。真的碰到了艰险,甚至受到挫折,也无须怨天尤人。人生毕竟是人生,脚跟一立定,就能够如华亭寺大门前那副楹联所昭示的:"绕寺千樟,松苍竹翠;出门一笑,海阔天空!"

  看华亭寺内之大佛和罗汉,也自有特别的感受。

  其一,佛主张美即是恶,恶即是善。佛以博大为怀,不把人看死,而是从恶中见其善,从善中见其恶;见其恶而望其善,见其善而望人从其善的。

其二，佛教认为人始终处于变化之中。在五百罗汉前面，人人皆可以点其数，自己年龄之数即为我。罗汉是人的万种品质之体现。一尊罗汉，体现一个人的品质，人的年龄却是一种动态，每年都在增长，今年数与去年数不一样，点到的罗汉也就不同，说明人的品质每年都在变化。太精彩了！两年前，在成都宝光寺罗汉堂，我也数过罗汉，但到了这儿才明白佛教这种形象质朴的辩证思维！

　　午后，到邮电大楼前，观看首届云南民族文艺节的开幕式。人山人海，挤在路边等了两个半小时才开始。不过，这一份付出是值得的。在这里，云南省内各民族的服饰和舞蹈，差不多都看到了。傣族的象与马鹿舞；水族的水纹衣饰；纳西族的崇尚太阳；景颇拉祜族的葫芦中产生了他们，等等，都在舞蹈中体现出来了。其他像烟合舞，将彝族的化腐朽为神奇的智慧、怒族剽悍激越的性格，均以舞蹈语言体现得惟妙惟肖；楚雄彝族的左脚舞，象征每一步都要踩在土地上，表达了对土地的热爱。汉族与其他民族则不一样，融合了云南各族的生活风尚与民族气质，由扇舞组成的山茶花之舞，就是突出的一例。有人说，"云南大山分割了云南各民族，又联结了云南各民族"，信然！我为恭逢此盛会而深感庆幸！完全忘记了，两天前听到的"民族文艺商品化"的种种非议。

　　晚上，李霁宇邀我到他家，见识这里人们家庭生活情况。都城市化了，显示不出什么地方特色。却了解到不少对云南人的评价：云南，包括昆明人，都不善于经营商业。举例颇多。其实，今天看到的这一场盛大文艺表现，就是最好的证明。我想，如果要将李红燕当模特写小说，应将此节日气氛贯穿始终，以展示纯朴的社会环境正在消逝。

九月二十五日，星期日　大清早，即赶往昆明汽车客运站，乘212次长途汽车奔向大理。经安宁、绿丰等县境。沿途所见景物，和去路南石林相仿。以水稻、苞米为主。公路正在修理，甚颠簸。过绿丰县，种植烟叶的多起来了，看来是"云烟"产地。公路两旁除了桉树，尚有似樟似栗的高大乔木。正是秋收秋种的季节，农民的耕作方法，与江浙无异。过了楚雄彝族自治区以后，耕作依旧，只是住房明显不同。两层楼房，均用黄泥干打垒筑外墙，只有正面二层楼副檐之上有一排窗户，左右山墙及背面均泥墙一堵。正面看，黑黝黝的不见楼上室内景况，很善于保护隐私，尤其是背面。此外尚有一炮楼状建筑，筑于屋前一侧，估计是仓库。一直到大理，都是如此。据说，蒙古族南下，忽必烈曾将江南居民迁移到此，越近边境，移民越多，大概就是这一段历史留存下来的见证。

途中，有幸"全程"参与了一件称得上"地方特色"的"风尚"。对旧历八月十五中秋节的重视，我在昆明买车票时就领教了。岂料那只是"风尚"的表层。到楚雄长途汽车站停车场，才显示其深度。停车后，司机要我们坐在位子上等一会儿，便离车去"找对象"。"对象"找到，请我们所有乘客带着行李，排着队，跟他到了另外一辆同样型号的长途客车上，按原来座号一一就座；另外一批旅客，以同样方式，上了我们的车。双方核对罢，才继续向着目的地赶路。原来，不只是旅游公司车辆"放假"，我选择的长途客运汽车，同样重视这个节日。我们所乘的客车，终点站是大理，明天返昆明，这个中秋节，司机就不能与家人团聚了。于是，他们在这居中点，寻找一辆反方向行驶的、同样车型的客车。在下关汽车总站如愿以偿。交换了旅客以后，各自回头，丝毫不耽误旅客的行程，他们却可以赶回家去过中秋节了。的确麻烦，我们所有旅客，虽然被当了一次搬来搬去的"货物"，眼巴巴地在等待中消磨了整整两个钟点，但是，逢此节日，孤身在外，却能与人为善，帮两家人高高兴兴地过一个团圆节，能不皆大欢喜？

就在这两个钟点的等待中，结识了周荣发、张胜利等三位旅伴，他们都是上海邮电局押运处职工，周荣发是书画爱好者，年纪最轻。他乡相遇，并有共同兴趣，一拍即合，倒也减少了许多寂寞。到大理已近黄昏，一时找不到住宿处。阴沉沉的天色，更有一种流浪他乡的凄凉。周荣发便请我随他们一起住进了邮电招待所，就在汽车站附近。

安顿罢住宿，下雨了。我冒雨去大理白族自治州文联和大理白族自治州文化馆，分别找张炎锋和袁冬苇（袁缨）。黎泉有信给他们，请他们给我提供方便。太晚了，找了好几处，包括文联那个大得不知哪扇门是他们的大院，只好作罢，反正有周荣发等几位朋友同行，住宿也已解决。在大理街上的这一转，却转出这个偏远名镇的气氛来了。既无车辆行驶，也无夜游的人迹。可见对中秋节的重视，是如何从昆明延续到这儿来的，没有明月，却是阖家团圆的机会。当然，也有可能，这里的夜晚本来就是这样冷冷清清的。

回到招待所，周荣发已经帮我买好了明天乘船游洱海的票，并答应给我写个条子，如果回昆明买不到回沪火车票，我可以找他们押运员帮忙。

九月二十六日，星期一　雨下了一整夜，淅淅沥沥的，犹如江南的绵绵秋雨。

我们仍按计划游大理。票是什么茶花旅行社售出的，在下关宾馆前上车。说定豪华旅游人巴，到这里，白族衣饰的导游才告诉大家，人数不足，原定的一些外宾也取消了行程,要到大理体育馆前换成普通大巴;旅游线路,也改为游苍山脚下的几个景点以后,再游洱海。如此变更,我们都无可奈何,既没有人责怪为什么事先不明说,更没有人追问票价是否有差异,如何做补偿。或许,本来就是预设的赚钱"套路",都看透了。

  雨不停地下。所换的大巴相当差,更意外的是,随我们上来了一大批藏族同胞,车内羊膻味也随潮气而加重。旅行变成了赶任务,心情可想而知。到大理旧城,到三塔寺,均是在雨雾中转悠,无心欣赏,要欣赏也欣赏不到什么。南诏通纪念碑等都略去了。不过,蝴蝶泉周边,照旧有不少当地女子,强拉游客穿上她们的服饰拍照,借电影《五朵金花》赚钱。到坡头看白族坪会,市况寥落。据说昨天(中秋)很热闹,可惜来得不是时候。出售大理工艺品的摊贩仍然不少,都是大理石制作的,如砚台、镇纸等,其中,少不了给徐霞客盛赞为"从此丹青一家,皆为俗笔,而画苑可废矣"的大理石羊油白造像的屏风。购了一点这类纪念品,总算给了我们来过大理的心理补偿。

  中午,登茶花号游艇游洱海,观赏苍山洱海的景物。此时雨止云垂,苍山各峰虽然隐于云雾间,洱海之南的群山,却蜿蜒可见,多少让我们欣赏到了一些清波接山麓,山麓托云雾的水光山色。到了小普陀,这一座若隐若现地漂浮在洱海上像"小船"的小岛屿,因像浙江普陀佛地而得名的水上景点,其嶙峋怪石及生长于其间的林木,尤其是建于明代的亭阁殿堂及其中的菩萨,弥补了一些水上游的不足。当然,还是因为天气,只能和蝴蝶泉一样走马观花。多亏从这儿上来不少当地乘客,为这黏黏糊糊的旅途增添游兴。

  这始于我们的押运员张胜利,忽发奇想,邀请他们和藏族同胞一起唱民歌。

  老张的反应可谓敏捷。这些新上船的都是当地农民,多半是女性,老中青都有,身着白族服饰。一安顿下来,便取出随身携带的活计,绣起花来了。都是她们日常使用的腹带之类的饰物。我们以为碰到了"金花",都能歌善唱。一听老张建议,便齐声附和。她们一阵嬉笑摇头以后,才推推搡搡地推出了两位,却不年轻,而是堪做奶奶的大娘,说只有她俩会唱哟!原来,我们心目中的"金花"都变老了!藏族同胞中会唱的,却比她们多。再三推让以后,由充当导游的汉族姑娘先唱一支,然后请藏族中两位中年妇女接着唱,她们的歌喉,教我想到了才旦卓玛,自然是藏语,一问,才知是赞美洱海的,而且是随口编的。即兴赋诗,多大的才气呀,我不禁惊问,真的吗?随她们来的一位会汉语的小伙子说:"民歌嘛,都是边编边唱的!"神情自豪。白族两位"金花"老奶奶仿佛受到了挑战,当场出来印证,歌喉便这样开启。歌声明快动人,似笑似谑,若赞若叹,就像《五朵金花》情景的再现。只是节奏太快,现场也没有像会藏语的那位小伙子做翻译,眼巴巴地让它淹没在掌声中。

接着游洱海公园。没有了她们的歌声,索然之味就延续了。

途中,我向周荣发表示,我打算到德宏傣族景颇族自治州去,问他们能否一起去。他们是忙里偷闲来这里的,无法继续,却非常热心地帮我寻找旅伴,见人就问。在蝴蝶泉边,好不容易找到了一位,是来自北京的女士,电子部某所搞光电技术的。她说到了这儿不去边境,太遗憾了,她想到瑞丽去,独自一个,胆怯,正在寻找伙伴。见我只有一个,而且是男性,犹豫了。周、张两人赶紧介绍我的社会身份和单位,并说明他们不能同行的原因。我很不爽,真的,我正在享受苏轼的"自喜渐不为人识"的自由自在呢,不知该如何反应,她却双眼一亮,欣然地说,真的吗?那好的呀!这一刻,我决定是否接受的第一个条件,居然是一种本能反应:她身体是否强壮。身材高挑,却显单薄,像林黛玉,一时不知道应该怎么回答。她很敏感,生怕被拒,再说了一句好的呀,然后感叹一般介绍自己,说,孩子不满周岁,好久没有出差了,很想借此机会多跑一些地方。到这一步,我无法再摇头了,但表示同意的那一点头,只是为继续南行加个砝码,暗地里却希望还能找到几位旅伴,而且相信能够找到,不论男女。她当即自报姓名,姓房,名凌云,并问了我们所住的旅馆,也把她住宿地点告诉了我们。

继续南行的太少了,再也没有找到新旅伴。当天晚上,小房却搬到邮电招待所来了。她诉说急煎煎搬过来的原因,说她所住的那家旅馆,四人一室,昨晚夜半时分,竟有一个男子进来与一个女人同床。她因旅途劳累,不久就继续入睡了,另外两位却坐到了天亮。据她们分析,这儿有暗娼,这个男人是拉皮条的。听说,处于中缅边境的瑞丽,黄、白、黑生意泛滥,黄者黄金,白是海洛因,黑当然是鸦片。对于生长于古都西安、嫁到北京、身为大学名教授儿媳妇的这位少妇,对于这些,恐惧,却激发了她冒险的冲动。只要看一眼她的神态便能感知的。家庭之类,都是她取出身份证办理入住手续时,趁机介绍的。

我也被某种探险冲动激发,继续南行的计划,就这样最终确定。

九月二十七日,星期二 清晨,周荣发他们与我告别返昆明。我所购买的大理石工艺品之类,凡笨重的,都请他们带回上海。

还是绵绵阴雨。乘39次班车去保山。小房如约随我同行。车上乘客未过半,社会治安问题,到第一站便展露了,上来五个流气十足的男青年,一坐下,就摆开了赌博摊子,公然赌起来,吆五喝六的。到下一站就下车了。坐在小房旁边的一位解放军战士悄悄告诉她,这些人讲的都是黑话,刚上车,先了解"车上有无情况",就是看看有无警察的意思。这位军人还说,此地有土匪,曾拉人上山当"绿林好汉",被招安后都枪毙了。

确是一次探险之旅。走的是一条非同寻常的公路,要翻越横断山脉,跨越金沙江、澜沧江、怒江。抗日战争爆发以后,考虑到西南后方的重要,是当时云南省主席、爱国将领龙云建议、蒋介石支持、由国民政府交通部公路处处长赵祖康承担修筑的运输线:滇缅公路。开山凿石、渡河架桥,艰险的地理环境不是普通人可想象,资金短缺、工程机械落后,所以只能用鹅卵石铺筑、浇以沥青。今天依然如此,相当颠簸。到保山九公里处才是柏油路。都是山路,山高林密,人烟却稠密。路旁仍为桉树。民间住屋与大理以东相差无几,颇有江南风光。所种庄稼也差不多。车子先沿着象鼻河行驶,是彝族聚居地,却无民族特色。到永平县吃罢中饭,继续南行,沿途景象逐渐壮观。出现山高势险的景象,澜沧江奔腾咆哮的性格开始呈现。水是混浊的,汹涌湍急却不险恶,正如徐霞客所描写,"浑然逝,渊然寂,其深莫测"。此山势,此急流,在科学技术尚不发达的古代,确是"隔河如隔天,渡河如渡险"的天堑。我们的车辆在山腰奔驰,俯视巨流,万仞之下,浩浩汤汤,心为之悸动。我很想寻找当年博兰古道及联络川滇缅印古道的索桥。作为一名赶路的乘客,当然是不可能的。只能问司机,兰津古渡的霁虹桥安在,说早已经拆除了。唯惋惜而已!

车子沿澜沧江行驶一个多小时,才入平原,然后进入我们今天的目的地——保山地区的驻地保山。借了周荣发的光,顺利地在邮电招待所住下。这是个小镇,比想象小。给我的直感就是陈旧,而非古城古村落的那种古朴,丝毫没有诱人游览的东西。出于工作需要,我先到文化馆找杨忠实,了解此处青年作者的情况。杨十分重视,立即约了地区文联的周之林,作者张德光、段一平等人,于晚上来见面。所谈的除了文学创作,当然少不了此地的历史沿革与民俗、民风,现在的生活情况,都和他们打算创作的题材有关。这才知道第二次世界大战中,这里是抗日战争第一线的指挥处。珍珠港事件以后,日军要在松山突破怒江天堑,对中国后方形成钳制之势。为此聚集了美、英、法、缅、中、日六国军队激战于松山。中国国军台儿庄胜利之师,都被调到这里来了,有卫立煌、杜聿明、李弥、邱清泉等将军,日军一个营,一千余人全军覆没,终于改变了整个中国历史进程。松山,也因此被美、英军事家称为"东方的直布罗陀"。至今空中航线飞越这里上空,飞机上的日本人还会跪下默祷。战死者的后代,要求到松山来看看(其实是祭奠)的,在香港登记者就有三万余人。为什么这个战场会选在松山?因为当时后方指挥中心在重庆,西方战略物资,都是通过印度、缅甸运输进来的,美军统帅史迪威将军特地组织人力劈山开路,遇水搭桥,跨越怒江、澜沧江、伊洛瓦底等河流,穿越野人山、高黎贡山等山脉,修建的这一条"史迪威公路",成为"二战最伟大的军事工程"。这是一场掐与被掐生命线的殊死战斗,如此残酷,如此重要,居然没有人书写!

他们还说到了腾冲,是中国通向南亚和东南亚的重要门户,离此一百多公里,战斗也非常惨烈。"国殇墓园"中,埋葬着数以万计的赴缅甸作战的中国远征军和盟军的遗骸,同时埋葬着六千余日寇的尸体,称为"倭冢",埋葬的方式很特别:凡尸体完整的,都反绑了双手以下跪之姿势入土,教他们永远向中国忏悔!说明当时战斗之残酷激烈。都是巷战,被国民党将领(杜聿明)称为中国战争史上最典型的巷战。参战的是云南百姓所信任的滇军,巷战激烈时刻,居然不少百姓拿只小板凳,坐在门口,见证自己军队如何取胜,直到子弹飞到身边来才知危险。家狗的表现也特别,日寇进村不敢叫,日寇逃窜,却追出去,结果真给咬死了几个。当然,也有另一面,这里风俗,是死者遗体必须由男人抬的。但一些人不愿自己的亲人参战,抬死人时,故意叫妇女包着头帕出面,表示男人都死光了。

正如我们在长途汽车上所见的,此地治安状况不佳,卖淫吸毒者颇多,有八岁孩子即染上毒瘾的。在边境,缉毒者中也有吸毒的,最近破获的一个贩毒案数量竟达一万克,这许多毒品,竟被转手拿到新疆当成药品去销售,每公斤六千元!

九月二十八日,星期三 早晨,一早起身奔赴德宏州(傣族景颇族自治州)驻地芒市。匆匆赶到汽车站,刚六点五十分,检票员却怪我们说,一车子人就等你们俩了。这才知道,在这里,人数齐了就开车。今天这一班,乘客却只有十二人。

继续下雨,走的依然是山路。山势高峻,林木葱茏厚实。庄稼除玉米、水稻以外,有甘蔗。路边,先是桉树,过怒江,都是杉树和类似榕树的树木。怒江仍有澜沧江的气势,在千丈山崖之下的峡谷中奔腾,咆哮。水是浅灰色的,沙子也是浅灰色的。本来说要在红旗桥检查证件,但没有人员上来查问,可能我们是向边境去的,属自己人,人数又少。"大渡桥横铁索寒",毛泽东写的是源于岷江的大渡河,但这儿也有横悬在上游数百米处之铁索,江水在其下奔腾,未铺木板,不能通行。

到此,很想看看松山战场遗址。因不明具体地点,只凭我们"一无所知的战场想象"去胡乱猜度,想象肯定有战壕、碉堡之类,睁大双眼,努力不打瞌睡。汽车在之字形的盘山公路上迂回而上,十点半,到腊勐便吃中饭了。腊勐,只是六家店铺的小集镇,没料到会这样小。继续南行,终于打起瞌睡来了,直到车辆突然停下接纳几个汉族妇女才醒过来,一打听,松山已经过了三十公里!不过,同行者告诉我,这一带都是松山战役的战场。啊!松山只是一个点,没有错过。于是继续关注盘旋的山路两旁。有个中年女人,忽然往后方一指,说:"就在那里!那就是松山寨!那片山就是松山!"我回头眺望,很清晰的一个大山坡,汽车公路呈V字一折,一片低矮的松林之下,有一处数十户人家的大村寨。如果要见识这一历史概貌,从这里俯瞰,要比走近村寨更有完整的印象,当然,松山寨不可能是松山战场,进寨去访问,除了刻意保存下来战场遗迹,也不过是传说,未必比周之林他们从史料中所获的更可靠。谱写了如此壮烈历史的战场,阵地绝对不可能只是一个小村寨。

　　车辆继续前行。越近芒市,山上的林木越见茂密。车窗外的翠绿也绿得更浓,绿得格外有光彩了。头戴圆筒形各色帽饰的景颇族女人,还有上身着短襟绸布衫、下裹筒裙、肩背"筒帕"(背包)的傣族女郎,上着衫衣、下套筒裙的傣族男子,都往街市聚散。进入狭窄的街道,摊位林立,人流如织。来来往往的,多为景颇族和傣族。原来,我们碰巧赶上了五天一次的圩市。边境的气息扑面而来。气温明显升高,阳光刺眼,热得都冒汗了。

　　在德宏停车场,泊车下客。我们先到附近一家饭店了解住宿情况。条件不太好,服务台边,与几个穿筒裙的男子一交谈,才知他们是从缅甸过来做生意的。女人最关注的是傣族姑娘身上的裙子。小房迎上去一问价,原来,集市上所见的,并不是傣族原地衣饰,而是穿了缅甸人的服装。街市上赶圩的,相当一部分是从缅甸过来的。

　　最终,我们住进了德宏饭店。安顿好,就换上夏日的衣裤赶圩去。最吸引我们的,还是那些漂亮的民族服装。我关心的是"筒帕"。小房买傣族衣裙。一件长不遮腹的短衫十五元,一块四方形的裙布开价三十元,筒帕起码也要八元一顶,她都买了。

　　四时许,去州文联寻访张承源。小房不敢单独行动,总是跟我走。张承源是此地《孔雀》杂志主编。仿佛是一种款待,他热情地陪我们去游览"树包塔"。这是此地最值得一游的景点,就是被菩提树的树干包裹着一座佛塔。坐落在芒市第一小学内。何以置身于此?只因这所小学是德宏第一所小学,和树包塔具有同样保存价值。此处最早的傣族的村寨,已毁于日寇的战火,树身上至今留着弹片。

接着,张承源陪我们瞻仰了菩提寺(庄相寺),此为德宏寺庙之中心。庙不大,但颇具风采,释迦牟尼的坐像,比别处富有人情味,所着衣饰并非袈裟,而是黄色的僧衣。立于坐像前面的菩萨,衣帽均为傣族特色。有和尚数名。此地佛教属小乘佛教,称寺庙为"奘房",殿宇为高脚楼,进门须脱鞋子。与喀什清真寺的规矩相同。

经过政府机关,见所挂牌子上均用三种文字,汉文、景颇文、傣文。景颇文系用拉丁文拼音,据说是西方传教士的功劳。是否定传教士是文化侵略的一例。据说,解放后遣送传教士回国时,不少信徒和普通群众流泪相送。因偏远,开放又晚,几乎不见外国旅游者。来此的外来客也不多见。我和小房都是怀着冒险家的心态来的,就足够说明了。

晚上,去游览了民族文化宫。其内有总理纪念亭。但审察整个建筑,就像为了拍电影而临时架设之布景,仅供游览而已。

九月二十九日,星期四 今天到达此行目的地瑞丽。大概是雨季和旱季交接地带的特点吧,昨晚德宏下了一场大雨,今天天气好了,薄雾浮动。印证了傣族最早把瑞丽称为"勒卯"——"茫茫云雾笼罩的翠绿坝子"。我有幸体会到了这种意境。

从德宏来瑞丽的客运车多得出乎意料。我们所乘的中巴上,邻座有位中年女士,持有"中缅边民边境贸易区通行证",汉族,叫李芹,家在缅甸,住弄岛对面的南坎镇,这是仰光到瑞丽的终点站。昨天来芒市赶街,今回南坎去,赶明天南坎的"街"。我在整理一路上所访杂志社所送的杂志,为减轻旅途负担,有一些翻了翻目录,就送给了她,她在我与小房的谈吐中,听出来我们是那一类从大都市下来"采风"的文化人,又像"两口子",便热心地主动介绍这儿的风习和她们的生活情况,还说,她可以带我们绕过边防站到南坎去看看。说观光一下就回来,不算非法越境。这份热心和机会,把我俩的好奇心放大了,经畹町也没有下去,跟她直接到瑞丽,找好旅店,再跟她乘小巴到了弄岛,按照她的指点,在边防站前面数百米处的一片小树林边先下车,沿着林中一条荒草没膝的小路,通过一处凤尾竹和榕树丛中的傣族竹楼村寨,来到了瑞丽江畔。瑞丽江,这一条中缅的边界河,和澜沧江、怒江性格完全不同,江水在盆地平原中缓缓流淌。和黄浦江宽度相当,对面高峻的山麓下,铁皮屋顶反射着阳光,那就是南坎,在缅甸,其规模仅次于仰光。我们沿江走到了轮渡码头,江边停泊着几艘机动平底轮渡船。中缅边界碑,却立于我们这一侧的摆渡口。渡口挤满了等候过江的渡客,大多数都推着自行车。李芹已经在边防站办好离境手续，等着我们。轮渡正好启动，不用买票，小房跟着她，一迈步就上了船，这一瞬间，边境上所有负面见闻，都凝成了一种谨慎，突然涌上我的心头，对她说，不要急，今天晚了，改日再去吧！小房一怔，发现什么危险似的，本能地从船上跳回到了岸上。

李芹有些意外，怔了怔，说，……好吧，就明天来吧，南坎赶街，很热闹的！……那边那个"奘房"，是这里最大的。……反正，你们知道了，就走这条路！……

眼看轮渡迅速向江心驶去，小房遗憾地究问：怎么突然变卦了？

我说，边境上太复杂，小心为上。

小房只得怏怏跟我走，离弄岛乘便车回瑞丽，天色已晚。我们就趁天未黑尽，游览这个边城。总的感觉，就是一个小镇。满街是摊贩，到处在谈生意，没有特色可言。晚上的"赶摆"是游乐集会，不同于"赶街"，满街是有奖销售，有出售外烟的，啤酒、钟表的，毛毯的……高音喇叭播送的，都是出售号码的声音："最后两张，最后两张！……最后一张！""啊，转，转，转！"深夜不散。小摊贩也不散，一小碗"饵丝"五角，一只鸡蛋五角，均是在职职工业余出来做生意的。水果，除了柚子、梨子和一些并不知名的果子以外，香蕉菠萝均不见，和周孜仁所言完全对不上号。

九月三十日，星期五 我们所住的是民族饭店，环境太差，昨晚小房没有睡安稳，建议换旅馆。到了十点，我们就搬到了瑞峰旅馆。与我同室者是一位缅甸华侨，正在病中，说下午即去住医院，不久就搬走了。

置身轮渡口，虽然顾虑重重，临场退却，但南坎的"赶街"，隔江遥望南坎的那些铁皮屋顶，尤其是"这里最大的"那个"奘房"，对我的吸引力，却不断在放大，尤其是小房，一到那场合，她特别欢喜往民族服饰摊头间转。不停地鼓动我，实现诺言，再去弄岛，循着那条林间小路，避开边检处，熟门熟路，还说，说不定会碰到李芹的。经过这一晚，对边境的恐惧消磨了许多，觉得和内地差不多，这个机会不应该错过。于是，一起重新来到了瑞丽江摆渡口。正好一艘轮渡将离岸，我们赶在最后一瞬间跳了上去。正在庆幸，摆渡客当中有一位来自昆明的"边民"，举止优雅，一看就知我们是那种出差到此越境观光的猎奇者，主动上前来搭讪，得知我来自上海，提醒说，你们今天过江去会碰到麻烦的。赶街日，又碰到明天是国庆节日，边防人员查得特别紧，如果给扣住了，小则罚款，大则和你单位联系，不管求证你们的身份还是什么，都不是一件小事！小房一听，猛然警觉起来，说对呀，今天确实有点儿异常。刚才上船那一刻，有个年轻人问我是否去南坎，我急匆匆地说去赶街，便跳上船了。船开了我回头看看，他站在码头一直盯着我们……

我的神经突然绷紧了，昨天，我只知道边境治安复杂，却没有想到当今有些执法者，就是把手中的职权看成自己生财之道的，罚款是目的，与单位联系是威胁手段。不能不重视！眼看渡船泊岸，我一边机械地上了岸，一边想要不要去赶街？看看手表，是中午十二点半。边防人员上班是下午两点，要去就要在两点边防人员上班之前赶回，如果赶不上，那就要挨到他们下班以后返程，这太晚了，想到缅甸的局势，听李芹说，那是男人晚上不敢待在家的地方，更可怕！一见船上的渡客已经下光，上船过江去的只有几个人。正启动返航，我当机立断，拉了小房跳回轮渡，趸回了北岸。

辛辛苦苦，担惊受怕的，只沾了沾缅甸的土地，是失望，还是庆幸，说不清楚。

返回瑞丽途中，在哈撒寨子里，发现了也有"奘房"。参拜后，小房过于疲惫，借傣族家的竹楼休息了一会儿，我趁机在寨子里转了转，一个多小时以后方回。

晚上，再去街上观光"赶摆"。比昨天更多，更疯狂地在招徕大家"买号"了。

我有些失望，曾经那么多魔幻般悬念的边境，也不过如此。

十月一日，星期六　酣梦中，我被急促的敲门声惊醒，猛然挺身坐起，发现三个似警非警的男人已经用钥匙开门而入，随手开亮了电灯。一见我如此懵里懵懂的，连忙说："对不起对不起，我们弄错了。"便反身走了。我看了下手表，正值午夜。

真的是一次疏忽吗？我睡不着了。想起这里从"黄白黑"带来的"卖淫"之类的社会环境，想到我和小房双双出入，他们一定把我当成"财神爷"了。也就是说，我与这样一位年轻貌美的女子双双入住，口音不同，身份证上所标的天南地北以及年龄上的巨大差别（她才二十八岁），都给人提供一大堆疑点，虽然遵守没有结婚证不能住同一房间的规矩，但他们懂得"野鸳鸯"的惯常手法，闯进来活捉到手，稳稳地可以敲到一大笔钱财。这种生财之道没有人告诉我，但整个社会环境教我想象得到。

我浮想联翩。这么一位少妇跟我一路同行，在这环境中太招摇了，虽然她举止优雅，一看就知是大家闺秀，但一想到那么多的"回头率"，不能不恐惧起来。甚至入住时那位病人忽然搬走，也许也是一个圈套！吃早餐时，我不想把这一遭遇告诉她，脑子里只转着如何客客气气地和她分手，早点回上海。反正目的地已到，该看的，她都看到了。岂料，正如第一眼给我的印象，身子单薄的她，不等我开口，就说她累乏了，要求在这里住几天。我想，不差这一两天，今天就让她休息吧，我独个儿先到畹町看看。

畹町，傣语是"太阳当顶的地方"，是中国西南的门户，通往缅甸及东南亚的咽喉，历来是兵家必争之地。抗日战争时期，因日军封锁了中国所有海上通道，这里就成了中、美、英盟军的大本营和物资集散地，中国几十万远征军，就从这里出入国境，1945年1月，中日在畹町的黑山门展开收复西南的最后一战，因其重要性与惨烈程度而名扬海内外。到了西南边陲，就这样交臂而过，会成为没有到过瑞丽一样的遗憾。何况，瑞丽最古老的佛教姐勒金塔离那儿不远，顺便去瞻仰一下，然后独自经腾冲回昆明。

十分意外，畹町，这一赫赫有名的边陲重镇，竟这样单调简陋！依然是一幢接一幢新的钢筋水泥搭出来的"繁荣"，还算宽敞的一条马路，通向横跨于中缅交界河上的畹町桥。看不出来，这一座建于1938年，跨度仅仅二十余米的水泥桥梁，是二战时期中国与国际间往来的唯一陆上通道，并因此成了举世闻名的国际交界桥，它连接了从印度东北部的雷多经缅甸八莫、南坎到昆明的史迪威公路。来到这个"二战最伟大的军事工程"南线的连接点，很希望能够找到一些踪迹。可是什么也没有！街两旁一家接一家"商号"、桥头站着几个边防工作人员，所竖"非出境者止步"的警示牌后面，就是检验出入境证件之所在的边防站，通往缅北重镇九谷市的那条路，说它像公路，倒不如说像眼下中国农村的机耕路。山坡上有一个没有什么傣缅鲜明特色的小村寨，均是平房，一如江南常见的粉墙黛瓦。

难怪了，"史迪威公路"南北两线，抗日战争以后，中国境内的大部分都给废弃了。据说，在缅甸，也只有木姐市可以见到一些尚存的旧迹。

正逢国庆，又逢瑞丽"赶街"的日子，处处是节日气氛，路上都是身着盛装的傣族少男少女，骑着自行车来往于瑞丽之间。我转了一圈，即挤上了回瑞丽的客运汽车。为了游览姐勒金塔，走的是另一条路。景物差不多，值得一记的是，过瑞丽江（也可能是陇川江。瑞丽就是在瑞丽江和陇川江之间）的缆桥，因桥梁不胜重负，司机要求车上凡五十岁以下的，除怀抱孩子的，不论男女一律下车步行。司机叫喊着"有座位的，上车仍旧坐原来座位！"但几乎没有一个离位下车。我已五十以上，自然没有动。但车子过了桥，才发觉，从观光体验的角度说，这是一个失误，如果步行过桥，一定别有一番风味的，却已无法补救了。

车辆经过姐勒金塔，我招呼司机停车。却没有如愿，继续疾驶。我回头望了一眼这座庄严的、异国风味浓郁的佛塔，叹了一口气："庐山烟雨浙江潮，未至千般恨不消。"可是真的到了呢，不也就是"庐山烟雨浙江潮"吗，何必遗憾呢？

回到瑞丽，"赶街"正热闹。经过长途汽车售票点，突然想到，我的行动没有必要征求小房同意的呀，何必再来跑一次？于是，断然买了明晨独自去腾冲的长途汽车票。票一到手，浑身轻松，仿佛一副枷锁的解脱。不料，回到了旅社，所谓休息的小房竟是病倒了。初见时只觉她身子单薄，想不到真是一个林黛玉！此刻其貌其神尤其像。她有气无力、吞吞吐吐地希望我再留一天，然后伴她一起回保山。一副思念孩子、渴望回家的神态，简直教我精神崩溃。我答应了她，然后悄悄地去退掉了车票，推迟一两天回昆明。

这个边城的节日之夜，除了断断续续的鞭炮声，没有什么热闹之处。个体小贩比平时收摊早一些，大部分小吃摊四点钟便收了。住在瑞峰旅馆内的绝大多数旅客，都是从缅甸过来的，很少与我们接触。黄昏，小房精神略好，一起到街边小摊吃饭，得知同桌的两位青年，就是从缅甸过来的华侨，便主动和他们聊开了。其一，祖籍云南，生于缅甸，他是六个兄弟姐妹中的老大，初中毕业后到曼德拉学习经商。三年来一直做"鱼膏"——海鲜生意，出入于中缅边境。近来因缅甸内战，生意不容易做了，最怕被缅军拉夫。他曾经多次被拉，第一次他收买了老兵才逃出来，在偏僻的山路上，再一次给拉了夫，再一次逃出，逢大雨，出汗的身子给淋湿，到了这里病倒了，至今没有复原，在这里报了一个临时户口（一年为期，到期可续）。另一位，来自内蒙古呼和浩特，还在读高中，因缅甸内战，不读了，趁国庆节过来看看老同学。他不想经商，想学好外语到香港去。他们过中秋、春节最热闹。他们经常过境来，但最喜欢去的是芒市。和这两位年轻人谈得颇为投缘。

餐罢，我俩在街上随意走走，以期多见识一些边民的生活风貌。一条小弄口，挂有一家叫"瑞秀"牌子的旅社，昏沉幽暗的灯光，深邃莫测，我俩一起被吸引了进去，转了一个弯，见一大院内有几排纵横不规则的平房，像一个居民小区，也像一个单位，刚跨进门，就发现当门那个单间里住着的，竟是昨天去弄岛回来同车的旅伴，两位都是五十开外的男子，外貌衣着均朴实憨厚，一看就知是内地来的。于是就像旧友重逢，被请了进去。

原来，这院子就是瑞秀旅店。他们是经营玉石珠宝的商人，包下了这间房子。包住的老板叫王兴传，缅甸华侨，多年来，一直在中缅边境做玉石生意，现在带着夫人长住于此。此刻正在和一位来自河北的老板谈生意。还说，旅社里住的都是做这生意的常客。小房问他，为什么不到内地去做？王老板说，缅甸玉石矿离这里不远，很多璞石在此销售，他们这些做玉石生意的没有必要出去，自有人找上门来，有时候深更半夜也有人来找他。

王老板很健谈，像对待老友，话匣子一打开，就滔滔不绝地介绍玉石生意是怎么回事。他说，此地玉石均为翡翠，买卖的都是未经加工的璞石。唯恐我们不懂，他演示似的，边说边随手取出一块与花岗岩、石灰岩无异的石头，比画着，详尽地介绍如何鉴别璞石的成色，即是否含有翡翠以及翡翠的优劣，其标准，概括为"一色二水"。色，是指绿色；水，是指光泽。如果黄豆大那么一颗，呈深豆绿，"远看如萤火虫之尾光"，价值可达万元以上，"黄金有价玉无价"，就看懂不懂行。在行家眼里，没有一块玉石是相同的，正如世人的面孔。有的同一种颜色，但深浅不一，色泽不同；同一种色泽，润枯也有区别……玉以绿为佳，宝石以红为优；颜色光泽以外，还需要看有无裂纹。一般地说，起码要绿得纯，有绿"嵌面"者为次，即绿中嵌有白色条纹……当然，在这里，都是璞石锯解开之前的交易，不是锯解开来见了真容的生意。原来，像老师上课般的一番介绍，归结为一句话：这是一种凭经验、凭眼光去判断的生意，为此他们借用了一个"赌"字来形容这种交易。用他的话，就是"赌赢赌输，锯解开来才知道""赌牌九押宝之赌无长进；赌璞石，越赌经验越丰富"。这种"赌"，都是以几百元或数十元为赌本，博弈上万、甚至几十万元一笔的大赌。他指了指客人手上戴的那只乌青色的玉手镯说，别看整体成色不高，可上面嵌着绿豆大小那颗绿色翡翠，眼下市价就达二十万！他只是花了几百元买到一块璞石锯解后"博"到的。

　　太开眼界了，算是触及这个边镇的内核了！莫看华丽的"商号"、高耸机关大楼后面这些低矮、陈旧、杂乱，像未摆脱穷困的民居一般的小旅馆，原来都是虎穴龙潭。王兴传长期包租的这一房间，每月租金就是一百八十元！

　　不过，王兴传口气一转，告诉我们，璞石交易，在中国最大的市场不是"黄白黑"出名的瑞丽，而是腾冲。"腾冲"，就是加工玉石的代名字。历史渊源颇深，堪称玉石之都。连八九岁的孩子也能辨别玉石的真伪、质量之高低！

　　腾冲对我们的吸引力更大了。按小房要求，在这里既然要多住两天，我打算明天晚上对这个"赌"场再来做一些了解。

十月二日，星期日　　今天小房精神好多了，想去畹町，不光为观光，还想去寻访一些商号了解行情。我这才知道，她早有下海做生意的冲动，见我对畹町的印象不佳，又听我说昨天没有游览姐勒金塔，就改变了主意，陪我去补上。

　　姐勒金塔，傣家人称它为"广母贺卯"。"广母"即是塔，意为"瑞丽城首之塔"，又叫"金狮塔"，位于瑞丽之东，昨天车上瞬间留给我的印象，只觉金碧辉煌，却不宏伟。今天到了塔下，方知其高大、庄严、雄伟。在这种偏远的小地方有这样的建筑，确是难得。拍照后回瑞丽，小房竟被沿途村寨的生活风情所诱，很想搬到这种村寨来体验体验。我以为她说说玩玩的，一回旅馆，真的去退了房，自作主张，连我的也给退了，一起搬到客运巷一家村寨风味极浓的小旅馆里来了。

过去，只听说义乌人遍天下。无论如何没有料到，在这村镇交接偏僻的小旅馆里获得了验证，真的碰到了义乌老乡。吴姓，三十多岁，夫妻俩带着一个不满三岁的孩子，来此已有三年，摆小摊为生，和王兴传一样包租了一间，月租金九十元，家具是自己添置的。据说，在这里做小生意的义乌人不少，还说，在昆明青年路一带摆摊的，多为义乌、东阳人。此君义乌人特征鲜明，问他在这里当临时户口，能不能多生孩子？回答的是："不能。回去以后怎么办？迟早要穿帮的呀！"到处都是来此做生意的人。在一家小饭店，碰到一个来自广西的年轻人，三十岁左右，携带一只皮包，还有一只为父亲买的鹦鹉，说他从深圳、广州贩运化妆品，也曾经自行渡过瑞丽江到达缅甸直到密支那。不懂缅语，他说不要紧的，华侨很多。只因社会动荡，不敢多去。

晚饭后，在附近散步，喝柠檬水的摊头上，又碰到了三个缅甸华侨，也是来此做生意的。和卖柠檬水的姑娘说笑调情的腔调，给了我强烈的感受，就是边境三不管地区才有的自由放纵。不由得关注起这问题来了，老乡老吴告诉我，这里一些旅社里经常出事，缅甸人（包括缅甸华侨）、印度人很多，犯了事，就逃过江去了。他所言不谬。我们实际体验到的，也是如此，刚到瑞丽那天，就听说发生了命案，一家商店的解款员去银行路上被人杀了。今天早饭是在印度人的摊头吃的，因语言不通，又没有专门与我们打交道的中国人，所以主要是跟自己印度人做生意。这就是治安问题不断发生的社会土壤。

本打算再去"瑞秀"听"赌"经，因明天一早赶班车去腾冲，取消。

十月三日，星期一　早听说腾冲多雨，出发时，瑞丽满天星斗，上了路，翻越了几座山峦，便雨雾迷蒙，越往前行驶，雨雾越稠密。到了梁江才收停，但过了两个钟点，又下了。就这样下了停，停了再下，或大或小，反复多次。分明是一次从"茫茫云雾笼罩的翠绿坝子"，到另一个"茫茫云雾笼罩的翠绿坝子"的行程。

一路上山势险峻，林木茂密，保护极好。也有宽广的平原，一如芒市到瑞丽。田园风光与江南无异，少数民族不多见，民居也有浙江"娘孵子"那种插厢式小院，但不多。

沿途不时有零星乘客招呼上车，车辆拥挤不堪。经盈江边防站，检查特别严。要旅客下车，逐个检查身份证，再上车检查旅客的行李，然后爬上车顶，用粗铁丝插入箱袋包裹，仿佛发现了什么偷越国境的目标。待旅客全部回到座位后，检查员忽然又想到什么，要司机交出车钥匙，打开汽车工具箱、私人物件保管箱等逐一翻查，气得司机牢骚不绝，出言不逊："我配合你们检查，你们却这样不相信我，我以后不开这种车了！""如果你们有线索，抓人不就得了？"……为此，耽误了大半个小时。

　　小房又病倒了。在迎春旅馆住下后，不得不与保山周文林通电话，告知我们回保山时间暂时无法确定，请他将车票退了。至于这几天的行程安排，与昆明联系后才能决定。

十月四日，星期二　算是真正领教了腾冲的天气！早晨细雨蒙蒙，接着一阵大雨，午后放晴了，一会儿忽又下起了微雨。"茫茫云雾笼罩的翠绿"超过了瑞丽！

　　给黎泉打电话，未接通。近十点，小房精神好一些，趁阴雨的间隙，上街看看市容。这是个铺开的而不是立体的城镇。都是两层楼房，陈旧落后，新的高层建筑不多，大概此地属火山地域，地震颇多，发展预期不佳之故。

　　毕竟不是玉石商，不想借此发财，血液中更没有那种"赌"的因子，所以，明知到了"玉石之都"，仍没有寻访与玉石相关地方的打算，仿佛忘了；对于抗战传闻，而且是墓园，不想做专题研究，也就不在意，只是打听值得观光游览的景点。都说有"热海"，即火山口，属于温泉处处的火山熔岩地带。却闭塞无交通。对我们的吸引力却不减。下午，好不容易找到供销社的一辆出租车直奔而去。车窗外的景物显示，确是闭塞落后，处处挂牌放录像，均为香港武打片；既不见社交需要的茶肆咖啡座，也不见任何旅游设施和公共车辆服务；问司机，回答一本正经，却令人啼笑皆非："租车吗？只有两个地方有，邮电局的邮政车和医院的救护车！"邮政车和救护车代替出租车，奇闻！我们所找的是供销社的吉普车，算是例外中的例外了。去热海，要四十五元，来回是六十元的优惠价。吃亏在于我们和进饭店吃饭一样，吃了再算，租车也是先用了再说，很难说不是被敲了竹杠。

　　不过，最终证明还是值得的。不然，腾冲算白来了。地热现象，正是此地的最大特色景观。这是中国三大地热区之一，最有代表性的这个热海，距城区二十公里，"青山环抱，一水喧腾"。据说，其间温泉、沸泉达八十余处，最高水温一百零二摄氏度。我们所走的都是颠簸不堪的机耕路。上山，下山，爬坡，又下坡，一会儿雨雾蒙蒙，一会儿阳光灿烂。过了清水乡所在地，就只能下车步行，半公里后，便是中医医院的医用温泉"黄瓜箐"。只是几间简陋不堪的浴室和一处住宿点，冷冷清清的无人问津。再前行一公里左右，就是"金龙奇观"的"硫黄塘"。遥看山坳那边，热气腾腾，就是称为"大滚锅"的"热海"奇观。旁边有不少砖瓦平房，我们以为是村落，走过去方知都是浴室，但空空如也。所经这一段路两边，不见五大连池那样的"石龙"，却有热气蒸发处，如袅袅烟雾，而此处尤甚。簇拥着的"大滚锅"，就是一方十多平方米的大池，水如沸汤，热气蒸腾，清澈见底。边沿凝结着尺许宽的硫黄结晶。池边的温度却不高，边沿沙地上，处处有细小的温泉往上冒，突突然如煮米粥。四壁皆有古人题刻，将此称为奇观。据说，动物坠入，顷刻间只见骨骸，其水温高到了岩浆状态。显然夸张了，但我们都不敢伸手测试。从水的沸腾状态及感受，可见温度确实很高。虽然不能化解血肉，烫去一层皮是完全可能的。

这就是以"大滚锅""热海"为中心的所谓"热田"，据说，此地属中国的大"热田"排名第二。却不见游人。我们就在这一带转悠，希望发现还有什么可观的奇景。到处是带着硫黄味的热气，石块泥沙均被染成黄色。山上林木稀疏，有些地方甚至可谓萧索，唯见一丛丛灌木，可见硫黄对植物生长影响之大。不过，放眼展望，整个"热田"，还可以用苍翠起伏来形容，说明腾冲人为改善环境已经尽其所能。我想到了高桦的约稿，决定以《黄与绿》为题，给她们《中国环境报》写一篇短文。

回腾冲，司机小马又把我们送到"垒水河"瀑布去游览。瀑布在腾冲县西南一公里处，落差不大，但势若惊雷，给人留下深刻印象。

小房病，又雨，原不打算出去游览的，能借助这种"出租车"去见识这许多，算是意外收获了。亲临"玉石之都"，却不见丝毫标志性特色和查询门路，不想再像瑞丽探险一般地去寻踪了；至于国殇墓园，估计离城区有相当距离，更无心涉足。带着一个年纪轻轻的女病人，只求旅途平安。

十月五日，星期三　还是雨。早晨，乘长途汽车来保山。一百六十余公里，花了七个多小时，加上半路上修理车子一小时，到达时已是下午三点多了。

来是西行，如今东返，选择的是完全不同的路线，同样是山路，却更险峻。要经过怒江和澜沧江这两条出了名不安分的江河，不少地段是平行的，汽车就在万丈悬崖上曲折盘旋，邻座几位旅伴不敢朝窗外张望。多亏云雾弥漫，看清楚置于这种险境的机会也不多。二战中，腾冲也属"东方直布罗陀"地区，被称为"二战最伟大的军事工程"的"史迪威公路"的北线，就是经缅甸的甘拜地，通过中国的猴桥口岸,经腾冲到龙陵,然后和南线一样,与滇缅公路交接。可惜都与畹町所见一样,毫无陈迹可以寻访了。

　　回到保山,投宿花城宾馆。忙着打长途电话与昆明联系,并请保山文联找一些青年作者见面。效率很高,当晚就来了五六位。他们很希望了解"行情",即《萌芽》杂志选稿的要求。这是一般初学写作者的普遍心态。文学杂志追求的是文学个性,毕竟不再是为什么服务的宣传品。我谈了滇西之行的感受以及对此地的文学期待。会议结束,长途电话仍然没有打通,看来明天要继续努力,从小房的健康着想,在这里多住几天也好。

　　没有料到,太珍惜这次出差机会的小房,不顾体力,竟然不愿回昆明,趁我开座谈会的时候,买了去临沧的汽车票,打算沿云南东线走一趟,要我陪她到西双版纳去!

　　先斩后奏。太让我为难了。

十月六日,星期四　　昨晚,小房可能感觉自己太虚弱,太唐突,不应该给我造成道义上的压力吧,终于改变了主意,退掉了昨天买的汽车票,先跟我回昆明再决定下一步。

　　我如释重负!黎泉的长途电话也在此刻接通,他们已经为我订了返沪的火车票,就是今天的!但也要退了,等我回昆明再说。

　　下午,杨忠实等朋友代表保山市文联到宾馆来,邀我游览武侯祠。武侯祠,是保山最值得游览,也是距离最近的胜景。不过,与其说是武侯之祠,不如说是纪念吕凯的香火庙。当年,诸葛亮"五月渡泸,深入不毛",只不过到了金沙江,而未涉足此处,镇守此地的吕凯将军,生卒不详,只知是吕不韦的后裔、蜀国的大将,其功绩也不甚了了。修建得却相当庄严,像中山陵的微缩,拾级而上,进入一幢古色古香的建筑。值得一游。

　　在贵宾休息室,杨忠实要求《萌芽》明年派编辑来此地帮助作者改稿,时间最好是五月份。然后要我为保山市文联题词,并为《保山文艺》题写刊名。我题写了两幅,分别是"蘸澜沧之水写出世之文""给文学以怒江的性格"。

　　游览后,他们请我吃晚饭。随我游览的小房也被邀请。其间,少不了向我们介绍此地和西双版纳少数民族的生活风貌。话题是由首都机场那幅引发争议的裸体画引发的。傣族男女混浴,不是艺术家凭空想象。傣族广种薄收,基本上处于刀耕火种阶段,生活极简单,除晚饭能够吃到烧鱼以外,中饭仅吃一只饭团,没有菜蔬下饭的习惯,故无种蔬植菜的必要。夫妻之间平时不交谈,如果发生争吵,就算婚姻破裂、家庭解体。他们被土司统治太久,对生产队队长、会计,视如父母,队长会计不点头,什么事都不敢做,包括向当地驻军出售自产的鸡蛋之类的农副产品。对区域内的其他民族,却以统治者自居,经过他们跟前,必须低头弯腰,所背的背篓之类也要卸下来提在手上。他们独尊攸乐人,攸乐人就是基诺族,据说是诸葛亮的后裔,人数很少,传说傣族的祖先从澜沧江漂流而下,得到这一民族的救助才繁衍到今天。新居落成,也必先请攸乐族人来住一天。感恩之情甚笃,可见民风古朴。猪是放养的,但弄不清谁是谁的。也有农副产品交易,但以"堆""把""个"为单位,近年来才使用秤,先是弹簧秤,后来因零星称不上算而改用了大秤。

也谈到了上海、北京等地知青南下对傣族的积极作用。知青们带来了现代文明。如建筑竹楼开始注意美观,有了装饰设计了。本来不用家具,室内仅有几只竹篮,知青来了才有衣橱、夜壶箱(床边柜)之类的家庭用品和摆设。上海知青还带来一些农作物,如灯笼辣椒和西瓜,但灯笼辣椒种两年即退化,可能水土和气候有关,不能适应。西瓜也这样,第一年长得特别大,第二年便变小了。在保山,马铃薯也是这样。

还有其他民族,如1956年才发现的独龙族。聚居于贡山县境内。至于保山一带,多为汉人,是朱元璋建立明朝初期,为巩固其统治,从南京一带迁移过来,强占本土傣族定居。这里的民居、风俗,均保留着鲜明的江南特色。如音乐,就有江南丝竹,此处却以"洞经音乐"名之。

十月七日,星期五 告别保山,乘班车到下关,匆匆寄存行李之后,直奔大理。一周之前,对于西南这座名城,雨中看景,囫囵吞枣,心有不甘,今天补课来了。

值得! 名城古老,旧城以外,原来还有一条繁华大街。特色鲜明,正如质朴的少女,有的是古城的本色而少现代文明的铅华。店家除大理石制品以外,还有蜡染的布料和服装,我和小房都买了不少。匆匆赶回下关,赶乘豪华型旅游车返昆明。

这也是一种经验。车上设有彩色录像放映设备。夜半到达南华县境,还有消夜供应,已过午夜到了凌晨,街道两边居然还有这许多摊贩,赚一点钱也够辛苦的了。

从瑞丽、腾冲自南向北行走,商品经济的发展,却是从北往南逐渐推进的,这一趋势清晰可见。我们算在一两天之内亲身体验到了。

十月八日，星期六 晨七点，到达昆明。即去《滇池》找黎泉。一见面就听他们诉说买火车票之难。我不好意思再提此要求，借助张胜利、周荣发给我的通关条子，请邮局押运处的朋友联系，去火车站找邮件押运员徐广渠。得知今天北上列车只有最后一个班次，也不是直接到上海的，时间在下午。我决定去碰碰运气。上车前，我去找李红燕，希望她帮助小房解决火车票。但扑空，估计到重庆探亲还没有回来。

小房不准备在昆明逗留，西双版纳也不想去了，买了到成都的车票。成都是她此次出差的目的地，到那儿办好事，即返北京。我送她到金桥饭店住下，即告别。

四点，黎泉、李霁宇送我进火车站。万幸，很快找到了徐广渠，他热情地带我去找列车长求助，总算按时上了80次快车，踏上了返沪的旅途。

不过，一上车就感觉到气氛不好。与京广线大不同，和京沪线更不能比拟。列车长与列车员显然有矛盾。列车员在接受我时，老大不情愿。当时，办理补票手续场面相当混乱，想对我热情也没有机会。只给我补了一张到株洲的硬卧，还要补办一次手续才能到上海。列车启动以后，邻座老孙告诉我，昆明到上海的卧铺票，黑市倒到每张一百六十至二百元，列车长、列车员以此牟利，有一次他要求补票，列车长说没有。但送一条"云烟"便解决了。列车员同样借此牟利。开票的那位列车员王某，请他抽烟，他要两支，一看牌子不好，就嘀咕：这种烟！便随手一丢。我明白了，上车前我没有给他们"烧香"，难怪不给我好脸色了，哪怕押运员先给我占好了座位。徐广渠却非常热情。晚上特地来了解我安排得如何。我哪能把这种丑事告诉他，扫他的兴，再教他为难？

十月九日，星期日 醒来，已出云南，进入贵州。桂林山水扑面而来，拔地而起、体积不大、灵秀俏丽、环水绵延……但总的说，多山缺水，与广西接壤处尤其明显。

徐广渠又来看望我。原来，他与文学界早就有接触，有亲近感。1964年，文汇报文艺部徐开垒、张楚良，曾经为了写报告文学采访他们，随邮车往返了几次。不错，这是个好题材。和周荣发相处了这几天，他们工作和生活情况，这一刻才引起我的兴趣。徐广渠也乐意介绍他们工作的甘苦。他们押运的都是普通邮件，那些绝密文件、国库券之类，另有特种押运班子，住机要室，单独一间，上车下车均有专人接送。他们不一样，每到一个站头，都要为装卸忙碌，大包小包，扛上搬下。邮件被分为前车、后车，重件邮件与轻件邮件。先轻后重。本来，也只是押运而已，如今却要承担装卸工的那份力气活。劳动强度相当大。差错自然难免，未到站就卸下，谓之"预交";过了站而未卸,谓之"带过",小者属"过失",大者为"事故"。当然有违法乱纪的,最普通的,是利用邮车贩卖物资,甚至贩毒。这一条线上,能贩卖的物资主要是烟草。上个月,沈阳局就发生大量邮包内藏着烟草"良友""红塔山"等犯法事件。上海局同样避免不了。最可怕的,是莫名其妙地被利用。有位押运员热心地帮人"捎带"一个"普通"包裹,包内竟夹着海洛因一千克,现场查出来的时候才知上了当!

  晚上,这一节车厢的列车员周刘成来,同我谈去年的出轨事故。事故发生在1月24日,被称为"1·24"事故。地点在郑家村。当时执勤的是80次三组(周刘成是一组。昨天向人索取好处才卖卧铺票的是十组),三组风气极坏,列车员捎带卷烟贩卖,整箱整箱地贩卖,上班时吃喝聚赌,列车长却无可奈何,想整治,但参与者太多,治不了众,只能屈服。列车领导见了也头疼,因为自身也曾经托人捎带过烟草,带这个那个,嘴软。上上下下只希望不要出大事故就行了。但这样坏的风气,怎么可能?而且,要出就是大事故!终于引起了上面的注意。出事这一趟列车之前,领导已经找列车长谈了话,明确表示回程以后整顿,并打算在柳州前一站,拦车检查所捎带的烟草。岂料,没有到柳州,就出了事,而且严重到出轨的地步!出事的是九至十一节,三个车厢,有一节车厢全部被压扁了,像手风琴的气箱那样,死伤惨重,惨不忍睹。开车前司机喝过酒,开得特别快,车检员曾经要求旅客注意提防,也提醒过乘警,乘警正准备交班,却未加重视。车子继续飞驰,直到打弯,才发现后面漆黑一片,没有一节亮着车窗,分明是把应拉的车厢丢了!司机以为是脱钩了,这才刹车,由车检员下车往回寻找。走了数百米,听到了一片喊救命的声音,才知事态严重!那个准备交班的乘警,已被压成了肉酱。几个外国人居然没有受伤,从车厢下爬了出来。奇怪的是,郑家村这个地段仅仅是一个S形的弯道,一般而言,开快车要么车头冲出,要么车尾甩出,居然从半腰跳出几节车厢翻到了山坡下,这是交通史从来不曾发生过的。因此,断定是铁道护养问题。麻尾以西,属成都路局管辖,成都路局哪能接受这份责任?官司至今没有了结。郑家村却成了社会关注点,处理事故的人员齐集而发了大财。太惨了!

  惊心动魄!我很想看一看郑家村现场,可惜,经过此地是凌晨一点半,我已入梦。列车曾鸣笛致哀。据目击者说,因官司未了结,出轨压坏的车厢还保留在现场。

十月十日,星期一 上午十点五十分,到株洲。我的卧铺票到此为止,不换车,但必须更换铺位。上下车的旅客非常多，利用这一调整的窗口期是最容易换成的。徐广渠和周刘成两位为我忙碌到下午三点多，才从本节车厢内给我换到了一个到达新余的上铺。真难为了他俩！还有数十人在等着换卧铺票，均没有着落！

新的铺位，便有了新的旅伴。一位是昆明市政府水电局的窦先生，一位是昆明水电设计院的王先生，而且又碰到了老乡，是三位女士，其中，两位在昆明青年路开鞋店的，一位是到西双版纳某部队和一位中尉军官结婚的。最有趣的是买卖服装的温州王老板，瑞安人，在昆明小西门新华书店隔壁租了一间店面。发现窦某是昆明市政府的干部，立刻施展"公关"手段，不惜一大把一大把地花钱，听头啤酒一买十几听，酒瓶罐子到处抛，而且要请老窦与设计院的王某一起上餐厅。无奈餐厅没有营业。就是想请老窦帮忙在昆明补一家铺面。窦某的注意力却在我的身上。他们从事电力，同时也解决昆明市的用水问题。据某部门推测，被称为"高原明珠"的滇池，水污染严重，不能饮用，到1995年，昆明市民用水将匮乏到断水的地步。他们将扩大一座水库工程，有关主管部门已经拨款一个亿。得知我是动笔头的，而且是上海来的，有点社会影响，要我下次去昆明的时候，去看看水库工地。住宿、交通费用全部由他们承担，全程陪同。还说，到时候，他将介绍我去了解昆明最大的个体户，搞钢材焊接的，规模相当大，自己拥有一幢花园别墅。听来相当吸引人。

还有一位金发碧眼的白人，从美国到中国台湾留学的，手拿一本王士菁写的《鲁迅传》，却是学音乐的。中文只会说，不会阅读，更不会书写。到处打听昆明有否他的"座位"（工作岗位），多少薪水。来大陆三年，却不敢到上海去，也从来没有到上海，到了衡阳，就下去转车，经广州返台湾。留给我们的是一大张英文的通信地址……

卧铺车厢两个号码之间的一条狭弄，浓缩了当今的中国社会！

我却时时想起小房。这位旅途中相伴了一个多星期的"林妹妹"，跟我说定今天上午十点乘火车去成都的，是否顺利成行？是否经过这两天休息，因体力恢复又改变了主意，带着虚弱之身，去圆她的西双版纳或者滇西北原始森林之游的梦？

她最终选择了什么？旅途平安与否？对于我，都已经两不相干。但此时此刻，滇西之行留给我的，仿佛就是这个！

1989年·广州、肇庆、从化、深圳

一月五日，星期四　今乘5383航班来广州，受邀参加《家庭》杂志举办的笔会。下榻于珠岛宾馆，即三年前曾经投宿的省委招待所。上海一起被邀者有陈村、许锦根

夫妇等。

与陈村同住一室。陆续来报到的有北京《法制》杂志主编宋大雷、天津作家协会书记柴德森、作家出版社的石湾等新朋旧友。

雨。行动不便。《花城》杂志的谢望新、朱燕玲来访。晚上，吕雷来访。他分明要我帮他与傅星沟通来的，请傅星明白，和他们一起经商需要做哪些思想准备。他们这一批鲁迅文学院的同学，回单位后，蠢蠢然不得安生，打算借中国作家协会这一块闪闪发光的牌子，投入商界去开天辟地，成为弄潮儿。他说，薛尔康开了一家工艺品商店，买卖珠宝和泥人，已经在海口打开了局面；湖南的那一帮子，办了一本《海南纪实》，他帮他们拉了一些关系，还是插不上手。他打算在广州做音响生意，已获批，不能叫"公司"，只能叫"中心"，拉到了一些经费，尚未物色到可靠的人，至今未开张。非常欢迎傅星参加，只是要做好吃几年苦的思想准备。因为这是白手起家，两地分居，而且，傅星不善于经商，只能做一些文字方面的工作。至于能否在上海设立分公司，目前还做不到，中国工商总局和中国作家协会都不会批，张锲说，广东特殊，却不准备在各省市设点，领导对此控制甚严。他的主意，是分成三步走：一是先争取做专业作家；二是到广州来，跟他干两三年，积累经验；这才有第三步，就是到上海开分公司。

我认为吕雷的考虑相当实际，问题是第一步就跨不出，因为上海专业作家名额已经投票决定，争取第二批，却要等一到两年。但我赞成吕雷的观点，再大的商业活动，我们始终是作家，是搞文化的，下海经商只是深入了解社会、体验人生的一条渠道。

一月六日，星期五　今天来肇庆。睽别七年了，这一扼两广之咽喉、素有"岭表南来第一州"之称的历史文化名城、西江文化发源地之一，在这场社会大变革中，变化之大，自不待言。公路拥挤堵塞，从广州到此，竟花了五个多小时。星湖门面修整得富丽堂皇。

下榻波海楼。这是山坡别墅群中的一幢，据说专供中央首长住宿的，有几间装有防弹玻璃。我们住的2109室，似乎属于这种。环境十分优美。

可惜，天公不作美，不停地下雨，下午的游览改为会议。由《家庭》主编李骏介绍他们这家杂志的工作情况以及设想，然后讨论。发言者寥寥。晚上，肇庆市委设宴招待我们。

一月七日，星期六　晨，雨未停，仍旧按计划去云浮，幸而中午转晴了。

云浮，是中国多金属矿化集中区，其中硫铁矿储量和品位均居世界首位，早被誉为"硫都"；还因为大理石、花岗岩石等石材加工历史悠久而有"云石"美称，所以也获得了"石都"的桂冠。我们参观的是云浮工艺品厂，加工石料。到过大理的我，总觉得不如洱海之滨那样丰富，那样有光彩。主要是没有科学利用这一自然资源来经营之故吧？

继而游览蟠龙洞。远不如浙江的瑶琳仙境。印象最深的是洞中之"宝石花"，碳酸钙的结晶，巧夺天工以至于此，真难为它了。参观硫铁矿厂，颇开眼界。十年前的穷县，能够发展到这一步，很不容易。中午，接受云浮县委的宴请。

一月八日，星期日　今游七星岩与鼎湖。都是八年前第一次来穗游览过的，七星岩虽属"岭南第一奇观"，故地重游，仍然心不在焉，草草而过。

肇庆市面已大改观，大街风貌恍如沪穗。前次所未见的是庆云寺的千人大锅。用生铁铸造于公元1744年，共三只，两只直径一米多，有一只直径两米有余。灶头仍在。

晚上，参加松涛宾馆舞会。宾馆装饰华丽，设施齐备，京沪也不过如此。

一月九日，星期一　上午继续讨论。

宋大雷、石湾等朋友对《家庭》此次会议安排提出许多尖锐的意见。

午后来从化。仍然因为安排不善，途中车辆出故障，到达时已经晚上八点，沿途什么也没有看到。住宿于温泉宾馆。想不到土气得很，房间很大，可以当教室，设备豪华，铺地毯、摆沙发、梳妆台等，还有二十英寸的电视机。但处处显得不太实用。

一月十日，星期二　晨起，往窗外一看，才知此宾馆濒临流溪河，隔水青山叠翠，令我想起杨朔的《荔枝蜜》。这里已被辟为自然保护区，难怪满眼葱茏翠绿。早上去游览了天然湖，或许审美疲劳，对自然景色麻木了，觉得也不过尔尔。可供观赏者，无非山上的林木以及流溪河支流上飞溅的瀑布。值得一赞的，仍然属于"岭南第一泉"的温泉。

我先后见识过黄山、黑龙江五大连池和海南岛兴隆等地的温泉，泡温泉浴却只在黄山和海南岛兴隆。可比较的不多。此地不同之处，就是设备现代化，完全在客房瓷缸里注水入浴，喷浴、盆浴随意，将黄山那种计划经济时代的粗放驱除一净。

毕竟时代变了，审美取向和生活取向都不同了。据说，泡此温泉可治病，就像在五大连池所见，不少人相信，陈村就是一个，殊不知偶然来泡一两个小时是不起作用的。但毕竟拥有"岭南第一泉"的这块老招牌，住客不少，多从港澳来，街上商品昂贵。正如杨朔散文所写，蜂蜜是此地特产，一瓶十元以上，也有干荔枝。均乏人问津。

午后直接回广州。仍住宿于珠岛宾馆。晚上到花园酒店的茗园用餐。设备豪华，服务质量却不高，菜肴也无特色。每桌竟需五百元！饭后，驱车到西湖路逛灯光夜市。满街服装，人流熙攘，多为观光者。商品价格太贵，一套西装竟要一千四百八十元。此地走一趟，人民币真的在大贬其值了。

回宾馆后，《花城》杂志副主编杜渐坤来访，邀我明天中午去国际酒家小叙。

一月十一日，星期三　《家庭》笔会于昨日宣告结束。除了部分人去深圳和中英街转转以外，其他朋友陆续离穗。

谢望新与何继青来访。望新已被调到广东省省委宣传部任文艺处处长，可喜可贺。

中午，花城出版社派车来接我去国际酒家聚会。范若丁、王曼均参加。

草成《关于〈大上海沉没〉答许锦根问》，三千余字，为此未去观光广州市容。

晚上到越秀公园观赏"广州-自贡市政府文化灯会"，每票五元，游人如织。设计者可谓煞费心机，可惜仍免不了几分俗气。

一月十二日，星期四　今与刘小雁、许锦根夫妇等乘中巴来深圳。早晨出发，下午四点半才到，在广州天河大厦办边防证花了半个多钟点，汽车加油又是半个钟点。到东莞山庄吃中饭一个小时。颇有广州风味的东莞，新建筑遍地都是，却没有时间深入了解。

顺便到虎门龙眼村参观《家庭》杂志投资建造的厂房。两年前，乘海轮到海南岛途经虎门，在珠江口水域，张大双眼希望多看看这一英雄之"门"，如今，真正身临其境，居然没有细问是否就是当年我想观其全貌的虎门，更未去寻踪。可能注意力都给李骏转移了，他们在此建厂，是与当地老板合资，各投三十万元，准备租给港商，每平方米十港元。李骏说，将来《家庭》的稿费支出，就指望这个。

到深圳，下雨了。投宿于日华宾馆，条件一般，两人一室，六十五元一天。去街上遛了一圈，进入国贸大厦转了转，物价贵得不敢问津。较之广州西湖街，人民币贬值更甚。除了三条健牌卷烟,什么也没有买。

一月十三日,星期五　今去沙头角。又是旧地重游,修建了过山隧道,感觉距离缩短了许多。中英街上依然繁忙,物价却上涨了不少。除了金银首饰,什么都不便宜。上次来,只觉得满街是新流行的牛仔服装,还有出售折叠伞和雀巢咖啡之类,今天却被金银首饰铺抢了风头。中方店家竟打出了"买金送红包""买金送金"的牌子竞争。英方商店却说羊毛出在羊身上,这边加工费太贵,再加百分之三的佣金,加起来比英方贵了十几元钱。知情者都不要红包,特地溜到对面英方去买。我就是其中之一。

雨始终未停歇。大家采购的兴致却丝毫不见降低。扫兴的是刘小雁的皮包被窃,内有六百余元现金!刘宾雁的这位爱女,开朗、活跃、大气,对此坦然。

一点半集合,回广州已是晚上八点。下榻于东湖宾馆,就在珠岛宾馆旁边,条件却差得多了。天气少有的冷。这一次来广州十天中,这个季节最热的和最冷的一天都碰上了。

1989年·北京

三月二十六日,星期日　今乘22次直快列车来北京,参加由人民文学出版社与《文汇报》联合举办的《大上海沉没》的作品研讨会。因赵耀民正在将此作改编成话剧和电视连续剧,也受邀参加,并同行。一路上讨论改编方案。毕竟是上海戏剧学院的教授,曹禺剧作奖的获得者,对此作颇有深化理解与完善构架的作用。遗憾的是列车上服务质量越来越差,除了直快,说不上舒适了。

三月二十七日,星期一　下午一点准时抵京。我俩仍在人民文学出版社的招待所暂住。江毅、王建国来访。我将《×地带》缩写事交给了王建国。

会议准备工作已经差不多,《当代》何启治、朱盛昌等朋友忙于发稿。听说,所邀请的与会者都是名家,级别很高,肯定忙,我担心被忽略,分别与荒煤、张炯、谢永旺、陈丹晨等通电话,他们都表示一定参加这个会议。

对荒煤先生,我原打算上门邀请的,因心脏早搏得厉害,只好在电话中表示歉意。

三月二十八日,星期二　继上海举行《大上海沉没》作品研讨会以后,紧接着又来京举行,是《文汇报》发起,和《当代》合办的,我始终为准备工作是否落实担心。

早晨去何镇邦家了解情况。他上班去了,通了电话,发现,果然把中国作协管长篇小说的林为进漏了。晚上,请何镇邦陪同,亲自上门去邀请,同时请唐达成、雷达。

真难为镇邦兄,血压下面高达一百一十,仍然热情高涨,陪我打的先去韶华家。韶华收到了通知却没有收到杂志,见我们上门,同意明天参加,然后热情地教我如何使用四通打字书写法写作,一看便知,他正迷醉在这一汉字输入法上。到唐达成家,唐要去参加人民代表大会,来不了。访雷达。雷达很想见见我,说这部小说气魄很大,可惜还来不及读完,且刚刚调到《中国作家》忙得无法安排,恕他缺席了。最后登门访谢永旺,他正在读《大上海沉没》,立即表示,明天他和丹晨一定来,还说林为进、蔡葵也会来的。

回招待所,江达飞和王建国来访,已经等了一些时间,真抱歉。

三月二十九日,星期三 《大上海沉没》作品研讨会今天上午举行,在人民文学出版社会议室。参加者有荒煤、韶华、谢永旺、陈丹晨、张炯、屠岸、缪俊杰、胡德培、何镇邦、朱晖、王必胜、冯立三、蔡葵、林为进、毛承志、史中兴等三十余人。人民文学出版社与《文汇报》联合主办的,所以由何启治与《文汇报》驻京办事处主任陈可雄两人共同主持。

最令人感动的是,年逾古稀的陈荒煤先生第一个到达会场,等候大家。会议出乎意料的热烈。上午九点一刻开始,到下午四点方才结束,为了一部小说,话题之多,以至这样破例地废餐延续,不只是我生平所未见,与会者也肯定是第一次碰到。一致肯定这是一部大作品,是继《子夜》《上海的早晨》以后,又一部写上海的具有相当分量的长篇小说。但与前两部不同,在于写了上海的底层,更在于它辛辣无情地批判了上海文化。不足之处是缺乏主线,缺乏统率整部小说的思想。我觉得,这些不足感,多半对此作品主题未能理解所致。会议将结束,何启治要我讲几句。我就此在小说构思方面,做了四点说明,冯立三当即改变了原先的看法,认为此作不能用政治上如何对上海的兴衰做评价,应该像《红楼梦》那样,拿标志中国一个时代结束的作品来看待。他说:"消费观念、价值观念的巨大解体——《〈大上海沉没〉的意义》。我准备以此为题写篇评论。"

我认为,对作品主题有分歧,不太明确,是一件好事。整个会议,教我满意。何启治为会议的热烈程度,感到十分意外。

二月三十日,星期四 和赵耀民一起,登门拜访荒煤先生,如何改编成电视连续剧和话剧,听听这位文学前辈的意见是有价值的。对于何启治建议他今天在研讨会上的发言,能否由我整理成书信形式,在《当代》刊发的问题,他表示首肯。此外,他也对当今国内文坛谈了一些看法。尤其对文学描写中的"性"和一些黄色书刊,表示愤慨。

晚上,分别访金坚范和朱晖。朱晖告诉我,最近,在《文艺报》召集的一次关于文艺评论的座谈会上,荒煤赞扬了《大上海沉没》,说这部小说是中国文学界值得兴奋的收获,同时批评《文艺报》评论不力。教我十分感动。我跟朱晖谈了我对《大上海沉没》的创作动机,补充研讨会上所言之不足,希望增加他对此作的理解。

1989年·金华、白沙镇

四月二十二日,星期六 上海作家协会小说组的部分成员,今年的采风活动选择到浙中,于今天下午乘85次列车来金华。都是自愿结合,同行的有鲁兵、阿章、戚泉木、姚克明和丁景唐等。王西彦和傅艾以于前一班列车先行。

1956年,我来金华考大学以后,就没有再来此府治所在地,睽别三十三年了。到达时,雨雾迷蒙,又是深夜,看不清市容。已调金华文化局的方竟成,把我们接到望江宾馆下榻。

四月二十三日,星期日 雨很大,故意不愿帮我们忙的样子。

上午,先到八咏楼游览。八咏楼,建于南唐齐国隆昌元年(494),距今一千四百余年,本来叫玄畅楼或元畅楼,坐落于义乌江与武义江(双溪)汇合处。初建时,沈约在此题诗八首,大块文章,声名之盛,竟以"八咏"称之。嗣后,骚人墨客来此,都以赋诗附和为雅。金华是李清照南下生活的地方,留下了许多脍炙人口的诗词,当然不会错过借此抒怀的机会。这位以离愁别恨,感动了千万远离了故土的庶民百姓的女词人,不出手便罢,一出手,便以其宏大的气魄与纤绵入心的愁绪,熔刚柔于一炉,以《题八咏楼》一诗,力压群雄,气逼宿儒,覆盖了沈约的才华而流传于世,也成为今天来此游览者吟咏玩味的重点,不吟咏一番,仿佛就未领略此情此景,等于没有到此一游:"千古风流八咏楼,江山留与后人愁;水通南国三千里,气压江城十四州!"三十余年前来考大学时,这是我必游之地。就因为这,今天依然如初来那样兴致勃勃,多年怀乡的心绪尽释。

接着去侍王府游览。侍王李世贤(1834—1865),是太平天国忠王李秀成之堂弟,在太平天国后期,率兵十万,以金华为驻点所建的府第。具有浓厚的农民起义军的特点,功未成而大兴土木,精设住宅,讲究排场。大专毕业那年,读历史专业的我,曾经到南京天王府去参观,作为这支农民起义军的文物,此地与南京等地方有显著的区别,就是壁画多,南京等处壁画中没有人物,此地却皆为人物画,打破了史学家罗尔纲等人的太平天国壁画不画人物之论。画中人物均为民俗活动,生活气息甚浓,甚至有樵夫歇息于道旁,抱住树杆跷起腿脚,请人挑脚底柴刺的画面。可惜,曾被充当金华一中的校舍,损坏颇多。保存较好的是梁檩上的彩绘,色彩尚鲜艳。成为侍王府的一大特色。

接着游览婺江公园。此地原为江滩,利用挖防空设施的泥土堆垒而成,临江布绿栽花,再建一座邵飘萍先生的塑像,情景交融,自成一番风景。

鲁兵、圣野都是金华一中的校友,下午校友会的活动,我们随他俩前往,并观摩了两折婺剧《白蛇传》和《拾玉镯》。然后与金华市作者见面,以递条问答形式开展,场面颇热烈。年轻人对拙著《大上海沉没》颇为关注。

四月二十四日,星期一　天放晴了。今天参观金华一中新址,离市区二十公里,原是劳改农场,1958年,从侍王府迁到这里,却一直在争取搬回市区去,校舍陈旧不堪也不加修缮。学校安排我们与学生见面座谈。鲁兵、圣野因校史留名,成了师生的明星。重点中学,学生均为学业所累,关心文学者甚少,无可记者。我倒很想到当年考大学的金二中去,惜无机会。

下午驱车去双龙洞。这是我早就向往的。在金华北部十五公里之金华山西南山麓。林木茂密,景区内有双龙、冰壶、朝真三洞,分别以"卧船""观瀑""赏石"为特色。先去冰壶洞。有郭沫若的题诗。瀑布在洞内三十多米深处,是当今世界上稀有的两道溶洞瀑布之一。落差达二十余米。瀑流飞悬,声若惊雷,水珠成雾,蒙蒙然,如气体之蒸腾,形成"一瀑垂空下,洞中冰雪飞"的"风""雾"奇观。可惜,瀑下的洞穴不通,否则,还不知有多少奇景异色可以满足我们的好奇心。

继而游双龙洞。此洞吸引人之处,唯入洞时之行船。遂水仰卧而进,就是所谓"卧船",惊而不险,古人描写此景此情,"千尺横梁压水低,轻舟仰卧入回溪",果真不谬。至于洞内的景物,凡游过七星岩、瑶琳仙境者,都觉得过于平淡,对景物的命名,也太牵强了。朝真洞因太高而未去。

自双龙洞而下,参观金华水泥厂,并以充当一下广告宣传员的义务,换来一顿晚餐。低廉了一些,但到了这里别无选择。他们要我题字,我写了"凝都"两幅。也是兴之所至,为水泥的凝聚力点个赞。

四月二十五日，星期二　我们这一行年龄参差不齐，老中青差距太大，所到之处又是自己故乡，都有一些故知旧友要寻访。所以，今天我们按各自需要分成了两部分。丁景唐、鲁兵、圣野等五人留金华，自行安排；王西彦、阿章等一行去新安江。介于其间的我，犹豫之后，决定跟王西彦他们走。

这一选择，颇有收获。我们驱车所进的山口，名为大慈岩，竟是国家级的风景区。是千岛湖重要旅游景点之一，属建德县管辖。1982年和1985年两次来，都因没有开发而不知其名。属高位洞穴建筑，长谷溪流。有龙门石窟式的悬岩佛殿建筑群，具有西北黄土高原上古代佛教文化的壮观与粗犷；溯溪而上，涓涓细流，却教人不忘仍在江南秀色之中。铺有九百九十九级石阶，经渡仙桥，有梦樵亭、半间亭，再入"天门"，然后抵佛教殿建筑群。建筑始于宋代，毁于"文革"，周边的古木也遭其殃。只有"云崖阁"平台旁边一棵数人合抱之银杏树幸存。此外所见的建筑，都是按照原来的样子，于近年重建的，留有"罗浮仙境""槃谷""别有蓬莱""一拳""摩岩洞"等石刻。名"一拳"者，乃一巨岩也，以其状而名之。"云崖阁"为罗汉堂，当年兰溪起义军的军事行动，就是在此策划的。菩萨均被毁，近年只重修了一部分。此处供奉地藏菩萨，本来有一块钟乳石，借其原状而雕刻成半身之地藏菩萨。何以半身？传说中的地藏菩萨来此出世，刚出半身，便地动山摇，为了减少民生疾苦，遂止，特露出肚脐眼涌水以济万民。现为泥雕像，可惜雕塑师功力不够，传神不足。但没有影响来此游览者叩拜和抽签问命。

东有水库，是新建的。山头有亭，可观景。旅游局开辟了一个旅游点，我未去。

想不到，金华市文化局与建德《科技报》在此举办笔会，义乌文化局副局长盛煜光就是参与者之一。兰溪市文联副主席徐迅、浦江青年女作家吴丽嫦等七八人受邀来这儿。他们都要我题词以留纪念。本来打算和他们交流文学创作体会的，因为又要此地旅游局掏钱招待我们食住，不能不听听他们发展旅游的设想并和我们录像，以便宣传，把有关文学交流的正经事冲掉了。建德县副县长、宣传部部长均特地赶来，与我们共进晚餐。反正有王西彦先生，我们"笃定"享受这棵大树的阴凉。

晚餐后，驱车来建德县政府所在地白沙镇。此地也叫长滩或新安江。宿于罗桐山庄。

安排明后天的游览时，发现傅艾以另有不方便公开的私事，要拉着王西彦单独行动，叫我们一行去义乌。颇教我们为难。我们是群体，不是个人，义乌没有单位邀请，怎么突然闯上门去给他们添麻烦？对我而言，一回义乌，必须回老家看看亲人,时间就远远不够了。我决定与阿章、姚克明等四人,就从这里直接回上海。

四月二十六日,星期三 今乘长途汽车到梅城上船,游览富春江。又是旧地重游,我只是陪伴,有些地方能不去的就不去,如七里泷严子陵钓台。葫芦瀑却值得一游。落差九十余米,飞流直下,很有气势,可惜建有发电站,水贵如油,所泻之水,除了专供我们观赏那一刻钟以外,均如细流。满足、感激,更多的却是不安与遗憾。至于葫芦瀑,因大小两洞上小下大状如葫芦而得名。山上林木葱茏,倒是赏心悦目之一景。

仙都之游,只为王西彦夫妇和艾以提供了方便。阿章等人很觉不快,原定今晚与笔会朋友座谈也因此取消,并决定提前回沪。好在后天返沪的票子已经买好,从这里乘长途汽车去杭州,再转360次列车。

四月二十七日,星期四 因昨晚取消了笔会的座谈,早上,王晓明和方竟成专程登门,向阿章他们对活动未妥善安排做解释,并表示歉意。特地安排金华《婺星》杂志的方元均和他在建德婺剧团当演员的女儿方菲,来陪我们到附近游览。

《东海》杂志的鲍宗元从杭州赶到这里,住了下来,向我约稿。方竟成特地要我为《金华文化月报》题词。我写了这样几句话:"防止文化倾斜,是当代文化工作者的职责。作为文化之乡的金华文化工作者,尤其要注意这一点。"

四月二十八日,星期五 今天返沪。到了杭州车站,才得知360次名为普快,实则慢车,而且是新增的班次。为了有利于列车员做生意,卖饮料赚钱,居然不供应开水!厕所之脏,令人作呕。也没有广播。到上海倒是准点。但时已近午夜,从杭州到上海,竟花了六小时二十五分!下了车,大雨倾盆,是上海百年来雨量最大的一天。到家已是十二点半。

梦绕魂牵的金华,三十余年后,好不容易重新投入怀抱,留给阿章、姚克明他们的印象却是如此!对于我,"到得还来别无事",最大的遗憾,就是给取消了与青年作者畅叙与交流,只望来日给我一个补偿的机会。

1989年·江苏金坛、扬州、丁蜀镇

五月十日,星期三 雨。午后放晴。今天,为《萌芽》一年一度的文学奖活动来江苏金坛。这是获奖作者储福金的老家,安排活动有颇多方便之处。坐大客车八个

小时。

宜兴民居特色：砖木结构，多为两层楼，门高狭长，窗小，分明与别处不同。

下榻县第一招待所，三人一间，我与李其纲、傅星同室。

晚宴在"开一天"酒家举行。"开一天"，好独特的名称！有典故。在抗战期间，此店开张三天仍无店名，有人站在门前指手画脚，说，名不正则言不顺，开店做生意怎么不图这个"顺"啊？在一边的叫花子大不以为然，张嘴嘀咕，这种年月，开一天算一天，取啥名号啊？店主一听，如获至宝，断然拍板，好，好，就叫"开一天"。可谓超凡脱俗，独树一帜，教我立即想到了苏州拙政园里的"与谁同坐轩"。那是西园小岛上一个圆形傍水亭轩，轩名来自苏轼的《点绛唇》上阕"与谁同坐？明月清风我"。让"我"，包括置身这一山水美景中所有的"我"，都能与风月平分，与自然同在。多么恬淡的意境，多么洒脱幸福的人生！"开一天"，普普通通三个字，说不尽国难当头时日，国运的危急，民生的艰难，一餐不易，提示来此把酒品肴者，千万勿忘国民的责任。这种店招，就这样在毫不起眼的街衢一角不期而遇，可见吴越文化细腻、含蓄及其广度和厚度；当然，这更是高雅的艺术，用极普通的词语或平凡的生活现象，传递那些只能意会的思想境界。

可惜，菜肴却无特色。作陪者有艾煊、县委宣传部部长等。

五月十一日，星期四　"开一天"的早餐比晚餐有特色。但仍以量多占优势。

上午，于酒家银屏舞池举行授奖会议。中午，宜兴市委于市二招待所宴请我们，然后到茅山参观。这才知道，茅山是中国道教三大流派发祥地之一，属"上清派"，被道家称为"上清宗坛"，有"第一福地，第八洞天"之美誉。山不高，海拔仅三百余米。在我眼里，道观却非佛非道，主要是未加修缮所致。名贵者是茶叶。有茅山青峰、碧螺春、雨花等，外形扁平光滑，挺直如剑，色泽绿润。下山后参观茅峰茶厂，品尝这些茅峰茶。喝了一辈子茶，而且只是喝绿茶，到了名茶的产地来，入口也不过如此，各种茶叶味道都差不多，不是茶叶或水质问题，而是一次实地考察，考出了我至今没有成为真正善"品"的"茶客"，只不过借茶味解渴提神的一个俗物而已。原因我清楚，多年来，入我之口的茶叶，都是老友吴一茂从家乡采购来的农家自产茶，我呢，只要能够提神醒脑助我文思便是好茶。

在激素研究所用晚餐。所长杨秀根是个人物，20世纪50年代毕业于中国人民大学，原在外交部礼宾司任职，转业从事科技工作后创办此研究所。经济效益颇佳。

餐罢舞会。我不会，几位女同志热情教我，凑个热闹而已。

五月十二日,星期五 离金坛到扬州。由《扬州文艺》杂志接待。

先到富春茶社享用扬州点心。此店家颇有名,女经理姓徐,厨师出身,经常在中央电台主办的烹调讲座上亮相。她帮我们开了一次眼界:四喜饺、双糖酥饼、翡翠烧卖、中三丁包、花篮饺子、白菜饺子、百层油糕等。色、香、味、形俱佳,花、茶、点、菜皆全。"富春点心,名扬中外"不是自诩。当代中国文人中,巴金、冯牧、林斤澜、陆文夫等,都曾经来此品尝,也不要求我们对它做什么宣传。他们厨师中有好多位,不时受邀到一些大使馆烹饪。看似傲气逼人,但点心一道道多得眼花缭乱,味道鲜美可口得让我们不能不信服。此处原为花园,所以有"花、茶、点、菜相结合"之美称。以茶代酒,对于我们,在长途汽车上待了几个小时的此时此刻,其舒畅,用口福匪浅、心旷神怡都不能描述。可惜,正逢装修,特别照顾才破例接待我们的,从小巷走了"后门",未睹此店全貌。对于此店而言,不想借我们做广告,是做到家了。

口福享受之后,便去游瘦西湖和大明寺。仍然都是浮光掠影,收获却不俗。

瘦西湖,文字记载,最早见于清初吴绮的《扬州鼓吹词序》,"城北一水通平山堂,名瘦西湖,本名保障湖"。至于以一个"瘦"字,赋予了与杭州西湖双美争妍的美学地位,却是乾隆元年(1736)钱塘诗人汪沆的一首诗。那年,汪沆慕名来到扬州,享受了市井的繁华,领略了这一美景,不由得与家乡的西湖做比较,赋诗一首:"垂杨不断接残芜,雁齿虹桥俨画图。也是销金一锅子,故应唤作瘦西湖。"在古代,以文科为主的社会模式,可以歌唱的诗词的影响力及其传播力,是很强的,正如"天涯海角",何况是带着这般粉红色的故事。于是"瘦西湖"便传开了,并获得了"园林之盛,甲于天下"之盛誉。可是,今天我身临其境,才发现数百年来,世人不仅误读了汪沆,还因误读,忘了追索最初何以以"瘦"名此湖的原意。不错,它与杭州西湖的差别,就在这一个"瘦"字。"欲把西湖比西子,淡妆浓抹总相宜。"在中国语境中,总是拿西湖比喻美人。但这个"瘦"字,绝非是汪沆所写的扬州美女将她堕落成了"销金一锅子",把风流才子的荷包搜括干瘪了。殊不知,来自山明水秀的钱塘江畔的这位文人,一定和来自那片水土的我一样,到了这里,第一感觉肯定也是"瘦"!这种"瘦"分明是展现了湖光碧水而未有山色相衬的那种单一!山因水而显丰采,水因山而得妩媚。有水而没有杭城那许多起伏出节奏感的山林做衬托,不"瘦"都难。因其规模之小,与弯曲狭长婀娜多姿的走向,这"瘦"便传递出另一番神韵:摒弃了艳媚的那种清纯。肥有肥的美,瘦有瘦的秀,"环肥燕瘦",各尽其妍,"瘦西湖", 扫"抄作业"之诟病,而提升到了和杭州西湖同样一个级别,构成了双璧之美。将这样传神之笔，误解成销金窟里的罪孽，简直荒唐！到此，我也相信，汪沆之前，人文荟萃的扬州，面对和西湖一样的这一湖碧波秀水，肯定从心底搜寻过许多名词，希冀替代"保障湖"，最后在这个"瘦"字上达成了共识，肯定出于这个道理！借了西湖之光，用一个"瘦"字，展示了个性，更道尽了山和水在生态美学上的奥秘，也揭示了世间万物相互依存的关系。说明真善美的价值都不是单独能够体现的。

大明寺为鉴真和尚之故地，日本友人建有庙宇以志其事。也为欧阳修当年远眺平畴之所在，今有欧阳之会客堂存焉。据云，此为隋炀帝观赏琼花的地方，有琼花树一棵，留有琼花的标本。反正，只要有历史遗迹，真真假假，就看后人有多大的想象力与胆量，去开发出来吸引游客赚钱了。

晚上，仍在银屏舞厅跳舞，资助此次活动的房地产公司的姚正红等几位女士，继续执手教我，跨出舞步的日子是不应该忘记的。生活的确应该丰富多彩一点。

五月十三日，星期六　告别扬州市来到宜兴县。我们这一群，闹哄哄的，不知宜兴县城具有什么城市特征。只知下车处是丁蜀镇。想不到，这就是中国的"陶都"！镇长陪同我们参观了陶瓷艺术研究所。看展览橱窗，有"时装女""多姿女""洗发女""披风女"等。均无货供应，观赏而已。午餐后到紫砂壶厂，倒可以选购自己所喜爱的。虽然价格不菲，但值得纪念。时间都花在选购、开票付款上，错过了游览几个岩洞的机会。只用四十分钟时间，安排我们到最近的张公洞去转了转。此洞与我以往所见者不同：大。没有什么通幽的曲径，就是以其宽大的内部空间，给人留下印象。

晚上又是舞会。都是年轻人，明天返沪，难免以分外热烈的宣泄以示告别。

五月十四日，星期日　今返沪，我们年纪大的几个本来同坐一辆上海牌小轿车，获奖作者和周毅等报社记者坐大巴。岂料大巴车厢成了一个竞技舞台，丰富多彩的表演，竟把我们吸引上去了。王少华、王小克等真会打趣，每人摸条子献艺，雅俗纷呈，不时捧腹，以至司机停车观赏。毕竟都是年轻人，摸到条子的无一推诿，各显神通。

到上海才四点多，径到襄阳北路一号招待所聚餐。

1990年·北京

四月二日，星期一　上午，14次特快准点到达北京。王胜荣来车站接我，下榻于北京电影制片厂仿清楼。葛晓英在录音棚忙于《马路骑士》的后期制作。周明筹备音响出版社,同样无法抽身,均未见面。离别这一年,京城发生多少事,看来一切依旧。

在宋崇家吃中饭。宋崇颇开朗,醉心《易经》"易卦"。

四月三日,星期二 今日研究《大上海沉没》的电影和电视连续剧剧本的改编。

晚上,北京电影学院音像出版社假座酒家,宴请中央电视台影视部主任林毅、青年电影制片厂的导演葛晓英夫妇及我与王胜荣,希望林毅投资拍摄《大上海沉没》。林毅言语幽默,与我一见如故。他的回答是,问题不大,每集四万元,已占今年中央台投资电视连续剧经费的五分之一以上了。

四月四日,星期三 今与葛晓英、王胜荣讨论剧本。晚上与王胜荣、陈培康等聚于红楼酒家,企业家报社的记者、国务院改革研究室主任王小章也受邀前来。闲聊话题敏感,不记。

四月五日,星期四 按林毅要求,我与周明、葛晓英、王胜荣一起去中央电视台影视部洽谈投资拍摄《大上海沉没》。央视方面参加者,林毅以外,还有余振铎、陆主任、责任编辑张志敏和一位管财务的郭女士。林毅表示,他曾经有顾虑,要先请上海市委表态。现在已无此必要,只要看过剧本即可签订合同。因为他们部已经确定了这个选题。会后,余振铎也表示了这态度。谈判甚为顺利。

今日清明节。离开央视,葛晓英要求车子经天安门广场返程。未被接受。我却为儿子出国事担心。下午,王胜荣从公安部朋友处证实,严格限制出国的文件确已发出。从天伦之乐来说,我不希望儿子出国去,但从他前途计,又不能不支持他这一选择。手续办到这地步,这消息堪称打击。晚上去宋家晚餐,请宋崇帮我卜了一卦,说是为儿子出国,但对照我自己却十分吻合。为"剥"卦,变"爻"为"颐",要我"慎言行,节饮食",虽不可尽信,在眼下,于我却不能忽略其警示价值。

葛晓英来电话,她认为进度很要紧,要我督促王胜荣。

四月六日,星期五 整理《大上海沉没》中几户人家感情纠葛脉络:何小纹与卢维超、沙爱琴与简志君、宋丽思与张汝衡、符锡九与游葆珏。有感情而后有起伏,有起伏方能抓住观众,尤其是人物命运起伏。起草给中央电视台关于改编《大上海沉没》的情况报告,供他们审查时参考。晚上,与姜滇同访章仲锷、江达飞夫妇。高桦已经离休。

关于出国留学事,王胜荣又给我转来公安部朋友的另一消息:二月份发的文件以外,未发出关于限制学生出国的文件。虽有待证实,但心情略缓解。

中午,葛晓英和金继武夫妇,假宋崇家请我与王胜荣吃烤鸭。金继武感慨甚多。明确说定《大上海沉没》的导演是葛晓英和金继武。

四月七日,星期六　上午,我、周明、王胜荣一起拜访荒煤先生。先生健朗如昨。对请他担任《大上海沉没》影视文学顾问一事,他表示要看了剧本以后再决定。

与朱盛昌、常振家、汪兆骞说定,五月十日前将《大上海沉没》的修改稿送给他们,不再耽搁发书稿的时间。封面仍请柳成荫设计。争取明年出书。同时说定,由他们向周明索取此书改编电视连续剧的版权费。

申力雯下午来访。她大病了一场,刚出院,似乎看透了人生。一再劝我健康为最,其他都是空的,假的。我同意她的见解,或许,我会找一门宗教作为精神寄托,这次北京之行成了我生命的转折点。从此悟道,与世无争,看破红尘。

周明已经买好我与王胜荣返沪车票,明天,13次。我打电话向谢真子告别,这次不去拜访她了。晚上,广电部组织人事司司长方原来访。

四月八日,星期日　葛晓英为《马路骑士》与崔京生怄气,对《大上海沉没》改编电视电影剧本的事,全都推给我与王胜荣了。王胜荣却忙于调动,打算将组织关系调到北京电影学院来,把我访何镇邦的事耽搁了。

王胜荣表弟和小孔,送我们上13次列车返沪。

1990年·北京

六月六日,星期三　与王胜荣乘22次列车准点到京。仍住北影招待所仿清楼。

葛晓英去河南未归。晚上,周明来,他已经安排一位卢姓青年为《大上海沉没》的剧务,并请中央台余振铎的爱人纪晓鹰为副导演、青年电影制片厂的于永和为剧本编辑。看得出来都部署好了。他安排好这一摊,是准备将主要精力投在《三国演义》制作权的角逐上。据说,这部古装的经典作品,中央电视制作中心准备拍摄一百二十集,周明的竞争对手是张天民。想把王胜荣拉去当编剧。我从他的身上,看到了哈华的影子。

周明走后不久，于永和即来取走前八集剧本的稿子。在交谈中，我发现此公有水平。对原著评价及其顾虑，与我有相同之处。

在宋崇家里吃晚饭。这位上海老领导、副市长宋日昌的公子，是宋江式的男子汉，襟怀坦荡，讲义气，他家和章仲锷家一样，总是高朋满座，人来人往，不同的是，章家是一些作家，志趣相投，像文学沙龙，别无其他功利，宋崇身边一些朋友，却教我总有一种往他身上押宝的味道。在他这次遭受挫折期间，表现自己的忠诚，以博东山再起。这就少不了一些混迹官场以求发达的人物，有的表现特别明显。比如，一位杨姓先生及其夫人谭女士，年未三十，生意做得很大，租了中央台的房子开餐馆，又在青岛开了水产公司与房产装修公司，在一般人面前总以居高临下的目光出现，买了一辆桑塔纳，"只花了八千美金"，口气之大，绝非一般公安干部应该有的。一有机会，便要展示北京哥儿们那一股官商一体的"玩"劲，让人想起遭学生们攻击的那一类人物。我不欢喜，也不欢喜这种气氛。宋崇的夫人曹宁宁（曹荻秋的千金），却和高桦大姐一样爽朗，可亲可近，所以乐于随王胜荣去蹭饭吃。

六月七日，星期四　继续等待改编稿审阅的结果。这是决定基调的几集，很关键。

杨先生来了，与王胜荣谈生意。我知道，王胜荣有亲戚在美国，有一笔不能算少的钱财要他们"安排"。王胜荣为此分了不少心。今天谈的是青岛的水产生意。"我跟他们打个招呼，优惠供应。最好是把渔船堵在海里收购。上了岸就是另一个价格了。"也谈房子装修，同样都是生意经。"我搞装修，十九到三十六厘米的木材，七八元不上算，进口的红松三米六，也不过一千多！"如此这般。

纪晓鹰来了，她说，周明说的，王胜荣是《大上海沉没》的制片主任（实际是孔某），她要王胜荣认可她是副导演。本子还没有改出来，就要给她开九至十一月份的借调合同、劳务费划到某某地方，等等。她自我介绍，是努尔哈赤的后代，"我下面的，血统就不纯了"。说完这些，就飘然到周明那儿去了。

下午，访何镇邦，苍老了不少，头发全白了。谈了一些京城文学界的情况。一些领导大打太极拳。保定会议上对十年的评价等。所幸他都没有介入。

六月八日，星期五　去《当代》编辑室。说定有车子送我，但未遵时，只好乘公交车，太远了，花了一个半小时才到，朱盛昌和刘茵都在等我。朱盛昌特约了柳成荫（沈永祥）来，要我提《大上海沉没》封面设计的要求。我将各报刊对此作的评论、消息剪报给他，然后提出设想，以剪报标题为底色，绘以上海外滩的剪影。获得他的赞赏。

因与葛晓英约定,她下午来与我和王胜荣谈剧本稿子的意见。所以,刘茵款待我吃罢中饭即匆匆告辞,但葛与王均没有如约。

六月九日,星期六 葛晓英和于永和来谈前十一集剧本的意见。基本上给否定了,尤其是开头,两个字:平、散。我同意他们的分析。开头几集必须重写。

中午,仍旧和王胜荣一起到宋崇家吃中饭。依旧是人来人往,所费时间不少。

六月十日,星期日 上午,与王胜荣讨论剧本的修改方案。

下午访仲锷。借章家电话与家里通话,得知9日晚可可的生日聚会颇热闹。

六月十一日,星期一 继续与王胜荣讨论剧本的修改方案,并明确王胜荣写第一集,我写第二集。估计15日可以完成,请小孔去订16日的返程火车票。

六月十二日,星期二 开始重写电视剧剧本。

母国政来访。谈他的出版工作,也谈他对"触电"(写电影剧本)的体会,以及这一年来北京发生的种种。出版业如此不景气,他已经不敢向我约稿,只是来倾诉郁闷而已。

六月十三日,星期三 拼搏了一天,重写第二集,双眼颇觉模糊。

周明来,谈他与《人民文学》杂志的周明因同名同姓闹出的种种笑话。一个是北京电影学院教务长,一个是中国文学杂志排名老大的编辑部主任,居然就是这一混同,让我们发噱了差不多两个小时。这些故事,完全可以编成一出戏剧或单口相声。

六月十四日,星期四 开始重写第三集。其间,抽空搭乘便车去一趟《当代》,朱盛昌不在,与柳成荫再谈我对封面的设想。书稿未发下去,尚未走设计封面这一程序,只是趁这机会将我的想法充分告诉他罢了。

六月十五日,星期五 改写第三集,完成。晚上,周明请我们到蓟门饭店聚餐,一起被邀的有林毅、余振铎、宋崇以及葛晓英夫妇。餐桌上谈定,先请林毅看前四集本子。

  王胜荣上午和周明见面后，突然决定叫我先回上海。葛晓英知道他的意思。离开蓟门饭店以后，就和我谈她的处境，中央台至今尚未将她从青年电影制片厂借出来，这不能不影响她去上海深入生活以及前期的准备工作。如果这一步处理不好，青年厂有可能安排她去拍另外的戏。她趁机同我谈了她与周明为《马路天使》所发生的矛盾。

  看来事出有因，必须立即解决。一回招待所，我即请周明尽快去办理葛晓英的借调手续。他表示同意。并说，这个月20日，她就可以和王胜荣一起去上海。

六月十六日，星期六 上午改成第二集，交葛晓英。她与于永和把我送到火车站。

  到火车站，才知一起乘坐这班车返沪的，还有曹宁宁。

六　华山天下雄，不及华山天下险

1990年·舟山群岛

七月九日，星期一　今到十六铺乘152次客轮去舟山。坐三等舱。有空调，比当年去青岛的设施好多了。是上海《青年社交》杂志组织的活动，相当于笔会。我已不是青年，只因为除了崇明、海南岛两大岛，没有见识过"群岛"，有机会到中国第一大群岛，而且其中的舟山还是中国第四大岛，哪愿意错过？同行者，有傅星、《文汇报》周玉明、上海人民出版社的李涛等三十余人，新朋旧友，十分热闹。

下午七点半准时起航。甲板上都是旅客。天太热，五等舱的旅客都上来了。再次经过这一片江海交汇的水域，八年前出海口往北，这次是向南。

天色已晚，依旧无法观察江海交汇处水色之变，唯见长江口外海轮的灯火。

七月十日，星期二　晨，七点不到即到舟山。一上码头，给我第一直觉，和崇明完全是两种气派，比海口略好，房屋古老陈旧，倾斜度极大，和中国内地山区的山民无异，一副悠闲自得的生活态度。活得穷困，却无处不潇洒，对生存安全都不那么在意。或者说，对自己祖宗遗传的旧物，始终信任有加，依依不舍。

由舟山海军部队接待我们，住环城南路招待所。先参观135导弹部队及士兵俱乐部。导弹船舰是我国最大、最先进的。

下午，海军37502部队及舟嵊警备区首长与我们见面，介绍部队生活情况。晚上舞会，我未参加。

七月十一日，星期三　今观瞻舟山市容。和码头一样陈旧，或者说，基本保持百年沿袭的原貌。毕竟是海岛，只有鱼市场有些特色。水产品一般都比上海便宜。西瓜甚多，却乏人问津。蔬菜很新鲜，价格和西瓜一样，并不比上海低廉。最繁华的大街是解放南路，有些大兴土木的脏与乱。没有公共汽车，也未见出租汽车。三轮车却很多，一如我在海口所见，大概是海岛的某种局限。不时有上来招揽生意者。

下午座谈。给《青年社交》提意见，出点子。颇热烈。都是年轻人，置身其间，我觉得逝去的青春回来了。

夜，大风雨。这种天气，小岛上的感受，与陆地无异。无安排，部分成员为明天晚上军民联欢会准备节目。

七月十二日，星期四 我们所到的地方，为群岛的首府定海岛舟山市。以前，此地称为定海，属中国四大海岸要塞"舟嵊要塞"之首府。后来认为称"要塞"军事味道太浓，遂改为守卫区。鸦片战争中，英军攻不下虎门而北上，轻取了定海城（要塞），时间是1841年7月7日。成为中国近代史上，第一个被西方列强攻占的岛屿要塞。几位战将均壮烈牺牲。大清帝国大臣却没有一个知道东海有此门户。这是我们去守卫区采访，军区宣传部迟干事介绍的。从广东珠江口的虎门，到浙江"舟嵊"之定海，浓缩了一部鸦片战争攻守史，我有幸完整地用腿脚"阅读"了！

我们一行三十六人，分四组，先后到警卫连、高炮连、机要密码破译连访问。我们组到守卫区防化营的修理连及18团一营（洛阳营），后者原是彭德怀平化起义的部队，参加过万里长征，身经大小战斗一百五十余次，是拥有悠久革命传统的连队。

晚上，接受东海舰队舟山基地领导宴请。司令员、参谋长等部队首长都出席了，气氛热烈。巧的是，参谋长胡庆新，山东人，竟与我同年同月同日生。遂合影留念。

七月十三日，星期五 一早，告别定海到小岛东南部之沈家门，再摆渡到朱家尖。

舟山群岛有嵊泗列岛、马鞍列岛、崎岖列岛、川湖列岛、中街山列岛等八大列岛，当然不可能都去。今天到的是大大小小一千三百九十个岛屿中第五大岛，是"海天佛国""普陀金三角"中的重要岛屿。景物与定海无多大差别，相距仅五分钟轮渡。公路简易，所见者均是叶似松针、树干却如槐树的木本植物。朱家尖小镇小得可怜，一条狭窄的小街，几家门面小小的店铺。可游览者，唯有白石山，上下散布着白色岩块，最高处就是一块巨大的岩石，登其上，可以隔海遥望普陀，与"佛国"取得精神联系。山上有亭榭二，栏杆均就地采用花岗岩所砌，包括攀登的山道，都是新建的。游历过庐山黄山泰山的我,当然认为不足为奇,可喜者,可以在这一"金三角"中叩拜南海观音。

这里政府食堂被个体户承包。八十元一桌,甚丰盛,皆海鲜。我第一次见"佛手"———一种贝类食物,色如古铜,形状颇怪异。开始,谁都不敢下筷,经介绍说此物滋阳壮肾,能助人多子多女。于是一抢而光,其味确实鲜美。

餐后到海湾游泳。沙滩甚宽广,仅次于海南岛之三亚湾,沙细如泥。可惜风浪太大,宜踏浪而不宜游水。只能在海水里泡上一两个小时以解"泳瘾"。无更衣室,也无冲浴处,只能到井边打井水冲身,再到附近农家更衣。当然不是白白享受的。农民花了四万多元造了几间房子,租给游客,也算是一条生财之道。

五时,摆渡回定海岛之沈家门。轮驳之陈旧,我们的旅游大巴竟难以上去。主要是桥板太短,形成了V状太陡之故。费了九牛二虎之力,才渡海到达。

沈家门为中国十大渔港之首,是我国最大的海水产品集散地,被称为"渔都""小上海"。气势果然不凡,依山傍水,沿港的房屋相接,展延十多里。港内遍泊渔船、货船和军舰,樯桅林立。一般而言,供船舶驻留的水域,都可称"港",这个沈家门,却因为在这些船舶中间留有一条河道状的空间,通向大岛与小岛,颇如黄浦江上的河道,宽度也相仿,不称为"港"就无法展其风味与气概。沿岸均为水泥高层建筑,都是商店,颇繁华,据说,早晨沿江都是鱼摊,买卖海鲜。对于外来客,"刀"很锋利,动"斩"无情。

下榻于华晶大厦。属于豪华型宾馆,却没有装上空调。都是好材料,但管理不善。处处露出这个渔岛急于追逐时尚的痕迹。离大都市毕竟太远,为此潜伏了一些隐患。我们举行此行"最后的晚餐"前一刻就遭遇到了,属于差一点出人命的"险情"。傅星、张黎明等十八人乘电梯下楼时,电梯突然"罢工"。其时,电梯工也在内,问他是机械故障,还是电路故障,居然一问摇头三不知。安全门被锁。急得傅星心脏病骤发,朱国瑛大哭。不得不撬了门才避免一场惨祸。

七月十四日,星期六 今天一早去普陀游览。都听凭部队领导安排。从沈家门码头乘海军交通艇出发。交通艇是由炮艇改制的,到普陀山码头,再由基地的两辆载客旅游大巴送我们到圣殿佛地。不是这样安排,一天时间是远远不够的。

先到梵音洞朝拜观音菩萨。我也买了一束香叩拜。这是我成年以后的首次。我曾经说有一天我会皈依佛门,或许这是一个开端。此处有巨大的岩石夹缝,深邃不可测,唯见岩缝滴水不绝。传说,心诚者可见到其中观音。乃幻象也。转身即是大海,波涛汹涌,很有跟随观音渡海奔向彼岸的境界。到处是出售珍珠项链的小贩,便宜,仅二十元一串。相当于上海二百元的质量。买者甚多。

继而到法雨寺。此寺院供如来佛,特色不太明显。周围民居甚多,林木参天,吸引不少游客在此歇脚。有些单位的疗养院就借了这儿的光,占了一席之地。因临海,有大面积沙滩浴场。与朱家尖相比,大海宁静得多了。可惜时间太匆促,剥夺了我们的游兴。

再下一站,是普陀地势最高的寺院。即佛顶山上的慧济寺。大巴盘山而上。此地商摊如都市长街,出售的都是海螺、佛珠、项链等小玩意儿,最多的是黄色烟火袋,一元五角到两元一只,到慧济寺大雄宝殿打上印章,即为来普陀朝拜之最佳纪念品,每章一元一角,大小三寸见方。倒是绝好的生财之道。由此沿石径到慧济寺。小径以石铺筑,如甬道,两旁石壁低于地面,植以林木,皆老干虬枝,加上石壁上的斑驳青苔,令人神往。其间有"入三摩地"之石碑,一时参悟不了其意,更令人身临佛地之深邃神秘。入寺院前转角处,又竖有一块石碑,上书"同渡彼岸"。以此四个字状此地此景,却是无可替代,宗教的圣洁感扑面而来。寺内无多大特色,令我神往并铭记于心者,唯此甬道及这两块碑石而已。

日正午,中餐后,去西天胜地。拾级而上,经"心"字石壁,到达山顶之福仙洞。日烈如焚,又因交通艇等我们回程乘157次航班回上海,两点半必须赶回码头。匆匆的,有名的普济寺等均没有机会去了,这些景点更无心欣赏。得海军舰艇帮助,当然方便,但也有种种约束。留几处悬念,以待来日参拜吧!

下午五点起锚的157次航班,三等舱位不多,但少不了照顾我这位最年长的。惜无空调,闷热难耐。其他人在四等舱,空气流通,晚上却不能熄灯,同样无法入眠。于是一起坐到甲板上闲聊到凌晨。

1990年·上海青浦淀山湖

十一月二十日,星期二 中午,应上海文艺出版社的邀请,从绍兴路乘大巴来青浦参加"淀山湖笔会"。下榻于淀山湖水上运动场招待所。

应邀前来的,有全国各地写长篇小说的作家共二十人,安徽的鲁彦周、沈阳的邓刚、云南的彭荆风、江西的陈世旭、湖南的谭谈、南京的黎汝清等都到了,北京的王蒙、李国文,江苏的陆文夫、高晓声正在路上。上海的王安忆、胡万春、赵长天、王小鹰、陆星儿、叶辛,加上我,共七人,乘同一辆车子。我与谭谈同住一室,隔壁是邓刚和陈世旭。

十一月二十一日，星期三　大风，湖边的水上运动场风势尤大。气温骤降。

昨晚，王蒙、陆文夫到达。上午举行座谈。江曾培汇报了到新加坡参加国际出版年会的情况，主要是对出版现状的介绍与分析，然后宣布上海文化基金资励办法。长篇小说的起奖数额是两万元、一万元。我忍不住发了言，认为，眼下，真要写出具有震撼力的作品，不是钱能够鼓励得出来的，而是与人生命运联系在一起的问题。

下午参观国际高尔夫球场，并游览朱家角古镇。去年曾到此，对我无新鲜感。

晚上，串门，听邓刚说1985年文艺座谈会上的情况。

十一月二十二日，星期四　今天去周庄与陈墓游览。

去年秋天，上海作家协会小说组曾经来周庄活动，我和陆扬烈等一起，都带夫人。所谓陈墓者，乃淀山湖中离岸约百米的一个小岛屿，却是首次来。宋徽宗之陈姓嫔妃死于南逃途中，将陈妃葬于此。后来墓地下沉成湖，如今，也只见墓顶一个六角形的草坪，像最近垒土增高的，有新栽植的几棵棕榈树。欲借此吸引游客，恐怕有些困难。这是水上运动场的主任临时推荐给我们的，还说一般小艇不能进此小岛，我们可以例外。就此成了难得一见的"奇景"被吸引，是否被某种生意经所惑，很难说。

周庄是旧地重游，这一四面环水，因河成镇，以街为市的江南著名古镇，枕河而居的本地居民就达八百多户，占60%，内蕴当然不是一次两次游览所能领略的，但没有重点关注的东西，在这种时刻，就不可能沉下心来去追寻求索，只能随远来的朋友之兴走；王蒙、李国文虽是初到，却淡淡然，在留有"南社"柳亚子等诗人足迹的迷楼以及张厅、沈厅等处草草转了一转，便先于其他朋友回到游艇上喝茶聊天。

晚上，在朱家角舞厅举行舞会。一开始，王蒙即起身离席，紧跟者竟达五分之四！

十一月二十三日，星期五　上午徐俊西、李子云也来了。继续讨论。表态性的发言较多。邓刚的发言最精彩。此公处处显示出语言表达上的天赋，可谓才情并茂，让我想到了共赴海南岛的王朔，比较而言，王朔多了一份玩世不恭。

下午游大观园。又是故地重游，去年我来了，这种复制品，对我没有多大吸引力。我不知道王蒙、谭谈、邓刚、陈世旭他们此前是否光临，反正我们几个边聊边走，也不知在赏景还是在交流什么，反正话题就那么多。英国首相撒切尔夫人宣布辞职就是其中之一，借酒抒怀吧。王蒙显得十分感慨，连声称赞她干得漂亮，然后吐露他辞去文化部部长的心情，言如其文，他说得极精彩："有人说我是个政治家，我问他何以见得？他说我对几件涉及政治的事件处理得很好。我说不行，我有一个很大弱点，不能当政治家。他问我有什么弱点？我说……"分明有压锁在心底的炸药，碰到了引火索。过去，我总觉得他能言善辩，风流倜傥，应对那些敏感话题，可以说长袖善舞，左右逢源，处处见智慧，时时显现从生活中提炼出来的真谛，在我们这一辈中，成了总结政治运动连年尤其是当年之所以成为右派教训的集大成者。此刻算直接领教了！

他还说了很多。当年，我们去南方的笔会上，领教了邓友梅言语的精彩，此次见识了邓刚的语言天才，我都没有具体记录，对于王蒙所说，我却情不自禁，不能不记！他辞去了很多人都期盼的文化部部长职务，这在中国，是绝无仅有之举，完全是主动的。在这种时刻，做出这一人生选择可不容易！辞职以后，众说纷纭，难免有趁机泼脏水的。他说，一些人下不了决心离开职位，是因为没有精神寄托，对这些人来说，这不是能否保住职位的事，而是生死决定。一听就明白，他下台以后遭遇到了什么！

听了这些议论，我想到今天早晨，出现在水上运动场旁边的几个镜头。那时，陆星儿按习惯跳绳子晨练。我和谭谈都在场。王蒙说他年幼体弱，不夭折就算幸运。有人估计，他活不过三十岁。为此，他什么体育活动都试过，跳绳也不错。

如果时间顺序颠倒一下，我一定会补上一句，像你这样看得透世道人心，何尝不是一种最佳的健身、最有效的滋补品？

晚上有舞会。明天上午将结束笔会。这等于告别舞会。我没有参加，适逢有车回上海，索性提前告辞。

1991年·上海松江

三月十日，星期日　今年，上海作家协会小说组的笔会，选在松江举行。参加者有陈村、陈丹燕等十余人。上午到达，由松江县文化馆接待。住红楼宾馆。我与谢德辉同室。

上午参观黄浦江源头，驱车到了松江石湖荡镇东夏村境内，来自浙江的斜塘江和圆泄泾江在此汇合，然后流入黄浦江。不懂水文地理，给我们的印象只是江水的交汇而已。

继而到汇塔参观农民版画展览，然后到汇塔砖瓦厂聚餐。县宣传部副部长王勉和文化局副局长张保生等领导作陪。

三月十一日，星期一　上午，在县文化馆听取馆长徐广明介绍松江县文化工作情况。该馆去年被评为全国先进单位，为本市三个先进文化馆之一。颇不容易，在县内，文化工作无法搞高雅的"阳春白雪"，"下里巴人"便成了唯一选择，自然不可能受到文化界重视，更被一些文化人看不起，他们能够做出这样成绩，难能可贵。介绍后，参观丝网版画创作室及印刷制作处。作画者，是几名从汇塔工厂挑选来的女工。这里不需要受过专业训练的画师，也不准备派她们去培训，就是担心给各种称之为"艺术流派"的条条框框束缚。对此，我不感到奇怪。上海一些艺术院校的教授在录取新生时，就寻求这种"白纸"，以便按他的审美观念、艺术趣味去画"最新最美的画图"。据说，话剧表演艺术家袁国英就是这样走上艺术殿堂的。想不到在这儿又碰上了。我表示赞同，并建议这一步以后，还应该有下一步，就是要重视经验总结，从理论上提升后再培训，这就避免了盲目，逐步产生自己独特的画风，形成自己的艺术流派。

　　下午，参观新桥乡。此乡处于松江境内最东端，以养鸡出名，人均每年养四千只。陈介巷村建的灌溉系统与乡办工厂也很有名。春申村却以养蛇、水獭、绿毛龟等副业独树一帜。当然也有乡办工厂。时间紧促，我们分头参观。我和陈村等到春申村，蛇、水獭、绿毛龟等正在冬眠。饲养场农民特张网捕鱼以弥补。可以想象，表演性的有多少价值？

　　晚上，主人假座新桥镇鸡味餐馆宴请我们。实在说，我吃不消这种盛宴。

三月十二日，星期二　今去上海市唯一的山峦佘山游览。

　　对于我，司空见惯的就是山，向往者，唯此山上的教堂。这座始建于1871年，名列东亚第一的教堂，其建筑颇有特点：朝西、朝南均设有大门，不分主次、正副，大堂中音色洪亮，没有回音，等等。我见识过梵蒂冈的圣彼得大教堂，当然会觉得这儿的"小儿科"，但在上海实在难得。此处更难得的是设有神学院，培养神父，招收的是大学本科毕业生，严格地按照天主教教规培养，入学四天即"避静"，六年内，不得随便外出，也不能结婚，平时生活上清规戒律颇多，不能吸烟喝酒，不能打扑克，甚至不能观看一般电影戏剧，等等。一个班组五十余人，到毕业时仅存六七。或许世俗观念作祟，我总以怜悯的目光看待这些学生。

　　参观神学院，谢绝女性。经熟人疏通，才破了例，让我们这一行中的女士随行。

中午，聚于佘山饭店。我与陈丹燕、沈刚等先回上海。

1991年·义乌

三月三十一日，星期日 应义乌市委邀请，今乘71次特快，回乡参加义乌机场的首航仪式。同行者有上海市委顾问委员、委员会秘书长傅一夫夫妇，新中国义乌第一任县委书记王杰等八人。从上车到目的地，一路上均由上海客运处专运科的李彦清照料，李彦清也是义乌人。坐软卧，同一车厢。傅一夫先生平易近人，十分健谈，他青年时代参加革命，中华人民共和国成立初，曾任杨浦区区长，1964年，兰州筹建中国第一家石油化工厂，中央领导点名要他去主持，到"文革"结束才回上海，任金山石油化工厂厂长。

黄昏到达义乌。被安排于市第二招待所，与李彦清同室。

晚上，没有安排活动，趁机去观赏巨变中的市容。一派繁华景象，和几年前相比，又迈上了一个台阶，与改革开放前不可同日而语。县前街上都是小摊贩，东门外大街已经拓宽，我记忆中的那个满眼沧桑的义乌县城，早已经不存在。

四月一日，星期一 今天时间安排甚紧。先集体参观小商品市场与贸易交流会。这是受邀参加开幕活动的商家的事，我抓这空当回老家看看，并给父亲扫墓。一早就出发，步行一个小时到达。妈妈早就倚门盼我了。哥哥嫂嫂为了与我见面，都没有上工；弟弟和弟媳，去赶早市摆鱼摊尚未赶回；妹妹夫妻俩一听我到达，即刻从东溪村赶过来，陪我到父亲坟上扫墓添土。回万村，弟弟已经给我准备好中饭，一家人在他家餐桌上团聚。新建的机场，就在后宅村不远，离万村三华里左右，直接去要方便得多，但我是被请来的"客人"，首航仪式开幕式，是在下午两点，必须在此前"归队"集体行动。这涉及中国人最讲究的"排场"问题，专程将我们从上海请来，就是为了这一刻。

这种"排场"说来太熟悉了。一百多辆小轿车，从第二招待所开出，浩浩荡荡地驰往新建的民航机场。观者如堵。义乌和中国其他地方一样，形象变了，但文化取向没有变。以下一系列仪式均如此。首航飞机来自广州，无非降落了即返航，象征性，对我们这些受邀而来的"游子"，并没有多少新鲜感。不过，开辟这机场的意义确实非凡。对于中国民航史，是标志着一个新机场的诞生；对于穷困闭塞的义乌，对于中国，对于世界工商界，却是商业文化地图的重绘，就是说，这是经济地域突破性的一篇宣言。

周边四乡八村的乡亲都赶来观看。我再次见到了妈妈和兄弟姐妹。

义乌市文化局局长盛煜光,准备把我的中篇小说《活寡》改编为电影,本子已经送到浙江电影制片厂,不知有什么问题,他还有什么要求。所以,没有观赏晚上的文艺表演,特地约他来招待所谈谈。

四月二日,星期二 因忙于整理长篇报告文学《性格即命运》,今晨,和傅一夫夫妇一起乘大巴返沪。乘长途汽车回上海,离家乡三十五年来是第一次。

1991年·杭州、萧山、五泄

五月三日,星期五 今到杭州颁发1990年《萌芽》文学奖。

活动由萧山市文联接待。乘长途汽车,八点出发,因堵车,下午二时才到达,被安排于西子宾馆住宿。此宾馆也称"刘庄",临湖而建。西湖中重要景点"三潭印月"目能所及。湖光山色,绿树成荫,空气极清新。据说,蒋介石曾经在此下榻。最初为一刘姓官僚资本家的物业,所以称"刘庄",后来为宋氏所有。

编辑部除单良、谢德辉之外,都来了。获奖者,只有刘继青和姚海东还没有报到。作家协会机关的叶辛、于建明、邬森梅一起,都随车而来,入住8号楼。

五月四日,星期六 今赴萧山,假座萧山宾馆举行发奖仪式。

会议之前,先在萧山市内转了一圈,主要到此地最富庶的航民村参观。萧山地处钱塘江喇叭口南岸,此村多为船民,"文革"前围海造田辟为农场,开放后经营企业,有水泥厂、机械厂,搞活了经济,改善了生活。居家之新颖宽敞,都超过上海居民。每家一幢,每幢造价高达三十多万元。少者也需十多万元。居民年收入平均五千元,年终奖可获三万元。

在航民村吃中饭,村办公室的沈豪颇多感慨,觉得政策还没有完全放开。

晚上,大雨倾盆。假座纺二厂举行舞会后返杭州。

五月五日,星期日 天不帮忙,大雨不停。

上午游览西湖和灵山洞。灵山洞在杭州市区西南部十九公里处,此洞有别于其他岩洞者,是竖井式,深度超百米,因洞壁刻有"大明六年"字样,认其为千年以上的古洞而于1982年重新开发。规模宏大,如高楼般分层设景。我是第一次来,可惜雨太大,游兴索然,匆匆而上,匆匆而下。回杭州后,到"云栖"喝茶,此处有陈云题词"云栖竹径",以茂密之翠竹见长,幽静的环境,确实别处所无。美中不足的是喝到口的不是新茶。小店的服务员骗了我们这一群上海人。

晚上与家里通话,得知陈雅芳女士又从台北来上海,即与之通话。这位当年国军将领的遗孀,念念不忘的,仍然希望我给她丈夫写传记。

五月六日,星期一 晨,离开西子湖畔到诸暨五泄游览。

诸暨为西施故里,离义乌仅三十多公里,此前,我竟不知道有这么一处风景点。平生见识的名山大川不少,也就淡淡然不抱奢望。坐了半天汽车,颠颠簸簸的颇以为苦。到了五泄下车吃罢中饭,便乘船进入五泄山庄。这才知道诸暨话中的所谓"泄",就是瀑布,"五泄",即五折瀑布。我的淡淡然被一扫而光!环境幽静,山高林密,景色秀丽,唯闻水声和鸟鸣。限于交通设施,游客稀少,令人心旷神怡,直觉颠簸几小时不冤枉!有寺院,新建不到三年,有"三摩地",供我们一行中以求签卜命,制造与自己命运相关的话题解乏。

夜晚,投宿于这里新建的旅社。有舞会。在这么偏僻的深山野谷中当服务员的小姑娘,舞兴与舞步,居然和大都市年轻人一样热衷而熟练。

萧山《湘湖》杂志副主编柯敏生、文联工作人员徐亚平等朋友,对这一期《萌芽》提了不少意见,一是,主编以"编辑部"名义刊发在扉页的"编者的话"《真诚出佳作》语句不通,不合逻辑处颇多,观点陈旧;二是,所刊文章,"主旋律"的分量太重了。几篇报告文学质量平平。总的说来,不如《上海文学》。意见十分尖锐,但坦率,真诚,不能不说是此行的一大收获。

1991年·安徽马鞍山

六月三日,星期一 午后,乘游02次双层客车来马鞍山,应邀参加《上海文学》与《上海文论》联合笔会。同时被邀者,有徐俊西、罗洛、潘旭澜、邱明正、毛时安、王纪人、周介人、胡万春、孙甘露等作家与评论家。六点到马鞍山市,下榻雨山湖饭店,一人一室。

为俞可留学事与家里通电话。俞可告诉我,赵耀民与葛晓英为改编《大上海沉没》事发生矛盾,要我与赵联系。我立即给赵打长途,语音嘈杂,无法辨听。

六月四日,星期二 上午讨论。马鞍山市市长、安徽省宣传部常务副部长、马鞍山市委宣传部部长等都来了。说了一大堆展示主人身份的应景语言，便开始大组讨论，下午分成三摊：《上海文学》《上海文化》《企业文化》各谈各的。

我在《上海文学》这一摊，可记者，有以下几位的发言：

王纪人说，当今作家，一种是外向型的，如胡万春与俞天白；一种是内向型的，寻找内心的自我，如孙甘露。两种都可以，只是前者不能太实，应该在实中显示空灵，不要将应该由评论家说的话由作家来说完；而后者，则不宜于太"空"。

周介人说，作家积累素材过程中，必须随之改变思维方式，如果思维不随之改变，素材再多也是老的、旧的。思维改变了，视角改变了，老的素材也会写出新意，诱发人思索。

是的，必须研究人的复杂性。当今的人远比过去复杂了。

晚上舞会，我因等待赵耀民电话，未离开房间，却未等到。

六月五日，星期三 与邱明正教授聊天，谈知识分子问题。颇有启发，想到了《上海：性格即命运》中有些地方需要推敲。比如，写美国杜鲁门总统决定封锁台湾海峡的措辞，务必冷静与客观；再比如，在科技问题的第二部分，对科技人员出国未归问题，应指明，他们出去是上海建立外向型城市的需要，这是无法改变的，上海人的本位也无法阻挡，由此带来的是当局如何正确对待，并争取他们不要成为断线风筝的问题。

上午，马鞍山市委副书记介绍该市情况。

下午，雨，仍按原来计划参观沪皖毛巾被单一厂、马鞍山轮箍厂，然后游览采石矶。采石矶又名牛渚矶，与城陵矶、燕子矶，合称"长江三矶"。此矶的山势最为险峻，风光最旖旎，古迹也最多，有"千古一秀"的美称。古迹中有太白祠。相传李白在此去世而建立。我们看到的，却是毁后重建的，由曾国藩之部属捐银，工兵营出力，故有湖南建筑风格。题刻甚多，有李白黄杨木雕像，模特之一为范曾。有三元洞，门锁着，未能入内一览。其他地方，被大雨所阻，所到之处，也只能雾中观花，匆匆而过，甚憾。

晚上，接受马鞍山钢铁厂宴请。

六月六日，星期四 天转晴，心情甚畅。今游朱然墓和李白墓，并参观卜坛林场。

朱然墓在马鞍山雨山乡，是20世纪80年代中国十大考古成绩之一。朱然是三国东吴大将，生擒关羽而展露其军事才能，周瑜临终举荐他代自己之职位。不过，此墓的价值,不在他的战功,而是一千七百年以后出土的墓中文物,将汉朝到后唐这一段历史空白填补了。此前,都以为日本文化,是在唐代从中国传过去的,仅限于文字等,风俗为日本民族所固有。此墓中出土之"名刺"(木刺)、木屐、木案、漆饭盒、漆凭几等,证明这些日本民间日用品,也是从中国传过去的,将中日交往的历史前推了一千余年。

李白墓在当涂县太白镇。据说,这是唐元和十二年(817)迁葬于此,完整地保存了唐代名人墓葬形制,建筑颇雅。还有牌坊、碑林、太白寺等,有江南园林之风格。请参观者题词,我留下了这样八个字:"醉月乘风,神游界外。"

卜坛林场也在当涂,与日本合营,山谷竹林间建有"幽谷竹居"的环形活动建筑,上设卧室,下有各种公共活动间,茶室、会议室等。景色宜人竹林漫山为其特色。

中午,当涂县委宴请我们。

返马鞍山,游览雨山湖湖中岛:鹃岛。以满岛的杜鹃花为其特色。环境极佳,可惜连续游览,体力无法支撑到尽兴。

晚上,到"不夜城舞厅"参加舞会。太沉闷了,坐了片刻即告辞。

六月七日,星期五 讨论。各杂志分开,我参加《上海文学》,谈题材。

孙甘露谈他对语言系统的探索,颇全面。我谈《大上海人》长篇系列之二的准备。即对上海经济改革的调查(指《上海:性格即命运》的采写),以及对上海生态环境的追溯与反思(指为《上海百年重灾录》所写的报告文学)。周介人谈文学,有见解而且系统。

下午,到《江南文学》编辑部和当地作者见面。竟然为"熟悉生活不一定写得出"议论了好多时间,主要不在于探索,而在于建立关系也。

1991年·西安、华山金锁关、北京

八月十九日,星期一 今应《女友》杂志之邀,乘2516航班来西安。

十一点三刻起飞。舷窗下,可见安徽处处洪灾。西安机场离市区很近。航班提前到达,我不等待接机的李军了,乘出租车直接到《女友》编辑部。此前,我只想借此到向往已久的西安古都及其周边一游,这一刻,方知《女友》举办的是1991年"以文会友"活动。四十七名作者自费来自全国各地,住在这里改稿子,请了汪国真和我做辅导。

汪国真下午到达。住于西影大酒店同一房间。这位诗人励志诗作满天飞，追随者甚多，掀起了所谓"汪国真热潮"。今天才知年纪比我轻得多，为人忠厚谦虚，没有所谓名人的那种傲慢与诗人的浪漫，倒像小学老师。

《女友》社长、主编王维均，助理编辑部主任白琳等，设晚宴欢迎我们以后，请我与汪国真去改稿班与作者见面，然后驱车在城内主要马路转了一圈，古都给我的大致印象，从城市建筑，到市民风习与言谈所透露之气质，都像北京。按一个城市的"神"而言，被历史学家列为中国六大古都和世界四大古都，都当之无愧。

李军问我此行打算，我想去华山走走，再去北京。他们将尽可能按我行程安排。

八月二十日，星期二　上午，汪国真到柏树林小街一家音响书店签名售书。昨天《西安晚报》刊发了消息，一早就有十多名读者在书店门口排队等候，足见"汪国真热潮"未退。

搭他的便车，白琳和李军陪我游览东大街，这是西安最繁华街市之一。等汪国真签名售书完毕，一起到德发长饺子馆吃风味饺子。饺子吃得多矣，这一顿，却集饺子之大成，教我大开眼界，叹为观止。共二十六道，每道拇指大一只，各道味、形、色均不相同，有火腿饺、蘑菇饺、虾仁饺等，其形状五花八门，或如小鸡，或如荸荠，或如花朵，赋予各种漂亮的名称："雪中送炭""金鱼摆尾""彩蝶飞舞""满载而归""果子馅"等，最后一道为"太后大锅"，每只蚕豆一般大，当场倒入火锅煮熟，由服务员盛入碗内，多寡不一，随着五种口彩一般的吉言一一送到客人面前："一帆风顺""双喜临门""三元及第""四世同堂""五谷丰登"，碗中所盛的饺子数量，一二三四五，与吉言首字相应，反正，皆大欢喜。饺子吃到这种程度，精致到无以加了。加上此地的名为"稠酒"的风味酒，从五脏六腑，感受到古都传统饮食文化集大成到什么程度了。

接着游览钟楼。中国现存钟楼中，这是形制最大、保存最完整的一座钟楼。可惜，有关部门似乎没有刻意加以保护，或者说，在此古物太多，对于其珍贵价值并不在乎。周围建筑任其扩展，就是最明显的证据，很不协调。再到大慈恩寺游览大雁塔，登上了这一座现存最早、规模最大的唐代四方楼阁式的砖塔。遗憾的是事先没有做"功课"，到了现场，却无法充分观赏古印度佛寺的建筑形式，如何通过佛教传播融入华夏文化之典型物证。

李军始终陪着我与汪国真，他对这些文物了解也不是太多，但是作为朋友，这一份真诚,却足够教我感动了。

晚餐为西安之风味餐:羊肉泡馍。据说,羊肉泡馍是西安人生活习惯的集中体现,异地出差久了,思念的就是它,回家头一件事就是吃羊肉泡馍!我却尝不出其魅力何在。

八月二十一日,星期三 今天给"文朋诗友"活动的文学青年讲课。我只花了二十分钟,谈如何对待文学,尽可能将时间让给汪国真。

中午聚餐。路遥、京夫受邀前来。1987年,京夫和我在海南岛笔会上一起度过了一个多星期,阔别已三年,风采依旧。路遥却是第一次见面,一经介绍,他紧握着我的手,如久别重逢,说,你真能写!他矮胖,结实,质朴如陕北高唱"信天游"的农民。

下午,参观陕西历史博物馆。此馆建筑为中日合资,风格如唐代,在今天中国人眼里,却是日本式的,今年7月1日才开馆。文物皆为陕西出土之原件真品,自原始社会到清代分成三大部分。其珍贵不言而喻。李军说,开馆第一天,便有一件文物被盗。破案后,方知是内贼,是一名武警。可惜,五点进去,六点关门,需要两个小时参观的内容,这一点时间只能走马观花。

八月二十二日,星期四 今天去西安东线(东郊)参观。由居里书屋老板李文龙派车辆并亲自陪同。《女友》《文友》的杨佳薇小姐随行,她毕业于北师大。

先去临潼。临潼就是《长恨歌》中"春寒赐浴华清池"所在地。华清池尚在,乃一泓池塘,不大,在骊山之麓,骊山倒映于水面。池与山之间为温泉,有提供唐大臣使用之"星辰汤",混浴之大池也;供贵妃使用的"芙蓉汤",小巧娇态如妃子;供君王入浴之"莲花汤",气魄宏大,具有君主之豪强。当然,今天呈现于我们面前的,都是粗糙不堪的断垣残壁,原物已毁,仅留供人遥想的遗迹。能够保存到这模样,已经难能可贵了。

其他可游者,为"西安事变"发生地"五间房",即蒋介石卧室,"三间房",即侍从室。事变那一刻激战的弹痕犹存,一共三处。其上为捉蒋处,原名"捉蒋亭",今改为"兵谏亭"。此前,一些坊间传说,教我以为离蒋居室不远的假山石缝,没有料到距离这么远。提供观瞻而修筑之石阶甚陡,使体弱者生畏。亭后几大岩石间有一石缝,高四五丈,蒋不藏匿石缝,却攀缘到这么高处,其真相需求解。

午后,参观秦兵马俑。它的震撼世界,实至名归!宏伟壮观得超出了想象力。

应该怎样表述才适合呢？一见这许多陶俑，震惊，不可思议，这种不可思议，疏理成语言，就是：突然堕入了两千多年前那片历史烟尘之中，一回望，发现它浓缩了一部中国史！以为权力能实现一切，求宏大，求豪华，求永生，求主宰一切，包括今天与未来，原来都成土一抔！

有人说，秦始皇的功绩是在他死了以后。这一实证，太雄辩了。

我们所到的是1号坑与3号坑。3号坑另辟一馆。我无法想象，2号坑一起发掘以后会给我怎样的"不可思议"。归途中经秦始皇陵园，乃被砖墙围护着的一大土丘，如丘陵一般的高耸于原野上，草木葱茏，两千余年来，这位暴君就这样长眠着，今天，只因技术、经济能力跟不上，未敢惊动，欲与日本合资发掘。这也要合资！乍听汗毛直竖。就让他继续安静地躺着吧，到自己国力和技术都许可时再发掘，一定不会被他怪罪的，就要看我们有无这种自信而来的"定力"了。

晚上，王维均主编来，要我再给学员讲一课，说昨天我说得太简单，学员不满足。我答应了，时间定于明天晚上。然后《文友》杂志社全体同人陪我去逛饮食夜市，吃烤羊肉与西安水饺。食品有特色，难得的是他们这一番盛情。

回宾馆后，西安陕西人民出版社朱鸿来访。

与《当代》杂志通电话，接电话的是常振家。我告诉他27日去北京。

八月二十三日，星期五　今天和汪国真一起去西线游览。仍由李文龙陪同。《女友》派另外一位年轻编辑王勇随行照料。王勇原是财经专业研究生，弃经济而从文。

出西安市区西行，刚踏上城郊，一列花岗岩雕塑的群像扑面而来，使我双眼一亮。体形巨大，以雄浑粗粝的风格，展示中西方商人所率领的驼队，正满载着货物向西跋涉。其东端，却是一截打开了裂口的城垣，象征中国初期闭关锁国、自足自大状况的打破，以此标志历史上联系东西方的丝绸之路，就是发轫于此。这与西安古都城市地位和气质完全相称。

我十分欣赏这一标志性的艺术设计。

车行一个半小时，到达马嵬坡。《长恨歌》描绘的那个生离死别的现场，终于亲临了！"六军不发"直迫唐明皇"无奈何"的兵变发生处，原来就是这样一处不起眼的小丘陵！当年"马嵬坡下泥土中，不见玉颜空死处"，如今却建有杨玉环之墓以及相应的庙宇式的建筑群。被迫赐死的贵妃尸体不知去向，此为衣冠冢。相传她的死处泥土喷香，四方少女，都来此取土浸泡茶水饮用或擦拭身体，墓土为之一空,我们所见的,是用砖石垒成的。但砖石无故开裂,据云,贵妃未死,掀开砖石以透气也。传说总比现实美丽,其墓后山丘上建有一白玉石之杨贵妃塑像,却因俗不可耐而大煞风景。

我们今天的目的地是法门寺。此寺因京剧《法门寺》而名扬四海。唐代,寺内僧侣多达三万余,可见曾经的辉煌。可惜,频仍的战乱,现在只留一塔与一排三间殿宇。但"瘦死的骆驼比马大",毕竟是殷实门庭。1981年,半边塔身倒塌,重建时,发现塔下的四根舍利佛骨及许多金银供具,震动了整个宗教文物界。遂重修宝塔,并于其周围建成仿唐建筑,成为一大市镇,于其西端修建"法门寺博物馆",将出土之舍利及供品陈列其中。馆所风格和西安历史博物馆一样,为青瓦粉墙之仿唐建筑,展出者皆为珍品。与塔下之地宫,同为到此参观的重点。"地宫"展有舍利佛手指骨一枚,其状如塑料管,其色质如象牙。是真是假,只有研究宗教的人士才有发言权。归途中,迂道去乾陵。司机不熟悉道路,误入乡间简易公路,从乾县绕入乾陵,已是五点三刻。有上千级石阶通向墓道,墓道两旁,不是"翁仲",而是巨型石雕之卫士。陵寝与秦皇墓同样原因没有发掘。可以观赏者,唯有这墓道,其景观印入明信片之类而吸引了世人。可惜,"文革"中,不少石雕头部被毁。

还值得一记的,是车辆进入墓前停车广场那一幕。十多个小伙,有的还是孩子,迎着车辆蜂拥而上,抓住窗沿随车而行,如劫车之匪类,令人惊悸。直到听清了他们的招呼声,才松下一口气,都是推销以马代步的小商贩。一迭连声地招呼:"骑马上山吗?请骑马上山!……"问之,每骑二至五元不等,可以议价,骑行五里。我们担心上当,不敢打交道。却被纠缠不休。我们急步登上几百级台阶,他们才悻悻而退。

回西安已是八点一刻。《女友》学员早已经等在招待所,匆匆饭罢,跟他们讲了一个多小时,题为《读书·生活·写作》。

八月二十四日,星期六　今天离开西影大酒家去华山游览。《女友》杂志王维均社长特派青年编辑陈东全程陪同。陈东曾经在部队生活,精力充沛,给了我安全感。

汪国真就此与我告别。他今天回北京。

这里到华山的只有长途汽车。借助这一交通工具,我看到了西安及其周边许多真实的生活风貌。一天之中,我竟然给"贩卖"了两次!一进入西安汽车客运站,每一排长途客车前都站着拉客的售票员和汽车司机。小陈带着我,找到了一辆挂着"西安—华山"牌子的,因空位多、马上就开,全程票价五元六角,就上去了。

果然马上就开,但到了渭南汽车站便停了。售票员说终点站就是渭南,却不让乘客下车,说他们会帮我们去找到华山的客车的。我们车费已交付,人生地不熟的,只能乖乖地听任摆布。其实,他们是假借热情服务之名将我们转让,索取回扣。我们便这样坐在车子上,呆呆地等了整整两个小时!我想到前年从昆明到大理的半途,也曾经换车,那是帮助司机能够过上一个阖家团圆的中秋节,注满了人情味,与人为善,虽然贴上了时间,甚至可能误事,但心甘情愿,而这一次纯粹是被欺诈,侵犯我们的权益牟利!坐在我身后的一位女兵,不禁破口大骂。她和一位同事约定三个小时以后,在华山汽车站商谈要事的,却给耽误了!可怕的是,她的骂声不管多么敞亮,言词多么刻薄,在车下讨价还价的司售人员,始终从容不迫,怎么也奈何不了他们。总算让一名女售票员像赶着一群羔羊,带到了另一辆长途汽车上,填满了所有空着的座位,可以和那些不知等了多久的另一半乘客一起,加快速度平平安安地走完以下旅程了吧?不。车子到了罗夫(敷),又停了下来,再一次把我们当成商品做交易!经过讨价还价,我们成了另一辆去潼关客车上的"货物"!本来只是三个小时的路程,竟花了五个多小时。上午九点在西安出发,下午两点半才到华阴县,即目的地华山!

非常恼火,非常无奈,却开眼界,亲身经历了内地"发展经济"的另一面。

我们下了车,当华山的雄姿一扑入眼帘的那一刻,立即明白为它服务的这些老乡有恃无恐到这种地步,不是无缘无故的了。这种高峻苍茫的雄伟,这种深邃不可测的唯我独尊的气势,不怕你不来!时在午后,阳光猛烈,投射在山体上所产生的那种光与影聚合下巍巍身姿,不由得不肃然敬畏。一抬头那一瞬间的感受,完全可以用"逼人"形容。压顶而来、每一根神经都被掌控了的体验,只有在这儿才能获得!真的,毫不夸张!

小商贩满街,长途汽车上有这样接龙般的司售人员,在这名山之麓,便有类似的种种商贩。新建楼舍的阴凉处,照样有成群的旅店工作人员上来拉客投宿。要我们先住下来,"晚上上山去!请客人晚上上山去!……天这么热,怎么上山?来这儿的客人,都是晚上上山的!"我们却按计划而行,上山去,到山上住!

说真的,这一刻,我还吃不准是否上得去。此山以高与险闻名,早有思想准备,面对超过想象的这派气势,不能不慎重,尤其是要赶在上山寻找住宿这一时间框框之内。便对小陈说,能到什么地方就到什么地方,信步而行吧!小陈说,好的。登山便这样开始。开头,真的累,路是新修的,斜坡铺石,并非台阶;经毛女洞、药王洞以后,我倒渐渐适应这种道路,累乏也消失了。过了青柯坪到回心石,听小摊的女摊主说,只走了一半,最难最险的还在后面呢,我的兴致依然不减。回心石,就是攀登到此都想回头的意思,对我却不起作用,我的信心大增！精神抖擞地一口气经千尺幢、百丈岩而到了北峰！一看手表,已经六点,我仍然坚持继续登山,又经两个小时而到西峰宾馆。居然腿不酸,不觉累乏。

如此亢奋,很值得研究。

应该承认,华山比黄山更险峻。因气候干燥,山岩所呈现的,都是乳白色,缺少丰润之美,景色变化也不多,这种险峻,却将我穷究探胜的心理激发出来了；另外,也是与陈东同行竞逐的好胜心,在暗中鼓动。这分析大致上可以成立,其他人能够走通这一条路,也有这种因素。这就是走通了华山一条路留给我的思考。

沿途题刻甚多,属摩崖石刻,登主峰途中就有三百多处,只能粗粗浏览,值得一记者更少,唯有过了北峰以后的"白银世界",是辛亥革命参加者、同盟会元老马彦翀所题,写实之传神,增加了我对这座名山特色的理解。

到达金锁关,天微雨。但景物仍可欣赏,这是一座城楼一般的石拱门,是通往东西南峰的咽喉。杜甫《望岳》中"箭栝通天有一门",指的就是此处,另外,根据道家的华岳为仙乡神府之说,而有"过了金锁关,另是一重天"的民谣。未达"仙境",在此却看到了壮丽的落日。到达西峰宾馆,雨水大了。来此投宿的不少。好的铺位,每客每晚十五元,五人一室；二人一室为阁楼,同一个价格,不供应茶水；但所谓供应,也不过是热水瓶所装的开水而已,无沐浴洗漱。有自来水,却控制使用。遥望中峰之住宿处,不见灯光,此处却灯火通明,马达轰鸣。原来,此处的优势,就是自备了发电机！

五人的房间,却只有我们俩。说是还有人来,虚位以待。正如山下那些拉客女所说,一般都是夜晚上山,可能确实如此。

八月二十五日,星期日　昨晚没有客人增加。我以为下了雨,无人上山来。但一打开窗子,只见食堂里都是伏案而眠的游客。显然,他们就是被留在山下住宿,夤夜上山来的。

六点半起床,上山巅观日出。雨雾蒙蒙,如云如雾。满天云层,未见日出,却发现我们所到之处的"险":脚下,山势如刀,谷深不见底！昨晚,我们竟是躺在悬崖峭壁上度过的,这就是金锁关文字介绍之侧壑深千丈的景象了。我庆幸昨晚在雨中糊里糊涂地入住,如果事先知道,是否会在此落脚,入住了能否安然入睡？

没有早点供应。迭起的俊峰秀峦在前,引诱我们空腹去"赶山"。先去南天门见识久仰的"长空栈道"。雨却越来越大,目力无法达数十米外。所谓"南天门",与泰山同名者就是形状相仿,只是规模小一些,可谓泰山南天门之微缩。殿宇破旧。没有供奉任何佛像,殿后有道观。其后,就是"长空栈道"。此地为"智取华山"用奇兵之处,与北峰老虎口的作用相似,是百余米栈道,在绝壁上凿出,以铁栏杆护之。据说下临万丈深谷。我试走了几步,风雨太大,心悸腿软而止步。

本来打算游了南天门以后去中峰。稠密的雨打消了我们的游兴,改而直奔西峰。古时华山被称为莲花山、莲花峰、芙蓉峰,就因为西峰峰巅有一块浑然天成的巨石如莲花瓣,是华山的最高峰,属观景的最佳处。雨太大了,经过代表华山形象的百米山脊那一刻,风狂雨骤,很有被卷到百丈深谷里去的气势。我俩攀缘而上,到达西峰。过道观,上峰顶六角塔处,仍被一片雨雾遮住了所有景物,虚无缥缈,道家所谓华岳如仙乡神府,真的体会到了,至于莲花形的瓣瓣巨石,却对不起,不愿露真容,只得惘然踅回。过千尺幢,一级级石阶水泻如小瀑布,鞋子里都给灌满了,双腿也感到了疼痛,幸而坚持到了山下。

我发现,雨中的华山山景,比上山时漂亮得多,就因为雨水丰润了那一片枯燥的、被喻为"白银世界"的"白",被掩盖着的绿,便借此盈盈然地来向我们展示其丰采了。可惜没有办法拍照。冒雨上山的游客,却仍然络绎不绝。

鉴于被一再"贩卖"的经历,疲惫的我们,这一刻,直觉华山天下雄,远不及华山天下险。火车站离此需步行半个多小时,还是选择乘火车返程。好不容易到了小客站,竟无客车在此停留!只得回到长途汽车客运站,为防范再上当,我们要求到了西安再买票。售票员一口答应。不料,一上车就缠着要我们买票。纠缠得不能不听她的。结果,到了渭南,就发现还是落进了圈套。换车时,原车的司售人员躲得无影无踪,说明被当成货物贩卖的,不止我们两个!最糟糕的是,新车的司机动作慢了一拍,把我们带上车后,居然座位不足,我的座位是小陈抢到让给我的,他自己一直站到了潼关!

回到西安是晚上八点。下榻于西安地质学院招待所,地处西安历史博物馆的一侧,即参加"以文会友"的学员所住的地方。与中国台湾来的一位建筑工程师同室,他明天去延安。

八月二十六日,星期一　双腿酸痛。但我仍为感到体力不减当年而欣慰。

王维均社长忙于杂志事务,今天特地派张京城来陪我。张是西安外语专科学校日语专业毕业,曾在西安宾馆工作五年。他陪我到钟楼西大街回民食品街品尝风味食物：粉蒸肉、葱油肉饼和小笼包子。华山淋雨，我的手表进了水，怕生锈，他带我去个体户修理，没有他，真的会给"宰"一刀，并让我得知个体修表者"宰"人的手段。

下午休息，晚上李军来，陪我到《女友》编辑部，参加作者座谈会。与会者有何晓利等青年作者七八人。他们均不太了解《萌芽》杂志的宗旨。四人中有三人曾经订阅，不久都退了。看来很有必要请我们编辑下来走走、听听。《西安晚报》拟发关于我的专访，请通讯员李正喜来访，我便要求多写一些我们《萌芽》杂志对西安青年作者的期待。

给家里打电话，才知葛晓英急于找到我。说林毅在烟台碰到李准，李问及上海《创业者》杂志批判《大上海沉没》有无政治背景。要我尽快和她联系。我明天赴京直接找她去。

李军伉俪来访。这些日子，因他而获得《女友》的盛情款待，教我难忘。

八月二十七日，星期二　今乘2107航班来北京。白琳、李军送我到机场。再见了，以李军为代表的《女友》编辑部的朋友们；再见了，西安！对于我，西安航空港是一次历史性的告别，9月1日起，西安启用咸阳新机场了。古都与当代世界衔接越来越密切了，此刻，乘客三分之一就是外宾。做这样的大调整适逢其时，我有幸成为一名见证人。

准时抵京。朱盛昌、常振家都在《当代》编辑部。立即到咸亨酒店为我接风。看来，《创业者》批判《大上海沉没》传播甚广，朱盛昌一见面就问及此事，我就把所知的情况告诉了他。时代毕竟不同了，他俩不仅没有遭受这类政治打击的惊恐，反而为规模不大遗憾，认为只有捅到大报上去才算公开批判，此书销路就更好，这恐怕是组织批判者始料未及的。

《大上海沉没》的样书正好送到了一部分，装帧之漂亮，让我双眼一亮，爱不释手，也为《当代》杂志的朋友喝彩。

刘茵送我到崇文门东大街《文汇报》驻京办事处住下。在简单交流中，方知朱盛昌对《上海：性格即命运》的观点，与她完全相悖，我俩商定如何说服他。

一安顿下来，即与葛晓英通电话，约定明天下午到中央电视台与林毅见面。

八月二十八日，星期三　昨晚分别访江达飞和章仲锷。章仲锷出差去了。

上午朱盛昌、刘茵和我谈《上海：性格即命运》一稿。朱希望文章做在"重振雄风"上。但我与刘茵都觉得"重振雄风"不可取，并涉及对"雄风"的概念（20世纪30年代上海繁荣时期）的评价。对此题材颇多顾虑是可以理解的。既然如此，就不急于做结论，先到葛晓英家再说。刘茵送我下楼，要我做好修改此稿的思想准备与方案。我理解她的心情，但我也需要冷静思考。

下午，和葛晓英一起到中央电视台与林毅见面。张志敏、余振铎都参加。我将《创业者》批判《大上海沉没》的所谓"政治背景"如实奉告。林毅表示可信。但为了备案，须请责编张志敏和余振铎去上海市委宣传部，索取一份对我这部小说如何评价的证明，并要我对今天所述情况写成书面文字，留作参考。

八月二十九日，星期四 葛晓英打算把我的《活寡》搬上银幕，上午，请我到她家讨论改编方案。我愿意和她合作。同时，为了《大上海沉没》被批判的事，她要我马上和徐俊西通电话，以免张志敏她们到了上海两不接头。我即用她家电话与上海市委宣传部联系，徐俊西正在办公室，他表示可以开证明。然后，将《创业者》的"读者来信"发表以后，我走访宣传部副部长孙刚的经过写出来，请葛晓英交给林毅。

访《十月》吴光华。谈及《性格即命运》，他即请管报告文学的谢大均来当面商议。谢大均反应敏捷，认为在这样的国际国内形势下，上海问题太敏感了，他先要我尽可能与朱盛昌统一认识。如果统一不起来，可以给他看看。母国政去新疆，未见到。

到新华通讯社访朱幼棣。被留饭。听到了关于苏联的一些新闻以及我们政府的反应。共餐者有江西《小说天地》之黄冷。

八月三十日，星期五 阅资料。刘茵来电话，关于《上海：性格即命运》与我商定五点，要我等朱盛昌表态以后去修改。一是主题定在"城市性格"上；二是写出1949年以后上海对全国之贡献；三是将今天改革开放与当年殖民地时期严加分开；四是写明改革开放这些年，上海比中国其他地区慢了一拍；五是叙述上，尽可能地精练与生动。

与金坚范电话联系，方知安娜·布依雅蒂来参加艾青的讨论会，昨天去西安，然后去杭州，回到北京恐怕要数周以后了。我只能把《大上海沉没》一书请他转交。

晚上，中国金融出版社杜华伉俪来访。送走他俩，登门拜访张炯，谈的主要话题还是苏联，消息甚多，各有看法。

1992年·浙江东阳

一月十八日，星期六　今天，应《上海文学》杂志之邀，来浙江东阳参加笔会。同行的有茹志鹃、白桦和王蓓夫妇、白晟、周锦尉、徐生民、周介人等十五人，乘一辆中巴，整整行驶十小时，从上午到晚上六点三刻才到达。下榻于吴宁镇城东饭店。

周锦尉是《文汇报》经济版的主管，正好与我并坐，知道我在关注上海城市命运，便热心地介绍目前上海经济方面的一些情况，建议我注意两点：一是建立外向型经济问题，应该到世界经济情报研究所了解上海企业家如何向外发展企业的，可以找所长张幼文；二是上海人才外流问题，情况较严重，原因之一，上海注重于产品机制，而忽略了商品机制。人才由于产品机制引发的报酬不合理，便流向商品机制较活跃的外地或者海外去了。广东是注重商品机制的，所以这问题不太严重。还有一个原因，是发达国家与发展中国家之间的差距。发达国家的商品机制理得顺，智力早已经被作为商品流通，而且代价较高。这在当今世界已经形成为一种趋势，发展中国家自然向发达国家流动，甚至形成了一种马太效应。

这些观点很有价值，我准备补入《上海：性格即命运》中。仅仅关于到国外建立、发展企业这一点，就可以单独写成一章。

东阳市接待者为吴宁镇党委吕副书记。金华市委办公室副主任杜德荣专程赶来见面，他是《上海文学》的作者之一。

一月十九日，星期日　和那次陪郭俊纶先生来的关注点完全不同，这一次来这个"泥木工之乡"，重点关注的是当代社会现实。上午参观东阳竹编厂，由厂长方志荣做介绍。这是开放年代，目光都投向海外，也是知识爆炸的年代，尽管工人编织之精巧叹为观止，尤为精致者是"九龙壁"和"渔人"之类，但社会上对传统的东西，已不如以往那么关注了，我们听到的是一肚子苦经。要我题词，我还是以"艺苑之精"赞之。

下午，由东阳市市长以及吴宁镇党委书记，在"三建"圆形会议厅介绍东阳经济发展情况。东阳历来以建筑业出名，今天在建筑致富方面，展现了新貌，他们的建筑承包到了苏联与欧洲。这让我对此地的历史与现实，有了较全面的了解。

《金华日报》记者洪加祥来访，带来了一些负面信息。他采写了一位拾荒老人收养了十九个孤儿的报告文学，发表以后，居然被当地政府视作抹黑他们政绩而不断遭受打击。不准黄蜀芹拍成电影,还对这些孤儿采取种种压制措施:不准入学读书、不准给孤儿安置工作、不准被领养、扣压世界各地寄来的捐款、不断抓作者的小辫子,包括不准提干……简直可以写成小说,题目就是《生与写的权利》。

褒贬不一,希望和失望同在。

一月二十日,星期一 参观东阳木雕厂。算旧地重游。上次来的时候,仅有一幢楼,既是生产场地,也是展厅(在四楼)。如今,生产场所已经退居"艺海"后面去了,让洪铁城设计的主楼占尽了风光。"艺海"者,集展览厅、园林、宾馆于一体之建筑也,占地一百五十多亩。不足之处,展出之木雕,并未从古装人物的窠臼中脱颖,少有几件具有现代气息的新作品;园林设计平平,而宾馆,仍未摆脱"乡气"。

午后,雨雪交加。未安排活动。茹志鹃、周介人两位杂志当家人,和当地负责人商谈,如何请他们资助设立《上海文学》吴宁奖的问题。

昨晚,此地镇办华副主任上门来,邀请白桦夫妇到他家题词。他家新建了一幢四上四下的大宅,布置极尽豪华,还需要名人墨迹装饰。随白桦夫妇一起去的奚愉康一看,连声感叹我们"白活了"。今天得此消息,我和白晟、周锦尉、徐生民立即赶去开眼界。果然豪华,洋气实足。底楼是客厅,可以当舞厅;二楼为冬用卧室;夫妻与一子使用的,其墙面都用玻璃制作,拉开帷幔可以直晒太阳,附有大卫生间和起居室。三楼为夏天使用,配备相同,装饰为冷色调;四楼为健身运动房。见我们不请自来,当然也要我们留下"墨宝"。白晟题"华庐"。确切。我婉拒,不想在此留下痕迹,不是仇富,是自幼的耻于攀龙附凤、拒绝金钱崇拜的教育深入了我的骨髓。我关注的是白桦如何应对。问之,主人顾左右而言他。回来问王蓓,说白桦不肯题写,但主人缠着不放,白桦耍了个滑头,题了,却让主人挂不出来。写的是"晴空风顺升帆急",隐喻乌云到来的时候要倒霉也!横匾为"华府",关注时事的人,一看便明白这是指什么地方。其意耐人咀嚼。据说主人很不愉快,他什么都不缺,缺的就是这份"雅"。他不懂,唯有这个字,万贯钱财求不到。

1992年·长沙、张家界、大庸

五月二十日,星期三 今乘5321航班来长沙。阔别此城已经十载寒暑了,1982年

六 华山天下雄，不及华山天下险

应邀来参加湖南省青年作家代表大会，见到康濯等心仪的老作家，然后乘火车南下到广州《花城》杂志改稿。这次是《萌芽》杂志与湖南作家协会联合举行的笔会，与周佩红、谢德辉、林青、胡玮莳和周勇等同行。六点一刻抵达，乘班车进城，由湖南作协的老梁送我们到湖南宾馆。谭谈、肖建国等湖南作协领导，早等候着了。

这次活动主要安排在张家界风景区。谭谈即将去党校学习，不能相陪，特表歉意。

湖南人民出版社的李一安来访，相谈甚欢，直到深夜。

五月二十一日，星期四 我们住的名为宾馆，却像小旅馆。昨晚突然在房间里增加几个客人，才知省作协订的不是包房，弄得我们都没有睡安稳。

早上六点，出发到张家界。湖南作协借来了一辆小巴，专程相送。由老梁的夫人陈女士陪同。同时上车的，还有漓江出版社的庞俭克夫妇。大清早就上路，是因为长沙近郊的道路正在修理，早晨车辆少，可以避免堵车，但一路上仍然磕磕碰碰的，到常德吃中饭，赶到张家界已是下午六点多了。投宿于煤矿疗养院。在此张罗接待的是作家李育凡。住宿条件一般，晚餐也不好，周佩红、胡玮莳她们都有微词，转而对谢德辉有了意见，因为谢德辉负责审阅中南区域的稿件，这次活动就是由他联系的。其实，不是怪他（以后发生的事情，完全证明不是他办事不得力），无非发泄一些不满而已。

应邀的作者都已到达，晚上九点相互见了面。

五月二十二日，星期五 昨晚，北京《诗刊》的邹静之和《文艺报》的何均来了。他们也是湖南省作协请来的。为了节省接待的人力和物力吧，顺便了。

今到武陵源的索溪峪风景区游览。离我们所住的疗养院较远，先到黄龙洞。这些年，看的岩洞太多，到了这里，只注意此洞与他洞之区别。计有二，一是洞内有一条地下河，长达五公里，可行驶游艇，如金华双龙洞。两岸景色如黄土高原，为溶洞增添了许多壮丽；二是有一个千笋园。从名称上就知数量不少，柱状石笋有的高达二三十米，几个溶洞连接，石笋的形状均不相同。

下午游览宝峰公园。此园有两个风景区，其一为唐富寨，有几处颇有"一夫当关，万夫莫开"之险，当年窝藏土匪之处，不点明也能想象得出来。其二就是这宝峰湖，乃一水库，以一峰耸于湖心而得名。碧水影翠，给人印象相当美好。

五月二十三日，星期六　今去黄石寨和金茂溪，都是张家界核心游览区域。

先到"点将台"，它处于到黄石寨风景区途中。据导游介绍，点将台下面本来是一片原始森林，长满了松杉，1958年大炼钢铁，被砍伐一尽，种上了玉米。甚为可惜。上了玉顶峰，有一"六奇阁"。登临纵目，如黄山之奇之险，尽收眼底。比不上黄山者，是视野不宽，器局太小。暴露其间的大片黄土旱地，就更大煞风景了，分明是开山种地的结果，正如在周庄的退思园后面设工厂。国人的审美需要与经济发展的需要，就是这样被熔成一炉的。为此也没有兴趣深究何以将此亭阁名为"六奇"的（一定有原因）。

午后，游览金鞭溪风景区。林木狭道，山石耸入云天，溪水潺潺，甚是清幽。溪水之清冽，教我忍不住脱掉鞋袜去亲近它，饱享天然之乐的欲望被诱发到这地步，是多年没有了。为此，我记住了这个景点的名字：紫草潭。

因体力不支，胡玮莳没有上黄石寨，周佩红陪她留在了金鞭溪。我却因为与自然的这一亲近，游兴越来越浓，深感此行不虚。

五月二十四日，星期日　据说天子山的景观不亚于黄石寨，只是要跑六小时山路，大家有点畏怯。有车辆上山，但要绕道，也需五个小时。李育凡和陈建表示，步行还是坐车各位随意。结果都选择了坐车。一路黄尘滚滚，于中午到达天子山顶。景色与黄石寨相仿，只是器局更小，煞如盆景。都说，张家界的精华集于黄石寨，此言不谬。

离天子山返程，只有胡玮莳上了车，我们都选择了步行，不想错过路上的景色。岂料走了两个多小时，才有一处景色，名为"天下第一桥"，我们只是远远地眺望了一阵，没有拔腿去过一过，就沿沙刀沟而下。原来，沙刀沟是金鞭溪的支流，于紫草潭汇入金鞭溪以后向东北奔腾而去。其清幽，却比金鞭溪更迷人，可惜急于赶路，无法多消受，依依离去，回招待所天色已黑，体力也疲乏不堪。

到这里，张家界风景区除腰子寨以外，均已涉猎。估计不会有更值得观赏的东西。可以下这样的结论，"黄山归来不看山，五岳归来不看岳"，确是经验之谈。

五月二十五日，星期一　今休整，作者改稿。原定离张家界后，经韶山转长沙。邹静之告诉周佩红，此处离王村不远，应该去看看，他就是冲着王村到这里来的。王村是千年古镇，电影《芙蓉镇》的拍摄地，有猛洞河的景色可以一饱眼福。

征得李育凡同意，就这样改变了行程。只是作者不能跟我们走了。其实，一些作者早已经在联络伙伴，打算跟邹静之乘火车经大庸去猛洞河了。

晚上举行联欢，借此与这些青年作者告别。

五月二十六日，星期二　一早，告别煤矿疗养所去湘西猛洞河和王村游览。

王村是当年土家族王室居住地。有两千多年的历史，近年火起来，就是因为一部《芙蓉镇》，这部根据古华的长篇小说改编的电影，就是在这里拍摄的。游客关注的，也是出现在电影里的113号小店，无非借刘晓庆卖过米粉来招揽顾客，满足一下好奇心。文化素养决定了游览者的关注点，一个只从当今传播渠道中获得知识的人，关注度就是如此。这一风头却把小镇古迹、古风扫荡一空。其实，这是一个对湘西乡土文化很有开掘价值的小山村，它的风貌与江湾镇无异。不同之处，平和的义乌江和江湾小镇隔着一片江滩，这个小山村，却依傍着一条有瀑流的小溪涧，几段沿山坡拾级而上的石阶，给了湘南的代表景物"吊脚楼"展示地方风貌的空间。如果时间充裕，走进它历史纵深处，一定会发现"土家族王室"多彩的文化内涵，以及在文化发展上的价值，可惜只能走马观花。如能再与古华兄相聚，很想和他聊聊，弥补这一不足，可惜，听说他出国了。

离开王村，游猛洞河。酉水、灵溪，均汇入此河，有峡谷数处，如三峡之峻峭。水面腐烂垃圾甚多。上午十点上船，下午四点才回到码头，在此花去了六个小时，不值得。印象最深刻的是早、中两顿饭餐，是在酉水与小溪汇合处的吊脚楼上吃的。那豆腐与米粉，硬是让湘西生活风味透过舌尖留在了我的心里。湘西吊脚楼的"门槛"，总算真正跨进去了。

夜宿大庸市。住的是那种竭力仿效大都市设施却又学不像的小旅店。

五月二十七日，星期三　今天整整十六个小时都在中巴上度过。早上六点，即从大庸出发直奔长沙，九点，万家灯火中抵达。途中，在慈利县吃早饭，常德吃中饭，到离长沙八十公里的喇叭口吃晚饭。这段路程，本来只须花十二个小时，因西部修路而不时受阻之故。

宿于省委招待所。三人一室，条件甚差。无卫生设备，加上老梁留条，告知飞机票买不到，需要到六月七日才有，均使我们不满。谢德辉给老梁打电话，要求改善住宿条件和尽快解决返程机票，老梁都答应。但招待所内无房可换，机票则要明天才有答复。

五月二十八日，星期四　一整天都在解决换房和机票中度过，仍未落实。

诗论家李元洛先生来访，得知我们为机票烦恼，立即帮我们联系，无进展。直到青年散文家、《湖南文学》编辑王开林来，方知出现这种局面的原因。

谭谈来自煤矿，到省作家协会工作以后，调了不少矿工来掌管机关的要害部门。煤矿管理作风，就带到文化机关里来了，老梁就是其中一例，他按煤矿那一套工作作风办事。指挥不灵就成了常态。我们就是这种"常态"的牺牲品，就是说，有关部门，把我们与老梁划到一伙去而遭抵制了。下午，见负责购买飞机票的段育林来了，就告诉他，我们从上海来，是为了给湖南青年作者走出湖南、走向中国文坛创造条件的，事先根本不认识这位老梁，到了这儿也不可能成为一伙。小段已经从李元洛先生那里听到了一些情况，相互一印证，立刻表示他去积极办理。不多久就告诉我们，三十日的飞机票已经订到了。至于住宿，我们也不再勉为其难了。我不禁想到了当年"工宣队"进驻文教单位所谓"占领上层建筑"的情况，原来这种负面影响，波延至今。湘西之行，最大的启发，莫过于此了！我与谭谈并非初交，数次同邀参加笔会，并同住一室，他有工人的质朴和刻苦耐劳的精神，文学创作很勤奋，出现这些矛盾，责任不在他个人身上。也许他已经感觉到了问题，晚上九时许，带了老梁来向我们表示歉疚。老梁却没有感觉到他们做得有什么不足，道歉明显虚假，还在费用支出上出现了"算账"的尴尬场面。

下午三点半，李一安来接我们到湖南文艺出版社和肖建国、朱树诚等朋友见面，然后一起到酒楼，品尝长沙的名酒"武陵春"和特色菜肴牛蛙。畅谈甚欢。

五月二十九日，星期五　飞机票已经解决。梁某似乎想挽回影响。他和段育林一起来告知这消息时，却摊了一份九千元左右的账单，要和我们算账。这一招，却使我们忍不住了，立即一笔笔检查明细，水分立现，而且好几个地方与昨晚谭谈所说不符，具体到何时、何地、何人、何项目，本来是几角几分，他却虚报成几元几角。想不到我的这些同事，除了一路生存拼搏中过来的谢德辉，其他几位的书生气并没有损害自我保护意识，一步步、一笔笔都看在眼里，记在心里的，把对方惯于玩弄小聪明、占小便宜的花招，揭露无遗，教他一张脸面涨成了猪肝色，一连串的解释加道歉以后"落荒"而去。

下雨，出去不方便，读《从闭锁到开放》。周佩红、胡玮莳她们去作协机关拜访李元洛和王开林回来,说湖南作协大院已经传遍了这件事。没有人多嘴多舌,都是老梁自己嚷出去的,说这次活动,他是"赔了夫人又折兵"!又是一次欲盖弥彰!浅薄到这种程度,却是出乎我们意料。

黄昏,段育林送机票来,被我们留饭。他听到老梁的作风竟被我们揭穿,既气愤又高兴。我为谭谈用人不当感慨不已,也为这次活动没有出大事感到庆幸。

湖南《文化艺术报》主编刘佑平来访。湖南计划生育政策执行的情况又成为了热门话题!因年龄,与我们虽已没有任何切身利益的关系,就是雷厉风行、不择手段太出格了。真的,程度远超过我在老家听到的。

五月三十日,星期六 天放晴,和林青、周勇等到长沙市内转了一圈。最热闹的是蔡锷路,居然没有一家商店吸引我们进去的。与上海差距太大了。

下午,乘5302航班离湘。湖南作协派车并委托李一安送我们到机场。

长沙,再见了!这是曾经改变了整个中国命运的城市,相信下一次来的时候,从商店到市民,都会因其不倔的性格而给我们全新的风貌!

1993年·义乌

九月十六日,星期四 今与蒋小馨、柯兆银乘397次快车回义乌。这次是为《沪港经济》而来,通过采访义乌市毛光烈市长,对义乌经济发展的情况做全方位介绍。

李彦清将我们安排于硬卧。晚上十点到达。王建军接我们到义乌宾馆,并和我们商定这几天活动日程。据说所住的房间,是中央领导来义乌举行市长会议时的下榻之处。

九月十七日,星期五 上午,王建军陪我们参观小商品市场。规模之大,远远超过了我的想象,也使蒋、柯两位惊讶不已。到了管理处,与《小商品报》主编吴洵贶等朋友座谈。退休的商业局朱局长也参加。陪同者,除王建军,还有"中国小商品城实业总公司"的黄俏女士。我发现,义乌小商品市场能够发展到这地步,就因为他们面对的,是中国九亿农民!

午后,到大陈服装厂参观。区区一小乡镇,居然办起了一百多家服装厂。接待我们的是迈高特制衣有限公司董事长陈逸平。一个农民,以制作西装起家,八年中,资产竟达八千多万元,拥有两幢大楼,堪称奇迹!

晚上,毛光烈市长带办公室主任吴潮海来访,并设宴招待,同时介绍义乌现状及发展的思路。这位年仅三十八岁的市长的思想风貌,给我留下的印象,可以用四个字概括:新、活、深、广。其深刻程度,非用这样的语言无法概括:此只能属博览群书者所具有。此公前程无限!由他出面上"市长话筒",绝不会辱没《沪港经济》杂志!

这一期报道"义乌小辑"的布局,就此形成:毛市长谈义乌经济发展的设想;小商品市场之轨迹;工商管理之职能。大陈:义乌特区之设立;群英谱:这些深化义乌市场的人物;义乌市场与上海企业的关系。

五月十八日,星期六 因为采访对象都很忙,按毛市长的思路,由吴潮海和王建军分头请一些相关人士前来逐一面谈,以替代集体座谈。

第一位上门来的,是义乌市稠州信用社副董事长张升一。他创造了一套与义乌小商品市场相适应的"存贷挂钩"的信贷手段、"通汇"方式,与外省市资金融通的方法。

继之而来的,是义乌市货运联运管理处的杨献龙主任。其组织能力之强、方式之周密,教我们大开眼界。岂料,为下午来的义乌市交通管理委员会王主任所排斥。王主任管理建造公路,按他的观点,谁造谁得益,自然不许人家侵占其利益。

义乌文艺广告公司金福根和卢某等于下午来,与蒋小馨、柯兆银谈广告代理问题。他们准备试一试再签合同。

晚上,义乌工商局假座望江楼设宴招待我们,一起受邀的,有国务院发展研究中心管理世界杂志社《现代企业导刊》义乌工作站站长骆毓龙,还有义乌房产公司总经理宗桂文。

《小商品世界》杂志总编方向明、副总编方平来访。方向明称呼陈德邻先生为姨公,与我应属世交。为了建立信息协作关系,与蒋、柯谈到深夜。

五月十九日,星期日 上午回万村看望妈妈。蒋、柯和王建军同行。妈妈身体健朗,弟妹日子过得都不错,唯哥哥苍老多了,主要是为河鱼操心过度。聚后即回。

骆毓龙请我与表弟宗业、宗能还有一些朋友,借晚餐时刻,聚于他经营的南苑大酒家。他送我写义乌小商品市场的纪实小说《玉观音》一册。最难得的是，遇到了冯志来先生，他是冯三昧先生之侄儿。1960年，因建言包产到户而被戴上右派帽子，遭受了不少委屈。现为义乌市政协副主席。他早知道我的情况，今天特来相见，令我感动。

散席后，到宗能表弟家稍坐，居室宽敞，不是上海人所能及。

离乡三十七年了，回家多次，家乡面貌，以如此新度、深度与广度呈现于我面前的，却是第一次。发展得这么快，未来的图景又这么灿烂清晰，实为家乡之幸！

1994年·天目山

五月三十一日，星期二 今天乘5513航班来天目山。尺咫之遥，居然乘空中客车，就因为这是上海东方广播电台组织的一次改版征求意见活动。同时被邀请的，有上海社科院文研所的花建，复旦大学教授胡守均、陈桂兰，文学评论家吴亮、朱大可，以及市委宣传部新闻处的刘启德。该节目的监制史美俊和《东航报》记者陶进等也在其内，由东方广播电台台长助理王历来带队。飞行二十分钟，就到达杭州机场。

这是一次十分可贵的经历。刚登机就下机，除了重要人物与特殊事件，不太可能获此享受。临安茶厂·杭州康茗饮品有限公司派车子来接，这又是因为"东航"销售其产品，"东广"又给他们做广告的关系，公司正、副经理朱贤德、杨大为亲自接待，并在这家公司吃中饭，品尝其新产品，即罐装的"康茗饮料"。

朱大可忘记了带身份证，上不了飞机，临时改乘了火车。饭后，利用等他到达的这一段时间，主人安排我们去游览青山湖。此乃一大蓄洪水库。俞樾的故居就在这里，有不少相关传说，成了临安的一处旅游景点。惜时间所限，未能细览。

黄昏到达天目山。1985年，首届上海文学奖在此举行发奖活动，弹指间已近十度春秋，幸而受自然保护区之惠赐，在这场社会巨变中，青山绿水，都无恙。

投宿天目宾馆，和花建同室。晚上，讨论东方广播电台节目调整的方案，直到午夜。其间，天目山自然保护区管理局局长谭维贵来与我们见面，礼节性的。

1994年·金华

十月十八日，星期二 今天来金华参加"首届全国经济文化学术研讨会暨金华火腿博览会"。仍由李彦清送我上了上海到南昌的"游七"列车，免费。下午四点半出发，到达时开幕式已经结束。宿金华宾馆。

十月十九日，星期三　上午，参加金华火腿博览会开幕仪式，然后观看斗牛。

金华斗牛，是颇享盛名的地域文化风习，义乌也有，但除了非正式的"野斗"，我却始终没有机会领略。现场观赏，是我此行主要目的。

斗牛场设在丘陵间一片环形的沼泽地中，泥水没膝。四周为看台，状如罗马斗兽场，只是没有铺设石材座席，显得原始，规模也没那么宏伟。我们到达时，已挤满了观众。角斗之牛上场了。与我在报刊上了解到的贵州斗牛不同，不是水牛，而是黄牛。首先登场的，是两头"战将"，身披红色或黄或绿的丝绸锦缎"战袍"，上插称为"背靠旗"的旌旗——三角形、牙边、旗面饰金绣银的小旗。头戴头盔，上书牛名，左右各插着一根雉翎，由牛主人牵着，绕场一周。当然配以鼓乐，都是我幼时听惯了的长管唢呐和锣鼓，绕场时转为那种激越的、令人血脉偾张的曲调。绕场结束，牛主人卸去牛身上的披挂，只留一根环体而束的绸缎带，分别一红一黄以示区别。然后牵入角斗场中央，让两牛头额相对，一放手，角斗即开始。不过这仅仅是"试斗"。像序曲，属普通"选手"相斗，几个回合即分出了胜负而被请下了场，换上另外两头，如此者三，才正式开始"战将"级的交锋。

"战将"登场，自有一番"战"将的气概。凶猛，好斗，一亮相，就有不捣黄龙誓不还的逼人气势。无奈，双方性格相同，底气相等，力的较量很快趋于平衡与胶着。换了三对，都是头顶着头相持状态。看得出来，牛主人好胜，选了势均力敌的，相斗才精彩。岂料，煞费心机企图打破这种僵持，采取了拍打它们屁股，往它们身上泼水，以免耽误了第三阶段——这场角斗的高潮：牛王出场。均无效。只能强行拆开，请它们下场。

牛王登场了。牛王叫"四牙挂"。一亮相，就气势非凡：大吼一声，地动山摇。当然，王者面临的，总是对王位的挑战。"挑战者"闻吼，即以进攻者的姿态扑向它，遭牛王回击后，再次猛扑，再次遭到回击……如此数次，便重新陷入头顶头的相持……直到我们怕耽搁太多的时间，悻悻然地离去。

下午，分组讨论，分成"学者"组与"嘉宾"组。我被划到后一组。然后到少年宫参观书图展。晚上有舞会，保龄球馆之类的活动都开放，但我仍然去参加会议，今晚是各组汇报总结，可能听到各方不同意见与观点。可惜学究味太浓，钻到"经济文化"与"文化经济"的概念中钻不出来了。

毛光烈市长赠我墨宝，是鼓励也是期待

十月二十日，星期四　上午，去双龙洞和黄大仙道观游览。

双龙洞是旧地重游，我无意再听导游对那些石景做俗不可耐的介绍，草草穿过石洞，即从冰壶洞回洞外。黄大仙道观是新盖的，远不如前。香港的仙观是从这里派生过去的，作为渊源的"原始版"，应该多展示道教发源地的特色才对，整体风格却像在模仿香港，其观赏价值可想而知。当然，做一名信徒，还是可以寄托心灵，予以恭敬的。

下午，到义乌参观小商品市场。毛光烈市长亲自陪同并设宴款待。规模比去年更恢宏大气了，已经有二万四千多个摊位。只是时间太短，既不能回老家看望老母兄弟，也不能深入了解这个市场，大多数时间花在聆听介绍和宴饮上了。

宴席间，毛光烈市长对他送我那幅题以"鸡鸣"的书法，做了解释。其含意有三：一、我以《大上海沉没》唱出了浦东开发的第一声，特以"鸡鸣"赞我；二、将"天白"两字包含其中，"一唱雄鸡天下白"，借"鸡鸣"以状我；三、书写这幅字，正是鸡年，不忘以"鸡鸣"纪念，期待我有更大的突破。真可谓才情并茂！有这样的领导，家乡父老之福！

明晨返沪，方竟成送我。此行很有价值。

1995年·威海

十一月一日，星期三　今乘5474航班来威海参加"人与大自然环境文学研讨会"。空港在烟台，在威海之间新筑了高速公路，名为"烟威公路"。三年前给我的印象被一扫而光。到威海东山宾馆安顿下来，已天黑。一人一间，只觉窗外黑茫茫一片。

研讨会是中国环境文学研究会组织的。王蒙、刘心武、张贤亮、叶楠、黄宗英、陈祖芬、朱幼棣和老作家马加，还有中国台湾以《夜行货车》闻名的陈映真都已经来了。可谓海内外名家会聚的一次活动，章仲锷、高桦夫妇的人缘和组织能力，令人钦佩。

和朱幼棣聊到深夜。对于乡村人口流入城市问题，颇有启发。他认为最可怕

在赴刘公岛客轮上，与刘心武合影

的是下面一代。他们自成了村社，外人不得介入，拥有的资财可以左右当权者。北京就发现了一例。温州人自成系统，卖烤鸡，整个北京的烤鸡都由他们供应，这与京剧老戏配新演员无异，老板一出手就是四百万，村社组织，自然成了他们的代言人。

十一月二日，星期四 天亮，发现窗外就是渤海，白花花的海浪正抚摸着海滩。我当年来烟台看惯了这一景象，此刻想到的却是意大利之行。西西里岛巴勒莫住处就是这样，地中海海滨和这里居然一模一样，不同的是潮汐大小。

今天举行开幕式。我国首任环境保护局局长、被誉为中国"环保之父"的曲格平先生参加并致辞，然后由与会者宣读论文或讲演，有黄宗英，中国台湾学者吴召丽和张贤亮等。张贤亮介绍创建西部影城的动因，以一声"出卖荒凉"震惊四座！

十一月三日，星期五 继续大会发言，或者作品朗诵。下午，我做"人口素质的提高关键在于农民素质的提高"的发言，列举了中国农民的狭隘性，引出了不少不同意见，以致发生了争论。可惜时间太少，文学评论家鲁枢元想为我辩护也没有机会。

晚上舞会，早退，给朱幼棣参加中国作家协会写推荐信。

十一月四日，星期六 早上到海滨养殖场看渔女采集扇贝。养殖场为集体所有，三十名渔女一排儿蹲在海边沙滩上，用小刀剖开贝壳取出韧带（即鲜贝，晒干为扇贝），日采四十斤，一个月按三十天满勤计算，获一千二百斤。批发价每市斤十七元，产值是三十万元。但她们每斤报酬只有六角，每年收获只有春秋两季，难怪渔民迟迟脱不了贫。

今天到刘公岛游览。对于我，又是旧地重游。距今已有十四年，变化很大，定远舰上的大炮已经打捞上来，新建了甲午海战展览馆，设计不俗。展览馆领导亲自接待。为环境保护而来的我们,和上次一样,到了这场合,都忘记了这个小岛"海上仙山"和"世外桃源"之称提供给世人的是什么,要我们题词留念时,却是其国防战略意义。王蒙题"借古思今",张贤亮题"折戟沉沙恨未消";我题"以古为鉴""燕赵悲歌于此为烈"。

下午游览市区。这是焕然一新的城市。老城一拆而光,此举不多见。我们看到"保留"着的所谓旧城,是前些年"补旧"那一阵,从记忆中搜索出来的十字街口。

这次,与朱幼棣相聚比任何一次都久,我怎么能错过这机会?这可是新华通讯社国内部主任视野中的当代中国。晚上,和他再谈当今经济改革中的问题。重点是中外合资。不少外国老板,以合资名义,将中方企业搞垮了再收购,这已经成为众所周知的秘密。上海的盛光厂就是如此。这一点可以改入《淘沙》(即《大都会》)申公满的思想转变。

十一月五日,星期日 晨,仍到海边看渔家女收获扇贝。

大会继续发言。王蒙与张贤亮的当众调侃,为大家留下深刻印象。

下午举行闭幕式。上午,陈祖芬等已经回北京了。

1996年·苏州西山

九月二十一日,星期六 应《上海金融报》之邀,到苏州西山参加"银都"副刊笔会。

早上到人民广场乘大巴出发,同行的有《解放日报》的陆谷苇、许寅,《文汇报》的朱大路等朋友。到此才知道是大众保险公司为此刊举办"大众杯"征文的颁奖活动,顺便请我们去玩一次而已,所以也请了一些青年作者,我认识的只有陆其国。

第一次上沪宁高速公路。果然行速非凡。可惜我们乘的是国产车,最高时速仅六十公里,经过两座太湖大桥,也是第一次。下榻于上海市总工会西山疗养院。同室者,是农业银行浦东分行副行长潘中法,本来是教师,也是一位业余作者。

午后,乘游轮游石公山,名为山,其实是半岛。海灯法师在此住过十年,法师练功处的梅花桩和打坐禅房尚在。晚上于屋顶赏月闲谈。

九月二十二日,星期日 晨,和俞莹一起,到镇厦镇集市感受太湖小岛市井风情。

此小镇也是西山到东山去的码头,有摆渡轮可以渡汽车。集市出售的,除太湖的银鱼干、鱼干及白果(银杏)和粟子以外,多为鲜鱼虾,也有珍珠产品。

早餐后举行大众杯颁奖会。许寅先生在会上发言,他已七十二岁,老报人,自1946年起从事报业工作到退休,主要在《解放日报》任记者。健谈,对青年编辑提了一些要求,都是他的经验之谈。午后即出发到东山游览。摆渡、行车,半小时即到。这里不是小岛,而是太湖的东岸了。沿湖都是橘树和银杏树。可惜橘子未熟,只见农民在银杏树上采撷黄澄澄的白果。去其果肉取其核即为白果。

东山岛上的主要景点,是雕花楼和启园(席家花园),都是我们游览重点。前者,为江南第一雕花楼。是一座庄园式的仿明建筑,均是木刻浮雕,其精美,为建筑雕刻的代表,是研究中国近、现代雕刻艺术不多的实物之一,集中了此艺术传统、地方流派和技法。后者为著名山岳湖滨园林,将江南园林的小巧和湖光山色融为一体,这在中国园林中不多见。但它的出名,在于1699年,康熙南巡游太湖于此登岸,他休息于银杏树下,以为是杨梅树。此树尚存。帝皇的谬误也可成景,此树就是印证。按此计算,树龄也有三百余年。园内的双面廊颇为独特,以其避风、避雨、遮阳(即避烈日暴晒)也叫双廊、复廊。

参观后,经苏州,仍从高速公路返沪。

1996年·北京

十二月十四日,星期六　乘524航班来北京参加中国作家协会第五次代表大会。上海作家代表团与上海文联代表团同一航班。部分四届理事原应该昨天来京参加预备会议的,恰逢十三号,又是星期五,据说属"黑色星期五",都不敢坐飞机,所以今天特别热闹。

在候机室里,方全林透露了最新文讯:曹禺去世。本应该致哀的,却是一场亦庄亦谐的热议。文联内派系矛盾颇多,听说已经议定,请曹禺连任下届主席,只需在大会上走一走程序即可摆平,想不到他会来这一招,故意留下一个复杂的老局面来考验世人似的。

我不禁想到了《天堂里的笑声》。

住京西宾馆809室,给钱谷融先生做伴。钱先生尚未到达。

十二月十五日,星期日　今天上午文联和作协举行理事会,我趁此空当,分别访同来与会的章仲锷、雷达,其间,遇张炜、汤世杰、王篷、泰晋等朋友。中午,钱先生到了。

预备会议于下午在京西宾馆大礼堂举行,通过主席团成员等事项。

因明天到人民大会堂与国家领导人合影,要早起,晚上无安排。访朱幼棣。

十二月十六日,星期一　一大早起身,被送到人民大会堂。天很冷,多亏带来了呢大衣。

在宴会厅,作协和文联两大团体代表排成了一个马蹄形,等候国家领导人。到了这里才明白,紧靠领导背后的这几排人物,是很有讲究的。上海、内蒙古、天津等三个代表团和港澳代表,获得了这种尊重,或者说信任。这都是早安排好了的,主要时间花在排好队以后的等待上。等了差不多一个小时,中央领导进场。下午分组讨论江泽民的报告和作家协会章程修改方案。

在朱幼棣处,得知中央领导要求低姿态处理这两个团体代表会议的有关新闻报道。教我再次想到了曹禺去世所留下来的那个"难题",耳畔不禁又响起了《天堂里的笑声》。

昨晚《人民日报》发表评论员文章《要正确对待当前股市》,今天沪深股指暴跌,接近于崩盘。刚入市的我,注意力投在这上面,分别给潘福祥、谢军等打电话了解情况。

十二月十七日,星期二　上午,在交西大礼堂听翟泰丰关于中国作协第四届工作报告。下午讨论,批评甚尖锐。关于作协章程的修改,陈村大声表示弃权。清点弃权人数那一刻,却没有注意到他这一票。

请陈祖芬和我一起作为朱幼棣入会介绍人。她当即在申请书上签了字。

人民文学出版社陶良华将《大都会》出版合同送来,要我抽时间看一看。

十二月十八日,星期三　上午,在人民大会堂大厅听钱其琛关于当前国际形势的报告。

下午,朱镕基做当今中国经济形势的报告。很生动。他说,他做过很多报告,都没有像今天这样神经紧张,以致中午没有好好休息。本来是向作家协会和中国文联两个团体的代表们讲的,却扩大到了中宣部、中直机关工委、中央国家机关工委、解放军总政治部、中共北京市委,人数达到了六千余人。朱镕基的确能说会道,没有讲稿,数字一串串,却准确不枯燥。谈到了企业问题、农业问题、金融证券问题,等等。说到这次《人民日报》评论员文章引发的中国股市的强烈反应,他说,我们不希望暴跌,主要是为了全局考量。眼下这样疯涨,就是怕党的十五大以及香港回归时跌下来。"晚跌不如早跌",他说,"因此有人反映,中国证券市场没有牛市,也没有熊市,只有朱(猪)市"。在全场大笑声中,他报告了一个好消息,说,据他观察,今天有九十几家股票在上涨。

国家总理在这样大会上的报告,居然和我的心情碰撞了。我刚刚进入这个风险市场,本来赚了钱的,这次暴跌却被套了。这些话当然让我心情宽松了不少。

晚餐后,到友谊宾馆与日本一桥大学折敷濑兴教授晤面,他拟翻译《大上海沉没》。

陶良华送《大都会》的校样来,当晚即校阅。

十二月十九日,星期四　上午,分组酝酿委员名单。梅朵提出,上海文艺理论比较突出,尤其是年轻的评论家如陈思和、王晓明等,不应该忽略。我表示支持。并在下午选举时将这两人写在"提名"栏中。投票后即回房校读《大都会》的校样。

在讨论选举办法时,有人提出,计票应获半数票方能当选。此议获得半数上海代表的支持,包括我。但全场统计,仅有二十七人支持,二十人弃权,遂以原选举办法计票,在一百五十五名提名中产生一百四十七名委员。

杨匡满、杨匡汲兄妹俩始终不忘当年江浦中学的那份师生情,特请我到文代会会议处不远的五洲大酒店,与褚水敖及他们大学同学相聚。吃的是川菜。回京西宾馆已经晚上九点,钱谷融先生还没有回来,原来,计票到十点才结束。这位忠厚守正的老先生,规规矩矩地等到结果出来了才离场。

十二月二十日,星期五　上午大会闭幕。新的领导班子,包括荣誉主席、顾问等都"胜利"产生了。据说选举前内部斗争极其激烈。刘白羽等印发了传单,征求签名,要王蒙等做检讨。以逼迫"检讨"做突破口,取而代之。这是他们最后夺权的机会。所以我们提出票数超半数才能当选的提案未被采纳。这股紧张气氛,却延续到了会议结束。

这次庄严的、被称为"人类灵魂工程师"的作家代表大会,便这样,在我耳畔隐隐的《天堂里的笑声》中胜利闭幕。印证了六年前,在上海大观园中王蒙对我所发的那番感慨,确实不是无缘无故的。据说,这是"文革"后第一次作家代表大会,时隔十五年,我有幸见识了;不断萦回在我耳畔的这一阵阵来自天堂的笑声,似苦似涩,若讽若叹,既累且乏,我也不希望再有这种经历了。

晚上在人民大会堂宴会厅举行联欢。国家领导人参加,并一起观赏节目,一起高唱《祖国颂》。

何镇邦来访,匆匆即别。在会上,与宗璞先生、张贤亮兄相叙,代刘冬冠为"岁月书系"约稿,宗璞先生爽然答应,尽快交稿;贤亮却要到明年下半年。能参与就可以,不急。

《当代》杂志的常振家、杨新岚来看望我们。这种场合,是新朋旧友见面的良机,集中串串门即可,省掉了许多往返于途的时间和精力。

七　从"老龙头"经河西走廊到敦煌

1997年·烟台、荣成"天尽头"、大鱼岛

六月二十七日，星期五　今天，以《上海证券报》"文学工作室"主任的名义，乘5533航班来烟台采访。与周俊生、冯莉同行。隋老板派司机小刘来机场接我们。

这是我时隔十五年后再来烟台。就沿途所见，与1982年相比，除了沿海一些街道、房屋之外，都已不可辨认。变化最大的，是此刻开始接触到的"民风"。

隋老板隋意，原名隋学意，因儿子的老师在家长会上写成了隋意，他觉得很豪爽，就替代了原名行世。他的公司在烟台山公园内烟台山宾馆。其助手邱习阶将我们安置于金海湾酒家，属此地最好酒家，五星级。然后陪我们到太阳城美容院洗头、洗脚（按摩脚心），外地风行这些，我却是第一次经历，像刘姥姥进大观园，怕闹笑话，全听他安排。

六月二十八日，星期六　上午去蓬莱。周俊生和冯莉都是第一次，我陪同他俩旧地重游。和其他旅游景点一样，原有的古迹，都借用"扩景""修葺"之类的名义和手段，淹没在无孔不入、俗不可耐的商业设施中了。在蓬莱阁上，增添了八仙的塑像，神不神，佛非佛，庙不像庙，寺不像寺，此阁的西端，新辟一景点，为了用缆车上去登高观景，却绕开了极具文物价值的水城。前后相比，唯有感叹而已！

午后返金海湾。主人还要安排什么娱乐活动，我们却要求立即开始访谈。隋老板就假座金海湾酒吧间聊开了。他1984年从部队退伍，被安排到某国有企业任厂长，不久辞职下海，先开餐馆，继而做水产生意，出口日本，并在上海注册了一家公司，打算从烟台运到云南瑞丽销售，因成本太高，改到孟加拉湾采购，再运到云南出手。生意越做越大。1994年股票跌入低谷，他凭胆识入市买入兴业、凌桥、延中等股票而发了大财，如今，他把商业承包给各个部门，将自己主要精力投入股市，资

金上亿。

晚上,到晶晶海鲜馆用餐,请来了在海南岛一别多年的矫健。饭后,回金海湾,想不到隋老板安排的"余兴",竟是请了几位姑娘来"按摩"。安排给我的那位只有十九岁,却应对自如,从容不迫,远远超过她的年龄。这种"时尚",我早有耳闻,竟在这儿碰上了!我十分恐惧。说真的,我非柳下惠,也不是没有那种好奇,而是随着这种时尚一起传到我耳中的,都是比传统花柳病更可怕的艾滋病,她越老到,越从容不迫,我越害怕,从隋老板说的生意做到孟加拉湾的那种风情,想到了瑞丽,甚至想到了小房在大理小旅馆里遭遇的那些暗娼,更害怕。害怕她的诱惑,更害怕自己的失控。交谈几句,即当机立断,打发她离去。

我站在窗口,为今晚所遇沉思。窗外处处高楼大厦,此时此刻,展示在我眼前的,却是夜幕深垂,仍如海滨的那个渔村。

六月二十九日,星期日　早上告别烟台到威海,午后随主人到了荣成的"天尽头"。

"天尽头",人称"中国的好望角",和"天涯海角"一样,是地域标志性景点,此行最吸引我的,就是此处。在荣成成山镇,因地处成山山脉最东端、也是中国最东端海陆交接处而得名,自古就被看成"太阳启升的地方"。传说秦始皇为求长生不死药,遣人到此地出海寻访,无功而返。在那三面环海,一面接陆的尖端,我希望看到"天尽头"的标志物,像"天涯海角"之类的碑石或题刻。却未见踪影。按文字资料介绍,此处最美的景点是"成山头",被称为仅次于海南岛三亚的亚龙湾、台湾野柳的"中国最美海岸"。看来没有言过其实。海岸线变幻莫测,充满野性的张力和冲击感。距韩国只有一百公里。只是其名气远远不如前两地。我们也没有问"成山头"是否就是这里,只跟着主人走,所到的,满眼是商贩和俗文化,即便到了,曾经有过一些具有人文价值的东西,恐怕也就这样被淹没了。

跟主人沿着海岸西行,来到了大鱼岛。大鱼岛,当年与大寨齐名,扬言要供应全世界每人四两鱼鲜的另一"标杆"。小小渔村,却有县级市的规模。胡绳所题的,"不是城市似城市,如此渔村胜城市",倒相当恰切。隋意的老家就在这里。我们被请到他家做客。两幢水泥大住宅,建在一座山峰之下,面对一片汪洋的黄海。好风水呀!隋夫人独自守在这里,隋老板顾不上家,房子建成十年,居然没有装修。茶水很清纯,带甜味,原来是在山之麓打了井,打了一半便得水,真山泉也!

下榻于大鱼岛宾馆。晚上又是宴饮。由隋老板的胞弟、在这里经营水产生意的隋学港总经理做东,他的荣成宝石渔业有限公司系中外合资,上海浦东的带鱼,

60%是由他们供应的,他们在水产作业区到渔船上向渔民收购,直接送到日本出售。据说,公司近期在证券交易所申请上市,A股B股同时发行。

此处招待客人,似乎非请女郎作陪不可。宴饮罢,邱助理又要找"按摩"小姐来给我们服务。我断然谢绝。于是带我去参观"按摩室"。别以为这种生意的市场很大,这个渔村虽然像城市,按摩室却只有一家,而且设施简陋。显然只是小部分人所好。见我关注这方面规模,邱助理索性找到了另一家宾馆芬兰浴室以打发这个夜晚。新开张的,仍然有按摩,修剪指甲,却相当健康。按摩女郎分明经过训练,是正宗的穴位按摩,趁按摩间,我和她做了简单交流。她来自黑龙江的佳木斯,工作还不满一个月,二十五岁,初中毕业。她说,在这里修剪指甲的年轻人,男的女的都来自扬州。我问,有无"特殊服务"?显然,她一听就懂这"特殊"指的是什么,说,浴室内没有。但住在宾馆里的客人需要的话,可以和服务台联系。原来只是一种"经营项目",难怪了!也算开了眼界。

六月三十日,星期一 今返烟台。之前,先到威海刘公岛。我是第三次来了,奉陪周、冯两位而已。正逢假日,游人如织。很想早一点回去,看香港回归的电视直播。可是隋老板盛情难却,中午在净雅酒家设海鲜宴饯行。据介绍,这一家酒家,有"威海海鲜第一家"之誉。反正都是广告,见识一下也无妨,心想,这几天连着吃海鲜,不管到哪一家,都应该腻味了。新鲜的海参,清炒的海蟹,三只一斤的大对虾,如板栗般长刺的海胆,尝到了从来没有品尝过的海鲜,要教这样的味觉神经接受并赞美,并不容易。岂料,这一家,却真的做出其特色来了。就说海参,制作与众不同。可惜我不是美食家,只觉得其味特别鲜,遗憾无法把这种鲜细致地描述。

回烟台,再次请隋老板谈谈他的经营理念,补了上次访谈的遗漏,便告别。仍由小刘送到机场。5534次航班误了两个多钟点,回家已近午夜。只在出租车的广播中,听到香港回归交接的盛况。错过观看这一历史性时刻,是这次烟台之行的一大遗憾。

1997年·北戴河、北京

八月一日,星期五 今由中国作家协会创联室安排,偕霞麟来北戴河度假,所乘航班仅一百余人,每日一班,难怪飞机票这么紧张了。季节性太强,无法增加航班,夏日一过,就没有人来这滨海小城消暑。为此,机场也窄小,还不如上海人民广场宽大。

同行的是徐俊西夫妇、殷慧芬。中国作家协会派车来机场接我们。一小时后即到"中国作家协会创作之家"。一进门就失望。选择这个地方建立"创作之家"绝对是好主意,可惜未精心经营,不说别的,居然不安装空调。中国著名避暑胜地的天气,给我们的第一感觉,比上海还要闷热,阴云密布,时闻雷声。室内一坐,就流汗如注。虽然备有电风扇,但对于早已习惯空调的南方人,自然不满足这种解暑降温的设置。其他供应,也与20世纪50年代的旅馆无异。比如,毛巾、牙刷、牙膏之类,早已在旅行必备目录中删除了的,这儿却不供应,害得徐、殷两家子,忙于出门购买。亏得我太太生来就有"以备不时之需"的细心与那种不怕累赘的耐心,总是随身携带。徐俊西说,如果这里没有安排游览景点,就早一点去北京吧。但这要等翟泰丰来了才能决定。

王蒙一家一星期前就来了。我们办好了手续,进入了住宿楼,头一个碰到的就是他。一阵欢呼,把所有不满足都抛开了。确实不只是我们这三家人的事。到食堂吃晚饭的时候,发现翟泰丰、张锲、陆文夫、李准他们几家都来了。还有《小兵张嘎》的作者徐光耀和周政保。徐光耀一听我是俞天白,竟脱口而出:这么年轻啊?这位与孙犁先生交往颇多的老作家,以为《吾也狂医生》的作者,一定和老中医一样,是须发皆白的老翁!

利用等待翟泰丰来重新安排住宿的空隙,我们上海来的一行五人,到北戴河海滨游泳场和市区转了一圈。城区无大特色;海滨游泳场人太多,浪很大,水也混浊,激不起下水的兴趣。这些印象,助长了我们早一点到北京去的心情。看明天如何安排吧!

晚上八点,我们集中到会议室,举行新时地公司向创作之家捐赠仪式。只是为了十万元,我们这些以王蒙、陆文夫为首的作家,都和这位年纪不到三十岁的企业经理合照(还由翟泰丰为代表送了一块秦砖),也实在太冤枉了,连王蒙他们都愿放下身段,对这个创作之家的不足与寒碜,也就情有可原了。

晚上,雷雨交加。气温稍有下降,可望在凉爽中得以安眠。

八月二日,星期六 上午座谈。由翟泰丰和李准主持。除了王蒙都参加了。主要是谈创作中有什么困难和要求。翟泰丰认为,当今,中央对于文学创作的基本方针是明确的,就是尊重创作规律,尊重作家个性。中国作家协会将为此给作家创造条件。李准首先发言,这位和《不能走那条路》成名的小说家同姓同名的青年评论家,希望接受过去的教训,不要再搞领导出思想、作家出技巧、群众出生活的方法了。他所举例子中，有"五个一工程"中单一化、简单化的一些情况，希望能够改正。陆文夫谈了过去领导管得过多过细，一哄而上之类的弊端。他认为这不是新问题，林默涵就曾对此提出批评，当时文艺界都以演《雷锋》《夺印》《霓虹灯下的哨兵》为己任，于是出现了"雷锋向霓虹灯下的哨兵夺印"的笑话，希望引以为戒。徐俊西则对什么是文艺创作规律提出质疑，他认为，明确地说什么是文艺创作规律，是不切实际的，只能排一排哪些是不符合文艺规律的现象。大家围绕这一话题，发言颇为自由。其间，对这几天的活动做了安排。我们上海来的，表示将到山海关去游览，并提前离开北戴河到北京去。

下午游泳。泳场的水质很差，泳者照样多，密密麻麻的。转而到鸽子窝公园之南的东山浴场，水质略好，但是，泳者仍然多得像下饺子。我夫妇俩没有下水，坐在沙滩上，拿摄像机拍摄风景。多谢周政保给我们借来了一把太阳伞遮阳，是租借的，两个小时的租金竟要四十元！到底是旅游避暑胜地，牟利有术，生财有道！

八月三日，星期日 焦祖尧从太原赶到了，旧友重逢！翟泰丰和张锲返京。

今天未安排集体活动。我们上海一行，到北戴河外交人员休养处的附近去转了转。这是集中了北戴河各种自然优势的地段之一。海面辽阔，水清无浪，海边岩石参差。我们乘上当地船工经营的木质游船畅游海面，每人十元，限半小时。坐在晃晃悠悠的小船上泛舟渤海湾，遥看水天相接处，别有一番风味。

下午，到南戴河浴场去游泳。这里比东山浴场的海面和沙滩更宽广，但泳者仍然如下饺子，收费却更高。助泳之橡皮圈、遮阳伞，均为服务人员垄断，一只助泳圈十元，一把遮阳伞五十元，竹躺椅每把二十元，都以小时计。原来，这里的管理处将沙滩出租给个人经营了，每一米一万元！和我们打交道的这一服务处，承包了二百米，也就是说，在避暑的这两个月内，要向管理处交付二百万元！王蒙说：磨了十个月的这一把刀，怎么不锋利啊？

创作之家的服务员小张告诉我们，过去是不收费的，今年刚刚开始。

晚上，逛集市贸易市场。规模相当大，都是地摊。与义乌相比，还处于原始阶段。

八月四日，星期一 一早出发，游老龙头、姜女庙和山海关。这些地方，闻名已久。只是天太热，加上有了摄像机，不拍摄对不起它也对不起同伙，自然成了累赘，游程竟像赶任务。尤其是到"老龙头"。明长城东部入海处的这一段"入海石城"，得

我来这个世界正好一个甲子，选择这一天来到这儿，难道是老天爷刻意安排的吗

此名，是因为犹如龙首探入大海，弄涛舞浪。按说，这样的地方，不见波涛兴，也应有盈耳的风浪声，却闷得汗出如雨，浑身湿透。游人实在太多太密集了。凡是景色壮丽之处，都拥挤得无法摄像，最典型的是"老龙头"石碑竖立的地方，拍一张照片就需要排几分钟队。

据陪同我们游览的小张介绍，这里的闷热是地势使然。往西走，便凉快了。在吐鲁番体验过盆地气温的我，完全相信。事实确实如此，游罢姜女庙到山海关，便有了习习凉风。到姜女庙是中午，也是热的。庙宇很小，凭孟姜女寻夫的传说构建景点，"望夫石""梳妆台"以外没有值得一游之处。登高可以眺望渤海，因闷热而无意举足，徘徊在庙前七个"朝"和七个"长"那副谜语般的楹联和"天下第一关"的碑刻面前，以求破解。相信一定有答案的，前者无疑是文字游戏；后者却必有历史背景，否则，这块石碑不可能竖在这个庙内的西侧。只因我们都不过是走马观花之过客罢了。

山海关，明长城唯一与大海相交的这一"天下第一关"，我向往已久，很想现场亲身体验，这一"关"，是如何"北倚燕山，南连渤海"而有了"山海"之"雄"的。却走错了路线。应该从穿越镌有"天下第一关"城门开始的，我们却倒着走，并从原路返回，来去均在城上，不说别的，居高临下，怎能感受雄伟的气势？殷慧芬发现了这一疏忽，遗憾不迭，要求重新从城门去走一遍。时间却来不及了，三点整要回车集合。我却一笑置之。雄伟，只是一种角度的选择，其中最需要仰视，对此，历史和现实，都有精心制造仰视，使自己形象伟岸的例证，只是人情世故与利害关系，让我们有此领会也不便点破罢了。至于"山"与"海"之间，如何交会成这一"边郡之咽喉，京师之保障"的重要关隘，不攀登到可以俯视的高度，也未必能够领略。

汪浙成从杭州来，也是旧友重逢。王蒙一家今晨返京。焦祖尧提前回山西。此地虽然留不住人，但也不断有人来，而且争着来。我在这儿看到了生活的缩影。

八月五日，星期二　上午到联峰公园游览。离市区不远。这里因"林彪楼"而出名。1973年9月13日，林家父子"五七一工程"事发，仓皇出逃，就是从这里直奔北戴河飞机场，然后折戟沉沙于温都尔汗的。如今开放了。门票卖到六元一张。无非是军营的遗留，林木间一排灰砖瓦的平房和两层楼的建筑群。出于好奇而来此游览的男男女女，吸引来了许多小商贩，多数是出售饮料的。我们不想花这笔钱，从后门转到前门就离去。

此外值得一去的，就是登高眺望渤海与北戴河全景的"铁塔"。名曰"塔"，其实是一座以钢材搭成的登高瞭望台，从罗旋梯盘旋而上，共七级，有一层楼高低，眺望四周，估计原是一座用于警戒的观察台。除北戴河市容值得定神审视以外，其他均平平。

下午，原打算到鸽子窝游览，因众人建议改为游泳。仍到南戴河沙滩。今天不是假日，泳者骤减，租金随之下跌，一把伞、两只橡皮圈，仅花六十元。

此处一位刘姓诗人和一位徐姓评论家邀请殷慧芬吃晚饭，把我们都拉去了。在"怪园大酒家"，紧挨"奇楼怪园"游乐场。这儿却有特色。"奇楼怪园"门外有一副广告联语，颇不俗："说奇就奇，不奇也奇；说怪就怪，不怪也怪。"据说，民国时期有个外国人，独身，来此建造一楼，奇形怪状如大树，一间又一间，如八阵图，有的进去了竟出不来。中华人民共和国成立，此人回国，"文革"造反派认为外国人留下的东西都有政治阴谋，何况如此之怪，不拆毁还拆什么？于是只留下了这个地名和一份帮人赚钱的神秘。

八月六日，星期三　告别北戴河，和陆文夫等一起乘K228次双层列车来北京。这是旅游车，倒也清洁快速，原该六个小时的旅程，不到三小时就到了。

中国作家协会派车来火车站接我们，下榻于中国作家协会招待所，它就附在新建的办公大楼内，其设施与宾馆不相上下。安顿好，我到大厅给上海打长途电话，碰到了仲锷夫妇，即请到房内相聚，不久，来了杨匡满，得知陆文夫也来了，即与仲锷一起往访。听说陆文夫将来北京担任《中国作家》杂志主编。

晚上，我们夫妇俩和徐俊西夫妇一起到王府井、天安门去转了一转，霞麟是第一次来北京，第一次到天安门。游罢已是八点半，回到王府井，打算找一家餐饮店用晚餐，居然都打烊了。到九点半，才找到一家正待关门休息的"红高粱"快餐店，经过商量，才"破例"地让我们填饱肚子。这就是首都北京与上海的区别吧？

八月七日,星期四　今到长城、十三陵的定陵与长陵游览。

长城是旧地重游,而且是第三次。这次是奉陪没有来过的霞麟和徐俊西夫人的。游人更多了,熙熙攘攘的,简直无法拉开距离照相。游兴索然,天气又热,走得气喘吁吁的,完全像赶任务。定陵、长陵同样如此。到长陵已是四点,游人稀落了,我们体力却是强弩之末,完成某项任务一般匆匆而过,最后的陵寝,竟然不想再去。

幸而,中国作家协会有关部门给我们安排了车辆,司机也耐心等候、接送,总算高高兴兴地完成了任务。到北京后,殷慧芬无家属要陪伴,就采访去了。原来,她是带着创作"汽车城"的任务来的。

1997年·银川、中卫、张掖、敦煌、德令哈、鲁沙尔镇、西宁、兰州

八月二十三日,星期六　今来银川。一睹黄土高原风光,是我久所向往的。是上海电视剧学会组织的活动,由黄海芹带队。

乘2524航班,是载客一百名的小飞机,震荡很厉害。昨天忙于把《金环套》连载稿改好交给报社,没有休息好。飞机到咸阳加油,两次起降,很想吐。对于我,前所未有。

咸阳机场停留四十分钟,一批来西安旅游的日本游客换成了到银川的农民。飞机重新起飞。转眼间到了银川。扑入眼帘的宁夏回族自治区首府的飞机场,格局竟比北戴河机场还要小,房子低矮简陋,取行李处,居然像我们居民小区的自行车车棚。宁夏电视台的朋友把我们一行接到了银都宾馆,和宁夏电视台同一幢大楼。

与我同室的朋友来自北京,是统战部《围棋》杂志的刘洛生先生。

到此,我才明白参加活动的具体名称:"97宁夏·上海电视剧研讨会"。我的《大都会》二十多集电视连续剧正在筹拍,也算是从第一线来参与的。与会者有表演艺术家祝希娟,作家有张贤亮、苏叔阳、叶辛等。叶辛没有来;和张贤亮是老友重逢;剧作家苏叔阳是初次见面,气质优雅,正如我所想象的。

晚餐时,结识宁夏电视制作中心一级导演倪竟星,才知道,他已经接受李莉邀请,将到上海与北京的张奇虹一起,导演我的《大都会》。

餐后逛夜市。给我的感觉和飞机场差不多,气局太小。整个银川灰蒙蒙的,建筑低矮、简陋、陈旧,即便有新建的高楼,也被灰蒙蒙浸染似的,同样蒙在沙尘中。至今没有摆脱当年陕北的荒凉和艰苦。"出卖荒凉",真的,在商品经济席卷华夏的今天,这儿,除了荒凉,确实没什么可以出卖。夜市就是一条美食街。无以数计的

摊头，都是"大排档"，大同小异的格局，热气腾腾的都是羊蹄、鸡蛋、田螺。整个市面充斥着一股浓郁的油烟味。书摊不少，出售的除了股票买卖之类的书籍，就是揭秘，最多是揭王宝森事件的，京沪不准卖的禁书也有。也有天安门广场般的广场，有城楼、钟楼、鼓楼。正值夜晚，没有弄清楚是否开放。照样蒙在一片灰土中一般，给了我一股驱除不去的衰败感。

整个银川埋在灰土里，整个夜市浸在油烟里。这就是银川给我的第一印象。

八月二十四日，星期日　今天举行研讨会。会前，《大都会》责编谢其规，建议我和他向倪竟星介绍《大都会》剧情。倪要在这两天看完剧本，30日赶到上海去。

此地文化管理部门，在宾馆大楼上挂起了巨大红色横幅，把祝希娟、苏叔阳和我的姓名都打在上面。重视这类文化交流是应该的，但做表面文章易，落到实处难，如此招摇，会更被动。这个城市灰蒙蒙的荒凉印象，教我产生了这种忧虑不安。

会议十点举行。自治区政府副主席任启兴、宣传部副部长张怀武、宁夏广电厅副厅长严素琴等出席开幕仪式。文联主席张贤亮因病未到。下午，上海、宁夏交流电视剧制作的经验。祝希娟介绍了她在深圳电视台电视剧制作的现状和体会。苏叔阳发言，除介绍北京电视剧制作情况以外，还对当今电视文化发表了自己的看法，颇有见解。

八月二十五日，星期一　今天到镇北堡西部影城参观。算真正到现场见证贤亮兄是如何"出卖荒凉"的了。这一电视电影拍摄基地，确实是他亲自在一片荒漠的黄土地上开辟出来的。以一部《红高粱》亮相，张艺谋、巩俐、姜文从这里走向中国，走向世界。连续诞生了《新龙门客栈》等三十几部国内外闻名的影视作品。

贤亮兄抱病等候在影城大门口迎接我们，然后一路陪同，一路讲解。他讲解的，不是在这儿拍摄的电视电影的剧情、经过、影响，而是在这种荒漠土地上，如何用文化艺术改变乡亲的命运，改变族群的生存状态。步步都是"出卖荒凉"这一命题的现场诠释。本来学经济科学的他，概括起来，都在他说的这句经济与文学渗透的话语中：我这一实践，是说明文化也是生产力。为此，他对基地的一些拍摄点，都做了精心布局。笔笔落到实处，不仅仅是拍摄期间的布景，也是永久性的旅游景点。他将各部电影电视的典型剧照，悬挂于拍摄点，请著名书法家书写剧名，编上取景号，并写上"巩俐、姜文从这里走向世界"之类的说明。此外，他还保留了1958年"大跃进"中大炼钢铁的小土炉，以及氧化铁，自成一个景点。这些露天的

贤亮兄带我验证他是怎样"出卖荒凉"的

"展品"还不足以概括,更有陈列室。我被深深地感动,表示,完全可以给这里写个报告文学!他当即兴奋地说,你来写太合适了!见我未拒绝,就说等会儿我给你一些资料!他的话匣子越发敞开了,坦陈他的"出卖荒凉"之说,是怎么诞生的。那是有中央领导来这里参观的时候,吴邦国感叹:"这么荒凉的地方,给你搞出这个,真不容易呀!"他当即回答说:"没有办法,我们能够出卖的,只有荒凉!"

我的脑子便在这件事上转开了。当陈列室服务员要我留言的那一刻,我信笔所题的,也就是打算写的这篇报告文学的题目:《贤亮兄的又一绝:化腐朽为神奇》。

告别张贤亮和西部影城,来到贺兰山。

《满江红·怒发冲冠》不管是否岳飞所写,贺兰山都因词中"踏破贺兰山缺"被人敬仰如圣地。"缺"指的是平地,我却始终视它为战场,虽然中国十大古战场名录中没有它,属于重要关隘却是肯定无疑的。对我吸引力当然不减。车辆把我们先送到地震观察局。此地有商店,出售贺兰石制作的工艺品和砚台。我们无意于此,徒步登山,太荒凉了,无甚风景可观赏,到贺兰山主庙即止。这主庙,就是关隘,而非景点。再上去,就是长城,有建于两山夹峙的山坳中的"三道关"(即头道卡、二道卡和三道卡)的头道卡,可远眺阿拉善高原进入宁夏平原的沙漠。我们不想再往上攀登,到这里,就明白之所以教军事家誓言"踏破"的原因,也真正读懂这一首慷慨激昂的爱国名篇了。万马奔腾一般的群山,处处都是峭壁悬崖,它在黄河河套平原上的险要,对于我方,远胜于铁壁钢墙;对于敌方,却是易守难攻的门户。在那种敌强我弱的情势下,率军要将它"踏"为平地,不是"守",而是"攻",着眼于"攻"方能"雪"靖康之"耻","灭""臣子"心头之"恨",这是多么艰难!贺兰山就是军事家报国图强意志的试金石。它之所以名压重镇,并始终与岳飞连在一起,就因为爱国者这种不屈不挠的进击精神,也是这首经典之所以成为经典的原因。

返回地震局,重新上车,到银川西郊贺兰山东麓的西夏王陵游览。

西夏王陵，素来有"中国金字塔"之称。九座西夏王陵和二百多座贵族官僚的陪葬墓，分布于五十平方公里的岗、阜、丘、垄上。但我们只看到一个个土堆，不是岁月的侵蚀，而是人为，西夏王国仅存在一百九十八年，被成吉思汗所灭。成吉思汗征服欧亚数十国，征服西夏却花了二十五年，恨其顽强而毁其陵园。

西夏有自己的文字，有文字就有语言。可惜至今无人能够翻译，将与语言一样消失。

午后，过黄河大桥，到"河沟遗址"参观。遗址在通向黄河的一条小沟中。系两千多年前的人类生活遗迹。被考古学家发现而闻名。其中有古长城，系用泥土垒成，今已风化，蜿蜒之走势与烽火台仍然有迹可寻。可以想象当年的不凡气势。我不禁捡了两块长城砖的碎片以留纪念。和顾国兴的几句对话，值得一记：

顾国兴说："大自然的力量真大！"

我说："有力量，但还要有耐心。"

顾说："对，它有的是时间。"

随口所言，却道出了力量、耐心、时间的辩证法。

八月二十六日，星期二　今天到沙湖游览。"沙湖"两字为江泽民题写。接待处挂满了中央领导来参观的照片。他们来宁夏，都不会错过这地方。

沙湖旅游区负责人亲自接待并做介绍。

这里本来是荒无人烟的沙丘，1986年开发成宁夏主要旅游区，水面一万五千余亩。一般而言，南方有水没有沙，北方有沙没有水。此地开发成了有水又有沙的一块绿地。沙水之间都是芦苇。别处的芦苇是一片片的，此处却是<u>一丛丛</u>的，龟背竹似的。水中有二十八种鱼类，鱼虾蟹龟鳖都有，也有娃娃鱼，但只能生存，不能繁殖。还有鸟岛，有一百多种鸟类，有白鹤、鸳鸯等。是封闭的，只有特殊客人才能上岛。经过几年经营，1996年以后，每年收入达三百万。成为全国二十五个王牌景点之一。开发到这地步，确实不易。因为此处都是碱地，有农场，可以开发的面积有二十八万亩，但至今只开发了六万亩。

介绍罢，他破例陪同我们进了鸟岛。于是有了湖上泛舟的体验和对湖面细致的观察。芦苇果真与众不同，<u>一丛丛</u>，在湖水中排列出许多纵横交错、变幻莫测的港汊，不禁教人从"芦苇荡"，想到那个动荡、荡涤、荡漾之类包含着不安定的"荡"字。船进港汊，惊起水中鱼儿，鲢鱼竟跳到了船中！水是淡的，或许含碱，但我尝不出来。

到了鸟岛才明白,这里的所谓"岛"屿者,乃芦苇密集之处也,并非突出水面"漂浮"于水域的土地。栖息的鸟类很多,多为不知名的水鸟。正在构筑"观鸟台",开始动鸟的脑筋营利了。我不禁说,观鸟台筑好了,恐怕鸟就不来了。但愿不要被言中。

弃舟上岸,到沙丘游览。这儿是供游客活动的景点。大家脱鞋去袜,赤足登丘,沙丘相当高,可见整个沙湖水域,也可见湖之阳,茫茫沙漠中此起彼伏的沙丘。有陡峭的沙梁,供我们滑沙,一试,有惊无险。有电缆车可以送我们上去一再滑行,不过要收费,每人十元。也可骑骆驼,我们不敢试。

乘快艇回接待处。照样要我们题词留念。由苏叔阳和我代表。我题诗一首:"西湖落西夏,阳澄绿夺沙。造化力神奇,只为大同家。"

三点半回银川。明天,我们将告别此地,到河西走廊看看。宁夏宣传部由广厦公司吴都春之醇总经理陈宝庆,假座他们公司属下之吴都大酒店十四楼旋转餐厅宴请我们。火锅,边吃边观赏银川夜景。无奈,银川尚未成为不夜城,白费了这么现代化的设施。

八月二十七日,星期三　告别银川南行。坐中巴。仍由宁夏电视台委派杨占山、陈永德和都英三位不辞辛劳地陪同。经永宁、李俊堡到青铜峡。

青铜峡处于贺兰山下,以它命名的黄河大峡谷,是黄河上游最后一道峡谷。它处于刘家峡、龙羊峡下游。两岸山壁对峙,深谷湍流,气势磅礴,有"十里长峡,黄河之魂"之称。因河面不宽,水坝缺乏气势。器局比十年前我所到的刘家峡小得多了。江岸长满了蒲草。风很大,河面上掀起滚滚浪涛。

我们来到这里,不是游览青铜峡,而是访古,游一百零八塔。都是元代所建的喇嘛塔。塔在黄河对面,谷深流湍,风大浪高,小游艇只能载坐五人方能靠岸。经过片刻犹豫,我还是迎着扑面的风浪,渡过了黄河。还真值得冒这份险。群塔曾经失修,如今所见的是新近重修的,修缮不得法,缺乏古朴遗迹感。如果不介绍,还以为又逢假古董。但我觉得最值得的,是在拥有"黄河之魂"之称的峡谷,迎着急风险浪,横渡了我们的母亲河!

午后,骄阳如火。继续前行,车窗外,山上咆沙如雪般覆盖,经枣园堡、胜金关而到达中卫。这是一条沿黄河上行的线路。中卫县之整洁胜过银川。先到高庙游览。寺院古刹我见得多矣,唯有此处独有风貌。门殿、前殿、中殿……沿中轴线渐次加叠升高,到大雄宝殿共五层,重楼叠阁,气势雄伟,全部是木结构。创建于明永乐年间(1403年前后),历代屡有扩建,我们所见的是1942年火灾以后重建的。这种独特的造型,为中外罕见的古建筑群,是宁夏佛教寺庙中历史文物重点保护单位之一。

投宿于中卫宾馆。建筑设计,一看就知是当年中卫县招待所改建的。

接受县长和文联主席的晚宴,然后游览市容。最热闹处是鼓楼。鼓楼,是一幢城堡上有三层飞檐的建筑,呈四方形。画栋雕梁,与高庙同样精致。坐落于大街十字路口,以她为中心形成了一个圆形街区,谓之外圆内方,取法于钱币形之天地也。晚上比白天人气旺。

晚十点,县委副书记、组织部部长来访,在我房内谈了半小时,介绍当地古迹与治理办法。从登临贺兰山开始,有一意念潜入我的心中:这一带,是洒遍了岳家军抗金鲜血的热土,除了贺兰山,还应该留有很多遗迹。此刻,我便把经过"胜金关"的疑问提了出来。果然是纪念岳飞大败金兵之处而得名的。途经这样一方土地,没有停车走走,可惜了。

不过,到了这里,最应该关注的是河西走廊的风物。中国人总说,不到大西北,不知中国之宽广;不到河西走廊,不知中国之多元。不错,我在新疆已经真切地体验了前半句。到此,阿拉善高原以南(其中有贺兰山)、祁连山以北,是一个从西北向东南延伸的狭长地带,因形如走廊,又在黄河以西而被称为河西走廊,起止点,是从乌鞘岭到进入东疆的隘口星星峡;但此概念,却被历史活动扩大,中心是武威,西端可到嘉峪关、敦煌直至玉门。其间设有"甘州五卫"。张掖古称甘州,就是以张掖为首的防卫线,左卫就是张掖,还有右卫、前卫、后卫,这个"中卫",就是这么排出来的。从中可见,和贺兰山一样,这"走廊"曾经是攻守不绝的边境线,长城就是频繁而又惨烈的民族摩擦、冲突的见证,肯定也是多元文明交会融合最频繁的地带,这比寻找岳家军的遗迹更有价值,我们却未问及。

好在行程还只是开始。

八月二十八日,星期四 既是晨跑习惯,更是被寻踪"走廊"文化的驱使,一大早我便独个儿跑到鼓楼,再次细细鉴赏。正确名称是"新鼓楼",是中卫县重点保护文物。东南西北四扇门楣上,分别题有"锁扼青铜""对峙香严""爽挹沙山"和"控制边陲"。均为颜体,描以金粉。我最关注的,是多元文明交会的"边陲"。

早餐后,到沙坡头游览。这里是腾格里大沙漠的边缘,可以说,是人与沙漠较量的第一线,沙坡地就以固沙林保护兰新铁路与黄河流域的耕地闻名于世。

1994年,联合国环境组织将它列为世界环境有成效的五百个范例之一。黄河在此九曲十八弯,沙丘与林带相交错,颇为壮观,防沙林以偏柏、沙拐枣、沙棒等为主。

主人很热情,提供骆驼给我们代步。能够进入处处是沙丘的腾格里大沙漠一游,够吸引人的了,"乘坐"这种"沙漠之舟"前行,就更典型、更有诱惑力,教我把所有恐惧都抛开了。不过,跨上去的到底是庞然活物,提心吊胆的,生怕滑下来。来自大漠的风,也突然张狂起来,惊沙扑面,驼行百米,就黄沙满身,只能折回,但总算体验了。

接着参观治沙展览馆。又要我们题词。这时候,我也倒真想写一首诗,立即握笔,口占一绝:"绿色长城胜于金,枝枝叶叶汗浇成。他年有缘重游此,不见沙丘只见林。"中饭以后,他们要我将此诗用毛笔书写在宣纸上,于是,我又写了一首:"黄河崩天裂地,难敌大漠夺志。中卫固沙有术,还我黄河品格。"

接下来,兰州铁路局银川分局环保委员会负责人,向我们介绍治沙概况,然后乘羊皮筏畅游黄河。羊皮筏用十四只全羊皮灌气托起竹架,漂浮于急流之上。游客坐于团垫上,连同负责划桨的筏客一共五人。在一段特供羊皮筏过河的河面上漂游,河中筑坝以减缓流水的冲击。分成缓流和急流等不同的档次,供游客选择。收费不同,缓流每人二十元,进入急流漂浮,每公里加五元。我们选择了后者,却体验不到激流的惊险,感觉上远远不及横渡青铜峡那样"值得"。乘筏以后,又由此地旅游部门介绍游览景点,然后又是题词。在这里,我居然成了题词专业户!我代表团体题写:"绿,意味着生命与未来;以绿治沙,也就是意味着创造生命与未来。"然后请大家签名。

返中卫,集体浏览了新鼓楼。对我来说,是从外表深入内核了。从外表看,是文物建筑,很有文化气息,巍峨庄严,为中卫一大景观;上了楼,很想看到多元文化是如何在此交融的,却大失所望,塑造了神像,而且很粗糙,墙上题了许多劝人为善的喻世诗句,绘了《二十四孝图》,俗气扑面。

八月二十九日,星期五　一早出发向西进发。仍经沙坡头离开宁夏进入甘肃。

在宁夏境内,我们是溯黄河上行,一进入甘肃,经古浪县,即告别黄河,也告别明长城而沿秦代古长城西行,将奔腾的黄河抛在东部,真正行走在河西走廊上了。景观随之改变,很独特,尤其是经过"绣花铺"以后。长城与312国道完全平行,进入山丹县境,对古长城的保存尤为重视,哪怕是一小段也受到悉心保护。

都是长城,但修筑年代毕竟相差很大,秦长城与八达岭所见的明长城完全不同。都是干打垒式的泥墙,墙面没有一块砖石,包括烽火台,日久天长,都被风化了,风化得一层层的,露出了当时替代钢筋的芦苇。估计下世纪上半叶将不复存在,要是存在,也只是一条高出地表的黄土垅作为遗址供后人凭吊而已。

民风古朴。上午经裴家营,正逢集市,小街上除了收购粮食的店家规模略为可观,所见者唯有两旁的小摊,出售的都是水果之类的农副产品,外来的商品,只有布匹摊,一匹匹摆在摊头,供人选择,都是量尺寸零星购买,教我想到幼时江湾镇上的绸布店。出售成衣的几乎没有,就别说什么衣饰的流行与时尚了。可见自然经济仍在这儿起着主导作用。更见淳朴、淳朴到匪夷所思者,是到高坝镇吃中饭那一刻,农业银行和杂货店午休都不关门,敞开了营业厅,柜台里面竟然空无一人!

离开高坝,本可以到武威一游。武威是霍去病击败匈奴,为显示大汉帝国武功军威而得名的,与张掖、酒泉、敦煌,在西汉元狩二年(前121)就以酒泉为开端,设立"河西四郡"了。这是边防要塞,也是通往西域的通道,不应该错过的,憾无时间,只好绕过它直奔张掖。与银川到青铜峡段相比,越见自然经济的痕迹。那边,公路上常有拖拉机运转麦秸,如一座座山在公路上移动,堵塞交通,在这儿,未见这种景观。

下午六点到达张掖。张掖,既是"河西四郡"之一,也曾经是"甘州五卫"之首的"左卫",给我第一印象是人气旺了,其繁荣程度,不比中卫逊色。

先去瞻仰大佛。这是张掖的一大景观,堪称张掖的名片。"大佛寺"就因这尊大佛而得名。建于西夏(1206),为当时重要佛寺。元代有三位帝王曾经到此居停,马可·波罗也到过这里,并有记载。大佛高三十三米,眉宽七米,耳轮上可并坐八人。大佛身后,站立十大弟子,佛前两旁列着十八罗汉,四壁均为壁画彩绘。均未加装修,保持古朴陈旧的原貌,悠久历史之沧桑感扑面。

下榻于金苑饭店。晚餐罢已是九点。天雨,无法游览夜市,也无处观赏夜景。

八月三十日,星期六 今天告别张掖,直奔敦煌。昨夜雨很大,气温下降了许多,早晨仍有雨,这在西北是不多见的。虽然行走不便,对体力恢复却起了积极作用。

经临泽、高台、酒泉,古长城不再伴随我们同行。分手后不知它是怎么走的。我们注意力都从长城转移到所经过的那些古城上去了。主要是因为酒泉、武威,都属河西走廊重镇,那些脍炙人口的边塞诗中出现的地名,幼时就印入了我的心中,

月初,甲子生日在老龙头,今天来到了龙尾。老天爷真的以此方式告诉我,我们的民族精神就是这样博大而多彩

无不以到此为快。昨天因为错过了武威而遗憾,今天却为穿过酒泉而兴奋。酒泉给我印象最深刻的,就是整洁。与张掖市容比较,分明更接近当代文明,这超出了我的想象。甚至比广州都有亮度,连同是一条路上的公路段,即312国道连接而后转入的313国道,也展示出管理者的认真与精细。想到太空发射基地就在酒泉,也就不难理解了。

今天目的地是敦煌,所以放弃了下车观光的打算,直奔嘉峪关,挪出时间,充分游览中国长城的三大奇观(另外两个是东端的山海关,中部的镇北台)之一、和东部的居庸关相对应的这一西端的"天下雄关"。

果然,"雄"不虚传!此"雄"与东端那个"雄"大不同,"雄"得集中,"雄"得机巧。见识过不少古城,像这里外城、内城、瓮城三座城楼拥有如此逼人之气势,是我从未感受到的。内城高十一米,周长六百四十米,站在城楼上,向外(即西向),是一片荒无人烟的茫茫戈壁,转身俯瞰城内,以及整个建筑群,固若金汤之感,油然而生,其整体形象告诉我们,这是百分之一百的"天下雄关";我快步下楼,出城门,站到百米外的戈壁上回望,越显雄伟之外,更有一番不可侵犯的庄严,摄人心魄,震慑前来侵犯者。此城建于明洪武五年(1372),距今仅六百多年,保存得相当完整。

为了今天能够赶到敦煌市,仍然是匆匆登临。但这短促的几个小时,对于我,却有了超越预期的满足。今年,我满六十周岁,八月四日,是我的生日。这一天我在长城的东端,登上了"老龙头"以及"天下第一关"的山海关;今天,月尾,我却来到了长城的西端,也就是"老龙"之尾"天下雄关"嘉峪关。一个月内将万里长城走通了,一段接一段,不只是地理上的衔接,更是秦代与明代的历史衔接。以此纪念我来到这个世界一个甲子!漫长的六十个春秋,就是在这一年、这一个月、这一天,从"龙头"起步,在月底来到"龙尾","巧"得刻意安排都没有这么完美!真的,确是完美!我几次到大西北,真切地感受到了天宽地广,中华疆域之辽阔,想不到,就是在这个被称为"花甲"的生命期到达的时日,来到不断考验并形成华夏民族性格的河西走廊,又帮我见识我们国家之多元,算是真正"走遍"了自己的祖

国。虽然，除了张掖大佛寺的"独特"和一些地方风习，没有见到多少多元的例证，只听说，长城并不封闭，多处设有"暗门"，"兵不厌诈"，既是为了攻守中兵士秘密出入的需要，也是两侧民间交流的通道，是某些时期我方有序开放的见证。明代官方就有记载，管理者允许游牧部落通过暗门往返于青海和河套地区放牧，较大的暗门，可容单匹驼马双向行走！可惜没有说清在哪儿，更说不上临场一见。但我相信，民间和官府，政治军事总不是完全同步的，不少"元"就这样相互融洽了，站在眼前，我也未必能够辨认，因为这是一门博大精深的学问，非沉下心来做专题研究不可的，但我满足了。这一满足的心态的本身，对于人生，何尝不也是一种完美？

这一路，长城与我们始终是离离合合的，离开嘉峪关，它就不再伴随我们。我们沿着河西走廊西行，到安西，才驰离312国道。安西，自称为瓜乡。的确，瓜市之规模，别处所未见，以西瓜和哈密瓜为主。过安西，都是连绵的戈壁，车行需要四个多小时，使我想到当年与王辛笛、赵丽宏去哈密进入火焰山的情景。北京时间十七点，接近黄昏，风卷沙尘，迎面滚滚扑来，一片天昏地暗。这是生平第一次经历到，令人惊悸。

旅途毕竟太疲劳了。穿过戈壁，荒凉继续接荒凉，教我昏昏然进入梦乡，直到谢其规惊呼：敦煌到啦！我张开双眼，只见一片翠绿！棉花、玉米和蔬菜，还有高高的胡杨！

已近北京时间二十点。投宿敦煌国际大酒店，是这里最高档宾馆。

八月三十一日，星期日　今天到敦煌游览，请了专业的导游陪同。门票划分甲乙丙等不同级别。乙级的所到洞窟少，介绍简单。还有特种的，如45、57号窟，每张票价人民币六十元，而且，进入以后只能停留五分钟。这里开放的原则是保护第一，参观第二。票价只是调节的一种手段。导游，也是讲解员，告诉我们，为贯彻这一保护原则，所有洞穴都有两把锁两把钥匙。上岗的规矩是，管理人员先来开放应当开放的那些洞窟，她们负责甲乙等各种洞窟讲解的，将工作证押在管理处，取走应该取走的钥匙；下班交还钥匙前，先请管理人员到这些洞窟做检查。无缺损、无意外，才可以将工作证取回。

我们买了甲级门票。票到手后，有人与导游商量，对我们可否优惠一下，开一个特种洞窟看一眼。讲解员断然摇了头，告诉我们，规定就是如此，不可通融。

这里的讲解员，长于英、日、俄等语言，我们的导游学的是日语。

我们所到的甲级洞窟,主要是莫高窟。从隋、北宋、北魏、初唐、晚唐、盛唐;从藏经洞、卧佛、大飞天,到反弹琵琶;从洞窟的规模,到泥塑佛像上贴金如何被刮而出现的种种残破……我边参观边记录,但很快发现,敦煌的价值,不是这样走马观花所能领悟的,否则就不可能成为一门博大精深的"敦煌学",点滴记录,毫无意义,反而影响了观赏与聆听。应该专心观察并体验的,是如何通过这种宗教氛围的营造,体现宗教价值。宗教,除了给了亿万生灵的灵魂一个安置处,就是在人类文明传播、发展上所做的巨大贡献。敦煌就是这样一个典型。

最欣喜的,我终于获得了一种全新的完美感。敦煌,"河西四郡"之一,不就是"多元"融洽表现得最为完美、最为丰富的典型吗?它就是一部多元文明融洽的大书!不说别的,堪称敦煌文化代言的"大飞天""飞天仙女",故乡在印度,它是印度文化、西域文化和中原文化共同孕育的产物,是多种文明融会而成的复合体。是印度"天人"和中国道教"羽人"、西域"飞天"和中原"飞天"交流融合而成的、具有中国文化特色的"飞天"。其过程居然经历了上千年!它远超欧洲安琪儿人体加飞鸟翅膀;也超越了中国传统的脚踏云彩。其自如自在,上天入地、俯仰长空的动感,帮人类打开无限想象的空灵之境,都融洽压缩在这么一根五彩飘拂的长带里了!

真的,不到河西走廊,不知中华文明的多元!

我完全满足了!纪念我的"花甲"之行,十全十美了!

中午,我们到敦煌美食街品尝风味小吃,说的是"风味",不过是韭菜馅饼和小砂锅。只是价格比酒楼饭店便宜一点而已。

离开美食街,直奔鸣沙山月牙泉。这是中国国家风景名胜区,离敦煌城南五公里。沙泉共处,妙景天成。自古以来,以"沙漠奇观"著称于世。原名"神沙山",为流沙堆积而成,沙呈红、黄、绿、白、黑五色。沙丘之峰、脊,均如刀削,倘若驼队或游人沿刀脊以上而乱其形,次日必恢复原态。晴朗之日,人体从上向下滑行,轰鸣作响,轻如丝竹,重若雷鸣,被称为"沙岭晴鸣"。月牙泉被沙山环抱,形如初月。四周都是沙山,但古往今来,沙不进泉,水不浊不涸,澄清如镜,静能印月,水质甘洌。沿岸芦苇丛生,树木不多,一棵胡杨却已百年。水中铁鱼鼓浪,星草若芒,所以又称"月泉晓澈"。成为敦煌八景之一。

我与宁夏几位朋友登上了沙山,遥看周边景色,皆是如浪的沙梁,然后滑行而下,希望验证沙鸣,结果只落得一身黄沙,仅觉耳畔风声呜呜。

到此,我终于明白,河西走廊的"多元",不仅指人类文化与文明,还有自然地貌！此走廊是北部蒙古高原、南部青藏高原、西部西域、东部中原四个方面交会的十字路口，月牙泉和飞天仙女一样，是观察自然地貌多元运动、包容而出现的一只"眼"。河谷、湿地、绿洲、沙漠、戈壁、丹崖（而且和鸣沙山的五彩沙一样是彩色丹崖）、冰川……都在此汇聚，并接受了冰川活动的安排。祁连山最大的山谷冰川、透明梦珂冰川等融水，加上大气降水汇成河流，在山前形成一个壮丽的冲积扇以后，这些水系扎入沙漠戈壁和地面，形成了隐秘的地下水系，并以沙漠泉水形式，从地表孔洞中涌出，这就是冲出之沙堆垒于周边，而得以"沙泉共处"的"神沙山"和"水不浊不涸"的月牙泉！

啊啊啊，属于我的那份完美，原来到了这里才真正获得！

再深入，一定还会有新发现而不断刷新这一完美。

原来，人生所有的完美，都是相对的、动态的、受时空制约的，正如到了佛殿数罗汉，今年和去年是不相同的。领悟这一点，才算是真完美。

九月一日，星期一　　告别敦煌，也与祝希娟、杨台长告别。杨去参加西北电视会议。祝希娟去北京。这位以电影《红色娘子军》一角走红的表演艺术家，银幕上给我的印象，就是倔头倔脑，这一个多星期、上千里旅途的共同相处，却以其谦虚低调，将那些倔劲一扫而光，留下的是另一种美好印象。

我们循215国道，来德令哈市（青海湖西州）。一路景物单调，单调得难以忘怀。真的，这一路景物，证明了生活中确有这种难以忘怀的单调。经阿克塞、党金山，便离开甘肃进入青海了。过去只知道青海荒凉、落后，想不到会这样荒凉、贫瘠与穷困！车辆在柴达木山南麓向东南飞速行驶，从阿克塞到大柴旦镇，整整三个小时，没有见到任何人烟，也不见任何车辆交车，窗外飞掠而过的，都是戈壁和草滩！当然，戈壁和草滩，也都是等待开发的财富，不应该以此判断其经济文化发展程度。但是，有国家动脉之称的国道之残"破"，却是一面掩饰不了的镜子。过了柴旦镇，供车辆奔驰的215国道，说不清是柏油路，还是沙土路，坑坑洼洼的，车辆跳荡得把我们的帽子都震飞了！真的。绝非文学夸张。走遍全国，第一次碰到如此差的公路。不错，有些路段正在修理，但修理中的公路，也不应该是这样的，激烈的震荡，加上了尘土飞扬，不出事故就是万幸。到了德令哈市前八十公里处，才见到了绿色，见到了白杨点缀的村落。

下午八点，夜幕全面拉开，一天中，走完了从敦煌到此的五百七十公里，终于到达德令哈市。投宿于地区招待所，即海西蒙古族藏族自治州招待所。此建筑自成一格,具有宾馆的气质。但掩饰不了总体的贫穷落后。属县级市,规模很小,黑灯瞎火的,街上竟没有路灯。一住下,就上街选了一家餐厅吃晚饭。灯光昏昏沉沉的,随时要熄灭的样子。忽然间大放光明!原来,晚九点才开始供电。此前的灯光,来自各单位自己发的电!

九月二日,星期二 今离德令哈,继续东行。原定宿于青海湖畔,在中国内陆最大的湖泊之滨,体验一下初秋夜晚独有的风情,却不知什么原因,陪伴我们的李波涛,临时改变了主意,赶往湟中县下榻。从早到晚跑了六百多公里!

德令哈以东便不再荒凉了。虽然也有荒漠的土地,但山绿了,沙化地少了,到了日月峡谷,简直可以用水草肥美来形容。日月峡谷素有通向疆、藏门户之称,可惜没有停留,赶往茶卡吃中饭,将主要时间,花在游览青海湖畔的牧场和青海湖上。

这样安排也不错。牧场上的牦牛、羊群、帐篷和青海湖碧波,远比因地理形势而来的所谓"门户"概念吸引人。和象征着大西北的牦牛、羊群、帐篷合影,形象,其动态的美,都具有永久纪念价值。拍完照,直奔青海湖。老天帮忙,没有风,阳光明媚,这一内陆湖给了我平静、安详、澄碧的愉悦,为湖面上飞翔的鸥鸟摄像、拍照一样,将镂刻在我心里。遗憾的是忘记了尝一尝湖水是咸是淡,也没有掬水洗一洗手,只听同行者说,是咸水湖。

继续向东。经过青海湖畔两个小镇,黑马河和倒淌河,均在举办物资交流会,赶集者熙熙攘攘。黑马河有赛马,倒淌河则有射箭比赛。穿戴着节日盛装的藏族女性穿行其间,赋予了交流会独特的地方色彩。我们停车下去和她们合了影,猎奇也能皆大欢喜。

我们赶往西宁,主要目的是游览塔尔寺。

塔尔寺,在湟中县城,距西宁二十公里。我们选湟中下榻,既因为今天长途跋涉太疲劳了,另外,如果到西宁住下,明天来塔尔寺便要倒走二十公里,时间、经济上都不上算。于是到处打听这儿最好的住宿处是哪家。转了许多圈,才知道就在寺院旁边。只是住房十分紧张。幸而还是住进了。小县城毕竟是小县城,设施简陋到只有一般招待所的水平,室内有电视机,但只有青海台一个频道。

昨天下午开始头疼。同行者告诉我,这是高山反应。开始我不信,今天在牧场上拍照奔走时,感受到气急胸闷,信了。此刻,头仍旧疼痛,但比昨天减轻了许多。

九月三日,星期三 到塔尔寺才明白,我们所住之处并非湟中县城,而是鲁沙尔镇。

鲁沙尔镇是塔尔寺所在地，也是佛教黄教创始人宗喀巴大师的诞生地。黄教，是我国藏传佛教善规派（也称格鲁派），塔尔寺就是这一派六大寺院之一。根据藏族习俗，为保一家平安，兄弟中必须有人入寺为僧。黄教创始人宗喀巴大师有兄弟二人，他十五岁扎下了佛教根底，二十岁南下西藏，发现西藏佛教纪律松弛，不遵守教规的和尚甚多，于是宣布宗教改革。他反戴帽子，将帽子外表的红色，转换成了衬里的黄色，以示决心。黄教之名就此产生。他坐像的标志则代表他改革的思想：右肩一本佛经，左肩一把利剑。从者甚众，其徒逐渐分为了两支，一支为达赖喇嘛，另一支为班禅喇嘛。

我以为先有塔而后有寺，故名塔尔寺，原来也有故事。母亲思念宗喀巴大师，渴望见一面。大师忙于宗教改革，写信告诉母亲，在他出生地建一塔，以示相见。他是牧民之子，生于放牧途中。他母亲就在他诞生处建一塔，称为聚宝莲塔。塔成，长一菩提树，树叶竟能显示佛像，于是盖了一幢瓦房，为它遮蔽风雨，这就是塔尔寺的雏形。信徒们就聚在这里"煨桑"、礼佛，公元1560年，静修僧仁钦宗哲坚赞在莲花山以南的山麓建一小禅寺，寺院依山势起伏而筑，经三百多年的经营，规模逐渐扩大，到康熙年间，僧侣达三千多人，寺院也由大金瓦殿、祈寿殿、大经堂等大小建筑多幢，组成了汉、藏民族形式巧妙融洽成整体的建筑群。大金瓦殿的屋顶为金顶，用去黄金一万七千两，美轮美奂。去年重修护法神殿，将原有的琉璃瓦换成了金顶，用去黄金三十六公斤。所以也称为小金瓦殿。酥油花、堆绣、壁画称为此寺的"三绝"。酥油花，有酥油花佛像群，专设一殿；堆绣，在大金殿无处不在，壁画的技艺也为世上罕见。

来塔尔寺瞻仰参拜者甚多。其中有不少老外。可厌之处，大门外出售藏族小刀和挂件的小商贩太多、太无序了，主要是藏刀。都是当地的藏族居民，纠缠不休，大有不买不放的样子，我们都选购了一点，我买了两只内画的鼻烟壶，每只仅二十元。

午后，到西宁，于青海宾馆下榻。未外出，太累了。稍事休息，晚上，应青海电视台电视剧制作部主任李晓伟之邀，到酒家吃火锅。

九月四日，星期四 今天离西宁市，继续东行。

沿109国道，跨越青甘边界，一口气驰行二百多公里，来到了黄河之滨、皋兰山下的兰州。湟水一路伴随，一如舟楫顺流放行，颇有"轻舟已过万重山"的感慨。1984年，我从兰州西行到新疆而写出了《×地带》，忽忽已经十有三载。那次是乘飞机东来，坐火车西走；这次是乘汽车自西跋涉到达，再通过民航东归，无意间，以我的经历，描绘了中国中部交通枢纽应具有的内在"气质"。当年的陈旧闭塞，已经一扫而光。印象最深刻的，不是遍布的高楼大厦，而是绿化，沿黄河的滨河大道上各种花草林木，已将黄河的"黄"覆盖，干净，宽敞，有些地段胜过了上海。

投宿于"华亭宾馆"，乃兰州航天转运站的招待所。安顿好，马上到兴隆自然保护区游览。兴隆山为西北名山，离兰州七十公里许。双峰耸入云天，原名"栖云山"，清康熙年间取复兴之意改名"兴隆山"，为道教圣地，建有道观数十处，"文革"中全部被毁。今天所见，都是1988年重建的。寻古未得，以登山发泄游兴。无奈，时间匆促，只有我与宁夏电视台的刘文惠两人登上了峰顶。

这是西北之行的最后一晚。明天将返沪。两个星期的旅行生活十分愉快，人生体验也非同寻常，尤其是多元包容之可贵，这可用在中卫沙海骑骆驼时的感怀来概括："沙浪滔滔急且骤，竟将恩怨付东流。何当尽发生命热，精筑人生锦绣楼！"

1998年·吉林吉化、长白山

八月二十三日，星期日　今乘3609航班来吉林。中国作家协会选择在吉林"吉化"（吉林化工集团简称）创办一处创作基地，中国作协创联室从全国各地请了一些作家来参加揭幕仪式。来自上海的是我和叶辛。叶辛又有什么会议把他缠住了，不知什么时候来。

久违了，东北！1983年，我们以哈尔滨为起点，与大小兴安岭、黑龙江亲密接触了整整三个星期。这次我乘飞机来。透过舷窗俯瞰，渤海甚平静。我印象中的东北黑土地上再也不是"大豆高粱"，而是玉米和水稻。吉林机场很小，只有一条跑道。是军用机场改建的。只有北京（一周三次）和我所乘的南方航空公司的航班，都是每周一次，难能可贵。气温二十三摄氏度，比上海低十二摄氏度。下过雨，颇为惬意。"吉化"文联于副主席来机场迎接我们。因为上海只来了我，就先送我到吉林市吉化龙潭宾馆。不久，北京的叶廷芳、牧惠、吴越、贾恒武、温洪、陈满平及福建陈慧瑛、北北（林岚，来自厦门）都来了。吃中饭时，吴越大谈其生活经历，颇具传奇色彩。

老于陪我们观光吉林市容。这是一个跨松花江铺开的城市。遗憾的是，这儿的松花江不仅江面狭窄，水色也是混浊的，不像我在哈尔滨所见的宽阔、浩渺，有大气派。当听到老于说这就是松花江那一刻，我大失所望。

晚上吉化党委书记朱忠民来探望我们。介绍吉林情况及吉化的历史与现状，然后请此地文联负责人谈这几天安排。星期四到长白山之前，基本上都在吉化活动。

八月二十四日，星期一 上午，假座吉化集团科学会堂举行创作基地揭幕仪式。此前只知吉化是上市公司，身临现场，方知这家企业规模之大。不仅有文联等文化群众组织，还有管弦乐队，此刻都亮相了，仪式隆重。参加者近百人，都是这家企业的文艺爱好者。牌子是翟泰丰题的；由刚刚特地赶来的中国作协党组副书记吉狄马加和老作家牧惠揭幕。

仪式完成，到吉化办公楼听取朱书记介绍企业经营情况，居然亏本。下午，与作者见面，都是这家企业的职工，等于一次文艺座谈会，要我谈小说创作，应命说了几句。

会后，接受刘树林、朱忠民晚宴，假座雾淞宾馆。

八月二十五日，星期二 今日参观吉化集团所属的炼焦厂、化肥厂、电石厂、聚氯乙烯厂及污水处理中心。设备都陈旧。炼焦和电石厂的机械系统，是20世纪50年代从苏联引进的，居然给吉化集团管理得整旧如新。印象最深的是工人的文化水平，在化肥厂到处是粉笔画，画得如水彩画一般传神、细腻，想不到这种普通的教学用品在他们手上，竟有这样强的表现力。据说曾经到北京美术展览馆展出。不过，此画只能画在椴木板上，也算是一物降一物吧！世上事物，从个体上说，不论动物、植物，不在于大小，也无分贵贱美丑，只要与其对应的东西结合，渺小可以变伟大，腐朽可以化为神奇。所谓对应的东西，可以是一个角度，也可以是一种物体或者是机缘，特别是这个机缘。这就是一个例证。

在化肥厂的文娱室，有两块象棋棋盘，棋子属最大号，木制，棋盘上压着三厘米厚的玻璃板，都破碎得呈网状了，就是因为对弈者一激动，落子太重而破碎的，尤其是到了对手穷途末路的那几招，工人一兴奋，传递到指间的那种力度，给我印象深刻极了。没有看到他们如何对弈，对弈中投入的忘我神态，却跃然如亲临现场。

下午，到吉化工人培训中心和劳模座谈。

八月二十六日，星期三 又是雨。上午参观聚氯乙烯三十万吨工程。是吉化最先进的设施，全新的，气势颇显雄伟。然后参观橡胶厂、第一期的聚氯乙烯厂（小厂），并在此吃中饭。到此，吉林省最大的这个企业大部分工厂都走到了。

午后，游览丰满湖并参观丰满水电站。所乘专车要经过吉林市，等于具体考察了一遍吉林市的城区，是怎样沿松花江两岸铺展的，以车代步，体验了它之所以被称为"江城"的奥妙。高楼大厦不多，基本上保持着伪满时代的风貌，老的天主教堂，老的海关，昔日成念过书的中学……行道树居然都是参天杨树，和黑河不一样。教我耳目一新的，却是竖立在松花江畔的一些警示牌上的告白："禁止野浴"。"野浴"，民间老风习，我少年时代就是以野浴打发炎夏的，这两个字，在此给了我超现代的新鲜感。"江城"，就应该有沿"江"所筑之城市的特点和细节！看到这类细节，就觉此行不虚。

到丰满水电站。小学念地理课，就知道东北有这样一个水电站，为中国水力发电的代表，一见其丰采，当然十分向往。不过，如果没有到过新安江、青铜峡、龙羊峡等水电站，它给我的第一眼肯定会让我震撼，可惜没有，尤其是不放水的这一刻，平淡，就像当年观赏新疆天池那样平平淡淡。值得关心的，是它的历史。日本人建设时，以松花江为界，江之东为苦力贫民窟，江之西为日本侨民的生活区，待遇判若天壤。苦力死了，投入万人坑，为此在江东建立了"劳工纪念堂"，因时间紧，没有去凭吊。

我们乘吉化一号艇，到吉化疗养院参观，也趁机游湖。老天帮忙，放晴了，水清如碧，四周山峦、建筑尽收眼中。无风也无浪，特地在湖中转了一圈才到目的地。疗养院设宴招待我们。因明天一早要赶往长白山，饭后即归。

八月二十七日，星期四 一大早，即告别吉化龙泽宾馆，驱车奔赴长白山。

离开吉林市近郊，沿路所见的都是高大的穿天杨，沿公路两旁，植有一种红白大瓣的草本花，当地人叫它为扫帚梅，学名为寒梅，据说天越冷开得越旺盛。

经蛟河市、敦化市至白河，已是午后一点钟。这里是美人松（即长白赤松）的自然保护区，满眼亭亭玉立的都是这种松树。吃中饭的地方，就叫美人松宾馆，负责人与吉化陪同我们的老于是朋友，招待我们的都是野味，有野猪肉、狍子肉、鹿肉，在这里吃这种受保护的动物，不能算美，但一摆上了餐桌，加上一番津津乐道的介绍，便被视作主人的美意和我们的口福，人哪！饭后，主人陪我们到宾馆附近小摊头购买土产，鹿茸、枸杞子、灵芝、蚂蚁干之类，然后参观长白山自然博物馆。

下榻于和平营子"飞狐山庄"，离长白山山门不远。这是一处无法用当代宾馆酒楼的标准来衡量的旅舍，坐落于白桦林中，全部是用整棵原木构筑外墙的平房，内部构建也都是原木。别具风味，太有情趣了。我们被安排于接待房舍后面第三幢别墅中。

到了山中，气温很低。手机之类都没有信号。

八月二十八日，星期五　今游天池。乘中巴进入长白山大门。天池不设入口，竖立牌坊做标志，上镌"天池"两字，邓小平的手笔，写于1995年。到此必须换乘天池管理处的吉普式专用车辆，每辆租金八十元，可乘八人。沿盘山公路而上。公路两边，都是原始森林，林中常见的是红松、云冷杉等阔针叶混合林带，间或夹杂一些白桦树林；随着海拔上升，所见的都是有"高山上的守望者"美称的岳桦林。再上升，一条极其鲜明的分界线一般，岳桦林戛然消失，出现的都是高原之藓苔和一些矮小的花草。

海拔升高，云雾却没有跟上来，天地开朗了。没有风。上苍给了我们一个游览的好天气。天池就像置于盘山公路终点的平台上。面积与天山天池相仿。不同之处，它的四周，仍有火山喷发的痕迹。熔岩尖削，随时会崩塌的样子，所沾的硫黄，尚未被岁月清除。水因深而呈蓝色，平静如镜，四周缺乏绿树映衬，其景色远逊于天山的天池，没有什么激动人心的景物可观赏，可谓一览无遗。池畔，水域，游人都不多。游客中有来自朝鲜的，据说是乘游艇过来的。景色如此平平，倒帮我们减少了不少遗憾。

值得一看的，却是天池而下的瀑布与谷底的原始森林。这都是在离开天池下山以后发现的。见一条水流湍急之小溪，遂沿白花花的水浪溯行，山崖上一条悬瀑豁然挂在我们面前，说不上秀丽，却颇有气势，据说是松花江之源头。于是反身沿溪而下，行不远，有了"小天池"，形如数亩之池塘，水呈褐色，水平如镜，旁有药王菩萨领受信徒的香火，颇显吉林特色，可惜隔池塑了三尊白色的"沐浴仙女"，大煞风景。也有小店出售土产和工艺品，如绒制的鹿、牛、羊之类的摆设，也算供游人有所收获。由此发现了这儿更多的看点。都处于谷底，这是我生平所见的真正的原始森林。古木参天，都是红松、云杉，随处是倒地的枯木，不少是双人合抱的大树，有的已经腐朽，有的腐而不朽，躺在鲜活的林木间，遍身长着绿色藓苔，厚达盈寸，甚至长出了幼小的云杉。林间有小道，铺满了多年积下的腐植被，长着蕨草、苔藓，行走其间，如步地毯。

走在"地毯"上，舍不得回头。半小时许，忽见一溪流直泻而下。劈石奔腾，潺潺然于一米左右狭石缝中夺路而下，愈下愈深，深不见底，唯见杂乱的碎木断枝填塞其间，像筛子把瀑流筛了一遍，显然是从上面冲下来时被卡在这里的，把经过筛泄的溪水再送到谷底森林。教人不敢俯视。原来，我们所到的这片原始森林，是地陷五十余米以后才形成的，郁郁森森，一直延展到山口。有地陷的山岩悬崖为证。于其边缘俯视，顿生随时崩塌的恐怖。脚下处处有石缝，不见其底，上覆青苔,踩上去软绵绵的,仿佛踏在朽木所架设的桥梁上,不敢举步向前,也不敢久留。

都说,林子大了,什么鸟都有。如此浩瀚的原始森林,却没有发现任何鸟类,既不见栖息或飞翔,也不闻其鸣叫声,其他走兽,也都毫无踪迹。只在走出林子那一刻,听到了几声如乌鸦的鸣叫,也不知它到底是什么动物。这与介绍中所说,这儿有什么种种野生动物相去甚远。或许,我们停留的时间太短促,所走的面太狭小了。

到此,长白山森林之行总算有了高潮。晚上,"飞狐山庄"的主人特设宴款待我们。我们这一行,也借此作为相互告别的散筵,频频举杯,为了这一次难得的聚会。

八月二十九日,星期六　陈慧瑛等返福州的航班就在今天下午。清晨五点即吃早餐,以便午前赶回吉林。多亏"山庄"不像宾馆,用餐时间比较灵活。

中午,驱车回龙泽山宾馆。仍住原来房间。下午,到宾馆附近走走,东侧营口街,是菜市,交错者是洛阳街,有洛阳综合市场,规模不小。其他均为饮食店。所见市民,估计多是吉化职工及其家属。市井风情中,最吸引我的一景,是小学生在人行道上练习粉笔字,按铺设的方砖写,一砖(也是一格)一字。写的都是中国古代诗词名句。据说,每天黄昏四到七点,定点,定时;没有碑帖,只有教师辅导,每学期收费一百七十元。宾馆前面这一摊,约有三十人。其中有一位叫刘杨的女孩,是吉化一小四年级的学生,写得相当出色,据说,她被此地评为粉笔字书写第二名。这一景,令我想到吉化工人文化活动中那许多精美的粉笔字画,原来是有广泛的群众基础的。

徐志忠等北京朋友今天返京。留下了我和牧惠、曹文斌、北北和叶廷芳教授几个人。北北明晨从长春转长沙,晚上来房间话别,并为她们的《文明建设》杂志约稿。

八月三十日,星期日　早上,到洛阳综合市场购买此地特产蜂王浆,每瓶(一斤)一百二十五元,还价一百零五元,但一听我要买四瓶,立即说,买这么多,不用一百零五元的。终以一百元成交。自行减价到这种程度,是我第一次碰到,可见民风之淳朴。

提前午餐,赶往飞机场。3610航班准点起飞。吉林给我的印象十分美好。

1999年·常州

一月二十八日，星期四　上海永乐公司文学部组织一些编导来常州举行沙湖1998年电视剧回顾会议。除了黄海芹、顾国兴，应邀者有薛允璜、李培康加上我等十余人。

先到无锡灵山参拜大佛。我上一次来，是来参加《沪港经济》杂志编委会，住在太湖宾馆，离大佛很近，当时须弥座内的陈列室尚在装修，这一次，可以参观九千九百九十九尊者铜"肉身"佛像，佛像正等待善男信女的参拜与迎请，每尊八百元人民币，系大佛制作的余料所铸成。宗教寺院均开始追逐经济效益，这也是一种生财之道吧！那一次，不能乘电梯上莲花座抚摸如来脚趾，去"平安抱佛脚"，这一次我们均如愿了。那一次，佛前阶梯当中"买山史进"尚未完工，这一次均已用青石浮雕装成，配以文字。

吃罢中饭，即来常州。常州沙湖在溧阳县境内，利用天目山余脉的峡谷，筑堤围湖。湖水不像一般水库那样截自溪流，而是附近森林植被之渗水，所以特别清冽甜醇，被定为国家二级水。此水中生长的鱼虾自然珍贵，特别是"灰鲢"。"灰鲢"也称为胖头鱼，"沙湖鱼头"也因此闻名遐迩，据说国家领导人都曾经到此品尝。为了吸引旅游者，也因为另有一处尚待开发的湖面，可以配成"天"之双"目"，遂改名天目湖。黄昏到达，《常州日报》老乐把我们安排于天目湖宾馆。接风的菜肴，当然是沙湖鱼头。据说为我们掌勺的，就是曾经为国家领导人烹调的朱顺才师傅。不知是心理作用，还是因为水好，鱼好，掌勺的师傅手艺好，味道的确鲜美。可以说是从未享受到的。

晚餐后举行研讨会，没有料到，研讨像检讨。作为主要负责人，黄海芹说了自己在这一年中工作上许多不足之处。当然，不能都怪她，主要是发行不景气，属于电视剧销售的"熊市"，竞争不过港台。她这番话教我不安。因为她特别提到《大都会》的发行，二十二集，不是那种冗长拖沓的作品，发行却不理想，以致到今天都未能播出。这使我不得不第一个发言，表示这不怪永乐公司，原因在于经济改革中，文化机制尚未理顺。

我与薛允璜同住一室。这里住宿条件堪称一流，却不知何故，吸引不了更多的游客。

一月二十九日，星期五　今游附近之竹林与古松。到过天目山，吃过湖中美味，这些景点在我眼中都减了色。到宜兴观光，到此陶都，特买了一尊弥勒佛和一头水牛作为纪念。

1999年·北京、新加坡、曼谷、芭堤雅、香港

二月二十五日，星期四 今天，偕霞麟赴新加坡参加国际环境文学研讨会，先到北京集合同机出发。乘14次特快，今晨准点抵京。下榻于中国作家协会宾馆406房。我们这一行中，住在这里的还有来自安徽的陈桂棣。

趁等待集中的这一天时间，访谢真子、章仲锷等北京朋友，并准备一些赴新马泰等国应该携带的生活必需品。

二月二十六日，星期五 今晨，与陈桂棣一起到北京飞机场候机室，和章仲锷、高桦夫妇等集合，到此，才知同行的有刘心武夫妇、陈建功、何建明夫妇、赵大年、赵瑜和张守仁等，共二十人。王蒙也去，但没有一起走。由北大泰语专业毕业的孙家驹领队。他是国旅离退休人员，调研来的，先以记者身份参加这一团体，离开新加坡去泰国和中国香港自助旅行以后，他才开始以国旅的工作人员身份给我们服务。

乘新航5Q811航班，北京时间八点三十五分起飞，气温在零摄氏度以下，一路上减少衣着，一层一层地脱到新加坡，地面气温已是32摄氏度，从严冬突然进入炎夏，轰然一身汗水，这种体验一天中获得，也算是航空旅行时代的特色。

新加坡作家协会派工作人员来迎接，坐大巴穿过市区，到会议所在地新加坡国立大学。接待我们的王先生一路介绍新加坡情况。没有自然资源，一口水都要喝马来西亚的，每公斤为一角新币。更无农田、矿藏。所以吃用穿的生活费用都昂贵，尤以烟、酒、茶、汽车为甚。一听啤酒的售价是六新币（新币的汇率是五点五元人民币）。

新加坡国立大学原为马来西亚大学，建立在丘陵上，风景优美，到处是新加坡的代表树凤凰树，还有叶子扇形如棕榈的雨树，各种绿色植物多得顾不上一一了解。散布其间的照明灯灯罩玻璃所制，大于篮球，一入夜处处如满月。

本来，会议、住宿，都在校内，安排时才发现来宾多，大学的专家楼房间不够了，有五人要安置到校外宾馆去。双人房每天是八十美元。高桦本来安排我夫妇去住，所有差额由会议组织处支付，但最终还是在专家楼的大套间住下了。刘心武、赵大年的夫人和霞麟要各付一百美元，不上算，与旅行社相比更不上算。

入乡问俗。心武告诉我，新加坡语言和生活细节上的禁忌颇多，如"书"不能

会议间隙，我和何建明漫步在新加坡国立大学美丽的校园中

叫"书"而是叫"百盛"，"上百盛楼"即到书店去。上餐桌吃"捞鱼片"也有讲究，用小煎鱼片加粉丝、黄瓜类切丝，堆成小山状，上置生鱼片加调料，吃者用筷子夹住往上掼，边掼边喊着吉利的言辞，掼得越高越吉利。商业社会，对自己命运的把握不确定性太大，只能处处祈求！

晚餐，我们吃的第一道菜就是"捞生鱼"，切切实实地演习了一回。

二月二十七日，星期六 "人与自然：环境文学国际研讨会"今晨在新加坡国立大学会议厅开幕。新加坡共和国前环境发展部高级政务次长何家良参加。开幕式后讲演，由周策纵、张坤民、刘蕙霞、刘心武等主讲。刘蕙霞来自美国斯坦福大学，她兼斯坦福大学历史和汉语两个系的教授。接下来是出席专家发言或朗读论文，或朗读作品，一个半小时为一轮。第一轮，是新加坡作家协会副主席王润华主讲。下午，头一轮正雷主持，由刘心武、赵大年、高桦主讲，颇活跃，赵大年发挥了北京人的"侃"功，相当引人入胜。最后一轮挨到我、马来西亚的杨新钿和中国台湾的两位女教授。我朗读了《绿与蓝》。

会后，新加坡联合报业集团为我们举办晚宴。此报分早、中、晚三刊，为东南亚发行量较大的报纸之一。宴会仍无酒类，以类似椰汁的一种软饮料替代。第一道菜，仍然是"捞生鱼"。主持人是一位小姐，她教我们"捞"时应该呼喊什么词句。如"吉祥如意""恭喜发财"等一大串，越响，越能如愿。

宴罢，此报编辑余力女士来找我和赵丽宏，要我们到她写字间坐坐。此前，我不知道她是乐美勤夫人，以为是这家报业活动中安排的一环。却忘记了，早上乐美勤到会上来探望王蒙的时候，曾经与我约定，今晚由他陪我们到新加坡转转。他本来是上海文联副秘书长，五年前，以劳务输出名义来新加坡，不久即定居于此。直到余力告诉我们，乐美勤已经在大厅等候，才知他们是一家子。

到新加坡应该看什么，会议组织者已有安排，都是典型的地标类场所，乐美勤伉俪绝不会为此多费精力，对此，赵丽宏早就有了思考，一碰头，就要求陪我们到红灯区去看看。在这里，这种要求当然不是禁忌，也是我们所愿（我应邀到日本访问，折敷濑兴也没想到让我见识一下这种地方）。驱车到达，才发现是白天旅游车曾经经过的一个街区。当时，透过车窗，我们看到的就是一条窄狭小街，参差的尽是双层矮房，颇显得冷清。此刻，晚九点，灯光灿烂，门户前面，标有的大字号号码和"营业中"的中文牌子，都给打得雪亮。门前都竖有一堵低矮的屏风，挡住了敞开的门洞，门旁有壮汉守卫，门左或门右辟一小间，装着落地玻璃窗，可以看到明亮灯光下或坐或立的倩女，三五个不等，浓妆艳抹，衣饰性感，胸前标有号码，完全是一副待价而沽的姿态。我们靠近门窗欲细看，守门壮汉立即迎上来，恭敬地请我们入内，她们同时朝我们艳媚地灿笑着招手，倒窘得我们不敢做片刻的停留，甚至不敢和她们目光交接。如此观看了好多家，大同小异，一如逛了一次人肉集市。与描绘当年上海四马路上"野鸡"的文字，以及想象中西方红灯区对照，都对不上号，最显著的，是没有倩女出门来拉客。

或许，这就是新加坡！经了解，这就是亚洲唯一"合法"的红灯区芽笼，原为马来人聚居的旧城区。我们所见的，是沿街营业点，其他都集中于2～30号小巷中。

接下来，跟着乐美勤信步由缰，随意走走。竟到了金融街附近的老城区。都是从电影电视中见过的镜头。凡拍到南洋风光，好像都到这些地方来取景。双层矮楼，前面一律像上海金陵东路那样可供风雨中行走的骑楼，弥散着浓浓的人情味，生意兴隆，来的多为欧美的白人观光客。仿佛到了目的地，我们不约而同，进了一家酒店，坐下来，喝了一扎啤酒。

二月二十八日，星期日　会议继续。霞麟和心武、何建明等五个人的太太，由孙家驹陪同，到新加坡街区游览。

第一轮由诗人杜南发主持。张守仁、赵丽宏等发言。第二轮，由刘培芳主持。精彩的是当淡莹朗读罢《舞女花》以后，有一位老教授站起来解释，所谓"舞女花"是怎样的花，它因白天闭合，夜晚开放而得名，又名"胭脂花"，学名"夜娇娇"。

下午，第一场由尤今主持。陈桂棣、陈建功等发言。到此，王润华宣布研讨会闭幕，郭霞麟等人的家属也正好观光市容回来。

晚上，到海宫楼用餐。餐后到联合报业集团参加由《联合早报》、新加坡国立大学中文系、新加坡作家协会联合举办的"绿色对话：世界作家谈环保文学"的大型座谈会，参与者甚多，有六百余人。王润华主持，周策纵、陈建功、刘心武及香港大学的教授主讲。

三月一日,星期一 今告别新加坡,开始泰国之旅。

离开新加坡国立大学,先到植物园参观。按一般经验,植物园的空间规模一定很大。但到这个城市国家还要这样想象,那就错了。新加坡是花园城市,整个城市就是一座植物园。来到这里,最值得观赏的是兰花园,内有各种各样的兰花,集中于一棚内,喷水管道不断地喷发雾状水汽,各种兰花间插以陶、石等制作的图腾式饰物或鸟兽,自成一景。此外都是其他地方能够看到的热带雨林植物。可惜没有标上介绍文字,导游也没有陪我们进来,无人讲解,收获不大。只对昨天会上提及的胭脂花多了一些关注,知道它也称日红树,乃马来西亚特色树。也知道了一种胡姬花,是新加坡的国花。

导游今天的心思花在带我们购物获取回扣上。离开植物园,她就把我们带到一家叫"珍珠"的购物中心。此中心属这家旅行社,供应化妆品、衣物,尤其是新航空姐所穿的傣族少女式的侗裙、短衫为多。据说,这是专卖店。仿佛和新航联手在做生意,那天,我们一登上新航航班,最吸引我们的就是空姐身上的这套服装,傣族少女美得迷人的风情,仿佛都集中到她们身上了。就因为如此吧,这一刻,购买的人真不少,如果我有女儿,我也会买一套让她破颜一笑的,不管它价格有多离谱。

接下来,是告别新加坡的中午聚餐。假座文华大酒店,这是此地最大、最上档次的酒店,除了宴饮,还有观光狮城市容的价值。从"珍珠"到文华,所经的路线,正是狮城的中心区,是最值得观赏的地段。可惜导游又忙着推销旅游纪念品了,钥匙圈,新、马的硬币,收藏的邮票和送给"外婆"的胸针。——"外婆"者,新加坡人对情人之别称也,"外"面的"婆娘",从这一谑称上可见新加坡人的聪明、幽默。在行车中,为了收费的方便吧,一律十三元新币。见我们有不悦之色,导游即"此地无银三百两",解释说,这是给开此旅游车的司机推销的,仿佛在表现她服务之周到。谁知道呢?

文华大酒店坐落在乌节路上。乌节路相当于上海的南京东路,狮城最繁华的地方,所定的是三十九层,旋转餐厅,是最理想的楼层,可以在宴饮中,观光全城景色,作为主人的新加坡作家协会,他们的深情厚谊,款待之细心周到,真教我们自愧不如。尽管经济拮据,还是以饮料代酒;尽管点的是西餐,吃的是粗糙不堪的鸡肉,然而,他们的真诚却已深深地铭刻在我们心中。餐罢,与黄孟闻、王润华他们一一握手道别。离登机时间尚早,我们抓这空当,在闹市自由活动,正下雨,但不影响在这条乌节路商场中观光。和上海没有多大差异,不同的是物价高昂,不敢问津。吸引我们的,是三月十日才开张的"远景文化广场",正在筹备,允许我们游览。

下午四点出发赴飞机场。乘SQ68航班赴曼谷。登机那一刻开始,汉语便很少听到了。除自己这一伙以外,所有交道都交给孙家驹负责去了。晚上八点三十五分降落曼谷机场。有国旅的车辆接我们,导游是一位祖上就从湖州来泰的刘女士。入乡问俗,她也不例外,在车上就开始介绍,见面问候语是"沙拉妈尼"(你好);见女士、男士,不能称"小姐""先生",一律称"庇庇",李庇庇张庇庇,倒也风趣,"侬侬"则用于服务员。然后是人民币或美元换泰铢,与美元的汇率是一百比三百五十。换汇者不少,我却要看看再说。天黑,车窗外什么也看不见,从新加坡飞机场到曼谷沿路没有留下任何印象。

与北京的时差为一小时。尽管飞机上已经吃过晚饭,到曼谷,刘导游仍带我们到一家"羊城酒家"吃消夜:粥。这是我们到泰国所进的第一家酒店,灰暗、闭塞。

投宿于TAI-PAN酒店。条件尚可。仍不提供拖鞋,但我们已习惯在房内赤脚活动了。

三月二日,星期二 今游湄南河。"湄南"泰语就是"河",其实叫"朝派亚河",意为皇帝之汤。先到支流游览水上市场。其特色是店家均以吊脚楼形式,架屋于河边,再用舢板将商品运送到游艇边上来兜售,多为纪念品、泰国芭蕉和水果。

一上游艇,即有女船主迎上来献花环,花环以白色喇叭形和紫色小花瓣串成,白色花蒂形状如象和雕,还有兰花、茉莉花和爱情花(情人花),每串二十铢。

离开水上市场,才沿主流河道游览郑皇庙。这时候,我才意识到,我们所到的,是古称暹罗,今天仍有节基王朝之号的王国,而且感受到这种王国的文化气氛,与寺庙一样无处不在。沿河寺庙甚多,都是高耸云天的金色尖顶,这是为了让信徒远处即能看到而膜拜。这种膜拜,和到殿内来膜拜的诚心诚意相同。郑皇庙有泰国最高之尖塔,庙内供奉着当今王朝世系。皇宫和玉佛寺之金碧辉煌令人叹为观止。玉佛寺内供翡翠玉佛,泰皇每年冬季、暖季和寒季的季节之交,都为佛换衣。今天下午,正是换衣的时刻(冬季转暖季)。入寺花二十铢买一支香和一支荷花花蕾。香用来拜佛,荷花为瞻仰玉佛后蘸圣水洒于头顶,借此沾沐吉祥。昨晚我没有换泰铢,付人民币又不纳,只好徒手叩拜以不失诚敬。到皇宫前参观,恰逢卫兵换岗,其仪式甚庄重。我用摄像机摄下全过程。

我夫妇俩游览郑皇庙

天甚热,大汗淋漓,游兴却不减。此处文化景观实为世上少有,难怪观光旅游成为了一种经济资源,并发展成为支柱产业,长盛不衰。

下午到鳄鱼养殖场,参观鳄鱼饲养和表现。相对而言,均缺乏特色。

今天是中国传统的元宵节。晚上没有安排我们集体活动,显然是导游刻意让我们带夫人去洗"皇帝浴",有漂亮的姑娘伴浴并全方位服务。我们却到曼谷最有名的大街玉马路游览,它相当于北京长安街。结果,不是观赏它的现代化,而是品尝了臭气熏天、入口却鲜美无比的榴梿,边吃边赶苍蝇,一如与蝇争臭。这是一种全新体验。同时观赏了泰国国花金茶花,木本,黄色,圆瓣成串,状如桂。

三月三日,星期三 离曼谷来泰国南部的芭堤雅。

导游的安排还是老一套,退了房,先到皇家珠宝中心购物。泰国以出产红绿宝石出名,此处主要出售红宝石。价格昂贵,其中一个重要原因,是镶嵌的黄金白金须从香港购买。一般的宝石,普通消费者不愿花上万铢(数千人民币)购买,贵重的却买不起(所标最高价为一百九十五万铢的戒指)。对于这类饰物,我夫妻俩从来不感兴趣,在里面转一圈,即想趁这空当去修皮鞋,当然少不了孙家驹引导。鞋子没有修成,寻觅间,却跟他误进了洗皇帝浴的夜总会。见识了它的格局:一个装饰得令人想到夜晚必然璀璨如昼的停车场,进入大门,就是大厅,左侧是一排排玻璃柜窗,窗内设五六排座位,有五十余米,是供编了号码的陪浴女郎坐以待招的,对面,就是大厅右侧,是演出厅,如戏台,为避免女郎枯坐之用而设的吧?这不就是乐美勤陪我们在新加坡芽笼所见的格局吗？只因为是中午，尚未营业。孙家驹带我误进入大厅内的一化妆间，见一小姐在化妆。急忙退出。虽然匆匆，总算在一个偶然间让我"深入"到堪与红灯区类比的所在了。

芭堤雅，也称帕塔亚，属春武里府的一处海景度假胜地，在曼谷之南那个狭长的半岛上，濒临泰国曼谷湾的暹罗湾。是当今世界闻名的性旅游城市，以色情商业著称，"人妖"就是此地的一大特产。车辆向着东南疾驶，沿途只见村落、椰林，不见一棵庄稼、半亩农田，有耕地，但分明因无人耕作而抛了荒，当然也不见耕作的农人。从上午到下午四点半到达目的地，所见都是如此。

天色尚早，先去一家动物园游览，此园因老虎由母猪哺育成长而出名。不错，是母猪饲养了虎崽，虎、猪、狗同栏。也有鳄鱼池，鳄鱼人工孵化以及驯虎、耍猴、驱熊等表演。

到芭堤雅，投宿于THA MERJIN PATTAYA，五星级，濒海。

此地有各种性表演。当然，没有列入国旅行程的项目，都要自己另外付费。先报名。我夫妇俩报了夜游暹罗湾。当即向导游付了五百铢。如有其他需要，可以自己到柜台付款，都属色情表演，无法具体介绍，也不好意思当众登记。

晚7点，我们前往观看所谓"气功表演"（"神秘领域表演"）。郭霞麟和几位夫人都表示无兴趣。是一家类似剧院的夜总会，所有座位，面对一个T形舞台。不分场次，凭票入场时所看到的节目开始，并在这里结束，自行离场。

最后是事先订好的节目：乘船游暹罗湾。乘的是"东方公主号"，非常庄重的游轮名称，与期望中欣赏海洋风光之游相称，上了船，方知是船上的夜总会。刚在火锅餐桌边坐下，准备喝着啤酒海鲜，观赏海湾的夜景，一群人妖蜂拥而上，抱住我们亲吻，然后索取小费，弄得我们狼狈不堪，不得不起身跑到甲板上。

游轮在暹罗湾转了一圈回到码头，已是午夜。街上夜市正旺，热闹非常，多为国外游客，营业者，一般酒吧、百货商店以外，都是夜总会，即我们刚刚见识过的那种舞厅，大门左右，有两名倩女手持牌子在卖票，但未见有拉客的，导游说，这条街叫沛蒂亚北路，是芭堤雅的主要街道。

三月四日，星期四 上午游览珊瑚岛。先乘游艇到大小岛，看飞艇将乘人的气球升到空中。却未见珊瑚。靠近岛屿时，导游要求大家把所带的浅蓝色浴巾罩在头上，遮住直射的阳光，然后掀开脚下两块木板，透过船底的玻璃，一个水下世界豁然呈现在我们眼前。但一阵惊喜以后，便发觉不是我们想象那样多姿多彩，有珊瑚，但不繁茂,连分枝的珊瑚也不见一棵,更不见海胆、海参之类。如此夸大其词,教我们对后续的乘飞艇之类的活动,都不想参加了,在出售纪念品的小商铺边,花十铢租了一张躺椅,认真享受一番阳光和海风。这可是印度洋和太平洋两大洋交流的海风啊,在当代世界,这种濒临"两洋""三洋"的国家可谓凤毛麟角,在同一个地方,能够感受得到这种"两洋"之风的,尤其难得,虽然只有三刻钟,虽然海风十分畅快,却说不清这一阵风、那一阵风,到底来自哪一个"洋"。

下午到东苞文化乐园游览。此园为华人黄谅所创办。各种热带林木以外,珍贵的是兰花苑内所栽的各种兰花,其他,就是观赏泰国民间歌舞和大象表演。均有泰国特色。

离开东苞回程,所逛的水果市场却有新鲜感。泰国的水果很多,有芭蕉、榴梿、波罗蜜、杧果、文旦,等等。在此,有三种水果,都是我第一次见到,一是山珠果,形如紫茄子;二是释迦果,形如释迦牟尼头上螺形发式;三是莲雾,青翠光滑如洋桃,却是葫芦形状,味甜,带着一些青草气的清淡。

晚上,是我们来芭堤雅游览的主要节目:人妖表演。此前,我们在泰国所见的,不论打的是"神秘领域表现"的旗帜,或者逢人就"笑逗"的人妖,在今晚的表演面前,都只能套用吉林市民的"野浴"一词,来形容他们不过都是"野逗"罢了。

芭堤雅之游,今晚算是高潮。原定到美军基地(即红灯区)去观光,每人四百铢。鉴于第一个晚上已经领教了"气功表演",可算观止了,其他,都不过像"神秘领域"的表演,借人妖骗钱而已。改成去吃"海陆空"燕窝鱼翅吧,仍然腻味了,感兴趣的倒是街景。于是沿着大街漫步。我夫妇回宾馆已是午夜。赵瑜他们却意犹未尽,抛开了导游,离开宾馆,再次到街上漫游,也不知是几点钟回宾馆的。

三月五日,星期五 今天告别芭堤雅回曼谷。途中,到芭堤雅附近最大、最古老的寺庙龙室"随喜",据说有四百年的历史。然后到泰国毒蛇研究中心、皮革商店和燕窝商店,到达曼谷,已经是下午四点半左右了。一整天,与其说是游览,不如说,是跟着导游的指挥棒为她购物挣回扣而已。心武跟我概括得很形象:她在实施"三光政策",即把人民币、美元、泰铢都留在泰国。不过,明知如此,解囊的仍然不少。比如,在毒蛇研究中心,用蛇毒制成的治腰肌损伤的药粉,每瓶人民币五百元,何建明就买了;在皮革商店,珍珠鱼皮、鳄鱼皮的女式皮包,确是好东西,而且绝不会是赝品,价格却高得离谱,起码在三千铢以上,还是优惠价。心武给小鸽买的鳄鱼钱包,就花了三千一百五十铢,折合人民币八百五十元。到燕窝店却发现囊中所剩不多,才开始算着花了,否则,上街自由购物,或者到了香港没有钱可花,那太遗憾了。

当然,毒蛇研究中心也颇开眼界。其中眼镜蛇、专吃眼镜蛇的金刚眼镜蛇蛇王、龟壳花蛇、雨伞节蛇,以及印度人与蛇共寝等,都是我从来没有看到过的。

下榻于DALAGSD宾馆,离曼谷最繁华的洛宾山路一箭之遥。晚饭后,导游安排我们自由活动,其实,还是由她带我们去逛街。只是购物和她没有什么经济关系了。所走不远,就在宾馆附近的商店和超市,这些地方,和上海没有多大的差别。

明天与刘导分别。高桦代导游来收费,每人五十元人民币或者一百泰铢,算是小费吧。应该说,一路上服务还是不错的。

三月六日,星期六 昨天,心武和赵大年说起,我们来到这个全民信佛,僧侣的社会地位高到国王也要向他们下跪的国家,不看看他们的活动,总是一大缺憾。我和赵大年均以为然,虽然偶尔看到一些身披黄色袈裟,与图片介绍中所见一样的"出家人",不说别的,他们如何化缘——如何生存都没有看到,是太说不过去了。赵大年说,要到清晨才能见到。于是今天一大早,我们仨就到了洛宾山路上碰机会。晨雾弥漫,大店家都没有开门。正向前寻踪,忽见在小街口一小店家的门口出现了。不成群,而是单个,身披黄色袈裟,赤足,手捧闪闪发亮的金属托钵,伫立于店门前,接受店主人的施舍,有水果、食物。授受罢,跟在僧侣身后的一年轻人,立即上前,从钵中将它取走,收于塑料桶或多层饭盒中,然后到下一家。我们这才明白,出来化缘的,只是僧侣代表,而不是群体。他们化的"缘",不是一顿,而是这一天所需。可惜,我的录像机磁带没有了,急忙换上新一盒,竟不纳。或许是天意,不应该随意将这神圣之举录下来,和消遣品一样,在指指点点中沾染尘俗。

九点,离开曼谷,乘SQ063新航经新加坡转中国香港。

我们把手表拨回新加坡时间。两小时后到达新加坡机场。这机场太大了。比日本成田机场大得多了。虽然去泰国就是在此出发的,但我们从1号候机厅乘平行电梯到10号,还是怀疑乘错了,回头打算问孙家驹,发现刘心武夫妇就在后面。晚上八点十八分,到达香港新机场。这机场启用不到一年,比新加坡更大,只是没有新加坡清新舒适。香港国旅社派车接我们。天色还早。顺车到狮子山上的"好望角"观赏香港夜景。此"角"为香港得天独厚、依山铺展的城市建筑,为旅客提供了"最佳观赏点"。鸟瞰全港,成群的高楼真像水泥森林,其逼人气势,在这么高的地方都感觉窒息。万家灯火,璀璨如珠海,奇怪的是没有一只是闪烁耀眼的,一问,才知是英方考虑到启德机场离市区太近,霓虹灯的闪烁跳动,容易与机场的信号灯相混淆而被禁止的。

下榻于香港丽东酒店。设施一般。入乡问俗，得知这里的住店规矩不比其他地方多，但都是围绕着一个钱字转。一不留神就落入钱窟窿破费了结。房内电话也没办法使用。

三月七日，星期日　今天游览香港。国旅与香港协作的一个机构派来了一位杨导。本地人，和前面两位比较，差远了。在这里导游一天，加上昨天接机和后天送到火车站，却要收我们每人四十元。他的导游介绍中政治性也太强。

其实，今天上午主要是购物，是为导游挣钱的。先到九龙，过海底隧道，拜谒黄大仙道观。这才知道，这位黄大仙就是我们家乡传说中那一位"叱石成羊"的高人。难怪石牌坊上大书"金华分迹"，并在左右镌有"叱石""成羊"四字。据说，凡来香港的游客，都要先来此拜谒才能到其他地方。道观周围，都是政府建造的鸽子笼式公房，观前是成排的测字铺（不是摊）。今天周日，信徒如云。观前地上摆满了供品，多为橘子，焚香祷告，祈求平安、健康。据说，港人中富豪如邵逸夫者，每年都来参拜几次。杨导游就是信徒，一路上就大谈风水的重要和黄大仙的灵验，到场就买了一大把香，虔诚地焚拜祈祷。

接着又是购物。营业员都热情地拉住我们不放手。到第二家，我和心武两家子都不敢下车了。高桦的兴趣却不减。有什么办法呢，一旦到了这个销金窟，不是游览，就是购物。

到尖沙咀和维多利亚港游览已是中午。来到这儿，正如站在上海陆家嘴隔着黄浦江看外滩，香港城市建筑的布局之美，尽收眼底，同样是一曲凝固的音乐。昨晚，是站在"好望角"鸟瞰整个香港，此刻是隔水远眺，从两个不同角度，编辑成了一个完整的篇章：先观看全景，再琢磨细部；那是联合奏出的巨篇旋律，这是单弦轻挑或者单管独奏，用天籁之音把人引进艺术世界的纵深。旅游程序如此安排，相当科学，只是杨导游未必领会罢了。不然，他一定会在解说中点明的。我不禁想到了上海，遗憾的是，上海没有这份得天独厚的如屏风般的"依城之山"，缺了一个"好望角"！

香港的基本格局已经清楚，下面就是各个景点，即细部的观摩了。

午后到海洋公园。乘缆车，观赏海豚和海狮表演，然后看水族馆……都在纪录片上见识过，无法吸引我了。我关注的是香港会议展览中心，为香港回归而建造的，直播回归仪式那晚，我们在山东荣成未能看到而遗憾呢，今天到此，自然不能错过。的确壮观,与对面之尖沙咀艺术中心一带及左右两翼的建筑,构成了一番独特城市风景。

到此,集体行动告一段落。明天是自由活动。原打算与吴洪森联系,和王璞见见面。可是我所带的吴的BB机号码,在此无寻呼服务。给洪波打电话,也未联系上。

三月八日,星期一　今天名为自由活动,其实,是香港国旅不愿再为我们的游览付出什么了。我们一行,除陈建功、赵瑜四人,章仲锷、刘心武、何建明和我们这几家,都随孙家驹观光香港市容。乘地铁,自炮台山路到铜锣湾,到中环,再乘海轮到尖沙咀。铜锣湾是商业区,找到周生生,白金价与上海无异,其他没有什么可供游览的;中环是金融区,在太古广场转了两个多小时,然后吃中饭。就是为了消磨时间,因孙家驹去图书馆找资料,要我们在此等待。据说这里是名牌商品集中的地段。两点钟以后,离开太古广场到香港花园。香港市政府、力宝大厦、中国银行、汇丰、花旗等银行均聚集于此。从权力与财力上说,这里的实力是最雄厚的,从景观上看,也是最耐读的。后面高楼层层叠叠于山腰逐级而上,气势不凡,金融大厦背靠青翠庄重的山岳,这是怎样的力量啊!所谓风水,就是这意思,权力、财力,选择这样的地块聚合,都是风水的缘故!昨天,我们站在尖沙咀,隔着维多利亚港遥望的,就是这个地方,此刻,我们是置身于香港城市的交响乐中,从主旋律被引进了细部。而且是属于核心的细节,咀嚼每一个音符,真正领略其城市魅力的奥秘了!权力、财力,是左右人类最大的两种"力",被"风水"文化一起请到这方寸之地,比肩而立,背靠巍巍山岳,面对维多利亚湾,通过浩渺的波涛,向世界,向人类,传递着这样一个千古之问:两者应该互相渗透结合,还是互相制衡?渗透结合,将会出现怎样的局面?相互制衡,又将带来什么?反之,这个世界又会变成怎样?……

百年来,从风风雨雨中走过来的香港,每一步,不都在寻找这些答案吗?

是的,此刻,我们仿佛也在寻找这一答案。几乎是早就安排好的,我们随孙家驹渡海回到尖沙咀,再次从昨天所到的这个角度观察、思考。我没有点破这一点,也没有回望与咀嚼对岸巍巍山体与参差起伏的现代水泥建筑融成一体的景观,孙家驹却带我们进了半岛饭店——香港最豪华的饭店,据说,这是香港影视名流及国外大腕们的乐园。一杯咖啡就是一百元。孙家驹因旅行社有事,没有时间坐下来品尝,只带我们到咖啡厅看了一下,便到附近去继续观光市容了。

半岛饭店附近的这一转,却成了香港之行最有收获的两个小时。我敢说,如果到了香港而不到弥敦道走一走,不到与此马路相交的北京道、堪富利士道、金马伦道及和它平行的碧仙桃走一走,光是到铜锣湾、中环者,得出的印象,无非就是与上海差不多。只有到了这些地方,才明白香港就是香港,绝对不是上海。一是拥挤,招牌广告将高楼间狭仄的空间侵占得密不透风,以此宣告商业竞争之激烈;二是各色人种平等杂处,不仅是街道上的流动所展示,而是处处触手可及,在街道上散发小广告、小纪念品、商品样品的,不只有华人,还有白人、黑人和其他有色人种;三是商品种类之多,也是我头一回见识到,电器、珠宝、饮食外,在小马路、小街中还有不少小店铺,如制作西装的缝纫铺,商店与工场相结合,一匹匹毛料就置于货架上,供顾客选择。不仅继承了上海当年的前店后工场经营的传统,而且取消了"前"与"后",演化得更直接了。

这里一些景点值得一记。如九龙公园,闹中取静,很不错。在公共汽车站,也是码头处,耸立着一座罗马数字的钟楼,是老火车站的纪念物。教我想到山东济南老火车站,两者相比,香港比济南有气度得多了。

孙家驹带我们到弥敦道后,郑重关照,这里的东西不能买,因为是专门提供给国际友人的,价格高昂不算,最难防的是假货。几位北京朋友却照买不误。

回酒店,终于联系上了吴洪森,他即告诉王璞。九点半,王璞来访,十一点半,吴洪森报社一下班也赶过来,三人聊到午夜。吴洪森说,香港生活指数之高,月入两万,与大陆月入两千的比较还是亏的。王璞又要搬家了,在我印象中,她就是不停地搬。这次,不是暨南大学给的,是自己掏钱买的,今后基本上稳定下来了。

三月九日,星期二 根据王璞介绍,我们所住的这个酒店后面,也是香港的一个闹市区。于是,今天趁吃早饭之际,去转了转。果然,尽是上班去的人流。

今天我们这一行开始各奔东西。刘心武夫妇暂留香港,三天后再返京;何建明、赵瑜到深圳,还要在此寻访几位朋友。陈建功即返京;章仲锷和高桦到海口。

九点半,我们出发到火车站。我们被"交回"了香港国旅的那位谢导。这一路,三位导游中,这一位对香港地区的拜金主义展现得最明显。到此,国旅总社派来调研的孙家驹给了我们一张表格,要我们填写,就是对他们服务质量的书面反馈。看在他的面上,写了不少好话。谢导原应该把我们送到广州机场国旅任务才算完成,他却送到深圳火车站就走了。不过,总的说,前后十二天,经历了春夏秋冬四个季节,两个国度,一个地区,平安归来,留下的都是愉快的记忆,对于某些不足,不过是茶余饭后的笑谈。

八 江山易改，不废韩江万古流

1999年·义乌

七月八日，星期四 五点半，即到西交通路义乌驻沪办事处集中，乘小巴返乡。我们自称为"在沪义乌老乡回乡团"。同行的都是上海义乌同乡联谊会成员，楼荣敏、方宗林、吴广发、毛惠中、金忠银、吴志全、王益鑫、陈振新、陈理春等十三人，赵安平带队。晚十点半到达，住宿商城宾馆。义乌市领导都去金华开会，宣传部部长朱连芳、督查副主任朱利群两位，代表市政府欢迎我们并共进晚餐。

陈振新教授是陈望道先生的公子。当年我父亲被作为共产党员通缉，逃亡上海，受到望道先生保护并安排工作，相处十一年，所以是世交。今日同宿一室，实在难得。

七月九日，星期五 上午，我们分商贸、文化、卫生三组，与当地有关人士座谈。我和陈振新由朱连芳和文化局局长盛煜光接待，与义乌作家协会成员会面，参加者有叶经韬、张金龙和潘爱娟等二十余人。我谈城市化冲击乡镇的今天，作家如何关注人心灵上的转化。因《钱江晚报》正在连载我的《大赢家》（题目被改成《股海沧桑》），自然谈到了中国股市，气氛颇热烈。时间短暂，开头属于定"调子"的这几分钟被这话题一占，这个座谈会便变成了对这一部小说的评价了，失去了对文学上其他问题的交流与探讨，遗憾。

座谈中，有作者提及陈望道先生父辈的一些逸事。当年，陈老先生是变卖了田产供儿子到日本留学的。这种褒扬乡绅非凡见识的故事，以往都因涉及"地主"身份而被淹没。乡绅培养了播火者，结果却把乡绅当成敌人消灭了。可叹！

中饭后，由外甥女婿、四弟接我回老家团聚，并到父亲墓上扫墓。

七月十日，星期六 今天上午，到分水塘瞻仰陈望道故居。这个小山村属于夏演乡，处于崇山峻岭之中的山腰上，前面，都是山峦丘陵间的一层层梯田，村后是高山峻岭，须沿丘陵而上。陈振新告诉我，他们小时候进城，大清早出发，翻山越岭，到晚上才到。他所读的小学，上学去要翻一个山头。

故居为典型的江南民居，所谓三间四插厢（即正屋一排三间，当中天井，天井左右各为两个厢房），翻译《共产党宣言》的所谓"柴屋"，在大门右侧厢房，极简朴，因用于堆柴草而有此称呼。堂屋（也称厅堂）雕梁画栋，尚可，只是未加修饰。左边一间正屋与两厢房，属陈先生弟弟的后代居住，义乌市政府要他们另选住址，据说，谈判中，开出的条件是两套公房并安排两人为非农业户口，太苛刻而耽搁至今。我们不是为此而来，只与村支部签订合同，负责重新整理陈望道先生的材料。

下午游览"八面厅"并参观经济开发区。"八面厅"所在的上溪镇是义乌东北大镇，早闻其名，却是第一次到。先到镇公所，未进门就给了我非同寻常的气概：门侧标明来此要求政府办事的"指引"，大幅张贴着各部门工作人员的照片、姓名，上端大书："党和人民忠告你：无功就是过！"这"忠告"，与其说是对这些公务员的，不如说是对百姓的承诺，更是给大胆监督这些公务员的授权。我有点感动。真的，不管他们言行是否一致，能够这样公示于众，我跑遍大江南北，却是第一次看到。我很想见见这儿的领导，镇党委书记陈化荣、镇长骆有兴，果然都出来接待我们，并款待我们吃中饭。我却没有机会对大门口这一布置追踪。因为此时此刻，主客关心的是"八面厅"。

"八面厅"是清代建筑，与我在东阳所见的那些古建筑相比，并不逊色。不过，作为旅游资源来开发，却缺乏配套景点。

参观经济开发区以后，我对义乌改革开放的评价提升了几个档次。"浪莎"袜业有限公司的规模，真正超过国内同业，其设施全部从意大利进口，电脑控制操作，产品出口国外。广告上中央电视台绝对相称，使义乌成为了中国袜业之冠。"顺时针服装公司"生产的内衣，也以出口创汇为主业，与"浪莎"不同的是，这家公司是为上海"宜而爽"加工，这一主从经济关系，居然是"打假"打出来的。说来像小说：上海"宜而爽"在市场上发现了假冒产品，为"打假"追踪到义乌，才知这家制假的工厂设备超过了被仿冒的他们，遂签订加工合同，转假成真。"华艺工艺品公司"生产金属画，也极有品位。

最后，在义乌小商品城与义乌市党政领导座谈。小商品城为四星级宾馆，堪与五星级媲美。义乌市委书记赵金勇、市长周启水及所有副市长均参加。会后设宴款待。据说，我们这次活动，将载入义乌大事记，为其他城市的老乡立标杆。

2001年·常熟

七月六日，星期五 应常熟市白茆镇管理委员会的邀请，今来常熟。同行者有苏怀一、张文隽、张良仪等人，都是九三学社从事园林建筑设计方面的专家，下榻于白茆镇康博宾馆。与顾正同室。晚餐时，方知北京大学陈平原教授和中国艺术研究所的刘梦溪先生也应邀来了。刘先生与陈祖芬是伉俪，教我分外亲切。

这里是明末清初大诗人钱谦益的生活处，他的故居就在这里。他和江南名妓柳如是白发红颜的爱情，以致引发陈寅恪先生写了《柳如是传》的故事，即演绎于此处的红豆山庄。山庄已毁，仅存红豆树。颇多传奇色彩。这次白茆镇请我们来，就是研究可否把这份文化资源，转化为旅游资源。我们一到，有关资料《芙蓉庄红豆录》就送上门来了。此书乃虹隐编写，均为咏红豆之诗词。

七月七日，星期六 与顾正一起到康博宾馆附近走走。这才发现我们就住在波司登制衣公司厂区之内。波司登是常熟的重点企业。在我们身边来来往往的都是成衣工人。

八点半，红豆山庄座谈会开幕。由镇党委书记王保罗主持。开幕后驱车把我们送到芙蓉村红豆山庄参观。此地原名碧梧山庄，始建于宋末元初，明代从海南移植到这里一棵红豆树，遂改名红豆山庄。红豆树尚在，四百多岁了，曾枯死，六十年以后，却重发新芽而生长如斯，也是奇迹，只是不再开花结果。在钱谦益八十多岁后红豆树却开花了，并结一果，激发他写下咏唱它的诗文。但从1932年到如今，又不再开花。主要原因，和天目山那棵大树王一样，村民把它当成了神，烧香焚纸许愿求安，在根部烧出了一个大洞，威胁到它的生命。多亏乡人苏怀一请了九三学社的园林专家徐虎前来会诊，采取了抢救措施，使它恢复了蓬勃的生机。旁有一树如乌桕。此刻徐虎也来了，他介绍说，此树名为丝棉木，颇耐寒，农历三月初即发芽，十一月才落叶，如杨树，是刻制印章的最佳木料。近年来江南已经相当稀少了。这一棵，就因为和红豆树一起圈在篱垣之内接受保护，才让我们有缘见识。

下午，座谈研讨。学术气氛颇浓。我谈了两点：一是钱谦益的红豆山庄已被视作爱情圣地，对少男少女会有吸引力，值得作为旅游资源开发，但恢复山庄的建筑，如何在"古朴"两字上做文章，需要慎重研究；二是对红豆"相思"的理解，我提醒他们要准确把握，王维写此诗的原意，非情而是性。

会后到小镇上溜达，完全是波司登女工的市面。镇小而厂大，必然如此。

七月八日，星期日 早上集体拍照后有人返沪。如果下午不安排游览常熟市区的钱、柳墓，我也想走了。早餐后，先参观农民小区和波司登生产车间。这是小镇的窗口。波司登规模之大，令人咋舌。劳动力便宜是主因，女工每人每月的工资仅四百元，竞争力自然增加了。出产的羽绒服，以世界上唯一登上三极（南北极和珠峰）的产品而自豪。接着我们到文化馆参观白茆山歌的展览，并聆听他们演唱。独有韵味。然后又是被要求题词留念。我写了"艺苑清风"，陈平原题"隔河看见白牡丹"。

下午到常熟市区，参观了翁同龢故居和钱牧斋（谦益）柳如是墓。墓地在虞山南麓、尚湖之北，两墓相距百米，谓之若即若离。其余时间，都是在尚湖风景区度过，风景极像西湖。天太热，大部分时间坐在风景区内的茶室里观赏，直到六点，常熟市宣传部部长拨冗把我们接到虞城大酒家，设宴款待后我们返沪。

2001年·杭州

七月十九日，星期四 今天，上海作家协会各专业委员会负责人由任仲伦、褚水敖率领，来杭州中国作家协会创作之家研究明年工作。我以小说创作委员会主任身份参加，与复旦大学林帆教授同住801室。这里的环境与生活设施，比北戴河中国作协创作之家好得多了。庭院式江南民居建筑，颇精巧，二层楼，有天井、草坪，北面即为北高峰及其缆道，三面皆山，房子处于山峦林木之中，距离灵隐寺不远。

时间安排紧凑。一安顿好即开会，由褚水敖和任仲伦主持。任仲伦先谈上海作协下一步工作的设想。从三十六名专业作家着手，拟设立一项"签约作家"制度，有了创作计划的会员，可与作协组织签一份脱产一定期限的协议，每月提供一定的补贴，不论年龄（以中青年作家为主）。我们认为这个点子相当好，灵活、实惠，有助于没有被接受为专业作家的会员提供创作条件，促进上海文学创作的繁荣。

会后，到天香酒家聚餐。天香与楼外楼齐名。但一品尝，也不见得有特色。

晚上准备游西湖。无奈天气预报有雷雨，大的船家都不愿揽这份生意，只招揽了几只小船游了里西湖，与广州肇庆夜游七星湖相比，略逊一筹。

七月二十日，星期五 今天发现，我们就住在灵隐寺的东侧，只隔着一个小山坡，应属暮鼓晨钟传播得到的地方。早晨，我们结队去"随喜"，香客甚多。想到了孤身在异国他乡读书的儿子，我情不自禁地烧香叩拜了如来佛，默默祈祷他平安健康，学业有成。

八点出发，到浙西大峡谷游览。这是近年来开发的旅游景点，在昌化县境，经富阳即到达。群山叠嶂，在我这个从山区出来的人眼里，没有什么吸引力。好在有一江碧水穿流于峡谷而别开生面，柘林有悬瀑如练，皮筏漂流，也颇有气势，无雕琢痕迹。在白马崖的龙井乡政府开的饭店吃罢中饭，到漂流码头体验漂流的感受。坐上橡皮筏，穿上救生衣，不用木桨，也没有竹篙，顺湍急的水流快速漂下，二十多分钟便漂过了几个浅水滩，可惜，不是暴雨之后，溪水不旺，惊险程度没有达到我们想象。与黄河乘羊皮筏漂流相比，却能显示江南的精致。其余，如"白云人家"、八仙潭、剑门桥等均无特色，整个"大峡谷"就是被媒体制造出来的名不副实的商品。

此处的特产是鸡血石。自然也有松子、小核桃之类的山货。王晓玉在摊头买了两块鸡血石，讨价一百八十元，八十五元成交；王纪人、褚水敖也都买了，一百五十元一块。导游带我们到白马崖的鸡血石专卖店检验，都是假货，用人造大理石的制作方法压制而成。

六点，回杭州，到知味馆用晚餐。此为杭州知名老店，生意兴隆。适逢周末，座无虚席。不过，我的感受同样是"盛名之下"。除了一只海参煲，其他菜肴不过尔尔。

七月二十一日，星期六 早上，我和林帆再次游灵隐寺，从正大门进入，主要观赏江南首屈一指的古刹殿堂以外的景色。山石岩上都刻有佛像，或浮雕，或立体，大小不一，均信徒所为，照样有人烧香参拜。我们信步浏览。久闻"一线天"，今天方睹真容。乃一大天窗，珍贵的是"一星天"，仰望岩洞如一颗星星。当然，也不是仰头就可以看到的，必须选择一定的角度，才能从漆黑的岩壁间发现。也真难为了第一个发现者。

今天上午，原定到梅山坞茶场品茶，临时改到"湖畔居"。此乃临湖而开的茶肆，有落地大窗，凭窗而坐，可欣赏烟波浩渺的湖水和远山，我们所住的北高峰上的建筑，都清晰可见。能真切地体会"山外青山楼外楼"的妙趣。每客八十元，选一种茶、六盘干果、六样茶点。吃到中午，能替代中饭。气温高达37摄氏度，真舍不得离开。

2001年·江西龙虎山

十月二十六日，星期四 今天下午，乘287次列车来江西鹰潭。叶辛、徐俊西、陆星儿、彭瑞高、殷慧芬、薛海翔等十二人同行。目的地是龙虎山。这次中国道教圣地的瞻仰之行,由东方电视台的贾云峰与中旅社的王乃粒组织。卧铺。晚八点发车,通宵在车上。久未碰头,有此聚会机会,气氛极活跃。谈的多是厦门红楼走私案。

十月二十七日,星期五 晨六点到鹰潭。由龙虎山旅游局接待,将我们送到龙虎山宾馆。一人一间。鹰潭市旅游局局长李志坚、龙虎山旅游公司总经理周佐明亲自接待。这家宾馆坐落于山岩下,十分幽静,内设游乐场。

早就知道,江西龙虎山是中国道教的发祥地,中国道教四大名山之一,《水浒传》"楔子·张天师祈禳瘟疫,洪太尉误走妖魔",写的就是这个地方;正一观是道教创建者张天师炼丹之处。这都是经典性的传说。我们到正一观敲了钟,十一响。然后细品自然景观。排衙仙境气势如虹,一座座山头刀削如壁,直立于平地,形成一排天然城墙。泸溪流淌在龙虎山峡谷中,巨岩上呈白色,如上了涂料,这是在溪中捕鱼为生的鹭鸶鸟的"杰作",就是说,都是鸟粪。它们白天出没于溪水中,夜宿于这些岩石上。原始生态就是如此扑面而来,教我们获得了进入深山幽谷访道求仙的清新感,尽管大汗淋漓,衣衫尽湿,仍如融入自然中,不愿错过这里的一草一木。

这里真正的宝藏,是龙虎山地质公园的丹霞地貌,为中国之典型。其中象鼻山与金枪峰尤其珍贵。至于仙水岩,因沿泸溪之岩而得名,有悬棺表演,谓之"升官发财"。按需要向游人演示,如何将棺木送入悬崖上的岩穴之中而成悬棺的。既然我们是被邀请的客人,就特地做了表演。我们站在对面江滩上,隔着泸溪溪水远眺,绳索如何从悬崖峭壁上端的山崖边,将棺木和工人送下来,然后送入岩洞中,差不多一个小时,岩洞多数是天然的,也有人工凿成的。需要凿岩得穴的话,这一点时间就不够了。

最可记者,是许家寨之无蚊村。夏日没有蚊子(很值得研究)而得名。但这里主要是婚娶仪式。除了像舞台节目一样表演给游客看,还与游客互动。我们这一行中年纪最轻的薛海翔就被选为了新郎,不仅展现了乡风民俗,更博得彼此捧腹欢笑。

此外,值得一游的景点多多。有"十不得",据说,因有股仙气而得此道家之名。本来江西贵溪县民间流传中,有一个用"十不得"来概括自然美景的典故,这里何以有了仙气就获此名称的原因却不清楚。泸溪的水很清澈,为城市人所少见。有飞云阁,阁旁有"仙女岩",之所以以"仙女"名之者,因为与金枪峰匹配,天地之阴阳会合于此,而具有仙女之气概也。

晚上,主人安排我们泸溪桃花洲夜游。因雨,以金华义乌那种被称为舴艋舟的小船代步，泛舟于飞云阁前的溪水上。主人特为我们放焰火表演。可惜，他们没有领悟此山此水真正有价值的东西：静，清静，宁静，幽静，那种展示空灵的静虚，"道自清虚"，清虚境界才是道家追求的最高境界。今天，用城市繁华世界的那一套招数来款待我们，明天同样以此来招引游客，枉用了这一份自然资源，可惜了。

不过，也正是这个原因，才费神费钞，把我们请来出主意的。应该建议他们，如果要把这里旅游产业做强做好，就要从这个境界上以维护为主的思路，开发龙虎山。

七月二十八日，星期日　雨继续。幸而室外景点基本上都去了。

今天到上清镇游览天师府。上清镇因天师府而被称为"中国道教第一镇"，根据《水浒》中"楔子"所编的故事，也应该是一百零八将的"诞生地"。这是依傍泸溪铺开的古镇。遍布吊脚楼，街道狭仄，长达一里多，一如我少年生活的江湾镇。府第均与道家鼻祖张道陵有关系。有"留侯家庙"，就是张道陵的家庙。最宏大的，当然是天师府，高屋建瓴，古树成林，属真正的文物。都有文字史料记载。诞生一百零八将的大上清宫，却没有踪迹，也没有人要求我们如何从小说中搬来这些故事，造出一个来吸引游客以图利，可见主人的严肃。

2002年·宜兴

三月二日，星期六　近期赶写长篇小说《天地蛋》颇疲惫，东方电视台小贾邀请我到宜兴善卷洞游览。十年前，虽然随《萌芽》来此举行发奖仪式而丧失了新鲜感，而且这次是属于商业活动，但也想趁机休息一两天，便和徐俊西、李伦新他们一起来了。

到达已经中午，先到国际饭店，宜兴市长李峰枫等假座此处举行宴会，然后到善卷洞，下榻于风景区之螺岩山庄，与许国良同室。

下午，先由风景区主任介绍景区情况，然后参观善卷洞的后景，以梁祝传说发生处作为重点。无非研究如何借助梁祝故事，开发为旅游景点。可惜天雨，都匆匆，晚上洗桑拿浴。不标准，服务也不佳，只能算"野浴"。想到他们的要求，要写一副刻在大门上的楹联，却有了灵感："善举不同，古往今来，同归于美；卷云送雨，山逶洞迤，皆成华章。"

三月三日，星期日　还是雨。先游张渚镇国山碑，此碑为三国孙皓所立（276年）。此前，善卷洞被称为"石室"。那年，天暴雨，雷电交加，山崩地裂，龙背山突兀起

遵宜兴善卷洞管委会所嘱而题写的楹联

块数丈高的巨石，一条白蛇随善卷洞的清泉喷涌而出，如白龙腾空，孙皓认为这是祥瑞之兆，即派司徒董朝来此，将此石封为山碑，即"禅国山碑"，被称为"江南第一碑"，也称"吴自立大石"。碑石形状微圆，像鼙鼓，四面环刻的碑文尚在，但只有百余字可辨别。

接着游览善卷洞。因为开掘于民国初期，其命名，不像当今那样俗不可耐。它有三大特色：一是洞内面积宽大而平坦（电影《智取威虎山》的百鸡宴就在此取景）；二是水流湍急，直贯其间；三是上中下三洞气候各异。洞口还有一景，是一棵"银缕梅"，乃活化石，为冰期前的稀世植物，极珍贵。

洞上面的螺岩山顶建有圆通阁。原为祈雨之所，后由当地陶制艺术大师根据佛经中善才五十三次拜观音的故事，制有五十三尊不同形态的观音像，堪称艺术珍品。

中午，主人摊开纸笔，要我们题词。我把昨天想到的楹联，略加修改，写成："善举各异，古往今来，同归于美；卷云万变，岚逶洞迤，皆成华章。"

午后大雨如注。我们交流对此景观的开发意见后返程。可惜未赶上为祥隆兄送行。

2002年·嵊泗列岛

五月十七日，星期五　上午，在人民广场集合，与徐俊西、赵长天、殷慧芬等八人，到葫芦港乘客轮，在东海航行三小时，到达嵊泗码头。

嵊泗列岛是舟山群岛八大列岛之首，这次邀请我们的是嵊泗县委宣传部，和

1990年《青年社交》组织的去舟山的地点和目的都不一样。到码头上来接待的，是天马旅游公司，经理方萍陪我们在岛上转了一圈。小岛小县城，城区不大，和舟山差不多，都是新建的水泥建筑，无古迹可访，鱼市场颇有气魄，物价相当高，一斤青菜要卖两元，香蕉为四元，淡水每吨也是四元。住宿于"北界村"的北界村饭店。

晚餐聚于富豪酒家，天马公司总经理作陪。餐后，县长忻海平、办公室主任陈国光前来和我们见面，介绍嵊泗县的情况。

方萍老家在湖南常德，爱上了小岛一位裴姓小伙而远嫁于此，言行举止都是一副心满意足的样子。她请我们到她新居去坐坐。两房一厅。她要求我们给她写几个字。到这场合，我又被推举为代表。我写了两幅："海岛人家"和"缘"。

五月十八日，星期六 早晨，参加县政府和浙江邮局举行"花鸟灯塔"邮票首发仪式。这是我们此行主要节目。嵊泗列岛真正值得一游的，便是这个花鸟岛的古灯塔。可惜，从这里去，来回需要一整天，明天返沪的船票已经订好，只能在仪式之后，经"海上渔家"、乡村旅店和大悲山、田岙渔村，在码头上眺望一下了。

茶室"海上渔家"，坐落在海湾中，可供提抓餐笼煮蟹以为兴。乡村旅店，是为金海湾浴场而建，也属"海上渔家"所有，其整洁度超过了一般宾馆，每客每天仅需二三十元。登大悲山可俯瞰嵊泗全岛。岛上建有防倭炮台，并有大悲寺，为鉴真东渡泊舟处。要说古迹，就非它莫属了。只是时间局促，均未及细细游览，甚至没有进入寺院。田岙村是小渔村，生活水平甚高，城市居民现代化的电器等生活设施，应有尽有。

从旅游的角度评价，最值得去的是金海湾游泳场，水是蓝的，浪是白的，很有气势。而最适宜游泳的是沙滩，它宽约一公里，细沙如板结，缓缓地延伸入海，颇安全。

晚上，县电影院举行邮票首发式的文艺晚会，上海艺人王汝刚主持。我们未参加。

2003年·哈尔滨

一月十日，星期五 我辞去《沪港经济》杂志总编辑职务，只担任顾问总编、社务委员会委员，今天又以此名义，应邀来哈尔滨参加一年一度的社务工作会议，借此体验一下声名远播的"冰灯节"盛况。乘CZ6258航班。除蒋期馨以外，鲍友德、马韫芳、吴松茂等社委都来了。由哈尔滨纵横旅行社接待。住万达假日大酒店。

阔别冰城整整二十年了。1983年5月到漠河参加笔会，哈尔滨属中转，既没有观光市容,也没有体验这方接近西伯利亚的土地的寒冷,这次应该补上了。地面气温是零下十七摄氏度,有人提醒,在户外不要赤手抓铁管,以防被冻结在管子上。第一感觉却和上海差不多。安顿好,即到兆麟公园观赏冰灯。毕竟是北国的严冬,但也不是如此可怕。

冰灯,久仰了,到了现场,却没有惊喜。雕刻太粗糙,布局不新颖,值得一看的是尼古拉教堂(标为"奥地利维也纳·卡尔教堂")的复制品,还有城堡上的滑梯和海上龙宫。

晚餐,接受哈尔滨市统战部部长等朋友的宴请。这是沾了吴松茂的光。上海市统战部和哈尔滨市统战部间的联系人就是他。席间,了解到不少关于哈尔滨城市的地方特色。主要是冰灯的形成以及关于数字、色彩等地方特殊含义。

展示以冰为灯的技艺活动,始于1963年。"三年困难时期"之后,哈尔滨市领导为激发民气,想出了这一就地取材、自娱自乐的点子。当时制作简单,就是在木桶里装满水,待冰冻到寸把厚的时候,凿洞放水,留下冰壳,从木桶中取出,置蜡烛于其中,即成一桶状冰灯。虽然原始,但与今天通电灯于其中相比,更有韵味。乍一出现,万人空巷,轰动一时,最终成"节"而成城市名片。"文革"中止,1977年恢复。

关于数字与色彩。婚礼前,男方携带四根连皮带肉的猪肋加一把葱,到女方家定亲。新娘父母斩其半,归还另一半,意为女儿是父之骨,母之肉,骨肉相连也,而葱,象征着婆家与娘家的祈愿:世世代代,聪聪明明。与色彩相关的数字,或者说与数字相关的色彩,则丰富得多。路牌分三种颜色:红、蓝、绿。蓝牌是主要马路,绿色是主干道,红色是小马路。公共汽车也分三色:红、蓝、白。红色是冬夏有空调,蓝色冬有热空调,白色则什么也没有。票价也相应有别:一元五角、一元、五角。并以此引申到了饮食店家门楣上所挂的店招,那是像灯笼一样的布制幌子。分一只、两只、三只等不同数目,以区别不同档次,一只幌,经营大众小吃,属低档小店;两只幌,经营各种烧烤菜肴,可以举办宴席,三与四只幌,有地方风味,可以举办高级宴会,属高档。其颜色也成了民族与信仰的标志,红色,是汉族,为普通餐馆;蓝色,是清真,属回族;黄色,是佛教。

席散,游中央步行大街。这条大街其繁华与地位,相当于上海南京东路。二十年前那次来,《北疆》的朋友带我观赏的不是"市容",只是松花江百货大楼,今天才是都市风貌,而且是新潮的"步行街"!观念变了,城市的观赏点也变了。此街全长八百六十米,路面铺砖五百米,洋气十足。原因众所周知,东北与俄罗斯的关系,哈尔滨可以说是一个窗口。欧洲的建筑风格,在这里几乎都找得到,各展其艺,也相互融合，是这一城市首旅时给了我"协调"印象的一个补充。值得注意的是，这条大街上有不同形状的冰雕，如果说，门前雪要各自打扫的话，在这儿，门前冰雕各自造。这一来，各展其能，各尽其艺，就成了必然。此城市利用冰雪吸引游客，把冰雪文章做足，这是相当精彩的一招。

最值得观赏的，应是圣·索菲亚大教堂。建于1932年，是拜占庭建筑的典型风格。原为沙俄东西伯利亚第四步兵师的随军教堂，均以木构制。现与俄罗斯瓦西里教堂一样。耸立于中央的巨大而饱满的洋葱头造型的穹顶，坐落在十六面体的鼓座上，成为四翼小帐篷尖顶的统率。它精致的砖砌技艺（清水红砖墙）与严谨而又完美的拜占庭风貌，是使哈尔滨获得了"东方莫斯科"之称的重要标志。

一月十一日，星期六 早上，继续游中央大街。不少著名建筑和各种商家，都在这条街上。上一次未及观瞻，这次不能错过了。有些建筑虽然进不了大门，领略不了其内细部，但能一睹其外在风采。像马迭尔宾馆，是典型的法国文艺复兴时期路易十四新艺术运动的建筑风格，有东方凡尔赛宫之称。又如松浦洋行，属哈尔滨最大的巴洛克建筑，是中央大街标志性建筑之一。都富丽堂皇，新奇变幻，线条自由，对比强烈。至于俄罗斯风格的建筑，则随处可见，主要是木结构及砖结构的教堂、住宅及小餐厅。建筑以外，还有其他让我大饱眼福的东西，如街两旁名为黑松的行道树，中央大街交叉的俄罗斯购物街街口，筑起两排对称的冰屋，作为商品摊位招标……

中央大街也是美味荟萃之街。还有这样一种说辞，只有品味"华梅"风味，才算是完美的哈尔滨中央大街之游。这是有传统的，1937年，哈尔滨有西餐馆二百六十家，仅中央大街西侧就云集了一百多家，"华梅"是最受人追捧的。俄式大菜、纸包牛肉、软炸鸡脯、灌牛尾、法国蛋、炸板虾等，都是"华梅"的风味佳肴。可惜，午后要到太阳岛观赏冰雪雕塑，这是此次哈尔滨之游的重头戏，不能坐下来心定神闲地把时间耗在口福上。只在"东方俄罗斯"餐厅吃了一顿俄罗斯西餐，尝了"东方莫斯科"的汤，叫苏波汤。据说喝出了苏打叶意味着吉祥，我喝出来了，我获得了吉祥。给我印象就是这一点。

按旅行资料上的介绍，冰雪世界的精华，都集中在太阳岛上。此说不谬，主要原因，此地举办的，是整个黑龙江省参与的一场冰雕艺术大展览。我择其要者，摘录各地送来的作品简要说明，就可见其精彩了：鹤岗代表队的作品题为《恐龙》，是巨大恐龙身躯的复原，题词是"请珍惜人类来之不易的文明时代，勿让灾难的历史重演"；铁力代表队的作品，是狮吃野牛，题为《野性的呼唤》"保护大自然，爱惜野生动物,保护良好的生态环境,是我们每个人的责任";牙克石代表队的作品是《丹凤朝阳》"民间传说凤能给人类带来光明祥瑞";哈尔滨代表队的作品是《根深叶茂》"根深才能叶茂,有老一辈的关爱才有我们年轻一代的茁壮成长";东方学院师生的作品是《万象更新》:"进入新世纪的中国太平盛世,万象更新"……

流连忘返,美不胜收。相比之下,兆麟公园的作品更显得单薄和苍白了。晚上,游览"哈尔滨冰雪大世界",壮观,有气魄,叹为观止!

一月十二日,星期日 上午举行《沪港经济》社务会议。

会后游览松花江冬泳俱乐部。就在太阳岛对面江岸。泳池是松花江江心冰上凿出的一个水潭。真冷!仅有两条汉子下水游了二十米左右,即反身上岸。与其他游泳池不同,要穿白色网球鞋下水,为了防滑吧。旁边的冰上有狗拉雪橇、马车,还有安置冰刀的帆船,均收费,且不菲。狗拉雪橇不到五百米收费十元。四周一片冰雪,无可记者。

接着到俄罗斯商场购物。我购得"母与子"一尊,仿青铜,是俄罗斯母亲亲吻爱子的胸像雕塑,情"爱"扑面,极有情趣。然后到鑫姿美食中心品尝"飞龙宴"。所谓"飞龙",可不是那种古爬行动物,是一种禽类,叫花尾榛鸡,属走禽,受野生动物法的保护;还有"四不像"。上桌时有异味,是否真的,天晓得。

乘6251航班返沪。这一次,总算弥补了当年被当成旅途"中转"的遗憾,对北国的寒冷,北方人利用寒冷,通过艺术展示自己的才华乃至人的价值,也有了真切的体验。

2004年·安徽六安

十二月十六日,星期四 应中华文学发展基金会组织的"情系红土地"的"育才图书室工程"之邀,今天乘5573航班来安徽六安市。同行的有上海市委宣传部副部长徐俊西、《文汇报》周玉明、《文学报》徐春萍等六人。先到合肥,由六安市政府派车接我们。住宿于六安部队招待所之金星楼。北京来的,除了此基金会主席张锲,还有张炯、李存葆、蒋巍和中国作协办公室的刘敢峰,基金会的工作人员、歌星高音、铁英、中央电视台等传媒的记者。

下午举行捐赠仪式,相当隆重。然后参观六安一中、皖西学院等教育机构。本以为要到大别山革命根据地去的,据说,大别山太偏僻,没有开发,交通和当地接待方面都有困难。不过,这里是大别山的东麓,也算到过了,见到了许多老朋友,对我而言,足够了。

十二月十七日,星期五 今参观六霍纪念塔。有邓小平题词,然后一起到独山镇参加捐赠仪式。中华文学发展基金会捐赠的有图书和电脑,折合人民币二百余万元。

我到过井冈山红色摇篮的八角楼、黄洋界,瞻仰过南昌八一起义遗址,到了这里才发现,我对中国红色革命史还是孤陋寡闻的,居然不知道安徽的独山,是中国红色革命发祥地之一,出过十六位开国将军!起义指挥部遗址尚在,原是独山第四高级小学(当年小学分初小和高小,各四年),简称为"四高",现为幼儿园。小镇上有一个革命遗址群落,可惜,我们看到的,却是破旧不堪的民居。

午后游洪甸水库。水面宽广,我们的游艇到了湖心因缺油而返回,来回花去了两个多小时!风太大,天阴沉,气温很低,都不愿待在湖面上。加了油也不想继续游览。

晚上,举行中华文学发展基金会育才图书工程主办的"情系红土地"文艺演出。从合肥与我们一起被接到此的几位艺人,都展示了他们的才华。

十二月十八日,星期六 上午观光六安市市容。滨江花园、市政办公区、皋陶墓及滨江历史画廊等。到处是建筑工地。他们和当今中国其他地区一样,拆旧的,盖新的,名曰按资料重建,其实是制造一批批假古董;这样一个地区也拿京沪穗做样板,辟出开发区,搞不清楚什么是重点经济或经济重点。政府借一站式服务的名义,大兴土木,趁机把政府办公楼盖得尽善尽美。说真的,看了颇不舒服。要求作家题词留墨,我只能逃。

下午3点返程,仍然先到合肥,由安徽企业家、中华文学发展基金会副主席宴请。我们为赶5572航班,提前告辞。

2005年·四川广安、重庆

一月七日,星期五 又是一年一度的《沪港经济》杂志社务委员会会议,今年到重庆。乘5421航班。和往常一样,除了蒋期馨,都来了。

客机在江北机场降落。雾城以她惯有的风韵迎接我们。大雾中,无法观赏这座新机场的风采。到渝北区新丰宾馆用罢中餐,即来邓小平故居所在地广安。这是去年为发展旅游业新辟的景区,高速公路也应运而成。参观故居陈列馆后,再到佛指山邓氏祖茔。我不懂堪舆学,按一个普通人的审美能力,其地形、其走势,确实与众不同。

到处有纪念点,便到处有小商贩。陈平田对此所发议论中有一句话,在别处说,可能会成为耳边风,在伟人的纪念地说出来,其意义就非同一般了:"不管就是支持。"

是的,治国智慧中就有一条名之"无为"的智慧,俗称"不管"的就是一种,尤其是我们这样的国度,更需要这种"不管"之"管"的大智慧,也就是"开放"的"放"。参观邓小平故居,最大的收获可能就是这一点了。毕竟是来自上海这种国际性大都市的工商管理干部,信口而出,临场偶发,带着哲理的感慨,往往是对现实最准确的概括,堪称警句。我在此预言,这六个字,很可能成为20世纪中国革命最重要的一条经验教训。

晚上,假座东阳饭店开社务会议。宿于思源大酒店。今日广安市到处是宾馆酒楼,而且名号大都赋予"思源"的意思。我们所住的是五星级。

一月八日,星期六 今天到华蓥山游览。有人说,不到华蓥山,等于没有到广安。据文字介绍,此地的高登山寺建于唐开元(713—741)年间,是四川地区的佛教圣地,并有"东朝华蓥,西朝峨眉"之说。当然,还应该说,这儿是著名红色景点,以一部《红岩》而闻名遐迩。不过,知道高登山寺和"双枪老太婆"的,却未必知道这里喀斯特地貌在地理学上的价值,也未必知道雄伟之山势,如何展示造化之奇功。到这儿来,不论着眼点是什么,都是值得的。公路已经修上山。时间有限,下车后,我们就往最高处走,山雾如幕,飘着微雪,山景有积雪,不少游客半途暨回。尽管我们六人的平均年龄超过花甲,却都到达了最佳的景点:一吻千年,或者叫千年一吻。石笋成林,本来就是多姿多彩不拘一格的自然景观,正如云南路南彝族自治县的石林,这里独特之处,就是这一"吻"。相连的两根溶柱的顶端,不仅如人的头脸,而且相互吸引一般,相向前倾、亲昵相触,一如一对恋人在热吻。亿万年来,石灰岩风化溶蚀而成的造型,惟妙惟肖一至于此,使抽象派的艺术雕塑也望尘莫及!谁说铁石无心?此情此景,就是证明千年溶柱也有情,而且情意缠绵,一吻千秋!面对这样传神的造化,能不怦然心动?就此生发出许多以爱情为题旨的传说,也就不足为奇了,纯真、坚贞、凄美,分不清是今是古,是人间,还是神话,不管是佛教圣地,还是红色名山,让名给"天下情山"便成了必然,正如一些景点上的连心锁,附近石柱上,一定刻满了少男少女的"爱情誓言",可惜我们没有注意。就说老迈如我,见它们身上长着一种叫黄刺卫茅的苔类植物,居然忍不住,偷偷地采撷了一把,希望与此景此情长厮守。

在山上用午餐，相当精美，十多人仅花去三百多元。劳动力还是太便宜了！

回重庆，匆匆瞻仰了歌乐山革命陵园以及白公馆、渣滓洞，所见监狱与刑讯室，与其他监狱大同小异。先烈英勇不屈，视死如归，自然可敬可佩，可歌可泣。

下榻于重庆希尔顿酒店。晚上，重庆市统战部假座解放碑之陶然居宴请我们。仍然是官场应酬。宴后，与蒋小馨游朝天门。1985年，我和洪波第一次来重庆，那时，朝天门，这一古老的双水交汇的码头，樯桅林立，肩驮背篼穿梭的运货郎，给我的是扑面而来的历史沧桑感，看起来陈旧、杂乱，却可以聆听到天梯般石阶上苦力的一步一喘息，嘉陵江岸纤夫号子的回声，低沉、悠长，似叹似诉，是呻是吟，一步一把汗……今晚却了无痕迹，只能到一些小街巷去寻找当年的那种城市余韵，品味记忆中雾山城的感觉。

怀旧，是展延人生最常用的一招，贫贱不欺，要紧的是如何去化腐朽为神奇，在这一点上，区别出了各人精神的高下。

一月九日，星期日　今天到大足瞻仰大足石佛。大足县宝顶镇，属重庆市管辖。这是早就心向往之的文化景点。在图片中，在电视新闻里，在介绍文字中，多次相遇。知道这一巨型石刻，不同于伊朗巴米扬大佛，它熔佛家教义，儒家伦理，中国理学的心理和道家学说于一炉，对世人晓之以理，动之以情，诱之以福乐，戚之以祸苦，成为了佛教从印度传入后全盘中国化的标志。为此，联合国教科文组织于1999年，将其列入世界文化名录而加以保护。我为其文化上的价值做过种种揣想，想不到，驱车到达，它一呈现在眼前的那一瞬间，我被震撼的程度远远地超过想象，壮美、丰满、静气扑面。我认为，所见文字和图片，对它所做的描绘和评价，都是恰如其分的。

可惜天不帮忙，下雨了，也因为时间短促，都使我们未能纵览此地全貌；北山和南山两处景观都没有去。但能够游览这里，我满足了。

回重庆，到沙坪坝购买一些纪念品，乘5422航班返沪。

2008年·广东汕头、潮州

一月十七日，星期四　今年《沪港经济》社务委员会年会来广东汕头举行。

航班到达已是下午。下榻帝豪大酒家。

先到澄海隆都镇前美村参观陈慈黉故居。陈慈黉少年即随父到东南亚经营进出口贸易，为当地到海外淘金成功之典范，回乡后捐资修桥筑路，倡建新村，创办学校。故居是中国传统的"驷马拖车"糅合西式洋楼的民宅，始建于宣统二年

(1910),历时半个世纪。共十二个单元五百零六间,其间点缀亭台楼阁,通廊天桥,曲折萦回,被誉为"岭南第一侨宅",有"潮汕小故居"之称。但在我眼里,建筑风格基本上如北京四合院。

继而游览龙泉岩,景点均为吸引游客而新建,媚俗者多,无观赏价值。

晚上,举行社务委员会年会。上海沪港经济协会解散了。这本杂志相当于这一协会的机关刊物。自然面临"皮之不存,毛将焉附"的问题。蒋小馨工作汇报以后,就集中讨论如何解决这一"挂靠"的问题。未得出结论,但只要有赵定玉、金闽珠、马韬芳等几位老领导在,绝不会就此寿终正寝,关键是怎样做更有利于杂志的生存发展。

一月十八日,星期五 今在莱芜码头乘轮渡到南澳岛游览。

南澳岛有"粤东屏障、闽粤咽喉"的别名,素来是中国东南沿海通商的必经泊点和中转站,也是大陆对台和海上贸易的主要通道。郁郁葱葱的山林下面,却都是火药兵器库。到处是驻军,有"白天兵见兵,晚上看星星"之说。林木均是相思树。是20世纪50年代考虑与台湾的关系,按政治需要而栽培的。我们下榻于钱澳湾旅游度假村。南国风味颇浓郁,房前屋后,都是热带植物。安顿好,即到渔场内的"海上食堂"吃海鲜。对于我,最有新鲜感的,不是刚从海上捕获的鱼虾,而是鱼类的品种。正如以往在烟台、天尽头等地所见的什么"天鹅蛋"之类,这次所吃的是状如鲫鱼之罗曼斑鱼,味道鲜得独特。

餐后游览宋井。南宋末年,张世杰、陆秀夫等抗元名将带着小皇帝和太后逃难到广东,于南澳岛苟安,筑有宋城,遗址尚存。当时曾挖有分别供皇帝、大臣和将士饮用的"龙井""虎井"和"马井"三眼水井。均在滨海的沙滩旁,汲到的竟是淡水,颇神奇。如今龙虎两井已被潮水和沙子淹没,我们所见的是马井。都是那个时代的标志性遗迹,故名宋井。

继之游金银岛。据说是明嘉靖末年,海盗吴平藏金银珠宝于此。实地一看,原来是巨大山岩流泻而下堆垒成的一大堆乱石!仿佛旅途中的一个玩笑。

一月十九日,星期六 告别南澳岛来潮州。潮州,对于我太"熟悉"了。幼时父亲教我读《古文观止》,《祭鳄鱼文》一开头就是"潮州刺史韩愈",不仅直白地把这位名列唐宋八大家之首的文豪和此地名绑在了一起,苏轼还通过《潮州韩文公庙碑》,介绍了此公在这儿的各种政绩。所以,这一座历史文化名城,比其他地方都亲切。

我们专为游览而来，不打算住宿。以三轮人力车代步，先到"甲第巷"。潮州古民居等级分明，可用"猷、灶、义、兴、甲"五字概括，"甲第"，是古潮州城仕宦商贾望族聚居的街巷，位于古城中南部，要看潮人明清街坊格局，此巷是精华中之精华。建筑风格类似于北京四合院。与陈慈黉故居一样，主要是"驷马拖车"格局，也有"百鸟朝阳""四点金"等。住宅均为平房，装饰却相当考究，采用金漆木雕、石雕、灰塑、彩绘等形式。能触摸到古代潮人上层生活气息。属当地政府保护的建筑群。

然后"随喜"开元寺。这是真正的古代文物，是唐代唐元宗赐建，属皇家寺院。古朴典雅，庄严肃穆，有潮州文物宝库之称。

继而游览古城墙、广济门和广济桥。城墙和城门为古迹，保存得相当好，横跨韩江的这座广济桥，始建于南宋乾道七年（1171），是中国四大古桥之一，被茅以升誉为"世界上最早的启闭式桥梁"，是国内唯一集梁桥、浮桥、拱桥于一体的交通建筑，原桥早就毁颓，我们所见的是在桥墩残迹上用水泥重建的，得其形式，供人想象，却无审美欣赏价值。其实，到了潮州，最值得一游的，是这条流水清澈、风光旖旎的韩江，当时，潮州百姓都知道这位文学家如何"朝奏"而"夕贬"到"瘴江"之滨来的，来到这样荒蛮之地，他仍然不忘自身职责，率领他们清除鳄鱼之类的公害、兴修水利、赎放奴婢和建学校，请先生，兴办教育，甚至亲自"以正音为潮人诲"，为岭南文化积淀做出了不朽贡献。遗迹比比皆是，纪念他的物质与非物质的遗产，却传遍海内外，最有名的是苏轼的《潮州韩文公庙碑》。对韩愈的评价，达到了中国文人的高峰。庙碑随庙宇早已不存，文字却因收入中国文学范文选本，如《古文观止》之类，流传甚广，"文起八代之衰，道济天下之溺；忠犯人主之怒，而勇夺三军之帅"，由此总结出"人无所不至，唯天不容伪"以告诫后人，警示人类！当然，对于这样一位人物，最直接、形象的概括，莫过于当代宗教领袖赵朴初了："不虚南谪八千里，赢得江山都姓韩。"广济门还是广济桥，都可能消失或者成为假古董，唯一毁弃不了，也造不了假的，是这儿的山川！这一条江河，是广东境内的第二大江，历史上有"员水""凤水"之类不少于二十个名称，喊得最多的，是因鳄鱼之害而来的"鳄溪"，或如《祭鳄鱼文》中所称的"恶溪"。百姓铭记韩愈，在不到八个月内做了这许多好事，终于去"鳄"除"恶"，以他的姓氏定了格，其东岸的笔架山，则称为韩山，并于其上建起了韩公祠。知识精英、人民大众等不同阶层，都以自己的方式与角度纪念他，这是何等价值的纪念啊！对于我们，不说别的，凭"欲为圣朝除弊政，敢将衰老惜残年"这份精神，就不废韩江万古流。水光山色，古刹名都，只要参见过这样的江河,就不虚此行了!

毕竟是历史文化名城,可游览之处甚多。可惜时间局促,返程的飞机票订在下午。

2009年·兴隆雾灵山创作基地

七月一日,星期三 昨晚,偕霞麟和史中兴及夫人王发冀、王纪人及夫人窦兆莲三家六口,乘308次和谐号动车启程,赴河北雾灵山中国作家协会创作基地小住。今天上午七点半准时抵京。这是1997年以来,我第一次到北京,但也只是中转。

我们的目的地是雾灵山所在的承德市兴隆县。乘的是到丹东的2551次列车,十二点二十分才发车。三家人到车站附近美食街超市吃罢早餐,闲聊到十点吃了中饭才进站上车,如此打发时间,对于我们这三个家庭,恐怕也是绝无仅有。

列车上非常拥挤。六个人只有四个铺位。挤在一起挨到下午三点多才到达兴隆。乘出租车到了被称为"花果山"的"中国作家协会雾灵山创作基地"。牌子上的字,是刘白羽的手笔。气温比上海低五六摄氏度,环境幽静,空气清新,可惜无宽带,不能上网。

北京的文艺评论家和小说家李洱和哲夫,在此成了我们的邻居。

七月二日,星期四 今日未安排集体活动。开始草《黄金帝国》梗概并读《钱商》。

这里环境太好了,天特别明净。黄昏,听李洱、哲夫等人聊北京文坛趣事。如中国作家协会某位副主席出版文集,居然把会员为筹集出书资金写给他的求助信也收进了。

七月三日,星期五 今天到雾灵山附近之风景区游览。

这里是燕山山脉主峰之南麓。要登主峰,有公路蜿蜒而上。公路质量相当标准。路旁的林木保护得很好,不像一般旅游区那么凌乱。值得游览的景点颇多。但我们只去了仙人塔,由岩石自然垒成,高达三四十米,耸立于山间溪水旁,溪流成瀑,落差却都不大。

七月四日,星期六 今天没有安排集体活动,读《钱商》,对构思《黄金帝国》有启发,为此修改"梗概"多处。可能水土不服,王发冀胃疼然后泻肚,王纪人也闹肚子。

七月五日,星期日 今天到承德避暑山庄游览。山庄即在承德边缘,基本上与市区连接了。车行两小时即到达。我们不知道,此地的精华在"避暑山庄博物馆",其建筑就是清行宫。我们从德汇门进入,所游的是湖光山色,亭榭楼阁,如果均有鲜明特色倒也罢了,却都平平。进入博物馆以后才知走错了路线,正如当年游"天下第一关"。行宫中,暖阁为清光绪皇帝签署丧权辱国的《北京条约》处。

七月六日,星期一 未安排游览,草《黄金帝国》并给《新闻晨报》草"三闲趣话"之六十八:《自己的钱自己管》。此外,就是与史中兴、王纪人两家闲聊。

七月七日,星期二 读完《钱商》,才发觉当年初读时所做的许多标记,我却像第一次读。许多体会都是这一次所获,说明写作中的阅读是最有成效的。

七月八日,星期三 今天到清东陵游览。

先到孝陵。即清乾隆之墓葬,与十三陵相比,略差一筹。尽管孝陵几条墓道的设计比崇祯皇帝之墓精美。慈禧墓之定陵,大殿之宏伟,为我所见的皇家陵寝之最,墓内却简陋得多了。此处因看了电影《东陵大盗》而熟悉。但身临现场,也未见有多少可以印证之处。

返程途中,过黄崖关,有古长城。这是明代蓟镇长城的重要关隘,始建于公元556年,戚继光任蓟镇总兵时曾重新设计、包砖大修。我在此停留数分钟,仅拍照留影而已,未登临。

霞麟也因水土不服,肠胃不适未去,但不觉惋惜。

七月九日,星期四 今天未安排活动。继续修改《黄金帝国》梗概。

李洱和哲夫与我们告别返京。到食堂里吃饭的,只有我们六人一桌了。

七月十日,星期五 上午整理小说梗概,下午告别雾灵山创作基地。自兴隆到北京的5521次列车依然拥挤不堪。离家已久,我们三家都不打算在北京寻亲访友,就在车站内的餐馆吃晚餐,然后转乘321次和谐号动车的卧铺返沪。

2021年8月1日到2023年3月　整理

2023年10月　改定

图书在版编目（CIP）数据

生命在路上：旅途杂记 / 俞天白著. —上海：文汇出版社,2024.6
 ISBN 978-7-5496-4231-1

Ⅰ.①生… Ⅱ.①俞… Ⅲ.①纪实文学-中国-当代 Ⅳ.①I25

中国国家版本馆CIP数据核字（2024）第083733号

本书为上海文化发展基金会市重点扶持项目

生命在路上
——旅途杂记

著　者 / 俞天白
责任编辑 / 鲍广丽
封面装帧 / 王　峥

出版发行 / 文汇出版社
　　　　　上海市威海路755号
　　　　　（邮政编码：200041）

经　销 / 全国新华书店
排　版 / 南京展望文化发展有限公司
印刷装订 / 启东市人民印刷有限公司
版　次 / 2024年6月第1版
印　次 / 2025年6月第2次印刷
开　本 / 710×1000　1/16
字　数 / 370千字
印　张 / 21.25

ISBN 978-7-5496-4231-1
定　价 / 88.00元